다시 찾은 브라이즈헤드

Brideshead Revisited

BRIDESHEAD REVISITED
by Evelyn Waugh

세계문학전집 357

다시 찾은 브라이즈헤드

찰스 라이더 중대장의 성스럽고도 불경스러운 기억

Brideshead Revisited

에벌린 워
백지민 옮김

민음사

로라에게

차례

3부 실만 잡아당기면 언제든

서문

나는 내가 아니다.
그대는 그나 그녀가 아니며,
그들은 그들이 아니다.

이번 개정판에서 여러 군데 자잘하게 추가되고 어딘가는 상당 부분 삭제되어 재출판된 이 소설은 내가 동시대인들 사이에서 한때 누리던 호평을 잃고 팬레터와 언론사 사진 기자들이라는 낯선 세계로 들어가는 계기가 되었다. 소설의 주제(다양하면서도 긴밀하게 연결된 등장인물들에 대한 하느님의 은총의 발현)는 주제넘게 장대했을지 모르나, 그렇다고 양해를 구하지는 않겠다. 주제를 드러내는 형식은 그다지 만족스럽지 못하며, 그중에서도 눈에 띄는 결점들은 소설 집필 당시의 정황을 탓할 수 있으리라.

1943년 12월에 나는 운 좋게도 낙하산 훈련 중 경미한 부상을 당해 군 복무를 잠시 쉬게 되었다. 인정 있는 부대장이 휴가를 연장해 준 덕분에 1944년 6월까지 군복무를 쉬며 책 집필을 끝마칠 수 있었다. 개인적으로는 매우 낯설었던 열성에 더해 전장에 복귀하고 싶다는 초조한 마음으로 소설을 집필했다. 당시는 궁핍이 현존하고 화마가 위협하던 암울한 시기(콩과 기본 영국 식사의 시기)였기에 결과적으로 이 책에는 음식과 와인에 대한, 가까운 과거의 영광에 대한, 수사학적이며 장식적인 언어에 대한 일종의 폭식이 녹아들어 있는데, 지금은 배가 불러 역겹게만 느껴진다. 그중에서도 특히 역겨운 구절들은 수정하였으나 완전히 삭제하지는 않은 것은 이것들이 이 소설의 본질적인 부분이기 때문이다.

줄리아가 대죄(大罪)에 관해 격발하는 장면과 마치멘 경이 죽어 가며 남긴 독백을 어떻게 처리할지에 대해서는 마음이 두 갈래였다. 이 구절들은 물론 결코 실제로 발화된 말을 보고하려는 용도가 아니었다. 이 구절들은 다른 방식의 글쓰기에, 말하자면 찰스와 아버지 간의 초반 장면들에 쓰였던 방식에나 해당된다. 지금이라면 그 외의 부분에서 박진감을 노리는 소설에 이 구절들을 도입하지는 않을 것이다. 그래도 이 개정판에서 이 구절들을 다소 원형에 가까운 형태로 유지한 것은 (여러 출간본에서 철자가 잘못 표기된) 부르고뉴 와인과 달빛과 마찬가지로 이것들이 글의 분위기를 형성하는 근간이었던 까닭이다. 게다가 집필 시 최우선으로 고려하지는 않더라도 많은 독자 여러분에게 사랑을 받았던 까닭이기도 하다.

1944년 봄에 지금의 영국 시골 저택에 대한 숭배를 예측하기는 불가능했다. 당시에는 국가적으로 주요한 예술적 성취인 앞 세대의 저택들이 16세기의 수도원들처럼 쇠락하고 파괴될 운명일 것만 같았다. 그렇기에 오히려 나는 열렬한 성심으로 과하게 묘사했다. 브라이즈헤드 저택은 오늘날 여행객들에게 개방되어, 유물들은 전문가의 손길로 재배치되고 직물 작품들은 마치멘 경이 관리했던 것보다 잘 보존되어 있으리라. 게다가 영국 귀족 사회도 당시에는 불가능해 보이던 수준으로 정체성을 유지해 냈다. '후퍼'의 진격도 여러 지점에서 저지되어 왔다. 그러므로 이 책은 상당 부분 텅 빈 관에 쏟아지는 찬사이다. 그러나 이 책을 완전히 해체하지 않는 다음에야 현재 상황에 맞추기는 불가능할 것이다. 젊은 세대의 독자 여러분께, 책에서 표면적으로 다뤄지는 1920년대와 1930년대보다는 2차 세계 대전의 기념품으로서 이 소설을 건넨다.

1959년 쿰플로리에서

프롤로그

다시 찾은 브라이즈헤드

언덕바지에 있던 'C' 중대 진영에 오른 나는 걸음을 멈추고 뒤돌아보며 발아래 이른 아침의 잿빛 안개 사이로 어슴푸레 펼쳐지는 진영의 전경을 눈에 담았다. 우리 부대는 그날 떠날 예정이었다. 세 달 전 행군해 왔을 때 이곳은 눈에 파묻혀 있었는데, 이제 봄의 첫 새순이 움트고 있었다. 당시 나는 우리 부대 앞에 어떤 황량한 광경이 기다릴지언정 결코 이보다 냉혹할 수는 없으리라고 생각했고, 지금 생각해도 이곳은 내게 행복한 추억을 하나도 주지 않았다.

이곳에서 나와 군대 사이의 사랑이 죽었다.

이곳에서 트램 노선이 끝났으므로 글래스고에서 만취해서 돌아오는 군인들은 여정의 끝에서 깨워질 때까지 앉은자리에서 꾸벅꾸벅 졸 수 있었다. 트램 역에서 진영 입구까지는 거리가 꽤 되었다. 400미터를 가는 동안 군인들은 블라우스 단추를 여미고 모자를 고쳐 쓴 다음 위병소를 통과할 수 있었고, 400미터를 가는 동안 길섶에서 콘크리트가 잡풀에 자리를 내주었다. 이곳은 도시의 외곽 경계였다. 이곳에서 개발 주택 단지와 영화관의 빽빽하고 동질적인 영역이 끝나고 벽지가 시작되었다.

진영이 세워진 땅은 최근까지도 목초지와 경작지였다. 때문에 농가가 산골짜기에 이제껏 남아 있어 우리에게는 부대 사무실로 사용되었다. 담쟁이덩굴이 한때 과수원 울타리였던 구조물의 일부를 아직 지탱하고 있었으며, 세탁장 뒤 가지치기한 노목들이 심어진 0.5에이커[1] 남짓이 과수원의 흔적이었다. 이 장소는 군대가 주둔하기 전 개발 지역으로 지정된 터였다. 평화가 일 년만 더 지속됐더라면 농가도 울타리도 사과나무도 없었을 터였다. 이미 800미터가량의 콘크리트길이 민숭민숭한 점토질 둔덕들 사이에 깔렸고, 길가에는 겉도랑의 격자 표시로 지역 정부의 도급업자들이 배수 체계를 어디에 설계했는지가 보였다. 평화가 일 년만 더 지속됐더라면 이곳이 인접한 근교로 편입되었을 터였다. 그리고 이제 우리가 겨우내 지냈던 막사들이 뒤엎어질 차례였다.

길 건너편에는 심히 빈정대는 입방아에 오르내리는, 겨울임에도 그곳을 둘러싼 나무들에 반쯤 가려진 시립 정신 병원이 있었는데, 그 무쇠 철책과 까마득히 솟은 대문은 우리 진영의 가시철조망을 무색게 할 정도였다. 따사로운 날에는 정신

1) 1에이커는 약 4047제곱미터이다.

이상자들이 정돈된 자갈길과 고르게 심긴 잔디밭에서 어정대고 폴짝대는 모습이 우리에게도 보였다. 주체 못 할 투쟁을 내려놓고, 의혹은 모두 해소하고, 책무도 모두 완수한 행복한 부역자들, 마음 놓고 유산을 즐기는 진보의 세기의 여부없는 법정 상속자들. 그곳을 지나쳐 행군할 때면 대원들은 철책 사이로 인사를 내지르곤 했으나("이봐, 침대 하나 데워 두셔. 나도 머지않았다고.") 최근에 발령 온 후퍼 소대장은 그들이 누리는 특권층의 삶에 억하심정을 품었다. "히틀러라면 저딴 새끼들은 가스실에 처넣어 버릴 텐데." 그가 말했다. "그 작자한테도 배울 점이 없지는 않습디다."

이곳에 한겨울에 행군해 왔을 당시 나는 강인하고 희망찬 중대원들을 데려왔다. 그러나 고지대 초원에서 이곳 부두 지역으로 이동할 무렵 대원들 사이에는 드디어 우리 부대가 중동으로 행군하고 있다는 뜬소문이 돌았다. 하루하루 지나면서 제설 작업을 하고 연병장의 땅도 고르기 시작하자 대원들의 실망이 체념으로 스러지는 것이 눈에 보였다. 대원들은 생선튀김 가게에서 나는 냄새에 코를 벌름거렸고 작업 시간 사이렌과 무도회장 악단의 연주와 같이 익숙한 평시 소리에 귀를 쫑긋거렸다. 이제 비번인 날에는 길바닥 귀퉁이에서 흐느적거리다가 장교가 다가오면 게걸음을 치기까지 했는데, 경례를 하면 새로 사귄 정부 앞에서 모양새가 나쁠까 봐 걱정됐기 때문이다. 중대 사무실은 경미한 규율 위반자들과 특별 휴가 신청자들로 풍년이었다. 따라서 그날도 어스름이 미처 가시기도 전에 꾀병하는 군인의 앓는 소리와 불만에 찬 군인의 툴툴대는 얼굴과 노려보는 눈초리로 하루가 시작되었다.

그리고 어느 수칙을 살펴봐도 대원들의 사기를 진작시켰어야 마땅한 나는, 내가 어떻게 부대원들을 간수하겠는가, 스스로도 간수하지 못하는데? 이곳에서 우리 부대가 조직될 때 있던 연대장[2]은 승급하여 먼 곳으로 발령받았고 후임으로 다른 연대에서 나이가 더 적고 정이 덜 가는 연대장이 교차 발령되어 왔다. 전쟁 발발 당시 함께 훈련받았던 자원병 동기들은 난리 속에서 이제 몇 남지 않았다. 이러니저러니 해서 동기들이 거의 다 떠났고(누구는 부적격자로 제대했고, 누구는 다른 부대로 승급 발령됐고, 누구는 참모로 임명됐고, 누구는 특수 부대에 자원했고, 한 사람은 사격 훈련장에서 자기 총에 맞아 죽었고, 한 사람은 군사 재판에 회부되었다.) 빈자리는 징집병들로 채워졌다. 이즈음에는 대기실에 라디오가 쉴 새 없이 틀어져 있고, 저녁 식사 전에 맥주를 거나하게 마시는 것이 예사였으니 일들이 예전 같지 않았다.

이곳에서 서른아홉의 나는 늙어 가기 시작했다. 저녁이 되면 뻐근하고 피곤해 진영을 나가기가 꺼려졌다. 게다가 특정 의자와 신문에 대해 독점권을 행사하게 되었다. 또한 저녁 식사 전에는 규칙적으로 더도 덜도 말고 딱 진 석 잔을 마셨고, 9시 뉴스가 끝나자마자 잠자리에 들었다. 기상나팔이 울리기 한 시간 전에는 항상 깨어 조바심쳤다.

---

2) 영국 군대에서는 대대가 아닌 연대에서 중대를 직접 지휘한다.

이곳에서 나의 마지막 사랑이 죽었다. 마지막 사랑이 죽을 때도 별다를 것은 없었다. 진영에서의 이 마지막 날이 머지않은 어느 날 내가 닛센 막사[3]에서 기상나팔이 울리기 전에 깨어 누워서 완전한 암흑을 응시하며 다른 입주자 네 명의 깊은숨과 잠꼬대를 들으며 머릿속으로 그날 해야 할 일을 구상하고 있을 때(내가 무기 훈련 과정에 상등병 두 명의 이름을 넣었던가? 그날까지 복귀해야 할 휴가병 중에 가간을 초과해 머무는 인원이 또 내 중대에서 제일 많을까? 후퍼에게 훈련병 부대의 지도 읽기 훈련 인솔을 맡겨도 될까?) 그 암흑의 시간에 누워 있을 때 나는 내 안에서 오래도록 앓던 무언가가 조용히 죽은 것을 발견하고 소스라쳤다. 이 감정은 마치 결혼 사 년 차에 접어든 남편이 한때는 사랑했던 아내에게 더 이상은 어떤 욕정도 애정도 아니, 존경조차 남아 있지 않음을, 같이 있어도 기쁘지 않고 기쁘게 해 줄 마음도 없고 아내가 행하거나 말하거나 생각할 그 어떤 것에도 궁금증이 일지 않음을, 또한 일을 바로잡고 싶은 마음도 없고, 이 사달에 대해 자책도 들지 않음을 퍼뜩 깨달았을 때 느낄 법한 감정이었다. 나는 다 알았다, 결혼 생활의 환멸을 칙칙한 구석구석까지 전부. 우리는, 군대와 나는 함께 모든 것을 겪어 왔다. 초기의 끈질긴 구애 단계부터 지금까지, 우리 사이에 법과 의무와 관례라는 선득한 굴레밖에 남지 않았을 때까지. 나는 이 가정 비극의 모든 장을 연기했

---

3) 골함석으로 만들어진 반원형의 군용 가건물. 미국의 공학자 및 발명가 피터 노먼 닛센(Peter Norman Nissen) 소령이 1차 세계 대전 당시 발명해 2차 세계 대전에서 널리 사용되었다.

으며, 초기의 말다툼이 잦아지고 눈물이 힘을 잃어 가고 화해가 덜 달콤해진 끝에 냉담과 차가운 비난이라는 심기가 생겨나, 잘못한 쪽은 자신이 아니라 내가 사랑하는 사람이라는 확신이 부풀어 가는 것을 보았다. 아내의 목소리에서 거짓된 어조를 직감한 이후 이를 잡아채려 귀 기울이는 습관이 들었다. 아내의 눈에서는 몰이해에서 비롯된 공허하고 원망하는 눈총을, 입꼬리에서는 이기적이고 딱딱하게 굳은 모양새를 알아봤다. 나는 해가 뜨나 해가 지나, 삼 년 하고도 반년간 여자와 한집에 살면 알게 되는 만큼 아내를 알아 갔다. 아내의 채신없는 면을, 판에 박힌 매력의 수법을, 질투와 아전인수 격인 면을, 거짓말할 때 긴장해서 손가락을 꼼지락거리는 버릇을 알아 갔다. 아내에게서 모든 환상이 벗겨진 지금은 치기 어린 시절에 떼려야 뗄 수 없게 스스로 옭아맨 마음 맞지 않는 이방인이라고만 느낄 뿐이었다.

따라서 부대가 이동하는 그날 아침 나는 목적지가 어디든 전혀 관심이 없었다. 내 소임을 계속하기야 하겠지만 군말 없이 딱 시키는 것만 할 수도 있었다. 우리가 받은 지령은 09시 15분에 인근 철도 측선의 기차에 탑승하고 소비되지 않은 당일 배급량은 배낭에 넣고 이동할 것이었고, 내가 알아야 할 것은 이게 다였다. 부중대장은 소규모 선발대를 이끌고 앞서 출발했다. 중대 비품은 전날 꾸려 두었다. 후퍼 소대장은 진영을 점검하라는 특별 임무를 부여받은 터였다. 중대는 07시 30분에 잡낭을 막사 앞에 쌓아 두고 열병식을 할 예정이었다. 이런 이동이 많아진 것은 걷잡을 수 없이 짜릿했던 1940년의 아침부터, 우리 군이 칼레[4]를 수호하기 위해 행군하는 중이라는 잘못된 믿음을 품었을 때부터였다. 그날 이후로 우리는 일 년에 서너 번 주둔지를 변경하였다. 그리고 이번 이동에서는 새로 부임한 연대장이 '보안'을 유난히 강조하면서 수고스럽게도 대원들에게 군복과 수송기에서 신분이 드러나는 배지 일체를 제거하라고 지시하기까지 했다. 연대장의 말마따나 이것은 "전시 복무 환경에서의 귀중한 훈련"이었다. "여기 여성 종군 민간인이 한 명이라도 저쪽 끝에서 우리를 기다리고 있으면 바로 정보가 새 나가고 있었다는 증거일세."

취사장에서 피어오른 연기가 안개 속에 퍼져 갔고, 진영은 도면 없는 지름길의 미로 위에 짓다 만 계획 주택 단지가 겹쳐진 모양새로, 오랜 시간 후에 고고학자 팀의 손에 발굴된 유적이라도 되는 양 펼쳐졌다.

"'폴록[5] 집터'는 20세기의 시민·노예 공동체 시대와 뒤이은 부족 무정부 시대 사이의 과도기를 보여 주는 귀중한 유적이다. 이곳에서는 정교한 배수 체계 및 견고한 공공 도로를 건설할 수 있을 정도로 선진 문화를 향유했던 부족이 미발달된 부족에게 점령당한 역사가 엿보인다."

---

4) 도버 해협에 면한 도시로, 백 년 전쟁 중 1347년에 처음 영국군에게 점령당했다. 1558년 기즈 공의 활약으로 프랑스에 탈환되었다가 1차 세계 대전 중에는 영국군의 기지로 사용되었다. 이어 2차 세계 대전 때에는 독일군에게 점령되어 영국 본토를 공격하는 로켓 기지로 사용되었다.

5) 잭슨 폴록(Jackson Pollock, 1912~1956). 미국의 추상 표현주의 화가로, 물감을 흘리고, 튀기고, 끼얹으며 미로와 같이 어지러운 선을 표현한 독창적인 화풍으로 유명하다.

나는 미래의 석학들이 이런 식으로 쓸지도 모르겠다고 생각했고, 이내 돌아서며 중대 선임 하사에게 알은체했다. "후퍼 소대장이 근처에 있는가?"

"아침나절 보지 못했습니다."

선임 하사와 비품이 철거된 중대 사무실로 들어서자 병영 파손 장부가 기재되고 나서 새로 깨진 창문이 눈에 띄었다. "간밤의 바람 때문입니다, 중대장님." 선임 하사가 말했다.

(모든 파손이 이런 이유 탓이거나 "공병들의 시위 탓입니다, 중대장님.")

후퍼가 나타났다. 머리를 가르마 없이 이마부터 뒤로 빗어 넘기고 밋밋한 영국 중부 방언을 쓰는 이 누리끼리한 안색의 청년은 우리 중대에서 복무한 지 두 달째였다.

부대원들이 후퍼 소대장을 좋아하지 않았던 것은 자기 임무에 관해 너무 아는 것이 없었거니와 열중쉬어 시 이따금 각 대원을 "조지"[6]라고 부르곤 했기 때문이지만, 내가 개인적으로 애정에 버금가는 감정을 그에게 느꼈던 데에는 그가 부임해 온 첫날 저녁 회식 자리에서의 어떤 사건이 크게 작용했다.

당시는 새 연대장이 부임한 지 채 일주일도 되지 않은 상태라서 우리는 아직 연대장에 관해 갈피를 못 잡고 있었다. 연대장이 대기실에서 대원들에게 진을 한 잔씩 돌리다가 후퍼를 처음 발견하자 약간 언성을 높였다.

---

6) 영미권에서 흑인 차별이 노골적이었던 시대에는 부리는 흑인들의 이름을 일일이 외우지 않고 모든 흑인을 흔한 이름인 '조지'로 불렀다.

"저 젊은 장교는 자네 중대 소속이잖은가, 라이더?" 연대장이 내게 말했다. "저 친구 이발 좀 해야겠는데."

"확실히 그렇습니다, 연대장님." 내가 대답했다. 실제로 그랬다. "이발하라고 조처해 두겠습니다."

연대장이 진을 더 들이켜고는 후퍼를 쏘아보기 시작하더니 다 들리도록 말했다. "원, 세상에. 요즘 장교랍시고 보내는 것들이 말이야!"

후퍼가 그날 저녁 연대장의 집착 대상이었나 보다. 석식을 마치고 연대장이 갑자기 고성으로 말했다. "내가 전에 있던 연대 같았으면 새파란 놈의 장교가 저따위로 나다녀 봐, 다른 장교들이 아무렴, 진작 저놈의 머릴 잘라 줬지."

아무도 이 유흥에 한 가닥의 의욕도 보이지 않았고, 우리의 무반응이 연대장의 화에 기름을 부은 꼴이 되었다. "너." 연대장이 'A' 중대 소속의 멀끔한 청년을 돌아보며 말했다. "가서 가위 좀 가져다가 저 젊은 장교 머리 좀 잘라 줘라."

"명령이십니까, 연대장님?"

"연대장이 원하는 바이며, 그렇다면 내 상식으로는 가장 훌륭한 명령에 속한다."

"알겠습니다."

그리하여 싸늘한 굴욕의 분위기 속에서 착석한 후퍼의 뒤통수에 싹둑싹둑 가위질이 가해졌다. 이발 작전 초반에 나는 대기실을 떠났고, 나중에 후퍼에게 그가 치른 신고식에 대해 변명했다. "우리 연대에서 늘 일어나는 일은 아니니까." 내가 말했다.

"아, 담아 두지 않았습니다." 후퍼가 말했다. "약간의 유흥은 즐길 줄 알아야죠."

후퍼에게는 군대에 대해 환상이 없었다. 군대에 대해라기보다는 그가 삼라만상을 관찰하는 매개인 모든 것을 두루 감싸는 안개와 특별히 구분되는 환상이 없었다. 그는 마지못해, 강압에 의해, 징병 유예를 위해 힘닿는 데까지 온갖 하찮은 노력을 다 한 끝에 입대했다. 그는 입대를, 그의 말마따나 "홍역에 걸렸거니" 받아들였다. 후퍼는 낭만주의자가 아니었다. 그는 소년기에도 루퍼트 왕자[7]의 말을 타거나 크산토스강[8] 가의 화톳불들 사이에 앉아 있거나 하지 않았다. 또한 나로 치면 시 빼고는 세상만사에 눈물이 말라 버린 나이에도(눈물을 왈칵 쏟는 소년에서 어른이 되기 전에 우리네 학교에서 도입하는 그 금욕적이며 북미 토인적인[9] 막간 단계에도) 후퍼는 툭하면 울었지만 헨리 5세의 성 크리스핀 축일 연설[10]이나 테르모필레 전투

---

7) Prince Rupert(1619~1682). 찰스 1세의 조카로, 1차 영국 내전(1642~1651)이 일어났을 당시 왕당군의 기병대장으로 활약하였다.

8) 『일리아스』에 등장하는 트로이의 강이다. 트로이의 헥토르는 제우스의 사랑을 받아 아르고스인들과의 첫 전투를 성공적으로 마치고 어둠이 깔리자 다음 날 전투를 위해 군인들에게 화톳불을 피우고 쉬며 포도주와 빵과 고기로 배를 채우게 한다.

9) 19세기와 20세기에는 미국 원주민들이 고통을 느끼지 않으며 금욕적이고 신비로운 부족이라는 편견이 팽배했다.

10) 셰익스피어의 극작품 『헨리 5세』에서 백 년 전쟁 중 성 크리스핀 축일인 1415년 10월 25일에 영국이 프랑스에 대항하여 아쟁쿠르 전투를 벌이기 전날 밤 헨리 5세가 영국군에게 남긴 명연설이다. 수적 열세였던 영국군은 이 연설을 듣고 프랑스 대군을 꺾고 승리를 쟁취한다.

의 묘비명[11] 때문에는 눈물 한 방울 흘리지 않았다. 그가 배운 역사에는 전투는 별로 담겨 있지 않은 대신 인도적인 제정법과 최근의 산업 변화는 구구절절이 들어 있었다. 갈리폴리 상륙 작전,[12] 발라클라바 전투,[13] 퀘벡 전투,[14] 레판토 해전,[15] 배넉번 전투,[16] 론세스바예스 전투,[17] 마라톤 전투[18] 등과 이에 더해 아서 왕이 전사한 캄란 전투 등 백 개는 되는 이름들이 나팔 소리로 이제 시들고 방종한 상태에서조차 가로막는 세월을 모두 뛰어넘어 소년 시절의 가득한 청징함과 강렬함으로 내게 드세게 부르짖을지언정 후퍼에게는 공허한 울림일 뿐이었다.

---

11) 기원전 480년 페르시아가 그리스를 침공하여 테르모필레 전투에서 300명의 스파르타 정예군을 궁지로 내몬다. 항전하다 전원이 사망한 정예군의 이야기는 훗날 그리스 시인 시모니데스(기원전 556~468)가 남긴 진혼 비문으로 널리 알려진다.

12) 1915~1916년 1차 세계 대전 초기에 영국과 프랑스 연합군이 터키의 갈리폴리를 습격하여 일어난 전투. 터키군이 강력하게 저항한 끝에 연합군이 엄청난 사상자를 내고 퇴각하였다.

13) 1854년 10월 25일 크림 전쟁에서 영국군이 러시아에 대항하여 승리했으나 영국군 수뇌부의 의사소통 실패로 많은 사상자를 낸 전투.

14) 칠 년 전쟁 때 영국과 프랑스가 벌인 에이브러햄 평야 전투(1759)와 생트푸아 전투(1760), 미국 독립 전쟁 시 영국과 미국이 벌인 전투(1775)를 말한다.

15) 1571년 이탈리아의 도시 국가 베네치아, 제노바 교황청, 스페인의 신성 동맹이 오스만 제국 함대를 상대로 큰 승리를 거둔 전투.

16) 1314년 스코틀랜드 독립 전쟁 중 잉글랜드군과 스코틀랜드군이 벌인 전투. 스코틀랜드군이 승리해 잉글랜드로부터 독립하는 기반을 다졌다.

17) 『롤랑의 노래』에서 롤랑이 지휘한 샤를마뉴 대제(742~814)의 군대가 바스크군에게 패한 778년 전투와 반도 전쟁(1808~1814)에서 프랑스의 나폴레옹에 대적하여 영국, 스페인, 포르투갈 연합군이 싸운 전투를 일컫는다.

18) 기원전 490년 페르시아군의 침략에 맞서 그리스가 승리한 전투.

후퍼는 불평하는 일이 드물었다. 사람 자체는 가장 간단한 임무도 마음 놓고 맡길 수 없는 인물이었으나 효율을 중시하는 점만큼은 타의 추종을 불허했으며, 자신의 대단치 않은 사업 경험을 바탕으로 군대의 봉급 및 배급 체계와 "인시"[19]의 사용 방식에 관해 가타부타 논하곤 했다. "사업할 땐 저러면 안 됩니다."

내가 깬 채 누워 조바심칠 동안 그는 푹 잤다.

우리가 함께 복무한 몇 주 동안 후퍼는 나에게 '젊은 영국'의 상징이 되었으므로, 어쩌다 청년이 미래에 요구하는 바라든가 세상이 청년에게 빚진 점을 선포하는 공적 발언이라도 읽게 될라치면 나는 그 일반적인 표현들을 '후퍼'로 대치해서 그래도 그럴싸하게 말이 되는지 시험해 보곤 했다. 기상나팔이 울리기 전의 캄캄한 한 시간 동안 나는 이따금 이런 식으로 숙고해 보았다. '후퍼 집회', '후퍼 호스텔', '국제 후퍼 조합'에 '후퍼교'까지. 그는 이 모든 합금의 시금석이었다.

그에게 변한 부분이 있었다면 사관후보생 훈련대에서 막 발령되어 왔을 때보다는 군인 티를 벗었다는 점이었다. 그날 아침 장비를 온몸에 이고 진 그는 거의 인간의 형상으로 보이지 않았다. 그가 일종의 발을 끄는 댄스 스텝을 밟듯 다가와 차려 자세를 취하고 털장갑을 낀 손바닥을 이마에 대고 쫙 펼쳤다.

"선임 하사, 후퍼 소대장과 얘기 좀 나누겠네……. 아니, 대

19) 사람이 한 시간 동안 일했을 때 일의 양을 나타내는 단위.

체 어딜 쏘다니고 있었나? 내가 진영을 점검하라 했잖은가."

"제가 늦었슴까? 죄송함다. 제 장비를 모아 오느라 정신이 없었슴다."

"그거 시키라고 종복[20]이 있잖은가."

"뭐, 그렇기는 합니다, 엄밀히 따지면. 근데 어떤지 아시잖습니까. 그 친구도 자기 할 일이 있습니다. 그런 친구들 잘못 건드리면 엉뚱한 쪽으로 되갚습니다."

"하여간 당장 가서 진영 점검하게."

"알겠슴당."

"그리고 제발 그놈의 '알겠슴당' 좀 때려치워."

"죄송함다. 하지 말아야지 생각은 합니다. 그냥 자꾸 튀어나와 그렇지요."

후퍼가 떠나자 선임 하사가 돌아왔다.

"연대장님께서 지금 길을 올라오고 계십니다, 중대장님." 선임 하사가 말했다.

나는 연대장을 맞이하러 나갔다.

연대장의 돼지 센털 같은 옹졸한 붉은 콧수염에 물방울들이 맺혀 있었다.

"그래, 여긴 다 정리됐나?"

"예, 그런 것 같습니다, 연대장님."

"그런 것 같아? 자네가 알아야지."

---

20) 2차 세계 대전 당시 영국군의 선임 장교에게는 수발을 드는 종복이 한 명씩 딸려 있었다.

연대장의 시선이 깨진 유리창으로 향했다. "저것도 병영 파손 장부에 기재됐나?"

"아직입니다, 연대장님."

"아직? 내가 안 봤으면 이거, 언제 기재될지도 모르는 거였구먼."

연대장은 나를 불편해했고 이렇게 호통치는 것은 대부분 소심증의 발로였지만 그렇다고 해서 그것이 조금이라도 좋게 생각되지는 않았다.

연대장이 막사 뒤편으로 향해 내 관할 지역과 수송 소대 관할 지역을 나누는 철조망 울타리까지 나를 데려가서는 울타리를 훌쩍 뛰어넘어 한때는 농장의 토지 구분선이었으나 이제는 잡초만 무성한 배수로와 두둑으로 향했다. 이곳에서 연대장은 송로버섯을 찾아다니는 돼지처럼 단장으로 여기저기 들쑤시기 시작하더니 이내 심마니의 외침을 내질렀다. 그가 파헤친 것은 쓰레기 더미 중 하나였는데, 사병의 질서 의식을 생각하면 감지덕지한 수준이다. 빗자루 대가리, 난로 덮개, 녹투성이 양동이, 양말 한 짝, 빵 한 덩이가 소리쟁이와 쐐기풀 아래 담뱃갑과 깡통 사이에 널렸다.

"이거 봐, 이거." 연대장이 말했다. "후속 연대에 우리 연대 인상이 참 좋겠네그래."

"좋지 않은 광경입니다." 내가 말했다.

"명예 실추지. 자네가 진영을 뜨기 전에 모두 소각되도록 조처해."

"알겠습니다, 연대장님. 선임 하사, 수송 소대에 연락병 띄워서 브라운 소대장에게 연대장 명령으로 여기 배수로 소각하라고 지시하게.”

나는 연대장이 과연 명령 묵살을 받아들일지 말지 생각했다. 연대장도 생각했다. 그는 잠시 서서 배수로의 허섭스레기를 괜스레 쿡쿡 찔러 보다가 발꿈치로 홱 돌아서서 성큼성큼 가 버렸다.

“그러시면 안 됩니다, 중대장님.” 내가 중대로 부임해 온 뒤로 나의 지표이자 지주가 되어 준 선임 하사가 말했다. “정말 안 됩니다.”

“우리 쓰레기도 아니었는데, 뭐.”

“아닐지도 모르지만, 어떤지 아시잖습니까. 고위 장교들을 잘못 건드리면 엉뚱한 쪽으로 되갚습니다.”

우리가 정신 병원을 지나쳐 행군할 때 나이 지긋한 입원 환자 두셋이 철책 너머에서 고분고분하게 횡설수설하며 입을 실룩거렸다.

“잘 있어, 이보셔들. 또 보자고.” “이제 우리도 머지않았어.” “다시 만날 때까지 웃고 있으라고.” 부대원들이 그들에게 소리쳤다.

나는 선두 소대의 선봉에서 후퍼와 행군하고 있었다.

“저, 우리가 어디로 가는지 좀 아십니까?”

“전혀.”

“그 얘기 진짜라고 믿으십까?”

“아니.”

"그냥 뜬소문이다?"

"그래."

"다들 우리가 거기 간다고들 말합니다. 저는 정말 어떻게 생각해야 할지 모르겠습니다. 우리가 한 번도 작전에 투입되지 않는다면 이 교련이랑 훈련 전부가 어쩐지 엄청 실없이 느껴지기도 하고."

"난 걱정 않네. 좀 있으면 전원이 투입되고도 남을 테니."

"아, 그게 뭐, 저도 투입되고 싶어 안달 난 건 아닙니다. 그냥 참전했다고 말할 수 있을 정도면 충분합다."

낡아 빠진 객차들을 이어 붙인 기차가 철도 측선에서 우리를 맞았다. 철도 수송 지휘관이 통제를 담당했다. 작업반이 트럭에서 짐칸으로 마지막 잡낭들을 옮겨 싣고 있었다. 반 시간 후 우리는 출발 준비를 마쳤고 한 시간 후 출발했다.

우리 중대의 소대장 셋과 나는 객차 한 칸을 따로 사용했다. 소대장들은 샌드위치와 초콜릿을 먹고 담배를 피우고 잤다. 셋 중 누구에게도 책은 없었다. 처음 서너 시간 동안 이들은 우리 열차가 수시로 역과 역 사이에 정차할 때마다 도시 이름을 대며 창밖으로 고개를 빼어 보곤 했다. 이후에는 흥미를 잃었다. 정오와 밤중에는 미지근한 코코아가 통에서 국자로 퍼져 우리 머그잔에 배급되었다. 기차는 밋밋하고 칙칙한 간선 노선의 풍경 사이로 느리게 남쪽으로 향했다.

그날의 주요 사건은 연대장의 '군기 강화'였다. 우리는 당번병에게 소집령을 전달받고 연대장의 객차에 집합했는데, 연대장과 부관은 철모를 쓰고 무장을 한 채였다. 연대장이 처음 입에 올린 말은 이랬다. "'군기 강화' 시간이다. 제군은 복장을 바로 갖춰 입고 임하기 바란다. 우리가 어쩌다 기차에 있게 되었다는 사실은 중요치 않다." 나는 연대장이 우리를 해산시키리라 생각했지만 그는 우리를 노려보고 말했다. "일동 앉아."

"진영이 불명예스러운 상태로 남겨졌다. 내가 가는 곳마다 장교들이 소임을 다하지 않는다는 증거를 포착했다. 진영을 어떤 모습으로 남기고 가는가는 해당 연대 장교들의 능률을 가장 잘 드러내는 척도이다. 한 부대와 부대장의 명예는 바로 이러한 사안에 달려 있는 것이다. 그리고."(연대장이 실제로 이 말을 했을까 아니면 내가 연대장의 목소리와 눈에 담긴 분노에서 이 말을 읽어 내는 것일까? 사실 말하지 않은 것 같다.) "본관은 임시 장교 몇 명의 기강 해이 때문에 본관의 직업상 명예가 실추되는 것을 좌시할 생각이 없다."

우리는 수첩과 연필을 들고 앉아 다음 임무의 세부 사항을 받아 적으려 대기했다. 연대장이 더 섬세한 인물이었다면 자신이 감명을 주지 못했음을 알아챘으리라. 한데 아마도 알아챈 모양인지 토라진 학교 선생처럼 이렇게 덧붙였다. "내가 바라는 건 충실한 협력뿐이다."

그러더니 연대장이 적어 놓은 것을 참고하여 읽었다.

"지령.

정보. 본 부대는 현재 A 지점에서 B 지점으로 수송 중이다. 현재 위치는 주요 병참선이므로 적군의 폭격 및 가스 공격을 받을 위험이 높다.

목적. 본관은 B 지점에 도착하기를 목적한다.

방법. 열차는 23시 15분경 목적지에 도착할 예정이며…….” 등등.

공격은 맨 마지막에 ‘행정’이라는 소제목 아래 들어왔다. ‘C’ 중대는 1개 소대를 제외하고 도착 즉시 측선에서 기차로부터 짐을 하역하여 현장에 제공될 3톤 트럭 세 대를 이용해 새 진영의 부대 임시 창고로 비품 일체를 운반할 것. 완료될 때까지 작업을 계속할 것. 제외된 1개 소대는 임시 창고를 경비하고 진영 방어선에서 보초를 설 것.

“질문 있나?”

“작업반용으로 코코아를 배급받을 수 있습니까?”

“없다. 다른 질문 있나?”

내가 이 지령들을 전달해 주자 선임 하사가 말했다. “불쌍한 우리 ‘C’ 중대가 또 불운의 주인공이 되었습니다.” 여기서 연대장에게 반기를 든 나에 대한 책망이 읽혔다.

소대장들에게도 이를 전달했다.

“그것참.” 후퍼가 말했다. “이거 뭐, 대원들이랑 지독히도 껄끄러워지게 생겼습니다. 짜증들을 낼 겁니다. 연대장님이 늘 우리 중대만 골라서 잡일을 시키는 것 같단 말입니다.”

“자네 소대가 보초를 서게.”

“옙. 그런데 거참, 이렇게 어두워서야 무슨 수로 방어선을 찾는담?”

소등 직후 우리는 당번병이 기차 끝에서 끝까지 애처로이 지나가면서 흔들어 대는 딸랑이 소리에 잠을 깼다. 보다 고상한 하사 하나가 “두 번째 코스요.” 하고 외쳤다.

"현재 액화 머스터드 가스[21] 공격을 받고 있다." 내가 말했다. "창문이 닫혀 있도록 조처하라." 그런 다음 깔끔한 약식 상황 보고서를 작성하여 사상자도 없고 오염된 물품도 없으며, 중대원들에게는 열차 하차 전에 객차 외부를 제독(除毒)하라는 특별 임무를 내려 두었다고 보고했다. 이것으로 연대장이 만족했는지 더는 가타부타 말이 없었다. 밤이 되자 우리는 모두 잠들었다.

끝끝내, 정말 늦게 우리는 선로 측선에 도착했다. 안보 및 전시 상황 훈련에서 배웠듯 역과 승강장을 피하는 것은 철칙이었다. 발판에서 석탄재가 깔린 철로까지 높이가 있어 어둠 속에서 대원들이 엉키고 부딪히고 했다.

"철롯둑 아랫길에 정렬하라. 'C' 중대는 언제나 그러듯 꾸물거리는 것 같군, 라이더 중대장."

"예, 연대장님. 중대원들이 표백하느라 조금 애를 먹고 있습니다."

"표백?"

"객차 외부를 제독하기 위해서입니다."

"아, 정말 성심성의껏 일하는군. 그건 건너뛰고 얼른 정렬시키게."

그즈음에는 반쯤 잠이 깨어 부스스한 내 중대원들이 뚜벅거리며 길가에 정렬하고 있었다. 곧이어 후퍼의 소대가 행군

---

21) 1차 세계 대전 때 독일군이 처음 사용하였으며, 2차 세계 대전 당시 화학전에 널리 사용되었다. 소량이 피부에 닿기만 해도 커다란 발진, 수포가 형성되며 들이마시면 사망에 이른다.

해 어둠 속에 삼켜졌다. 한편 내 눈에는 화물차들과, 중대원들이 열을 갖추고 손에서 손으로 가파른 철롯둑 아래로 비품을 전달하는 모습이 보였는데, 이내 무언가 목적이 뚜렷한 일을 한다는 느낌이 들자 대원들은 보다 활기를 띠었다. 나도 처음 반 시간가량 중대원들 틈에서 비품을 옮겼다. 그러다가 열에서 빠져나와 맨 먼저 복귀한 화물 트럭에서 내린 중대 선임 하사를 마주했다.

"진영이 나쁘진 않습니다." 그가 보고했다. "호수가 두셋 딸린 커다란 개인 저택입니다. 운만 좋으면 오리도 잡을 수 있을 것 같습니다. 마을엔 술집 하나랑 우체국이 있고요. 몇 킬로미터 안에 다른 마을은 없습니다. 중대장님과 저만 쓸 막사도 어찌어찌 구해 놓았습니다."

새벽 4시에야 작업이 끝났다. 나는 최후발 화물차를 타고 뻗어 자란 가지들이 앞 유리를 갈겨 대는 구불구불한 샛길을 달렸다. 그러다 어디선가 샛길을 벗어나 주택 진입로로 틀었다. 그러다 어디선가 두 진입로가 만나고 한 벌의 방풍 랜턴이 비품 더미를 어스름히 비추는 탁 트인 터에 도착했다. 이곳에서 우리는 화물차에서 비품을 하역했고, 한참 뒤 드디어 안내병을 따라 우리의 막사로 향했을 때는 별 하나 없는 밤하늘 아래 가느다란 빗줄기가 막 떨어지기 시작하고 있었다.

나는 내 종복이 불러 깨울 때까지 자다가 녹초가 된 몸을 일으켜 침묵 속에서 옷을 입고 면도를 했다. 그리고 문가에 다다랐을 때에야 중대 선임 하사에게 물었다. "이곳 지명이 뭔가?"

그가 대답한 순간 마치 누군가가 라디오를 꺼 버린 것만 같았고, 귓속에서 수없는 날들 동안 쉴 새 없이 멍멍하게 왕왕대던 목소리가 뚝 멎은 것 같았다. 뒤따른 거대한 침묵은 처음에는 텅 비었으나 차차 나의 경악한 신경이 지휘권을 되찾으면서 달콤하고 자연스러우며 오래도록 잊고 있던 무수한 소리들로 가득 찼다. 그가 말한 것은 내게 너무도 익숙했던 이름이자 너무도 신통한 태고의 힘을 지닌 주술사의 이름이었기에 그 이름을 부르는 소리만으로도 그 매료됐던 지난 세월들의 환영들이 날아오르기 시작했던 것이다.

나는 막사 바깥에 어벙하게 서 있었다. 비는 그쳤지만 구름이 머리 위에 낮고 무겁게 걸려 있었다. 고적한 아침이었고 취사장의 연기가 납빛 하늘로 곧추서 피어올랐다. 원래는 포장도로였으나 점차 잡초가 무성해지고 이제는 바큇자국이 나고 파헤쳐져 진창이 된 마찻길이 산비탈의 능선을 따라 오르다 둔덕 아래에서 꺾여 내려가 시야에서 벗어났으며, 길 양쪽에 아무렇게나 흩뿌려진 골함석 지붕에서는 달각거리고 재잘거리고 휘휘거리고 우우거리며 새날을 시작하는 부대의 동물원 같은 온갖 소음이 피어올랐다. 진영 너머와 주변으로 일상적 잡음보다도 익숙한, 인간의 손으로 만든 정교한 풍경이 펼쳐졌다. 그 외딴 장소는 골짜기 한 굽이에 둘러싸여 안겨 있었다. 우리 진영은 골짜기 한쪽의 완만한 비탈을 따라 위치했고, 진영 맞은편으로 이어지는 비탈은 아직 자연적 순수가 깃든 채 친숙한 지평선까지 뻗어 나갔으며, 양쪽 비탈 사이로 흐르는 개울(이 개울의 이름은 브라이드였으며, 수원지는 3킬로미터도 떨어지지 않은 브라이드스프링이라는 농장에 있는데, 우리가 이따금 걸어가 차를 마시던 곳이었다. 개울은 하류로 가면 꽤 굵은 내를 이루다가 에이번강에 합류했다.)이 이곳에서 댐으로 막혀 세 개의 호수를 형성하였다. 하나는 갈대 사이의 젖은 점판암에 그쳤으나 나머지 두 개는 더 넓어서 호숫가의 구름들과 장대한 너도밤나무들을 비췄다. 삼림은 전부 참나무와 너도밤나무였는데, 참나무는 회색에 헐벗었으며 너도밤나무는 속살을 찢고 나오는 새순들로 초록빛이 흐릿하게 흩뿌려져 있었다. 나무들이 푸른 오솔길들과 너른 초록 공터들과 어우러져 간소하고도 신중히 설계된 무늬가 만들어졌고(다마사슴이 아직도 여기서 풀을 뜯었을까?) 시선이 머물 곳을 찾지 못할까 봐 물가에 도리스 양식[22] 신전이 서 있었으며, 담쟁이덩굴이 감긴 아치가 연속되는 둑들의 최하단을 받쳤다. 이 모든 것이 150년 전에 계획되고 심어졌으므로 이때 즈음에는 원숙해진 모습을 감상할 수 있었다. 내가 선 자리에서는 저택이 푸른 산모퉁이에 가려졌어도 나는 저택의 모양과 위치를, 마치 고사리 숲의 암사슴같이 라임나무들 사이에 웅크린 그 모습을 잘 알았다.

후퍼가 옆걸음으로 다가와서는 많이들 흉내 내지만 절대 흉내 낼 수 없는 그만의 경례를 올려붙여 내게 인사했다. 밤새 불침번을 서서 얼굴이 흙빛이고 면도도 아직 하지 않은 상태였다.

---

22) 고대 그리스 건축 양식으로, 기둥은 낮고 폭이 넓으며, 기둥머리에 조각이 새겨지지 않는 등 간소하고 웅장하다.

"'B' 중대와 교대했습니다. 씻고들 오라고 애들 해산시켰습니다."

"수고했네."

"저택은 저 위에, 산모퉁이를 돌아 있습니다."

"그래." 내가 말했다.

"여단 사령부가 다음 주에 저기로 부임한답니다. 막사로 쓰기엔 그만입디다. 방금 좀 기웃거리다 왔습니다. 제가 보기에는 정말 휘황찬란했습니다. 그리고 이상한 게, 로마 가톨릭 성당 같은 것도 딸려 있었습니다. 흘깃 들여다봤더니 무슨 예배를 하고 있었습니다. 신부랑 노신사 단둘이 말입니다. 제가 보는데 되게 멋쩍었습니다. 저보다는 중대장님 분야죠, 그런 건." 아마도 내가 안 듣는 듯 보였는지 내 흥미를 끌어 보려는 최후의 발악으로 그가 다시 입을 열었다. "계단 앞에는 몸서리쳐질 정도로 커다란 분수도 있었습니다. 온통 돌에다가 웬 동물들이 조각돼 있고. 그런 건 보지도 못하셨을 겁니다."

"아니, 후퍼, 봤네. 나는 전에 이곳에 있었어."

말들이 마음속 지하 감옥의 아치 천장에 퍼져 내게 되울리는 듯했다.

"이런, 그곳을 다 아시는군요. 그럼 전 가서 씻겠습니다."

나는 전에 그곳에 있었다. 그곳을 다 알았다.

1부
나도 아르카디아에 있었네[23)]

23) 1618~1622년 사이에 그려진 이탈리아 화가 조반니 프란체스코 바르비에리(Giovanni Francesco Barbieri)의 작품에서 처음 등장한 구절이다. 이 그림은 두 목동이 '나도 아르카디아에 있었네'라고 새겨진 표석 위에 올려진 해골을 바라보는 장면을 묘사한다. 아르카디아는 고대 그리스의 지명이며, 산이 많은 지형과 드문 인구로 많은 시인들에게 자연적 순수가 있는 금녀(禁女)의 목가적 낙원으로 통했다.

1

“나는 전에 이곳에 있었어.” 내가 말했다. 나는 전에 그곳에 있었다. 첫 방문은 이십 년도 더 전인 6월의 구름 한 점 없는 날, 메도스위트가 배수로에 크림색으로 흐드러지고 여름의 온갖 향기로 공기가 묵직할 때 서배스천과 함께였다. 그때는 유난히도 해가 쨍한 날이었으며, 나는 수차례, 다양한 심기로 그곳에 있었음에도 다시 찾은 지금 내 마음이 회상한 것은 그 첫 방문이었다.

그날도 나는 목적지를 모르는 채 왔다. 그때는 에이츠 위크[24]였다. 옥스퍼드는(급속도로 물살이 밀려 들어와 이제 침몰하고 말소되어 라이오네스[25]와 같이 돌이킬 수 없는), 옥스퍼드는 그 나날

---

24) 옥스퍼드 대학교에서 매년 여름 학기의 다섯 째 주(주로 5월 말이나 6월 초)에 나흘간 열리는 대학 연합 조정 경주.

25) 아서왕 전설에 등장하는 도시로, 물속에 가라앉아 상실되기 전까지 영국

들에는 아직 애쿼틴트[26] 판화의 도시였다. 옥스퍼드의 널찍하고 조용한 길거리에서 사람들은 뉴먼 추기경[27] 시절의 모습처럼 걷고 말했다. 또 옥스퍼드의 가을 안개, 회색빛 봄철, 여름날의 드문 햇살은(가령 그날같이) 밤꽃이 피고 종소리가 박공과 돔 위로 고고하고 청아하게 울려 퍼질 때면 수백 청춘의 포근한 날숨을 내쉬었다. 바로 이 수도원 같은 고요 덕에 우리의 웃음은 울림이 되고 소란이 끼어들어도 명랑하게 퍼져 나갔다. 이곳의 에이츠 위크에 불협화음으로 끼어든 것은 종알거리는 여자들로, 가히 수백 명은 되게 자갈길과 계단 위에서 짹짹대고 파닥이며 볼거리와 재미를 찾아다니고, 클라레 컵[28]을 홀짝이고 오이 샌드위치를 먹었다. 또 강가에서는 펀트 배를 타고 밀려 내려가 대학별 바지선에 떼로 몰려들었다. 이들에 대한 환영 인사는 《아이시스》[29]와 유니언[30]에서는 이상하고 경박하며 머리까지 지끈거리는 '길버트와 설리번'[31]식 희롱

콘월 근처에 존재했다고 전해진다.

26) 동판화를 산으로 부식시켜 그림을 제작하는 방법.

27) 존 헨리 뉴먼(John Henry Newman, 1801~1890). 로마 가톨릭 추기경이자 신학 관련 시인, 작가. 1830년경에 영국 성공회를 과거의 위엄 있는 교회로 돌려놓으려는 종교 부흥 운동인 '옥스퍼드 운동'의 주역으로 활약하다 1845년에 영국 성공회를 떠나 로마 가톨릭교로 개종하였다.

28) 적포도주에 브랜디, 탄산수, 레몬, 설탕을 넣어 차고 달게 마시는 음료.

29) 1892년에 창간되었으며 현재도 발행 중인 옥스퍼드 대학교의 교내 잡지이다.

30) 옥스퍼드 유니언. 1823년에 설립된 옥스퍼드 대학교의 교내 토론 연합. 전통적으로 정계에 발돋움하는 발판으로 여겨졌다.

31) 19세기 후반 영국의 오페레타를 이끈 극작가 윌리엄 길버트(William Gilbert)와 작곡가 아서 설리번(Arthur Sullivan)을 일컫는다. 두 사람이 협업

이었으며, 대학 예배당에서는 이상한 동시다발적 효과음이었다. 침입자들의 메아리가 속속들이 파고들었으며, 내가 다닌 단과대에는 메아리는 없는 대신 가장 극악무도한 민폐의 원천이 있었다. 여기서 무도회가 열릴 예정이었다. 내 기숙사가 있던 사각형의 안뜰에 바닥이 깔리고 천막이 쳐졌다. 게다가 경비실 언저리는 야자나무와 철쭉으로 수북했다. 무엇보다도 최악은 내 윗방에 사는 이과 계열의 쥐새끼 같은 교수가 자기 방을 '여성 외투 보관소'로 빌려 주었고, 이 유린을 선포하는 인쇄된 공고문이 참나무로 만든 내 방문으로부터 15센티미터도 떨어지지 않은 곳에 나붙은 것이었다.

이에 대해 내 사환[32] 만큼 질색한 사람도 없었다.

"앞으로 며칠간 숙녀 손님이 없는 남학생은 되도록 식사를 밖에서 해 달라는 공고가 있었습니다." 사환이 맥없이 소식을 전했다. "점심은 안에서 드실 건가요?"

"아뇨, 런트."

"말로는 사환들에게 숨 돌릴 틈을 주기 위해서라는데. 숨 돌릴 틈은 무슨! 덕분에 '여성 외투 보관소'에서 쓸 바늘꽂이나 사러 가야 한단 말입니다. 무도회를 뭐 하려고 연답니까? 당최 이유를 모르겠어요. 에이츠 위크 전에 무도회가 열린 유례

하여 만든 오페레타 작품들은 현실적인 캐릭터와 재치 있는 대사, 조화로운 음악으로 선풍적인 인기를 끌었다.

32) 옥스퍼드 대학교에서는 학생들에게 사환이 한 명씩 딸려 있어 기숙사를 청소하고 학생이 부적절한 행동을 하지 않도록 관리하는 역할을 했다.

가 없다고요. 기념제 무도회[33]는 방학 중이니 얘기가 다르지만 에이츠 위크 동안에는 아니죠. 다과회랑 강만으로는 만족을 못 하겠다는 듯 말이에요. 제 생각에는 이게 다 전쟁 때문입니다. 전쟁이 아니었다면 일어날 리가 없고말고요." 그때는 1923년이었고 다른 수천 명에게와 마찬가지로 런트에게도 당시는 여러모로 결코 1914년의 모습 그대로일 수 없었으므로. 런트가 버릇대로 반은 문밖에 반은 문 안에 선 채로 말을 이었다. "그게 저녁에 와인을 마신다거나 남학생 한둘과 오찬을 하는 건 이유가 있죠. 근데 무도회는 없어요. 이게 다 전쟁에서 돌아온 남자들이 들여온 겁니다. 다들 늙어 빠져서 뭘 모르고 배우려고 들지도 않았어요. 그게 사실입니다. 프리메이슨[34] 집회에 주민들과 춤추러 가는 놈들마저 있으니, 원. 하지만 학생감들이 그런 놈팡이들은 잡아내고 말죠, 아무렴……. 아니, 서배스천 경이 오셨군요. 나도 참, 바늘꽂이를 사러 가야 하는데 여기 서서 입만 놀리면 안 되지."

서배스천이 들어왔다.(보랏빛 회색 플란넬, 흰색 크레프 드 신,[35] 샤르베[36] 넥타이(잘 보니 내 넥타이.), 우표 문양 옷감.) "찰스,

---

33) 매년 여름 학기가 끝나고 일주일 후인 기념제 주간에 옥스퍼드 대학교의 단과대들이 돌아가며 여는 무도회를 말한다.

34) 18세기 초 영국에서 창설되어 세계로 전파된 단체로, 박애주의를 표방한다. 이단적 성격을 띠어 가톨릭 교리와 맞지 않는다는 이유로 로마 가톨릭으로부터 박해를 받았다.

35) 프랑스 리옹에서 중국식 비단을 모방하여 만들었다고 알려진 얇고 잔주름이 많은 비단 직물.

36) 1838년에 설립된 프랑스 파리의 고급 양복 회사.

너희 단과대에서 대체 무슨 일이 일어나고 있는 거야? 서커스라도 열리나? 코끼리 빼곤 다 봤는데. 옥스퍼드 전체가 갑자기 정말 이상해졌다고 말해야겠어. 어젯밤에는 여자들이 우글거리더라고. 너 당장 따라와, 위험 지대를 떠나야 해. 내가 차랑 딸기 한 바구니랑 샤토 페이라게이 한 병을 가져왔어. 네가 마셔 본 와인들과는 천지 차이니까 아는 척하지 말고. 딸기랑 마시면 천국이야."

"어디로 가는데?"

"친구 보러."

"누구?"

"이름은 호킨스야. 사고 싶은 게 눈에 띌지도 모르니까 돈 좀 챙기고. 차는 하드캐슬이라는 남자애 소유야. 내가 가다가 죽으면 잔해를 걔한테 돌려줘. 내가 운전을 썩 잘하진 않거든."

정문 너머, 한때 경비실이었던 겨울 정원 너머에 2인승 모리스 카울리 오픈카가 서 있었다. 서배스천의 곰 인형이 운전석에 앉아 있었다. 우리는 인형을 가운데 앉히고("얘 차멀미 안 하게 조심해 줘.") 출발했다. 세인트 메리 대학 교회에서 9시 종이 울리고 있었다. 우리는 하이 거리에서 가만히 자전거 페달을 밟으며 역주행하던 검은 밀짚모자를 쓰고 수염을 하얗게 기른 사제와 아슬아슬하게 충돌을 피했고, 카팍스 교차로를 건너고 역을 지나 금방 보틀리 거리의 탁 트인 전원에 도착했다. 당시에는 조금만 나가도 탁 트인 전원이 있었다.

"이르긴 하지?" 서배스천이 말했다. "여자들은 아래층에 내려오기 전에 바르고 걸치고 하는 걸 아직도 하고 있어. 늑장 부리다가 망한 거지. 우린 떠났어. 하드캐슬에게 축복이 있기를."

"그게 누구든 간에."

"자기도 오늘 낄 생각이었나 봐. 걔도 늑장 부리다가 망했지, 뭐. 하긴 내가 10시라고 말했지만. 우리 단과대의 되게 음침한 녀석이야. 이중생활을 해. 최소한 내 짐작은 그래. 주야장천 하드캐슬로만 살아갈 수는 없는 거잖아? 그러다가는 죽어 버릴걸. 걔가 우리 아빠를 안다고 하던데, 그럴 리는 없어."

"왜?"

"아무도 우리 아빠를 모르거든. 사교계에서 문둥이 격이라. 들은 적 없어?"

"우리 둘 다 노래를 못 부르다니 아쉽다." 내가 말했다.

스윈던에서 우리는 간선 도로에서 벗어났고, 태양이 높이 떠올랐을 무렵에는 돌담들과 마름돌 주택들 가운데 있었다. 11시경에 서배스천이 한마디 예고도 없이 마찻길로 차를 홱 틀더니 우뚝 멈춰 섰다. 이때 즈음에는 꽤 뜨거워져서 우리는 그늘을 찾았다. 양 떼가 풀을 뜯은 둔덕 위 느릅나무 숲 아래에서 우리가 딸기를 먹고 와인을 마시고(서배스천이 장담했듯 곁들이니 맛있었다.) 두툼한 터키산 담배를 태우며 바로 누워, 서배스천의 눈길은 머리 위 나뭇잎에, 내 눈길은 그의 옆얼굴에 놓인 순간 푸르스름한 담배 연기가 바람 한 자락에도 흩날리지 않고 짙푸른 녹음 속으로 피어오르고, 달콤한 담배 냄새가 주변의 달콤한 여름 냄새와 뒤섞이면서 달콤한 황금빛 와인의 취기가 우리를 잔디밭에서 손가락 하나 높이로 들어 올려 고정한 듯했다.

"딱 금 단지를 묻어 둘 만한 장소야." 서배스천이 입을 열었다. "난 행복했던 모든 장소에 소중한 무언가를 묻어 두고 나중에 늙고 못생기고 처참할 때 다시 와서 파내 보고 기억하고 싶거든."

이때는 입학 이후 세 학기째였지만 나는 옥스퍼드 생활을 그 전 학기 중반에 우연히 일어난 서배스천과의 첫 만남부터 추억한다. 우리는 단과대도 달랐거니와 출신 남학교도 달랐다. 따라서 내가 대학에서 서너 해를 지내도록 그를 만나지 못했을 수도 있었으나 어느 저녁 우리 단과대에서 서배스천이 취할 확률과 내가 앞쪽 사각형 안뜰의 1층 기숙사 방에 머물 확률이 맞아떨어지고 말았다.

이 방의 위험성에 대해서는 사촌 형 재스퍼에게 경고를 받았는데, 내가 처음 옥스퍼드에 들어올 때 그가 유일하게 나를 세세한 조언을 해 줘야 마땅한 대상으로 생각했던 것이다. 아버지는 아무 조언도 하지 않았다. 언제나 그러듯 당시에도 아버지는 나와의 진지한 대화를 삼갔다. 아버지가 이 주제에 관해 입이라도 뗀 것은 내가 옥스퍼드에 들어오기 보름 전이 되어서였다. 그때 아버지는 주뼛대며 다소 엉큼하게 말을 꺼냈다. "네 얘기를 하다 왔단다. 네 학장 되실 분을 아테네움 클럽에서 만났거든. 난 에트루리아 문명의 불멸 관념에 관해 논하고 싶었는데, 그분은 노동자 계급을 위한 대학 공개강좌에 관해 논하고 싶어 하지 뭐냐. 그래서 우리는 타협해서 네 얘기를 했단다. 내가 네 용돈은 어느 정도가 좋을지 여쭤봤지. 그분이 이렇게 말하더구나. '일 년에 300파운드. 어떤 이유에서든 더 주지 마세요. 대부분의 사람이 그만큼 가지고 삽니다.' 그것 참 개탄스러운 답변이로구나 생각했지. 네 아비는 말이다, 네 아비가 옥스퍼드에 있을 때 대부분의 사람보다 더 가졌는데, 돌이켜 보면 이 세상 어디에서도, 인생의 어떤 시기에도 수백 파운드 정도가 이래서든 저래서든 한 사람의 지위와 인기를 그렇게까지 좌우하는 경우는 없단다. 그래서 너한테 일 년에 600은 줄까 하고 생각을 해 봤단다." 아버지가 재미있어할 때의 버릇대로 코를 좀 훌쩍이며 말했다. "그런데 다시 생각하니 이게 혹시 학장 귀에라도 들어가면 작정하고 무람없는 짓을 한 것처럼 들릴 것 같더란 말이다. 그래서 너한테 550을 주기로 했다."

내가 감사하다고 했다.

"그래, 내가 관대하긴 하지. 그런데 알겠지만 이건 다 네가 물려받을 자본금에서 까는 거란다. ……이제 너한테 조언을 해 줘야 할 때인 것 같구나. 내가 들은 조언은 네 큰아버지 알프레드가 한 번 말해 준 게 다란다. 그게 말이다, 내가 옥스퍼드에 들어가기 전 여름에 네 큰아버지가 나한테 조언 한마디를 해 주려고 특별히 보턴까지 걸음을 했지 뭐냐? 그 조언이 뭐였을 것 같니? '네드, 너한테 딱 하나만 신신당부하고 싶다. 학기 중 일요일에는 항상 실크해트를 써라. 남자는 다른 무엇보다 바로 그 점으로 평가받는 법이다.' 그래서 말이다." 아버지가 크게 훌쩍대면서 말을 이었다. "난 항상 썼단다. 누구는 쓰고 누구는 안 썼어. 그들 사이에 어떤 차이점이 보이지도 않았거니와 이게 화젯거리가 되는 걸 들은 적도 없었다만 그래도 나만큼은 항상 실크해트를 썼다. 사려 깊은 조언이 적시에 적절히 전달되었을 때 얼마나 큰 효과를 낼 수 있는지 보여 주는 예지. 나도 너에게 해 줄 말이 있었으면 싶지만 없단다."

사촌 형 재스퍼가 이 조언의 부재를 벌충해 주었다. 그는 큰아버지의 아들로, 자기 아버지를 몇 번씩이나 진담 반 농담 반으로 "가족의 수장"이라고 일컬었다. 그는 이제 대학 4학년생으로, 지난 학기에는 조정 경주에서 일등 상 블루를 아깝게 놓쳤다. 또한 캐닝[37]의 총무이자 J. C. R.[38]의 회장이었다. 즉, 학교에서 중요한 인물이었다. 그는 학기의 첫 주에 내 방에 정식으로 방문해서 티타임까지 머물렀다. 그는 허니 번, 앤초비 토스트, 풀러 가게의 호두 케이크까지 매우 거하게 식사한 다음 파이프에 불을 붙여 물고 바구니 의자에 기대 누워서는 내가 따라야 할 행동 규범들을 죽 읊었다. 나는 거의 모든 방면을 망라한 그 조언 중 상당 부분을 오늘날에도 한마디 한마디 읊을 수 있다. "……역사학은 공부하고 있니? 완벽히 훌륭한 학과지. 최악은 영문학이고 차악은 근대 인문학[39]이야. 자고로 모 아니면 도야. 어중간한 건 소용없어. 좋은 차선책에 들

---

37) 보수적 성향의 정치사상을 토론하고 공유하는 학생 단체.

38) 학부 학생 단체 '주니어 커먼 룸'을 일컫는다. 학내에서 실질적 문제들을 조정하고 모임을 주선한다.

39) 옥스퍼드 대학교에서 1920년대에 생긴 학과로, 철학, 정치학, 경제학을 가르친다.

인 시간은 내다 버린 시간이라고. 최고의 강의만 들어야지.(일례로 아크라이트 교수의 데모스테네스[40] 강의라든가.) 네 학과 강의든 타 학과 강의든 상관없이……. 옷. 시골 자택에서 입듯이 입어라. 트위드 코트와 플란넬 바지는 손대지도 말고, 항상 정장이다. 그리고 런던 양복점에 가. 재단도 낫고 상환 기간도 기니까. …… 클럽. 당장 칼턴[41]에 들고 2학년 초반에는 그리드[42]에 들어. 유니언에 출마하고 싶으면(또 그렇게 나쁜 일은 아니니까.) 명성을 외부에서 먼저 쌓아, 캐닝이라든지 채텀[43]에서. 그리고 종이를 보고 말하는 연습부터 시작해라. …… 보어스 힐[44]에는 얼씬도 하지 말고…….” 맞은편 박공들 위의 하늘이 달아오르더니 어두워졌다. 나는 난롯불에 석탄을 더 집어넣고 불을 지펴 런던에서 재단한 그의 플러스 포스 반바지와 레안드로스 넥타이[45]의 점잖은 옷매무새를 밝혔다. “대학교수들을 남학교 선생님 대하듯이 하지 마라. 집에서 목사님을 대하듯이 하란 말이다. …… 2학년 중반쯤 가면 1학년 때 만든 탐탁잖은 친구들을 떨쳐 버리게 될 거다. …… 영국 가톨릭교도

40) Demosthenes(기원전 384~기원전 322). 고대 그리스의 웅변가이자 정치가로, 그리스가 신흥 마케도니아에 위협받을 당시 반(反)마케도니아를 주창하는 정치 연설을 한 것으로 유명하다.

41) 보수적 성향의 정치사상을 토론하는 학생 단체.

42) 그리드아이언 클럽. 남성 회원만 받는 사교 만찬 모임.

43) 회원제로 운영되는 사교 만찬 모임.

44) 20세기 초반에 존 메이스필드, 길버트 머레이 등 다수의 문인 및 학자들이 거주한 것으로 유명하다.

45) 명성이 드높은 조정부 레안드로스 클럽 부원만 매는 분홍색 넥타이를 말한다.

들을 조심해라. 그 작자들은 전부 남색자들에 말씨도 불쾌하기 짝이 없어. 말하자면 모든 종교 무리를 멀리하라는 거야. 그런 무리는 가까이해 봐야 손해만 보니까……."

드디어 그가 떠나면서 덧붙였다. "마지막으로 한마디만 한다. 방 바꿔라." 내 기숙사 방은 널찍했고, 벽감이 깊이 파인 창문에 채색된 18세기 벽널이 있었다. 이 방을 얻다니 1학년 생치고 운이 좋았다. "앞쪽 사각형 안뜰의 1층 방에서 지내면서 신세 망친 애들을 한둘 본 게 아니야." 그가 자못 진지하게 말했다. "사람들이 들르기 시작해. 다들 학생 가운을 여기에 맡겨 두고는 강당에 가는 길에 찾아가. 그러니 사람들한테 셰리[46] 한 잔씩 건네주게 되지. 네가 어디 있는지 깨닫기도 전에 학교의 온갖 달갑지 않은 족속들에게 공짜 바를 열어 주는 꼴이라고."

내가 이 충고 중에 의식적으로 따른 부분이 한 가지라도 있는지 모르겠다. 확실한 것은 방은 절대 바꾸지 않았다는 사실이다. 창문 아래에서 자라는 비단향꽃무 덕에 여름 저녁이면 창문가가 향기로 가득 찼으니까.

과거를 회상하면서 한 사람의 청춘에 거짓된 조숙함이나 거짓된 동심을 불어넣는 것은, 문틀에 키를 표시한 눈금의 날짜를 조작하는 것은 참 쉬운 일이다. 나도 이렇게 생각하고 싶다.(실제로 이따금 이렇게 생각한다.) 내 기숙사 방이 윌리엄 모

46) 와인에 브랜디를 넣어 알코올 도수를 높인 스페인 와인으로, 달지 않아 주로 식전주로 이용된다.

리스[47]의 직물 작품들과 애런델[48] 복제화들로 장식되었으며 서가는 17세기 이절판 책들에 러시아산 가죽과 물결무늬 실크로 만들어진 제2제정[49]의 프랑스 소설들로 가득했다고. 하지만 이는 사실이 아니었다. 입주한 첫날 오후에 나는 자랑스럽게 반 고흐의 「해바라기」 복제화를 난로 위쪽에 걸었으며, 오메가 공방이 매각될 때 염가에 구매한 로저 프라이[50]의 프로방스 풍경 칸막이를 세웠다. 맥나이트 코퍼[51]의 포스터와 포에트리 북숍[52]에서 산 운문 포스터도 붙였고, 가장 얼굴이 화끈거리는 기억으로, 맨틀피스 위 두 개의 두 검은 양초 사이에 폴리 피첨[53]의 도자기 모형까지 놓았다. 가진 책도 빈약하

47) William Morris(1834~1896). 영국의 직물 디자이너로 산업 혁명에 따른 기계화에 반대하는 예술 수공예 운동을 선도했다.
48) 애런델 협회. 유명한 예술품 수집 단체로, 일반인들이 기존에는 접할 수 없었던 명작들의 복제화를 배포함으로써 대중의 취향에 영향을 미쳤다.
49) 1851년 나폴레옹 3세가 황제의 지위에 오르면서 성립돼 1871년 프로이센과의 전쟁에서 패함으로써 몰락하였다.
50) 로저 엘리엇 프라이(Roger Eliot Fry, 1866~1934). 후기 인상주의라는 용어를 만든 영국의 예술 비평가이자 화가로서, 현대적인 인테리어 디자인을 선구하였다. 1913년에 오메가 공방을 설립하여 후기 인상주의 디자인의 현대적인 작품들을 판매하다가 1919년에 문을 닫았다.
51) 에드워드 맥나이트 코퍼(Edward McKnight Kauffer, 1890~1954). 미국 출신 화가로 그래픽 디자인을 전문으로 다뤘다.
52) 런던 중심부의 서점 겸 소규모 출판사로, 1912년경부터 1935년경까지 운영했다. 특히 시에 삽화를 넣은 운문 포스터를 발행한 것으로 유명했다.
53) 존 게이(John Gay)의 발라드 오페라 『거지의 오페라』의 여주인공. 친숙한 곡조에 다른 가사를 붙여 부르며 상류 계급과 정치가, 정통 이탈리아 오페라를 풍자함으로써 큰 인기를 끌었다.

고 하잘것없었으며(로저 프라이의 『시각과 디자인』,[54] 메디치 프레스 판 『슈롭셔의 젊은이』,[55] 『빅토리아 왕조의 명사들』,[56] 『조지 왕조 시선집』[57] 몇 권, 『불길한 거리』,[58] 『남풍』[59]) 초반에 어울린 친구들도 이 배경에 잘 들어맞았다. 바로 윈체스터 칼리지 출신의 장차 교수가 될 인물로, 탄탄한 독서량과 아이 같은 유머 감각이 있던 친구 콜린스에, 현란한 '탐미주의자'들과 이플리 거리 및 웰링턴 스퀘어의 셋방에서 맹렬히 사실을 탐구하던 무산자 장학생들 사이 어딘가에서 중용의 문화를 향유하던 대학 지식인들의 소모임이었다. 바로 이 무리가 첫 학기에 내가 받아들여진 곳이었다. 이들은 내가 남학교의 식스 폼[60]에서 즐겼던 유의 교우 관계를 주었고, 식스 폼에서 이를 위해 준비했음은 물론이다. 하지만 옥스퍼드에서 생활하며, 나만의 방과 나

54) 1920. 예술 비평가 및 예술가 로저 프라이가 기사와 수필을 모아 출판한 영향력 있는 책으로, 세계 예술사 및 창조의 여러 논점을 명쾌하게 다루었다. 예술 작품에서 내용보다 형식이 중요하다는 주장을 펼쳤다.

55) 1896. 시인 A. E. 하우스먼(Housman)의 시선집. 단순하고 몰입도 높은 문체로 영국 전원을 묘사하며 청춘, 사랑, 죽음이라는 주제를 전달함으로써 20세기 초반에 큰 성공을 누렸다.

56) 1918. 리턴 스트레이치(Lytton Strachey)가 출판한, 매닝 추기경, 플로렌스 나이팅게일, 토머스 아널드, 고든 장군 네 명의 전기를 담은 책.

57) 1912~1922. 조지 5세 재위 기간(1910~1936)의 시를 담은 영국 시선집으로, 다섯 권으로 이루어져 있다.

58) 1913?. 영국의 소설가 콤프턴 매켄지(Compton Mackenzie)가 내놓은 두 권짜리 소설.

59) 1917. 영국의 소설가이자 여행 작가 노먼 더글러스(Norman Douglas)의 가장 유명한 작품.

60) 영국 학제에서 16~18세의 학생들이 다니는 2년간의 대학 준비 과정.

만의 수표장이 있다는 사실만으로도 설레던 초반에조차 나는 마음 한구석에서 옥스퍼드가 줄 것이 이게 전부는 아니라고 느꼈다.

서배스천이 다가오자 이 회색 인물들은 자욱한 헤더꽃 속의 산양같이 소리 없이 풍경 속으로 스며들어 사라지는 듯했다. 콜린스는 내게 현대 미학의 허위를 지적했더랬다. "…… '유의미한 형태'[61]의 주장 일체가 성립하느냐 않느냐는 입체감에 달렸어. 세잔[62]이 이차원 캔버스에 삼차원을 표현한다고 인정하면 랜드시어[63]가 그린 스패니얼의 눈에 충성의 빛이 담겼다고도 인정해야 해." 하지만 서배스천이 클리브 벨의 『예술』의 책장을 한가히 넘기다가 "'성당이나 그림에 대해 느끼는 감정을 나비나 꽃에 대해서도 똑같이 느끼는 사람이 있는가?' 응. 나는 느끼는데."라고 읽었을 때에야 비로소 나는 개안했다.

나는 서배스천을 만나기 오래전부터 익히 봐서 그를 알고 있었다. 도저히 보지 않을 수 없었던 것이 입학 첫 주부터 서

61) 영국의 예술 비평가 클라이브 벨(Clive Bell)의 저서 『예술』(1914)에 등장하는 개념이다. 클리브 벨은 예술 작품에서 받은 감동은 의미 있는 물리적 특성들 덕분이지, 작품의 역사적 맥락이나 표현하는 바를 이해함으로써 일어나지 않는다고 주장한다.

62) 폴 세잔(Paul Cézanne, 1839~1906). 프랑스의 화가로, 자연을 원기둥, 구, 원뿔 등 기하학적 형태로 해석한 독자적 화풍으로 피카소 등 입체파 화가들에게 큰 영향을 주었다.

63) 에드윈 헨리 랜드시어(Edwin Henry Landseer, 1802~1873). 영국의 화가, 조각가로, 개와 말을 그린 그림들로 특히 유명하다. 「구조(Saved)」는 바다에서 소녀를 구해 낸 스패니얼을 그린 그림이다.

배스천은 신입생 중 가장 튀었기 때문인데, 여기에는 시선을 사로잡는 그 미모에 도대체 정도라는 것을 모르는 듯한 그의 기행들이 한몫했다. 내가 그를 처음 본 것은 저머 이발소의 문가에서였는데, 그 순간 나는 그 외모도 외모거니와 커다란 곰 인형을 들고 돌아다닌다는 데에 더 충격을 받았다.

내가 자리에 앉자 이발사가 말을 시작했다. "저분이 서배스천 플라이트 경입니다. 정말 재미난 젊은 신사분이지요."

"그래 보이네요." 내가 차갑게 대답했다.

"마치멘 후작의 둘째 아드님이죠. 첫째 아드님인 브라이즈헤드 백작은 지난 학기에 고향으로 돌아가셨고요. 그분은 완전히 딴판이었던 게 꼭 늙은이처럼 정말 조용한 신사분이셨지요. 서배스천 경이 뭘 주문하셨는지 맞혀 보시렵니까? 글쎄 곰 인형용 빗입니다. 꼭 아주 빳빳한 털이어야 한다고 하셨는데, 빗어 주려는 게 아니라 샐쭉해할 때 그걸로 때려 주겠다고 위협하는 용도라지 뭡니까. 상아 등판을 댄 정말 고급 빗을 사셨는데 '앨로이시어스'라고 새기신다네요, 그게 곰돌이 이름이라면서." 살면서 대학생의 괴벽에는 엔간히 질렸을 법도 한 여기 이발사는 완전히 사로잡혀 있었다. 하지만 내 비판적 심기는 그대로였으며, 이다음에 이륜마차를 모는 모습과 조지 바에서 가짜 수염을 붙이고 식사하는 모습이 얼핏 보였어도 누그러들지 않았으나 콜린스는 프로이트를 읽던 참이었으므로 수많은 전문 용어로 그의 모든 기행을 설명했다.

우리가 끝내 만나게 된 정황도 재수가 좋지는 않았다. 때는 3월 초의 자정 직전이었다. 나는 예의 대학 지식인들에게 뱅

쇼를 대접하고 있었다. 난롯불이 타오르고, 방 공기는 담배 연기와 향신료로 텁텁하고, 정신은 형이상학으로 기진맥진했다. 내가 창문을 열어젖히자 바깥의 안뜰로부터 얼큰한 웃음과 갈지자걸음의 드물지 않은 소리들이 밀려왔다. "일어나." 하는 목소리. "얼른." 하는 다른 목소리. "시간 많아……. 크라이스트처치……. 톰 종탑[64] 타종이 그치기 전까진." 하는 또 다른 목소리. 이어서 "있잖아, 나 지금 이루 말할 수 없이 속이 안 좋아. 잠시 좀 다녀올게." 하는 나머지보다 또렷한 목소리 다음에 창문가에 나타난 얼굴은 내가 알기로 서배스천이었는데, 이전에 본 대로 유쾌함으로 생생하고 반짝이는 안색이 아니었다. 그는 흐리멍덩한 눈으로 잠시 나를 바라보고 방 안쪽으로 몸을 푹 수그리더니 토했다.

저녁 파티가 그런 식으로 마무리되는 일은 드물지 않았다. 사실 그럴 경우에 사환에게 내는 공인된 벌금마저 있었으니까. 우리는 모두 시도하고 실수하며 와인을 견디는 법을 배워 나가는 중이었다. 게다가 일종의 어리석고 귀여운 질서 의식이 엿보인 부분은 서배스천이 극한 상황에서도 열린 창문을 선택했다는 점이다. 그렇기는 해도 종합해 보면 재수 없는 만남이라는 사실은 변함없었다.

저쪽 무리가 서배스천을 기숙사 입구로 데려갔고, 몇 분 뒤 파티 주최자인 싹싹한 이튼 출신 동급생이 돌아와서 사과했

64) 크라이스트처치 단과대 정문의 일부. 전통적으로 밤 9시 5분에 101번 타종함으로써 통금 시간을 알렸다.

다. 그 친구도 술에 취해 설명하면서 중언부언했고, 끝에는 눈물범벅이 되었다. "와인이 너무 다양했어." 그가 설명했다. "문제는 질도 양도 아니었어. 섞어 마셔서 그래. 그것만 이해하면 이 사달의 원인을 아는 거야. 모두 이해하면 모두 용서하게 되잖아."

"그래." 대답은 했지만 나는 다음 날 아침 런트에게 잔소리를 듣자 억울함이 치받쳤다.

"뱅 쇼 두어 주전자를 남자 다섯이서 나눠 마시고 이 꼴이 뭡니까, 이게. 창문까지 미처 가지도 못해서. 견디지 못하면 차라리 마시지 말아야죠." 런트가 말했다.

"우리 쪽에서 그런 게 아니었어요. 다른 단과대 사람이 그랬다니까."

"글쎄, 누가 그랬든 치우는 사람 입장에서 역겹긴 매한가지예요."

"찬장에 5실링 놔뒀어요."

"저도 봤고 잘 받았습니다만 그 돈 갖느니 이 난리를 안 보고 말죠. 어떤 아침에도."

나는 학생 가운을 챙겨 입고 일하는 런트를 뒤로했다. 당시는 아직 강의실을 뻔질나게 드나들 때였고, 단과대로 돌아오자 11시가 넘어 있었다. 방에 들어서니 꽃이 가득했다. 시장 꽃 노점의 하루 물량이 아닐까 싶던, 아니, 실제로 하루 물량이었던 꽃들이 들어갈 만한 통이란 통에 전부 꽂혀 구석구석 놓여 있었다. 런트는 남은 꽃을 집에 가져가려고 크라프트지에 숨기고 있었다.

"런트, 이게 다 뭐예요?"

"간밤의 신사분입니다. 여기 쪽지도 남기셨어요."

그 쪽지는 콩테 크레용으로 내 고급 와트만 H. P. 도화지 한 면 전체에 휘갈겨 있었다. "통회하고 있어. 앨로이시어스가 내가 용서받는 걸 보지 않고는 말을 않겠다고 하니까 부디 오늘 오찬에 와 주기를. 서배스천 플라이트." 돌이켜 보니 참 그다웠다. 내가 자기가 어디 사는지쯤은 알 것이라고 멋대로 생각하는 면이. 그런데 나는 또 알았던 것이다.

"정말 재미난 신사분이시네요. 그분 뒤치다꺼리하는 것도 분명 꽤 즐거울 것 같군요. 점심은 밖에서 드시는 걸로 알겠습니다. 콜린스 님과 파트리지 님께도 그렇게 전해 놨습니다. 여기서 라이더 님과 식사하고 싶다 하시기에."

"그래요, 런트. 밖에서 먹고 올게요."

그 오찬 파티(가 보니 파티였으므로.)는 내 인생에서 새 시대의 개막이었다.

그곳으로 향하는 마음이 어수선했던 것은 낯선 구역이기도 했거니와 깐깐하고 작은 경고의 목소리가 콜린스의 말투로 사절하는 편이 점잖은 것이라며 귓속에서 맴돌았던 까닭이다. 그러나 그 시절의 나는 사랑을 찾고 있었기에 호기심에 더해 드디어 이곳에서야말로 내가 알기로 다른 사람들은 먼저 찾은 담장의 낮은 문을, 어딘가에 존재하며 어떤 창문으로도 엿보이는 일 없이 단절된 마법의 정원으로 펼쳐지는 그 문을 그 회색 도시의 중심에서 찾아내리라는 어렴풋하고 자각하지 못한 직감을 한 아름 안고 향했다.

서배스천의 방은 크라이스트처치의 메도 빌딩 위층이었다. 내가 도착했을 때 그는 혼자서 식탁 중앙의 커다란 이끼 둥지에서 물떼새 알[65] 하나를 꺼내 껍질을 까던 중이었다.

"방금 세어 봤어." 그가 말했다. "한 사람에 하나씩 해서 다섯 개에 두 개가 넘치니까 내가 두 개를 먹을 거야. 오늘 말할 나위 없이 배고프거든. 돌베어 앤드 구덜 약국의 손에 몸을 내맡겼더니 약 기운에 어제저녁의 모든 일이 꿈이었다는 생각이 들던 참이야. 내 꿈을 깨우지 말아 줘."

꽃피는 청춘에는 사랑을 목청껏 노래하다가 첫 찬바람에 시드는 중성미마저 풍기는 그는 황홀하게 아름다웠다.

그의 방에 온통 별스럽게 뒤범벅된 물건들(고딕풍 틀의 풍금, 코끼리 발 휴지통, 밀랍 과일 한 무더기, 공간에 비해 너무 거대한 세브르[66]산 도자기 둘, 액자에 걸린 도미에[67]의 소묘 작품들)은 간소한 대학 기숙사 가구와 거대한 오찬 식탁 옆에서 부조화를 한층 더했다. 맨틀피스에는 런던의 여주인들이 보낸 초대장이 수북했다.

"못된 홉슨이 앨로이시어스를 옆방에 가뒀어." 그가 말했

65) 물떼새는 일궈진 땅에 알을 낳는 습성이 있다. 따라서 야생에서 보존되기 어려운 물떼새 알은 거의 지주 계급만이 맛볼 수 있는 봄철 별미였다.
66) 프랑스 파리 근교로, 유서 깊은 도자기 공장이 있다.
67) 오노레 도미에(Honoré Daumier, 1808~1879). 프랑스의 판화가, 데생화가, 캐리커처 화가, 화가, 조각가. 당대 프랑스인의 생활을 날카롭게 관찰하고 풍자한 작품들로 유명하다.

다. "어쩌면 잘된 걸지도 몰라. 물떼새 알이 개 몫까진 없었을 테니까. 있잖아, 홉슨은 앨로이시어스를 되게 싫어해. 네 사환 같은 사환이 있었으면. 오늘 아침 어떤 사람들 같았으면 꽤 깐깐하게 굴 만했는데도 나한테 상냥하게 대해 주더라고."

손님들이 모였다. 이튼 출신 1학년 셋은 순하고 고상하며 거리를 두는 청년들로, 모두 간밤에 런던의 무도회에 다녀왔다는데, 가깝지만 그다지 호감은 없던 친척의 장례식에 다녀온 양 말했다. 각자 방으로 들어오면서 먼저 물떼새 알에 손을 뻗은 다음에야 서배스천에게 알은체하고 나를 봤는데, 점잖게 호기심을 누르는 모양새가 이렇게 말하는 듯했다. "감히 무례하게 그쪽이 우리와 초면이라는 것을 드러낼 수는 없지요."

"올해 첫 물떼새 알이네." 그들이 말했다. "어디서 구해 와?"

"엄마가 브라이즈헤드에서 보내 줘. 기르는 새들이 항상 빨리 낳아 주더라고."

물떼새 알이 사라지고 우리가 랍스터 뉴버그[68]를 먹던 차에 마지막 손님이 도착했다.

"우리 자기들." 그가 말했다. "빨리 나올 수가 있어야지. 가-가-가당치도 않은 지도 교수랑 점심 식사를 하고 있었어. 내가 일어나니까 되게 이상하게 생각하지 뭐야. 추-추-축구하려고 옷을 갈아입어야 한다고 둘러댔지."

---

68) 베샤멜소스나 크림소스에 백포도주와 달걀노른자를 넣어 조리한 뉴버그소스를 사용한 랍스터 요리.

그는 키가 크고 늘씬하고 약간 까무잡잡했으며 눈이 커다랗고 요염했다. 나머지 우리는 거친 트위드 양복에 투박한 브로그 구두 차림이었다. 그는 매끈한 초콜릿 브라운 바탕에 요란한 흰 줄무늬가 그어진 정장에 스웨이드 구두, 커다란 보타이 차림이었으며, 방에 들어오면서 노란색 섀미가죽 장갑을 잡아 뺐다. 약간은 골족, 약간은 양키, 또 약간은 짐작건대 유대인으로, 제대로 이국적이었다.

이 사람이, 소개할 필요를 잊고 있었지만, 앤서니 블랑쉬로, '탐미주의자'의 선봉이자 처웰 에지 여학생 기숙사에서 소머빌 여학생 기숙사에 이르기까지 소문이 자자한 악의 대명사였다. 길거리에서 특유의 높은 공작새 걸음걸이로 활보하는 그의 모습은 자주 내 눈에 띄었더랬다. 조지 바에서도 통념에 도전하는 그의 목소리가 들렸더랬다. 그리고 이제 서배스천의 마법에 걸려 그를 만나, 나는 그를 게걸스레 즐겼다.

오찬 후 그는 서배스천의 방 안 골동품 무더기에서 신기하게도 확성기를 건져 내 발코니에 서서, 스웨터와 머플러로 무장하고 강가로 향하던 인파를 향해 우수에 찬 어조로 『황무지』의 구절을 암송했다.

"나 테이레시아스는 바로 이 기-긴 의자 혹은 치-침대 위에서……." 그가 베네치아 양식의 아치 위에서 군중을 향해 울먹였다.

> "행해진 모든 것을 이미 겪었노라.
> 나는 테베시의 성벽 밑에 앉기도 했고

가장 비-비-비천한 죽은 자들 사이를 걷기도 했느니라."[69]

그러고는 걸음도 가벼이 방에 돌아오며, "다들 깜짝 놀랐겠지! 배-뱃사공들은 다 나한텐 그레이스 달링[70]이야."

우리는 앉아서 쿠앵트로[71]를 홀짝거리며 이튼 출신 셋 중에서도 제일 순하고 제일 거리를 두는 친구의 노래를 들었다. 본인의 풍금 반주에 맞춰 부른 「공주의 기사가 주검으로 돌아왔네」[72]라는 시였다.

4시가 되자 모임이 파했다.

앤서니 블랑쉬가 가장 먼저 자리를 떴다. 그는 우리에게 한 명씩 차례로 정중하게 칭찬 어린 인사말을 건넸다. 서배스천에게는 "자기야, 꼭 바-바-바늘꽂이처럼 너한테 가시 박힌 화살을 잔뜩 꽂아 주고 싶어라."[73]라고 말했고 나에게는 이렇게

---

69) 『황무지』 3부 「불의 설교」의 일부. 이 장면에서 침대 위 남녀가 뒤섞이는 광경을 관찰하는 테이레시아스는 그리스 신화의 장님 예언자이다. 그는 남자로 태어났다가 헤라를 화나게 한 죄로 여자로 칠 년 산 다음 다시 남자로 돌아왔기에 여성과 남성의 욕망을 모두 안다고 전해진다. 번역은 다음에서 인용하였다. T. S. 엘리엇, 황동규 옮김, 『황무지』(민음사, 2017).

70) Grace Darling(1815~1842). 1838년 등대지기 아버지와 함께 난파한 배의 선원 열세 명을 구조한 여성으로, 영국의 국민적 여장부로 칭송받는다.

71) 오렌지 껍질과 꽃으로 만든 무색의 프랑스산 혼성주로, 도수는 40도 정도이며 단맛이 강하다.

72) 앨프리드 테니슨(Alfred Tennyson)의 1847년 장편 서사시 『공주』 속의 시로, 1905년에 작곡가 구스타브 홀스트가 노래로 만들었다. 아내가 전사한 남편의 시신을 눈앞에 두고도 눈물 흘리지 않다가 아이가 안겨 오자 비로소 울며 아이를 위해 살아가겠다고 다짐하는 내용이다.

73) 극중 서배스천과 영어 이름이 같은 성 세바스티아누스(288년경에 사망)

말했다. "서배스천이 널 발견하다니 너무나도 잘한 일 같아. 어디에 숨어 사니? 네 굴에 들어가서 늙은 새-새-색골처럼 널 괴-괴-괴롭혀야겠어."

다른 친구들도 따라서 곧 떠났다. 나도 다들 갈 때 떠나려고 일어섰지만 서배스천이 말했다. "쿠앵트로 좀 더 마시지그래." 그리하여 내가 머무르자 이윽고 그가 말했다. "학교 식물원[74]에 가야겠어."

"왜?"

"담쟁이덩굴 보러."

꽤 이유가 되는 듯해서 나도 따라갔다. 머튼 단과대 담장 아래를 걸어가며 그가 내 팔을 잡았다.

"나 학교 식물원에 가 본 적이 없어." 내가 말했다.

"어우, 찰스, 모르는 게 이렇게 많아서야! 거기 가면 아름다운 아치에다 세상에 있는 줄도 몰랐던 온갖 종류의 담쟁이덩굴까지 있다고. 난 식물원이 없으면 어디 있으면 좋을지 모를 지경이라니까."

한참 후에 내 방으로 돌아와 정확히 그날 아침 두고 나간 그대로인 모습을 보았을 때 전에는 거슬리지 않던 허울뿐인 분위기가 감지됐다. 뭐가 문제였을까? 금빛 수선화 말고는 아무것도 진짜 같지 않았다. 칸막이 때문이었을까? 나는 칸막이를

는 초기 그리스도교 성인이자 순교자이다. 그는 예술과 문학에서 흔히 기둥이나 나무에 묶여 화살이 잔뜩 꽂힌 모습으로 묘사된다.

74) 옥스퍼드 대학교의 식물원은 1621년 세워졌으며 영국에서 가장 오래된 식물원에 속한다. 8000종이 넘는 식물이 있다.

벽 쪽으로 돌렸다. 그제야 좀 나아졌다.

그게 그 칸막이의 최후였다. 런트는 그걸 좋아하지 않던 터라 며칠 후에는 대걸레와 양동이가 그득한 계단 아래 어두컴컴한 귀퉁이로 치워 버렸다.

그날이 나와 서배스천의 우정의 시작이었고, 이리하여 그 6월 아침 키 큰 느릅나무 그늘을 베고 옆에 누워 그의 입술에서 나뭇가지로 떠오르는 담배 연기를 바라보게 되었다.

곧이어 우리는 다시 차를 달렸고 한 시간쯤 지나자 배가 고파졌다. 그래서 반은 농가인 주막에 멈춰서 그늘 속 오래된 시계가 째깍거리고 고양이가 텅 빈 불겅그레받이 옆에서 조는, 햇살이 비치지 않는 객실에서 달걀과 베이컨, 초절임 호두와 치즈를 먹고 맥주를 마셨다.

우리는 계속 달려 이른 오후에 목적지에 다다랐다. 마을 녹지 위의 연철 대문과 전형적인 쌍둥이 경비실, 대로, 또다시 문들, 탁 트인 대정원에 이윽고 주택 진입로로 접어들자 갑자기 새롭고 비밀스러운 풍경이 우리 앞에 펼쳐졌다. 계곡 꼭대기에 선 우리 아래로 800미터 거리에 있는 덤불의 장막 속에서 고택의 돔과 기둥이 회색빛과 금빛으로 빛났다.

"어때?" 서배스천이 차를 세우며 물었다. 돔 너머로는 뒷걸음질하는 물줄기의 발자국이 찍혀 있고, 돔 주변에는 지키고 감추기라도 하듯 둔덕들이 솟아 있었다.

"어때?"

"이렇게 살기 좋은 곳이라니!" 내가 말했다.

"앞마당이랑 분수도 봐야 돼." 서배스천이 몸을 앞으로 숙여 차에 기어를 넣었다. "우리 가족들이 사는 곳이야." 볼거리에 넋이 빠졌던 그때조차도 나는 순간적으로 그가 사용한 단어들에 불길한 오한을 느꼈다. "저기가 우리 집이야."가 아니라 "우리 가족들이 사는 곳이야."라니.

"걱정 마." 서배스천이 말을 이었다. "가족들은 다 집에 없어. 만날 필요 없을 거야."

"근데 만나 보고 싶은걸."

"글쎄, 그럴 수가 없대도. 다 런던에 있어."

우리는 정면을 피하여 옆쪽 안뜰로 차를 몰았고("다 잠겨 있어. 이쪽으로 가는 게 나아.") 하인 숙소의 널돌 바닥과 석재 아치 천장의 요새 같은 복도로 들어갔으며("너한테 호킨스 보모 할머니를 소개해 줄 거야. 그러려고 왔거든.") 카펫이 깔리지 않은, 문질러 닦인 느릅나무 계단을 올라가 중앙에 얇고 긴 거친 융단이 덮인 널판자 복도를 다시 따라가고 리놀륨 복도도 지나 작은 계단들로 된 계단통을 지나고 진홍색과 금색의 소화 양동이들의 행렬도 지나 마지막 계단을 올라가자 머리 위에 문이 있었다. 돔은 가짜로, 샹보르성의 돔[75]같이 아래에서 올려다보는 용도로 설계되었다. 돔 벽체는 분할된 방들로 가득한 추가적인 층일 뿐이었다. 바로 이곳에 육아실이 자리했다.

서배스천의 보모 할머니는 열린 창가에 앉아 있었다. 할머

75) 프랑스 샹보르성은 규모가 전례 없이 크고 건축 양식도 아름답기로 유명하다. 특히 지붕 위에 지어진 돔은 환기 및 채광 용도로는 물론 망루로도 사용되었다.

니 앞쪽으로 분수가 있고, 호수들, 신전, 또 저 멀리 제일 끝의 산모퉁이에 번쩍이는 오벨리스크가 있었다. 양손이 무릎 위에 펼쳐 놓이고, 그 사이에 묵주가 헐렁하게 걸쳐져 있었다. 할머니는 깊이 잠든 채였다. 유년기의 긴 노동 시간, 중년기의 권위, 지금 나이의 휴양과 안정이 할머니의 주름지고 잔잔한 얼굴에 자취를 남겼다.

"에구머니나." 보모 할머니가 깨어나며 말했다. "깜짝 놀랐구나."

서배스천이 보모 할머니에게 키스했다.

"여기는 누구신가?" 보모 할머니가 나를 보며 물었다. "내가 아는 얼굴은 아닌 것 같은데."

서배스천이 둘 사이를 소개해 주었다.

"마침 좋을 때 왔구나. 줄리아도 오늘 여기 있거든. 다들 떠나서 어찌나 즐기고 있는지. 사람들이 없으니까 영 지루해. 챈들러 부인이랑 하녀 둘이랑 버트밖에 없어. 그마저도 다 휴가 떠날 거지, 8월에는 보일러도 수리 중이지, 너는 주인어른 뵈러 이탈리아에 갈 거지, 다른 사람들도 여기저기 찾아갈 거지, 이래저래 10월은 되어야 우리가 다시 좀 진정될 테지. 그래도 줄리아도 다른 아가씨들처럼 재미난 일을 찾아다녀야겠지. 여름 한창때에 정원이 저리도 예쁠 때 뭣 하러 맨날 런던에 가고 싶어들 하는지 이 늙은이는 도통 이해가 안 가지만 말이다. 목요일에 핍스 신부님께서 오셨기에 이 말을 그래 똑같이 해드렸지." 보모 할머니가 마지막 말로써 자신의 의견에 사제의 권위가 입혀진다는 듯 덧붙였다.

"줄리아가 여기 있다고요?"

"그래, 아가, 딱 엇갈린 모양이다. 보수 여성회에 갔어. 주인마님이 상대하시려고 했는데, 몸 상태가 별로라서. 줄리아는 곧 돌아올 거다. 연설하자마자 티타임 전에 자리를 뜰 테니."

"다시 엇갈릴지도 모르겠네요."

"그러지 마라, 아가. 걔가 널 보면 얼마나 반가워하겠니. 내가 걔한테 보수 여성회가 그거 하러 오는데 그래도 티타임까지는 앉았다가 오라고 하기는 했지마는 말이다. 그래, 어떻게 지내니? 책 열심히 보고 있지?"

"죄송하지만 그렇게 열심히는 보지 않아요."

"아유, 꼭 네 형처럼 하루 온종일 크리켓만 하는 게로구나. 그래도 네 형은 짬짬이 공부도 했단다. 크리스마스 후로 여기 들른 적은 없지만 농산물 품평회 때는 오겠지, 암. 신문에서 줄리아 다룬 이 기사 봤니? 걔가 나한테 갖다주더라. 사진은 인물만큼 잘 나오지 않았는데, 말은 꽤 괜찮게 써 놨어. '레이디 마치멘이 이번 시즌에 데뷔시키는 사랑스러운 영애……. 재색을 겸비했으며……. 가장 이목이 집중되는 사교계 신예.' 뭐 있는 대로 써 놓은 거지, 머리를 쑹덩 잘라 놔서 아쉽기는 했다만. 그 전 머리가 정말 예뻤지, 주인마님 머리랑 똑 닮은 게. 내가 펍스 신부님께 그 머리가 통 여자답지가 않다고 했어. 그러니까 그 양반이 '수녀들이 그러고 다녀요.' 하지 뭐냐. 그래 내가 그랬지. '아니, 설마 신부님, 줄리아 아가씨를 수녀로 만들 생각은 아니시죠? 원, 세상에!'"

서배스천과 할머니는 계속 대화했다. 돔의 만곡에 맞추기 위해 형태가 특이하게 잡힌 매력적인 방이었다. 벽에는 리본과 장미 무늬의 장판지가 발라졌다. 구석에는 흔들 목마가, 맨틀피스에는 성심(聖心)을 그린 다색 석판화가 놓여 있었다. 텅 빈 불경그레받이는 팜파스 그래스와 부들 무더기에 가려 있었다. 서랍장 위에 전시되고 먼지가 꼼꼼히 떨린 물건들은 할머니가 돌본 아이들이 시시때때로 가져온 작은 선물들을 모아 둔 것이었는데, 조각된 조개와 용암석, 압인 찍힌 가죽, 채색된 목재, 도자기, 이탄지의 참나무 매목, 상감된 은, 자형석(紫螢石), 설화 석고, 산호 등 수많은 휴가의 기념품들이었다.

곧이어 보모 할머니가 말했다. "종을 좀 울려 다오, 아가, 우리 차 좀 마시게. 평소엔 챈들러 부인에게 내려간다만 오늘은 여기 위에서 마시자. 평소 내 시중들던 여자애가 다른 사람들 따라 런던에 갔어. 그래서 새 사람이 마을에서 온 지 얼마 안 됐지. 처음에는 아무것도 모르더니만 잘 따라오더라고. 종을 좀 울려 봐라."

하지만 서배스천은 우리가 가야 한다고 했다.

"줄리아도 못 보고? 들으면 진짜 마음 상해할 거다. 널 보면 걔가 얼마나 반가워했을까."

"불쌍한 보모 할머니." 우리가 육아실을 나오자 서배스천이 말했다. "정말 지루하게 생활하시긴 해. 그래서 할머니를 옥스퍼드로 모셔서 같이 살까 하는 마음도 있어. 허구한 날 나를 성당에 보내려고 하셔서 그렇지. 내 동생이 돌아오기 전에 우리 얼른 빠져나가야 해."

"어느 쪽이 창피해서 그러는 거야, 동생 아니면 나?"

“내가 창피해서 그래.” 서배스천이 진지하게 말했다. “네가 우리 가족들이랑 어울리게 하지 않을 거야. 다들 너무 미친 듯이 매력적이거든. 일평생 가족들이 나한테서 하나씩 뺏어 갔어. 일단 가족들이 매력으로 너를 사로잡아 버리면 널 자기들 친구로 만들어 버리지 내 친구로는 놔두지 않을 거라고. 그 꼴은 못 보지.”

“알았어.” 내가 말했다. “완전히 안심했어. 그런데 집을 더 둘러보게 해 주지는 않을 거야?”

“다 잠겨 있어. 우린 보모 할머니를 보러 온 거야. 알렉산드라 왕비의 날[76]이면 입장료 1실링 내고 다 볼 수 있어. 뭐, 그래도 군이 원한다면 와서 보든가…….”

서배스천이 베이즈 천에 싸인 문을 통해 나를 어두컴컴한 복도로 이끌었다. 내 눈에는 머리 위의 금박 입힌 천장 돌림띠와 아치형 회반죽 천장만 암암히 보였다. 그다음 서배스천이 육중하고 부드럽게 밀리는 마호가니 문을 열고 나를 어둑어둑한 홀로 안내했다. 덧문들의 틈새로 빛이 새어 들어왔다. 서배스천이 덧문의 빗장을 풀고 접어 올렸다. 그윽한 오후 햇살이 쏟아져 들어와 맨바닥을, 조각된 대리석으로 만든 널찍한 쌍둥이 벽난로를, 그리스, 로마 신들과 영웅들의 프레스코화로 덮인 아치형 천장을, 금박 입힌 거울들과 인조 대리석 벽기둥을, 천이 씌워진 가구의 섬들을 비추었다. 2층 버스에서 불

76) 1863년 영국의 에드워드 7세와 결혼한 덴마크의 알렉산드라 왕비가 런던에 도착한 것을 기념하는 날.

이 밝혀진 무도회장을 흘끗 본 듯한 찰나의 일별이었다. 그리고 서배스천이 날름 햇살을 막아 버렸다. "봤지." 그가 말했다. "그냥 이런 거야."

서배스천의 심기는 우리가 느릅나무 아래에서 와인을 마시던 때와, 주택 진입로 모퉁이를 돌아 "어때?" 하고 묻던 때와 달라져 있었다.

"봤지, 볼만한 건 아무것도 없어. 언젠가 보여 주고 싶은 예쁜 것들도 몇 개 있는데, 지금은 말고. 하지만 예배당이 있지. 그건 꼭 봐야 해. 아르 누보[77]의 기념비니까."

브라이즈헤드에서 일한 마지막 건축가가 주랑(柱廊)과 측면의 별관들을 추가했다. 별관 중 하나가 예배당이었다. 우리는 공용 현관(저택으로 직접 통하는 다른 문)으로 들어갔다. 서배스천이 성수반에 손가락을 담그고 성호를 긋고 한쪽 무릎을 꿇었다. 그래서 나도 따라 했다. "너는 왜 하는데?" 서배스천이 삐딱하게 물었다.

"그냥 예의 차리려고."

"나 참, 내 앞이라고 그럴 필요 없어. 구경하러 온 거잖아. 여기 어때?"

인테리어는 전부 갈아엎어져 19세기 마지막 십 년간의 미술 공예 양식으로 정교하게 재단장되고 개조되어 있었다. 헐렁한 날염 면직물 덧옷을 걸친 천사들, 덩굴장미, 꽃이 점점이 박힌 풀밭, 뛰노는 양들, 켈트어 문자로 된 글들, 무장한 성인

---

77) 1890년에서 1910년까지 유럽, 미국, 남미 등에서 유행한 장식 양식.

들이 맑고 선명한 색채들의 복잡다단한 무늬를 이루며 벽을 덮었다. 색이 옅은 참나무로 된 트립틱[78]은 플라스티신 점토로 빚어진 듯한 독특한 느낌을 주도록 조각되었다. 성체등을 비롯한 금속 집기 일체는 수작업으로 두드려 얽은 표면에 녹청이 슨 청동이었다. 제단 계단에 깔린 풀빛 카펫에는 흰색과 금색의 데이지꽃이 흩뿌려져 있었다.

"와." 내가 말했다.

"아빠가 엄마한테 결혼 선물로 준 거야. 자, 이제 대충 봤으면 가자."

주택 진입로에서 우리는 운전기사가 모는 뚜껑 덮인 롤스로이스를 스쳤다. 뒷좌석에서 어렴풋이 소녀 같은 형체가 차창으로 우리를 돌아봤다.

"줄리아야. 아슬아슬하게 빠져나왔네." 서배스천이 말했다.

우리는 자전거를 끌던 남자와 이야기하려 멈췄다가("저 사람은 배트야." 서배스천이 말했다.) 출발해서 연철 대문을 지나고 경비실을 지나 옥스퍼드로 돌아가는 도로로 나왔다.

"미안해." 잠시 후 서배스천이 말을 꺼냈다. "오늘 오후에 내가 좀 못나게 굴었지. 브라이즈헤드가 종종 나한테 그런 영향을 줘. 그래도 널 꼭 보모 할머니한테 데려가야 했어."

왜? 나는 궁금했다. 하지만 아무 말도 하지 않았다. 서배스천의 삶은 그런 단호한 규율로 지배되었다. "난 꼭 우체통처럼 새빨간 잠옷을 입어야겠어." "둥근 해가 창문으로 떠오를 때

---

78) 중세 서구에서 제단에 올리는 용도로 제작하던 세 폭짜리 부조.

까지 절대로 침대에서 일어나지 않겠어." "오늘밤 기필코 샴페인을 마셔야겠어!" 그러나 "여기가 나한테 꽤 악영향을 줬어."는 달랐다.

긴 침묵 끝에 그가 뾰로통해져 말했다. "난 네 가족에 대해서는 그렇게 꼬치꼬치 캐묻지 않는데."

"나도 너희 가족에 대해 캐묻지 않아."

"얼굴에 궁금하다고 쓰여 있거든."

"그게, 가족에 관해서는 네가 워낙 신비주의니까 그렇지."

"나의 모든 게 신비주의로 남길 바랐는데."

"아무래도 내가 좀 남들 가족이 궁금한가 봐. 그게, 내가 알지 못하는 분야니까. 우리 가족은 아버지랑 나밖에 없어. 고모가 잠시 날 보살펴 주셨지만 아버지가 외국으로 쫓아 버렸거든. 어머니는 전쟁 때 돌아가셨고."

"아…… 그런 일이."

"어머니가 적십자의 일원으로 세르비아에 가셨거든.[79] 그 후로 아버지는 머리가 좀 이상하셔. 그냥 런던에 혼자 사시면서 친구도 없고 이것저것 수집하느라 시간만 낭비하시지."

서배스천이 말했다. "그보다 심한 일이 얼마나 많은지 모를걸. 우리 같은 애들 진짜 많아. 데브렛 족보[80] 한번 봐 봐."

---

79) 1914년 7월 1차 세계 대전이 발발하자 영국 적십자의 여성 회원들이 세르비아, 러시아, 루마니아 등의 국가에서 간호사, 응급 치료사, 요리사로 일하였으며 사망하는 경우도 많았다.

80) 데브렛사에서 1769년 이래로 출판하는, 영국 귀족과 준남작의 계보를 정리한 책.

이제 서배스천의 심기가 밝아지고 있었다. 차가 브라이즈헤드에서 멀어질수록 서배스천은 거북함을, 즉 속마음에 미처 감춰지지 않은, 그를 사로잡았던 초조와 과민을 점점 떨쳐버리는 듯했다. 차를 달릴 무렵에는 태양이 뒤에 있어 우리 자신의 그림자를 쫓아가는 것만 같았다.

"지금 5시 30분이야. 갓스토에 저녁때 도착해서 식사하고, 트라우트에서 한잔 하고, 하드캐슬의 차는 놔두고 강가를 따라 걸어 돌아갈 거야. 그게 제일 좋겠지?"

여기까지가 짧았던 브라이즈헤드 첫 방문에 대한 온전한 회고록이다. 그때의 내가 언젠가 이날이 중년 보병 중대장의 마음속에서 눈물로 기억되리라고 상상이나 했을까?

2

그 여름 학기의 막바지에 다다라서 나는 사촌 형 재스퍼의 마지막 방문과 대간의서(大諫議書)[81]를 받았다. 나는 전날 오후에 역사학 1차 시험[82]의 마지막 시험을 치고 막 학교 공부에서 해방된 참이었다. 그러나 재스퍼의 암회색 정복과 흰색 보타이[83]가 그는 아직도 시험이 한창이라고 말해 주었다. 그는

---

81) 영국의 찰스 1세가 삼십 년 전쟁에 참전하기 위해 편법으로 세금을 모으고, 이에 반대하는 의회를 십일 년간 해산하는 등 폭정을 일삼자 1641년 의회에서 왕의 외교적, 경제적, 사법적, 종교적 정책에 관한 실정을 204개의 항목을 통해 비판하며 제출한 문서. 그러나 찰스 1세가 대간의서를 승인하지 않는 등 적절히 대응하지 못했고 이는 1642년 영국 내전이 발발하는 주요한 계기가 되었다.

82) 옥스퍼드 대학교에서 문학사 학위를 받으려면 시험을 세 차례 봐야 한다.

83) 옥스퍼드 대학교에서 입학식과 학위 수여식 같은 예식에는 물론 시험을 치를 때에도 요구되는 복식이었다.

핀다로스의 오르페우스교[84]라는 주제에 관해 제 실력을 다 발휘하지 못했다고 염려하는 사람의 예의 기진맥진하지만 억울해하는 기미까지 걸치고 있었다. 자신에게는, 사실상 내게도, 매우 귀찮은 일임에도 오직 의무감에 그날 오후 그는 나의 방으로 몸을 이끌었고, 문가에서 마주쳤을 때 나는 마침 그날 밤에 주최할 예정이었던 저녁 모임과 관련해 마지막 채비를 하러 가던 길이었다. 그 저녁 모임은 하드캐슬을 위로해 주려 계획된 파티들의 일환에, 즉 서배스천과 내가 차를 밖에다 두고 옴으로써 하드캐슬이 학생감들과 심각한 곤경을 겪게 만든 이래로 최근에 우리 몫이 된 임무들에 속했다.

재스퍼는 앉으려 들지 않았다. 사사로운 잡담이나 하자는 자리가 아니었던 것이다. 그가 벽난로를 등지고 서서, 그의 표현을 빌리자면 '삼촌처럼' 내게 말했다.

"……내가 지난 일이 주간 너와 연락하려고 몇 번을 시도했다. 사실 네가 나를 피하고 있다는 인상이 들어. 만약 그게 사실이라면 찰스, 그다지 놀랍다는 말도 안 나온다.

너는 내가 상관할 바가 아니라고 생각할 수도 있겠지만 나는 일종의 책임감을 느낀다. 나만큼 너도 잘 알겠지, 너희 어…… 아니, 전쟁 이래로 너희 아버지께서 세상사와 그다지 교류가 없으시다고 할까, 자기 세계 속에서 사신다는 걸. 나는 적시의 한마디로 네가 구제될 수 있는데도 발 뻗고 앉아서 네

84) 그리스 신화에서 죽은 아내 페르세포네를 되찾으러 지하 세계에 다녀온 시인 오르페우스를 숭상하는 종교로, 기원전 6세기경에 등장하였다. 고대 그리스의 서정 시인 핀다로스의 작품에도 오르페우스교적 세계관이 녹아 있다.

가 실수하는 모습을 보고만 있고 싶지는 않아.

네가 1학년 때에는 실수를 하겠거니 예상은 했다. 우리 모두 하니까. 나도 1학년 여름 방학 동안에는 홉 열매를 따는 인부들에게 전도 활동을 하는, 뼛속까지 불쾌한 O. S. C. U.[85] 무리와 어울리기도 했다고. 하지만 너는, 내 사랑하는 동생 찰스, 네가 알든 모르든 대학에서 제일 질 나쁜 패거리에게 직행했고, 낚싯바늘에 낚싯줄, 추까지 덥석 삼켰다. 너는 내가 셋방에 살면서 학교에서 무슨 일이 일어나는지 모르리라고 생각하겠지. 근데 나도 듣는 게 있어. 아닌 게 아니라 듣는 게 너무 많아 탈이다. 어느새 정찬 클럽에서는 네 덕분에 내가 웃음거리가 됐어. 그 서배스천 플라이트라는 친구는 너랑 떼려야 뗄 수 없어 보이더구나. 그 친구가 괜찮을 수도 있겠지만 모르겠다. 그의 형인 브라이즈헤드는 정말 건전한 친구였지. 그런데 너의 그 친구는 내 눈에는 별나 보이거니와 주변에 얘깃거리를 흘리고 다니더란 말이다. 물론 그쪽이 별난 집안이긴 하지. 알겠지만 마치멘 부부가 전쟁 이래로 별거하고 있잖니. 희한한 일이지, 다들 그 부부가 헌신적인 잉꼬 한 쌍이라고 생각했으니까. 그러던 중에 부군이 자기 의용 기병대[86]를 데리고 프랑스로 출전해서는 돌아오지 않았지. 전사라도 당한 듯이. 부인은 로마 가톨릭교도라서 이혼을 할 수는 없어. 아니, 하지 않으려는 거겠지. 로마

---

85) 옥스퍼드 학생기독교연합.

86) 1790년에 프랑스 혁명이 일어나고 나폴레옹 보나파르트가 집권하여 영국이 침략당할 위험에 처하자 영국의 향사(鄉士)들이 자발적으로 조직한 기병대.

에서는 돈만 있으면 뭐든지 할 수 있고, 그 부부는 엄청나게 부자니까. 하여간 플라이트는 괜찮을 수도 있겠다만 앤서니 블랑쉬는, 그놈은 어떤 구실로도 편을 들어 줄 수 없는 인물이다."

"그 형은 개인적으로 딱히 좋아하지 않아요." 내가 말했다.

"글쎄다, 그 친구는 맨날 여기서 어슬렁거리고, 학교에서 보다 고지식한 부류는 그걸 마음에 들어 하지 않아. 크라이스트처치에서는 그 친구를 못 견뎌 하고. 간밤에는 또 머큐리 분수대[87]에 빠졌더구나. 네가 어울리는 인물 가운데 누구도 자기 단과대에서 비중 있는 인물들이 아니고, 그게 진정한 지표다. 그런 애들은 탕진할 돈이야 얼마든지 있으니 뭐든지 할 수 있다고 생각해.

다른 얘기로 넘어가자. 작은아버지께서 네게 용돈을 얼마나 주시는지 모르겠다만 네가 갑절은 쓰고 있다는 데 내기라도 걸겠다. 여기 이것들." 그가 손을 크게 저어 주위에 있는 방탕의 증거를 망라하며 말했다. 그 말은 사실이었다. 내 방은 소박한 겨울 의복을 벗어 던지고 그다지 느리지 않은 단계를 거쳐 보다 화려한 의상을 걸쳤다. "저건 돈을 낸 거냐?"(찬장 속에 있는 장식장용 파르타가[88] 시가 백 개비들이 상자.) "저것들은?"(탁자 위 천박한 새 책 열댓 권.) "저것들은?"(라리크[89] 디캔터와

---

87) 옥스퍼드 대학교에서 톰 종탑이 있는 사각형 안뜰에 위치한 분수대로, 중심부에 놓인 머큐리상이 특징적이다. 전통적으로, 활발하며 스포츠에 능한 학생들이 예술적이고 섬세한 학생들을 머큐리 분수대에 빠뜨리곤 했다.
88) 고급 시가 담배 브랜드.
89) 르네 라리크(René Lalique, 1860~1945). 프랑스 유리 디자이너로, 섬세

와인 잔들.) "아니면 저 특히나 역겨운 물건은?"(최근에 의과대로부터 구매한 인간 두개골로, 장미 꽃잎이 담긴 사발 안에 놓여 당시 내 탁자의 주요한 장식품을 구성하던 물체. "나도 아르카디아에 있었네"라는 제명(題銘)이 이마에 새겨졌다.)

"네." 내가 혐의 하나는 벗게 되어 기쁘게 말했다. "그 두개골은 돈을 줘야 했어요."

"뭐라도 일하고 있을 리는 없겠군. 그게 어떻다는 건 아니다, 특히 다른 데서 경력을 잘 쌓고 있다면. 하지만 그러고 있냐? 유니언이든 어디든 그런 클럽들에서 연설을 해 본 적이 있느냐고? 잡지사 어디에라도 끈이 있느냐는 말이야? 무슨 O. U. D. S.[90]에서라도 한자리 잡고 있는 거냐? 게다가 옷은 또 뭐고!" 그가 계속했다. "네가 막 들어왔을 무렵 내가 시골 자택에서 입는 듯이 입으라고 조언해 줬던 걸로 기억하는데. 네 지금 꼬락서니는 메이든헤드에서 열리는 연극 파티에나 알맞을 복장과 어느 전원교외에서 열리는 글리[91] 합창 대회복 사이의 부적절한 타협안 같구나.

그리고 술. 남자가 학기 중 한두 번 술에 취하는 걸로 아무도 뭐라 하지는 않는다. 사실 상황에 따라서 그래야 할 때가 있는 법이지. 그런데 내가 듣기로는 네가 청천대낮에 술에 취한 모습이 자주 눈에 띈다더구나."

한 유리 공예품을 아르 누보 및 아르 데코 스타일로 제작하여 명성을 떨쳤다.

90) 옥스퍼드 대학교 연극학회.

91) 바로크 후기에서 낭만주의 초기까지 성행하였던 영국식 합창 방식.

임무를 완수한 그가 말을 멈췄다. 이미 시험 건물[92]의 곤혹들이 그의 마음속에서 다시금 자기주장을 하기 시작하고 있었다.

"죄송해요, 형." 내가 말했다. "형에게는 당황스러운 얘기일 건 알지만 저는 이 질 나쁜 패거리가 좋아졌어요. 오찬 때 취하는 것도 좋고, 아직까지는 용돈의 꼭 갑절을 쓰진 않았지만 학기 끝나기 전에는 의심할 여지 없이 그럴 거고요. 저는 평소엔 이 무렵에 샴페인을 한 잔 하거든요. 같이 드시겠어요?"

거기서 재스퍼는 기함했고 내가 나중에 알기로, 내 방종을 주제로 큰아버지에게 편지를 썼고 이번에는 큰아버지가 내 아버지에게 편지를 썼지만, 아버지는 이 사안에 관해 행동을 취하기는커녕 별 생각을 하지 않았다. 그것은 한편으로는 아버지가 큰아버지를 육십 년 가까이 싫어했기 때문이며 다른 한편으로는 재스퍼가 말했듯 어머니의 죽음 이래로 이제 자기 세계 속에서 살았던 까닭이다.

이로써 재스퍼가 대체적인 윤곽이나마 내 1학년의 보다 두드러지는 특징들을 스케치했다. 같은 축척으로 약간의 세부사항이 첨가되어도 좋으리라.

나는 부활절 방학을 콜린스와 보내기로 이전에 확약을 하였고, 비록 서배스천이 기색이라도 보였다면 거리낌 없이 약속을 어기고 과거의 친구였던 그를 친구 없이 버려 뒀을 테지만 그런 기색은 전혀 보이지 않았다. 따라서 콜린스와 나는 이

---

92) 옥스퍼드 대학교에 있는, 대학 시험을 조직하고 수행하는 용도의 건물.

탈리아 라벤나에서 알뜰하고 교육적인 몇 주를 함께 보냈다. 그 웅장한 무덤들[93] 사이로 아드리아해로부터 소슬한 바람이 불어왔다. 보다 따스한 계절용으로 설계된 호텔 침실에서 나는 서배스천에게 긴 편지들을 썼고 답장이 왔는지 우체국에 날마다 전화를 했다. 두 통의 답장은 각기 다른 주소에서 왔고, 어느 쪽도 본인에 관한 일상적인 소식을 일절 전하지 않았던 것은 그가 일종의 동떨어진 몽상적 문체로 쓴 탓이며("……엄마와 수행 시인 둘 이렇게 셋 모두 머리에 지독한 감기가 들어서 나는 여기로 왔어. 티아테이라의 성 니고데모 축일인데, 이 성인은 염소 가죽을 자기 대머리 정수리에 징으로 고정한 죄로 순교한지라 대머리들의 변호인 같은 사람이지. 콜린스에게 말해 줘, 걘 내 생각에 필시 우리보다 일찍 머리가 벗겨질 테니까. 여기는 사람이 너무 많지만 한 사람이(주를 찬양하라!) 나팔형 보청기를 끼고 있는 바람에 내가 웃음이 실실 난다니까. 이제 난 물고기를 잡아 봐야겠어. 네게 보내 주기에는 너무 머니까 등뼈만 남겨 둘게. ……") 이에 나는 속이 탔다. 콜린스는 촬영본에 댔을 때 원본 모자이크화의 조악함을 지적하는 소논문에 들어갈 글을 썼다. 이곳에서 그의 인생의 수확물이 된 작물의 씨가 뿌려졌다. 여러 해가 흐른 뒤 아직 미완성인 그의 비잔틴 미술[94]에 관한 저작물 중 거대한 첫 권이 등장했을 때 나는 앞쪽에 실린 두 쪽에 달하는 정중한

---

93) 라벤나는 402년에서 476년까지 서로마 제국의 수도였으며, 단테의 묘와 서로마 제국의 황후 갈라 플라치디아의 묘당이 있기로 유명하다.
94) 로마 제국 황제 테오도시우스 1세의 사망 이후 동서로 갈라진 두 제국 중 동로마인 비잔틴 제국(330~1453)의 미술 양식을 일컫는다.

감사의 말 중에서 내 이름을 발견하고 감동받았다. "……필자가 갈라 플라치디아 묘당과 산비탈레 성당을 처음 눈에 담았을 때 만물을 통찰하는 시선으로 도움을 주었던 찰스 라이더에게 감사의 인사를 전하며……."

나는 가끔 서배스천만 아니었더라면 나도 교양의 물레바퀴를 따라 콜린스와 똑같은 길을 걸었을 수 있을까 하는 의문이 든다. 내 아버지는 청년기에 올 소울 단과대[95] 입시를 준비했고, 경쟁이 치열했던 그해에 탈락했다. 후일 다른 성공과 영예가 아버지의 인생길에 찾아오긴 했지만 그 초반의 실패가 그에게, 또한 그를 통하여 나에게까지 깊이 아로새겨졌던지라 나도 양식 있는 삶에는 참되고 당연한 하나의 목표가 있다는 신중치 못한 생각을 품게 되었다. 나 역시 의심의 여지 없이 실패했을 테지만 실패하는 시점에 어쩌면 어디 다른 곳의 위엄이 덜한 학구적 생활로 미끄러졌을지도 모르는 일이다. 이런 방향은 상상 가능하지만 그럴듯하지는 않다고 스스로 믿는 것은, 견고한 대지가 없는 저 아래에서부터 난맥의 온천수가 솟아올라 햇빛에 산산이 부서지는 힘은, 즉 냉각되는 수증기 사이로 무지개가 떠오르는 힘은 바위들도 억누를 수 없었기 때문이다.

정작 그 부활절 방학은 재스퍼가 나에게 경고한 가파른 내

---

95) 옥스퍼드 대학교에 속한 단과대. 모든 학생들이 자동적으로 특별 연구원 자격을 얻는 이 단과대는 대학생은 받지 않으며, 학부 졸업생들과 대학원생들이 입학시험을 통과해야만 들어갈 수 있다. 특히 이 입학시험은 한때 "세계에서 가장 어려운 시험"이라고 불렸을 정도로 경쟁이 치열하다.

리막 중 짧은 평지 구간을 형성했다. 내리막일까 오르막일까? 나는 어른의 습관을 하나씩 체득할수록 날마다 어려졌던 것 같다. 나는 외로운 유년기와 전쟁으로 궁핍하며 사별로 그림자가 드리운 소년기를 보냈다. 이후 영국 사춘기의 가혹한 독신의 삶, 학교 제도의 때 이른 위엄과 권위에 나는 스스로 슬프고 엄숙한 중압감을 더했다. 그러던 중에 서배스천과 함께한 그 여름 학기에는 마치 내가 전혀 몰랐던 것, 행복한 유년기라는 마법에 잠깐 걸린 듯했고, 비록 그 장난감은 실크 셔츠와 리큐어와 시가였으며 그 장난질은 대죄의 목록에서 상위권을 차지했지만 우리에게는 무언가 천진무구한 즐거움에 버금가는 육아실의 생기가 있었다. 여름 학기 말에 나는 1차 학위 시험을 쳤다. 내가 옥스퍼드에 남아 있고자 한다면 통과해야 했고, 통과를 하긴 했다. 일주일간 내 방에 서배스천 출입금지령을 내리고 밤늦게까지 앉아 얼음 넣은 블랙커피와 차콜 비스킷[96]을 깨작이며 소홀히 했던 교재들로 벼락치기를 한 끝에. 이제 그 교재들은 한 글자도 기억나지 않지만 그 학기에 내가 습득한 보다 오래된 다른 가르침은 삶의 마지막 순간까지 이런저런 형태로 나와 함께할 것이다.

"저는 이 질 나쁜 패거리가 좋고 오찬 때 취하는 것도 좋아요." 그때는 그걸로 족했다. 지금이라고 더 필요할까?

이십 년 후인 지금 돌아보면 내가 하지 않았더라면 싶다든

---

96) 버드나무 목탄가루나 활성탄을 밀가루, 설탕, 버터, 달걀과 섞어 만든 과자로, 소화를 돕기 위해 19세기 영국에서 처음 만들어졌다.

가 다르게 했으면 좋았겠다 싶은 일들은 거의 없다. 나는 사촌 형 재스퍼의 쌈닭 같은 성숙함에 더 튼실한 투계로 맞설 수도 있었다. 그에게 당대의 모든 악폐는 도루강[97]의 순수한 포도에 섞는 증류주, 즉 음흉한 재료들로 가득한, 머리가 빙빙 돌게 하는 물질과 같았다고 말할 수도 있었다. 증류주가 와인의 발효를 저지하고 못 마시게 버려 놔서 와인이 드디어 밥상에 올릴 만하다고 꺼내지기 전까지 해해연년 어둠 속에서 썩도록 만들듯 악폐는 단숨에 청소년기의 전 과정을 보강하고 지체시켰다.

그에게 또한 다른 한 명의 인간을 알아 가고 사랑하는 것이 모든 지혜의 뿌리라고 말할 수도 있었다. 그러나 나는 그 앞에 앉아 핀다로스와의 요령 없는 씨름에서 해방된, 암회색 정복, 흰색 보타이, 학생 가운 차림의 그를 보며 이런 궤변들의 필요성을 느끼지 못했다. 그의 심각한 어조를 듣는 내내 창문 아래에 만개한 비단향꽃무의 향취를 음미했기에. 내게는 나만의 비밀과 든든한 방어막이 있었다. 마치 여차하는 순간에 더듬어 찾아서 꼭 움켜잡는, 품속에 지니는 호신부와 같이. 그래서 그에게 실은 진실이 아닌 말을, 내가 평소에는 이 무렵에 샴페인을 한 잔 든다는 말을 하고 같이 들자고 권했다.

재스퍼의 대간의서를 받은 다음 날 나는 다른 표현으로, 에

97) 17세기 후반부터 와인의 수명을 늘리기 위해 증류주를 와인에 섞어 만드는 포트와인을 생산하기로 유명한 지역.

상외의 출처로부터 하나 더 받았다.

학기 내내 나는 앤서니 블랑쉬에 대한 나의 호감도로 보아 타당했던 정도보다 다소 자주 그를 만나던 참이었다. 내가 이제 그의 친구 무리에서 생활하기는 했지만 그에게 상당한 위압감을 느꼈던지라 우리의 잦은 만남은 나보다는 그의 선택이었다.

나이로 따지면 그는 나보다 약간 위였으나 당시 방랑하는 유대인[98] 체험으로 벅차 보였다. 그는 참으로 무국적 방랑자였다.

유년기에 그를 영국인으로 만들려는 시도가 있었다. 그는 이튼에 이 년간 있었다. 그러다 세계 대전이 한창일 때에 잠수함에 공격당할 위험을 무릅쓰고 아르헨티나로 가서 어머니와 상봉한 끝에 이 총명하고 대담한 남학생은 하인, 시녀, 운전기사 둘, 페키니즈 강아지와 새아버지에 얹어졌다. 세계를 종횡무진하며 그가 식구들과 여행하는 사이 호가스[99]의 그림 속 시동(侍童)과 같은 짓궂음이 차오르기만 했다. 평화가 찾아오자 그들은 유럽으로, 호텔과 설비된 저택, 온천, 카지노와 해

98) 예수가 십자가를 짊어지고 형장으로 갈 때 아스페르스라는 유대인의 집에 들러 물 한 모금을 청했으나 그는 예수를 욕하고 쫓아냈다. 이 행동에 대한 죗값으로 아스페르스는 예수가 재림할 때까지 보이지 않는 힘에 쫓겨 영원히 방랑하게 되었다. 방랑하는 유대인은 조국을 갖지 못한 유대 민족의 상징으로도 통한다.

99) 윌리엄 호가스(William Hogarth, 1697~1764). 영국의 화가, 판화가, 만화가로서, 당대 사회를 풍자하는 작품을 많이 내놓았다. 그의 다수의 그림에 등장하는 흑인 시동은 주로 귀족층의 허영을 조롱하고 꼬집는 역할을 한다.

수욕장으로 돌아왔다. 열다섯 살에 그는 내기의 일환으로 여장을 하고 부에노스아이레스의 자키 클럽[100]에서 큰판[101] 노름을 벌였다. 그는 프루스트[102] 및 지드[103]와 식사를 했으며 콕토[104] 및 디아길레프[105]와 내밀한 사이였다. 퍼뱅크[106]는 열렬한 제사(題詞)를 적어 자신의 소설들을 보내왔다. 그는 카프리[107]에서 불구대천의 앙숙 관계를 세 가지 초래했다. 본인 말에 따르면 그는 체팔루에서 흑마법을 수련했고[108] 캘리포니아에서는 마약 중독을, 빈[109]에서는 오이디푸스 콤플렉스를 치료했다.

때로 그의 곁에 서면 우리가 전부 아이들 같았는데, 대부분

---

100) 경마를 운영하고 교제 활동을 장려하는 기구.

101) 카지노에서 벌이는 카드 게임의 일종인 빅 테이블 바카라를 지칭한다. 이 게임은 베팅 한도 금액이 높아 큰판(big table)이라는 이름을 얻었다.

102) 마르셀 프루스트(Marcel Proust, 1871~1922). 『잃어버린 시간을 찾아서』라는 작품으로 유명한 프랑스의 소설가, 비평가, 수필가.

103) 앙드레 지드(André Gide, 1869~1951). 1947년 노벨문학상을 수상한 프랑스의 소설가, 수필가, 극작가.

104) 장 콕토(Jean Cocteau, 1889~1963). 프랑스의 작가, 디자이너, 극작가, 미술가 및 영화감독.

105) 세르게이 디아길레프(Sergei Diaghilev, 1872~1929). 러시아의 예술 비평가, 후원자, 발레 공연 기획자.

106) 로널드 퍼뱅크(Ronald Firbank, 1886~1926). 『변덕』, 『발 밑의 꽃』으로 유명한 영국의 소설가. 프루스트, 지드, 콕토, 디아길레프, 퍼뱅크는 모두 동성애적 성향을 지녔다고 알려진다.

107) 20세기 초에 동성애에 유난히 관대한 태도를 취해 동성애자들 사이에서 유명한 장소였다.

108) 이탈리아 시칠리아섬의 체팔루에 텔레마 사원이라고 알려진 코뮌 겸 마법 학교가 1920년에 설립되었다.

109) 오이디푸스 콤플렉스 이론을 내놓은 지그문트 프로이트는 오스트리아의 수도 빈에서 심리 분석 치료를 행하였다.

의 경우 그랬지만 항상은 아니었다. 우리 나머지가 더 한가한 청소년기 어딘가에, 운동장이나 교실에 떨치고 온 허세와 풍격이 앤서니에게는 있었기 때문이다. 그의 비행은 쾌락을 추구할 때보다는 놀래고자 하는 의도일 때 더 꽃피었으니, 그의 세련된 비행의 표출 가운데서 나는 언젠가 나폴리에서 봤던, 영국 관광객 무리 면전에서 달리 해석할 여지가 없는 음란한 손짓을 하며 비웃고 까불던 부랑아가 종종 떠올랐다. 앤서니가 도박 테이블에서 보낸 저녁의 무용담을 풀어놓을 때 눈을 굴리는 모습에서 그가 어떻게 새아버지 일행의 줄어드는 칩 더미를 슬쩍 흘깃거렸는지가 보였다. 우리가 축구를 하며 진창에서 함께 뒹굴고 크럼핏 빵[110]을 우걱우걱 쑤셔 넣을 때 앤서니는 아열대 모래사장에서 태닝 오일을 덧발라야 하는 예쁜 아가씨들을 도왔고 고급스러운 작은 바에서 식전주를 홀짝거렸으니 우리가 길들인 그 야만인이 그의 마음속에서는 아직도 맹위를 떨쳤다. 그는 어린아이가 이유없이 곤충을 불구로 만드는 느낌으로 잔인했으며, 학교 반장들에게 고개를 수그리고 작은 주먹을 휘저으며 돌격하는 조그마한 소년과 같이 겁이 없기도 했다.

앤서니가 나를 저녁 식사에 초대했는데, 나는 우리 둘이서만 식사한다는 것을 알고 다소간 당황했다. "우리는 템스[111]에

110) 우유, 베이킹 소다, 밀가루 등을 넣고 팬에서 구워 잼과 버터를 곁들여 먹는 팬케이크의 일종.

111) 옥스퍼드에서 동쪽으로 13킬로미터가량 떨어진 작은 도시.

갈 거야." 그가 말했다. "거기 다행히도 벌링던[112] 멤버들은 마음 내켜 하지 않는 정말 괜찮은 호텔이 있거든. 라인산 백포도주를 마시면서 우리가 있다고 상상할 거야…… 어디에? 좌우간 자럭스[113]와 유람하고 있지는 않겠지. 뭐, 일단 우리는 식전주를 들 거야."

조지 바에서 그는 "알렉산드라 칵테일[114] 네 잔 부탁해요." 하고 주문하고는, 목청도 좋게 "냠냠." 하며 자기 앞에 술잔을 늘어놓아 바 안의 모든 사람의 눈총이 격분하여 내리꽂히게 만들었다. "내 생각에 너는 셰리를 더 선호할 것 같지만 찰스 자기, 너는 셰리를 들진 않을 거야. 이거 참 맛있는 조합 아니니? 너는 별로야? 그럼 내가 대신 마셔 줄게. 한 잔, 두 잔, 세 잔, 네 잔 목구멍 따라서 쭉쭉 들어간다. 학생들이 왜 이리 쳐다본담!" 그리고 그는 대기하던 승용차로 앞장섰다.

"거기에는 학부생들이 없으면 좋겠네. 지금 당장은 걔들을 귀여워해 줄 마음이 별로 없거든. 찰스 너도 목요일에 걔네가 나한테 한 짓 들었지? 정말 못됐어. 때마침 내가 제일 낡은 잠

---

112) 벌링던 클럽. 옥스퍼드 학내의 소수 정예의 비공식적인 남학생 전용 만찬 동호회. 이 클럽은 멤버들이 부유하고 으리으리한 성찬을 즐기기로 유명하며, 동시에 술기운에 식당 기물 및 학생들의 방을 파손하는 등 파괴적인 행위를 일삼기로 악명이 높다.
113) 영국의 편집자이자 소설가인 로버트 스미스 서티즈(Robert Smith Surtees)의 희극적 소설 『자럭스의 유람과 유쾌』의 주인공으로, 모험가 기질이 있는 런던 토박이이다.
114) 브랜디, 생크림, 초콜릿 리큐어, 크렘 드 카카오를 넣어 만드는 브랜디 알렉산드라를 지칭한다.

옷을 입고 있었고 숨 막히게 더운 밤이었기에 망정이지, 아니었으면 단단히 기분 상할 뻔했다니까." 앤서니는 말할 때 얼굴을 가까이 들이미는 버릇이 있었다. 좀 전에 마신 달콤하고 크림이 많이 든 칵테일이 그의 입 냄새를 텁텁하게 만들었다. 나는 거리를 두려 빌린 차의 구석으로 등을 젖혔다.

"찰스 자기, 홀로 학구열에 불타던 나를 그려 봐. 나는 『어릿광대의 춤』[115]이라는 상당히 살벌한 책을 산 참이었고, 일요일에 가싱턴 저택[116]에 가기 전까지 이 책을 읽어야 하리란 걸 알았어. 왜냐면 모든 사람이 필시 그 책 얘기를 꺼낼 테고, 또 안 읽고 가서 지금 화제가 되는 책을 못 읽었다고 말하면 얼마나 시시해. 여기서 내가 제안하는 해결책은 가싱턴 저택에 가지 않는 건데, 방금까지만 해도 이 생각이 떠오르지 않았네. 하여튼 우리 자기, 내가 오믈렛이랑 복숭아랑 비쉬 온천수 한 병을 두고 잠옷으로 갈아입고 읽으려고 자리를 잡았어요. 사실은 생각이 흐트러졌지만 그래도 책장을 계속 넘기면서 햇빛이 스러지는 걸 봤는데, 자기야, 그게 또 펙워터 안뜰[117]에서는 퍽 장관이더라. 어둠이 깔리면서 석조 건물이 눈앞에서 말 그

115) 영국의 소설가, 시인인 올더스 헉슬리(Aldous Huxley)의 두 번째 소설로, 1차 세계 대전 이후의 격변과 환멸의 시기에 자유분방한 예술가층 및 지식인층 등장인물들에 관한 무거운 주제를 다룬 희극적 작품이다.
116) 옥스퍼드 근처의 가싱턴 마을에 있으며, 올더스 헉슬리, T. S. 엘리엇, D. H. 로런스 등의 작가들을 원조하고 그들과 교제했던 레이디 모렐(Lady Morrell)과 남편 필립 모렐의 자택이었다.
117) 옥스퍼드 대학교 크라이스트처치 단과대의 우아한 사각형 안뜰이다.

대로 부식되는 것 같더라니까. 마르세유의 옛 항구[118]에 있는 그 나병에 걸린 건물 정면 몇 개가 떠오르더라고. 그러다 갑자기 들어 본 적도 없는 꽥꽥, 낑낑 소리가 나를 방해하더니 그 자그마한 광장 저 아래쪽에 소름끼치는 남정네 스무 명의 떼거지가 보이지 뭐야. 걔네가 뭐라고 연호했는지 아니? '블랑쉬를 원한다. 블랑쉬를 원한다.' 무슨 호칭 기도 같지 뭐니. 그렇게 공개적으로 고백하다니! 글쎄, 나도 그날 밤에 헉슬리 작가님과는 볼 장 다 본 듯했고, 사실 말하자면 지루해지려던 참이라 어떤 방해라도 반가웠지. 그 우렁찬 고함에 내가 움찔하긴 했는데, 걔네가 소리 높여 고함칠수록 점점 부끄러워하는 듯 보이던 거 있지? 걔네가 계속 이러지 뭐야. '보이는 어디 있어?' '보이 멀캐스터의 친구잖아.' '보이가 데려와야지.' 당연히 너도 보이는 만나 봤지? 우리 서배스천의 기숙사 방에 맨날 갑자기 나타났다가 갑자기 사라지는 애잖아. 걔한테는 우리 라틴 튀기가 영국 귀족에게 기대하는 모든 게 있어. 훌륭한 신랑감이라고 내가 장담할 수 있지. 런던의 모든 아가씨들이 걔 뒤꽁무니를 쫓아다녀. 내가 듣기로는 아가씨들한테 되게 심술 사납게 군다던데. 걔는 겁에 질려 굳은 거야, 자기. 미련퉁이 바가지에다가(멀캐스터 말이야.) 글쎄, 야바위꾼이기까지 한 놈이야. 걔가 부활절에 르투케에 왔는데, 내가 무슨 바람이 불었는지 걔한테 머물다 가라고 초청했던 것 같아. 걔가 카드 게임에서 돈을 코딱지만큼 잃었다고 자기 접대비 일체를 나

118) 몇 세기 동안 사용되던 마르세유의 천연 항구.

더러 부담하라고 요구하지 뭐니. 그래서 그 멀캐스터도 패거리에 있었다는 말이야. 발치에서 발을 끄는 걔의 꼴사나운 모양새가 보이고 걔가 이렇게 말하는 게 들렸어. '소용없어. 갠 나갔어. 그냥 돌아가서 한잔 할까?' 그래서 그때 내가 창문에서 머리를 내밀고 걔한테 외쳤지. '좋은 밤이야, 멀캐스터. 이 기생충에 알랑쇠 같은 놈아, 숨는다는 게 똘마니들 틈바구니였냐? 네가 카지노에서 꼬신 궁한 창녀한테 준다고 빌려 간 300프랑이라도 갚으러 왔어? 그 정도 액수도 그 여자의 고생에 비하면 한참 모자랐지. 널 상대로 얼마나 고생했을까, 멀캐스터. 올라와서 돈 갚아, 거지새끼 부랑배야!'

자기야, 이 말로 걔네의 활기가 다소 충전된 듯했고, 곧 계단을 뚜벅뚜벅 올라오는 거 있지. 그중 대여섯은 내 방으로 들어왔고, 나머지는 밖에서 입만 놀리며 서 있었어. 자기야, 걔네 너무 괴상해 보이더라. 걔네는 나름대로 웃기지도 않은 클럽 만찬을 하고 온 참이라 모두 알록달록한 연미복 차림이지 뭐야. 그게 일종의 상징색이었어. '어머, 자기들.' 내가 걔네한테 말했지. '자기들 꼴이 완전히 군기 빠진 하인들 떼거지 같다, 얘.' 그러자 그중 한 명이, 상당히 군침 도는 조그만 놈이었는데, 내가 자연의 섭리를 거스르는 악덕을 지녔다고 비난하지 뭐야. '우리 자기.' 내가 말했지. '내가 성도착이 있긴 해도 만족할 줄 모르는 건 아니거든. 너 혼자 남게 되면 내 방으로 다시 오렴.' 그러자 걔네가 정말 망측한 태도로 모독하기 시작해서 나도 갑자기 마음이 상하려고 하지 뭐니. '나 참.' 내가 생각했지. '내가 열일곱 살 때 겪은 온갖 난리 법석을 생각하면 개탄할 노릇이군. 뱅센의 공작(물론 그 아르망이야, 필리프 말고.)이 사랑 문제로 나한테 결투를 신청했는데, 그게 또 정녕 단순한 마음의 사랑보다 훨씬 더한 뭔가가 공작 부인과 있었단 말이지.(물론 스테파니 말이야, 그 포피 말고.) 그런데 이제 여기 얼큰한 여드름투성이 숫총각들의 건방짐에 굴해야 하게 생겼으니…….' 까짓것, 나는 농지거리하는 가벼운 어조일랑 접어 두고 아주 약간만 무례하게 나가 봤지.

그랬더니 걔네가 이렇게 말하기 시작하지 뭐야. '저 새끼 붙잡아. 머큐리에 처넣어.' 자, 너도 알겠지만 내 방에는 브랑쿠시[119]의 조각상 두 점과 예쁜 것들이 몇 개 있어서 친구들이 거칠어지기 시작하는 건 원치 않았으니까 내가 평화적으로 이렇게 말했지. '우리 귀여운 촌뜨기 친구들, 너희가 성 심리학을 약간이라도 안다면 너희 짐승 같은 남자애들한테 거칠게 다뤄지는 것만큼 나한테 짜릿한 쾌감을 주는 것도 없으리라는 걸 알 텐데. 그건 가장 음란한 종류의 황홀경일 거야. 그러니 나의 쾌락의 파트너가 되고 싶은 사람이 있으면 누구든 와서 날 붙잡아. 반면에 너희가 단지 어떤 모호하고 좀처럼 쉽게 분류되지 않는 성욕을 충족하며 내가 목욕하는 모습을 보고 싶은 거라면 귀여운 무지렁이들, 조용히 나를 따라와, 분수대로.'

그거 아니, 걔네가 모두 그 말에 약간 황당한 듯 보였던 거?

---

119) 콘스탄틴 브랑쿠시(Constantin Brâncuşi, 1876~1957). 혁신적인 루마니아의 조각가.

내가 걔네랑 걸어 내려갔는데 아무도 내 주위 1미터 이내로 접근하지 않더라. 그리고 내가 분수대 안으로 들어갔는데, 정말 너무 상쾌하던 거 있지. 그래서 거기서 조금 물장난하면서 포즈도 좀 취해 주고 있으려니까 걔네가 뒤돌아서 찜찜해하며 기숙사로 걸어가지 뭐야. 그리고 내 귀에 보이 멀캐스터가 말하는 게 들렸지. '어쨌든 재를 머큐리에 집어넣기는 했네.' 있지, 찰스, 그게 딱 걔네가 앞으로 삼십 년간 주구장창 입에 달고 살 말이야. 걔네가 모두 암탉처럼 말라빠진 쪼끄만 여자들하고 결혼해서 꼭 지들같이 백치에 돼지 같은 아들들이 지 아비랑 똑같은 알록달록 연미복을 입고 똑같은 클럽 만찬에서 술에 절 때까지도 걔네는 내 이름만 나왔다 하면 '어느 날 밤에 그놈을 머큐리에 집어넣었지.' 할 테고, 마당쇠 같은 딸들은 실실 쪼개며 아버지가 소싯적에는 꽤나 개망나니였는데, 지금은 이렇게 따분한 인간이 되다니 이토록 안쓰러운 일이, 하고 생각할 거야. 아, 피곤한 북방계여!"[120]

내가 알기로 앤서니가 이번에 처음으로 분수대에 빠뜨려진 것은 아니었으나 그 일이 내심 크게 자리했던 모양으로, 그가 저녁 식사 자리에서 화제를 다시 그 사건으로 돌렸다.

"그나저나 너는 그런 불쾌한 일이 서배스천에게 벌어지는 건 상상이 안 가지?"

"응." 내가 말했다. 상상이 가지 않았으므로.

---

120) 남유럽의 카톨릭교도인 앤서니가 북유럽의 신교도들을 비유에 활용하고 있다.

"그렇지, 서배스천은 매력이 있으니까." 그가 독일산 백포도주가 담긴 잔을 촛불로 들어 올리고 반복했다. "지독한 매력이지. 내가 다음 날 서배스천에게 잠깐 들르려고 발걸음 했던 거 아니? 걔가 간밤의 모험담을 재미있어할 거라고 생각했거든. 그리고 내가 뭘 발견했게, 물론 서배스천의 재미난 곰돌이 인형 말고? 멀캐스터와 간밤의 패거리 중 둘이었어. 걔네는 너무도 당황한 듯 보였고 서배스천은 꼭 퍼-《펀치》[121]에 나오는 포-폰손비 드 톰킨스 부인[122]같이 침착하게 말하지 뭐야. '물론 형도 멀캐스터 경과는 아는 사이지.' 그러자 그 얼간이들이 '아, 우린 그냥 앨로이시어스가 어떤지 보러 왔어요.' 하지 뭐야. 그도 그럴 게 걔네도 우리만큼이나 그 곰돌이 인형을 재미나다고 생각하는 모양이었어. 아니면 아주 쬐끔 더 재미나게 생각했다고 힌트를 줄까? 그렇게 걔네가 떠났어. 그러자 내가 말했지. '서-서-서배스천, 저 아-알랑방귀 뀌는 미-미꾸라지들이 간밤에 나를 욕보여서 날씨만 따뜻하지 않았으면 내가 지-지-지독한 감기에 걸렸을지도 모른다는 거 아니?' 그러자 걔가 말했어. '불쌍한 것들. 술김에 실수했겠지.' 알겠지, 걔가 모든 사람한테 상냥한 말을 해 주는 거. 걔는 그런 매력이 있어.

걔가 너를 완전히 사로잡아 버린 게 내 눈에 보여, 찰스 자

121) 유머와 풍자를 주제로 한 영국 주간지.

122) 《펀치》의 유명한 만화가 조르주 뒤 모리에(George du Maurier)가 탄생시킨 등장인물. 아름답고 날씬한 그녀는 남편이 불운함에도 허세가 있는 주변인들을 여유롭게 깔보고 무시함으로써 그들을 조롱의 대상으로 삼는다.

기. 뭐, 나는 놀랍지도 않아. 물론 너는 나만큼 걔를 오래 알지는 않았으니까. 나는 걔랑 고등학교를 같이 다녔어. 너는 안 믿겠지만 당시에 애들이 걔가 작은 암캐라고 말하곤 했다니까. 걔를 잘 알던 심술궂은 남자애들 몇 명만 그랬지만. 당연히 학생회에서는 모두 걜 좋아했고, 선생들도 전부 좋아했지. 내 생각에 걔들이 서배스천을 질투한 건 바로 그 점에 대해서였던 것 같아. 걔는 절대 문제에 말려드는 법이 없어 보였어. 나머지 우리는 가장 하찮은 구실로도 가장 야만적인 방식으로 거듭거듭 맞았어도 서배스천은 결코 맞지 않았어. 걔는 내 기숙사에서 전혀 맞지 않은 유일한 남자애였어. 열다섯 살의 걔가 지금 눈앞에 생생해. 걔는 참 뾰루지도 안 나더라. 다른 애들은 다 여드름투성이였는데. 보이 멀캐스터는 단연 연주창(連珠瘡) 수준이었지. 하지만 서배스천은 아니었어. 아니, 하나쯤은 있었나, 뒷덜미에 상당히 끈질긴 여드름이? 이제 생각해 보니 있었던 것 같네. 고름집 하나가 잡힌 나르키소스. 걔랑 나는 둘 다 가톨릭교도라서 같이 미사에 가곤 했어. 걔는 고해실에 어찌나 길게 있던지, 대체 무슨 할 말이 있다고 저러나 궁금했다니까. 걔는 뭔가 잘못하는 일이 절대 없었거든. 사실상 절대 없었지. 적어도 처벌받는 경우는 절대 없었으니까. 걔는 그저 매력을 뿜으며 쇠창살 사이를 빠져나갔던 걸지도 몰라. 내가 허물을 뒤집어쓰고 학교를 떠났잖니. 대체 그게 왜 허물이라고 불리는지 모르겠어, 나한테는 달갑지 않은 빛이 한 번 번쩍이는 것 같았단 말이야. 그 여파로 내 지도 교사와의 끔찍한 개인 면담이 줄줄이 이어졌지 뭐니. 그 무른 늙은이가 사실은 얼마나 눈이 밝았는지 알게 되는 게 너무 민망했어. 선생님이 나에 관해 알고 있던 그런 일들은, 아무도, 어쩌면 서배스천은 빼고, 모른다고 생각했는데. 그건 무른 늙은이를, 혹은 매력적인 남학생을, 절대 믿지 말라는 교훈이었어. 어느 쪽일까?

우리 이 와인 한 병 더 마실까, 아니면 뭔가 다른 걸로 넘어갈까? 뭔가 다른, 약간 피 같은 오래된 부르고뉴라든지, 응? 알겠니, 찰스, 나는 네 취향을 전부 꿰뚫고 있어. 꼭 나랑 프랑스에 가서 와인 마시자. 우리는 포도 수확기에 갈 거야. 네가 뱅센에 머물도록 데려가 줄게. 이제 공작 부부와는 다 지난 일이고, 공작한테는 프랑스에서 가장 질 좋은 와인이 있으니까. 공작한테도 있고 포탈롱의 제후한테도 있어. 널 포탈롱에도 데려가 줄게. 그 사람들이 널 재미있게 해 줄 것 같아. 또 당연히 너를 사랑하겠지. 널 내 수많은 친구들에게 소개해 주고 싶어. 콕토한테는 네 이야기를 해 뒀거든. 널 보고 싶어 안달복달이야. 알겠어, 찰스 자기? 너는 바로 그 드문 존재, 예술가야. 어머, 그래야지, 너는 쑥스러워 보이면 안 돼. 그 차갑고 영국적이고 냉담한 겉모습 뒤에 너는 예술가야. 네 방에 숨겨 놓은 그 작은 그림들을 내가 봤어. 절묘하더라. 한편 찰스 자기가 내 말을 이해한다면 너는 절묘하지는 않아. 전혀 그렇지 않지. 예술가들은 절묘하지 않아. 내가 절묘하지. 서배스천도 어떤 면에서는 절묘해. 그에 비해 예술가는 영속적인 유형으로, 견실하고 의도적이고 주의 깊지. 그리고 그 껍질 아래는 여-열정적이고 말이야, 응, 찰스?

그런데 누가 너를 알아봐? 요전에 서배스천과 네 얘기를 하다가 내가 이렇게 말했거든. '그런데 너도 찰스가 예술가라는 거 알잖아. 걔는 젊은 앵그르[123]같이 그린다고.' 그러니까 서배스천이 뭐라고 말했는지 아니? '맞아, 앨로이시어스도 정말 예쁘게 그려. 근데 물론 걔 화풍은 상당히 더 현대적이지.' 정말 매력 있어, 정말 재미나.

물론 매력 있는 사람들은 뇌가 별로 필요 없지. 사 년 전에 뱅센의 스테파니가 나를 정말 짜릿하게 했어. 자기야, 내가 하물며 발톱에 똑같은 색깔의 매니큐어까지 칠했다니까. 그녀 말투를 쓰고 똑같은 방식으로 담배에 불을 붙여 물고 전화기에 대고 그녀 어투로 말한 나머지 공작은 내가 공작 부인인 줄 알고 나랑 내밀한 사담을 길게 이어 가곤 했을 정도였다고. 크게는 이것 때문에 그의 생각이 그렇게 옛날식으로 권총과 사브르[124]에 미치게 됐지. 내 새아버지는 이게 나한테 훌륭한 교육이라고 생각하셨어. 새아버지는 이로써 내가 자기 말마따나 '영국 습관'이라는 걸 벗을 거라고 생각하셨거든. 가엾은 사람, 새아버지는 딱 남미 사람이야……. 나는 공작을 빼고는 누구라도 스테파니를 두고 한마디라도 험담하는 걸 들은 일이 없어. 그런데 그 여자는 자기야, 단연코 백치야."

앤서니는 자신의 과거 연애담의 심해에 빠져 말더듬증도 떨쳐 버렸다. 말더듬증은 커피와 리큐어와 함께 언뜻언뜻 그에게 다시 떠올랐다. "수도사들이 축출되기 전에 생산된 진짜

---

123) 장 오귀스트 도미니크 앵그르(Jean Auguste Dominique Ingres, 1780~1867). 특히 초상화로 유명한 프랑스의 화가.
124) 펜싱에서 쓰이는 칼로, 길고 예리하며 휘어진 외날의 무기이다.

그-그-그린 샤르트뢰즈[125]야. 이게 혀 위를 간질일 때 뚜렷한 오미(五味)가 있어. 스펙트럼을 삼키는 느낌이라니까. 너 서배스천도 이 자리에 함께했으면 싶어? 물론 그렇겠지. 나는 그렇냐고? 글쎄. 어떻게 우리 생각이 반드시 그 조그만 매력덩어리에게 흘러가고야 마는지. 네가 나한테 최면을 거는 것만 같아, 찰스. 단지 나 자신에 관해 말하려고 정말 상당한 비용을 들여 자기를 여기에 데려왔는데, 정신을 차려 보니 내가 서배스천에 관해서만 말하고 있네. 걔가 어쩌다 그렇게 극히 불길한 집안에서 태어났는지를 제외하면 걔에 관해서 미스터리랄 건 사실 없는데 참 이상하지.

네가 걔네 가족을 아는지 기억이 안 나네. 걔가 너한테 가족들을 한 번이라도 만나게 해 주지는 않을걸. 그러기엔 애가 너무 영리하거든. 가족들은 상당히, 상당히 소름 끼치는 인물들이야. 서배스천에 관해 아주 약간이라도 소름 끼치는 뭔가가 있다고 느낀 적 있어? 없다고? 어쩌면 내가 상상하는 걸 수도 있겠네. 그저 걔가 가끔은 나머지 가족들이랑 너무 닮아 보여서 말이야.

브라이즈헤드라는 인물이 있는데, 수세기 동안 봉해져 있던 동굴에서 나온 무슨 퇴물 같은 인간이야. 얼굴은 아스테카[126]

125) 프랑스 동남부 그러노블에서 18세기 초반부터 그랑드 샤르트뢰즈 수도원의 카르투지오 수도사들이 만들던 리큐어. 수도사들은 1793년 프랑스 혁명과 1903년 프랑스 정부의 외압에 의해 두 차례 수도원에서 쫓겨났다가 다시 수도원으로 복귀해 리큐어를 생산할 수 있었다.

126) 14~16세기에 멕시코와 중앙아메리카에 있던 왕국. 돌, 금속 등의 재료

조각가가 시도한 서배스천의 초상처럼 생겼어. 그 인간은 박식한 편견덩어리, 형식 차리는 미개인, 폭설로 단절된 라마[127)]에…… 뭐, 뭘 갖다 붙여도 좋아. 그리고 줄리아는, 너도 그 여자는 어떻게 생겼는지 알걸. 누군들 도리 있겠어? 그 여자 사진이 삽화 신문에 비첨스 필[128)] 광고만큼이나 자주 나오는데. 무결한 피렌체풍 콰트로첸토[129)] 미인의 얼굴이지. 그런 용모를 가졌으면 다른 사람들이라면 대부분 예술가가 되려는 유혹이 들었겠지. 하지만 레이디 줄리아는 달랐어. 그 여자는 지적 수준이, 뭐, 스테파니 정도라고나 할까. 그 여자한테 녹황색 덩굴풀[130)]은 찾아볼 수 없어. 너무 화사하고 너무 올바르고 너무 꾸밈없지. 그녀가 근친상간을 하는지는 모르겠어. 그러진 않겠지. 그녀가 원하는 것은 오직 권력이니까. 딱 그 여자를 태우는 용도로 종교 재판소를 세워야 한다니까. 내가 알기로 여동생이 한 명 더 있는데, 아직 사교계 데뷔를 안 했어. 그녀에 대해 아직 알려진 건 없어. 다만 얼마 전에 걔 여자 가정 교사가 미쳐서 투신자살했다는 정도. 걔도 틀림없이 가공할 인물일걸. 그러니

를 사용한 아스테카 조각은 주로 해당 문화권의 여러 신에 대한 숭배와 밀접하게 관련되어 있다.

127) 티베트 불교에서 고도의 정신적 성취를 얻어 영적 지도자로 자리한 승려를 일컫는다.

128) 토머스 비첨(Thomas Beecham, 1820~1907)이 발명한 약으로, 초기에는 만병통치약으로 광고되었으나 사실은 완하제였다.

129) 이탈리아어로 1400년(mille quattrocento)에서 유래한 단어로, 예술계 및 문화계에 다양한 움직임이 일어나던 15세기경을 일컫는다.

130) 덩굴풀 등의 유동적이고 기묘한 곡선이 주로 사용된 것이 아르 누보 양식의 특징이다.

까 불쌍한 서배스천은 다정하고 매력적으로 구는 것 말고는 정말 운신의 폭이 거의 없었다는 걸 알겠지.

부모까지 타고 올라가야지만 무저갱(無底坑)이 열리는 거야. 그런 부부라니, 자기야. 레이디 마치멘은 어떻게 해내는 걸까? 이건 이 시대의 난제 중 하나야. 너 부인은 뵌 적 있어? 정말 정말 아름다워. 인위적인 게 전혀 없고, 머리칼은 우아한 은빛 줄이 가면서 막 희끗해지기 시작했고, 루주기도 없고, 안색은 창백하고, 눈은 커다래. 눈은 어찌나 커 보이고 눈꺼풀은 다른 사람이었다면 손끝으로 루주를 좀 두드렸을 만큼 실핏줄이 어찌나 퍼렇게 들여다보이는지 신기하다니까. 가보로 내려오는 옛날 방식으로 세팅된 진주들에 별을 닮은 엄청난 보석 몇 점을 걸치고, 목소리는 기도만큼 조용하면서 기도만큼 강력하지. 한편 마치멘 경은 보자, 아무래도 약간은 살집이 있긴 해도 정말 잘생겼고, 귀티가 흐르고, 방탕하고, 바이런[131]적이고, 권태롭고, 전염될 만큼 게으른 것이 실추하는 모습을 쉬이 보일 법한 유의 남자는 전혀 아니지. 그러다 그 라인하르트의 수녀[132]가 글쎄, 마치멘 경을 부숴 버렸지 뭐야, 아주 산산조각으로. 그는 이제 어디에도 그 커다란 자주색 얼굴을 비칠

---

131) 조지 고든 바이런(George Gordon Byron, 1788~1824). 영국의 낭만주의를 이끈 시인. 선천적 기형으로 한쪽 다리를 저는 미남 독신 귀족이었던 그는 런던 사교계의 총아로서 화려한 생활을 했다. 숱한 여성들과 염문을 뿌린 끝에 영국에서 좋지 않은 소문이 돌자 스물여덟 살에 고국을 떠나 스위스와 이탈리아의 베네치아 등에서 지내며 작품을 집필했다.

132) 막스 라인하르트(Max Reinhardt)가 연출한 연극 「기적」에 등장하는 수녀이다.

엄두를 못 내. 그는 사회에서 내쫓긴 사람의 최후의, 역사적이고 진정한 사례야. 그런 아버지를 브라이즈헤드는 보려고 들지 않고, 딸들은 못 보지만 서배스천은 물론 봐, 워낙에 매력적인 애니까. 달리 아무도 그 사람 근처에 가지 않아. 있지, 작년 9월에 레이디 마치멘이 베네치아에서 폴리에레 궁전에 머물렀거든. 사실을 말하자면 부인이 베네치아에서 아주 약간 우스꽝스러웠어. 부인은 당연히 절대 리도 근처에도 안 갔지만 허구한 날 에이드리언 포손 경과 곤돌라에 타고 운하들을 떠다녔는데, 그 누운 자세가 글쎄, 꼭 마담 레카미에[133] 같았지 뭐니. 언제는 내가 그 둘을 스쳐 지나는데 폴리에레 궁전의 곤돌라 사공과 눈이 마주쳤거든. 물론 내가 알던 남자였는데, 글쎄, 나한테 어찌나 깜찍한 윙크를 날리던지. 부인은 비단실 고치 같은 옷에 싸여 온갖 파티에 참석했는데, 원, 자기야, 꼴이 무슨 켈트 연극[134] 출연진이나 마테를링크[135] 극작품의 여주인공인 줄 알았다니까. 그리고 성당에는 꼭 가곤 했어. 그게, 너도 알겠지만, 베네치아는 이탈리아에서 성당에 가 본 사람이 아무도 없는 유일한 도시잖아.[136] 여하튼 그해에 부인은 다

---

133) 마담 쥘리에트 레카미에(Juliette Récamier, 1777~1849). 유명한 프랑스 사교계의 여주인으로 여러 유명 화가 및 조각가에게 모델로서 눕거나 기대앉는 자세를 취해 주었다.

134) 당대 문학계 및 예술계에서 일어난 켈트 문화 부흥 운동과 관련 있다.

135) 모리스 마테를링크(Maurice Maeterlinck, 1862~1949). 벨기에의 극작가, 시인, 수필가.

136) 베네치아 주민들이 일반적으로 로마 가톨릭교를 믿기는 하지만, 베네치아는 광신적인 믿음이 부재하며 반종교 개혁 당시 이단자를 처형한 사례

소 놀림거리였는데, 그러던 중 맬튼가의 요트를 타고 등장한 사람이 바로 가엾은 마치멘 경이었어. 마치멘 경은 거기에 작은 궁을 사 뒀어. 하지만 과연 들어가도 되는 것이었을까? 맬튼 경은 마치멘 경과 하인을 글쎄, 요트에 집어넣고 그 자리에서 즉시 트리에스테행 증기선으로 갈아 태웠어. 마치멘 경은 정부랑 같이 가지도 못했어. 그녀는 연례 휴가를 떠난 터였거든. 그들이 어떻게 레이디 마치멘이 거기 있다는 얘기를 들었는지는 아무도 몰랐어. 그리고 그 뒤로 일주일간 맬튼 경은 마치 욕본 게 자기인 양 자중했다는 거 아니? 또 맬튼 경이 욕을 보기는 했지. 폴리에레 왕녀가 무도회를 열었는데 맬튼 경은 물론 그 요트에 있던 누구도 초대받지 못했거든. 심지어 데 파뇨제가조차 말이야. 레이디 마치멘이 어떻게 그렇게 해내느냐고? 부인은 세상 사람들에게 마치멘 경이 괴물이라고 확신시켰거든. 그러면 진실은 무엇이냐? 그 둘이 십오 년쯤 결혼 생활을 하다가 마치멘 경이 전쟁에 나갔지. 그대로 그는 돌아오지 않았고 대단히 재능 있는 무용수와 관계를 맺었어. 그런 사례는 뭐, 천 건은 되잖니. 한데 부인이 너무 독실한 나머지 이혼을 거부하는 거야. 뭐, 그런 사례들은 옛날부터 있어 왔잖아. 주로 이런 상황에는 바람피운 쪽이 동조를 얻지만 마치멘 경의 경우에는 달랐어. 너는 그 늙은 바람둥이가 마누라를 괴롭히고, 장인어른의 유산을 훔치고, 마누라를 문밖으로 내쫓고,

---

가 없었던 것으로 유명하다. 따라서 신앙에 열성이 없다는 이유로 교황 측과 자주 마찰을 겪으며 교회에서 두 번 제명되었다.

자식들은 굽고 속을 채워서 잡아먹고, 소돔과 고모라[137]의 갖가지 꽃들을 휘감은 채 어디 나가서 뛰놀았다고 생각하겠지. 그게 아니면 사실은 뭘까? 부인에게 훌륭한 자식을 넷이나 낳아 주고, 브라이즈헤드 저택과 세인트 제임스에 있는 마치멘 저택[138]은 물론 부인이 쓰고 싶어 할 수 있는 돈을 전부 부인에게 넘기고, 자신은 라루에서 가슴께가 눈처럼 새하얀 셔츠를 입고 연극단의 용모 단정한 중년 부인과 극히 평범한 에드워드 스타일[139]로 앉아 있는 거야. 그러는 동안 부인은 자신의 은밀한 즐거움을 위해서 종살이하며 수척해진 포로들의 작은 어장을 관리하는 거지. 부인은 그들 피를 빨아 먹어. 에이드리언 포손이 목욕할 때 어깨에 온통 이빨 자국이 보인다니까. 여기서 자기야, 그 남자는 우리 시대의 가장 위대하고 유일무이한 시인이었어. 그는 다 빨려 말라붙었어. 아무것도 남지 않았다고. 그 밖에도 부인 뒤꽁무니를 쫓아다니는 망령 같은 인간들이 나이와 성별을 불문하고 대여섯 있어. 일단 부인이 이를 박아 넣었다 하면 이들은 절대 도망가지 않지. 이건 마녀의 주술이야. 다른 걸로는 설명이 안 돼.

---

137) 성경에서 주민들의 악행 때문에 하느님의 천벌을 받아 파괴된 두 도시.
138) 서배스천의 가족은 런던의 상류층 거리인 세인트 제임스에 마치멘 저택을, 시골에 브라이즈헤드 저택을 가지고 있었다. 이렇게 런던에 본채가 있고 시골에 별채를 두는 것은 당대의 귀족층 사이에서 흔한 일이었다.
139) 에드워드 7세의 치세 기간인 1901년부터 1910년까지 또는 더 넓게는 1890년대부터 1차 세계 대전 때까지 유행하던 스타일을 일컫는다. 에드워드 시대는 따스한 햇빛 속에서 여름날 오후 가든파티를 즐기던 낭만적인 황금기로 일컬어진다.

그러니까 서배스천이 때로 약간 김빠진 듯 보여도 개를 탓하면 안 된다는 걸 알겠지. 뭐, 근데 너는 개를 탓하지 않잖아, 탓하니, 찰스? 그렇게 가정환경의 속사정이 깊은데, 개가 단세포에 매력덩어리인 체하는 것 말고 뭘 할 수 있겠니? 특히나 머리통으로 따지면 그다지 잘 물려받은 편도 아닌데. 우리가 개를 사랑하기는 해도 그것까지 변호해 줄 수는 없잖아?

솔직히 말해 봐. 서배스천 입에서 오 분 동안 기억에 남는 말을 한 번이라도 들은 적 있어? 있지, 나는 개가 하는 말을 들으면 여러모로 메스꺼운 그 「거품」[140]이라는 그림이 떠올라. 대화는 자고로 저글링 같아야지. 공이랑 접시들이 위로 올라가고, 속이 실한 물체들이 위로 또 그 너머로 들락날락, 각광을 받아 번들거리다가 놓치면 쿵 떨어져야지. 그런데 우리 서배스천이 말할 때는 작고 동그란 비눗방울이 낡은 사기 파이프 끄트머리에서 아무 데나 둥둥 떠다니다가 일순 무지갯빛으로 부푼 다음, 폭! 사라지고 남는 건 전혀 아무것도, 아무것도 없는 것 같단 말이야."

그다음 앤서니가 예술가의 참된 경험들에 관해, 자신이 친구들에게 기대하고자 하는 감상과 비평과 자극에 관해, 감정을 추구하면서 스스로 감수해야 할 위험들에 관해, 또 이것저것에 관해 말하는 사이 나는 혼곤해져서 정신이 약간 헤매도록 두었다. 그리하여 우리는 기숙사로 차를 몰았지만 막달렌

140) 영국의 화가 존 밀레이(John Millais)의 작품. 어린아이가 머리 위로 떠가는 비눗방울을 지그시 바라보는 이 그림은 비누 광고에 사용되어 대중에게 널리 알려졌다.

다리를 돌 무렵 그가 뱉은 말들이 저녁 식사의 중심 주제를 환기시켰다. "아이고, 내일 자기가 눈을 뜨자마자 서배스천한테 총총걸음으로 가서 내가 걔에 관해 말한 걸 몽땅 말해 줄 게 빤하다. 그런 너에게 두 가지만 말해 둘게. 첫째, 그런다고 나에 대한 서배스천의 생각은 쥐꼬리만큼도 바뀌지 않을 거고 둘째, 자기야, 내가 너를 지루하게 한 나머지 혼수상태에 빠지게 한 건 분명하지만 이것만큼은 부디 기억해 줘. 걔는 그 즉시 자기의 재미난 곰돌이 인형 얘기를 시작할걸. 좋은 밤 보내. 아기처럼 잘 자길."

그러나 나는 잘 자지 못했다. 침대로 혼곤하게 쓰러진 지 한 시간도 지나지 않아 나는 다시 잠에서 깨어, 목마르고 들썩이고 번갈아 뜨거워졌다 차가워지며 비정상적으로 달떴다. 내가 많이 마시긴 했지만 섞어 마신 것도, 샤르트뢰즈도, 마브로다프네 트라이플[141]도, 우리의 평소 습관대로 강아지같이 뛰놀고 구르며 취기를 가시게 하는 대신 내가 저녁 내내 꼼짝 않고 앉아 거의 말없이 있었다는 사실도 고민에 짓눌린 그날 밤의 괴로움을 설명하기에는 부족하다. 그날 저녁의 장면들을 무시무시한 형상으로 왜곡하는 꿈도 없었다. 나는 잠에서 깨어 말똥말똥하게 누워 있었다. 소리 없이 앤서니의 억양과 그 화법의 강세와 운율을 따라잡으며 그의 말들을 스스로에게 재현했고, 감은 눈꺼풀 아래에서는 저녁 식탁 건너편에서 마

141) 마브로다프네라 불리는 그리스의 디저트용 와인에 적신 케이크 위에 커스터드 크림과 체리를 올린 디저트.

주했던 대로 창백하고 촛불로 밝혀진 그의 얼굴을 그렸다. 칠흑의 시간 중에 한번은 응접실의 그림들을 끄집어 내어 열린 창문가에 앉아 그림들을 팔락팔락 넘겨보기도 했다. 안뜰 안의 모든 것이 검고 죽은 듯 고요했고, 다만 십오 분마다 종들이 깨어나 박공 위로 울려 퍼졌다. 내가 탄산수를 마시고 담배를 피우고 조바심칠 동안 동이 트기 시작했고 깨어나는 산들바람의 바스락거림이 나를 잠자리로 돌려놓았다.

내가 깨어나니 런트가 열린 문가에 있었다. "계속 주무시게 놔뒀습니다." 그가 말했다. "공동 성찬례에 가실 것 같지는 않아서요."

"바로 맞혔어요."

"신입생은 대부분 갔고 이삼 학년생들도 꽤나 갔더군요. 이게 다 새로 온 목사 때문입니다. 공동 성찬례가 있던 유례가 없어요. 원하는 학생들 대상으로만 성찬례가 있었고 예배와 저녁 예배만 있었지."

그날은 학기의 마지막 일요일이자 그해의 마지막 일요일이었다. 내가 목욕하러 가자 안뜰은 예배당에서 현관으로 밀려드는 학생 가운과 중백의(中白衣) 차림의 학부생들로 가득 찼다. 내가 돌아오니 그들은 삼삼오오 서서 담배를 피우는 중이었다. 재스퍼도 자기 셋방에서 자전거를 타고 와 그들 무리에 끼여 있었다.

나는 일요일에는 흔히 그랬듯 아침 식사를 하러 발리올 단과대 맞은편의 찻집을 향해 텅 빈 브로드 거리를 걸어 내려갔다. 공기는 인근 첨탑들의 종소리로 가득했고, 태양이 녹지 위로 긴 그림자를 드리우며 밤의 근심을 몰아냈다. 찻집은 도서관처럼 조용했다. 발리올과 트리니티 단과대에서 침실 슬리퍼 차림으로 홀로 나온 남학생들은 내가 들어가자 고개를 들었다가는 각자의 일요 신문으로 되돌아갔다. 나는 청춘 시절 잠 못 이룬 밤에 으레 뒤따르는 스크램블드 에그와 오렌지 껍질이 든 쌉싸래한 마멀레이드를 먹었다. 이윽고 담뱃불을 붙이고 눌러앉아 있는 동안 발리올과 트리니티 남학생들은 하나둘 계산하고 발을 질질 끌며 터덜터덜 길 건너편에 있는 각자의 단과대로 향했다. 내가 자리를 떴을 때는 11시가 다 되었으므로 걷는 도중에 성당의 전조 타종(轉調打鍾)이 멈추고, 시내 방방곡곡에서 시민들에게 미사가 곧 시작된다고 예고하는 단음의 차임에 길을 비키는 것이 들렸다.

그날 아침에는 성당 가는 사람 빼고는 외출한 사람이 없는 듯했다. 학부생들과 대학원생들과 부인들과 상인들은 잰걸음과 느긋한 황소걸음을 똑같이 멀리하는 예의 여부없는 영국식 성당행 보폭으로 걸으며 검은 양피지와 흰 셀룰로이드로 제본된 상충되는 대여섯 종파의 기도문들을 들었다. 이 모두가 성공회의 바나바 교회, 개신교의 컬럼바 교회, 가톨릭의 앨로이시어스 성당, 성공회의 메리 성당, 가톨릭의 퓨지 하우스 성당과 블랙프라이어스 성당, 그 밖에 하늘만이 아시는 곳들로, 재건된 노르만 양식과 부활한 고딕 양식으로, 베네치아와 아테네의 모조품들로 향하며 여름 햇살 속에서 저마다 민족의 사원으로 가는 길이었다. 자랑스러운 네 명의 이단자만이 이의를 천명했다. 이들은 발리올 단과대 입구에서 나온 인도인 넷으로, 갓 세탁된 흰색 플란넬 바지에 말끔하게 다려진 블레이저 재킷을 입고, 눈처럼 하얀 터번을 머리에 쓰고, 통통한 갈색 손에는 선명한 색의 방석들과 소풍 바구니, 버나드 쇼의 『불쾌한 희곡』[142]을 든 채 강 쪽으로 향하고 있었다.

콘마켓 거리에서 클라렌든 호텔 계단참에 선 관광객 무리가 도로 지도를 두고 운전기사와 입씨름할 때 나는 맞은편 골든크로스 상점가의 고색창연한 아치 너머로, 저쪽에서 아침식사를 하고 이제는 덩굴식물이 늘어진 안뜰에서 파이프를 물고 미적거리던 같은 단과대의 학부생 무리와 알은체했다. 마찬가지로 성당행이던 보이스카우트단은 색깔 리본과 배지로 오색찬란하였고 군인답지 않게 정렬하여 성큼성큼 스쳐갔다. 한편 카팍스 교차로에서 마주친 시장과 지방 정부 관료 일동은 진홍색 예복과 금색 목걸이 차림으로, 지팡이를 든 사람들을 앞세우고 뒤를 좇는 호기심 어린 시선 하나 없이 시 교회[143]의 설교 예배를 보러 줄지어 지나갔다. 알데이트 거리에서 나는 풀 먹인 깃에 특이한 모자 차림을 하고 톰 게이트와 크라이스트처치 대성당으로 걸음을 옮기는 2열 종대의 성가대 소년들을 지나쳤다. 이렇듯 독실함의 세계를 뚫고 나는 서배스천에게로 향했다.

그는 출타 중이었다. 나는 필기용 탁자를 어지럽힌 편지들

---

142) 아일랜드의 극작가 조지 버나드 쇼(George Bernard Shaw)의 세 작품 『홀아비의 집』, 『워렌 부인의 직업』, 『바람둥이』를 한데 묶어 1898년에 출간한 작품. 세 극작품은 모두 당대의 가부장적 사회를 비판하였다.

143) 시장과 지방 정부 관료들은 시 교회로 임명된 교회에서 예배를 보았다.

을 읽었으나 어느 것도 그다지 정보를 발설하지 않았다. 또 맨틀피스 위의 초대장들도 찬찬히 뜯어보았다. 하지만 새로이 추가된 초대장은 없었다. 그러다 『여우가 된 부인』[144]을 읽고 있으려니까 서배스천이 돌아왔다.

"올드 팰리스 예배당에 미사 보러 갔었어." 그가 말했다. "이번 학기 내내 안 갔더니 벨 예하께서 지난주에 나를 저녁 식사에 두 번이나 초대하셨는데, 나도 그게 무슨 뜻인지 알거든. 엄마가 예하께 편지를 보내고 있었어. 그래서 예하가 나를 안 보고는 못 배길 앞줄에 떡하니 앉아서 마지막에는 성모송을 그야말로 부르짖고 왔지. 그러니 이제 됐지, 뭐. 앙투안이랑 저녁 식사는 어땠어? 무슨 얘기 했고?"

"뭐, 이야기는 형이 거의 다 했어. 말해 봐, 형이랑 이튼에서 아는 사이였어?"

"형은 내가 첫 학기였을 때 정학당했는데. 여기저기서 본 것 같기는 하다. 어딜 가든 눈에 띄는 인물이었으니까."

"너랑 같이 성당에 다니기도 했고?"

"그러진 않았을걸. 왜?"

"형이 너희 가족을 한 명이라도 만난 적은 있고?"

"찰스, 너 오늘 되게 이상하게 군다. 아니. 그런 적은 없는 것 같은데."

"베네치아에 있는 너희 어머니도?"

---

144) 영국의 소설가 데이비드 가넷(David Garnett)의 소설로, 신혼 생활을 보내던 중 아내가 여우로 변했음에도 관계를 유지하려는 남편의 모습을 묘사했다.

"엄마가 그와 관련해서 뭐라고 말씀하시기는 한 것 같은데. 뭐였는지는 까먹었다. 내 생각에 엄마가 무슨 이탈리아 친척들인 폴리에레가랑 머무실 때 그 호텔에 어쩌다 형도 가족들이랑 왔는데, 폴리에레가에서 주최한 무슨 파티인가에 형네는 초대를 못 받았던 것 같아. 내가 엄마한테 형이 내 친구라고 말씀드리니까 그 관련으로 뭐라고 말씀하신 건 기억이 나거든. 형이 왜 폴리에레가의 파티에 가고 싶어 하는지 당최 알 수가 없네. 거기 왕녀는 영국 혈통에 대한 자부심이 어마어마해서 백날 그 얘기만 하거든. 여하간 아무도 앙투안한테 반감이 있지는, 많이 있지는 않았어, 내가 생각하기로. 사람들이 껄끄럽게 생각했던 건 형의 어머니였지."

"그리고 뱅센의 공작 부인은 누구야?"

"포피?"

"스테파니."

"그건 앙투안한테 물어봐야지. 자기가 그 여자랑 불륜 관계였다고 주장하는데."

"실제로 그랬대?"

"아마 그럴걸. 칸에서는 불륜이 어느 정도 강제적인 것 같으니. 왜 관심 폭발이야?"

"그냥 형이 간밤에 말한 것 중에 진실이 얼마만큼 있었는지 알고 싶었어."

"내 생각엔 한마디도 없을걸. 그게 형의 커다란 매력이야."

"너는 그게 매력적이라고 생각할 수도 있겠지. 나는 극악무도하다고 생각해. 형이 어제 저녁을 통째로 쏟아서 내가 너한테 등 돌리게 하려 했고, 성공할 뻔했다는 거 알기나 해?"

"형이 그랬어? 유치하기는. 앨로이시어스는 그런 일에는 절대 찬성하지 않을 텐데. 그치, 요 젠체하는 늙은 곰돌이야?"

그리고 보이 멀캐스터가 방으로 들어왔다.

3

나는 여름 방학을 보내러 무계획, 무자본으로 집에 돌아갔다. 학기 말 비용을 대려고 오메가 공방의 칸막이를 콜린스에게 10파운드에 팔았고, 이제 그중 4파운드가 수중에 남아 있었다. 마지막 수표로 내 계좌에서 몇 실링 정도가 초과 인출되었고, 나는 아버지의 인가 없이는 더 이상 인출하면 안 된다는 말을 들었다. 다음 용돈은 10월이 되어서야 들어올 예정이었다. 따라서 나는 곤궁한 앞날에 직면해 있었으며, 이 사달을 속으로 곰곰이 생각하며 지난 몇 주간의 낭비에 대해 회한에서 그다지 멀지 않은 감정을 느꼈다.

나는 학기 초에 기숙사 관련 제 비용을 지불하고 수중에 100파운드 이상을 가지고 시작했다. 이제 전액이 사라졌고, 외상을 받을 수 있었던 곳이면 단돈 1페니도 내지 않았다. 그렇게까지 쓸 이유가 없었고, 그렇게 쓰지 않으면 얻을 수 없는 대단한 쾌락이랄 것도 없었다. 즉, 전액이 흥청망청하느라 사라진 것이었다. 서배스천은 나를 놀리곤 했지만("너는 꼭 채권업자같이 돈을 써.") 그 모든 돈이 그에게 들어갔고 그와 함께 나갔다. 한편 서배스천의 재정 상황은 내내 막연히 궁핍했다. "다 변호사들이 알아서 하는걸." 그가 무력하게 말했다. "또 그 인간들이 상당히 슬쩍하는 것 같아. 여하간 내가 절대 많이 받는 것 같지 않으니까. 물론 엄마는 내가 부탁하면 무엇이든 주시겠지만."

"그러면 제대로 된 용돈을 달라고 부탁드리지그래?"

"아, 엄마는 모든 걸 선물로 주시기를 좋아하셔. 정말 다정하시지." 그는 이렇게 말하여 내가 그의 어머니에 대해 형성하던 그림에 선을 하나 덧그렸다.

이제 서배스천은 나는 따라오라고 초대받지 못한 자신의 다른 쪽 삶으로 사라졌고, 나는 따라가지 못하여 허망과 후회 속에 남겨졌다.

만년에 우리는 무분별하게 탕진한 긴 여름날들을 회고하며 얼마나 야박하게 우리 청춘의 고결한 기분을 부인하는가. 육아실의 도덕성에 대한 향수병과, 후회 및 나아지겠다는 결의, 룰렛 테이블의 0처럼 어림짐작할 수 있는 규칙에 따라 찾아오는 암담한 시간들을 도외시하는, 초기 성인 시절의 회고담에는 솔직함이 전혀 없다.

이리하여 나는 집에서의 첫 오후를 방에서 방을 헤매면서 판유리 창문에서 정원과 길거리를 차례로 내다보며 사나운 자책의 기분에 빠져 보냈다.

아버지가 집에 계시는 것은 알았지만 서재는 불가침 영역이었으므로 저녁 식사 직전이 되어서야 아버지가 나타나 나를 맞았다. 당시에는 50대 후반이었음에도 실제 나이보다 훨씬 늙어 보이는 것이 아버지의 특이 체질이었다. 아버지는 겉모습만 보면 일흔으로, 목소리까지 들으면 거의 여든으로 어림잡을 수도 있었다. 이제 아버지가 자신의 기꺼운 버릇인 질질 끄는 고위 관료의 발걸음으로 숫기 없는 환영의 미소를 띠고 다가왔다. 아버지는 집에서 식사할 때(또 달리 어디서 식사하는 일도 거의 없었다.) 프로그 매듭단추가 달린 벨벳 스모킹 슈트를 입었다. 이는 여러 해 전에 유행했으며 다시 유행할 예정이던 유의 의복이었으나 당시에는 의도적인 의고주의였다.

"우리 아들, 네가 왔다고 나한테 말을 해 주지들 않더구나. 오는 길이 많이 힘들었지? 하인들이 차는 내줬니? 몸은 괜찮고? 내가 막 소네르셰인스에서 약간 대담한 구매를 했는데, 5세기의 황소 테라코타란다. 그걸 뜯어보다가 네가 도착한다는 걸 그만 깜빡했지 뭐냐. 객차는 완전히 만원이더냐? 구석 자리에 앉았어?(아버지 자신은 여행하는 일이 매우 드물어 누가 여행했다는 소리를 들으면 언제나 노파심이 일었다.) 헤이터가 석간신문은 갖다 줬니? 당연히 소식이랄 건 없단다. 헛소리만 그득하지, 뭐."

저녁 식사가 공지되었다. 아버지는 오래된 습관대로 책을 가지고 식탁에 가서는 그제야 내 존재를 기억하고 슬그머니 책을 의자 밑으로 떨어뜨렸다. "뭐 마시고 싶니? 헤이터, 찰스 도련님이 마실 만한 게 뭐 있을까?"

"위스키가 좀 있습니다."

"위스키가 있군. 뭐 다른 거 마시고 싶니? 또 뭐가 있지?"

"그것 말고는 집에 아무것도 없습니다, 주인어른."

"아무것도 없군. 헤이터한테 마시고 싶은 걸 말하면 들여올 거야. 나는 이제 와인은 전혀 들여놓지 않는단다. 나한테 와인은 금지고 날 보러 찾아오는 사람도 없으니. 그래도 네가 여기 있는 동안은 마시고 싶은 거 마셔야지. 오래 있을 거니?"

"잘 모르겠어요, 아버지."

"정말 장기 방학[145]이구나." 아버지가 지난날을 동경하는 듯 말했다. "소싯적에는 나도 애들과 독서회라는 걸 하곤 했는데, 맨날 산악 지대에서였지. 왜? 대체 왜." 아버지가 안달이 나는 듯 반복했다. "알프스 산맥의 장관이 학구열을 증진시킨다고 여겨진 걸까?"

"저도 미술 학교에 시간을 좀 들일까 생각해 봤어요. 모델 그리기 수업에요."

"아들아, 학교일랑 다 닫힌 게 보일 거다. 학생들은 바르비종 같은 데로 가서 바깥 공기 마시면서 그림을 그린단다. 내 소싯적에는 '사생회'라는 학회가 있었단다. 남녀 혼성(훌쩍.), 자전거(훌쩍.), 쑥색 니커보커스 반바지, 네덜란드 삼베 우산, 거기다 흔히들 생각하던 자유연애(훌쩍.), 허튼수작도 그런 허튼수작이 없었지. 아직도 하고 있을 텐데. 그걸 해 봐도 되겠구나."

---

145) 영국 대학의 여름 방학은 겨울 방학보다 길어 장기 방학이라 불린다.

"방학에 닥친 문제들 중 하나가 돈이에요, 아버지."

"어유, 나라면 네 나이에는 그런 건 전혀 신경쓰지 않을 텐데 말이다."

"그게, 제가 좀 쪼들리는 상황이에요."

"그러니?" 아버지가 일말의 관심도 없다는 투로 말했다.

"사실은 앞으로 두 달 동안 어떻게 해 나가야 할지도 잘 모르겠어요."

"글쎄다, 나는 조언을 구하러 오기에는 제일 부적당한 사람이란다. 나는 네가 그토록 고통스럽게 칭하듯이 '쪼들린' 적이 없었으니. 그리고 또 무슨 말로 표현할 수 있을까? 궁한? 빈궁한? 곤궁한? 곤란한? 쪽박 차게 된?(훌쩍.) 파산 직전의? 퀴어 거리[146]에 있는? 네가 퀴어 거리에 있다고 하고 우리 그렇다고 하자꾸나. 네 할아버지께서 언젠가 내게 말씀하셨단다. '네 수입 안에서 살되 곤란에 처하면 나한테 와라. 유대인[147]들에게는 가지 말고.' 말도 안 되는 소리지. 네가 해 보거라. 약속 어음만 보고도 선금을 내놓는 저민 거리의 그 유대인 신사들에게 가 보라고. 아들아, 그 인간들은 금화 한 닢도 내놓지 않을 거란다."

"그러면 제가 어떻게 하기를 추천하시나요?"

"네 멜키오르 친척 어른은 투자에 신중치 못해서 정말로 이

146) 케리 거리의 별칭이다. 한때 파산 법원이 다수 위치하였으므로 파산의 상징으로 통한다.

147) 유럽에서는 중세 시대부터 고리대금업이 가톨릭 교리상 죄악시되었고, 대부분의 직종에서 배제된 유대인들이 고리대금업을 하는 경우가 많았다.

상한 거리로 빠졌지. 그 사람이 글쎄 호주로 갔단다.”

롬바르디아 서체의 『성무 일과서』[148] 책장 사이에서 2세기 파피루스 두 장을 찾아낸 이래로 그렇게 기분 좋은 아버지 모습은 처음이었다.

“헤이터, 내 책이 떨어졌네.”

책은 아버지의 발치에서 되찾아져 에이펀[149]에 괴어 놓였다. 이후 저녁 식사 내내 아버지는 이따금 유쾌하게 훌쩍이는 것을 빼고는 침묵했는데, 내 생각에 이 유쾌함이 아버지가 읽던 책에서 유발될 리는 없었다.

이윽고 우리는 식탁을 떠나 가든룸에 앉았다. 그리고 그곳에서 아버지는 나라는 존재를 머릿속에서 내려놓은 것이 빤했다. 나는 아버지의 생각이 저 멀리 떠났다는 것을 알았다. 자신이 마음 편히 운신했던 시대로, 시간이 세기 단위로 흐르고 모든 인물의 겉모습이 마모되었으며 벗들의 이름은 실상 다른 의미를 띤 단어들의 와전된 해석이었던 그 아득한 시대로. 아버지는 다른 사람에게는 극도로 불편할 법한 자세로 앉아 있었는데, 곧추선 팔걸이의자에 모로 앉아 책을 비뚜름하게 불빛에 높이 든 채였다. 아버지는 이따금 회중시계 줄에 달린 금색 필통을 꺼내 여백에 무언가를 적어 넣었다. 창문은 여름밤을 향해 열려 있었다. 지금 시계들의 똑딱거림, 베이스워터 거리 위 차량들의 아득한 부르릉거림, 아버지가 규칙적으

148) 중세 시대에 성직자들이 하루 일곱 번의 기도를 행하도록 규범을 제시한 『성무 일과서』를 롬바르디아 서체로 적은 것이다.
149) 식탁 중앙에 놓고 과일이나 꽃 등으로 장식하는 관상용 쟁반.

로 책장을 넘기는 소리가 유일한 음향이었다. 나는 가난하다고 주장하면서 시가를 피우는 것은 전략적이지 못하다는 생각이 있었다. 그러나 이제는 될 대로 되라는 심정으로 내 방으로 가서 한 개비를 가져왔다. 아버지는 올려다보지 않았다. 나는 입에 꽂아 넣고 불을 붙이고 새로워진 자신감으로 말했다. "아버지, 설마 제가 방학 내내 여기서 아버지와 보내기를 바라시는 건 아니죠?"

"응?"

"제가 집에 그렇게 오래 있으면 좀 지겹지 않으시겠냐고요?"

"설사 지겹다고 해도 내가 그런 내색을 하지는 않을 거라고 믿는단다." 아버지가 방시레 말하고는 읽던 책으로 돌아갔다.

저녁이 지나갔다. 마침내 방 안 여기저기에 있는 갖가지 형태의 시계들이 음악적으로 11시 차임을 울렸다. 아버지가 책을 덮고 안경을 벗었다. "아들아, 대환영이란다." 아버지가 말했다. "네가 편한 만큼 얼마든지 머물렴." 문가에서 아버지가 멈춰 서서 뒤를 돌아봤다. "네 멜키오르 친척 어른은 호주로 가는 뱃삯을 돛대 앞[150]에서 일해서 댔단다.(훌쩍.) 참 궁금하구나, '돛대 앞'이 뭔지?"

이어진 후텁지근한 주간에 나와 아버지의 관계는 급격히 악화되었다. 주중에는 아버지를 거의 보지 못했다. 아버지가 몇 시간이고 계속 서재에서 보냈던 탓이다. 그러다 이따금 아

150) 평선원과 보조 선원들이 머무는 배 앞쪽 선실을 지칭한다.

버지가 나와서 난간 위로 외치는 소리가 내 귀에도 들리곤 했다. "헤이터, 택시 좀 잡아 주게나." 그러면 아버지는 출타하곤 했는데, 가끔은 반시간이나 더 짧게도 다녀왔고 가끔은 하루 종일 외출했지만 무슨 용건인지는 설명되는 법이 없었다. 나는 아버지의 서재로 뜬금없는 시간에 변변찮은 아이들 간식(러스크 과자, 우유 몇 잔, 바나나 등등)이 가득 실린 쟁반이 올라가는 것을 종종 보았다. 우리가 복도나 계단에서 마주치면 아버지는 나를 멀거니 쳐다보고는 "아하." 아니면 "무덥구나." 아니면 "좋아, 좋아." 하고 말하곤 했으나 저녁에 아버지가 벨벳 스모킹 슈트 차림으로 가든룸에 올 때는 항상 격식을 차려 나를 맞았다.

저녁 식탁은 우리의 전쟁터였다.

둘째 날 저녁에 나는 식당에 책을 들고 갔다. 아버지의 유순하고 헤매는 눈이 급작스레 주목하며 내 책에 꽂혔고, 우리가 현관을 지나는 사이 아버지가 슬그머니 자기 책을 결상에 올려 두었다. 둘이서 자리에 앉자 아버지가 구슬피 말했다. "찰스, 네가 얘기를 해 줬으면 싶구나. 오늘은 정말 지치는 하루였거든. 그래서 대화를 조금 할 수 있을까 기대했단다."

"물론이죠, 아버지. 무엇에 관해 얘기할까요?"

"날 힘나게 해 다오. 근심을 잊게 해 줘." 성마르게. "요새 나온 연극에 관해 다 말해 다오."

"그렇지만 하나도 보지 못해서요."

"봐야지, 꼭 봐야지 말이야. 팔팔한 청년이 저녁이면 저녁마다 집에 있는 건 통 답지가 않아."

"그게 아버지, 말씀드렸듯이 연극 구경에 할애할 돈이 별로 없어요."

"아들아, 이런 식으로 돈이 네 주인이 되도록 놔두면 안 된다. 있잖니, 네 나이 때 네 멜키오르 친척 어른은 한 악곡의 공동 소유자였단다. 그게 몇 안 되는 잘 풀린 투기에 속했지. 너는 교육의 일환으로라도 연극을 보러 가야 한다. 위인전기를 읽으면 거의 반수가 갤러리석에서 연극을 처음 접하게 되었다는 걸 알 거다. 그만한 기쁨이 없다는 말들을 하더구나. 그곳이야말로 진정한 평론가들과 애호가들을 만나는 자리니까. 그곳이 '신들과 동석하는 자리'라더구나. 갤러리석이면 표 값은 없다시피 하고, 길거리에서 입장을 기다리는 동안도 '거리의 악사들' 덕에 신명 나고 말이다. 언제 저녁에 우리 같이 신들과 동석해 보자꾸나. 아벨 부인의 요리는 어떠니?"

"그대로네요."

"너희 필리파 고모에게 전수받은 거란다. 너희 고모가 아벨 부인에게 열 가지 메뉴를 가르쳐 줬는데, 거기서 변주된 적이 없어. 내가 혼자 있을 때는 뭘 먹는지 신경도 안 쓰지만 네가 여기 있는 이상 무언가 변화를 주어야겠구나. 뭐가 좋겠니? 뭐가 제철이지? 랍스터는 좋아하니? 헤이터, 아벨 부인에게 내일 저녁에는 랍스터를 내오라고 말해 두게."

그날 저녁 만찬은 아무 맛이 없는 허여멀건 수프, 분홍색 소스를 곁들인 과하게 튀긴 가자미 살, 원뿔 모양 매시트 포테이토에 기댄 양 갈비, 일종의 스펀지케이크 위에 올린 배 조림 젤리로 구성되었다.

"내가 이 정도 시간을 두고 식사하는 건 순전히 너희 필리파 고모에 대한 존중 때문이다. 네 고모가 세 코스짜리 저녁 식사가 중산층식이라고 못 박았거든. 네 고모가 말했단다. '하인들을 멋대로 하라고 놓아 버리자마자, 네드는 저녁마다 고기 한 덩이로 식사하고 있을걸.' 내가 무엇보다도 바라는 바다. 사실 아벨 부인이 저녁에 외출할 때 내가 클럽에 가서 하는 짓이 정확히 그거거든. 하지만 너희 고모가 나한테 집에서는 수프와 세 코스를 먹어야 한다고 명했지. 그래서 어떤 저녁에는 생선, 고기, 입가심이었고, 다른 저녁에는 고기, 후식, 입가심이었어. 순서를 치환하면 경우의 수가 꽤 된단다.

어떤 사람들은 어찌나 자기 의견을 비문(碑文)에 알맞을 형식으로 강요할 수 있는지 놀라울 따름이구나. 너희 고모에게는 그런 재능이 있었어.

네 고모와 내가 한때는 저녁마다 함께 식사를 했다는 걸 생각하면 이상야릇하구나. 꼭 지금 너랑 나처럼 말이다, 아들아. 그때 네 고모는 내 근심을 잊게 해 주려고 부단히 노력했지. 자기가 읽은 것에 관해 얘기해 주곤 했단다. 너도 알겠지만 네 고모가 내심 나와 가정을 꾸리고자 했어. 내가 혼자 남겨지면 이상한 쪽으로 빠질 거라고 생각했던 게지. 어쩌면 실제로 이상한 쪽으로 빠졌는지도 모르겠다. 빠졌을까? 하지만 생각대로는 안 됐어. 끝내는 내가 네 고모를 쫓아냈으니까."

이 말을 하는 아버지의 목소리에 여부없는 위협의 기색이 감돌았다.

내가 지금 아버지 집에서 너무도 이방인 같은 처지에 있는

데에는 내 고모 필리파라는 이유가 크게 작용했다. 어머니의 임종 후에 고모가 아버지와 나와 지내고자 건너왔는데, 아버지가 말했듯 필시 우리와 가정을 꾸리려는 생각을 품고 있었을 테다. 나는 당시에 밤마다 저녁 식탁에서 냉가슴을 앓던 일에 관해서는 전혀 몰랐다. 고모는 나의 벗이 되어 주었고, 나도 별 의문 없이 고모를 받아들였다. 그렇게 일 년이 지났다. 첫 번째 변화는 고모가 팔 셈이었던 서리에 있는 자택을 다시 열고 내 사립 학교 학기 중에는 거기서 지내다가 며칠간의 쇼핑과 유흥을 위해서만 런던에 올라왔다는 점이었다. 여름에 우리는 해변의 숙소에 함께 가기도 했다. 그러다 고모는 나의 사립 학교 마지막 해에 영국을 떠났다. "끝내는 내가 네 고모를 쫓아냈으니까." 아버지는 그 다정한 여성에 대해 조롱과 승리감을 띠고 말했고, 내가 그 말에서 나에 대한 도전을 읽었다는 것을 스스로도 알았다.

우리가 식당을 나설 무렵 아버지가 말했다. "헤이터, 내가 내일 준비하라고 한 랍스터에 관해 아벨 부인에게 벌써 뭔가 말해 두었는가?"

"아니요, 주인어른."

"말하지 말게."

"잘 알겠습니다, 주인어른."

그리고 우리가 가든룸의 의자에 다다랐을 때 아버지가 말했다.

"헤이터가 랍스터 얘기를 꺼낼 의향이 조금이라도 있었는지 궁금하구나. 없었을 거라는 생각이 든다만. 내 생각에는 말이다, 내가 농담이라도 한다고 생각했던 것 같은데?"

다음 날 우연히 무기 하나가 수중에 들어왔다. 남학교 시절의 지인을 만났는데, 바로 조킨스라는 이름의 동년배였다. 나는 조킨스를 결코 가히 좋아하지 않았다. 필리파 고모가 있던 시절에 그가 한 번 차를 마시러 왔는데, 고모가 그 친구에 대해 내면은 매력 있을지 모르나 첫눈에는 볼품없다고 선고했던 것이다. 그러나 지금 나는 열광적으로 그를 반기고 저녁 식사에 초대했다. 찾아온 그는 변한 구석이 거의 없었다. 아버지는 필시 헤이터에게 손님이 온다는 예고를 받았는지 예의 그 벨벳 슈트 대신에 연미복을 입었다. 연미복에 검은색 조끼, 높디높은 깃, 가늘디가는 흰색 보타이가 아버지의 야회복이었다. 아버지는 그 복장을 궁중상이라도 당한 것처럼 우수에 찬 느낌으로 걸쳤는데, 이런 몸가짐은 이른 청소년기에 취해 보았다가 동정을 얻기 좋은 태도라는 사실을 깨닫고는 계속 지닌 것이었다. 아버지는 디너 재킷[151]을 갖춘 적이 한 번도 없었다.

"좋은 저녁입니다, 좋은 저녁이에요. 이렇게 멀리까지 걸음을 하다니 친절하기도 하셔라."

"아, 그렇게 멀지 않았어요." 서식스 스퀘어에 살던 조킨스가 말했다.

"과학이 거리를 소멸시키지요." 아버지가 사람을 당혹게 하

---

151) 디너 재킷 또는 턱시도는 최고로 격식을 차린 연미복보다 약식인 꼬리가 없는 정장을 일컫는다.

며 말했다. "이쪽에는 사업상 건너오신 건가요?"

"뭐, 사업을 하고 있기는 합니다, 이런 뜻으로 말씀하신 거라면."

"제게도 사업을 하는 친척이 하나 있었지요. 아마 모르실 거예요. 조킨스 군 이전 세대 얘기라서. 요전 날 밤에도 찰스에게 그 친척 얘기를 한 참이었지요. 그 친척이 요새 뇌리에 자꾸 맴도는군요. 그 친척 사업이 글쎄." 아버지가 말을 잠시 멈춰 뒤에 올 기괴한 단어에 전적으로 무게중심을 실었다. "작살이 났더랬지요."

조킨스가 주뼛거리며 피식했다. 아버지가 나무라는 눈총을 그에게 내리꽂았다.

"내 친척의 불운이 웃음거리로 보이나 보군요? 아니면 제가 사용한 단어가 친숙하지 않았을 수도 있겠군요. 그쪽에서는 분명히 '장사를 접었다'라고 말할 테지요."[152]

아버지가 상황을 지배했다. 아버지가 혼자서 조킨스가 미국인이리라는 작은 상상의 나래를 펼쳐 저녁 내내 미묘하고 일방적인 실내 유희를 즐기며, 대화에 등장하는 독특한 영국식 용어들을 하나하나 설명해 주고, 파운드를 달러로 치환해 주고, "물론 그쪽 표준에 따르면……", "조킨스 군에게는 이 모든 게 너무 편협해 보이겠지만", "그쪽이 익숙한 드넓은 공간에서는……"과 같은 구절로 조킨스의 의견을 예의 바르게 존

152) '작살이 나다(come a cropper)'는 영국에서 주로 사용되는 관용구인데 반해 '장사를 접다(fold up)'는 미국에서 많이 사용되는 표현이다.

중한 나머지 내 손님은 자신의 신원에 관해 어딘가 오인된 구석이 있다는 모호한 느낌이 들었으나 해명할 기회는 절대 가지지 못했다. 조킨스는 거듭거듭 식사 중에 이런 식의 응대가 정교한 농담이었다는 뚜렷한 한마디를 읽어 내려는 생각에 아버지의 눈길을 좇았지만 대신에 너무도 유순하고 인자로운 눈빛을 마주하게 되어 난처하기 그지없었다.

한번은 아버지가 이렇게 말해 너무 멀리 갔다는 생각이 들었다. "런던에 사시면서 그쪽 내셔널 게임[153]이 사무치게 그리우실 것 같아 유감이군요."

"이쪽 내셔널 게임요?" 조킨스가 알아채는 것은 느렸어도 드디어 여기에 사태를 정리할 기회가 있다는 낌새를 맡고 되물었다.

조킨스 쪽에서 내 쪽으로 눈짓하는 아버지의 표정이 친절에서 악의로 바뀌었다. 그러다 조킨스 쪽으로 다시금 고개를 돌리면서 친절로 돌아갔다. 그것은 풀 하우스에 대고 포 카드를 내려놓는 도박꾼의 얼굴이었다. 아버지가 가만히 말했다. "그쪽 내셔널 게임이란 건 크리켓[154]이죠." 그다음 아버지는 주체할 수 없이 훌쩍대고 온몸을 떨면서 냅킨으로 눈물을 닦았다. "당연히 도회지에서 일하시다 보니 크리켓 경기장에서 보내는 시간이 크게 줄어들었죠?"

아버지가 식당 문가에서 우리에게 작별 인사를 했다. "좋은

---

153) 미국을 대표하는 야구 경기의 애칭.
154) 영국 및 영연방 국가들에서 하는 야구와 비슷한 규칙을 가진 스포츠.

밤 보내세요, 조킨스 군." 아버지가 말했다. "다음번에 '청어 연못[155]을 건너실' 때 저희 집에 또 방문해 주시면 좋겠군요."

"아니, 너희 집 어르신이 무슨 뜻으로 저런 말을 하신 거야? 거의 내가 미국인이라고 생각하시는 것 같던데."

"아버지가 가끔씩 좀 별나셔."

"아니, 웨스트민스터 사원을 가 보라는 조언을 다 하시지 않나. 이건 뭐지 했다니까."

"그러니까. 나도 딱히 설명을 못 하겠다."

"하마터면 어르신이 나를 놀린다고 생각할 뻔했다니까." 조킨스가 얼떨떨한 어조로 말했다.

아버지의 반격은 며칠 뒤에 날아왔다. 아버지가 나를 찾아내고는 말했다. "조킨스 군이 아직 여기 있니?"

"아니요, 아버지. 당연히 돌아갔죠. 그냥 저녁 먹으러 왔던 건데요."

"아, 우리랑 같이 지내면 좋았을걸. 정말 다목적의 젊은 친구였어. 그런데 저녁은 집에서 들 거니?"

"네."

"네가 집에서 보내는 다소 단조로운 저녁의 연속에 변화를 주고자 작은 디너파티를 열려고 한단다. 아벨 부인한테 파티 요리가 가당키나 하리라고 생각하니? 그렇지 않단다. 그래도 우리 손님들은 까다롭지 않아. 커스버트 경과 레이디 옴헤릭

155) 영국과 미국 사이에 있는 북대서양을 익살스럽게 일컫는 말.

이 개중 핵심이라고 불릴 수 있는 인물들이란다. 만찬 후에 음악이 좀 있으면 좋겠구나. 너를 위해 젊은 사람들도 몇 명 초대 명단에 넣어 두었단다."

아버지의 책략에 대한 내 육감은 실상에 보기 좋게 추월당했다. 아버지가 남부끄러움도 없이 '화랑'이라고 불렀던 방에 모여드는 객들의 면면을 보니 내 불편을 야기하기 위해 신중히 엄선된 구성이라는 것이 빤했다. 그 '젊은 사람들'이란 첼로를 배우는 글로리아 옴헤릭 양과 그녀의 약혼자로 대영 박물관에서 일하는 젊은 대머리 친구, 또 독일어만 할 줄 아는 뮌헨의 출판사 사장이었다. 아버지가 젊은 사람들과 도자 항아리 뒤편에 서서 내 쪽을 향해 훌쩍이는 모습이 보였다. 그날 저녁 아버지는 기사의 무공 훈장처럼 단춧구멍에 자그마한 붉은 장미 한 송이를 꽂았다.

저녁 식사는 길었고, 손님들과 마찬가지로 신중한 조롱의 기조로 엄선되었다. 이 만찬은 필리파 고모가 결정한 바였다기보다 훨씬 이전에, 아버지가 아래층에서 식사할 나이가 되려면 멀었을 무렵에 하던 대로 복원한 것이었다. 음식들은 모양을 보자면 장식적이었고 색깔을 보자면 빨간색과 하얀색이 일정하게 갈마들었다. 음식들과 와인은 하나같이 무맛이었다. 만찬 후에 아버지는 독일인 출판사 사장을 피아노로 안내했고, 그가 연주하는 동안 커스버트 옴헤릭 경에게 화랑에 있는 에트루리아의 황소를 보여 주러 응접실을 떴다.

참으로 끔찍한 저녁이었고, 나는 드디어 파티가 파했을 때 고작 11시를 몇 분 넘긴 시각임을 알고 놀랐다. 아버지가 보리 차를 한 잔 따라 마시고는 말했다. "나란 사람은 얼마나 따분한 친구들을 두었는지! 있잖니, 너의 존재라는 자극제가 없었더라면 이 아비는 친구들을 초대한답시고 부산을 떨지도 않았을 거란다. 요사이 내가 접대를 상당히 등한시하고 있었으니 말이다. 기왕에 네가 이렇게 길게 집에 머물러 주고 있으니 그런 저녁들을 많이 만들 생각이란다. 글로리아 옴헤릭 양은 괜찮았니?"

"아니요."

"아니라고? 네가 반감을 느낀 부분이 그 아가씨의 작은 콧수염이었니, 아니면 큼지막한 발이었니? 그 아가씨가 즐거운 시간을 보냈다고 생각하니?"

"아니요."

"나도 그런 인상을 받았단다. 우리 손님들 중 누구도 오늘을 가장 행복했던 저녁으로 꼽지는 않을 것 같구나. 내가 듣기에 그 외국 청년의 연주는 흉악하더구나. 내가 그 친구를 어디서 만났을까? 그리고 콘스탄티아 스메디크 양은, 그 아가씨는 또 어디서 만났을까? 그래도 환대의 의무는 지켜야지. 여기 있는 동안 너는 따분하지 않을 게다."

이후 보름 동안 싸움이 가정 내분으로만 이루어졌음에도 내가 더욱 시달렸던 것은, 아버지에게는 끌어다 쓸 비축량도 더 많고 기동할 영토도 더 넓었던 반면 나는 고지대와 바다 사이의 교두보에 발이 묶였던 까닭이다. 아버지는 결코 전쟁의 목적을 포고하지 않았으니, 오늘날까지도 나는 그 전쟁들이 순전히 처벌만을 위한 것이었는지 알지 못한다. 필리파 고모가 이탈리아의 보르디게라로, 멜키오르 친척 어른이 호주의 다윈으로 쫓겨났듯이 아버지가 정말로 나를 영국에서 몰아내 버리고 싶다는 어떤 지정학적 꿍꿍이속을 품고 있었는지, 아니면 가장 그럴싸해 보이는 선택지로, 자신이 말 그대로 빛을 발했던 무대인 전투를 순전히 사랑하는 마음에서 싸웠는지 모를 일이다.

나는 서배스천에게 편지를 한 통 받았는데, 그것은 아버지가 집에서 점심을 들던 어느 날 아버지 눈앞에서 내게 배달된 이채로운 물건이었다. 나는 편지를 궁금하게 쳐다보는 아버지의 눈길을 느끼고 다른 곳으로 가져가서 혼자 읽었다. 편지지와 편지 봉투는 빅토리아 시대 후기의 두꺼운 상중(喪中) 종이로, 검은 왕관이 찍히고 검은 테두리가 둘러진 것이었다. 나는 간절히 편지를 읽었다.

윌트셔
브라이즈헤드성.
오늘이 며칠인지 모르겠다

친애하는 찰스에게

사무용 책상 뒤편에서 이 편지지 한 상자를 발견했기에 나의 잃어버린 순수를 애도하는 지금 네게 편지를 쓸 수밖에 없었어. 순수가 언제고 살아날 것 같지는 않았어. 의사들은 애초부터 살아날 가망이 없다고 했고.

곧 나는 아빠의 죄의 궁전에 함께 머무르러 베네치아로 떠

나. 너도 같이 가는 거면 좋겠다. 너도 여기 있었으면 좋겠다.

나는 딱히 외로울 때는 없어. 내 가족들은 계속 나타나서 짐을 챙겨서 다시 떠나곤 해도 흰산딸기는 다 익었거든.

나는 앨로이시어스를 베네치아에 데려가지 말까 생각 중이야. 흉측한 이탈리아 곰돌이 패거리를 만나서 나쁜 버릇이라도 물들어 오는 건 싫거든.

사랑이든 뭐든 네가 좋을 것을 담아서.

S.

나는 그의 편지에 대해서는 진작부터 알고 있었다. 라벤나에서도 편지를 받았으니까. 실망해서는 안 됐다. 하지만 그날 빳빳한 종이를 북북 찢어발겨 쓰레기통에 떨구며 원망스러운 눈빛으로 그을음이 앉은 정원과 베이스워터 거리의 들쭉날쭉한 뒤편을 가로질러 하수관과 화재 대피로와 두두룩한 작은 온실들이 뒤엉킨 광경을 응시할 때 나는 템스의 촛불들 사이로 들이밀었듯이 제멋대로 뻗친 나뭇잎들 사이로 들이미는 앤서니 블랑쉬의 핼쑥한 얼굴을 마음의 눈으로 보았고, 자동차의 부르릉거리는 소리 너머로 그의 또렷한 음색을 들었다. "서배스천이 때로 약간 김빠진 듯 보여도 걔를 탓하면 안 돼. …… 나는 걔가 하는 말을 들으면 여러모로 메스꺼운 그 「거품」이라는 그림이 떠올라."

이후 며칠간 나는 내가 서배스천을 증오한다고 생각했다. 그러다 어느 일요일 오후에 서배스천으로부터 도착한 한 전보가 전에 있던 그림자를 몰아내고 새롭고 더 짙은 그만의 그림자를 덧입혔다.

아버지가 외출했다 돌아올 무렵 나는 달뜬 불안에 빠진 상태였다. 아버지가 파나마모자를 여전히 머리에 쓴 채 현관에 서서 나를 보고 활짝 웃었다.

"내가 어떤 하루를 보냈는지 상상도 못 할 거다. 동물원에 다녀왔단다. 정말 기분이 좋았어. 동물들도 어찌나 햇살을 즐기는 듯 보이는지."

"아버지, 저 당장 떠나야 해요."

"그러니?"

"제 절친한 친구가, 걔가 끔찍한 사고를 당했어요. 당장 걔한테 가 봐야 해요. 헤이터가 지금 제 짐을 싸고 있어요. 반 시간 뒤에 기차가 있고요."

내가 아버지에게 그 전보를 보여 줬는데, 내용인즉 그저 이랬다. "심히 다침 즉시 올 것 서배스천."

"이런." 아버지가 말했다. "네가 속상한 일을 당하다니 안됐구나. 그런데 이 전갈을 읽자니 네가 생각하는 모양인 만큼 심각한 사고였으리라 말하지는 못하겠구나. 그랬다면 환자 본인이 서명할 리는 없을 테니 말이다. 물론 그럼에도 그 친구가 의식은 멀쩡하지만 눈이 멀었다든가 척추가 부러져서 반신마비가 되었다거나 할 수도 있겠지. 정확히 왜 네 존재가 그렇게 필요한 거냐? 너는 의학 지식이 전혀 없잖느냐. 성직에 있는 것도 아니고. 유산이라도 바라는 거냐?"

"말씀드렸잖아요, 절친한 친구라고."

"글쎄다, 옴헤릭도 내 절친한 친구지만 나라면 따스한 일요일 오후에 그의 임종 침상으로 한달음에 뛰쳐나가지는 않을 텐데 말이다. 레이디 옴헤릭이 나를 반길지 의문이 들 것 같구나. 하지만 너에게는 그런 의문일랑 한 점도 없다는 게 보이는구나. 보고 싶을 거다, 아들아. 그렇다고 굳이 나 때문에 서둘러 돌아오지는 말고."

그 8월 일요일 저녁의 패딩턴역 천장의 어스름한 판자들 사이로 스미는 햇살과 닫힌 가판대들, 짐꾼 옆에서 느긋이 거니는 승객 몇 명은 나보다 적게 동요한 이의 심기라면 달래 주었을 터였다. 열차는 텅 비다시피 했다. 나는 삼등석 객차 구석에 여행 가방을 놓아두고 식당차에 자리를 잡았다. "첫 만찬은 레딩을 지나서 7시경에 제공됩니다. 일단은 뭘 가져다 드릴까요?" 나는 진과 베르무트를 주문했고, 음료는 우리가 역을 벗어날 즈음에 나왔다. 나이프들과 포크들이 규칙적으로 찰그랑대기 시작했고, 쾌청한 풍경이 창문을 스쳐 덜컹덜컹 굴렀다. 그러나 나는 이런 감미로운 것들을 감상할 여유가 없었다. 그것보다 내 상상 속에서 우려가 이스트처럼 작용하여 망상을 발효시키면서 커다랗게 뭉텅이진 더껑이 거품들 속에 재난의 그림을 담아 표면으로 떠올렸다. 월담 계단에서 허투루 쥐어진 장전된 총, 앞발을 치올리다 자빠지는 말, 물속에 말뚝이 박힌 그늘진 웅덩이, 고요한 아침에 느닷없이 떨어지는 느릅나무의 큰 가지, 사각지대의 자동차. 문명화된 삶에 가해지는 위협의 목록이 줄줄이 떠올라 나를 사로잡았다. 심지어 그림자 속에서 벙긋거리며 기다란 납 파이프로 후려치는 살인

광까지 그려 보았다. 금빛 저녁이 한창일 때에 옥수수밭과 울창한 삼림지가 서둘러 스쳐 갔고, 기차 바퀴의 고동이 내 귓가에 단조로이 반복했다. "너무 늦게 왔어. 너무 늦게 왔어. 그는 죽었어. 그는 죽었어. 그는 죽었어."

나는 저녁을 먹고 지선으로 환승하여 땅거미가 질 때 목적지인 멜스테드카버리에 도착했다.

"브라이즈헤드 말씀이십니까? 예, 레이디 줄리아께서 역 구내에 계십니다."

그녀는 오픈카의 운전석에 앉아 있었다. 나는 한눈에 그녀를 알아봤다. 못 알아볼 수가 없었다.

"라이더 씨죠? 타세요." 그녀의 목소리는 서배스천이었고 말투도 서배스천이었다.

"좀 어때요?"

"서배스천요? 아, 건강해요. 저녁 식사는 했어요? 뭐, 끼니나 겨우 때웠겠죠. 집에 좀 더 차렸어요. 오빠랑 저랑 둘뿐이라 오시는 거나 기다리자 생각했거든요."

"무슨 일이 난 거예요?"

"오빠가 말 안 했어요? 아마 알았으면 안 오리라고 생각했나 보죠. 너무 작아서 이름도 없는 발목뼈에 금이 갔어요. 근데 어제 엑스레이를 찍었더니 한 달간 안정하라고 하더라고요. 오빠는 자기 계획이 전부 틀어지자 짜증이 나서 어쩔 줄을 모르고. 야단법석을 떨어도 엔간히 떨어야지, 원……. 다른 가족들은 모두 가 버렸어요. 그러자 나더러 자기랑 집에 있어 달라 그러더라고요. 뭐, 라이더 씨도 오빠가 얼마나 사람 미치도록 불쌍하게 굴 수 있는지 아시겠죠. 내가 거의 넘어갈 뻔하다가 말했어요. '설마 오빠가 잡을 수 있는 사람이 한 명은 있을 거야.' 그러니까 오빠가 말하기를 다들 어딜 갔고 바쁘고 뭐, 여하간 내가 아니면 안 될 거라고 하더라고요. 그래도 끝내 오빠가 라이더 씨를 불러 보자고 동의했고, 안 되면 내가 있어 주겠다고 약속했으니까 이쯤 되면 그쪽이 나한테 얼마나 유명인인지 상상이 갈 테죠. 소식을 듣자마자 이 먼 길을 오다니 정말 심성이 고운 분이시라는 말밖에 안 나오네요." 그러나 이 말 도중에 내가 그토록 손쉽게 올 수 있었다는 데 대하여 손톱만 한 경멸의 어조가 목소리에 배어 있는 것을 나는 들었거나 들었다고 생각했다.

"어쩌다 그랬어요?"

"믿거나 말거나 크로케 치다가요. 골나서 씩씩대다가 골대에 걸려 넘어졌거든요. 영광의 상처는 못 되죠."

그녀가 서배스천을 너무 닮은 나머지 짙어 가는 땅거미 속에서 곁에 앉은 나는 익숙함과 생소함의 이중 환각에 혼란스러웠다. 이런 식으로 도수 높은 확대경으로 멀리서부터 다가오는 사람을 보고, 얼굴과 옷차림의 요모조모를 전부 뜯어보고, 손만 뻗으면 닿으리라고 믿으며, 그가 자신의 목소리를 듣지 못하고 자신이 움직여도 올려다보지 않는다는 것을 이상히 여기다가 맨눈으로 보고는 불현듯 그에게는 자신이 인간인지도 알 수 없는 요원한 점에 불과하다는 사실을 떠올리는 것이리라. 나는 그녀를 알고 그녀는 나를 몰랐다. 그녀의 암갈색 머리칼은 서배스천보다 간신히 긴 정도였고, 그의 머리칼과 똑같이 이마 뒤쪽으로 휘날렸다. 또 어스름이 깔리는 길을 향한 그녀의 눈은 그의 눈이었지만 더 컸다. 한편 립스틱을 칠한 그녀의 입술은 세상에 덜 상냥했다. 손목에는 장식이 달린 뱅글 팔찌를, 귀에는 작은 금귀걸이를 찼다. 얇은 외투 밑으로 꽃무늬 실크 블라우스가 4, 5센티미터 가량 드러났다. 거기다 당시에는 치마가 짧았고 차 페달로 쭉 뻗은 다리도 마찬가지로 시류에 따라 젓가락 같았다. 그녀의 성별은 익숙함과 생소함 사이의 하나뿐인 뚜렷한 차이점이었던 만큼 그것이 우리 사이의 공간을 메우는 듯했으므로 나는 그제껏 만난 어떤 여성보다 그녀가 더없이 여성으로 느껴졌다.

"사실 저녁 이 시간경에 운전하는 게 겁나요." 그녀가 말했다. "집에 차를 몰 수 있는 사람이 나 말고는 남아 있지 않은 듯해서 나오긴 했지만. 서배스천이랑 나는 사실상 여기서 캠핑을 하고 있다고 봐야 해요. 호화 파티를 기대하고 오신 게 아니면 좋겠네요." 그녀가 몸을 수그려 앞좌석 사물함에서 담배 한 갑을 꺼냈다.

"나는 됐어요."

"한 대만 붙여 주실래요?"

살면서 나한테 누가 이런 것을 부탁한 적은 처음이었다. 이에 내 입술에서 담배를 빼서 그녀의 입술에 넣자 나에게밖에 들리지 않는 에로틱한 얇은 박쥐 울음이 귀를 스쳤다.

"고마워요. 저번에 오셨다면서요. 보모 할머니가 알려 줬어요. 우리는 나랑 차라도 들게 기다리지 않고 둘이 가 버리다니 이상하다고 서로 생각했죠."

"서배스천이 가자고 해서요."

"오빠가 상당히 제멋대로 굴도록 놔두시는 것 같네요. 그러면 안 돼요. 오빠 버릇만 나빠지니까."

우리는 이제 주택 진입로 모퉁이를 돌았다. 그즈음 숲과 하늘의 색채가 침잠했고, 저택은 열린 문짝의 중심에서 새어나오는 사각형의 금빛을 제외하고는 그리자이유 화법[156]으로 칠해진 것만 같았다. 하인이 내 짐을 받으려 대기 중이었다.

"다 왔어요."

그녀가 앞장서서 계단을 올라 현관으로 들어가 대리석 탁자에 외투를 던져 놓은 다음 그녀를 반기러 다가온 강아지를 쓰다듬으려 몸을 수그렸다. "내 생각에 서배스천이라면 벌써 저녁을 먹기 시작하고도 남았을걸요."

그 순간 서배스천이 저쪽 끝의 기둥 사이로 혼자 휠체어를 밀며 나타났다. 그는 잠옷 위에 실내용 가운을 걸친 차림으로, 한쪽 발에는 석고 붕대가 친친 감겨 있었다.

"자, 오빠. 오빠 친구 데려왔다." 그녀가 이번에도 느껴질락 말락 하는 경멸의 어조를 담아 말했다.

"죽어 가는 줄 알았잖아." 이렇게 말하면서 나는 도착했을 때부터 느끼던, 거대한 비극이 일어났을까 졸이던 가슴이 우롱당했다는 짜증이 안도감을 압도하는 감정을 의식했다.

"나도 그러는 줄만 알았어. 고통이 극심했다고. 줄리아, 네가 부탁하면 윌콕스가 오늘 저녁 샴페인을 내줄까?"

156) 회색조만 사용하여 농담과 명암을 나타내는 그림 기법.

"난 샴페인을 싫어하고 라이더 씨는 저녁을 들었어."

"라이더 씨? 라이더 씨? 찰스는 어느 시간이든 샴페인을 든다고. 이렇게 온통 친친 동여맨 발을 보자니 내가 통풍에 걸렸다는 생각이 머릿속에서 떠나지 않는데, 그 때문에 샴페인이 간절히 고프지 뭐야."

우리는 줄리아와 서배스천이 '채색된 거실'이라고 부르는 방에서 식사했다. 그곳은 널찍한 팔각형의 방으로, 디자인 면에서 저택의 나머지 부분보다 후기의 것이었다. 벽들은 화환이 휘감긴 메달리온[157]들로 꾸며졌고 돔에는 온통 고지식한 폼페이 인물들이 한가로이 삼삼오오 서 있었다. 이것들에 더해 새틴우드와 오르몰루[158]로 만든 가구, 카펫, 천장에 매달린 청동제 칸델라브룸,[159] 거울과 벽 촛대까지 모든 것이 하나의 조성물이자 혁혁한 한 사람의 손길이 빚은 디자인이었다. "우리 둘만 있을 때는 주로 여기서 먹어." 서배스천이 말했다. "정말 아늑하지."

그들이 식사하는 동안 나는 복숭아를 하나 먹으며 아버지와의 전쟁에 관해 말해 주었다.

"듣자 하니 완전히 어린애시네." 줄리아가 말했다. "이제 슬슬 나는 일어설게요."

"어디 가는데?"

---

157) 원형이나 다각형의 구획 안에 초상화, 문장, 짐승, 화초 등을 양각한 것.
158) 쇠붙이에 금박을 입히는 데 사용되는 재료.
159) 팔이 많이 달린 서양 촛대의 일종.

"육아실. 보모 할머니랑 헬머[160] 마지막 한 판 두기로 약속했거든." 그녀가 서배스천의 정수리에 키스했다. 내가 그녀를 위해 문을 열어 주었다. "좋은 밤 보내세요, 라이더 씨. 그리고 안녕히. 우리가 내일 만날 것 같지는 않으니까. 내가 일찍 떠나거든요. 나랑 병간호 교대해 줘서 어찌나 고마운지 이루 말할 수가 없네요."

"내 동생이 오늘 밤 엄청 점잔 빼네." 줄리아가 사라지자 서배스천이 말했다.

"날 신경 쓰는 것 같지는 않은데." 내가 말했다.

"누구든 그다지 신경 쓰는 것 같지는 않아. 난 동생을 사랑해. 날 정말 닮았거든."

"사랑한다고? 닮았다고?"

"외모 말이야, 또 말투라든가. 성격이 나 같은 사람이라면 사랑은 못 하지."

우리가 식후주로 포트와인을 다 마시자 나는 서배스천의 휠체어와 보조를 맞추며 열주 현관을 통해 서재로 가서 그날 밤을, 그리고 뒤이은 한 달간 거의 매일 밤을 그곳에서 둘이서 앉아 보냈다. 서재는 저택에서 호수가 내려다보이는 면에 있었다. 창문들은 별들과 향기를 실은 공기 쪽으로, 쪽빛과 은빛의 달빛 서린 골짜기 풍경과 분수에서 꼴꼴대는 물소리 쪽으로 열려 있었다.

"우리 단둘이서 천국 같은 시간을 보낼 거야." 서배스천이

---

160) 서양식 장기의 일종.

말했고, 다음 날 아침 나는 면도하다가 욕실 창문을 통해, 뒤쪽에 짐을 싣고 뒤 한 번 돌아보지 않고 앞마당에서 차를 몰아 산등성이로 사라지는 줄리아를 보며 수년 후 알게 될, 산란한 밤이 지나고 '공습경보 해제' 사이렌이 울렸을 때와 같은 해방과 평화를 느꼈다.

4

청춘의 나른함이여, 그 얼마나 고유한 정수(精髓)인가! 그 얼마나 황급하게, 얼마나 회복 불가하게 사라지는가! 활력, 후한 애정, 환상, 절망, 그 모든 청춘의 인습적인 특성들은, 나른함만 빼고 전부는, 삶을 살아가며 우리에게 찾아왔다가 떠나간다. 이런 것들은 삶 자체의 일부분이지만 나른함은, 아직 지치지 않은 힘줄의 이완이자 외따로이 이기적인 마음은, 그것은 오직 청춘에게만 속하고 청춘과 함께 스러진다. 어쩌면 연옥의 아방궁에서 영웅들은 지복 직관(至福直觀)의 상실에 대하여 그러한 보상을 얼마간 누리는지도 모른다. 어쩌면 지복 직관 자체가 이 비천한 경험과 먼 친인척 관계일는지도 모른다. 나는 좌우간 브라이즈헤드에서 보낸 그 나른한 나날들에 거의 낙원에 있다고 믿었다.

"이 저택은 왜 '성'이라고 불리는 거야?"

"옮기기 전에는 성이었으니까."

"무슨 소리야?"

"말 그대로야. 옛날에 우리 가문이 2킬로미터 거리에, 저 아래 마을 옆에 성을 뒀거든. 그러다가 이 골짜기에 반해서 성을 허물고 석재들을 여기 위로 싣고 와서 새 집을 지은 거지. 선대들이 그렇게 해 줘서 참 좋다, 그치?"

"이게 내 거였으면 난 다른 데서는 절대 살지 않을 거야."

"근데 찰스, 이건 내 게 아니야. 바로 지금이야 그렇지만 평상시엔 탐욕스러운 야수들로 그득하다고. 언제나 이대로만 있을 수 있다면, 언제나 여름이고 언제나 둘뿐이고 과일은 언제나 익어 있고 앨로이시어스도 기분이 좋은 이대로만……."

나는 바로 이대로 서배스천을 기억하고 싶다. 우리 둘이 그 마법에 걸린 성을 노닐던 그 여름 서배스천의 모습대로. 휠체어를 타고 회양목으로 둘러쳐진 텃밭 산책길을 굽이굽이 내려가며 알프스 딸기와 불그스름한 무화과를 찾고, 줄줄이 이어지는 온실들을 통해 향기에서 향기로, 기후에서 기후로 나아가 청포도를 따고 우리 단춧구멍에 꽂을 난초를 고르는 서배스천. 걷기 어렵다는 식의 팬터마임을 하며 절룩절룩 옛날 육아실로 가서 해진 꽃무늬 카펫에 나와 나란히 앉아 주위의 텅 빈 장난감 찬장들을 보고, 호킨스 보모가 구석에서 유유자적 바느질하며 "너희는 오십 보 백 보다. 영락없는 악동 한 쌍이야. 대학에서 이러라고 가르치디?"라고 말하는 것을 듣는 서배스천. 지금과 같이 주랑의 햇볕 드는 자리에 벌러덩 누운 서배스천. 그리고 그 옆에서 딱딱한 의자에 앉아 분수를 그리려고 노력하는 나.

“이 돔도 이니고 존스[161] 작품이야? 더 후기 양식으로 보이는데.”

“아이고, 관광 오셨나 봐요. 예쁘면 됐지 언제 지어졌는지는 왜 따져?”

“그냥 내가 알고 싶은 분야라서.”

“원 맙소사, 내가 그런 건, 그 끔찍한 콜린스 씨병은 싹 치료해 준 줄 알았는데.”

그런 담벼락 안에서 산다는 것은, 방에서 방으로, 존 손[162]식 서재에서 금박 입힌 사탑(寺塔)과 고개를 끄덕이는 중국 인형, 채색된 종이와 치펀데일[163]의 도림질 세공 가구로 휘황찬란한 중국식 응접실로, 폼페이식 응접실에서 250년 전에 설계된 그대로 변함없이 존재하는 태피스트리가 걸린 대강당으로 노닌다는 것은, 또 몇 시간이고 테라스[164]를 바라보며 그늘에

---

161) Inigo Jones(1573~1652). 이탈리아의 르네상스 양식을 영국 건축에 도입한 건축가이자 무대 장치 디자이너.

162) John Soane(1753~1837). 영국의 건축가로, 고대 그리스와 르네상스 시대의 이탈리아에서 영향을 받은 신고전주의를 표방했다.

163) 토머스 치펀데일(Thomas Chippendale, 1717~1779). 18세기의 장식장 제작자 및 가구 디자이너. 실톱으로 나무를 도림질해 투조 및 돋을새김 작품들을 제작하였다. 특히 영국의 로코코 양식에 중국식 요소를 도입한 중국식 치펀데일 가구로 유명하다.

164) 건물 앞쪽의 높은 지대가 난간으로 둘러싸인 구조를 말한다. 이 작품에서 브라이즈헤드성은 계곡의 비탈에 위치해 있으므로, 저택 앞쪽에 펼쳐진 아래쪽 비탈부터 석조 성곽으로 높여진 지대가 주랑으로 감싸인 구조가 테라스이다.

앉아 있는다는 것은 그 자체로 미학 교육이었다.

테라스는 저택 설계의 화룡점정이었다. 테라스가 호수들 위쪽 거대한 석조 성곽에 얹혀 있었으므로 현관 계단에서 보면 호수 위에 걸친 듯한 모양이 마치 난간에 바짝 서서 발밑으로 곧장 자갈을 떨어뜨리면 가장 가까운 호수에 빠질 것만 같았다. 테라스는 주랑의 두 팔에 감싸였고, 별관들 너머로는 라임나무 과수원 뒤로 나무가 우거진 산비탈이 이어졌다. 테라스 바닥의 일부는 포장되었고, 나머지는 화단과 아라베스크 문양을 이루는 난쟁이 회양목으로 조성되었다. 한편 키 큰 회양목은 빽빽한 산울타리로 자라나 커다란 타원을 그리며 벽감이 파인 자리에 조각상을 드문드문 안았으며, 테라스 중앙에는 분수대가 들어서 이 장려한 공간을 온통 점령했다. 꼭 이탈리아 남부의 광장에서나 찾아볼 법한 분수대로, 실제로 서배스천의 한 선조가 한 세기 전에 그쪽에서 발견하여, 발견하고 구매하고 들여와 생경하지만 반가이 맞아 주는 풍토에 되세운 분수대였다.

서배스천이 내게 분수대를 그리도록 했다. 그것은 아마추어로서는 패기만만한 피사체였으나(중앙에 깎아 만든 바위들의 섬이 있는 타원형의 분수대에, 바위들 위로는 정연한 열대 초목과 야생 영국 양치식물이 본연의 모습대로 잎사귀가 갈래갈래 돋아 돌로 자라났고, 이파리 사이로는 샘을 모사하는 물줄기가 열댓 개 흘러내렸으며, 둘레에는 기상천외한 열대 동물들이, 낙타와 기린과 사기충천한 사자가 일제히 물을 토하며 뛰놀았고, 바위들 위로는 적색 사암으로 된 이집트식 오벨리스크가 페디먼트[165] 높이만큼 솟아올랐다.)

뜻밖의 행운으로, 왜냐하면 내 수준을 한참 넘어선 것이었기에, 나는 분수대를 그려 냈고, 적절한 생략과 몇 가지의 멋들어진 기교를 통해 꽤 어지간한 피라네시[166]의 모작을 만들어 냈다. "이거 너희 어머니께 드릴까?" 내가 물었다.

"왜? 뵌 적도 없으면서."

"그게 예의 바른 일인 것 같아서. 너희 어머니 집에 머물고 있는 거잖아."

"보모 할머니한테 줘." 서배스천이 말했다.

나는 그렇게 했고, 보모 할머니는 서랍장 위 수집품들 사이에 그림을 놓으며, 남들이 경탄하는 것은 자주 들었어도 자신은 뭐가 아름답다는 건지 절대 보이지 않았던 것의 본새가 꽤 난다고 평했다.

내게는 아름다움이 새로이 발견되었다.

남학생 시절 자전거로 인근 교구를 돌며 놋쇠 기념패를 문지르고 성수반의 사진을 찍곤 했던 나날부터 나는 건축술을 향한 사랑을 키워 왔는데, 비록 이론상으로는 내 세대에서 으레 그러듯 러스킨[167]의 청교도주의로부터 로저 프라이[168]의

---

165) 입구 위쪽에 위치한 마감 장식으로, 고전주의, 신고전주의, 바로크 건축 양식이나 고대 그리스, 로마 시대의 신전에서 찾아볼 수 있다.

166) 조반니 바티스타 피라네시(Giovanni Battista Piranesi, 1720~1778). 이탈리아의 화가이자 건축가로, 로마 건물들과 상상 속의 감옥 내부를 그린 동판화로 유명하다.

167) 존 러스킨(John Ruskin, 1819~1900). 영국의 예술 비평가, 화가, 시인으로, 빅토리아 시대에 큰 영향력을 행사하였다. 그는 특정 예술 형태는 다른 형태보다 정신적 안녕에 더 좋다고 믿으며 고전 예술보다 고딕 예술을 선호했다.

청교도주의로 손쉽게 도약하였음에도 가슴속의 정서는 섬사람의 것이자 중세적이었다.

이것이 나의 바로크 양식으로의 전향이었다. 이곳에서, 그 높다랗고 당돌한 돔 아래, 그 격자 천장 아래에서. 이곳에서, 아치와 부서진 페디먼트를 통해 저 너머 열주 차양으로 가 앉아 몇 시간이고 분수대 앞에서 음영을 탐색하고, 잔존하는 메아리를 추적하며, 대담성과 독창성이 응축된 온갖 업적 안에서 환희하는 사이 나는 속에서부터 새로운 신경계 일체가 살아나는 것을 느꼈다. 마치 바위틈에서 용솟음치며 부글대던 용천수가 과연 생명의 샘이었던 듯이.

어느 날 우리는 찬장에서 아직 쓸 만한 유화 물감이 담긴 커다란 주석 금태칠기를 발견했다.

"엄마가 일이 년 전쯤에 산 거야. 누가 엄마한테 세상을 그려 봐야지만 비로소 그 아름다움을 음미할 수 있다고 했거든. 우리야 그런 말에 넘어가느냐고 엄마를 엄청 비웃었지만. 엄마는 그림을 전혀 못 그려서 튜브에서는 아무리 색깔이 선명해도 엄마가 섞어 놓으면 죄다 무슨 카키색이 된 거 있지." 팔레트 위 말라붙은 갖가지 탁한 얼룩이 이 진술을 확증했다. "맨날 코딜리아더러 붓을 빨게 시켰어. 결국에는 우리 모두가 항의해서 엄마가 그만두게 했지."

---

168) 로저 프라이는 그림의 지각된 의미보다 시각적 요소가 더 중요하다고 믿었다.

유화 물감들을 보자 우리는 사무실을 꾸미자는 생각이 들었다. 사무실이란 주랑 쪽으로 열리는 작은 방이었다. 한때 사유지 관련 업무로 쓰였지만 현재는 유기되어 정원용 게임 몇 가지와 죽은 알로에 화분만 있을 뿐이었다. 이 방이 다실이나 서재와 같이 더 가벼운 용도로 설계되었다는 점이 빤했던 것은, 석고 벽은 섬세한 로코코 양식 벽널로 장식되었으며 천장은 예쁘게 교차 궁륭으로 올라갔던 까닭이다. 이곳에서 벽널의 보다 작은 타원형 테두리 안에 나는 낭만적인 풍경을 스케치하고 이후 여러 날 동안 색을 입혔는데, 행운과 그 순간의 행복한 기분 덕에 성공을 거두었다. 붓이 어쩐지 자신에게 기대되는 일을 해내는 듯했다. 그것은 인물 없는 풍경화로, 흰 구름과 푸른 원경에 전경에는 담쟁이덩굴이 덮인 폐허가 있고, 바위들과 폭포로써 돌투성이로 시작된 대정원이 저 너머로 물러나는 여름 경치였다. 나는 유화에 관해 아는 것이 거의 없어서 해 나가며 방식을 터득했다. 일주일 만에 그림이 완성되자 서배스천은 내가 이번에는 더 큰 테두리에 착수하도록 만들고 싶어 안달이었다. 나는 스케치를 좀 했다. 서배스천은 리본이 감긴 그네와 흑인 시동과 피리 부는 양치기가 있는 원유화[169]를 요구했지만 이 안건은 유보되었다. 나는 내가 풍경화를 그린 것은 요행이었으며, 그 정교한 혼성 모방화[170]는 내게 버겁다는 사실을 알았던 것이다.

169) 18세기에 유행한 가든파티 형태의 프랑스 궁정 원유회를 그린 그림.
170) 다른 작품들에 있는 내용 또는 표현 양식을 모방해 만든 작품으로, 패러디와 달리 모방한 작품을 기리는 의미를 담는다.

어느 날 우리는 윌콕스와 지하 저장고로 내려가서 한때 방대한 양의 와인이 비축되던 텅 빈 구획들을 보았다. 현재는 익랑(翼廊)[171] 하나만 사용되었다. 그곳에는 포도주 저장 상자들이 잘 쌓여 있고, 개중 몇몇에는 오십 년 전 양조 연도가 붙어 있었다.

"주인어른께서 외국으로 나가신 이래로 아무것도 추가되지 않았습니다." 윌콕스가 말했다. "오래된 와인 상당량은 다 마셔야 할 판입니다. 1918년과 1920년산 와인은 좀 쌓아 뒀어야 하는데. 제가 와인상들한테 와인 관련으로 편지를 여러 통 받았습니다만 주인마님께서는 브라이즈헤드 도련님께 여쭈라 하시고, 도련님은 주인어른께 여쭈라 하시고, 주인어른께서는 변호사한테 물으라 하시더군요. 그래서 이렇게 적어졌습니다. 지금 줄어드는 속도로는 여기 있는 걸로 앞으로 십 년은 거뜬하겠지만 그 후에는 어떻게 되겠습니까?"

윌콕스는 우리의 관심을 반겼다. 우리는 모든 저장 상자에서 병을 꺼냈고, 서배스천과 보낸 그 평온한 저녁들에 나는 처음으로 와인과 진지하게 조우하였으며 이후 황량한 여러 해를 버티는 지주가 되어 줄 그 풍부한 수확물의 씨앗을 뿌렸다. 그와 나는 둘이서 채색된 거실에 자리 잡고 앉아 식탁에는 마개를 딴 와인 세 병을, 각자 앞에는 와인 잔을 세 개씩 두곤 했다. 서배스천이 와인 시음에 관한 책을 찾아냈고 우리는 제시된 지침을 조목조목 따랐다. 와인 잔을 촛불에 살짝 데우

171) 십자가형 건축물에서 짧은 가로줄, 즉 좌우 날개에 해당하는 부분이다.

고, 3분의 1가량 채운 다음 와인을 돌리고, 두 손으로 감싸 쥔 다음 불빛에 들어 보고, 향을 맡고, 한 모금 마시고, 입 안에 머금어 혀 위에서 굴리고, 계산대 위의 동전처럼 입천장에서 울린 다음 고개를 뒤로 젖히고 목구멍으로 흘러 내려가도록 했다. 그다음 서로 평을 이야기하고 배스 올리버 비스킷[172]을 깨작인 후 다음 와인으로 넘어갔다. 그다음 다시 첫 번째 것으로, 그다음 다른 걸로 넘어가다가 세 와인이 모두 돌아가자 와인 잔의 순서가 헷갈리게 되었고 우리는 어느 것이 어느 것이었는지에 관해 언쟁을 시작해 잔을 이쪽저쪽으로 건네주다가 어느새 잔이 여섯 개가 되었다. 개중에는 엉뚱한 병에서 따라 섞여 버린 와인까지 있었기에 이내 우리는 다시 각자 깨끗한 잔을 세 개씩 두고 시작해야만 했으며, 그즈음에는 병들이 비워지고 우리의 찬사도 더 열광적이고 더 이국적이었다.

"……이건 영양같이 작고 수줍은 와인이야."

"레프라혼[173]같이."

"그것도 얼룩무늬에 태피스트리 잔디밭에 있는."

"잔잔한 물가의 플루트같이."

"……그리고 이건 현명하고 늙은 와인이지."

"동굴 속 선지자야."

"……그리고 이건 흰 목에 걸린 진주 목걸이야."

"백조같이."

172) 밀가루, 버터, 이스트, 우유로 만든 딱딱하고 건조한 크래커.
173) 아일랜드 민속 요정으로, 삼각 모자를 쓰고 요정을 상대로 신발 가게를 운영하는 장난꾸러기 노인이다.

"최후의 유니콘같이."

그러면 우리는 식당의 금빛 촛불을 떠나서 야외의 별빛으로 들어가 분수대 끄트머리에 걸터앉고는 물에 손을 식히며 바위에 부딪혀 철썩거리고 꼴꼴거리는 물소리를 얼근히 듣곤 했다.

"우리 매일 밤 취해야 될까?" 서배스천이 어느 아침에 물었다.

"응, 그래야 될 것 같아."

"나도 그래야 될 것 같아."

우리는 방문객은 몇 명 보지 않았다. 중개상이었던 호리호리하고 눈 밑이 처진 대령이 있었는데, 이따금 길에서 우리와 마주쳤고 한번은 차를 들러 오기도 했다. 우리는 주로 그 남자로부터 숨는 데 성공했다. 일요일에는 인근 수도원에서 수도사가 불려와 함께 미사를 올리고 아침을 들었다. 이 수도사는 내가 처음 만나 본 신부였다. 그 사람이 국교회 목사와 얼마나 다른지가 눈에 띄었지만 브라이즈헤드는 내게 너무도 마법 같은 장소였기에 나는 뭐든지 누구든지 독특하겠거니 기대했다. 핍스 신부는 실제로는 특징 없는 찐빵 같은 얼굴의 소유자로, 관심사는 주 대항 크리켓이었으며 우리도 그 관심사를 공유한다고 고집스레 믿었다.

"저기, 신부님. 찰스랑 저는 크리켓에 대해서는 정말로 모릅니다."

"지난주 목요일에 테니슨[174] 선수가 58점을 따내는 걸 봤어

---

174) 리오넬 테니슨(Lionel Tennyson, 1889~1951). 시인 알프레드 테니슨

야 하는데. 아주 볼만한 이닝이었을 겁니다. 《타임》의 보도도 훌륭합디다. 그 선수가 남아프리카 팀 대항전에 출전한 거 보셨습니까?"

"그 선수를 본 적이 없어서요."

"저도 못 봤습니다. 몇 년간 퍼스트클래스 경기를 보지 못했어요. 앰플포스에서 열린 대수도원장 취임식에 다녀오는 길에 리즈를 지나다가 그레이브스 신부님이 데려가 준 이후로는 한 번도 못 봤죠. 그때 그레이브스 신부님이 어찌어찌 기차를 찾아냈는데 둘이서 랭커셔 대항전이 열리는 오후까지 세 시간을 기다려야 하는 차편이었죠. 그런 오후도 또 없었습니다. 그날 본 공이 하나하나 생생해요. 그 후로는 신문으로 소식을 접할 수밖에 없었지요. 크리켓 보러 잘 안 가십니까?"

"전혀 안 갑니다." 내가 말하자 그는 내가 그때 이래로 줄곧 종교인들에게서 본, 속세의 유혹에 노출된 사람들이 속세의 갖가지 위안들을 이토록 활용하지 않는다니 하는 순진한 경탄을 담은 얼굴로 나를 쳐다보았다.

서배스천은 참석자가 별로 없었던 신부의 미사에 계속 갔다. 브라이즈헤드는 가톨릭교의 유서 깊은 중심지는 아니었다. 레이디 마치멘이 가톨릭교도 하인 몇 명을 들이기는 했지만 하인 대다수와 소작농 일동은 기껏해야 정문의 작은 회색 회당 안쪽의 플라이트 가묘에서 기도했다.

의 손자로, 1919년부터 1932년까지 햄프셔 지역에서 퍼스트클래스 크리켓 선수로 활약했다.

서배스천의 신앙은 당시 내게 수수께끼였으나 딱히 풀어 봐야겠다고 신경이 쓰일 정도는 아니었다. 나는 종교가 없었다. 아이였을 때는 매주 교회에 데려가졌고, 초등학교 시절에는 매일 예배에 참석했지만 마치 보상이라도 해 주듯 사립 학교에 다닐 무렵부터는 휴일에 교회행에서 면제되었다. 내게 신학을 가르친 선생님들은 성경 구절들이 대단히 미덥지 않다고 말해 주었다. 선생님들은 결코 나에게 기도에 힘써야 한다고 권하지도 않았다. 아버지는 교회에 다니지 않았으며, 가족 행사 때에는 예외적으로 갔어도 그때조차 조롱조였다. 어머니는 내 생각에 독실했다. 어머니가 아버지와 나를 남겨 두고 야전 병원에 속해 세르비아로 떠나는 것이, 보스니아의 눈 속에 파묻혀 탈진으로 죽는 것이 자기 의무라고 생각했다는 사실이 한때 내게는 기이하게 느껴졌다. 그러나 나는 훗날에 그러한 기상을 내 안에서도 약간 발견했다. 게다가 훗날에는 당시 1923년에는 굳이 고찰하려 들지 않았던 주장들을 받아들이게 되었으며, 초자연 현상을 실제라고 받아들이게 되었다. 그러나 브라이즈헤드에서의 그해 여름에 나는 그럴 필요성은 조금도 알지 못했다.

서배스천을 알고부터 자주, 거의 매일 대화에 우연히 섞인 단어가 그는 가톨릭교도라는 사실을 일깨워 주었지만 나는 그것을 곰 인형과 마찬가지로 하나의 기벽쯤으로 받아들였다. 우리는 이 사안에 관해 일절 토론하지 않은 채 브라이즈헤드에서의 두 번째 일요일을 맞았는데, 그날 핍스 신부님이 떠나고 둘이서 신문을 들고 주랑에 앉아 있던 차에 서배스천이 이런 말로 나를 놀랬다. "아이고야, 가톨릭교도로 살기 참 힘들다."

"가톨릭교도로 산다고 뭐가 크게 달라져?"

"당연하지. 매 순간이 달라."

"글쎄다, 그래 보인다고는 말 못 하겠는데. 유혹에 넘어가지 않으려고 분투하기라도 하는 거야? 네가 나보다 딱히 더 선해 보이지는 않는데."

"내가 훨씬, 훨씬 더 악하지." 서배스천이 못마땅해하며 말했다.

"그럼 뭐야?"

"그 뭐냐, '오, 하느님, 착하게 살게 해 주소서, 그러나 지금은 말고.'[175]라고 기도하던 사람이 누구였더라?"

"몰라. 너겠지."

"뭐, 그래. 나도 해, 매일매일. 근데 그게 아냐." 서배스천이 《뉴스 오브 더 월드》[176]의 지면으로 돌아가서 말했다. "또 다른 음란한 보이스카우트 단장 얘기가 있네."

"거기서 너한테 산더미 같은 헛소리를 믿게 만들려고 하나 보지?"

---

175) 성 아우구스티누스의 자서전인 『고백록』의 한 구절. 본인이 마니교에 빠지고 방탕했던 시절부터 그리스도교 신자가 되기까지의 참회 과정을 서술했다. 그는 방탕했던 시절 현재 저지르는 달콤한 육체적 쾌락을 포기하기 싫어 "주님, 제게 순결과 금욕을 주소서, 그러나 지금은 말고."라는 기도를 올린 것으로 유명하다.

176) 선정적이고 자극적인 기사를 싣기로 유명했던 신문.

"그게 헛소리야? 그랬으면 좋겠다. 가끔은 되게 이치에 맞는 소리로 들려."

"하지만 우리 서배스천, 까놓고 말해 그걸 다 믿을 수는 없잖아."

"없나?"

"아니, 크리스마스라든가 베들레헴의 별이라든가 세 동방박사라든가 황소랑 당나귀라든가 그런 얘기들 말이야."

"아, 그치, 그건 믿어. 사랑스러운 이야기잖아."

"아니, 사랑스러운 이야기라는 이유로 이것저것 믿을 수는 없잖아."

"근데 난 믿는걸. 내가 믿는 방식은 그래."

"그리고 기도도 믿는다고? 조각상 앞에 무릎 꿇고 심지어 큰 소리로도 아니고 속으로만 몇 마디 말한다고 날씨를 바꿀 수 있다고 생각한다고? 아니면 어떤 성인들이 다른 성인들보다 신통력이 커서 꼭 이 문제에 도움을 받으려면 꼭 알맞은 성인을 찾아가야 한다고 생각한다고?"

"그치, 그럼. 지난 학기에 내가 앨로이시어스를 데려갔다가 어디였는지 모를 곳에 개를 두고 왔을 때 기억 나지 않아. 내가 그날 아침 파도바의 성 안토니오[177]한테 미친 듯이 기도했더니 점심시간 직후에 니컬스 씨가 앨로이시어스를 품에 안고 캔터베리 게이트에 서 있었어. 내가 자기 택시에 개를 놓고

177) 포르투갈의 가톨릭 성인으로, 분실 및 도난된 물건들을 되찾게 해 준다고 믿어진다.

갔다더라고."

"뭐, 그런 걸 전부 믿을 수 있고 착하게 살고 싶지도 않으면 네 종교에 힘든 구석이 어디 있어?" 내가 말했다.

"네 눈에 안 보이면 안 보이는 거야."

"그러니까 어디 있느냐고?"

"아, 꼬치꼬치 캐묻지 좀 마, 찰스. 헐에서 무슨 기구를 사용하다 체포된 여자에 관해 읽고 싶단 말이야."

"얘기는 네가 꺼냈잖아. 나는 그냥 흥미가 인 것뿐이고."

"다시는 이 얘기 안 꺼낼 거야. ……서른여덟 건의 선례를 참작하여 해당 여성에게 육 개월 형을 선고하였다. 어이구!"

그러나 서배스천은 이 이야기를 다시 꺼냈는데, 그로부터 열흘쯤 후 우리가 지붕에 누워 일광욕하며 망원경으로 저 아래 정원에서 진행되던 농산물 품평회를 구경하던 때였다. 그것은 인근 행정 교구들에 기여하는 이틀간의 수수한 공진회로, 치열한 경쟁의 중심이라기보다는 장날이자 친목회로서 맥을 이어 가고 있었다. 깃발들로 원형 무대가 표시되었고, 주위로 크고 작은 천막이 대여섯 개 쳐졌다. 심사 위원석과 가축용 울타리도 있었다. 가장 큰 차양에는 다과가 준비되었고, 그곳에 농부들이 무더기로 몰렸다. 일주일 전부터 행사 준비로 복닥거리던 터였다. "우리 숨어야 될 거야." 장날이 가까워지자 서배스천이 말했다. "우리 형이 여기 올 거거든. 농산물 품평회에서 큰 자리 맡고 있어서." 그리하여 우리는 발코니 난간 아래 지붕에 눕게 되었다.

브라이즈헤드는 아침에 기차 편으로 내려와서 중개상 펜더 대령과 점심을 들었다. 나는 그가 도착했을 때 오 분간 인사치레를 했다. 앤서니 블랑쉬의 묘사는 기묘하게도 맞아떨어졌다. 그는 아스테카인이 깎아 만든 플라이트계 얼굴이었다. 우리는 이제 망원경을 통해 그가 소작인들 틈새에서 어색하게 움직여 심사 위원석에서 위원들에게 얼굴을 비치려 멈췄다가 울타리 위로 기대어 가축들을 진지하게 응시하는 모습을 볼 수 있었다.

"괴상한 인간이야, 내 형은." 서배스천이 말했다.

"꽤 평범해 보이는데."

"아, 근데 아니야. 네가 몰라서 그렇지, 형은 우리 중에서도 가히 제일가는 미친놈이야. 겉으로는 전혀 티가 안 날 뿐이지. 속은 배배 꼬여 있다고. 형이 수도사가 되고 싶어 했던 거 너도 알지."

"몰랐어."

"아직도 되고 싶어 하는 것 같아. 스토니허스트[178]에서 돌아오자마자 예수회 수도사가 될 뻔했거든. 엄마한테는 끔찍한 일이었지. 딱히 형을 말리려고 노력하실 수는 없어도 당연히 엄마가 가장 원치 않는 방향이었으니까. 사람들이 뭐라고 말했을지 생각해 봐, 장남이. 그게 나였을 경우랑은 비교가 안 되는 거야. 그리고 아빠도 불쌍했지. 아빠는 형이 보태지 않아도 성당으로 충분히 골머리를 썩이고 있었으니까. 집안 꼴이

---

178) 예수회가 소유한 영국의 시골 지역. 이곳에 위치한 스토니허스트 대학교는 1920년대까지 예수회 전통의 가톨릭 남학교이자 예수회 수사들의 소신학교(小神學校)로 기능했다.

아주 난리도 아니었지. 수사들과 예하들이 집 안을 쥐처럼 뱅뱅 내달리는 와중에 브라이즈헤드는 그냥 꿍하니 앉아서 하느님의 뜻이 어쩌고 하는 거야. 아빠가 외국에 나갔을 때도 제일 크게 화내던 형이 말이야. 실상 엄마보다도 훨씬 더 화냈거든. 끝끝내 가족들이 일단 옥스퍼드에 가서 삼 년 동안 차분히 생각해 보라고 형을 설득했지. 이제 형은 마음을 정하려 하고 있어. 형은 근위대에 자원한다느니 하원에 들어간다느니 결혼한다느니 얘기해. 자기가 뭘 원하는지 모르는 거야. 나도 스토니허스트에 갔으면 저렇게 됐을까 궁금하긴 해. 아마 나도 거길 갔을 텐데 내가 나이가 차기 전에 아빠가 외국에 나가셨어. 그리고 외국에서 아빠의 첫 번째 요구 사항이 나를 이튼에 보내는 거였지."

"너희 아버지께서는 종교를 버리셨어?"

"뭐, 어느 정도 버리셔야 했지, 엄마랑 결혼할 때에야 발을 들인 거니까. 아빠가 떠날 때 나머지 가족들이랑 종교까지 두고 갔어. 너도 아빠를 만나 봐야 해. 정말 좋은 분이야."

서배스천은 일찍이 자기 아버지에 관해 진지하게 이야기한 적이 없었다.

내가 말했다. "아버지가 떠나 버리셨을 때 가족들 모두 화났겠다."

"코딜리아만 빼고. 걘 너무 어렸어. 당시에는 나도 화났거든. 엄마가 큰 아이들이었던 우리 셋한테 아빠를 증오하지 않도록 설명해 주려고 하셨어. 아빠를 증오하지 않은 건 나뿐이었지. 근데 엄마는 나마저도 증오했다면 하고 바라시는 듯해.

내가 언제나 아빠의 편애를 받았거든. 이 발만 아니었으면 지금쯤 아빠랑 지내고 있는 건데. 아빠를 찾아뵙는 건 나밖에 없어. 너도 같이 가지그래? 아빠가 마음에 들걸."

확성기를 든 남자가 아래 품평장에서 마지막 행사 결과를 소리치고 있었다. 이에 그 목소리가 우리에게 희미하게 날아왔다.

"그러니까 우리가 종교 면에서 섞인 가족이라는 거 알겠지. 브라이즈헤드랑 코딜리아는 둘 다 열렬한 가톨릭교도야. 형은 비참하고 코딜리아는 새처럼 행복하고. 또 줄리아랑 나는 반은 이교도야. 나는 행복한데, 줄리아는 그렇지 않은 듯하다는 생각이 들어. 한편 엄마는 사람들한테 성녀라고 떠받들어지고 아빠는 교회에서 제명됐지. 두 분 중 어느 쪽이 행복했을지 나는 모르겠어. 하여간 아무리 뜯어봐도 가톨릭교가 행복과 큰 관련이 있어 보이진 않아. 근데 내가 바라는 건 행복뿐이거든……. 내가 가톨릭교도들을 더 좋아했으면 좋았을걸."

"가톨릭교도들도 다른 사람들처럼 평범해 보이는데."

"우리 찰스, 그 인간들은 바로 평범하지가 않다니까. 가톨릭교도가 정말 소수인 이 나라에서는 특히나. 그 사람들이 하나의 종파를 이뤘다는 점만이 아니라(사실 말하자면 그 안에서도 종파가 최소한 넷은 돼서 서로 골백번씩 욕지거리를 퍼부어.) 완전히 다른 인생관을 지녔다는 점이 그래. 그 사람들이 중요하다고 생각하는 모든 게 다른 사람들하고는 다르거든. 될 수 있는 한 감추려고 노력해도 시도 때도 없이 그게 드러나. 그 사람들이 그러는 건 사실 퍽 자연스러운 일이야. 그래도 줄리아랑 나같이 반은 이교도인 이들한테는 힘들다는 거지."

우리의 평소와 달리 심각한 대화는 굴뚝들 저편에서 날아오는 우렁차고 앳된 부르짖음으로 중단되었다. "서배스천, 서배스천."

"야단났다!" 서배스천이 담요로 손을 뻗으며 말했다. "내 동생 코딜리아 목소리 같아. 뭐 좀 둘러."

"어디 있어?"

눈앞에 나타난 것은 열 살이나 열한 살 남짓의 씩씩한 여자아이였다. 그녀에게도 여부없는 가족 특성이 있었으나 노골적이고 토실토실한 조야함 속에서 마구 배열되었다. 구식으로 양 갈래로 땋은 두툼한 머리채가 등 뒤로 늘어져 있었다.

"저리 가, 코딜리아. 우리 옷 안 입었어."

"왜? 잘만 입었네. 여기 있을 줄 알았어. 오빠 내가 집에 온 줄 몰랐지? 난 브라이디랑 내려와서 프랜시스 제이비어를 보러 잠깐 들렀어." (나에게) "제가 기르는 돼지예요. 그리고 둘이서 펜더 대령이랑 점심을 들고 품평회에 갔어. 우리 프랜시스 제이비어가 특별상 받았다. 근데 그 염병할 랜들은 무슨 옴 붙은 짐승으로 일등 상을 탔지 뭐야. 내 사랑 서배스천, 다시 봐서 기뻐. 다친 발은 좀 어때?"

"라이더 씨한테 안녕하세요 해야지."

"아, 죄송해요. 안녕하세요?" 그 가족의 모든 매력이 그녀의 미소에 담겼다. "저기 아래서 다들 꽤 거나하게 취해 가기에 도망쳐 나왔어. 근데 사무실에 그림 그려 놓은 게 누구야? 사냥 지팡이를 찾으러 들어갔다가 봤는데."

"말 가려서 해. 여기 라이더 씨가 그린 거야."

"진짜 예쁘던데. 아니, 진짜 직접 그렸어요? 솜씨가 그만이네요. 둘 다 옷 입고 내려오지 그래요? 집에 아무도 없는데."

"형이 틀림없이 심사 위원들을 들일걸."

"아냐, 안 그럴걸. 오빠가 집에 안 들이려고 계획 짜는 걸 들었거든. 오빠가 오늘 되게 뚱하더라. 나더러 오빠들 저녁 먹는 데 끼지 말라고 하는 걸 내가 졸랐어. 얼른 와. 오빠들이 다 갖춰 입을 즈음 난 육아실에 있을 거야."

그날 저녁 우리는 우중충한 소규모의 모임이었다. 코딜리아만이 완벽하게 편안히 머물며, 음식과 늦은 시간과 오빠들과 동석한다는 사실에 흐뭇해했다. 브라이즈헤드는 서배스천과 나보다 세 살 연상일 뿐이었지만 세대가 다른 사람으로 보였다. 그에게도 이 가족의 신체적 특질들이 있었으며, 그의 미소도 드물게 찾아올 때는 다른 가족들의 미소만큼이나 사랑스러웠다. 또한 가족들의 목소리로 말하는 그의 말투에 실린 무게와 절제력은 사촌 형 재스퍼에게서 나왔더라면 거만하고 인위적으로 들릴 법했으나 그에게서 나오니 그저 태없고 무의식적이었다.

"라이더 군이 방문해 준 기간을 대부분 놓치게 되어 매우 유감입니다." 브라이즈헤드가 내게 말했다. "잘 대접받고 있나요? 서배스천이 와인을 관리하고 있기를 바라는데. 윌콕스가 혼자 도맡게 되면 다소 억울해하는 경향이 있더군요."

"저희한테 정말 후하게 대해 주셨어요."

"그런 얘기를 들으니 기쁘군요. 와인은 좀 좋아하나요?"

"굉장히요."

"나도 좋아했으면 좋겠군요. 와인은 다른 남성들과 좋은 연결 고리가 되죠. 막달렌 단과대에 있을 때 취해 보려고 몇 번 노력은 해 봤습니다만 즐겁지가 않았어요. 맥주나 위스키는 더더욱 구미가 당기지 않고. 그러다 보니 오늘 오후의 품평회 같은 행사들은 나한테 고문이에요."

"나는 와인 좋은데." 코딜리아가 말했다.

"내 여동생 코딜리아의 최근 통지표에는 동생이 학교에서 가장 악질의 여학생임은 물론 가장 오래 계신 수녀님의 기억으로도 그곳을 거친 학생들 중에서 가장 악질이라고 쓰여 있더군요."

"그건 내가 마리아님의 아이가 되는 걸 거부해서 그래. 수녀원장님이 나더러 방을 더 깔끔히 정리해 두지 않으면 마리아님의 아이가 될 수 없다고 말씀하셔서 내가 그럼 안 될래요, 그리고 우리 성모 마리아님이 제가 운동화를 무도화의 왼쪽에 두는지 오른쪽에 두는지 눈곱만큼이라도 신경 쓰실 거라는 생각은 안 드네요, 했거든. 수녀원장님이 길길이 뛰셨지."

"성모 마리아님은 순종에는 신경 쓰신다."

"브라이디, 너무 독실한 티 내면 곤란해." 서배스천이 말했다. "여기 무신론자도 합석했다고."

"불가지론자지만요." 내가 말했다.

"정말요? 그쪽 단과대에는 그런 파가 상당히 있습니까? 막달렌에는 어느 정도 있었습니다만."

"전 정말 잘 모릅니다. 저는 옥스퍼드에 가기 훨씬 전부터 이래서요."

"그런 파는 사방팔방에 있죠." 브라이즈헤드가 말했다.

그날 종교는 피할 수 없는 주제인 모양이었다. 얼마간 우리는 농산물 품평회에 관해 말했다. 그러다 브라이즈헤드가 말했다. "지난주에 런던에서 주교님을 뵀어. 그게, 주교님께서 우리 집 예배당을 닫으려고 하시더라고."

"아냐, 설마 그러시려고." 코딜리아가 말했다.

"엄마가 그러라고 놔둘 것 같진 않은데." 서배스천이 말했다.

"너무 외진 곳에 있어." 브라이즈헤드가 말했다. "멜스테드 주변만 해도 여기까지 못 오는 가구가 열은 돼. 주교님께서 미사의 구심점을 거기에 열고자 하셔."

"그럼 우리는 어쩌고?" 서배스천이 말했다. "겨울날 아침에 차 타고 나가야 하는 거야?"

"성체는 여기에 모셔야 해." 코딜리아가 말했다. "나는 아무 때나 예배당에 들르는 게 좋은걸. 엄마도 좋아하시고."

"나도 좋아해." 브라이즈헤드가 말했다. "그래도 우리가 너무 적잖아. 우리가 유서 깊은 가톨릭 집안이라 이 지구에 사는 사람들이 전부 미사를 보러 오는 것도 아니고. 조만간, 아마 엄마가 돌아가시고 나면 옮기긴 해야 할 거야. 여기서 논점은 지금 옮기는 게 차라리 낫지 않겠냐는 거지. 라이더 군은 예술가니까, 그 성당을 미학적으로 어떻게 생각하나요?"

"나는 아름답다고 생각해." 코딜리아가 눈물을 머금고 말했다.

"'좋은 예술'입니까?"

"글쎄요, 무슨 뜻으로 말씀하시는지 잘 모르겠습니다." 내가 경계하며 말했다. "개인적으로는 당대 양식의 비범한 본보기라고 생각합니다. 아마 팔십 년 후에는 대단한 찬사를 받을 거예요."

"근데 설마 이십 년 전에도 좋았고 팔십 년 후에도 좋을 게 지금 좋지 않을 리는 없겠지요?"

"글쎄요, 지금도 좋을 수는 있겠죠. 제 말은 그저 예배당이 제 마음에 쏙 들지는 않는다는 겁니다."

"한데 어떤 사물이 마음에 드는 것과 그것이 좋다고 생각하는 것에 차이가 있습니까?"

"형, 그렇게 예수회 사람처럼 굴지 좀 마."[179] 서배스천이 말했지만 나는 이 의견 차이가 비단 말의 문제가 아니라 우리 사이의 깊고 건널 수 없는 간극을 나타낸다는 것을 알았다. 누구도 서로를 조금도 이해하지 못했고, 언제가 됐든 이해할 수도 없었다.

"이게 바로 형님이 와인에 관해 세우신 구분 아닌가요?"

"아니죠. 나는 와인이 가끔 수단으로 작용해 이루는 그 목적이, 즉 남자와 남자 사이 공감의 촉진이 마음에 들고 좋다고 생각합니다. 그러나 내 경우 와인이 그 목적을 달성하지 않으므로 와인은 마음에 들지도 않고 제게 좋다고 생각하지도 않습니다."

179) 영미권에서 예수회 사제들은 말을 부연하고, 말꼬투리를 잡고, 궤변을 늘어놓는다고 여겨진다.

"형, 그만하라니까."

"이거 실례했습니다." 그가 말했다. "꽤 흥미로운 논점이라고 생각해서."

"내가 이튼에 갔으니 망정이지." 서배스천이 말했다.

저녁 식사 후 브라이즈헤드가 말했다. "유감스럽게도 서배스천을 반 시간 동안 좀 빌려야겠습니다. 내가 내일 온종일 바쁠 예정인 데다 품평회 직후에 떠나서요. 아버지가 서명해 주셔야 할 서류들이 한 아름입니다. 서배스천이 전부 가져가서 아버지께 설명드려야 하거든요. 잠자리에 들 시간이다, 코딜리아."

"소화 좀 시키고." 코딜리아가 말했다. "밤에 이렇게 잔뜩 먹는 데 익숙지 않단 말이야. 난 찰스랑 얘기해야지."

"'찰스'?" 서배스천이 말했다. "'찰스'? '라이더 씨'라고 불러야지, 꼬맹이가."

"나랑 얘기해, 찰스."

둘만 남자 코딜리아가 말했다. "오빠는 정말 불가지론자야?"

"너희 가족은 맨날 이렇게 내리 종교 얘기만 하니?"

"내리까지는 아닌데. 그냥 자연스럽게 나오는 주제 아니야?"

"그래? 나로서는 여태껏 그런 적이 없는데."

"그러면 아무래도 오빠는 정말 불가지론자인가 보다. 오빠를 위해 기도할게."

"상냥하기도 해라."

"알겠지만 묵주 하나를 통째로 오빠를 위해 쓸 수는 없어. 한 단만 쓸 거야. 기도해 줄 사람들이 줄줄이 있거든. 내가 차례대로 해 나가면 사람들은 어림잡아 일주일에 한 번 묵주 한 단씩을 받는 거지."

"분명 내가 받아 마땅한 양보다 넘치는걸."

"아유, 오빠보다 까다로운 사람들도 있어. 로이드 조지 수상[180]에 독일 황제[181]에 올리브 뱅크스까지."

"마지막은 누구야?"

"그 여자애는 지난 학기에 수녀원 학교에서 잘렸어. 뭐 때문이었는지는 잘 몰라. 수녀원장님이 걔가 쓰던 뭔가를 발견했다나 봐. 있지, 오빠가 불가지론자만 아니었으면 흑인 대녀(代女)를 사게 5실링을 달라고 하는 건데."

"이제 네 종교에 관해서는 뭐가 됐든 놀랍지도 않다."

"선교 신부님이 지난 학기에 시작한 새로운 기획이야. 아프리카의 어떤 수녀들한테 5실링을 보내면 아기를 세례하고 기부자의 이름을 따서 세례명을 붙여 주는 거지. 나는 벌써 흑인 코딜리아가 여섯 명이나 있어. 멋지지 않아?"

브라이즈헤드와 서배스천이 돌아오자 코딜리아는 침실로

---

180) 데이비드 로이드 조지(David Lloyd George, 1863~1945). 영국의 자유민주당 소속 정치가로, 재무 장관 및 총리를 역임했다. 독실한 복음주의 기독교도로 양육되었으나 청년이 되어서 불가지론자로 변했다.

181) 당시는 마지막 독일 황제인 빌헬름 2세(Wilhelm II, 1859~1941)가 독일 제국 및 프로이센 왕국을 통치하던 시절이었다. 루터교 신자였던 그는 외교 관계를 호전적으로 이끌어 1차 세계 대전 발발에 일조했다.

보내졌다. 브라이즈헤드가 우리의 토론을 재개했다.

"그렇죠, 라이더 군이 맞기는 해요." 브라이즈헤드가 말했다. "라이더 군은 예술을 목적이 아닌 수단으로서 받아들이니까. 그건 엄밀히 신학 이론인데, 그걸 믿는 불가지론자라니 드문 일이긴 하군요."

"코딜리아가 저를 위해 기도하겠다고 약속했어요." 내가 말했다.

"걔는 자기 돼지를 위해서 구일 기도도 했어." 서배스천이 말했다.

"저로서는 이 모든 게 어리둥절할 따름이네요." 내가 말했다.

"우리가 괜히 물의만 일으키는 것 같습니다." 브라이즈헤드가 말했다.

그날 밤 나는 서배스천에 관해 아는 것이 정말 얼마나 없었는가를 깨닫고 왜 그가 항상 나를 자신의 다른 쪽 삶으로부터 떨어뜨려 놓고자 했는지 이해하기 시작했다. 그는 공해에 떠 있는 배에서 만든 친구와 같았고, 이제 우리는 그의 모항에 도달했다.

브라이즈헤드와 코딜리아가 떠났다. 천막들이 품평회장 바닥에 주저앉고 깃발들이 뽑혔다. 한편 짓밟힌 잔디는 제 색을 되찾기 시작했다. 느긋한 느낌으로 시작했던 그 달은 날래게 말일에 다다랐다. 서배스천은 이제 지팡이 없이 걸었고 다쳤던 것은 잊어버렸다.

"아무래도 너 나랑 베네치아에 가야겠다." 그가 말했다.

"돈 없어."

"내가 그걸 생각해 봤지. 거기 가기만 하면 아빠한테 얹혀 살 거야. 변호사들이 내 여행비를 댈 거고, 일등석이랑 침대차. 그 돈으로 둘이서 삼등석으로 여행하면 되잖아."

그래서 우리는 떠났다. 우선 오래 걸리고 저렴한 배를 타고 청명한 하늘 아래서 밤새 갑판에 앉아 모래 언덕 너머로 밝아 오는 잿빛 새벽을 바라보며 됭케르크로. 그다음은 나무 좌석에 앉아 파리로, 로티 호텔[182]까지 차를 몰아 목욕과 면도를 하고, 무덥고 반쯤 빈 포요 식당[183]에서 점심을 들고, 잠결에 가게들을 어슬렁거리다 기차 시간을 기다리며 카페에서 오래도록 죽쳤던 도시로. 그러다가 따스한 잿빛 저녁에 리옹 역으로, 남부행 완행열차로 향하자 다시 나무 좌석과 가족들을 방문하는 가난한 잡답(북쪽 국가들에서 가난한 이들이 하듯 작은 꾸러미를 수없이 이고 권위에 대해 진득하니 복종하는 기색을 띠고 여행하는 이들)에다 휴가에서 복귀하는 해군들로 만원인 객차. 우리는 덜컹 출발하고 끽 멈추며 토끼잠을 잤고, 밤중에 한 번 환승하였고, 텅 빈 객차에서 다시 잠들었다 깨는 사이 소나무 숲이 창문을 스쳐 갔고 멀찍이서 산봉우리들이 아른거렸다. 변경의 새로운 군복, 역내 간이식당의 커피와 빵, 우리 주위의 남부식 예의와 흥을 띤 사람들. 다시 승차해 향한 평야, 침

---

182) 파리의 카스틸리오네 거리에 있는 고급 호텔.
183) 파리의 콩데 거리에 있던 식당.

엽수에서 바뀌어 가는 포도나무와 올리브나무, 밀라노에서의 기차 환승. 차내 간식 카트에서 산 마늘소시지, 빵, 휴대용 술병에 담긴 오르비에토산 백포도주.(우리는 파리에서 돈을 다 써서 몇 프랑밖에 없었다.) 태양이 높이 떠올랐고 그 나라는 열기로 발개졌다. 객차는 역마다 쓸려 나가고 밀려 들어오는 소작농들로 만원이었고, 뜨거운 객차 안에서 압도적인 마늘 냄새가 났다. 끝끝내 저녁 무렵 우리는 베네치아에 당도했다.

거무스름한 형체가 우리를 마중 나와 있었다. "아빠의 하인 플렌더야."

"급행열차를 마중했더랬습니다." 플렌더가 말했다. "주인어른께서는 도련님께서 필시 기차를 잘못 찾아봤을 거라 생각하셨습니다. 이건 그냥 밀라노에서 오는 노선 같더군요."

"우리가 삼등석으로 와서요."

플렌더가 공손히 웃음을 깨물며 말했다. "제가 여기 곤돌라를 잡아 뒀습니다. 저는 짐을 가지고 바포레토[184]로 뒤따르겠습니다. 주인어른께서는 리도로 가셨습니다. 도련님께서 오시기 전에 돌아올 수 있을지는 확신을 못 하셨지만 그건 우리가 도련님께서 급행을 타리라 생각했을 때 얘깁니다. 지금쯤은 돌아와 계시겠네요."

그가 대기 중인 배로 우리를 안내했다. 곤돌라 사공들은 녹색과 흰색의 제복을 입고 가슴팍에는 은제 명판을 달았다. 사공들이 미소를 지으며 인사했다.

---

184) 베네치아의 수상 버스로 사용되는 소형 증기선.

"Palazzo. Pronto.(궁으로. 바로 출발하세요.)"

"Sì, signore Plender.(예, 플렌더 님.)"

그래서 우리는 둥둥 떠내려갔다.

"여기 와 본 적 있어?"

"아니."

"나는 한 번 와 봤어, 바다를 통해서. 그게 제대로 도착하는 법이지."

"Ecco ci siamo, signori.(다 왔습니다, 도련님들.)"

궁은 어감보다는 약간 덜하여 좁은 팔라디오[185]식 전면에 이끼 낀 계단들, 루스티카[186] 석재로 된 어두컴컴한 아치형 입구가 있었다. 사공 하나가 뭍으로 뛰어올라 말뚝에 배를 단단히 잡아매고 초인종을 울렸다. 한편 다른 사공은 이물에 서서 선체를 계단 쪽으로 붙였다. 대문이 열렸다. 줄무늬 리넨으로 된 다소 색다른 여름 제복을 입은 하인의 안내에 따라 우리는 계단을 올라가 그림자에서 빛으로 들어섰다. 피아노 노빌레[187]가 햇살을 한껏 받으며 틴토레토[188] 학파의 프레스코화로 이

---

185) 안드레아 팔라디오(Andrea Palladio, 1508~1580). 16세기에 이탈리아의 베네치아 공화국에서 활약했던 건축가로, 치장 회반죽을 바른 벽돌 건물을 다수 건축하였다.

186) 외벽을 건설할 때 벽돌에 거친 무늬나 기하학적 입체 문양 등으로 요철을 만들어 견고함과 위용을 표현하는 건축 방식.

187) 베네치아 건축의 특징적 요소로, 대저택에서 응접실 등 귀족이 사용하는 커다란 방들이 있는 2층을 일컫는다.

188) Tintoretto. '어린 염색공'이라는 뜻으로, 염색공의 아들로 태어났으며 16세기 베네치아 르네상스 학파의 중요한 화가인 야코포 코민(Jacopo Comin, 1518~1594)의 별칭이다.

글거렸다.

우리의 방들은 가파른 대리석 계단을 오르면 있는 위층이었다. 방들에는 오후 햇살을 막으려 덧창이 내려져 있었다. 집사가 덧창을 열어젖혔고 우리는 고개를 내밀고 대운하를 내려다보았다. 침대에는 모기장이 쳐져 있었다.

"머기 이제 없어요."

방마다 둥글넓적한 작은 붙박이장과 부연 금테 거울 말고는 가구가 없었다. 바닥은 맨 대리석판이었다.

"약간 삭막하지?" 서배스천이 말했다.

"삭막하다고? 저걸 봐." 내가 그를 다시 창문가로 데려가서 우리 아래와 주위로 펼쳐진 비길 데 없는 장관을 보였다.

"아니, 이걸 삭막하다고 할 순 없지."

어마어마한 폭발음이 우리를 옆방으로 끌어당겼다. 우리 눈에는 굴뚝 안에 지어지기라도 한 듯한 욕실이 보였다. 천장이 없는 대신에 벽들이 위층 바닥을 관통해 뻥 뚫린 하늘로 쭉 뻗어 있었다. 노후한 순간온수기에서 나온 증기로 집사가 거의 보이지도 않을 지경이었다. 가스 냄새가 진동했고 찬물 한 줄기가 졸졸 샜다.

"좋지 않다."

"Sì, Sì, subito, signori.(예, 예, 얼른 고치겠습니다, 나리들.)"

집사가 계단 꼭대기로 달려가 그 아래로 고함을 내지르기 시작했다. 그러자 그의 목소리보다 꽥꽥거리는 여자 목소리가 대답했다. 서배스천과 나는 우리 방 창문 아래의 장관으로 돌아갔다. 이내 언쟁이 끝났고 여자와 아이가 등장해 우리에게는 미소 짓고 집사는 째리고는 서배스천의 붙박이장 위에 은제 세면대와 팔팔 끓는 물 주전자를 올려 두었다. 그사이 집사는 우리 짐을 풀고 옷을 접으며 무심코 이탈리아어로 돌아가 우리에게 흔히들 모르는 순간온수기의 장점들에 관하여 말하다가 갑자기 고개를 갸웃하더니만 정신이 번쩍 들어 "Il marchese.(후작 나리.)" 하고 말하고는 아래층으로 쏜살같이 달음박질했다.

"아빠를 만나기 전에 우리 매무새를 단정히 하는 편이 좋겠어." 서배스천이 말했다. "차려입을 필요는 없고. 지금은 혼자 계신 것 같으니까."

마치멘 경을 만난다니 나는 궁금증이 한 아름이었다. 만났을 때 나는 그의 첫인상이 평범하여 놀랐는데, 이는 차차 그를 알아 갈수록 짐짓 꾸민 태도라고 여겨졌다. 마치 본인의 바이런풍 분위기를 의식하고 천박하다고 여겨 애써 억누르려는 듯한 모양새였다. 그는 응접실 발코니에 서 있었고, 우리를 맞으러 뒤돌자 그의 얼굴이 짙은 그림자에 가렸다. 나는 다만 장신의 곧추선 형체만을 알아보았다.

"사랑하는 아빠." 서배스천이 말했다. "어쩜 이리 젊어 보이세요!"

서배스천이 마치멘 경의 볼에 입을 맞췄고, 육아실을 떠나고부터 아버지에게 뽀뽀한 적이 없던 나는 그 뒤에 멋쩍게 서 있었다.

"여기는 찰스예요. 우리 아버지 정말 인물 좋으시지 않아, 찰스?"

마치멘 경이 나와 악수했다.

"네 기차를 누가 찾아줬는지 모르겠다만 우둔했어. 그런 기차는 없다." 그가 말했다. 그의 목소리 역시 서배스천이었다.

"우리가 타고 왔는걸요."

"그럴 리가 없어. 그 시간대엔 밀라노발 완행열차밖에 없었으니까. 나는 리도에 있었다. 거기서 초저녁에 프로 선수와 테니스를 치는 게 습관이 됐거든. 대낮에 유일하게 너무 뜨겁지 않은 때잖느냐. 너희 둘 다 위층에서 정말 편안하게 지내면 좋겠구나. 이 저택은 한 사람에게만 편안하게 설계된 느낌이 있는데, 내가 그 한 사람이거든. 나는 이만한 크기의 방에 매우 괜찮은 옷 방도 있단다. 다른 널찍한 방은 카라가 차지했고."

본인의 정부 이야기를 이토록 간단하고 무심하게 꺼내는 투에 나는 매료되었다. 하지만 후에 내 앞이라 부러 한 행동은 아니었나 하는 의혹이 생겼다.

"잘 계시죠?"

"카라? 뭐, 그러길 바란다. 내일 돌아와서 우리와 지낼 거란다. 지금은 브렌타 운하에 있는 별장에 미국 친구들을 좀 만나러 갔어. 어디서 식사를 들까? 루나[189]에 가도 되긴 하는데, 요새 영국인들이 너무 몰려서 말이다. 집에서 식사하면 너무 지루하겠느냐? 내일은 카라가 분명 외식하고 싶어 할 테고 여기 저택 요리사가 정말 상당히 수준급이란다."

그가 창문가에서 떨어져 이제는 벽의 붉은 다마스크 장미

189) 베니스의 심장부에 위치한 고급 호텔.

무늬를 등지고 저녁 햇살을 온전히 받으며 섰다. 그것은 고귀한 얼굴이자 딱 자신이 계획한 대로의 모습인 양 통제된 얼굴이었다. 약간 피곤하고, 약간 냉소적이고, 약간 관능적인 얼굴. 인생의 전성기에 있는 듯싶은 그가 우리 아버지보다 고작 몇 살 아래라는 점을 생각하니 어쩐지 이상했다.

우리는 창가의 대리석 식탁에서 만찬을 들었다. 이 집에서는 모든 것이 대리석이나 벨벳이나 무광의 금박을 입힌 젯소[190]였다. 마치멘 경이 말했다. "라이더 군은 여기서 지내는 시간을 어떻게 보낼 생각인가? 해수욕 아니면 관광?"

"어떻게든 관광은 좀 하려고요." 내가 말했다.

"카라가 좋아하겠군. 서배스천이 말해 줬을 테지만 카라는 이곳에서 라이더 군을 대접할 안주인이네. 알겠지만 양쪽 모두 할 수는 없어. 일단 리도에 가면 빠져나올 구멍이 없지. 그저 백개먼 게임[191]을 하고, 바에 발목이 잡히고, 햇빛에 넋이 나가는 거야. 성당에도 계속 가고."

"찰스는 그림에 아주 관심이 많아요." 서배스천이 말했다.

"그래?" 나는 내 아버지 덕에 너무도 익숙했던 깊은 따분함의 징후를 알아챘다. "그렇단 말이지? 특별히 좋아하는 베네치아 화가라도?"

"벨리니요." 내가 다소 무턱대고 대답했다.

---

190) 석고와 아교를 혼합한 재료로, 건물 벽이나 조각상은 물론 회화의 바닥칠에도 사용된다.

191) 두 참가자가 차례로 주사위를 던져 나온 숫자만큼 자신의 말을 없애는데, 말이 먼저 모두 없어진 사람이 승자가 되는 보드게임.

"그래? 어느 쪽?"

"유감스럽게도 벨리니가 둘이라는 걸 지금 알았습니다."

"정확히는 셋이네.[192] 중세 시대에는 그림이 대체로 가업이었다는 걸 알게 될 거야. 떠나올 때 영국은 어땠니?"

"아름다웠어요." 서배스천이 말했다.

"그랬니? 정말 그랬니? 내가 영국 전원이라면 질색한다는 게 개인적으로 비극이었단다. 막중한 책임을 물려주고 그런 책임에서 완전히 손 떼고 있다니 꼴사나운 일일 테지. 나는 딱 사회주의자들 쪽에서 원할 만한 인물이고, 정작 내가 속한 보수파엔 커다란 걸림돌이야.[193] 그래도 내 장남이 그런 형세를 몽땅 바꿔 주리라는 걸 의심치 않는다. 집에서 개가 뭐라도 상속받게 남겨 준다면……. 의문이구나, 도대체 왜 늘 이탈리아 디저트가 그렇게 좋다고들 생각하는 걸까? 내 아버지가 물려받으시기 전까지 브라이즈헤드에는 페이스트리 전문 이탈리아 요리사가 항상 있었단다. 아버지가 오스트리아 요리사를 들이셨더니 훨씬 낫더구나. 그리고 지금은 팔뚝이 우람한 어느 영국 부인이 있는 걸로 안다만."

---

192) 이탈리아 르네상스 시대에 벨리니가의 화가는 현재 가장 유명한 조반니 벨리니(Giovanni Bellini) 말고도 피렌체의 초기 르네상스 화풍을 베네치아에 들여온 아버지 야코포 벨리니(Jacopo Bellini), 고관들의 초상화 화가로 유명했던 형 젠틸레 벨리니(Gentile Bellini)가 있었다.

193) 1920년대와 1930년대에 유럽에서는 파시즘이 득세하면서 무산 노동자를 대표하는 사회주의파와 지주 자본가를 대표하는 보수파가 대립하였다. 마치멘 경은 지주 자본가로서 땅을 버리고 생활한다는 면에서 사회주의파에게 환영받을 만한 인물이다.

저녁을 먹고 우리는 거리로 통하는 문으로 궁을 떠나 가교와 광장과 골목의 미로를 지나 카페 플로리안[194]으로 걸어가 커피를 마시며 캄파닐레[195] 아래에서 다리를 건너고 또 건너는 근엄한 군중을 바라보았다. "베네치아의 군중만 한 것이 또 없지." 마치멘 경이 말했다. "도시 자체는 무정부주의자들로 우글우글한데도 어느 날 밤 어떤 미국 여자가 어깨를 훤히 드러내고 여기 앉으려니까 군중들이 다가와서 그 여자를 한마디 말도 없이 빤히 쳐다봐서 쫓아내 버렸지 뭐냐. 선회하는 갈매기 떼같이 돌아오고 돌아와서 끝내 여자가 자리를 뜨게 한 거야. 그에 비해 우리 영국 사람들은 도덕상 못마땅한 점을 지적하고자 할 때 훨씬 품위가 떨어져."

그때 막 부둣가에서 올라온 영국인 무리가 우리 근처 테이블로 왔다가 갑자기 다른 쪽으로 가서는 우리 쪽을 곁눈질하며 머리를 한데 모으고 수런댔다. "저들은 내가 정계에 있을 때 알던 남자와 그 부인이구나. 너희 교파의 유명한 신도란다, 서배스천."

우리가 그날 밤 침실로 올라갈 때 서배스천이 말했다. "우리 아빠도 약간 어린애지?"

마치멘 경의 정부는 다음 날 도착했다. 나는 열아홉이었고 여자에 대해 완전히 무지했다. 조금이라도 자신을 가지고 길

194) 베네치아의 중심부에 있는 유서 깊은 카페.

195) 이탈리아의 성당 건축 양식의 일종으로, 성당과 별도로 세워진 종탑을 일컫는다.

거리에서 누가 매춘부인지 알아볼 수조차 없었다. 그렇기 때문에 나는 불륜 남녀의 지붕 아래에서 지낸다는 사실에 관심이 가지 않는 바는 아니었으나 호기심을 숨길 만큼은 철이 들어 있었다. 따라서 마치멘 경의 정부와 만난 나는 그녀에 관해 상충하는 기대를 무수히 안은 상태였는데, 이 모든 기대는 그녀의 외양에 일단 꺾였다. 그녀는 툴루즈로트렉[196]의 육감적인 오달리스크[197]가 아니었다. 그렇다고 '어린 노리개'도 아니었다. 그녀는 내가 수없는 공공장소에서 보았고 종종 만났던 유의, 잘 관리되고 잘 차려입고 예의도 잘 차리는 중년 여성이었다. 게다가 무슨 사회적 낙인이 찍힌 듯싶지도 않았다. 그녀가 도착한 날 우리가 리도에서 점심을 들자 그녀는 거의 모든 테이블에서 환영 인사를 받았던 것이다.

"빅토리아 코롬보나가 토요일에 여는 무도회에 우리 모두를 초대했어요."

"친절하시군. 나는 춤을 안 추는 거 알잖아요." 마치멘 경이 말했다.

"하지만 이 애들은요? 귀한 볼거리라고요, 무도회를 위해 밝혀진 코롬보나궁이라니. 나중에 그런 무도회가 얼마나 있을지 모르는 일이고요."

---

196) 앙리 드 툴루즈로트렉(Henri de Toulouse-Lautrec). 프랑스의 화가, 삽화가, 판화가. 밤무대 무용수, 매춘부 등을 주로 모델로 삼아 파리 사람들의 삶을 다양한 색채로 묘사한 작품들로 유명하다.

197) 터키 황제의 옆방인 하렘에서 부인들과 첩의 시중을 들던 여자 노예로, 19세기 초 서양 회화에서 오리엔탈리즘 및 근대 나체화의 주된 테마였다.

"아이들은 하고 싶은 대로 하면 되고. 우리는 거절해야죠."

"그리고 해킹 브루너 부인을 오찬에 초대했어요. 매력적인 따님을 두셨더라고요. 서배스천이랑 친구도 그 따님이 마음에 들 거예요."

"서배스천이랑 친구는 상속녀보다는 벨리니에 마음이 있어요."

"어머, 그건 내가 허구한 날 하고 싶다던 건데." 카라가 노련하게 공략 포인트를 바꾸며 말했다. "내가 셀 수도 없을 만큼 여기 왔는데도 알렉스는 산마르코[198]에조차 한 번을 들어가게 해 주지 않았다니까. 우리는 관광객이 될 거지, 응?"

우리는 관광객이 되었다. 카라가 그의 앞에서라면 모든 문이 열리는 난쟁이 같은 베네치아 귀족을 가이드로 섭외했다. 이에 옆에는 그 사람을 끼고 손에는 가이드북을 들고, 가끔은 지쳐서 늘어졌지만 절대 포기하지 않고 우리를 따라온 카라는 베네치아의 어마어마한 장관 한복판에서 말쑥하고 평범한 형상이었다.

베네치아에서의 보름은 빠르고 달콤하게 지나갔다. 어쩌면 너무 달콤하게. 나는 벌침 없는 꿀에 잠겨 들고 있었다. 우리가 측설 운하로 가만가만 미끄러지고 사공이 처량한 음색의 새소리로 경고음을 낼 때 어떤 날에는 삶이 곤돌라와 보조를 맞추었다. 다른 날에는 석호 위에서 햇빛에 빛나는 물거품으로 선을 그리며 튀어 오르는 쾌속정과 맞추었다. 이로써 뒤

198) 베네치아의 가장 유명한 성당.

죽박죽된 기억이 남겨졌다. 모래와 서늘한 대리석 실내 장식에 부서지는 작열하는 태양. 반드러운 돌에 찰랑거리며 채색된 천장에 빛나는 얼룩으로 반사되던 도처의 물. 코롬보나궁에서의 바이런이 경험했을 법한 밤과 키오자의 여울에서 바닷가재를 잡던 또 다른 바이런풍의 밤, 작은 배의 인광을 발하는 항적, 이물에서 좌우로 흔들거리던 등, 해초와 모래와 펄떡거리는 물고기들로 꽉 차 오르던 그물. 서늘한 아침 발코니에서 먹던 멜론과 프로슈토. 해리스 바[199]에서 들던 뜨거운 치즈 샌드위치와 샴페인 칵테일.

나는 서배스천이 콜레오니[200] 기마상을 올려다보며 한 말을 기억한다. "뭐가 어떻게 되든 너랑 나는 절대 전쟁에 휘말릴 수 없다는 걸 생각하면 좀 아쉽기도 하다."[201]

내 체류 기간이 끝나갈 무렵에 나눈 한 번의 대화가 특히 기억에 남는다.

서배스천은 아버지와 테니스를 치러 갔고 카라는 드디어 피곤을 시인했다. 늦은 오후 대운하가 내려다보이는 창문가에서 그녀는 자수거리를 들고 소파에, 나는 안락의자에 한가로이 앉아 있었다. 둘만 있어 보기는 그때가 처음이었다.

"찰스는 서배스천을 매우 좋아하는 듯 보이네." 카라가 말

199) 베네치아의 바 겸 식당.

200) 바르톨로메오 콜레오니(Bartolomeo Colleoni, 1400~1475). 베네치아 공화국의 총사령관이 된 이탈리아의 용병 대장.

201) 1차 세계 대전이 종식된 후 유럽인들은 1차 세계 대전을 "모든 전쟁을 끝내는 전쟁"이라고 부르며 인류 역사상 큰 전쟁이 더는 없으리라 믿었다.

했다.

"그럼요, 좋아하고말고요."

"내가 영국인과 독일인의 그런 로맨틱한 우정에 관해 알지. 라틴계 사람들의 경우와는 달라. 난 그런 관계가 정말 좋다고 생각해. 너무 오래가지만 않으면."

카라가 너무도 태연하고 무미건조하게 말한 터라 나는 그 말을 불쾌하게 받을 수 없었지만 그렇다고 대답할 말을 찾지도 못했다. 카라는 대답을 기대하지 않는다는 듯 다만 계속 손을 놀렸고, 이따금 곁에 놓인 반짇고리 속의 실크 천과 맞춰보느라 바느질을 멈췄다.

"그런 건 그 의미를 채 알기도 전에 아이들에게 찾아오는 유의 사랑이야. 영국에서는 거의 성인이 다 됐을 때 찾아오지. 나는 그게 좋은 것 같아. 여자보다는 다른 남자한테 그런 사랑을 품는 게 낫잖아. 알겠지만 알렉스는 여자한테, 자기 아내에게 그런 사랑을 품었으니. 그 사람이 나를 사랑하는 것 같아?"

"참, 아주머니, 제일 난처한 질문들만 하시네요. 제가 어떻게 알겠습니까? 그러려니 하는 거지……."

"사랑하지 않아. 아주 요만큼도. 그러면 그 사람이 왜 나랑 지내느냐고? 왜냐하면 말이야, 내가 레이디 마치멘으로부터 보호해 주니까. 그이는 그 여자를 증오해. 아니, 그이가 그녀를 얼마나 증오하는지 찰스는 감도 못 잡을 거야. 찰스는 그이가 너무도 잔잔한 영국 신사라고 생각하겠지. 향락에 약간 물렸고, 열정도 다 죽었고, 그저 편안하게 걱정거리가 없기를 바라며, 태양을 따르고, 어떤 남자도 혼자서는 할 수 없는 한 가지를 해결하기 위해 나를 데리고 있는 주인 나리 정도라고. 아니, 그 사람은 증오의 활화산이야. 그이는 그 여자와 같은 공기도 마실 수 없어. 그 여자 집이라는 이유만으로 영국에는 발도 들이지 않을 거고, 서배스천이 그녀의 아들이라 그 애랑 있어도 좀처럼 행복할 수가 없어. 근데 그런 서배스천도 그 여자를 증오하지."

"그 부분은 확실히 잘못 짚으셨을 겁니다."

"그 애가 찰스에게는 인정하려 들지 않겠지. 자신에게조차 인정하려 들지 않을 거야. 하지만 그쪽 사람들은 증오로 그득해, 자신에 대한 증오로. 알렉스랑 그 집안사람 전부……. 그이가 왜 부득불 사교계에 섞이지 않으려 한다고 생각해?"

"저는 사람들이 아저씨에게 등을 돌린 거라고 쭉 생각했습니다만."

"아이고야, 찰스는 정말 어리구나. 사람들이 알렉스처럼 잘생기고 똑똑하고 돈 많은 남자에게 등을 돌린다고? 평생을 살아도 그런 일은 없어. 알렉스 스스로 사람들을 쫓아낸 거야. 아직까지도 사람들이 거듭거듭 돌아와서는 냉대받고 비웃음만 사고 간다고. 모두 레이디 마치멘 때문에. 그 여자 손이 닿았음 직한 것에는 손도 안 대려고 하니까. 집에서 손님들을 맞으면 그이가 생각하는 게 보여. '저 사람들이 어쩌면 막 브라이즈헤드에서 온 건 아닐까? 이다음에 마치멘 저택으로 가는 건 아닐까? 아내한테 내 얘기를 꺼내진 않을까? 저 사람들이 내가 증오하는 그 여자와 나 사이의 연결 고리는 아닐까?' 아니, 정말 맹세코 이게 그 사람이 생각하는 거라니까. 미친 거지. 그리고 어쩌다 그 여자가 이 증오를 다 받게 됐게? 그녀는 어른이 못 된 사람에게 사랑받은 죄밖에 없어. 나는 레이디 마치멘을 만난 적은 없어. 한 번 얼굴이나 봤을까. 근데 남자랑 같이 살다 보면 그가 사랑한 다른 여자를 알게 되잖아. 나는 레이디 마치멘을 정말 잘 알아. 그 여자는 잘못된 방식으로 사랑받은 선하고 소박한 여자야.

사람들이 온 힘을 다해 증오할 때는 자기 안의 무언가를 증오하는 거야. 알렉스는 소년기의 모든 환상을 증오하고 있어, 순수, 하느님, 희망을. 가엾은 레이디 마치멘은 그 모든 걸 견뎌야 하지. 여자에겐 이 모든 사랑의 방식이 있지 않으니까.

지금 알렉스는 나한테 매우 호감이 있고 나는 그의 순수로부터 그를 보호해 줘. 우리는 안락한 관계야.

서배스천도 어린 시절과 사랑에 빠져 있어. 그게 서배스천을 매우 불행하게 만들 거야. 곰 인형에, 보모에…… 열아홉 살이나 먹었는데도…….”

그녀가 소파에서 들썩여 지나가는 배들이 내려다보이도록 자세를 바꾸고는 사랑에 빠진 어조로 조롱하듯 말했다. “그늘에 앉아 사랑 이야기라니 얼마나 좋아.” 그러고는 땅으로 쑥 꺼지며 덧붙였다. “서배스천이 너무 많이 마셔.”

“우리 둘 다 그러는 것 같은데요.”

“찰스랑 마시는 건 문제없어. 내가 둘 다 지켜봤지. 서배스천의 경우는 달라. 누가 와서 제지하지 않으면 알코올 중독자가 될 거야. 그런 사람들을 너무 여럿 알아 왔어. 알렉스도 나를 만났을 때 거의 알코올 중독이었으니 핏줄에 있는 거야. 서배스천이 마시는 방식에서 그게 보여. 찰스의 방식과는 달라."

우리는 학기 시작 전날 런던에 도착했다. 채링크로스에서 오는 길에 나는 서배스천을 그의 어머니 댁 앞마당에 내려주었다. "'마처스'에 다 왔네." 그가 말하며 내쉰 한숨은 휴가의 끝을 의미했다. "들어오라고 하진 않을게, 저기는 아마 우리 가족들로 그득할 거야. 우리 옥스퍼드에서 만나자." 그리하여 나는 정원을 가로질러 집으로 차를 돌렸다.

아버지는 평소대로 싱겁게 섭섭한 기색으로 나를 맞았다.

"오늘 왔는데 내일 떠나는구나. 너를 정말 얼마 못 보는 것 같아. 너는 아마도 여기 있으면 지루한 모양이지. 달리 무슨 이유가 있겠니? 좋은 시간 보냈니?" 아버지가 말했다.

"정말 좋았어요. 베네치아에 갔어요."

"그래. 그래. 좋았던 모양이구나. 날씨는 맑았고?"

아버지가 저녁 내내 말없이 탐독한 후 침실로 향하다가 문득 걸음을 멈추고 물었다. "네가 크게 걱정하던 그 친구 말이다, 그 애는 죽었니?"

"아니요."

"그것 참 감사한 일이구나. 편지라도 써서 알려 주지 그랬니. 나도 어찌나 걱정되던지."

5

"옥스퍼드답구나." 내가 말했다. "새 학년을 가을에 시작하다니."

사방 천지에 자갈과 잔돌과 풀밭 위로 나뭇잎들이 떨어져 내렸고, 학내 정원에서는 모닥불 연기가 축축한 강 안개와 만나 회색 벽들을 건너 떠내려갔다. 포석이 발아래서 미끄덩거리고, 사각형 안뜰을 두른 창문들에 등불이 하나씩 켜지면서 금색 불빛들이 멀찍이 번져 나갔으며, 새 학생 가운을 입은 새 인물들이 땅거미 속에서 아치들과 이제 한 해의 추억들을 말해 주는 익숙한 종탑들 아래를 거닐었다.

내 방 창문가에서 향기를 피워 내다가 이제 안뜰 구석에서 피어오르는 축축한 낙엽 연기에 길을 비킨 비단향꽃무와 더불어 6월의 방종한 활기도 죽은 양 가을 분위기가 우리 둘을 사로잡았다.

때는 학기의 첫 일요일 저녁이었다.

"나 정확히 백 살 먹은 느낌이야." 서배스천이 말했다.

서배스천은 그 전날 밤에, 나보다 하루 일찍 도착해 있었다. 그때가 택시에서 헤어진 이후 우리의 첫 만남이었다.

"오늘 오후에 벨 예하한테 꾸지람을 들었어. 이걸로 올라오고 나서 꾸지람만 네 번째네. 지도 교수, 학부생 전담 학감, 올 소울 단과대의 샘그라스 교수에다 이제는 벨 예하까지."

"올 소울 단과대의 샘그라스 교수가 누군데?"

"그냥 엄마가 아는 사람. 하나같이 내가 작년에 매우 나쁘게 시작했다고, 주의를 끌고 있다고, 행실을 고치지 않으면 정학당할 거라고들 하더라고. 행실을 어떻게 고쳐? 아마도 국제연맹조합[202]에 가입하고, 《아이시스》를 매주 읽고, 아침에는 카데나 카페[203]에서 커피를 마시고, 커다란 파이프를 피우고 하키를 치고 보어스힐에 차를 마시러 가고 케블 단과대[204]에 강의를 들으러 가고, 공책으로 가득한 작은 바구니가 달린 자전거를 타고 저녁에는 코코아를 마시며 심각하게 섹스에 관해 논해야 하나 봐. 아이고, 찰스, 지난 학기 이후로 무슨 일이 일어난 걸까? 나 너무 늙은이 같아."

"난 중년 같아. 그편이 한없이 더 나쁘지. 내 생각에 우리가 여기서 기대할 수 있는 재미는 다 본 것 같아."

---

202) 1차 세계 대전 이후 영국에서 창설된 기구. 국제연맹의 원칙을 신봉하는 평화 운동을 실천하였다.

203) 커피와 가벼운 식사를 팔던 영국의 커피 체인점.

204) 1920년대만 해도 신학 교육에 방점을 두는 것으로 유명했다.

어둠이 깔리는 동안 우리는 난롯가에 말없이 앉아 있었다.

"앤서니 블랑쉬는 학교를 떴대."

"왜?"

"나한테 편지를 썼더라고. 듣자 하니 뮌헨에 아파트를 하나 구했다는데 거기 무슨 경찰관한테 애착이 생겼다나."

"형이 그리울 거야."

"나도 그리울 것 같아, 어떤 면에선."

우리는 다시 말이 없어졌고 난롯가에 꼼짝도 않고 앉아 있었던 나머지 나를 보러 들렀던 남자가 문가에 잠시 섰다가 방이 비었다고 생각하여 떠났다.

"새 학년을 이렇게 시작하는 법은 없어." 서배스천이 말했다. 그러나 이 침울한 10월 오후가 잇따른 몇 주간 오싹하고 척척한 날숨을 내쉬는 듯했다. 그 학기 내내, 그 학년 내내 서배스천과 나는 더욱더 음지에서만 살았고, 곰 인형 앨로이시어스는 처음에는 선교사로부터 숨겨지다가 끝내는 잊혀 버린 물신(物神)처럼 서배스천의 침실 서랍장 위에 등한시된 채 앉아 있었다.

둘 모두에게 변화가 일어났다. 우리는 1학년 때의 난장판에 속속들이 스민 발견의 놀라움을 잃어버렸다. 나는 진정되기 시작했다.

뜻밖에 나는 사촌 형 재스퍼가 그리웠다. 학위 최종 시험에서 우등으로 졸업한 형은 런던에서 공적인 말썽을 부리는 삶을 서투르게나마 시작하던 참이었다. 나는 충격을 줄 형이 필요했다. 그 육중한 존재감 없이 대학은 구체성을 잃은 듯했다.

대학은 더는 여름에 그랬던 것처럼 도발하거나 첨예하게 유리하지 않았다. 게다가 나는 향락에 물리고 잘못을 어느 정도 깨달아 천천히 가자는 다짐으로 돌아왔다. 결코 다시는 아버지의 농간에 자신을 내보이지 않을 생각이었다. 아버지의 괴팍한 핍박이 수입을 초과하여 사는 것이 어리석은 일임을 어떤 질책보다도 효과적으로 납득시켰던 것이다. 나는 이번 학기에 꾸지람을 한 번도 듣지 않았다. 역사학 1차 시험 합격과 기말 시험 하나에서 받은 B 마이너스가 지도 교수와 원만한 관계를 형성해 주었기에 나는 과도하게 애쓰지 않고도 이 관계를 유지해 냈기 때문이다.

나는 역사학과와 가느다란 끈을 유지하며 일주일에 보고서 두 편을 제출하고 특강에 참석했다. 이에 더해 나는 2학년 초기에 러스킨 미술 단과대에 들어갔다. 따라서 일주일에 두세 번씩 대략 열댓 명의 우리는(그중 적어도 절반은 옥스퍼드 북쪽 기숙사의 딸들이었다.) 아침에 만나 애슈몰린 박물관의 고미술품 틈바구니에서 꺼내 온 작품들 사이에 앉았다. 일주일에 두 번은 찻집 위의 작은 방에서 나체 모델을 두고 그렸다. 상부에서는 이러한 저녁 활동 시 일말의 외설의 기미도 배제하고자 적잖이 애를 먹었으며, 우리의 모델이 된 어린 아가씨는 당일에 한하여 런던에서 데려와졌고 대학 도시 안에 체류하는 것이 금지되었다. 모델의 한쪽 옆구리는, 석유난로에 더 가까웠던 쪽은 항상 발그레했고 다른 쪽은 털이 뽑힌 듯 점이 박히고 주름졌던 것으로 기억한다. 그곳, 석유램프 냄새 속에서 우리는 낮은 걸상에 다리를 쫙 벌리고 앉아 몸이 뿌연 트릴비[205]의

도펠갱어를 그려 냈다. 내 그림들은 무가치했다. 내가 기숙사 방에서 설계한 번지르르하고 작은 혼성 모방화 중 몇 점이 당시의 친구들 손에 보존된지라 이따금씩 세상의 빛을 보아 나를 부끄럽게 한다.

우리는 우리를 자기 방어적인 적대감을 품고 대한 내 또래의 남자에게 교습을 받았다. 그는 감색 셔츠, 레몬같이 노란 넥타이, 뿔테 안경 차림이었는데, 내가 옷차림새를 사촌 형 재스퍼가 시골 자택 방문에 적절하다 생각했을 법한 매무새에 근접할 때까지 수정한 것은 크게는 이 본보기 때문이었다. 이렇게 수수하게 차려입고 행복하게 열중할 일도 생긴 나는 단과대에서 상당히 어엿한 일원이 되었다.

서배스천은 상황이 달랐다. 일 년간의 난장판은 현실 도피라는 그의 깊은 내적 욕구를 충족시켰지만 한때 자유롭다고 느끼던 곳에서조차 점점 옥죄여 감에 따라 서배스천은 나와 함께 있을 때조차 간간이 무기력하고 침울했다.

그 학기에 우리는 둘이서만 상당히 붙어 있었고, 각자 서로에게 너무도 열중해서 친구를 구하려 달리 눈을 돌리지 않았다. 사촌 형 재스퍼가 1학년 때 사귄 친구들을 떨쳐 버리며 2학년을 보내는 것이 정상이라고 말했는데, 과연 형의 말대로 되었다. 내 친구 대다수는 서배스천을 통해 만든 인맥이었다. 우

---

205) 조르주 뒤 모리에(George du Maurier)의 1894년 베스트셀러 소설 『트릴비』의 여주인공. 작중 트릴비는 파리에서 그림 모델로 등장한다.

리는 함께 그들을 떨어냈고 다른 친구들을 사귀지도 않았다. 절교 선언이랄 것도 없었다. 처음에는 우리가 그들을 변함없이 자주 만나는 듯했다. 하지만 파티에 가기는 해도 우리 스스로는 거의 주최하지 않았다. 나는 런던 사교계의 누이들과 마찬가지로 이쪽 사교계에 첫발을 내디디던 신입생들에게 인상을 남기고 싶은 생각도 없었다. 때문에 이제는 모든 파티에 낯선 얼굴들이 있었고, 불과 몇 달 전만 해도 새로운 지인을 게걸스레 탐하던 나는 이제 넌더리가 났다. 게다가 여름 햇살 속에서 그토록 명랑했던 친한 친구끼리의 소규모 모임조차 내게 있어 그해 전체를 누그러뜨리고 빛을 가린, 고루 스민 안개이자 강물을 매개로 한 황혼 속에서 이제는 침침하고 먹먹해진 듯싶었다. 앤서니 블랑쉬가 떠나가면서 무언가를 앗아 갔다. 문을 잠그고 자기 열쇠고리에 열쇠를 걸었다. 그러자 그가 언제나 이방인이었던 모든 친구들 무리에서 이제 그를 필요로 했다.

나는 자선 주간 상영이 끝났다고 느꼈다. 단장은 아스트라칸 모피 코트의 단추를 채우고 자기 몫을 챙겨 갔고 비탄에 젖은 극단의 여배우들은 지도자 없이 남겨진 것이다. 그가 없으니 배우들은 큐 사인을 잊어버리고 대사를 뒤섞었다. 배우들은 딱 알맞은 순간에 막을 올려 줄 그가 필요했다. 각광을 지시할 그가 필요했다. 무대 양옆에서 들리는 그의 귓속말이, 악단 대표에게 내리꽂히는 그의 서슬 퍼런 눈길이 필요했다. 그가 없으니 주간지의 사진 기자들도, 사전 협의된 호의도, 예정된 여흥도 없었다. 함께 극을 올리는 것보다 그들을 끈끈하게 붙들어 매는 유대는 없었다. 하지만 이제 금빛 레이스와 벨벳은 짐이 꾸려져 의상 업자에게 돌려보내졌으며 그 대신에 대낮에 입는 칙칙하고 획일적인 사복이 걸쳐졌다. 행복한 몇 시간의 리허설 동안, 황홀한 몇 분의 공연 동안 배우들은 눈부신 배역을 소화해 냈고 자신들의 위대한 조상들에, 유명한 그림들에 어깨를 나란히 한다고 생각되었다. 하지만 이제 무대는 끝났고 창백한 대낮의 빛 속에서 배우들은 각자의 집으로 돌아가야만 했다. 런던에 너무 자주 오는 남편에게로, 카드 게임에서 진 애인에게로, 너무 빨리 자라난 아이에게로.

앤서니 블랑쉬의 무리는 와해돼 기껏해야 열댓 명의 무기력한 청춘의 영국 남자들이 되었다. 훗날 그들은 가끔 말하곤 했다. "우리 모두가 옥스퍼드에서 알던 그 특이한 친구 기억나, 앤서니 블랑쉬라고? 걔는 어떻게 됐나 궁금하네." 그들은 자신들이 너무도 변덕스레 선택되었다 빠져나온 무리로 다시 어기적대며 들어갔고 점점 개개인이 분간되지 않게 되었다. 이 변화가 그들에게는 우리에게만큼 뚜렷하지 않았으므로 그들은 여전히 때때로 우리 방에 모였다. 하지만 우리는 그들을 더 이상 찾지 않게 되었다. 대신에 보다 저급한 무리와 어울리는 데에 맛을 들여 대개의 경우 세인트 에브스 거리와 세인트 클레멘트 거리는 물론 구시가와 운하 사이 길거리에 있는 윌리엄 호가스의 그림에 나올 법한 작은 여관들에서 저녁나절을 보냈는데, 그곳에서 우리는 용케 명랑했고 무리에게도 꽤 호감을 샀던 것으로 기억한다. 가드너스 암스와 내그스 헤드, 극장 옆의 드루이드스 헤드와 헬 패시지 골목의 터프에서 우리 얼굴을 알았다. 그러나 그중 마지막 집에서는 다른 학부생들(브래스노스 단과대의 왁자지껄한 술집 순례자들)을 마주칠 위험이 컸기에 서배스천은 몸담은 군대에 거스르는 군복 입은 남자들에게 가끔 찾아오는 감정과 같은 일종의 공포증에 사로잡히게 되었다. 이에 그 친구들의 침입으로 저녁을 망치는 경우가 많았으며, 그럴 때면 서배스천은 마시다 만 잔을 남기고 골이 나서 단과대로 돌아가곤 했다.

이런 상황에서 레이디 마치멘이 성 미카엘 축일 학기[206] 초에 옥스퍼드에 일주일간 들러 우리를 만났다. 부인이 본 서배스천은 까라지고 모든 친구 무리가 한 명으로, 즉 나로 줄어든 모습이었다. 부인은 나를 서배스천의 친구로 받아들이고 본인 친구로도 만들고자 했는데, 그럼으로써 부지불식간에 서배스천과 내 우정의 뿌리를 뒤흔들어 버렸다. 이것이 부인이 넘치는 친절을 베풀었음에도 지적할 수밖에 없는 단 하나의 질책 사유이다.

옥스퍼드에서 부인의 볼일이란 이제 우리 삶에서 점점 큰 역할을 차지하기 시작한 올 소울 단과대의 샘그라스 교수였다. 레이디 마치멘은 모두 몽스[207]와 파스샹달[208] 즈음 전사한 전설의 세 영웅 중 맏이였던 부인의 남동생 네드에 관한 추도

---

206) 영국 학제에서 가을 학기는 성 미카엘 축일을 기점으로 시작되므로 이런 별칭이 있다.
207) 몽스 전투(1914년 8월). 1차 세계 대전 당시에 행해진 군사 작전.
208) 파스샹달 전투(1917년 7월~12월). 1차 세계 대전 당시에 행해진 군사 작전.

서를 친구들에게 돌릴 용도로 작성하느라 여념이 없었다. 그녀의 남동생은 상당량의 저작물(시, 편지, 연설, 논설)을 남겼으며, 아무리 한정된 독자층을 위해서라도 그것들을 편집하려면 요령과 수없는 결단이 필요했으나 남동생을 흠모하는 누나의 판단으로는 일을 그르치기 십상이었다. 이를 인정한 부인이 외부 고문을 요청했고, 따라서 샘그라스 교수가 조력자로 구해졌던 것이다.

젊은 역사학 교수인 그는 작달막하고 통통한 남자로, 옷차림새는 말쑥하고, 듬성듬성한 머리칼이 납작하게 빗질된 가분수 머리에 아담한 손과 작은 발을 지녔고, 전반적으로 목욕을 너무 자주 한다는 인상을 풍겼다. 그의 태도는 싹싹했고 말투는 특이했다. 우리는 그를 잘 알게 되었다.

다른 이의 저작물을 돕는 것은 샘그라스 교수가 특별히 소질 있는 분야였으나 그 스스로도 멋들어진 작은 책 몇 권의 저자였다. 그는 문서고에서 굉장한 탐구자였으며 화취(畵趣)에 예리한 코를 지녔다. "엄마가 아는 사람"이라는 서배스천의 설명은 사실보다 덜했다. 사실 샘그라스 교수는 자신의 주의를 끌 만한 것을 소유한 거의 모든 이의 아는 사람이었던 까닭이다.

샘그라스 교수는 족보학자이자 정통주의자였다. 따라서 왕위를 찬탈당한 왕족을 사랑했고 여러 왕좌를 두고 경쟁자들이 각축하며 내놓은 주장들의 엄밀한 타당성을 알았다. 신앙 습관을 지닌 남자는 아니었으나, 대부분의 가톨릭교도보다 가톨릭교에 관해 잘 알았다. 바티칸에 인맥이 있었고 정책과

임용에 관하여 일장 연설을 하며, 동시대 성직자 중 누가 평판이 좋고 누가 나빴는지, 최근의 신학 가설 중 의문스러운 것은 무엇이고 이 예수회 수사 또는 저 도미니크회 수사가 어떻게 사순절 강론에서 살얼음판을 탔거나 하마터면 선을 넘을 뻔했는지 말했다. 신앙심을 빼고는 모든 것을 가졌고, 훗날에는 브라이즈헤드 예배당의 축도에 참석하여 가문의 여자들이 검은색 레이스 면사포 아래에서 기도하며 목을 아치로 굽힌 모습을 보는 것을 좋아했다. 상류 사회에서 잊힌 추문들을 사랑했고 추정상의 부모에 관해서는 전문가였다. 이런 그는 과거를 사랑한다고 주장했으나 나는 언제나 교수가 자신이 벗 삼은 근사한 일행들을 살았든 죽었든 모두 좀 우습게 여긴다는 느낌을 받았다. 실재였던 것은 샘그라스 교수 자신이고, 나머지는 실체가 없는 가장 행렬이었다. 그 자신은 실체가 있고 선심 쓰는 빅토리아 시대의 관광객으로, 이 이질적인 것들이 그의 유흥을 위해 전시됐던 것이다. 게다가 그의 문학적 솜씨에는 어딘가 약간 지나치게 딱딱한 점이 있었다. 나는 그의 벽널을 댄 방 어딘가에 구술 녹음기가 있지 않을까 추정할 따름이었다.

나는 그가 레이디 마치멘과 함께 있을 때 그들을 처음 만났고, 부인이 이득을 꾀하는 이 지식인보다 자신과 대조적인 상대는, 이보다 자기 매력을 돋보이게 하는 들러리는 찾을 수 없었으리라는 생각이 당시 들었다. 누군가의 삶에 눈에 띄게 등장하는 것은 부인의 방식이 아니었지만 그 주가 끝나 갈 무렵 서배스천이 다소 심기가 뒤틀려 말했다. "너랑 엄마 되게 끈끈해 보인다." 그러자 내가 실은 신속하고 극히 미세한 단계들을 거쳐 친밀한 사이로 끌려가고 있었다는 사실을 깨달았는데, 부인이 그 친밀도에 미흡한 인간관계는 못 견딘 탓이었다. 부인이 떠날 무렵에는 크리스마스 당일만 제외하고 겨울방학 내내 브라이즈헤드에서 보내기로 약속까지 한 상태였다.

한두 주가 지나고 어느 월요일 아침에 서배스천의 방에서 그가 개인 지도에서 돌아오기를 기다리고 있었는데 줄리아가 걸어 들어오더니 뒤따라 들어온 커다란 남자를 '모트램 씨'라고 소개하고는 자신은 그를 '렉스'라고 불렀다. 설명을 듣자 하니 둘이서 함께 주말을 보낸 저택에서부터 차를 몰아온 길이라고 했다. 렉스 모트램은 체크무늬 얼스터 외투 속에서 따뜻하고 자신만만했다. 한편 줄리아는 털 속에서 춥고 다소 부끄러워했다. 그녀가 불가로 직행하더니 떨면서 불 쪽으로 몸을 수그렸다.

"둘이서 서배스천이 오찬을 열어 주지 않을까 싶었어." 줄리아가 말했다. "안 되면 까짓것 보이 멀캐스터에게 가 보면 되지만 어쩐지 내 생각에 서배스천이랑 있어야 더 잘 먹겠지 싶어서. 우리 정말 배고프거든. 협곡에서 주말 내내 말 그대로 쫄쫄 굶으며 지내다 와서."

"보이랑 서배스천 둘 다 나랑 점심 먹기로 했어. 함께 들어요."

그리하여 둘은 군소리 없이 내가 예전 방식으로 주최한 파티의 끝물에 속했던 내 방에서의 오찬회에 동석했다. 렉스 모트램은 인상을 남기려고 기를 썼다. 암갈색 머리칼이 앞이마까지 자라나고 눈썹이 검고 두꺼운 인물 좋은 친구였다. 그는 관심을 끄는 캐나다 억양으로 말했다. 청자는 그가 자신에 관해 남이 알아 줬으면 하는 모든 것을 신속히 알게 되었다. 그가 돈 있는 운 좋은 남자였다는 것, 하원 의원이었다는 것, 도박꾼이었다는 것, 좋은 녀석이었다는 것. 또한 그가 영국 왕세자와 정기적으로 골프를 치고 '맥스'[209]와 'F. E.'[210]와 '거티' 로렌스[211]와 아우구스투스 존[212]과 카팡티에[213]와, 보아하니 어쩌다 이름이 나오는 누구와도 격 없는 사이였다는 것. 대학에 관해서는 이렇게 말했다. "아니, 여기는 들어오지 않았어요. 대학이란 건 그냥 다른 친구보다 삼 년 뒤처져서 인생을 시작한단 소리잖아."

본인 입에서 나온 바에 따르면 그의 인생은 전쟁에서 시작되었는데, 그는 당시 캐나다인들과 복무하며 대단한 무공 십자 훈장을 받았으며 명성이 자자한 장군의 전속 부관으로 전역했다.

---

209) 윌리엄 맥스웰 에이트켄(William Maxwell Aitken, 1879~1964)의 별칭. 1910년에 영국에 정착한 캐나다 출신 사업가로, 다수의 영국 신문을 사들였으며 윈스턴 처칠 총리와 절친한 친구로 알려진다.

210) 프레더릭 에드윈 스미스(Frederick Edwin Smith, 1872~1930)의 별칭. 영국의 변호사이자 정치가로, 윈스턴 처칠 총리와 절친한 친구 관계를 맺는 등 화려한 생활을 구가한 것으로 유명하다.

211) 영국의 여배우이자 희가극 배우 거트루드 로렌스(Gertrude Lawrence, 1898~1952)의 별칭.

212) Augustus John(1878~1961). 영국의 화가로, 독자적인 초상화 기법으로 잘 알려져 있다.

213) 조르주 카팡티에(Georges Carpentier, 1894~1975). 프랑스 권투 선수.

우리가 만났을 당시 그는 서른이 넘었을 리 없었지만 옥스퍼드에 있는 우리에게는 엄청 나이가 많아 보였다. 줄리아가 그를 대하는 모습에는 세상 만물을 대하는 기본 태도인 듯했던 가벼운 괄시가 섞였지만 뭔가 홀린 느낌도 있었다. 오찬 중에 그녀가 자기 담배를 가져오라고 그를 차로 보냈고, 한두 번 그가 허풍을 크게 떨자 이런 말로 대신 사과했다. "식민지 출신이라 그래." 그녀의 이런 대변에 그는 요란한 웃음소리로 답했다.

그가 떠나자 나는 그 남자가 누군지 물었다.

"아, 그냥 줄리아가 아는 사람." 서배스천이 말했다.

우리는 일주일 후에 렉스로부터 "줄리아의 파티" 겸 해서 다음 날 런던에서 저녁 식사를 들자고 우리 둘과 보이 멀캐스터를 초대하는 전보를 받고 약간 놀랐다.

"그 형이 젊은 사람을 알 것 같지는 않은데." 서배스천이 말했다. "그 형 친구들은 죄다 런던 금융가랑 하원에 있는 쭈글쭈글한 늙은 사기꾼이거든. 갈 마음 있어?"

우리는 의논했고 옥스퍼드에서 우리의 삶이 당시 너무도 음지에 있었기에 가기로 결정했다.

"보이는 왜 오라는 거야?"

"줄리아랑 나랑 평생 알던 사이거든. 아마도 보이가 너랑 오찬에 있는 걸 보고 서로 친구라고 생각했나 보지."

우리는 멀캐스터를 과히 좋아하지 않았지만 그래도 셋이서 각자의 단과대에서 당일 야간 외출을 허락받아 하드캐슬의 차로 런던 길거리를 달려갈 무렵에는 한껏 들떠 있었다.

우리는 마치멘 저택에서 그날 밤을 보낼 예정이었다. 우리는 저택으로 가서 차려입었고, 차려입는 동안 샴페인을 한 병 마시며 서로의 방을 들락거렸다. 우리의 방은 모두 4층에 있었으며 아래에 펼쳐진 향연에 비하면 다소 초라해 보일 지경이었다. 우리가 아래층으로 내려갈 때 줄리아가 자기 방으로 올라가며 우리를 스쳤는데, 아직 평상복 차림이었다.

"나 좀 늦어." 줄리아가 말했다. "오빠들은 렉스네로 가는 게 좋을 거야. 와 줘서 정말 기뻐."

"이게 무슨 파티야?"

"내가 관여하는 끔찍한 자선 무도회. 렉스가 무도회 겸 해서 저녁 파티를 열자고 성화였어. 거기서 봐."

렉스 모트램은 마치멘 저택에서 걸어갈 수 있는 거리에 살았다.

"줄리아는 좀 늦는대." 우리가 말했다. "막 차려입으러 올라간 참이라."

"그럼 한 시간은 걸리겠군. 우리 와인 좀 드는 게 낫겠어."

우리에게 '챔피언 부인'이라고 소개된 여자가 말했다. "줄리아는 분명 우리끼리 먼저 시작하길 바랄 거야, 렉스."

"뭐, 어쨌든 와인 먼저 마시고 있을까."

"왜 여로보암[214]을 들어, 렉스?" 그녀가 언짢아하며 말했다. "자기는 맨날 뭐가 됐든 너무 큰 것만 갖고 싶어 한다니까."

"우리한테는 너무 크지 않을 거라니까." 렉스가 직접 손에

214) 3리터들이의 커다란 샴페인 병 또는 4.5리터들이의 보르도 와인 병.

와인 병을 쥐고 코르크를 비틀어 빼내며 말했다.

그 자리에는 줄리아의 동년배 여자도 둘 있었다. 둘 다 무도회의 운영과 연관된 사람인 듯싶었다. 멀캐스터는 오래전부터 그 여자들을 알았고 그쪽에서도, 내가 보기에 크게 기꺼워하지 않았지만 그를 알았다. 챔피언 부인은 렉스에게 한마디 했다. 이래저래 서배스천과 나는 언제나 그랬듯 둘끼리 마시게 되었다.

끝끝내 줄리아가 여유롭고 눈부시고 미안한 기색 없이 도착했다. "렉스가 기다리게 놔두지 말지 그러셨어요." 줄리아가 말했다. "오빠도 참, 캐나다식 예의를 차리느라 그런다니까요."

렉스 모트램은 후한 주최자였고, 저녁 식사가 끝나 갈 무렵 옥스퍼드에서 참석한 우리 셋은 꽤 취했다. 셋이서 여자들이 내려오기를 기다리면서 현관에 서 있고 렉스와 챔피언 부인은 떨어진 곳에서 목소리를 낮추고 험악한 소리를 주거니 받거니 할 때 멀캐스터가 말했다. "야, 이런 끔찍한 무도회일랑 빠져나가서 마 메이필드네 주점에나 가자."

"마 메이필드가 누군데?"

"마 메이필드 알잖아. 올드 헌드레드스의 마 메이필드를 누가 몰라. 거기 내가 단골로 찾는 예쁜이가 있는데, 에피라고 조그만 귀염둥이가 있어. 내가 런던에 왔는데 자기 보러 들르지 않았다는 게 에피 귀에 들어가기라도 하면 뒷수습이 장난 아닐 텐데. 너희도 마 메이필드 주점에 가서 에피를 만나 봐."

"좋지." 서배스천이 말했다. "마 메이필드에 가서 에피를 만나지 뭐."

"우리 저 후한 모트램한테 샴페인을 한 병 더 뜯어낸 다음에 젠장맞을 무도회일랑 떠나서 올드 헌드레드스에 가는 거야. 어때?"

무도회장을 떠나는 것은 어려운 일이 아니었다. 렉스 모트램이 데려온 여자들은 거기 친구들이 많았고, 우리가 한두 번 춤 상대가 되어 주자 우리 테이블이 가득 차기 시작했다. 그래서 렉스 모트램은 와인을 시키고 또 시켰다. 그러다 어느새 우리 셋은 함께 보도에 섰다.

"가게가 어딘지 알아?"

"알고말고. 싱크 거리 100번지야."

"그게 어딘데?"

"레스터 스퀘어 바로 옆. 차를 가져가는 게 좋아."

"왜?"

"이럴 때는 언제나 자기 차가 있는 게 좋은 거야."

우리는 이 논리를 따져 묻지 않았고, 그 부분이 우리 실책이었다. 차는 우리가 춤추던 호텔에서 100미터도 떨어지지 않은 마치멘 저택의 앞마당에 있었다. 멀캐스터가 운전대를 잡았고, 길을 좀 헤맨 끝에 우리를 안전하게 싱크 거리로 인도했다. 어두컴컴한 출입구 한쪽에는 문지기가, 다른 쪽에는 얼굴을 벽에 대고 서서 이마를 벽돌에 식히는 야회복 차림의 중년 남자가 우리의 목적지를 알렸다.

"조심하게, 독을 먹일 걸세." 중년 남자가 말했다.

"회원이십니까?" 문지기가 말했다.

"이름은 멀캐스터요." 멀캐스터가 말했다. "멀캐스터 자작."

"뭐, 들어가 보세요." 문지기가 말했다.

"자네들을 벗겨 먹고, 독을 먹이고 감염시키고 또 벗겨 먹을 거네." 중년 남자가 말했다.

어두컴컴한 출입구 안쪽은 환한 창구였다.

"회원이세요?" 이브닝드레스 차림의 풍채 좋은 여자가 물었다.

"그렇게 나오신다." 멀캐스터가 말했다. "지금쯤 되면 내 얼굴은 외웠어야지."

"네네, 오셨어요." 여자가 관심도 없이 말했다. "한 사람에 10실링."

"아니, 이봐요. 내가 돈을 내고 들어간 적이 없다니까."

"그건 아닐걸요, 손님. 오늘 우리 가게가 꽉 차서 10실링이에요. 손님 다음에 오는 사람은 1파운드를 내야 되고요. 운 좋은 줄 아시라고."

"이거 메이필드 부인한테 말 좀 해야겠어."

"내가 메이필드 부인이다. 한 사람에 10실링."

"아이고, 어머니, 너무 예쁘게 차려입고 계셔서 몰라 뵀습니다. 저 아시죠, 그렇죠? 보이 멀캐스터예요."

"알지, 내 새끼. 한 사람에 10실링."

우리는 돈을 냈고, 내문을 가로막고 섰던 남자가 그제야 길을 터 주었다. 안쪽은 덥고 북적댔는데, 당시 올드 헌드레드스가 최고의 성공을 구가하던 탓이었다. 우리는 테이블을 하나 잡고 한 병을 주문했다. 웨이터가 병을 따기 전에 돈을 먼저 받았다.

"오늘 에피는 어디예요?" 멀캐스터가 물었다.

"에피 누구요?"

"에피라고, 맨날 여기 있는 여자들 중 하난데. 까만 예쁜이."

"여기서 일하는 여자들이 얼만데요. 그중에 어떤 애는 까맣고 어떤 애는 하얗고. 예쁘다고 할 수 있는 애도 몇 명 되겠죠. 제가 어느 세월에 그 여자들 이름까지 외우고 있답니까."

"가서 좀 찾아봐야겠다." 멀캐스터가 말했다.

멀캐스터가 자리를 뜬 사이 여자 둘이 우리 테이블 근처에 멈추더니 우리를 신기하게 쳐다봤다. "그만 봐." 한쪽이 다른 쪽에게 말했다. "시간만 아깝지. 그냥 미동(美童)[215)]들이잖아."

이내 멀캐스터가 의기양양하여 에피를 데리고 돌아왔고, 주문하지도 않았는데 웨이터가 즉각 그녀에게 달걀과 베이컨 한 접시를 가져다주었다.

"저녁 내내 쫄쫄 굶다가 이제야 한 입 먹네." 그녀가 말했다. "여기에서 조금이라도 괜찮은 건 아침 메뉴밖에 없어요. 이렇게 돌아다니다 보면 꽤 출출해진다니까."

"6실링 추가요." 웨이터가 말했다.

배고픔이 달래지자 에피가 입을 닦고 우리를 보았다.

"오빠는 전에 여기서 나랑 봤지, 그것도 자주, 그렇지?" 그녀가 내게 말했다.

---

215) 미동(fairy)이라는 단어는 당대에 여성적으로 아름다운 남성을 가리키는 동시에 동성애자를 지칭하는 은어로도 사용되었다. 작품 속에서 에벌린 워는 일부러 '게이' 또는 '동성애자'라는 표현을 피한다.

"아닐걸요."

"근데 그쪽은 봤던가?" 멀캐스터에게.

"글쎄, 그러기를 바라는데. 9월에 우리가 보낸 밤을 잊은 건 아니겠지?"

"아이, 오빠, 당연히 아니지. 발가락을 다친 근위대의 그 오빠였지?"

"나 참, 에피, 놀리지 말고."

"아니다, 그건 다른 날 밤이었지? 알겠다, 번티랑 있다가 경찰이 들이닥치니까 우리랑 다 같이 쓰레기통 놓는 자리에 숨었던 그 오빠구나."

"에피가 날 놀리는 걸 좋아해, 그런 거지, 에피? 내가 너무 오랫동안 안 와서 삐친 거지, 응?"

"그건 좋을 대로 생각하고, 확실히 그쪽을 전에 어디선가 보기는 봤단 말이야."

"이제 장난은 그만."

"장난하려고 한 거 아니야. 진심. 춤출 거야?"

"지금은 말고."

"십년감수했네. 오늘 밤 내 신발이 끔찍하게 꽉 끼거든."

곧 그녀와 멀캐스터는 대화에 심취했다. 서배스천이 등을 뒤젖히더니 내게 말했다. "저쪽 두 명한테 같이 놀자고 말 걸어 볼 참이야."

아까 우리를 고려했던 상대가 없는 두 여자가 다시 우리 쪽을 기웃거리고 있었다. 서배스천이 미소를 짓고 그들을 맞으려 일어섰다. 이윽고 그들도 허겁지겁 먹고 있었다. 한쪽은 해골바가지 얼굴, 다른 쪽은 병든 아이의 얼굴이었다. 죽음의 머리가 나를 점찍은 듯싶었다. "조그만 파티 어때요, 내 집에서 우리 여섯 명끼리만?" 죽음의 머리가 말했다.

"찬성." 서배스천이 말했다.

"우리는 오빠들이 들어왔을 때 미동이라고 생각했어."

"우리가 워낙 꽃피는 청춘이라 그렇지, 뭐."

죽음의 머리가 키득거렸다. "오빠 재밌다." 그녀가 말했다.

"진짜 정말 다정하다." 병든 아이가 말했다. "메이필드 부인에게 우리 나간다고 말해 둘게."

우리가 다시 길거리에 섰을 때는 아직 일러서 자정이 얼마 지나지 않은 시간이었다. 문지기가 택시를 잡으라고 우리를 설득하려 했다. "차는 제가 잘 보고 있겠습니다. 저라면 직접 운전하지 않을 거예요, 정말 안 할 겁니다."

그러나 서배스천은 운전대를 잡았고 두 여자가 그에게 길을 알려 주려 조수석에 겹쳐 앉았다. 에피와 멀캐스터와 나는 뒷좌석에 앉았다. 우리가 출발하면서 약간 환호성을 질렀던 것도 같다.

우리는 차를 멀리 몰지 않았다. 샤프츠버리 거리로 접어들어서 피커딜리로 향할 때 택시 한 대와 정면으로 충돌할 뻔한 것을 아슬아슬하게 피했다.

"오빠, 제발 부탁인데 어디로 가는지 똑바로 봐. 우리를 다 죽일 작정이야?" 에피가 말했다.

"저거 조심성 없는 친구군." 서배스천이 말했다.

"이런 식으로 운전하면 위험해." 죽음의 머리가 말했다. "게

다가 우리 지금 중앙선 반대편에서 달리고 있잖아."

"그러네." 서배스천이 말하고 건너편으로 홱 꺾었다.

"여기, 차 세워요. 차라리 걸을래."

"세우라고? 그러죠."

서배스천이 브레이크를 밟았고 차가 도로를 가로질러 옆구리로 끽 급정지했다. 경찰관 둘이 걸음을 빨리하더니 우리에게 다가왔다.

"난 좀 나가야겠어." 에피가 말하고 차에서 펄쩍 뛰어내려 후다닥 탈출했다.

나머지는 붙잡혔다.

"제가 교통에 방해가 됐다면 죄송합니다, 경찰관님." 서배스천이 신중히 말했다. "다만 저 숙녀분이 내리겠다며 제게 차를 세우라고 억지를 부렸습니다. 저 숙녀분도 부정하지는 않을 겁니다. 경찰관님도 보셨겠지만 숙녀분이 시간에 쫓기는 상황이었습니다. 초조해서 벌어진 일인 겁니다."

"내가 말할게요." 죽음의 머리가 말했다. "좀 봐줘요, 잘생긴 오빠들. 오빠들 말고 아무도 못 봤잖아요. 여기 남자애들이 나쁜 짓을 하려던 게 아니에요. 제가 애들을 택시에 태워서 조용히 집에 보낼게요."

두 경찰관이 우리를 의도적으로 훑어보며 나름대로 판단을 내리고 있었다. 그때까지만 해도 멀캐스터가 끼어들지만 않았으면 다 잘 지나갈 수 있었다. "여봐요, 우리 경찰관 나리들." 그가 말했다. "뭘 훑어보고 자시고 할 것도 없어요. 우린 막 마 메이필드네 주점에서 오는 참입니다. 거기 여주인이 나리들한테 눈 감아 달라고 두둑이 챙겨 주고 있을 텐데요. 뭐, 우리한테도 눈 감아 주면 밑지는 장사는 아닐 겁니다."

이 말로써 경찰관들이 느꼈을지 모를 모든 의혹이 말끔히 해소되었다. 잠시 후 우리는 유치장에 갇힌 채였다.

유치장까지 가는 길이라든가 갇힌 절차에 관해서는 거의 기억이 없다. 멀캐스터는 몸부림을 치며 저항하고 우리가 주머니를 비우도록 지시받자 경찰관들을 절도죄로 비난했던 것 같다. 그다음 우리는 갇혔고, 내게 처음으로 또렷한 기억은 타일 벽면과 두꺼운 유리창 아래 저 높이 붙은 등불, 간이침대, 내 쪽에는 손잡이가 없는 문이었다. 내 왼편 어딘가에서 서배스천과 멀캐스터가 악을 쓰고 있었다. 서배스천은 경찰서까지 오는 길에 다리도 풀리지 않았고 꽤나 침착했지만 현재 갇힌 상태에서는 광란에 빠진 듯 문을 쾅쾅 내리치며 고함을 내질렀다. "우라질 것들아, 나 안 취했다고. 이 문 열어. 의사 불러서 진찰하게 하라고. 내가 안 취했다잖아." 그 와중에 멀캐스터가 저 너머에서 울부짖었다. "이 새끼들, 너네 다 두고 봐! 내가 장담하는데 당신들 지금 큰 실수 하는 거야. 내무 장관한테 전화해. 사람 보내서 내 사무 변호사 데려오라고. 내가 이거 인신 보호 영장을 받아야겠어."

온갖 부랑자들과 소매치기들이 잠을 이뤄 보려고 하던 다른 감방들에서 항의의 볼멘소리가 일었다. "어우, 좀 닥치라고!" "거 조용히 좀 합시다, 예?" …… "염병할, 여기가 무슨 유치장이야, 정신 병원이야?" 그리고 경사가 유치장을 순찰하며 철창 사이로 수감자들을 윽박질렀다. "술 안 깨면 밤새 거기 있을 줄 알아."

나는 의기소침하여 간이침대에 앉아 꾸벅 졸았다. 이내 법석이 잦아들고 서배스천이 말을 걸어왔다. "저기, 찰스, 거기 있어?"

"여기 있어."

"이거 일이 완전히 꼬였어."

"우리 보석 같은 거라도 받을 수 없을까?"

멀캐스터는 잠들어 버린 모양이었다.

"그 남자 있잖아, 렉스 모트램. 그 형이 이런 데는 아주 빠삭할 텐데."

우리는 그에게 연락하는 데 적잖이 애를 먹었다. 당번을 서던 경찰관이 내가 울리는 벨에 응답하기까지 반 시간이 걸렸던 것이다. 끝끝내 그는 상당히 회의적인 기색으로 무도회가 열리던 호텔에 전화를 걸어 달라는 요청을 승낙했다. 또다시 긴 시간이 지체되고 나서야 드디어 우리의 감방 문이 열렸다.

경찰서의 불결한 공기, 오물과 소독약의 지린 냄새에 아바나산 시가 한 개비의 달콤하고 풍부한 연기가 서서히 배어들었다. 사실 두 개비의 연기였는데, 당번을 서던 경사도 피우고 있던 까닭이다.

렉스는 조사실에서 권력과 번영의 화신(사실은 희화(戱畵))의 모습으로 서 있었다. 그는 넓은 아스트라한 모피 옷깃이 달리고 안감에 털을 댄 외투에 실크해트 차림이었다. 경찰들은 공손했고 열성적으로 협조하려 했다.

"저희도 소임을 다해야 했습니다." 경찰관들이 말했다. "여기 젊은 신사분들의 안위를 위해서 구류한 겁니다요."

멀캐스터가 폭음한 듯한 얼굴을 하고 합법적인 진정권과 시민권을 거부당했다며 횡설수설 불평을 늘어놓기 시작했다. 이에 렉스가 말했다. "말하는 건 전부 나한테 맡겨."

이제 정신이 또렷해진 나는 렉스가 우리 문제를 해결해 나가는 것을 매료된 채 보고 들었다. 그는 조사서를 꼼꼼히 읽은 다음 우리를 체포한 두 경찰관에게 싹싹하게 말을 건넸다. 또한 가장 은근한 뉘앙스로 뇌물로 가는 길을 열고 이내 상황이 너무 오래 지속되고 너무 널리 인지되었다고 판단하자 서둘러 닫았다. 이윽고 그는 다음 날 아침 10시까지 하급 재판소에 우리를 인도하겠다는 임무를 맡고 우리를 빼내어 나왔다. 그의 차가 밖에 있었다.

"오늘 밤에는 논해 봐야 소용없어. 어디서 머물 거야?"

"마처스." 서배스천이 말했다.

"우리 집으로 가는 게 나을 거야. 하룻밤 잠자리는 마련해 줄 수 있으니까. 전부 나한테 맡겨."

그가 자신의 유능함에 흐뭇해하는 것이 눈에 빤했다.

다음 날 아침 흐뭇해하는 기색이 더욱 강해졌다. 나는 눈을 뜨자마자 낯선 방이 눈에 들어와 놀랍고 혼란스러운 감각에 휩싸였고, 처음 몇 초간 정신이 드는 사이 전날 밤의 기억이 처음에는 악몽처럼, 이윽고 현실로 돌아왔다. 렉스의 하인이 여행 가방을 풀고 있었다. 내가 뒤척이는 것을 보고 그가 세면대로 가서 병에서 무언가를 따랐다. "마치멘 저택에서 웬만한 건 다 가져온 것 같습니다." 그가 말했다. "모트램 주인어른께서 헵펠 의사에게 사람을 보내서 이걸 구해 오셨습니다."

물약을 마시니 좀 나았다.

우리를 면도해 주러 트럼퍼 이발소에서 사람이 와 있었다.

렉스가 아침 식탁에 동석했다. "법정에 멀끔한 모습으로 출두하는 게 중요해." 그가 말했다. "다행히 아무도 그다지 숙취에 찌든 모습은 아니군."

아침을 먹은 뒤에 법정 변호사가 도착해 렉스가 사건의 개요를 전달했다.

"서배스천이 문제야." 렉스가 말했다. "음주운전으로 최대 육 개월 형에 상당하는 선고를 받을 수도 있어. 불행히도 그리그 판사 앞에 서게 될 테고. 그 판사는 이런 종류의 사건을 상당히 엄하게 다루는 편이거든. 오늘 아침 우리가 할 일은 서배스천이 변호를 준비할 수 있게 일주일간 말미를 달라고 부탁하는 거야. 나머지 둘은 유죄를 인정하고, 잘못을 뉘우치고, 5실링의 벌금을 낼 거고. 석간신문들을 매수하는 건 어떻게 손쓸 수 있을지 내가 한번 볼 거야. 《스타》는 어려울 수도 있어.

명심해, 중요한 건 올드 헌드레드스에 대해서는 일절 언급하지 않는 거야. 다행히 그 매춘부들은 술에 취해 있지 않아서 기소는 안 되지만 그 여자들 이름도 증인으로 기재돼 있어. 우리가 경찰 측 증거를 물고 늘어지려 들면 그 여자들이 소환될 거야. 그런 상황만큼은 무슨 일이 있어도 피해야 하니까, 경찰 측 이야기를 토씨 하나까지 통째로 받아들이고, 딱 한 번 치기 어린 경솔한 행동을 한 것으로 한 청년의 창창한 앞길을 망가뜨리지 말아 달라고 치안 판사의 자비에 호소하는 방법밖에 없어. 잘 풀릴 거야. 성품이 훌륭한 남학생이라는 증거를 대기 위해 교수가 한 명 필요할 텐데. 줄리아가 네가 샘그라스라는 순한 교수를 안다고 하더군. 그 사람이면 될 거야. 한편 너희 쪽에서 할 이야기는 다만 더할 나위 없이 점잖은 무도회에 참석하려 옥스퍼드에서 왔다가 와인에 익숙지 않아서 그만 과음하여 집으로 차를 몰다가 길을 잃었다는 사연이야.

그쪽이 정리되면 옥스퍼드의 너희 교권자들과도 뒤탈이 없도록 조치해야 할 테고."

"내가 그 경찰관들한테 내 사무 변호사를 부르라고 했는데 거부했어. 그쪽에서 틀림없는 과실 사유를 저질렀는데, 왜 그 인간들은 미꾸라지같이 빠져나가게 되는지 납득이 안 간다고." 멀캐스터가 말했다.

"제발 부탁이니까 그런 생떼는 시작하지도 마. 그냥 유죄를 인정하고 벌금 물어. 알겠어?"

멀캐스터는 툴툴대면서도 그 말에 따랐다.

법정에서는 전부 렉스의 예견대로 이루어졌다. 10시 30분에 우리 일행은 멀캐스터와 나는 자유인의 신분으로, 서배스천은 일주일 후 출두하라는 명을 받고 불구속 입건된 채 보 거리에 섰다. 멀캐스터는 자기가 생각하는 불만 사항을 입 밖에 내지 않았고, 그와 나는 훈계를 받고 각각 5실링의 벌금에 15실링의 소송 비용을 선고받았다. 서배스천과 나는 멀캐스터가 다소 성가셔지던 참이었으므로 런던에 다른 용무가 있다는 그의 구실을 듣자 한시름 놓았다. 법정 변호사도 바삐 떠나 버렸기에 서배스천과 나는 둘이서 처량히 남겨졌다.

"엄마가 분명 사건에 관해 들었겠지." 서배스천이 말했다. "제기랄, 제기랄, 제기랄! 추워. 집에 안 갈래. 갈 데가 없어. 그냥 옥스퍼드로 몰래 돌아가서 모두가 우리를 귀찮게 하길 기다리고 있자."

하급 재판소의 발칙한 단골들이 오가며 계단을 오르내렸다. 우리는 그래도 결정을 내리지 못하고 바람 부는 한구석에서 있었다.

"줄리아한테 연락하지 않고?"

"외국에 가 버릴까 봐."

"우리 서배스천, 고작해야 꾸지람 한 번 듣고 벌금 몇 파운드 물게 될 거야."

"그래, 근데 그게 다 넌덜머리가 난다고, 엄마랑 브라이디랑 온갖 가족들에 교수들까지. 차라리 감옥에 가고 말지. 내가 외국으로 싹 빠져나가 버리면 다시 데려오진 못할 거 아냐, 어? 경찰에 쫓길 때 그러잖아. 엄마가 이 사태의 후폭풍을 전부 자기가 견뎌야 하는 양 보이게 할 게 뻔해."

"일단 줄리아한테 전화해 어딘가에서 만나자고 해서 의논해 보자."

우리는 버클리 스퀘어의 건터 찻집에서 만났다. 줄리아는 당시 대다수의 여자들과 같이 눈언저리까지 내려 쓴 초록색 모자에 다이아몬드 화살을 꽂았다. 팔로 안고 있던 작은 강아지는 외투의 털에 4분의 3가량 파묻혀 있었다. 줄리아가 드물게도 관심을 보이며 우리를 맞았다.

"아이고, 우리 주정뱅이들 납셨어요. 정말이지 그런 것치고는 놀랄 만치 좋아 보이네. 딱 한 번 내가 술에 취했을 때는 다음 날 온종일 옴짝달싹도 못 했는데. 정말 거기 갈 때 나도 끼워 주지 그랬어. 무도회도 단연 치사 수준이었고, 나도 옛날부터 올드 헌드레드스에 가 보고 싶었단 말이야. 아무도 날 안 데려가 주겠지. 그래, 그렇게 천국이야?"

"그러니까 너도 다 아는 거야?"

"렉스가 오늘 아침에 전화해서 다 말해 줬어. 같이 논 여자 친구들은 어떻던?"

"밝히지 좀 마." 서배스천이 말했다.

"내 짝은 해골바가지 같았어."

"내 짝은 폐병 환자 같았고."

"세상에." 우리가 여자와 어울렸다는 사실로 줄리아의 머릿속에서 우리에 대한 평가가 확실히 올라갔다. 따라서 그녀에게는 그 여자들이 관심의 요지였다.

"엄마도 아셔?"

"오빠들의 해골바가지와 폐병 환자까지는 모르셔. 오빠가 유치장에 갇혔다는 건 아시지. 내가 말했거든. 물론 뭐, 의연히 받아들이셨지. 네드 외삼촌이 뭘 하든 언제나 완벽하셨어도 한번은 로이드 조지 총리가 주최한 모임에 곰 한 마리를 슬쩍 들여가서 철창신세를 지셨던 거 알지. 그러니까 엄마는 정말로 이 모든 사태를 꽤 인간적이라고 생각하셔. 오빠들 둘이랑 점심 들고 싶어 하시던데."

"맙소사!"

"유일한 골칫거리는 신문들이랑 가족이야. 찰스네 가족들은 지독해?"

"아버지밖에 없어. 이 사건에 대해서는 절대 듣지 못하실 테고."

"우리 가족은 지독해. 불쌍한 엄마는 온갖 사람들과 섬뜩한 시간을 보내게 될 거야. 다들 편지를 써 대고 위로차 방문하겠지만 그러는 내내 그중 반절은 마음 뒤편에서 '아들내미를 가톨릭교도로 기르니까 이런 꼴이 나지.' 하고 말할 테고, 다른 반절은 '스토니허스트에 안 보내고 이튼에 보내니까 이런 꼴이 나지.' 하고 말할 거라고. 불쌍한 엄마는 그런 마음의 소리를 딱 읽어 내지를 못해."

우리는 레이디 마치멘과 점심 식사를 했다. 부인은 사건 일체를 익살스러운 체념으로 받아들였다. 그녀의 단 한 가지 책망은 이것이었다. "왜 너희가 떠나서 모트램 씨 댁에 머물렀는지 당최 모르겠구나. 먼저 나한테 와서 사건에 관해 말해 줬을 수도 있잖니."

"가족들 모두에게 이 일을 어떻게 설명한담?" 부인이 물었다. "내가 자기들보다도 놀라지 않는다는 걸 알면 심하게 충격받을 텐데. 내 올케 패니 로스커먼이라고 알지? 올케는 언제나 내가 자식을 잘못 키웠다고 생각했단다. 이제 보니 올케 말이 맞는다는 생각이 들기 시작하는구나."

우리가 자리를 떴을 때 내가 말했다. "어머니께서 이보다 더 멋지실 수가 없는데. 뭐가 그렇게 걱정이었던 거야?"

"설명 못 해." 서배스천이 비참하게 말했다.

일주일 후 서배스천은 재판에 출두하여 10파운드의 벌금을 선고받았다. 신문들이 골치 아프게도 이 사건을 대서특필했으며, 한 기사에는 비꼬는 제목이 달렸다. "후작 자제 와인에 익숙지 못해." 치안 판사는 경찰 측이 신속하게 대처해 준 덕에 그가 심각한 죄목으로 기소되는 것까지는 면했다고 말했다. "피고인이 심각한 교통사고의 책임을 지지 않게 된 것은 순전히 요행수이고……." 샘그라스 교수는 서배스천이 흠잡을 데 없는 인품을 지녔으며 대학에서의 그의 창창한 앞날이 기로에 놓였다고 증언했다. 신문에서는 이 증언도 물고 늘어졌다. "모범 대학생의 앞날 기로에 놓여." 치안 판사의 말에 따르면 샘그라스 교수의 증언만 아니었다면 본보기가 되는 가혹한 형량을 내릴 작정이었다, 옥스퍼드 대학생에게든 여느 부랑배 청년에게든 법은 똑같았다, 실제로 좋은 나라일수록 범법 행위는 수치스러워지는 법이었다. ……

샘그라스 교수가 쓸모 있던 것은 보 거리에서만이 아니었다. 옥스퍼드에서 그는 런던에서 렉스 모트램이 보였던 모든 열성과 수완을 보여 주었다. 그는 대학 교권자들, 학감들, 부총장과 면담했다. 또한 벨 예하를 꾀어 크라이스트처치 단과대의 학장을 설득하도록 했다. 이에 더해 레이디 마치멘이 총장에게 직접 말할 수 있도록 일을 주선했다. 따라서 이 모든 노력의 결과로 우리 셋은 남은 학기 동안 외출 금지령을 받았다. 하드캐슬은 딱히 명확한 이유 없이 또다시 자동차 사용권을 박탈당했으며, 사건은 그렇게 사그라졌다. 우리가 가장 오래도록 시달린 형벌은 렉스 모트램과 샘그라스 교수와의 친교였으나 렉스의 삶은 런던의 정계와 대형 재계에 속했고 샘그라스 교수의 삶은 옥스퍼드에서의 우리의 삶과 더 가까웠으므로 우리가 더 시달린 것은 샘그라스 교수 쪽이었다.

샘그라스 교수는 남은 학기 내내 우리를 노상 찾았다. 우리가 '외출 금지령'을 받은 마당에 함께 저녁을 보낼 수는 없었으므로 9시 정각부터 우리는 쭉 따로 있었고 샘그라스 교수의 수중에서 놀아났다. 샘그라스 교수가 둘 중 한 사람이라도 찾지 않고 저녁이 지나간 적이 단 하루도 없는 듯했다. 교수는 마치 자신도 유치장에 들어갔다 나와서 우리와 끈끈한 사이라도 되었다는 듯이 '우리의 작은 탈선'을 이야기했다. 한번은 내가 단과대 창문을 넘어 나갔는데 출입문이 폐쇄된 후 서배스천의 방에 있는 나를 샘그라스 교수가 보고는 그것 또한 끈끈한 우리 사이로 포장해 버렸다. 따라서 내가 크리스마스를 지내고 브라이즈헤드에 도착했을 때 샘그라스 교수가 마치 나를 기다리고 있었다는 양 저택 사람들이 '태피스트리 홀'이라고 부르던 방의 난롯가에 홀로 앉아 있는 모습을 보고는 놀랍지도 않았다.

"내가 독차지했을 때 왔군." 교수가 말했다. 아닌 게 아니라 그는 홀과 안쪽에 빙 둘러 걸린 거무칙칙한 수렵 장면들을 차지하고, 난롯가 양쪽의 여상주(女像柱)들을 차지하고, 집주인인 양 일어나서 악수하고 반기는 모습으로 나까지 차지하는 듯했다. 교수가 말을 이었다. "오늘 아침에 우리가 마치멘가의 사냥개들로 잔디밭 여우 사냥을 열어서(참 재미나게 예스러운 광경이었지.) 젊은 친구들은 전부 여우 사냥 중인데, 새삼스레 놀랍지도 않겠지만 서배스천도 도드라지게 우아해 보이는 분홍색 코트[216] 차림으로 꼈다네. 브라이즈헤드는 우아하다기보다는 인상적이었지, 월터 스트릭랜드베나블이라는 이름의 이 근방의 놀림거리와 공동 사냥개 책임자니까. 두 형제의 모습이 여기 다소 천편일률적인 태피스트리들에 첨가될 수 있다면 좋으련만. 그 둘로써 공상적인 느낌이 생길 거야.

안주인은 저택에 남으셨어. 마리탱[217]은 너무 많이 읽고 헤겔[218]은 너무 적게 읽은 어느 요양 중인 도미니크회 수사도 함께했지. 그리고 에이드리언 포손 경도 물론 남았고, 꽤 험악한 마자르족 친족 둘도 남았다네. 그 둘에게 독일어와 프랑스어로 말을 걸어 봤지만 어느 쪽 언어로도 변환하질 못하더군. 지금은 모두가 이웃을 방문하러 떠났어. 그래서 나는 불가에서 명불허전 샤를루스[219]와 아늑한 오후를 보내던 참이었다네. 자네의 도착으로 차를 좀 내오라고 종을 울릴 용기가 나는군. 어떻게 자네에게 파티 준비를 시켜 줄 수 있을까? 아아, 내일이면 파해 버린다네. 레이디 줄리아는 어디 다른 데서 새해를

216) 영국 귀족 저택에서 개최하는 잔디밭 여우 사냥에 참가할 때는 주최자에게 경의를 표하는 차원에서 격식을 차려 갖춰 입는다. 남자들은 주로 빨간색 코트를 입는다.

217) 자크 마리탱(Jacques Maritain, 1882~1973). 신토마스주의를 대표하는 프랑스의 철학자로, 1906년에 가톨릭으로 개종했다.

218) 게오르그 빌헬름 프레드리히 헤겔(Georg Wilhelm Friedrich Hegel, 1770~1831). 독일 관념론 철학을 완성한 독일의 철학자.

219) 마르셀 프루스트의 『잃어버린 시간을 찾아서』 7권에 등장하는 남자 주인공으로, 귀족적이고 퇴폐적인 동성애자이다.

축하하러 떠나는데, 더불어 상류 사회도 가 버리는군. 나는 이 집안의 예쁜 사람들이 그리울 거야, 특히나 그 실리아 말이네. 그 아가씨는 우리와 함께 역경에 처했던 오랜 지기인 보이 멀캐스터의 여동생인데, 그 친구와는 놀랍도록 딴판이더군. 그 아가씨는 대화하는 방식이 꼭 새 같아서 내가 홀딱 빠져들게끔 화제를 콕콕 쪼고, 옷차림은 학급 위원 스타일인 게 '깜찍하다'고밖에 칭할 길이 없어. 나는 내일 떠나지 않으니 그녀가 그리울 거야. 내일 나는 우리 안주인의 책 작업을 본격적으로 시작할 거라네. 그 책은 내가 장담하건대 당대 보석들의 보고이자 정통 순혈의 1914년일세."

차가 들어오고 이내 서배스천이 돌아왔다. 사냥 팀을 일찍 놓쳐서 집으로 말을 몰았다고 했다. 머지않아 날이 저물자 다른 이들도 차로 데려와져서 도착했다. 브라이즈헤드는 보이지 않았다. 그는 개 사육장에 볼일이 있었고 코딜리아도 동행했다. 나머지 일행이 홀을 채웠고 곧 스크램블드에그와 크럼핏 빵을 먹었다. 이에 저택에서 점심을 먹고 오후 내내 불가에서 꾸벅꾸벅 졸던 샘그라스 교수도 덩달아 달걀과 빵을 먹었다. 이내 레이디 마치멘 일행이 도착했고, 우리가 저녁 식사를 위해 차려입고자 위층으로 올라가기 전에 부인이 "묵주 기도하러 예배당에 갈 사람?" 하는 말에 서배스천과 줄리아가 당장 좀 씻어야겠다고 말했을 때 샘그라스 교수가 부인과 수사를 따라갔다.

"샘그라스 교수가 좀 가 주면 좋겠어." 목욕하며 서배스천이 말했다. "그 인간한테 고마워하는 것도 지긋지긋해."

이어진 보름 동안 샘그라스 교수에 대한 염증은 온 저택에서 말 못 하는 작은 비밀이 되었다. 교수가 있는 자리에서 에이드리언 포손 경의 건강한 늙은 눈은 저 멀리 수평선이라도 찾는 듯했으며 입술은 전형적인 비관주의로 굳어졌다. 지도교수의 신분을 잘못 생각하여 유달리 특혜를 받는 상급 하인쯤으로 여긴 헝가리의 마자르족 친족들만이 교수의 존재에 영향을 받지 않았다.

샘그라스 교수, 에이드리언 포손 경, 헝가리 친족들, 수사, 브라이즈헤드, 서배스천, 코딜리아가 크리스마스 일행에서 남은 전부였다.

집 안에 종교가 팽배했다. 관행(매일 드리는 미사와 묵주 기도, 아침저녁으로 예배당 가기)뿐 아니라 소통 전반에 녹아 있었다. "우리가 찰스를 가톨릭교도로 만들어야겠네." 레이디 마치멘이 말했고, 내가 머무는 동안 나와 짧은 면담을 많이 하면서 미묘하게 화제를 종교 쪽으로 돌렸다. 처음으로 이런 면담을 마쳤을 때 서배스천이 말했다. "엄마가 너랑 그 '짧은 면담'을 한 거야? 허구한 날 그 짓을 한다니까. 제발 좀 안 하면 어디가 덧나나."

짧은 면담에 호출되거나 의식적으로 끌려가는 경우는 절대 없었다. 부인이 은밀하게 이야기하고 싶어 할 경우 정신을 차려 보면 어느새 부인과 단둘이 있게 되는 식이었다. 면담 장소는 여름이면 호숫가의 외딴 산책길이나 울타리가 쳐진 장미 정원의 한구석이었으며, 겨울이면 2층에 있는 부인의 응접실이었다.

이 응접실은 온전히 부인의 것이었다. 부인이 혼자서 방을 차지하고 개조했던지라 들어가면 다른 집에 왔나 싶을 정도였다. 부인이 천장을 낮춘 탓에 이런저런 형태로 모든 방을 꾸민 정교한 천장 돌림띠가 시야에서 숨겨졌다. 벽들은 한쪽 면은 양단 벽널이 대졌고 나머지 면들은 벽널이 들어내지고 푸른색으로 칠해지고 곳곳에 좋은 추억을 상기하는 작은 수채화들이 무수히 걸려 있었다. 공기는 신선한 꽃향기와 매캐한 포푸리로 달콤했다. 부드러운 가죽 표지에 싸인 부인의 장서는 손때 묻은 시집과 종교 서적 들로, 작은 자단목(紫檀木) 서가를 채웠다. 맨틀피스는 작은 개인적 보물들(상아로 된 성모상, 성 요셉 석고상, 부인의 군인 남동생 세 명을 그린 사후 제작된 세밀화들)로 뒤덮였다. 서배스천과 내가 그 눈부신 8월에 단둘이 브라이즈헤드에서 지내던 동안에는 그의 어머니의 방에 발을 들이지 않았더랬다.

부인의 방에 대한 기억과 더불어 대화의 파편들이 내게 돌아온다. 나는 그녀의 이런 말을 기억한다. "내가 소녀였을 땐 가정 환경이 비교적 가난했어도 세상 대다수보다는 훨씬 부유한 정도였는데, 결혼하니까 내가 매우 부유해졌어. 옛날엔 그 점 때문에 마음이 불편해서 다른 사람들은 아무것도 없는데 나만 아름다운 걸 이렇게 많이 가지다니 잘못되었다는 생각이 들었지. 하지만 이제는 부자가 빈자의 특혜를 탐함으로써 죄를 짓게 될 수도 있다는 걸 안단다. 빈자가 언제나 하느님과 성인들의 편애를 받아 왔어도 나는 은총이 이룬 특별한 업적 중 하나가 바로 부를 포함해서 삶 전반의 죄를 씻어 준 거라고 믿어. 이교를 믿었던 로마에서 부란 필연적으로 뭔가 잔인한 것이었지만 이제는 그렇지 않잖니."

내가 낙타와 바늘귀에 관해 뭔가를 말했고 부인이 기꺼이 그 화제에 올라탔다.

"아니, 물론 낙타가 바늘귀로 들어간다는 건 정말 예상 밖이긴 하지만 복음은 그야말로 예상 밖인 일들의 연속이란다. 황소와 당나귀가 구유에서 예배한다는 게 예상되는 일은 아니잖니. 성인들의 생애에서 동물들은 노상 기이하디기이한 일들을 해. 그런 건 다 종교의 시적 허용, 이상한 나라의 앨리스적인 부분에 속하는 거야." 부인이 말했다.

그러나 나는 그녀의 매력만큼이나 신앙에도 동요하지 않았다. 아니, 그렇다기보다는 양쪽에 똑같이 동요했다는 편이 맞겠다. 당시 나는 서배스천 말고는 무엇에도 마음이 없었고, 그 위협이 얼마나 시커먼 것인지는 아직 몰랐어도 서배스천이 위협받고 있다는 것이 이미 보였다. 서배스천이 필사적으로 거듭 올리는 기도는 혼자 있게 해 달라는 내용이었다. 자기 마음속의 푸른 물결과 바스락대는 야자수 옆에서 그는 폴리네시아인만큼이나 행복하고 무구했다. 다만 대형 선박이 산호초 너머에 닻을 내리고, 커터 쾌속정이 초호(礁湖)에 닿고, 부츠 발자국이라고는 알지 못했던 비탈 위를 무역상, 행정관, 선교사, 관광객이 광포한 침략의 구둣발로 짓뭉갤 때, 다만 그때는 부족의 구식 무기를 꺼내고 고개에서 북을 울릴 때였다. 아니면 보다 쉽게는 햇살이 비치는 문을 등지고 무력한 그림 속 그리스, 로마 신들이 벽을 헛되이 행진하던 어둠 속에 홀로 누워 럼주병들 가운데서 심장이 튀어나오도록 기침을 해댈 때였다.

게다가 서배스천은 스스로의 도의심과 모든 인간적 애정의 요구까지도 침략자로 치부하였으므로, 그가 아르카디아에서 지내는 날수는 손꼽혔다. 내가 보기에는 평온한 이 시기에 서배스천은 겁을 집어먹었기에. 나는 멀찍한 사냥 소리에 고개를 홱 치켜드는 사슴처럼, 예의 그 경계하고 의심하는 기색의 그를 익히 알았다. 가족이나 종교를 떠올리고 경계 태세를 갖추는 그를 일찍이 보았고, 이제는 나마저도 미심쩍어한다는 사실도 알게 되었기 때문이다. 그는 사랑을 저버리지는 않았어도 내가 더는 그의 고독의 일부가 아니었기에 사랑의 기쁨을 잃었다. 그의 가족과 친밀감을 쌓아 갈수록 나는 서배스천이 도피하고자 했던 세계의 일부가 되었다. 그를 붙잡아 두던 굴레 중 하나가 되었다. 바로 그 역할에 그의 어머니는 그 모든 짧은 면담을 통해 나를 끼워 맞추고자 했다. 아무것도 입 밖에 내어지지 않았다. 다만 어렴풋이 또 문득문득 나는 이런 물밑 작업을 의심할 따름이었다.

겉으로는 샘그라스 교수가 유일한 적이었다. 보름간 서배스천과 나는 브라이즈헤드에 남아 둘만의 생활을 이어 나갔다. 그의 형은 스포츠와 사유지 관리에 전념하였고, 샘그라스 교수는 서재에서 레이디 마치멘의 추도서 작업을 했으며, 에이드리언 포손 경은 레이디 마치멘의 시간을 대부분 독점하였다. 우리는 저녁을 빼면 그들을 볼 일이 거의 없었다. 그 너른 지붕 아래에는 다종다양한 독립적 생활이 영위될 공간이 있었다.

보름 후에 서배스천이 말했다. "샘그라스 교수를 더는 못 견디겠어. 런던으로 가자." 그렇게 그는 런던으로 가 나와 머물렀고 이제는 '마처스'보다 우리 집을 우선적으로 사용하기 시작했다. 아버지는 서배스천을 좋아했다. "정말 재미난 친구 같구나." 아버지가 말했다. "자주 놀러 오라고 해라."

이윽고 다시 옥스퍼드로 돌아간 우리는 찬 공기에 오그라드는 듯했던 생활을 다시 이어 나갔다. 전 학기에 서배스천의 마음속을 강하게 차지했던 슬픔의 자리에는 일종의 무뚝뚝함이 밀고 들어와 내게마저 비어져 나왔다. 그는 마음 어딘가가 아팠고, 나는 어떻게 아픈지를 몰라 도와주지도 못한 채 가슴만 앓았다.

이제 그가 명랑할 때는 주로 취기 때문이었으며, 취기가 오른 그에게는 '샘그라스 교수 놀리기'라는 강박이 생겼다. 그는 "풋내기 등신 샘그라스, 샘그라스 풋내기 등신"[220]이라는 후렴구의 소곡을 지어 세인트 메리 대학 교회의 차임 곡조에 맞춰 불렀고, 아마 일주일에 한 번씩은 교수의 방 창문 아래에서 세레나데를 불렀다. 샘그라스 교수는 자기 방에 개인 전화기를 처음으로 설치한 교수로 유명했다. 서배스천은 얼큰해지면

220) 샘그라스 교수의 이름인 그린에이커(Greenacre)가 풋내기 등신(green arse)과 철자가 비슷하다는 점에 착안한 말장난이다.

교수에게 전화를 걸어 이 간결한 소곡을 불러 주곤 했다. 이 모든 치욕을 샘그라스 교수는 흔히들 하는 말마따나 좋게 받아들이며 우리를 만날 때는 비굴하게 웃었으나 마치 무례가 하나씩 더해질수록 어떤 이유에서인지 서배스천이 자기 수중에 꽉 잡혀 간다는 듯이 확신이 커져 가는 모양새였다.

서배스천이 나와는 꽤 다른 느낌으로 술주정뱅이임을 깨닫기 시작한 것은 이번 학기였다. 나는 자주 취했지만 기분이 과하게 들떠서, 그 순간이 좋아서, 그 순간을 지속하고 향상하려는 바람에서 취했지만 서배스천은 도피하고자 마셨다. 우리가 철이 들어 가고 진지해질수록 나는 덜, 그는 더 마셨다. 나는 내가 소속 단과대로 돌아간 후에 서배스천이 가끔 늦게까지 홀로 앉아 들이켰다는 것도 알게 되었다. 연쇄적인 재앙이 그에게 너무도 신속하고 예상치 못한 맹위로 닥쳐왔기에 내 친구가 심각한 곤경에 처했다는 것을 내가 정확히 언제 깨달았는지는 말하기 어렵다. 적어도 부활절 휴가 때는 익히 알았다.

줄리아는 말하곤 했다. "불쌍한 서배스천. 그 안에 뭔가 화학적인 게 있는 거야."

화학적이란 것은 하늘만이 알 난데없는 통속 과학의 오해에서 빚어진 당대의 유행어였다. "둘 사이에 뭔가 화학적인 게 있어."란 말이 어떤 두 사람 간의 제어 불가한 증오나 사랑을 설명하는 데에 사용되었다. 결정론이라는 낡은 관념에 새로운 탈을 씌운 사고방식이었다. 나는 내 친구에게 뭐든 화학적인 것이 있었다고는 믿지 않는다.

브라이즈헤드에서의 부활절 파티는 작지만 잊을 수 없이 괴로운 사건으로 막을 내린 씁쓸한 시간이었다. 서배스천은 어머니 집에서 저녁 식사 전에 거나하게 취함으로써 자신의 우울증 이력에서 새 시대의 개막을, 스스로를 파멸로 이끈 가족으로부터의 도피에서 한 걸음의 진보를 알렸다.

대규모 부활절 파티 일행이 브라이즈헤드를 떠났을 때는 하루의 끝이었다. 이 파티는 플라이트가 일동이 세족 목요일부터 부활절까지는 수도원의 손님용 숙소에서 피정에 들어갔기 때문에[221] 실은 부활절 주간의 화요일에 시작했음에도 부활절 파티라고 불렸다. 그해 서배스천은 피정을 가지 않겠다고 말해 뒀음에도 마지막 순간에 굽혔고, 결국 격심한 우울감에 빠져 집에 돌아오는 바람에 나로서도 도저히 회복시킬 수 없었다.

그는 일주일간 정말 심하게 마셔 댔으며(어느 정도로 심한지 아는 것은 나뿐이었다.) 예전 버릇과는 완전히 다른 느낌으로 안절부절못하며 남의 눈을 피하는 방식으로 마셔 댔다. 파티 중 서재에는 언제나 그로그주 쟁반이 놓였고, 서배스천은 나에게조차 아무 언질도 없이 대낮에 아무 때나 서재로 살그머니 들어가는 버릇이 들었다. 저택은 낮에는 대체로 방치되었다. 나는 주랑에 있는 작은 가든룸의 다른 벽널을 칠하는 작업을 하고 있었다. 서배스천은 감기 기운을 호소하며 집 안에 머

221) 천주교에서 부활절은 주로 춘분에서 만월이 되고 처음 맞는 주일인 4월의 일요일이다. 부활절 이전 주에 신자들은 삼 일간 '성삼일 피정'을 거행하며 일상에서 벗어나 묵상, 성찰, 기도에 집중한다.

물렀고, 그러는 내내 실상 정신이 말짱한 적이 없었다. 하지만 그는 입을 다묾으로써 관심을 피했다. 이따금씩 나는 호기심 어린 시선이 그에게 꽂히는 것을 눈치챘으나 일행의 대다수는 변화를 감지하기에는 그를 너무 얕게 알았던 한편 가족들은 각자의 손님들에게 몰두해 있었다.

내가 타이르자 그가 말했다. "주위에 손님들이 이렇게 있는 걸 못 견디겠단 말이야." 그러나 그가 무너진 것은 끝내 손님들이 떠나고 가족들을 가까운 거리에서 마주해야 했을 때였다.

칵테일 쟁반은 통상 6시에 응접실에 들이는 것이 관례였다. 쟁반에서 우리는 각자 마실 것을 섞어 담았고 옷을 차려입으러 갈 때면 술병들이 치워졌다. 그다음에 칵테일이 다시 나타나는 것은 저녁 식사 직전이었는데, 이때는 하인들이 손수 차례로 나눠 주는 식이었다.

서배스천은 티타임 이후 사라졌다. 날이 저물었고 나는 이어진 한 시간을 코딜리아와 마작을 하며 보냈다. 6시에 응접실에 홀로 있자니 서배스천이 돌아왔다. 그는 내가 너무도 잘 알았던 눈살을 찌푸린 표정이었으며, 그가 입을 열자 나는 그의 목소리가 취기에 잠겼음을 알아챘다.

"아직 칵테일 안 들여왔어?" 그가 비척대며 벨을 울리는 줄을 당겼다.

내가 말했다. "어디 있었어?"

"위에 보모 할머니랑 좀."

"거짓말. 어디선가 마시고 있었지."

"내 방에서 책을 좀 보고 있었어. 오늘은 감기 기운이 더 심하네."

쟁반이 들어오자 그는 진과 베르무트를 텀블러에 벌컥 쏟아붓더니 그대로 들고 응접실을 떠났다. 내가 위층으로 따라갔지만 그는 내 면전에 대고 침실 문을 쾅 닫고 잠가 버렸다.

나는 경악과 불길한 예감으로 가득 차 응접실로 돌아갔다.

가족이 모였다. 레이디 마치멘이 물었다. "서배스천은 어떻게 된 거니?"

"좀 누우러 갔어요. 감기 기운이 더 심해져서요."

"원, 저런, 독감에 걸린 게 아니면 좋으련만. 그렇잖아도 최근에 한두 번 열에 달떠 보이더구나. 뭐 원하는 건 없다니?"

"없었어요. 방해하지 말아 달라고 신신당부하던걸요."

나는 브라이즈헤드에게 털어놓아야 하나 고민했지만 그 단호한 수정 가면 앞에서는 당최 속내를 털어놓을 수가 없었다. 그래서 대신에 옷을 차려입으러 위층으로 가는 길에 줄리아에게 말을 꺼냈다.

"서배스천이 취했어."

"그럴 리가. 칵테일 마시러 오지도 않았잖아."

"오후 내내 자기 방에서 마시고 있었어."

"그거 참 이상하네! 오빤 왜 그런대! 저녁 식사 때는 말짱해질까?"

"아니."

"뭐, 오빠가 어떻게 해 봐. 내가 신경 쓸 바는 아니니까. 서배스천이 자주 이래?"

"최근에는 자주 이랬어."

"왜 그런대 정말."

나는 서배스천의 방 문고리를 돌려 보고 잠긴 걸로 보아 그가 자고 있기를 바랐건만 목욕을 마치고 돌아왔을 때 그가 내 방 난롯가 의자에 앉아 있는 것을 발견했다. 그는 신발만 빼면 만찬용으로 다 차려입은 터였지만 넥타이는 삐딱했고 머리카락은 다 뻗쳐 있었다. 얼굴은 시뻘겠고 눈은 감길락 말락 했다. 그가 혀꼬부랑 소리로 말했다.

"찰스, 사실 네 말이 맞아. 보모 할머니랑 있지 않았어. 여기 위에서 위스키 마셨어. 손님들이 떠나니 서재에 아무것도 없어. 손님들이 떠나니 엄마밖에 없어. 약간 취한 느낌인데. 여기 위에서 쟁반으로 올려 주는 걸 먹는 편이 낫겠어. 엄마랑 저녁 안 먹을래."

"가서 누워." 내가 말했다. "감기가 더 심해졌다고 둘러댈 테니까."

"엄청 심해졌다고 해."

내가 옆방이었던 서배스천의 방으로 그를 데려가 침대에 눕히려고 했으나 그는 경대 앞에 앉아 거울 속 자신을 게슴츠레 바라보며 나비넥타이를 고쳐 매려고 했다. 난롯가의 필기용 책상 위 디캔터에 위스키가 반나마 있었다. 내가 그가 못 보겠거니 생각하고 디캔터를 집어 들었지만 그가 거울에서 몸을 돌리더니 말했다. "너 그거 내려놔."

"바보같이 굴지 마, 서배스천. 많이 마셨잖아."

"그게 너랑 대체 뭔 상관인데? 넌 그냥 여기 손님이잖아, 내 손님. 내가 내 집에서 마시고 싶은 거 마시겠다는데 뭔 상관이냐고."

그 순간 그는 나랑 몸싸움이라도 해서 돌려받겠다는 태세였다.

"알았어." 내가 디캔터를 다시 내려놓으며 말했다. "다만 부탁이니 눈에 안 띄는 데에만 놓아둬."

"와, 네 일이나 잘하세요. 내 친구로 여기 와 가지고는 이제 우리 엄마 스파이 노릇이나 하고 있는 거 다 알아. 이제 그만 방에서 꺼지고 우리 엄마한테 가서 이제부터 나는 친구를 잘 고를 테니 엄마는 스파이를 잘 고르라고나 전하지그래."

그래서 나는 그를 놔두고 저녁 식사를 하러 내려갔다.

"서배스천을 보고 왔어요." 내가 말했다. "감기가 상당히 심하게 들었어요. 좀 자려고 누웠고 아무것도 필요 없다네요."

"가엾은 서배스천." 레이디 마치멘이 말했다. "따끈한 위스키라도 한 잔 마시는 게 낫겠다. 내가 가서 좀 봐야겠구나."

"아니에요, 엄마, 제가 갈게요." 줄리아가 일어나며 말했다.

"내가 갈게." 손님들이 떠난 것을 축하하는 의미로 특별히 그날 아래층에서 저녁을 들던 코딜리아가 말했다. 그녀가 누가 말릴 겨를도 없이 문가로 가더니 나가 버렸다.

줄리아가 나와 시선을 맞추더니 슬프게 살짝 으쓱했다.

몇 분 후 코딜리아가 심각한 얼굴을 하고 돌아왔다. "그러게, 아무것도 원하지 않는 것 같아요."

"좀 어떻던?"

"뭐, 나는 잘 모르겠는데, 오빠가 엄청 취한 것처럼 보였어요."

그녀가 말했다.

"코딜리아."

갑자기 꼬마가 낄낄거리기 시작했다. "'후작 자제 와인에 익숙지 못해.'" 그녀가 기사 제목을 인용했다. "'모범 대학생의 앞날 기로에 놓여.'"

"찰스, 사실이니?" 레이디 마치멘이 물었다.

"네."

그리고 저녁 식사가 공지되었으므로 우리는 식당으로 향했고 이 화제는 언급되지 않았다.

브라이즈헤드와 내가 단둘이 남겨졌을 때 그가 말했다. "서배스천이 취했다고?"

"응."

"골라도 참 이상한 날을 고르는군. 네가 막을 수는 없고?"

"응."

"응이라." 브라이즈헤드가 말했다. "막을 수 있으리라고 짐작한 건 아니야. 나도 언젠가 여기 식당에서 아버지가 취하신 걸 봤지. 그때 내가 열 살이나 넘었을까. 사람들이 취하고자 하면 막을 도리가 없어. 알겠지만 어머니도 아버지를 막을 수 없었으니까."

브라이즈헤드가 예의 그 이상하고 인간미 없는 말투로 말했다. 나는 곰곰이 생각했다. 이 가족을 보면 볼수록 더더욱 기이하게 느껴진다고. "어머니한테 오늘 밤 책을 읽어 달라고 부탁해야겠군."

나중에야 알게 되었지만 가족 간 불화가 있는 저녁에는 어김없이 레이디 마치멘에게 책을 낭독해 달라고 요청하는 것이 관례였다. 부인은 아름다운 목소리와 대단히 해학적인 표현력을 지녔다. 그날 밤 부인은 『브라운 신부의 지혜』[222] 중 일부를 낭독했다. 줄리아는 걸상에 매니큐어 잡동사니를 늘어놓고 앉아 정성스레 손톱을 다시 칠했고, 코딜리아는 줄리아의 페키니즈를 얼렀으며, 브라이즈헤드는 솔리테르 카드 게임을 했고, 나는 할 일 없이 앉아 그들이 모여 이룬 예쁜 무리를 살펴보며 위층의 내 친구를 애도했다.

그러나 그날 저녁의 참상은 아직 끝나지 않았다.

가족끼리만 있을 때 잠자리에 들기 전에 때에 따라 예배당을 들르는 것이 레이디 마치멘의 습관이었다. 부인이 막 책을 덮고 예배당에 가자고 제안하던 찰나 문이 열리고 서배스천이 나타났다. 서배스천은 내가 마지막으로 본 모습대로 차려입고 있었지만 그 얼굴은 이제는 시뻘건 대신 시체처럼 핼쑥했다.

"사과하러 왔어." 그가 말했다.

"서배스천, 우리 아들, 네 방으로 돌아가렴." 레이디 마치멘이 말했다. "아침에 얘기하자꾸나."

"엄마 말고. 찰스한테 사과하러 왔어. 내가 못되게 굴었는데 찰스는 내 손님이잖아. 내 손님이고 내 유일한 친구인데 내가 못되게 굴었다고."

우리는 소름이 끼쳤다. 내가 그를 다시 방으로 데려갔고, 나

222) G. K. 체스터턴(Chesterton)이 1914년에 출판한 두 권의 단편 소설집.

머지 가족들은 기도하러 갔다. 둘이서 위층으로 올라가자 그 디캔터가 이제는 다 비워진 것이 눈에 띄었다. "잠자리에 들 시간이야." 내가 말했다.

서배스천이 울먹이기 시작했다. "왜 나를 두고 가족들 편을 들어? 가족들이랑 만나게 하면 네가 그럴 줄 알았어. 왜 나를 감시하는 거냐고?"

그는 내가 이십 년이 지나서도 차마 떠올리기가 괴로운 말을 했다. 끝끝내 나는 그를 잠재웠고 나 역시 몹시 비탄에 젖어 잠자리에 들었다.

다음 날 아침 서배스천은 집 전체가 아직 잠들어 있던 매우 이른 시간에 내 방에 왔다. 그가 커튼을 걷어 젖혔고 나는 그 소리에 깨어 그곳에서 옷을 다 차려입고 담배를 피우는 뒷모습을 발견했다. 그는 나를 등지고 창밖으로 긴 새벽 그림자들이 새벽이슬에 걸치고 새순 돋는 우듬지에서 첫 새들이 짹짹대는 모습을 건너다보고 있었다. 내가 말을 걸자 뒤돌아본 그의 얼굴은 전날 밤의 참화는 조금도 드러내지 않는 대신 섭섭한 어린아이의 얼굴처럼 산뜻하고 부루퉁했다.

"그래." 내가 말했다. "기분이 어때?"

"약간 이상해. 어쩌면 아직도 약간 취해 있는지도. 차 한 대 꺼내려고 방금 마구간에 내려가 봤는데 다 잠겨 있더라. 우린 떠날 거야."

서배스천이 내 베개 옆에 놓인 물병을 들어 병째로 마시더니 창밖으로 담배를 던져 버리고 노인같이 덜덜 떨리는 손으로 다음 개비에 불을 붙였다.

"어디로 가는데?"

"몰라. 아마 런던으로. 나 너희 집에 가서 지내도 돼?"

"당연하지."

"그래, 옷 입어. 우리 짐은 하인들이 기차로 부쳐 주면 돼."

"이렇게 가 버릴 수는 없어."

"머물 수는 없어."

서배스천은 내게서 시선을 피한 채 창밖만 바라보며 창가 걸상에 걸터앉았다. 이내 그가 말했다. "굴뚝 몇 개에서 연기가 피어오르고 있어. 이젠 마구간을 열었을 거야. 얼른."

"난 갈 수 없어." 내가 말했다. "너희 어머니께 작별 인사는 해야지."

"다정한 똥고집쟁이."

"그냥 도망치는 게 마음에 들지 않을 뿐이야."

"난 눈곱만치도 신경 쓰이지 않아. 그리고 될 수 있는 한 멀리, 빨리 도망쳐 나갈 거야. 너는 우리 엄마랑 무슨 계략이든 좋을 대로 꾸며 보든가. 나는 안 돌아올 거야."

"어젯밤이랑 똑같은 투로 말하고 있어, 너."

"알아. 미안해, 찰스. 나 아직 취해 있다고 했지. 너한테 조금이라도 위안이 된다면 나는 나 자신이 극도로 혐오스러워."

"전혀 위안이 안 돼."

"약간이라도 위안이 되겠거니 생각했는데 말이야. 뭐, 안 갈 거면 보모 할머니한테 내 사랑을 전해 줘."

"정말 갈 거야?"

"그럼."

"런던에서 볼 수 있는 거지?"

"응, 너희 집으로 머물러 갈 거야."

서배스천이 떠났지만 나는 다시 잠들지 않았다. 거의 두 시간 후에 하인이 차와 빵과 버터를 들이고 새날을 위해 내 옷을 준비해 두었다.

그날 아침 나는 얼마 있다가 레이디 마치멘을 찾았다. 바람이 쌀쌀해져서 우리는 실내에 머물렀다. 나는 부인의 방 난롯가에서 부인 가까이 앉아 있었고, 부인이 자수거리에 몸을 굽히고 있는 사이 새순 돋는 넝쿨이 유리창에 후두두 부딪혔다.

"그 아일 보지 않았더라면." 부인이 말했다. "그건 잔인했어. 그 애가 술에 취한다는 생각 자체는 개의치 않아. 남자들이 어릴 적에 다 하는 거니까. 취한다는 생각에는 익숙해져 있어. 내 남동생들도 그 나이에는 마구잡이였고. 어젯밤 내가 상처 입은 점은 그 애한테 행복한 기운이 전혀 없었다는 거였어."

"맞아요." 내가 말했다. "서배스천이 그러는 건 처음 봤어요."

"게다가 다른 밤도 아니고 하필 어젯밤이라니…… 손님들이 다 떠나고 여기에 딱 우리만 있던 때에. 보이지, 찰스, 내가 정말이지 널 우리 가족으로 생각하는 거. 서배스천은 널 사랑해, 그 애가 명랑하고자 노력할 필요가 없었을 때에는 말이야. 그런데 어젯밤엔 명랑하지 않았지. 간밤 내내 잠을 거의 못 이루며 내 생각이 자꾸만 그 한 가지로 돌아가더구나. 그 애가 너무도 불행했다는 거."

스스로도 반밖에 이해하지 못한 것을 부인에게 설명하기는 불가능했다. 때문에 그때조차도 나는 생각했다. '부인이 조만간 알게 되실 거야. 어쩌면 지금도 아시는지 몰라.'

"그건 끔찍했죠." 내가 말했다. "근데 부디 그게 평소 모습이라고는 생각하지 말아 주세요."

"샘그라스 교수가 말해 주기로는 서배스천이 지난 학기 내내 너무 많이 마시더라고 하더구나."

"그러기는 했는데 저렇게는 아니었어요. 저런 적은 없었어요."

"그럼 왜 하필 지금? 여기서? 우리랑 이럴까? 밤새도록 생각하고 기도하고 그 애한테 무슨 말을 해야 하나 고민했는데, 아침에 일어나 보니 여기 있지도 않구나. 한마디도 없이 떠나다니 정말 잔인한 짓을 했어. 나는 그 애가 무안해하지 않았으면 싶다. 바로 무안함이 애를 이렇게 온통 망치는 거야."

"자기가 불행해서 무안한 거예요." 내가 말했다.

"샘그라스 교수 말로는 그 애가 시끄럽고 성미가 사납다더구나. 내 생각에……." 부인이 구름을 비집고 내려오는 희미한 한 줄기 익살을 품고 말했다. "내 생각에 너랑 서배스천이 샘그라스 교수를 꽤 놀리는 것 같더구나. 그러면 못써. 나는 샘그라스 교수를 정말 좋게 생각하고, 그분이 너희에게 해 준 게 얼만데 너희도 좋게 생각해야지. 근데 어쩌면 나도 너희 나이에다 남자였으면 샘그라스 교수를 놀리고 싶은 기분이 아주 약간은 들었을 수도 있겠다는 생각은 드는구나. 그래, 그건 개의치 않지만 어젯밤과 오늘 아침의 일은 뭔가 성질이 달라. 알겠지만 전부 예전에도 일어났던 일이란다."

"제가 말씀드릴 수 있는 건 걔가 취한 모습을 자주 봤고 저도 자주 같이 취했지만 지난밤 같은 일은 저로서도 정말 처음 본다는 것뿐이에요."

"아니, 서배스천 얘기가 아니야. 내 말은 수년 전에. 내가 사랑한 다른 누군가와 예전에 전부 겪어 봤단다. 뭐, 무슨 말인지 알 텐데, 그 애의 아버지랑 말이야. 그 사람도 딱 저렇게 취하곤 했지. 누군가가 지금은 그 사람이 그러지 않는다고 말해 주더구나. 나는 그게 정말이기를 하느님께 기도드리고 정말 사실이라면 진심을 다해 하느님께 감사드린단다. 하지만 도망은, 그 사람도 도망갔잖니. 그때도 네가 말한 대로, 그이도 자기가 불행해서 무안했던 거야. 부자가 둘 다 불행하고 무안해서 도망가다니. 너무 한심스럽구나. 내가 함께 자란 남자들은……." 그리고 그녀의 커다란 눈망울이 자수거리에서 맨틀피스 위의 접이식 가죽 케이스에 담긴 세밀화 세 점으로 옮겨 갔다. "저렇지 않았어. 나로서는 도저히 이해가 가지 않는다. 넌 이해가 가니, 찰스?"

"아주 조금만요."

"그래도 서배스천은 우리 누구보다도 너를 좋아하잖니. 네가 그 애를 도와야 해. 나는 도울 수 없어."

나는 당시에는 많은 문장이 들었던 말을 여기 몇 문장으로 압축하였다. 레이디 마치멘이 장황했던 것은 아니지만 부인은 화제를 여성스럽게, 치근대는 식으로 그려쥐면서, 우회하다가 전진했다가는 후퇴하며 양동 작전을 펼쳤다. 부인은 화제 위를 나비같이 맴돌았다. 화제를 가지고 '무궁화꽃이 피었습니다' 놀이를 하여 청자가 뒤돌아 있을 때는 살금살금 본론에 가까워지다가 자신을 주시하면 못 박힌 듯 멈춰 섰다. 불행, 도망, 이것들이 부인의 비애를 이뤘고, 부인은 자기만의 방식으로 그 비애를 전부 내보이고서야 성이 찼다. 부인이 말하고자 했던 것을 모두 말하기까지는 한 시간이 족히 걸렸다. 이야기가 끝나고 내가 이만 실례하고자 일어서는데 부인이 마치 이제야 생각났다는 듯 덧붙였다. "내 남동생들의 추도서를 봤으려나 모르겠네? 이제 막 나왔는데."

나는 서배스천의 방에서 훑어보았다고 대답했다.

"찰스도 한 부 가졌으면 하는데. 한 부 줘도 괜찮을까? 내 동생들은 눈부신 세 영웅이었어. 그중에서도 네드가 가장 훌륭했지. 네드가 가장 나중에 전사했는데, 끝내 전사 통지서가 도착했을 때 통지서가 오리라 각오하고 있던 난 생각했지. '이제 네드가 절대 할 수 없는 일을 이제 내 아들이 할 차례다.' 그때 나는 혼자였어. 서배스천은 막 이튼으로 떠나려는 때였고. 네드의 추도서를 읽으면 이해가 갈 거야."

부인은 서랍장 위에 한 부를 준비해 둔 터였다. 나는 당시에 생각했다. '부인은 내가 들어오기 전에 이런 작별을 계획했다. 이 면담을 전부 예행연습이라도 한 걸까? 만약 상황이 다르게 진행됐더라면 부인이 책을 다시 서랍장에 넣었을까?'

부인이 자기 이름과 내 이름을 앞쪽의 백지에 적어 넣고 날짜와 장소를 더했다.

"간밤에 너를 위해서도 기도했단다." 부인이 말했다.

나는 등 뒤로 문을 닫으며 종교 용품과 낮은 천장, 꽃무늬의 친츠 천, 양가죽 장정, 피렌체 풍경화들, 히아신스와 포푸리가 담긴 사발들, 프티 푸앵 자수, 은밀하고 여성적인 근대 세계를 차단하고 다시 아치와 격자 천장 아래로, 중앙 홀의 기둥과 엔태블러처[223]로, 더 나은 시대의 존엄하고 남성적인 분위기로 돌아왔다.

나도 바보가 아니었다. 당시에는 나를 사주하려는 시도가 자행되었다는 것을 알 만큼 철이 들었고 이 경험을 흔쾌히 여길 만큼 철이 없었다.

그날 아침 줄리아는 보지 못했으나 내가 막 떠나던 참에 코딜리아가 자동차 문까지 달려와서 말했다. "서배스천 만날 거야? 내 각별한 사랑을 전해 줘. 기억해 줄 거지, 내 각별한 사랑?"

나는 런던으로 가는 기차 안에서 레이디 마치멘이 준 추도서를 읽었다. 권두 삽화는 근위 척탄병 연대 군복을 입은 청년의 사진을 복제한 것이었는데, 브라이즈헤드의 얼굴에서 친가 쪽의 우아한 용모에 덧입혀진 그 단호한 가면의 기원이 거기 분명히 드러나 보였다. 그는 숲과 동굴의 남자이자 수렵꾼, 부족 심의회의 판관, 주변 환경과 전쟁 중인 종족의 혹독한 전통의 보고였다. 책에는 휴가를 맞은 세 형제의 스냅 사진 등 다른 삽화도 있었고, 각각의 얼굴에서 나는 예의 그 예스러운

223) 고대 그리스, 로마 건축에서 기둥으로 떠받쳐지는 부분을 총칭한다.

윤곽선의 발자취를 찾았다. 그러다 별처럼 빛나고 섬세한 레이디 마치멘의 얼굴이 떠오르자 이 엄숙한 남자들에게서 그녀와의 공통점은 전혀 찾을 수 없었다.

부인은 책에 거의 등장하지 않았다. 부인은 세 형제 중 만이보다도 아홉 살이 많았기에 남동생들이 학생일 무렵에는 결혼해서 출가했던 것이다. 그도 그럴 것이 부인과 세 형제 사이에는 여동생이 두 명 더 있었다. 그들 가문은 소유지도 넓고 가명도 유서 깊었던 까닭에 셋째 딸이 태어난 뒤 아들을 기원하며 성지 순례와 종교적 헌금이 이어졌다. 이에 상속받을 아들들이 늦둥이로 찾아왔고, 당시에는 혈통의 명맥을 보장이라도 하는 듯 많이도 태어났지만 그 비극적인 사건으로 인해 그들 대에서 핏줄이 급작스럽게 끊기고 말았다.

이런 가족사는 영국의 가톨릭계 대지주들에게 전형적인 흐름이었다. 엘리자베스 시대부터 빅토리아 시대[224]까지 그들은 소작인과 일가친척 가운데서 호젓한 삶을 살며 아들들을 외국 학교에 보내서 종종 거기서 결혼시키고, 안 되면 자신들과 비슷한 스무 곳가량의 가문들과 혈족 결혼을 시키고, 온갖 등용에서 제외된 채 그 잃어버린 수 세대를 거치며 지금도 가문의 마지막 세 아들의 인생에서 엿보이는 교훈을 얻었다.

책은 샘그라스 교수의 능수능란한 편집 수완으로 신기하게 균질한 작은 저작물로 조합되고 배열되었다. 시, 편지, 일기의

---

224) 엘리자베스 1세의 치세 기간(1533년 9월~1603년 3월)부터 빅토리아의 치세 기간(1819년 5월~1901년 1월)을 가리킨다.

몇 토막, 출판되지 않은 수필 한두 편 모두가 하나같이 진취적이고 딱딱하며 기사도적이면서 별세계적인 분위기를 내뿜었다. 또한 형제들의 사망 이후 쓰인 동년배들의 편지 또한 명료한 정도는 각기 달라도 하나같이 세 형제가, 학구적으로나 체육적으로 성공을 거두고 인기 있고 전도유망한 인물들이 차고 넘치던 중에도 어쩐지 군계일학으로 보였으며, 영광의 희생자들, 몸 바쳐 희생한 영혼들이었다고 이야기했다. 세 형제는 '후퍼'를 위한 세상을 만들어 주기 위해 죽어야만 했다. 그들은 원주민들로서 법률상으로는 사회의 기생충이었으므로, 다각형의 코안경을 쓰고, 악수는 두툼하고 축축하며, 씩 웃을 때 틀니가 보이는 외판원에게 안전한 환경이 될 수 있도록 얼마든지 총살될 존재였던 까닭이다. 기차가 레이디 마치멘으로부터 나를 멀리, 더 멀리 실어 나르는 동안 나는 혹 부인에게도 똑같은 불길이 타올라 자신과 가족들을 전쟁 외의 방식으로 파멸하리라고 예정한 것은 아닐까 궁금해졌다. 자기 방의 아늑한 불경그레받이 속 발간 중심부의 모습에서, 유리창에 후두두 부딪히는 덩굴 소리에서 부인은 어떤 조짐을, 이 비운의 속삭임을 눈치챘을까?

이어 패딩턴에 도착하여 집으로 돌아가자 나는 그곳에서 서배스천을 발견하였고, 내가 처음 만났을 때만큼 명랑하고 자유로운 그의 모습에 비극의 예감은 사라졌다.

"코딜리아가 각별한 사랑을 전해 달래."

"엄마랑 '짧은 면담' 했어?"

"응."

"엄마 쪽으로 넘어갔어?"

그 전날이었다면 나는 이렇게 말했으리라. "이쪽저쪽이랄 게 없잖아." 그러나 그날은 이렇게 말했다. "아니, 난 네 편이야, '세상에 반대하는[225] 서배스천.'"

그리고 그때든 나중이든 우리가 그 주제에 관해 나눈 대화는 그게 다였다.

그러나 서배스천에게 그림자가 둘러쳐지고 있었다. 우리는 옥스퍼드로 돌아갔고 비단향꽃무가 다시금 내 방 창문가 아래에 피어났으며 밤꽃이 길가를 밝히고 달궈진 석조 건물들이 자갈길 위로 돌 부스러기를 떨궈 놓았다. 그러나 예전 같지가 않았다. 서배스천의 마음속은 한겨울이었다.

몇 주가 지나갔다. 우리는 다음 학기에 머물 셋방을 물색하다가 머튼 거리에 있는 테니스 구장 근방의 호젓하고 값비싼 작은 집에서 알맞은 방을 발견했다.

요사이에 우리와 덜 자주 본 샘그라스 교수를 마주친 나는 우리의 선택을 전해 주었다. 교수는 블랙웰 서점에서 최신 독일 서적이 전시된 판매대 앞에 서서 구매품들을 한쪽에 약간 쌓아 둔 채였다.

"서배스천과 셋방을 같이 쓴다고?" 교수가 말했다. "그러니까 서배스천이 다음 학기에 다니긴 하는 건가?"

---

225) contra mundum. '세상에 반대하다'라는 뜻의 라틴어 구절로, 세상 관습 또는 다른 사람들은 모두 거역하고 자신의 진리를 추구한다는 의미이다.

"그러겠죠, 뭐. 왜 안 다니겠습니까?"

"나도 연유는 모르는데 어쩐지 아마 안 다니지 않을까 생각했다네. 내가 항상 그런 쪽에는 감이 둔하다니까. 머튼 거리는 나도 좋아하지."

교수가 자신이 사려던 서적들을 보여 줬는데, 나는 독일어를 하나도 몰랐으므로 전혀 흥미가 일지 않았다. 내가 그만 실례하려는데 교수가 말했다. "내가 괜히 오지랖 떤다고 생각하지는 말고, 그래도 나라면 확실해질 때까지 머튼 거리에서 어떤 확정적인 협정도 맺지 않을 걸세."

내가 서배스천에게 이 대화에 대해 말해 주자 그가 말했다. "맞아, 꿍꿍이속이 있어. 엄마는 내가 벨 예하 쪽에 가서 함께 살기를 원하셔."

"왜 나한테 말하지 않았어?"

"나는 벨 예하와 함께 살지 않을 거니까."

"아무리 그래도 나한테 얘기를 해 줬어야지. 언제부터 그랬던 건데?"

"뭐, 쭉 그래 왔어. 너도 알지만 엄마는 머리가 잘 굴러가잖아. 너를 꼬드기는 데에는 실패했다는 걸 아신 거지. 내가 생각하기엔 네가 네드 외삼촌의 추도서를 읽고 쓴 편지 때문이 아니었나 하는데."

"아니, 내가 거의 말한 게 없는데."

"바로 그거야. 엄마한테 뭐라도 도움이 되려고 했다면 뭔가 많이 말했겠지. 그러니까 네드 외삼촌은 시험인 거야."

그러나 보아하니 부인이 딱히 체념하지는 않았는지 며칠

후에 부인으로부터 이런 단신을 받았다. "화요일에 옥스퍼드를 지날 예정인데 찰스와 서배스천을 만나고 싶어. 서배스천을 만나기 전에 오 분 동안만 찰스와 단둘이 얘기하고 싶은데. 너무 어려운 부탁일까? 12시경에 찰스 방으로 갈게."

부인이 왔다. 그리고 내 기숙사 방을 칭찬했다. "내 남동생 시몬이랑 네드도 여기 있었던 거 알지. 네드 방은 안뜰 앞쪽이었어. 나는 서배스천도 여기 오기를 바랐는데 남편이 크라이스트처치에 있었던 데다 서배스천의 교육을 책임지는 건 그 사람이잖니." 부인은 내 그림들도 칭찬했다. "오는 사람마다 가든룸의 네 그림들이 좋다고 난리야. 마저 그리지 않으면 우리가 절대 용서하지 않을 거야." 끝끝내 그녀가 본론으로 들어갔다.

"내가 뭘 물으러 왔는지 이미 눈치챘을 것 같은데. 단도직입적으로 말할게. 서배스천이 이번 학기에 과음하고 있니?"

나는 눈치채고 있었다. 이에 대답했다. "만약 과음하고 있었으면 대답하지 않았을 거예요. 하지만 현재 상태로는 '아니요.'라고 말씀드릴 수 있습니다."

부인이 말했다. "찰스 말을 믿어. 하느님, 감사합니다!" 그리고 우리는 함께 크라이스트처치로 오찬을 하러 갔다.

그날 밤 서배스천이 세 번째 대참사를 일으켰고 새벽 1시에 톰 안뜰에서 속수무책으로 술에 절어 헤매던 차에 학부생 전담 학감에게 발견되었다.

내가 12시 몇 분 전에 떠났을 때 서배스천은 침울할지언정 정신은 아주 말짱했다. 이어진 한 시간 동안 그는 혼자서 위스키 반병을 들이켰다. 다음 날 아침 내게 말해 주러 왔을 때 그는 어쩌다 그렇게 됐는지를 거의 기억해 내지 못했다.

"그동안 여러 번 그랬어?" 내가 물었다. "내가 가고 나서 혼자서 마시는 거?"

"두 번 정도, 아니, 네 번인가. 가족들이 나를 귀찮게 하기 시작할 때만 그래. 가만히 내버려 두기만 하면 괜찮을 텐데."

"이젠 가만히 안 둘걸." 내가 말했다.

"나도 알아."

이것이 고비였음을 둘 다 알았다. 그날 아침에 나에게는 서배스천에 대한 사랑이 없었다. 서배스천은 사랑이 필요했지만 나에게는 줄 사랑이 한 톨도 없었다.

"정말이지, 가족을 한 명이라도 만나는 족족 혼자서 한바탕 폭음에 돌입할 작정이라면 구제 불능이 아니고 뭐야." 내가 말했다.

"그래, 맞아." 서배스천이 정말 슬프게 말했다. "나도 알아. 구제 불능이지."

그러나 나는 거짓말쟁이처럼 보이게 된 탓에 자존심에 상처가 난지라 그의 요구에 부응할 수가 없었다.

"그럼 이제 어떻게 할 생각인데?"

"어떻게 하고 자시고도 없지. 가족들이 다 알아서 할 텐데."

그리하여 나는 그를 위안 없이 떠나보냈다.

이윽고 장치가 다시 작동하기 시작했으며, 12월에 일어났던 그대로 전부 재현되는 것을 나는 목도했다. 샘그라스 교수와 벨 예하가 크라이스트처치의 학장을 만났다. 브라이즈헤드가 올라와서 하루 묵었다. 육중한 바퀴들이 우릉거리고 작은 바퀴들이 쌩쌩 돌았다. 전쟁 기념비에 금문자로 새겨진 이름들의 누나, 수많은 이들의 가슴속에 생생히 기억되는 영웅들의 누나 레이디 마치멘에게 모든 이가 깊은 유감을 표했다.

부인이 나를 보러 왔다. 할리웰에서 옥스퍼드 대학 공원까지, 메소포타미아섬을 지나 나룻배를 타고[226] 부인이 어떤 이유로 자기 보호하에 두던 집 안 가득한 수녀들과 하룻밤을 묵을 예정이던 옥스퍼드 북쪽으로 가는 내내 나눈 대화를 이번에도 몇 마디로 줄여야겠다.

"정말 믿어 주세요." 내가 말했다. "제가 서배스천이 안 마신다고 말씀드렸을 때는 제가 아는 한 사실을 말한 거예요."

"서배스천한테 좋은 친구가 되고 싶은 마음은 알겠어."

"그런 말이 아니에요. 말씀드린 대로 저도 그렇게 믿었다고요. 저는 지금도 어느 정도까지는 그렇다고 믿어요. 이전에 두세 번 취한 적은 있어도 그 이상은 없었다고 믿는다고요."

"그건 좋은 일이 아니야, 찰스." 부인이 말했다. "그 말은 그저 내가 생각했던 만큼 찰스가 서배스천을 좌우한다거나 속속들이 알지는 못한다는 뜻이잖니. 걔를 믿어 주려고 하는 건 우리 둘 누구에게도 좋지 않아. 나는 예전부터 알코올 중독자들을 알았단다. 그들의 가장 끔찍한 면면 중 하나는 기만이야. 진실에 대한 사랑이 가장 먼저 사라지는 거야.

함께 그렇게 행복하게 오찬을 들어 놓고선. 찰스가 떠났을

226) 옥스퍼드 대학 공원의 일부인 메소포타미아섬은 처웰강의 중간에 있다.

때 서배스천은 꼭 조그만 소년일 때 날 대하던 모습처럼 정말 다정해서 난 그 아이가 원하는 것에 전부 동의했단다. 알다시피 서배스천이 찰스와 셋방을 같이 쓰는 게 나는 못 미더웠어. 내가 이런 말을 해도 찰스가 잘 받아들여 줄 거라고 생각해. 서배스천의 친구라는 사실을 떼어 놓고 보더라도 우리 가족 모두가 찰스를 좋아한다는 걸 알잖니. 혹시라도 우리 집에 발길을 끊어 버리기라도 한다면 우린 찰스가 너무도 그리울 거야. 그래도 어미 된 입장에서는 서배스천이 딱 한 명보다는 다양한 종류의 친구를 사귀었으면 싶어. 벨 예하가 말씀해 주시기로는 서배스천이 다른 가톨릭교도랑은 절대 어울리지 않고, 뉴먼[227] 모임에도 절대 안 가고, 심지어 미사에도 거의 안 간다더구나. 서배스천이 가톨릭교도들만 사귀어야 한다는 말은 절대 아니지만 그래도 몇 명은 사귀어야지. 완전히 홀로 서려면 정말 강한 신앙이 필요한데 서배스천의 신앙은 그리 강하지 않아.

하지만 나는 화요일 오찬 때 너무도 행복해서 모든 이의를 다 내려놓았단다. 그 아이와 함께 걸어 다니면서 찰스가 고른 셋방도 봤어. 정말 괜찮더구나. 그리고 방을 더 괜찮게 꾸미고자 런던에서 가져올 수 있는 가구도 우리 둘끼리 좀 정해 봤고. 그러고 나서, 내가 그 아이를 본 바로 그날 밤에 이런 사태라니! 아니, 찰스, 이건 '사리'에 어긋나는 거야."

부인이 그 단어를 말할 때 나는 생각했다. '저건 분명 부인

227) 뉴먼 소사이어티는 옥스퍼드 대학교 내 가톨릭교도들의 동호회이다.

에게 들러붙은 지식인 찰거머리들 중 하나에게 주워들은 표현이군.'

"그럼 무슨 방책이라도 있으세요?" 내가 말했다.

"학생처에서 이례적으로 관대한 태도를 보이고 있어. 벨 예하 거처에 가서 사는 조건으로 서배스천을 정학시키지 않겠다고 하더구나. 이건 내 쪽에서 제안할 수 있었을 만한 일이 아니라 예하 당신의 생각이었어. 예하께서 특별히 찰스한테도 언제나 기꺼이 환영이라는 전갈을 보내셨단다. 사실 올드 팰리스 주교 관저에 찰스가 가서 살 자리는 없지만 모르긴 몰라도 찰스도 가고 싶지 않겠지."

"레이디 마치멘, 지금 하시는 건 딱 서배스천을 알코올 중독자로 만드는 지름길입니다. 자신이 감시받는다는 생각이 조금이라도 들면 치명적일 거란 사실을 모르시겠어요?"

"원, 세상에, 설명해 봤자 도리가 없겠구나. 개신교도들은 항상 가톨릭 신부들이 스파이라고 생각하니까."

"그런 말이 아닙니다." 내가 설명하고자 했으나 말이 어쭙잖게 나왔다. "서배스천은 자유롭다고 느껴야 한다고요."

"그런데 그 아이는 언제나, 지금까지 자유로웠잖니. 그리고 지금 꼴을 봐."

우리는 선착장에 다다랐고, 교착 상태에 다다랐다. 거의 두 말없이 나는 부인을 수녀원까지 모셔다 드렸고, 버스를 타고 카팍스 교차로로 돌아왔다.

서배스천이 내 기숙사 방에서 나를 기다리고 있었다. "아빠한테 전보를 치려고." 그가 말했다. "가족들이 나를 여기 주교

관저로 밀어 넣게 놔두시지는 않을 거야.”

“하지만 가족들이 네가 옥스퍼드에 다니는 조건으로 그걸 내걸면?”

“안 다니고 말지. 이런 내 모습이 상상이 가? 일주일에 두 번씩 미사를 보고, 숫기 없는 가톨릭교도 신입생들을 위한 다과회를 거들고, 뉴먼에서 초빙 연사와 만찬을 들고, 손님이 오면 포트와인 한 잔을 마시는 내내 과음하지 않도록 벨 예하의 감시의 눈초리를 받고, 자리를 비웠을 때는 어머니가 너무 매력적이라서 받아들여진 다소 창피한 현지 술꾼쯤으로 해명되는 내 모습이?”

“내가 어머니께 그러는 건 아니라고 말씀드렸는데.” 내가 말했다.

“우리 오늘 밤 진탕 취해 버릴까?”

“오늘 밤이 딱히 떠오르는 피해가 없는 유일한 날이야.” 내가 말했다.

“세상에 반대하라?”

“세상에 반대하라.”

“좋았어, 찰스. 우리에게 남겨진 저녁이 얼마 없어.”

그리고 그날 밤 몇 주 만에 처음으로 우리는 함께 무아지경으로 취했다. 나는 종탑들이 일제히 자정을 울릴 때 서배스천을 기숙사 입구까지 바래다주었고, 종탑들 사이로 어지러이 도는 별이 총총한 천공 아래에서 내 방으로 비틀비틀 돌아와 일 년 만에 처음으로 옷을 그대로 입은 채 곯아떨어졌다.

다음 날 레이디 마치멘이 옥스퍼드를 떠나며 서배스천을 데려갔다. 브라이즈헤드와 나는 무엇을 부치고 무엇을 버릴지 선별하기 위해 서배스천의 방으로 갔다.

브라이즈헤드는 언제나 그렇듯 근엄하고 인간미가 없었다. "서배스천이 벨 예하를 더 잘 알지 못하다니 안타깝군." 그가 말했다. "함께 살기에 유쾌한 분이시란 걸 알게 됐을 텐데. 내가 마지막 학년에 거기서 지냈거든. 어머니는 서배스천이 확정된 알코올 중독자라고 생각하시던데. 진짜야?"

"그렇게 될 위험에 처해 있어."

"내 생각에 하느님께서는 수두룩한 훌륭한 사람들보다 알코올 중독자들을 좋아하시는가 보군."

"빌어먹을." 나는 그날 아침 눈물이 나올 지경이었기에 이렇게 말했다. "왜 애먼 일에 하느님을 끌어들여?"

"미안하군. 내가 깜빡했어. 그런데 말이야, 그건 몹시 웃기는 질문이야."

"웃긴다고?"

"나는. 너는 안 웃기겠지만."

"응, 나는 안 웃기네. 난 꼭 당신네들의 종교가 없었으면 서배스천한테 행복하고 건강한 남자가 될 기회가 있었을 것만 같으니까."

"그 점은 논란의 여지가 있군." 브라이즈헤드가 말했다. "서배스천에게 이 코끼리 발이 다시 필요할 거라고 생각해?"

그날 저녁 나는 안뜰을 가로질러 콜린스를 방문했다. 그는 열린 창문가에서 사그라지는 햇빛에 의지하며 홀로 교재에 몰두하고 있었다. "안녕." 그가 말했다. "들어와. 이번 학기 내내 얼굴을 못 봤네. 줄 게 아무것도 없는데 이를 어쩌나. 멋쟁이 단짝은 어디 놔두고 혼자야?"

"나는 옥스퍼드에서 제일 외로운 사람이야." 내가 말했다. "서배스천 플라이트가 정학됐어."

이내 나는 여름 방학 때 무얼 할 계획인지 콜린스에게 물었다. 그가 말해 주었고, 고통스러울 만큼 지루하게 들렸다. 듣고 나서 나는 다음 학기 셋방을 구했는지 물었다. 구했다고, 다소 멀지만 매우 안락한 집이라고 그가 말했다. 그는 에세이 소사이어티 학회의 총무를 맡은 틴게이트와 집을 같이 쓸 예정이었다.

"아직 임자 없는 방이 하나 있긴 해. 바커가 오기로 되어 있었는데, 이제 유니언 회장직에 출마하려고 하니까 좀 더 가까운 데를 잡아야겠다는 생각이 드나 봐."

우리 둘 모두의 마음속에 어쩌면 내가 그 방에 들어가도 되겠다는 생각이 들었다.

"너는 어디에 머무는데?"

"머튼 거리에서 서배스천 플라이트와 머물 예정이었지. 이제는 다 소용없는 일이지만."

그럼에도 둘 중 누구도 제안하지 않은 채 그 순간이 지나갔다. 내가 떠날 때 그가 말했다. "머튼 거리에서 지낼 사람을 찾길 바랄게." 그리고 나도 말했다. "이플리 거리에서 지낼 사람을 찾길 바랄게." 그리고 그와 다시는 말하지 않았다.

그 학기는 열흘밖에 남아 있지 않았다. 나는 어찌어찌 그 열흘을 넘겼고, 전해에 사뭇 다른 상황에서 무계획으로 그랬듯이 런던으로 돌아갔다.

"그 아주 잘생긴 네 친구 말이다." 아버지가 물었다. "같이 안 왔니?"

"네."

"난 그 친구가 이곳을 자기 집으로 차지한 줄만 알았구나. 유감이구나, 마음에 드는 친구였는데."

"아버지, 제가 학위를 따기를 딱히 원하세요?"

"내가 원하느냐고? 하이고, 내가 왜 그런 걸 원하겠니? 나한테 쓸모도 없는데. 내가 지켜본 바로는 너한테도 별 쓸모가 없는 듯싶구나."

"제가 생각하던 게 바로 그거예요. 어쩌면 옥스퍼드로 되돌아가는 게 좀 시간 낭비가 아닌가 하는 생각이 들었어요."

그때까지 아버지는 내가 하는 말에 제한적으로만 관심을 두었으나 이제는 읽던 책을 내려놓고 안경을 벗고는 나를 지그시 쳐다보았다. "정학된 게로구나." 아버지가 말했다. "형도 이 꼴이 나리라고 경고했더랬지."

"아니에요, 그런 거."

"아니, 그러면 이게 다 무슨 얘기냐?" 아버지가 안경을 다시 끼고 책장에서 보던 곳을 찾으며 성마르게 물었다. "다들 최소한 삼 년은 가 있는다. 신학 일반 학위를 따는 데 칠 년이 걸린 남자도 봤어."

"저는 그저 학위가 필요한 직업을 선택하지 않을 거라면 제가 하고자 하는 바를 당장 시작하는 편이 최선이지 않을까 생각했어요. 저는 화가가 되고자 합니다."

그러나 이 말에 아버지는 그 자리에서 아무런 대답도 하지 않았다.

그래도 이 이야기가 아버지의 마음속에 뿌리를 내리는 듯했다. 이에 우리가 이 문제에 대해 다시 대화할 무렵에는 확고히 자리 잡고 있었다.

"화가가 되면 작업실이 필요하겠구나." 아버지가 일요일 오찬 식탁에서 말했다.

"네."

"뭐, 여기에는 작업실이 없단다. 네가 번듯이 작업실이라고 쓸 수 있는 방조차 하나 없으니. 네가 화랑에서 그리게 두지는 않을 거다."

"네. 그럴 생각도 없었어요."

"그리고 집 안에 온통 벌거숭이 모델들이나 지긋지긋한 헛소리만 하는 비평가들이 돌아다니게 두지도 않을 거다. 그리고 나는 테레빈유 냄새가 싫다. 아마도 너는 제대로 해 볼 생각이니 유화 물감을 쓰려 하겠지?" 아버지는 유화 물감을 쓰느냐 수채화 물감을 쓰느냐에 따라 화가들을 프로와 아마추어로 나누는 세대의 사람이었다.

"처음 일 년간은 채색을 많이 할 것 같지 않아요. 작업도 어차피 학교에서 할 텐데요, 뭐."

"외국 학교에서?" 아버지가 희망에 차서 물었다. "외국에 훌륭한 학교들이 몇 개 있는 걸로 안다."

모든 것이 내가 의도한 것보다 상당히 빠르게 진척되고 있었다.

"외국에서든 여기서든요. 일단 좀 살펴봐야죠."

"외국을 살펴봐라." 아버지가 말했다.

"그러면 제가 옥스퍼드를 떠나는 데 동의하시는 거죠?"

"동의? 동의하느냐고? 아들아, 너는 스물둘이다."

"스물이에요." 내가 말했다. "10월에 스물하나가 되고요."

"그것밖에 안 됐니? 훨씬 길었던 느낌인데."

레이디 마치멘에게서 온 편지가 이 이야기의 일단락을 지어 준다.

"친애하는 찰스에게." 부인이 썼다. "서배스천은 외국에 있는 아버지를 보러 오늘 아침 떠났단다. 그 아이가 떠나기 전에 내가 찰스에게 편지를 썼느냐고 물었더랬지. 안 썼다고 하길래 내가 써야겠다 싶었지만 우리의 지난 산책 때 꺼낼 수 없었던 말을 편지에 담을 수 있으리라는 기대는 별로 하지 않는단다. 그래도 찰스가 감감무소식으로 남겨져 있으면 안 되잖니.

학생처에서 서배스천을 한 학기만 정학했고, 벨 예하 거처에 가서 사는 조건으로 크리스마스 이후에 복학시켜 줄 거란다. 그 아이가 결정할 문제지. 한편 샘그라스 교수가 정말 친절하게도 서배스천을 돌보겠다고 승낙해 주셨어. 아버지 댁에서의 체류가 끝나자마자 샘그라스 교수가 서배스천과 합류해서 둘이 함께 레반트로 갈 거야. 거긴 샘그라스 교수가 오래전부터 정교회 수도원 여러 곳을 탐방하고 싶어 안달하시던 곳이란다. 이 여행이 서배스천에게 새로운 흥밋거리가 되기를 희망하셔.

서배스천은 여기 머무는 동안 행복하지 않았단다.

그 둘이 크리스마스에 집에 돌아오면 분명 서배스천이 널 보고 싶어 할 테고, 우리 모두 역시 보고 싶을 거란다. 다음 학기를 위한 준비가 너무 많이 틀어진 건 아니기를, 하는 일이 모두 순조롭기를 바란다.

테레사 마치멘 근백.

오늘 아침에 가든룸에 갔는데 정말 너무나 안타까웠단다."

2부
등져 버린 브라이즈헤드

1

"그러다 우리가 산길 꼭대기에 다다르자 등 뒤에서 질주하는 말발굽 소리가 들리더니 군인 둘이 여행자단 선두로 말을 달려와 우리 발길을 돌렸습니다. 장군이 보낸 사람들로, 가까스로 늦지 않게 우리를 잡았던 겁니다. 앞에는 1킬로미터도 되지 않아 악당이 있었어요." 샘그라스 교수가 말했다.

교수가 잠시 멈췄고, 소수의 청중은 교수가 감명을 주고자 했다는 것은 알았으나 어떻게 흥미를 점잖게 드러낼 수 있을지 주저하며 말없이 앉아 있었다.

"악당요?" 줄리아가 말했다. "맙소사!"

그럼에도 교수는 더한 반응을 기대하는 듯했다. 끝내 레이디 마치멘이 말했다. "그쪽 지역에서 보이는 민속 음악 종류가 정말 지루하기는 한가 보군요."

"레이디 마치멘, 악단이 아니라 산적 떼 같은 악당입니다."

소파에서 내 옆자리에 앉은 코딜리아가 소리 죽여 끅끅거렸다. "산에 그런 패거리들이 수두룩합니다. 케말[228] 군대의 떨거지들, 후퇴할 때 떨쳐진 그리스인들 말입니다. 제가 장담하는데 자포자기한 인생들이죠."

"나 좀 꼬집어 줘." 코딜리아가 속삭였다.

내가 그녀를 꼬집었고 소파 용수철의 출렁거림이 잦아들었다. "고마워." 코딜리아가 손등으로 눈가를 훔치며 말했다.

"그래서 어디였든지 간에 거기는 가지도 못한 거네." 줄리아가 말했다. "엄청 실망했던 거 아니야, 서배스천?"

"나?" 등불 저편의, 타오르는 장작불의 온기 저편의, 가족 구성원과 카드 게임용 탁자 위에 늘비한 사진들 저편의 그림자로부터 서배스천이 말했다. "나? 아, 그날 난 거기 있었던 것 같지 않은데. 내가 있었던가요, 새미?"

"그날은 네가 아팠지."

"내가 아팠지." 서배스천이 메아리처럼 되뇌었다. "그래서 어디였든지 간에 거기에 난 절대 가지 못했던 거네요. 그런 거죠, 새미?"

"자, 이 사진은, 레이디 마치멘, 여관 마당에 모인 알레포의 여행자단입니다. 이쪽은 우리의 아르메니아인 요리사 비게드비안이고요, 이건 조랑말에 탄 제 모습, 이건 접혀 있는 천막,

228) 무스타파 케말 아타튀르크(Mustafa Kemal Atatürk, 1881~1938). 터키의 육군 장교이자 터키 공화국 창설자 및 초대 대통령. 1차 세계 대전 당시 독일과 동맹을 맺은 터키군을 지휘하여 갈리폴리 전투에서 영국과 프랑스의 연합 함대를 쓰러뜨렸다.

이건 당시에 우리를 졸졸 쫓아오던 상당히 피곤한 어떤 쿠르드 사람이고요. …… 여기 제가 있는 곳은 폰토스,[229] 에페소스,[230] 트레비존드,[231] 크락 데 슈발리에,[232] 사모트라키섬,[233] 바투미[234]입니다. 물론 아직 시간순으로 정리해 두진 않았지만요."

"순 안내인이랑 폐허랑 노새뿐이네." 코딜리아가 말했다. "오빠는 어디 있어요?"

"오빠는……." 하고 말하는 샘그라스 교수의 목소리에는 마치 그 질문을 예상했고 답을 준비해 두었다는 양 승리의 기미가 묻어 있었다. "오빠는 카메라를 들었지. 렌즈에 손을 대면 안 된다는 걸 배우자마자 아주 전문가가 되어서 말이다. 그렇지, 서배스천?"

그림자로부터는 답이 없었다. 샘그라스 교수가 다시 자기 돼지가죽 책가방 속을 뒤적거렸다.

"이건 베이루트에 있는 세인트 조지 호텔의 테라스에서 길거리 사진사가 찍어 준 단체 사진이에요. 여기는 서배스천이 있네요." 교수가 말했다.

"뭐야, 이건 설마 앤서니 블랑쉬?" 내가 말했다.

---

229) 고대 그리스에서 현재 터키령 내 흑해의 남쪽 해안에 인접한 지방을 부르던 명칭.

230) 현재 터키에 폐허가 남아 있는 고대 도시.

231) 현재 터키령의 흑해 해안에 있는 도시 트라브존의 고대 명칭.

232) 고대 도시 알레포의 왕이 1031년 건설한 성채.

233) 에게해의 그리스 섬.

234) 흑해 연안에 있는, 바투스로 알려진 고대 그리스 부락의 터.

"맞아, 우리가 그 친구를 상당히 자주 봤지. 콘스탄티노플[235]에서 우연히 만나서 말이다. 유쾌한 친구더구나. 내가 어쩌다 그런 친구를 모르고 지냈는 몰라. 우리가 베이루트까지 가는 길 내내 그 친구도 동행했어."

다과가 치워지고 커튼이 드리워졌다. 그날은 크리스마스 이틀 뒤이자 내가 방문하고 처음 맞는 저녁이었다. 서배스천과 샘그라스 교수가 처음 맞는 저녁이기도 했다. 놀랍게도 내가 도착했을 때 그들을 역내 승강장에서 발견했던 것이다.

레이디 마치멘은 삼 주 전에 내게 편지를 했더랬다. "방금 샘그라스 교수로부터 전해 듣기로는 우리가 바란 대로 둘이 크리스마스에는 집에 돌아올 거라더구나. 그 둘로부터 너무 오래도록 소식을 듣지 못해서 실종된 건 아닌가 두려워서 확실히 알게 되기까지는 어떤 준비도 해 놓고 싶지 않았어. 서배스천이 찰스를 간절히 보고 싶어 할 거야. 시간 낼 수 있으면 크리스마스에 우리 집으로 오거나 그 후에라도 가능한 한 빨리 오렴."

큰아버지와 크리스마스를 보내기로 한 것은 깰 수 없는 약속이었기에 나는 국토를 가로질러 이동해 도중에 지선으로 넘어가며 서배스천이 이미 도착해 있으려니 기대했다. 그러나 그가 있던 곳은 바로 옆 객차였고, 내가 그에게 뭘 하고 있었느냐고 묻자 샘그라스 교수가 너무도 구변 좋고 너무도 장황하게 답변하며 짐을 두고 왔다든가 쿡 여행사는 연말 휴가

---

235) 1930년 전까지 터키 이스탄불을 지칭하는 이름으로 사용되었다.

를 맞아 닫혀 있었다든가를 줄줄 읊어 내려 나는 대번에 꽁꽁 감춰 둔 다른 속사정이 있음을 직감했다.

샘그라스 교수는 좌불안석이었다. 자신감에서 배어나는 신체적 버릇은 전부 유지했어도 죄책감이 퀴퀴한 담배 연기처럼 주변에 감돌았고, 레이디 마치멘이 교수를 맞는 태도에서 나는 뭔가 희망의 기미를 느꼈다. 교수는 티타임 내내 생생한 여행담을 쉴 새 없이 풀어놓았고, 그 후에 레이디 마치멘이 '짧은 면담'을 위해 교수를 위층으로 빼냈다. 나는 교수가 연민에 가까운 얼굴을 하고 뒤따르는 것을 지켜보았다. 포커 감각이 있는 누구에게나 샘그라스 교수가 매우 불충분한 패를 들었다는 사실은 빤했고, 티타임에 그를 주시하던 나는 교수가 허세를 부릴 뿐 아니라 사기까지 치고 있지는 않은가 수상쩍어지기 시작했다. 크리스마스 무렵의 거취에 관하여 교수가 말해야만 하는 것이, 말하고 싶지 않았던 것이, 또 레이디 마치멘에게 어떻게 말해야 할지 도저히 감이 잡히지 않는 것이 있었지만 그것보다도 내가 추정하기로는 레반트 여행 전반에 관하여 교수가 말해야 마땅했지만 말할 의도가 전혀 없는 것이 상당량 있었다.

"보모 할머니 보러 가자." 서배스천이 말을 걸어왔다.

"오빠, 나도 가면 안 돼, 응?" 코딜리아가 말했다.

"너도 와."

우리는 돔 안에 있는 육아실로 올라갔다. 가는 길에 코딜리아가 말했다. "오빠는 집에 돌아왔는데 하나도 안 기뻐?"

"당연히 기쁘지." 서배스천이 말했다.

"그러면 조금은 기쁜 티를 내도 되잖아. 나는 오빠가 집에 오기를 얼마나 기다렸다고."

보모 할머니는 딱히 말을 걸어 주기를 바라지 않았다. 그녀에게 최상의 방문 형태란 방문객들이 자기를 신경 쓰지 않고 뜨개질하도록 내버려 두는 동안 그들의 면면을 바라보며 어린아이들이었을 때 자기가 알던 모습으로 생각해 보는 것이었다. 그들의 어릴 적 심술이나 악행에 대면 현재의 소행들은 별일도 아니었다.

"에구머니나." 보모가 말했다. "이렇게나 홀쭉해졌어그래. 아무래도 그 타지 음식이 안 맞는 게지. 그래도 이제 돌아왔으니 살이 좀 붙어야지. 눈이 퀭한 걸 보니 요새 밤늦게까지 안 잔 모양이로구나, 춤추느라 그런 게지."(상류층이 한가한 저녁을 주로 무도회장에서 보낸다는 것이 호킨스 보모 할머니의 꾸준한 믿음이었다.) "보자, 그 셔츠는 좀 꿰매야겠다. 세탁장에 보내기 전에 나한테 가져오려무나."

서배스천은 확실히 수척해 보였다. 다섯 달이 그에게는 몇 년간의 변화를 초래했던 것이다. 핼쑥해지고 여위고 눈 아랫거죽은 늘어지고 입꼬리는 처졌으며 턱 옆쪽으로는 화농성 부스럼의 흉터가 여럿 졌다. 게다가 목소리는 단조로워진 듯했고 거동은 무기력했다가 움찔거리기를 번갈았다. 초라해 보이기도 했던 것은 옷매무새와 머리 모양 탓이었는데, 이전에는 적절히 무심한 느낌이었으나 지금은 헙수룩한 느낌이었다. 그중에서도 최악은 그의 눈에 내가 부활절에 발견하여 소스라쳤던, 이제는 습관성이 되어 버린 듯한 경계의 빛이 서렸다는 것이었다.

그 경계의 빛에 얼어 버린 나는 그에 관해서는 아무것도 묻지 않고, 대신에 내 가을과 겨울에 관해서만 말해 주었다. 생루이섬의 내 방과 미술 학교, 또 나이 많은 선생들이 얼마나 좋았고 학생들은 얼마나 못됐는가를 말해 주었다.

"개네는 루브르 근처에는 절대 가지도 않아." 내가 말했다. "아니, 간대 봤자 다만 걔들이 읽는 어이없는 비평지 하나에서 그달의 미학 이론과 들어맞는 거장을 갑자기 '발견'했기 때문인 거야. 개네 중 절반은 피카비아[236]같이 대중적으로 확 떠보려고 혈안이 돼 있고, 나머지 절반은 말 그대로 《보그》에 광고 삽화나 그리거나 밤무대를 장식하면서 먹고살 마음밖에 없어. 이 와중에 선생들은 아직도 학생들한테 들라크루아[237]같이 그리도록 가르친다니까."

"찰스." 코딜리아가 말했다. "현대 미술은 다 헛소리지?"

"개소리지."

"아, 정말 다행이다. 내가 우리 학교 수녀님 한 분이랑 말싸움을 했는데 그 수녀님이 우리가 이해하지 못하는 건 따지고 비난하면 안 된다고 했거든. 이제 그 수녀님한테 진짜 화가가 직접 인정해 줬다고 하면서 콧대 좀 꺾어야겠다."

---

236) 프랑시스 피카비아(Francis Picabia, 1879~1953). 프랑스의 화가이자 시인으로, 큐비즘, 다다이즘을 비롯하여 전통적 구상화 기법들을 실험한 선구자로 알려져 있다.

237) 외젠 들라크루아(Eugène Delacroix, 1798~1863). 프랑스의 낭만주의 화가로, 강렬한 색채를 사용하여 후일 인상파 화풍에 영향을 주었다.

이내 코딜리아는 저녁을 들러, 서배스천과 나는 칵테일을 마시러 응접실에 내려갈 시간이었다. 브라이즈헤드 혼자 그곳에 있었는데, 윌콕스가 우리 발뒤꿈치를 밟아 와 그에게 말을 건넸다. "주인마님께서 위층에서 이야기를 하고자 하십니다, 도련님."

"누굴 보내서 부르다니 엄마답지 않네. 주로 자기가 꾀어서 올라가는데."

칵테일 쟁반이 들어올 기미가 없었다. 몇 분 후에 서배스천이 벨을 울렸다. 하인 하나가 응답했다. "윌콕스 씨는 위층에 주인마님과 있습니다."

"뭐, 알았으니까 칵테일이나 내와요."

"열쇠를 윌콕스 씨가 가지고 있습니다, 도련님."

"아⋯⋯ 그럼 윌콕스 씨가 내려오면 칵테일 쟁반이랑 같이 들라고 해요."

우리는 앤서니 블랑쉬에 관해 약간 잡담했고("형이 이스탄불에서 턱수염을 붙이고 있었는데, 내가 떼게 했어.") 십 분 뒤 서배스천이 말했다. "뭐, 칵테일이야 마시고 싶지도 않네, 어차피. 난 목욕이나 하러 갈게." 그러고는 응접실을 떠났다.

그때가 7시 30분이었다. 나는 다른 사람들은 차려입으러 갔으려니 생각했지만, 나 역시 뒤따르려던 차에 내려오는 브라이즈헤드와 마주쳤다.

"잠깐만, 찰스. 설명해야 할 게 있어. 어머니께서 어떤 방에도 술을 두면 안 된다는 명을 내리셨어. 왜인지는 너도 알겠지. 뭔가 마시고 싶으면 벨을 울려서 윌콕스한테 말해. 다만 혼자

일 때까지 기다리는 게 낫겠지. 미안하다, 상황이 상황이라."

"그렇게까지 할 필요가 있어?"

"꼭 필요한 일이라고 생각해. 너도 들었을 수도, 못 들었을 수도 있겠지만 서배스천이 영국으로 돌아오자마자 또 한 번 발작을 했어. 크리스마스 무렵에는 실종되었고. 샘그라스 교수가 어제 저녁에 겨우 그 애를 찾았어."

"그런 유의 일이 뭔가 일어났으리라고 짐작은 했지만. 정말로 이게 최선의 대처 방식이야?"

"어머니의 방식이야. 서배스천도 위층으로 올라갔겠다, 칵테일 좀 마시겠어?"

"마시다 사레들리겠다."

나는 언제나 첫 방문 때 받았던 방을 받았다. 서배스천의 옆방이었으므로 우리는 한때 옷 방이었다가 이십 년 전에 욕실로 탈바꿈된 공간을 함께 사용했다. 욕실로 바뀌며 침대 겸용 소파 대신 바닥이 깊고 마호가니로 테가 둘러진 구리 욕조가 놓여 선박 기관의 부품같이 무거운 놋쇠 지레를 당기면 물이 채워지곤 했으나 나머지는 변함없이 남아 겨울철이면 으레 석탄불이 타올랐다. 나는 종종 그 욕실을 떠올리고(수증기로 뿌예진 수채화들과 친츠 천이 대진 팔걸이의자 등받이에서 훈기를 머금던 커다란 목욕 타월) 현대 세상에서 호화스럽다고 통용되는, 크롬 도금과 거울로 반짝이는 획일적이며 병실 같고 비좁은 욕실들과 대조해 본다.

욕조에 느긋이 누웠다가 불가에서 천천히 몸을 말리는 동안 내 머릿속은 줄곧 내 친구의 암담한 귀가로 가득했다. 그런

다음 실내 가운을 걸치고 서배스천의 방으로 향해 언제나처럼 노크하지 않고 들어갔다. 옷을 반쯤 입고 불가에 앉아 있던 그는 내 기척에 격심하게 펄쩍 뛰더니 양치용 컵을 내려놓았다.

"뭐야, 너구나. 간 떨어지는 줄 알았네."

"그래서 기어이 술을 얻었군." 내가 말했다.

"무슨 말인지 모르겠는데."

"제발 좀." 내가 말했다. "나한테까지 숨길 필요는 없잖아! 나한테도 좀 주든가."

"그냥 휴대용 술병에 좀 있던 거야. 이제 다 마셨어."

"무슨 일이 일어나는 거야?"

"아무것도. 많이. 나중에 말해 줄게."

나는 차려입고 서배스천에게 들렀지만 여전히 내가 두고 간 그대로 불가에 옷을 반쯤 입고 앉은 채였다.

줄리아가 응접실에 혼자 있었다.

"뭐야, 무슨 일이 일어나는 거야?" 내가 물었다.

"아, 그냥 또 지긋지긋한 집안 소동이야. 서배스천이 또 취해서 모두 오빠를 감시해야 돼. 그냥 진저리가 난다."

"서배스천도 꽤나 지긋지긋할 거야."

"아니, 그건 오빠 탓이지. 왜 다른 사람처럼 굴지 못하는 거야? 감시한다는 말이 나왔으니 말인데, 샘그라스 교수는 어때? 찰스, 그 남자 어딘가 약간 수상쩍어 보이지 않아?"

"매우 수상쩍지. 어머니 눈에도 그게 보인 것 같아?"

"엄마는 자기가 보고 싶은 것만 봐. 집 안 전체를 감시할 수는 없잖아. 오빠도 알겠지만 나도 골칫거리고."

“나는 몰랐어.” 내가 말하고는 겸허하게 덧붙였다. “이제 막 파리에서 돌아온 참이라.” 그녀가 처한 문제가 무엇이든 장안의 화제까지는 아니었다는 인상을 주지 않기 위해.

특히나 음울한 저녁이었다. 우리는 채색된 거실에서 만찬을 들었다. 서배스천은 늦었고, 우리는 괴로울 만큼 초조해진 나머지 내가 생각건대 모두의 마음속에는 그가 휘청거리고 딸꾹거리며 일종의 저속한 익살극식으로 입장하리라는 우려가 자리했다. 그가 등장했을 때는 물론 완벽하게 예의 바른 모습이었다. 그는 양해를 구했고, 빈자리에 앉아 샘그라스 교수더러 하던 독백을 방해하는 사람 없이, 또 보아하니 귀 기울이는 사람 없이 이어 가도록 했다. 드루즈파,[238] 족장, 우상, 베드버그, 로마네스크 양식 유적, 기이한 염소와 양의 눈 요리, 프랑스와 터키의 관리. 근동 여행담이 하나부터 열까지 우리의 즐거움을 위해 제공되었다.

나는 샴페인이 식탁에서 돌려지는 것을 지켜보았다. 서배스천 차례가 되자 그가 말했다. “저는 위스키로 할게요.” 이에 나는 윌콕스가 서배스천의 머리 너머로 레이디 마치멘에게 흘끗 눈짓하는 것을 보았고 부인이 미세하게, 거의 알아차릴 수 없도록 끄덕이는 것을 보았다. 브라이즈헤드 저택에서는 술병 하나의 4분의 1가량이 담기는 작은 개인용 증류주 디캔터가 쓰였고, 누구나 요청하면 언제나 그 앞에 꽉 채워져 놓였다. 그러나 윌콕스가 서배스천 앞에 놓은 디캔터는 반쯤 비어

238) 이슬람교의 시아파에서 갈라져 나온 이단 분파.

있었다. 서배스천은 디캔터를 매우 의도적으로 들어서, 기울이고, 빤히 쳐다보고는, 정적 가운데서 술을 자기 잔에 손가락 두 개 높이로 따랐다. 서배스천을 제외하고 모두가 일제히 말하기 시작하여 잠시간 샘그라스 교수는 자신이 듣는 이 없이 말한다는, 마론파[239]에 관하여 촛대에 대고 말한다는 사실을 깨달았다. 그러나 이내 우리는 다시 잠잠해졌고, 교수가 식탁을 장악하던 차에 레이디 마치멘과 줄리아가 거실을 나갔다.

"얼른 와, 브라이디." 줄리아가 언제나의 말버릇대로 문가에서 이렇게 말했지만 그날 저녁 우리는 오래 끌 의향이 없었다. 우리 술잔들이 포트와인으로 채워지는 즉시 디캔터가 응접실에서 치워졌다. 우리가 얼른 마셔 버리고 나간 응접실에서 브라이즈헤드가 어머니에게 책을 읽어 달라고 요청하였기에 부인은 원기 왕성하게 『어느 무명 인사의 일기』[240]를 10시까지 읽어 제치다가 그제야 책을 덮고 이루 말할 수 없이 피곤하다고, 너무 피곤해서 그날 밤에는 예배당에도 들르지 않겠다고 말했다.

"내일 사냥 누가 나갈 거니?" 부인이 물었다.

"코딜리아요." 브라이즈헤드가 말했다. "저도 사냥개들을 보여 줄 겸 줄리아의 그 어린 말을 데려갈 거예요. 두어 시간 이상 끌고 다니지는 않을 거고요."

---

239) 귀일교회에 속하는 종파로 기원후 5세기경에 창시되었으며, 오늘날 레바논에서 가장 힘 있는 종교 집단으로 꼽힌다.

240) 조지 그로스미스(George Grossmith)와 위든 그로스미스(Weedon Grossmith) 형제가 집필한 일기 형태의 희극 소설.

"렉스가 조만간 도착한대요." 줄리아가 말했다. "그를 맞으려면 저는 집에 있어야겠어요."

"사냥터가 어디야?" 서배스천이 불쑥 물었다.

"그냥 여기 플라이트세인트메리."

"그러면 나도 사냥 나갈까 봐. 내가 탈 게 있으면."

"당연히 있지. 반가운 소리군. 너한테도 물어보는 건데, 억지로 나가게 한다고 네가 맨날 불평불만을 해 대서 말 않고 있었지. 네가 팅커벨을 타면 되겠다. 이번 사냥철에 정말 잘나가고 있어."

서배스천이 사냥을 가고 싶다니 모두 갑자기 기분이 좋아졌다. 꼭 그날 저녁의 고충을 일부나마 풀어 주는 것만 같았다. 브라이즈헤드가 벨을 울려 위스키를 부탁했다.

"또 위스키 마실 분 계십니까?"

"나도 좀 가져다줘요." 서배스천이 말했고, 이번에는 윌콕스가 아니라 하인이었음에도 그와 레이디 마치멘 사이에서 예의 그 눈짓과 끄덕임이 교환되는 것이 보였다. 모든 이가 주의를 받았다. 마치 바에서 내놓는 '더블'과 같이 이미 잔에 따라진 채로 잔술 두 잔이 들여와졌고, 다들 식당에서 고기 냄새를 맡는 개가 된 양 모두의 시선이 술잔이 놓인 쟁반을 좇았다.

그럼에도 사냥을 나가고 싶다는 서배스천의 바람이 빚은 쾌활한 분위기는 지속되었다. 브라이즈헤드는 마구간에 통고서를 써 냈고, 우리는 모두 상당히 명랑하게 잠자리로 향했다.

서배스천은 곧장 침대로 들어갔고, 나는 그의 방 불가에 앉아 파이프를 한 대 피웠다. 내가 말했다. "나도 내일 너랑 나갈 수 있었으면 싶은데."

그가 말했다. "뭐, 그다지 몸 풀 거리는 없을 거야. 내가 정확히 뭘 할 건지 말해 줄게. 나는 첫 번째 덤불에서 브라이디로부터 떨어진 다음 가장 가까운 괜찮은 술집으로 말을 달려서 온종일 조용히 술집 특별실에서 흠뻑 들이켜며 보낼 거야. 다들 나를 알코올 중독자처럼 대하겠다면 내가 그 빌어먹을 알코올 중독자가 뭔지 보여 주겠어. 어차피 사냥도 싫어하는 마당에."

"이거 참, 너를 내가 어떻게 막겠어."

"막을 수 있어, 사실상. 나한테 돈을 한 푼도 안 주면. 가족들이 거 왜, 여름에 내 은행 계좌를 중지해 버렸거든. 그게 내 주된 고난 중 하나였어. 행복한 크리스마스를 확보하기 위해 시계랑 담배 케이스를 전당 잡혔으니, 일일 경비를 얻으러 내일 너한테 가야 할 거야."

"안 줄 거야. 못 준다는 거 너도 아주 잘 알잖아."

"안 줄 거야, 찰스? 뭐, 아마도 어찌어찌 나 혼자서 꾸려 나갈 수 있겠지. 최근에 그쪽으로 상당히 재주가 생겼거든, 혼자서 꾸려 나가는 거. 그래야 했으니까."

"서배스천, 너랑 샘그라스 교수랑 뭘 하다 온 거야?"

"교수가 저녁 식탁에서 말해 줬잖아. 폐허랑 안내인이랑 노새, 그게 새미가 하다 온 거야. 우리는 각자의 길을 가기로 결정했고 그게 다야. 가엾은 새미가 지금까지는 정말 상당히 잘 처신해 줬어. 계속 그렇게만 하기를 바랐는데, 내 행복한 크리스마스에 관해서는 매우 조심성이 없었던 것 같네. 아무래도 나에 대해 너무 좋은 얘기만 늘어놓으면 감시 역이라는 직책을 잃을 수도 있겠다는 생각이 들었나 보지.

감시 역을 하면서 재미깨나 보더라고. 교수가 훔친다는 말은 아니야. 돈 관련으로는 꽤 정직하다는 생각이 들어. 확실히 엄마랑 변호사 회람용으로 쪽팔리는 작은 수첩을 들고 다니면서 여행자 수표를 현금화하고 지출하는 내역을 모조리 쓰긴 하니까. 다만 교수는 그 온갖 곳에 가고 싶었고, 이때 교수들이 흔히들 하듯 여행하기보다는 호강살이를 시켜 주는 나를 데려가는 쪽이 형편이 좋다는 말이지. 여기서 유일한 단점은 나와 동행하는 걸 참아야 한다는 거였는데, 우리는 그 문제도 금방 교수를 위해 잘 풀었어.

우리가 시작한 건 그야말로 순유 여행[241]이었어. 방방곡곡의 온갖 중요한 사람들에게 편지를 보내고, 로도스섬에서는 군정 장관과 머물고 콘스탄티노플에서는 대사와 머무는 거. 그게 애초에 새미가 하겠다고 계약한 일이었어. 물론 교수는 날 감시하겠다는 자기 임무는 내던져 버렸지만 그래도 사전에 우리가 머물 곳의 모든 집주인들에게 경고해 뒀더라. 내가 사리 분별을 못 한다고."

"서배스천."

---

241) 유럽에서 예술을 꿈꾸는 젊은이들이 성인이 되어 외국을 돌아보며 건축 및 미술 기교를 익히던 여행 또는 상류층 자제들이 스물한 살이 되면 외국을 순회하며 견문을 넓히고자 많은 경우 학식 있는 가이드를 동반하여 몇 달에서 몇 년까지 하던 여행.

"사리 분별이 온전치는 않다고 말이야. 그리고 나는 쓸 돈이 한 푼도 없어서 많이 빠져나갈 수도 없었어. 심지어 교수가 내 팁까지 대신 내 줬고, 웨이터 손에 지폐를 쥐여 주고는 바로 그 자리에서 금액을 수첩에 적었지. 내게 행운이 따른 건 콘스탄티노플에서였어. 어느 저녁에 새미가 안 보고 있을 때 카드놀이에서 돈을 좀 땄거든. 그다음 날 교수를 따돌리고 토카틀리안 호텔에 있는 바에서 정말 행복한 한 시간을 보내고 있으려니까 들어온 사람이 바로 턱수염을 붙인 앤서니 블랑쉬랑 어떤 유대인 남자애였어. 앤서니가 10파운드를 빌려주자마자 새미가 헐떡거리며 들어와서는 나를 다시 체포했지. 그 후로는 그의 시야에서 단 일 분도 벗어나는 일이 없었어. 대사관 직원들은 피에레푸스로 가는 배에 우리를 태우고는 항해해 가는 모습까지 지켜봤다니까. 하지만 아테네에서는 쉬웠지. 어느 날 점심을 먹고 그냥 공사관을 걸어 나와서 쿡 여행사에서 돈을 환전하고 새미를 속이려고 알렉산드리아로 가는 배편을 물은 다음에 버스를 타고 항구로 내려가서 미국 영어를 하는 선원을 찾았고, 출항할 때까지 그 선원이랑 배 구석에 숨어 있다가 다시 콘스탄티노플로 슝 돌아가서 뭐, 그렇게 된 거야.

앤서니랑 유대인 남자애가 상점가 근처에서 썩 괜찮은 허물어져 가는 집을 같이 쓰더라고. 나도 거기 머물다가 너무 추워지기에 형이랑 남쪽으로 내려가다가 약속대로 새미를 시리아에서 만난 게 삼 주 전이야."

"새미가 별말 안 했어?"

"뭐, 그간에 자기만의 끔찍한 방식으로 꽤 즐겼던 것 같아. 다만 물론 교수한테 상류 생활은 더 이상 없었지. 처음에는 교수가 약간 안절부절못했던 것 같아. 교수가 지중해 함대 전체를 출동시키게 하고 싶지는 않았으니까 콘스탄티노플에서 전보를 쳐서 나는 잘 있고 오토만 은행으로 돈을 부쳐 주겠느냐고 했지. 전보를 받자마자 교수가 야단을 부리며 달려왔어. 물론 교수는 입장이 난처했지. 왜냐면 내가 성년이고 아직 정신병자로 확정된 것도 아니었으니 나를 억류할 수는 없었던 거야. 내 돈으로 먹고사는 주제에 나를 굶어 죽게 내버려 둘 수도 없었고, 상당한 미련퉁이로 비치지 않으면서 엄마한테 일러바칠 방도도 없었고. 뛰어 봤자 내 손바닥 위였던 거지, 불쌍한 새미. 원래 내 생각은 새미를 내버리고 온다는 거였는데, 앤서니가 이번에 큰 도움이 되기도 했고 일을 좋게 좋게 조정해 두는 게 훨씬 낫다고 말하더라고. 또 형이 실제로 상황을 정말 좋게 좋게 조정해 줬지. 뭐, 그렇게 집에 온 거야."

"크리스마스가 지나서."

"그렇지. 나는 기필코 행복한 크리스마스를 보내기로 마음먹었거든."

"성공했어?"

"성공한 것 같아. 별로 기억은 안 나는데, 그건 언제나 좋은 징조잖아?"

다음 날 아침 식탁에서 브라이즈헤드는 진홍색 옷차림을 하고 있었다. 본인도 매우 말쑥하게 차려입고 새하얀 깃 위로 턱을 높이 치켜든 코딜리아가 서배스천이 트위드 코트 차림으로 등장하자 절규했다. “아이고, 서배스천. 그러고 나오면 어떡해. 얼른 가서 갈아입고 와. 오빠 사냥복 입으면 얼마나 멋진데.”

“어디 구석에 박혀 있나 봐. 깁스가 찾을 수가 없다네.”

“웬 뻥이래. 오빠가 호출되기 전에 내가 직접 사냥복 꺼내는 걸 도와줬는데.”

“물건들 절반은 못 찾겠어.”

“그러면 스트릭랜드베나블스가를 추어올리는 꼴밖에 안 돼. 그 인간들은 행실이 상스러워. 그 집에선 이제 심지어 마부들보고 실크해트를 쓰라고 하지도 않는다니까.”

11시 십오 분 전쯤에 말들이 저택에 대령되었지만 다른 사람들은 아무도 아래층에 나타나지 않았다. 마치 그들이 잠복하여 자신들이 모습을 드러내기 전에 서배스천이 퇴각하는 말발굽 소리가 들릴까 귀 기울이고 있는 듯했다.

모두들 이미 말에 올랐고 자신도 막 출발하려 할 때 서배스천이 내게 현관으로 오라고 손짓했다. 탁자 위에는 그의 모자, 장갑, 말채찍, 샌드위치 옆에 그가 채워 달라고 내놓은 휴대용 술병이 놓여 있었다. 그가 술병을 집어 흔들었다. 비어 있었다.

“보이지.” 그가 말했다. “내가 이 정도까지 신용받지 못하는 거. 미친 건 내가 아니라 가족들이야. 이제 나한테 돈을 안 줄 수 없겠지.”

내가 그에게 1파운드를 줬다.

"더." 그가 말했다.

나는 1파운드를 더 내주고 그가 말에 올라타 형제자매를 빠른 걸음으로 뒤따르는 모습을 지켜보았다.

그러자 마치 그것이 무대의 큐 사인이었다는 듯이 샘그라스 교수가 내 팔꿈치께로 다가와 팔짱을 끼고는 나를 다시 불가로 이끌었다. 그가 자신의 아담하고 작은 양손을 데우고는 돌아서서 엉덩이를 데웠다.

"그래, 서배스천이 여우를 쫓아다니러 갔으니 우리의 골칫덩이 애송이가 한두 시간 정도는 치워진 셈인가?" 그가 말했다.

나는 샘그라스 교수 입에서 이런 말이 나오는 것은 참지 않을 작정이었다.

"간밤에 교수님의 순유 여행에 관해 다 들었습니다." 내가 말했다.

"아, 자네도 듣지 않았을까 추측은 했지." 샘그라스 교수는 기죽기는커녕 사정을 아는 다른 사람이 있다는 데에 안도한 눈치였다. "내가 전부 털어놔서 우리 안주인을 괴롭게 하지는 않았다네. 결과적으로는 누구든 예상할 자격이 있던 정도보다 훨씬 잘 풀렸지. 그렇지만 서배스천의 크리스마스 축제 기분에 관해서는 부인의 탓도 약간 있다고 느꼈네. 자네도 어젯밤에 특정 예방책들이 취해진 걸 봤을 테지."

"봤습니다."

"가족들이 너무 나갔다고 생각했나? 나도 같은 생각이야, 특히나 우리가 잠깐 방문하는 동안의 안락을 좀먹는 경향이 있으니. 내가 오늘 아침 레이디 마치멘을 만났네. 내가 방금 침대에서 일어났다고 생각했다면 오산이야. 우리 안주인과 위층에서 짧은 면담을 가졌단 말이네. 내 생각에 오늘 밤 약간의 완화를 바랄 수도 있을 듯싶어. 어제는 우리 누구도 다시 겪고 싶을 만한 저녁이 아니었지 않은가. 내가 자네의 주의를 돌리려고 노력해 준 데 대해 받아 마땅한 감사를 다 못 받은 것 같군."

샘그라스 교수에게 서배스천에 관해 말하는 것이 역겨웠지만 이것만큼은 말할 수밖에 없었다. "그 완화를 시작하기에 오늘 밤이 가장 적기인지는 잘 모르겠습니다."

"아니, 정말로? 왜 오늘 밤은 안 되는가, 브라이즈헤드의 서슬 퍼런 눈 아래서 하루 종일 들판을 뛰놀다 온 뒤일 텐데? 더 좋은 때가 있는가?"

"뭐, 사실 제가 상관할 바는 아닌 것 같습니다."

"엄밀히 말하면 내가 상관할 바도 아니지, 서배스천이 안전하게 집에 도착한 이상. 레이디 마치멘은 영광스럽게도 내게 조언을 구해 주셨네. 하지만 지금 내 마음속에 있는 건 서배스천의 안녕보다는 나 자신의 안녕이야. 나는 포트와인을 세 잔까지 마셔야 하고, 서재에 그 접객용 술 쟁반이 있어야 한다고. 그런데도 자네가 하필 오늘 밤은 안 된다고 권고하다니. 왜일지 궁금하군. 서배스천은 오늘 어떤 말썽도 부릴 수 없네. 일단 돈이 없거든. 내가 그냥 알아. 손봐 뒀거든. 심지어 위층에 서배스천의 시계와 담배 케이스까지 가지고 있다고. 별 탈은 없을 걸세…… 누군가가 악랄하게도 그에게 돈을 주지 않는 한……. 아, 레이디 줄리아, 좋은 아침입니다, 좋은 아침이에요. 이 사냥하는 아침에 페키니즈는 좀 어떤가요?"

"아, 우리 애는 괜찮아요. 있죠. 오늘 렉스 모트램이 내 손님으로 여기 올 거예요. 우리 간밤 같은 저녁을 또 맞을 수는 없잖아요. 누군가가 엄마한테 말을 꺼내야 해요."

"누군가가 이미 꺼냈습니다. 내가 말했거든요. 다 괜찮을 것 같아요."

"그럼 천만다행이네요. 오늘 그림 그릴 거야, 찰스?"

브라이즈헤드를 방문할 때마다 내가 가든룸 벽널의 메달리온 틀 안에 그림을 그리는 것이 관례가 되었다. 이 관례가 내게 편리했던 건 나머지 일행과 떨어져 있을 명분이 되었기 때문이다. 저택이 꽉 차면 가든룸은 육아실에 필적하는 장소가 되어 이따금 사람들이 다른 이들에 대해 불만을 토로하러 도피해 왔다. 따라서 나는 애쓰지 않고도 집안의 후문을 꾸준히 접하게 되었다. 이제는 완성된 메달리온이 세 개였는데, 각기 나름대로 꽤 예뻤지만 제각각 부적당한 느낌으로였다. 이 연속화에 착수한 이래로 열여덟 달 동안 내 취향도 바뀌었거니와 손재주도 더 나아졌던 까닭이다. 장식 용도로 설계된 것이라고 한다면 이 그림들은 실패작이었다. 그날 아침은 내가 가든룸을 안식처로 찾은 수많은 아침 중에서도 전형적인 예였다. 나는 그곳으로 가서 곧 일에 착수했다. 줄리아도 함께 들어와 내가 작업을 시작하는 것을 구경하면서 우리는, 불가피하게, 서배스천 이야기를 했다.

"오빤 이 얘기 지겹지 않아?" 줄리아가 물었다. "왜 다들 이

일에 그토록 난리 법석을 떨어야 하는 걸까?"

"그냥 우리가 서배스천을 좋아하니까."

"그래. 나도 어느 정도 서배스천을 좋아하는 것 같은데, 다만 오빠가 다른 사람들처럼 처신했으면 싶어. 내가 자라는 내내 투명 인간 가족이 있었잖아, 아빠 말이야. 하인들 앞에서는 말하면 안 되는 존재, 우리가 어렸을 때는 우리 앞에서도 말해서는 안 되는 존재. 엄마가 서배스천까지 투명 인간으로 만들기 시작할 작정이라면 그건 너무 나간 거야. 오빠가 맨날 술에 취하고 싶으면 그래도 괜찮은 케냐라든가 어디 다른 데로 가 버리면 되잖아?"

"왜 다른 데서는 안 되고 케냐에서는 불행해도 괜찮은데?"

"둔한 척하지 마, 찰스. 다 알면서."

"거기라면 너한테 부끄러운 상황이 그렇게 많지는 않을 거라는 말이야? 뭐, 내가 하려고 했던 말은 그저 서배스천이 기회만 잡으면 유감스럽게도 오늘 밤 부끄러운 상황이 있을 수도 있다는 거였어. 기분이 안 좋더라고."

"아, 그런 건 하루 사냥하고 나면 싹 나아질 거야."

모든 이가 하루 사냥의 가치를 신봉하는 모습을 보자니 가히 감동적이었다. 아침나절에 내게 잠깐 들른 레이디 마치멘은 악명 높은 특유의 미묘한 빈정댐으로 그 신봉에 관해 스스로를 비꼬았다.

"나는 언제나 사냥이 못 견디게 싫었단다." 그녀가 말했다. "제일 교양 있는 사람들에게 특히나 역겨운 종류의 천박함을 자아내는 듯해서 말이다. 뭔지는 모르겠지만 사람들이 사냥복을 차려입고 말에 올라타는 순간 프로이센 사람 무리같이 돼 버리는 거야. 그리고 끝나면 그렇게들 자랑질을 해 대고. 그런 저녁이면 만찬 자리에서 내가 아는 남성들과 여성들이 덜 계몽되고 자기 아집에 빠진 편집광적 망나니로 변한 걸 보고는 어찌나 경악했는지! …… 그래도 솔직히(그건 필시 수 세기 전부터 유래된 관습일 거잖니.) 서배스천이 모두와 나갔다는 걸 생각하니까 오늘 마음이 참 가볍구나. 내가 혼잣말로 '사실 그 아이한테 잘못된 건 없어. 사냥하러 갔잖아.' 한단다. 마치 이게 기도에 대한 응답이라도 되는 양 말이다."

부인이 나에게 파리에서 어떻게 지내는지 물었다. 나는 내 방과 강이 내려다보이는 전망과 노트르담 대성당의 탑들에 대해 말해 주었다. "제가 돌아가면 서배스천도 와서 머물면 좋겠다고 생각하고 있어요."

"그럴 수만 있다면 좋겠구나." 레이디 마치멘이 마치 얻을 수 없는 것을 바라기라도 하듯 한숨을 쉬며 말했다.

"런던에 저와 지내러 오면 좋겠다고도 생각하고요."

"찰스, 가능하지 않다는 걸 알잖니. 런던은 최악의 장소야. 샘그라스 교수조차도 거기서는 그 아이를 잡아 둘 수 없었어. 이 집에서는 비밀이 없단다. 너도 알겠지만 그 아이가 크리스마스 내내 실종됐어. 그 애가 머물던 곳에서 관리비를 내지 못해서 직원들이 여기 본가로 전화하는 바람에 샘그라스 교수가 겨우 찾아낸 거야. 안 돼, 런던은 말도 안 돼. 그 아이가 여기, 우리와 있으면서 제대로 처신할 수 없다면……. 우리는 걜 잠시간 여기서 사냥을 시키면서 행복하고 건강하게 해 놓고,

그다음에 샘그라스 교수와 다시 외국으로 보내야 해……. 알겠지만 내가 예전에도 이걸 전부 겪었잖니."

거기에 입 밖으로 꺼내지지 않았어도 우리 둘 모두가 잘 이해한 응수가 깔려 있었다. "아주머니는 그 사람을 잡아 둘 수 없었어요. 그 사람은 달아났잖아요. 서배스천도 그럴 거예요. 둘 다 당신을 증오하니까."

뿔피리와 사냥꾼의 외침이 우리 아래 골짜기에서 울려 퍼졌다.

"집 앞 숲에서 이제 사냥감을 모나 보네. 그 아이가 좋은 하루를 보내고 있으면 좋으련만."

이렇게 나는 줄리아와 레이디 마치멘과 교착 상태에 봉착했는데, 서로를 이해하지 못해서가 아니라 너무 잘 이해해서였다. 집에 돌아와 오찬을 들며 내게 그 화두를 꺼낸 브라이즈헤드와는(그 화두는 배의 짐칸 깊숙이 갇힌 불씨가 흘수선 아래 어둠 속에서는 거무별겋다가 햇빛에 드러나면 매캐한 연기 줄기로 출입구 아래로 새어 나오고 현창과 통풍관에서 확 피어오르듯이 저택 곳곳에 있었기에), 브라이즈헤드와는 기이한 세계이자 내게는 죽은 세계에, 달빛 서린 살풍경한 용암 지대이자 전투 중인 빈터의 고지대에 있었다.

브라이즈헤드가 말했다. "알코올 중독이기를 바라. 그런 거라면 우리 모두가 그 애가 견디도록 도와야 하는 커다란 불행에 지나지 않으니까. 내가 두려워한 건 걔가 자기 좋을 때 그저 좋아서 일부러 취해 버리는 게 아닐까 해서였어."

"바로 그게 서배스천이 한 거야. 우리 둘 다 한 거고. 지금도 서배스천이 나랑 하는 거야. 어머니께서 나를 믿으시기만 하면 내가 그렇게만 하도록 만들 수 있어. 감시 역이다 치료법이다 서배스천을 귀찮게 하면 몇 년 사이에 몸이 만신창이가 될 거라고."

"몸이 만신창이가 된다고 해서 잘못될 건 없잖아. 체신 장관이나 사냥개 책임자가 되어야 한다거나 여든 살에 15킬로미터를 걷도록 살아야 한다는 도덕적 의무는 없어."

"잘못됐다고." 내가 말했다. "도덕적 의무라고. 또 종교 얘기로 돌아왔네."

"떠난 적이 없는데." 브라이즈헤드가 말했다.

"있지, 브라이디, 설사 내가 한순간이라도 기독교도가 되고 싶다는 기분이 든다 해도 형이랑 오 분간만 말하면 싹 가실 거야. 형은 지극히 상식적인 명제로 보이는 것들을 순 허튼소리로 격하시키는 재주가 있단 말이야."

"네가 그런 말을 하다니 이상하군. 전에 다른 사람들한테 들은 소리거든. 그 점이 나 스스로가 좋은 신부님이 될 것 같지 않은 여러 이유에 속해. 모르지, 내 정신이 작동하는 방식에 뭔가가 있는지도."

오찬에서 줄리아는 그날 찾아올 자기 손님에게만 정신이 팔려 있었다. 줄리아는 역까지 차를 몰아서 그를 마중했고 티타임에 집에 데려왔다.

"엄마, 렉스가 준 크리스마스 선물 좀 보세요."

그것은 살아 있는 등딱지에 줄리아의 이니셜이 다이아몬드로 박힌 작은 거북이였다. 이 약간은 외설스러운 생물체는 이제는 윤을 낸 널빤지 위에서 무력하게 미끄러지다가, 이제는 또 카드 게임용 탁자를 성큼성큼 가로지르다가, 이제는 또 양탄자 위를 느릿느릿 지나가다가, 이제는 또 손길에 쑥 들어갔다가, 이제는 또 고개를 쭉 빼고 쭈글쭈글한 태곳적의 머리를 좌우로 흔들며 그날 저녁의 인상적인 추억 거리가 되었다. 이는 보다 중대한 사안들이 위태로울 때 낚싯바늘처럼 관심을 잡아채는 종류의 경험이었다.

"어머나." 레이디 마치멘이 말했다. "보통 거북이랑 똑같은 먹이를 먹는지 궁금하구나."

"죽으면 어떻게 하실 건가요?" 샘그라스 교수가 물었다. "다른 거북이를 가져다가 등딱지에 집어넣을 수도 있나요?"

렉스도 서배스천의 문제에 관해 귀띔을 받은 터였고(그러지 않고서는 그런 분위기에서 도저히 견딜 수 없을 터였다.) 안성맞춤의 방책이 있었다. 그가 그 방책을 티타임에 쾌활하게 툭 터놓고 제의했고, 하루 온종일 소곤거리기만 하다가 이 문제가 버젓이 논의되는 것을 듣자니 살 것 같았다. "취리히에 있는 보르서스한테 보내세요. 보르서스가 딱입니다. 거기 있는 자기 요양원에서 매일 기적을 일으킨다니까요. 찰리 킬카트니가 어떻게 마셔 댔는지 아시죠."

"아니." 레이디 마치멘이 특유의 달콤한 빈정댐을 담아 말했다. "아니, 유감스럽게도 찰리 킬카트니가 어떻게 마셔 댔는지 나는 모르겠네."

줄리아가 자기 애인이 조롱당하는 것을 듣고 거북이에게 눈살을 찌푸렸지만 렉스 모트램은 그런 미묘한 짓궂음이 통하지 않는 사람이었다.

"두 명의 아내가 그 인간을 포기했습니다." 그가 말했다. "실비아와 약혼했을 때는 약혼녀 쪽에서 그가 취리히에서 치료를 받는다는 조건을 내걸었어요. 그리고 효과가 있었죠. 세 달 만에 다른 사람이 돼서 돌아왔습니다. 그 이래로는 실비아가 떠났는데도 단 한 방울도 입에 대지 않았어요."

"아내분은 왜 떠났는가?"

"뭐, 가엾은 찰리가 술을 끊으니까 좀 지루한 인간이 돼 버린 게 아니겠어요. 하지만 이야기의 요점은 그게 아닙니다."

"그래, 아닌 것 같네. 사실은 정말로 고무적인 이야기라고 꺼낸 말이겠지."

줄리아가 자신의 보석 박힌 거북이를 노려봤다.

"그 의사는 성 행동 환자도 받는답니다."

"어머나, 우리 가엾은 서배스천이 취리히에서 사귈 친구들이 정말 별나기도 하지."

"앞으로 몇 달은 예약이 꽉 차 있는데, 제가 말하면 자리를 만들어 줄 겁니다. 여기서 당장 오늘 밤 전화를 걸어 드릴 수도 있고요."

(가장 친절하게 굴 때 렉스는 내키지 않아 하는 주부에게 진공청소기를 억지로 안기기라도 하듯 일종의 윽박지르는 열의를 보였다.)

"우리가 생각해 보겠네."

그리고 우리가 생각해 보고 있을 때 코딜리아가 사냥에서 돌아왔다.

"으악, 언니, 그건 뭐야? 으, 징그러워."

"렉스가 준 크리스마스 선물이야."

"아, 미안해. 내가 맨날 말이 먼저 나가서. 그런데 너무 잔인하다! 무지 아팠겠는데."

"거북이는 못 느껴."

"언니가 어떻게 알아? 당연히 느낄걸."

코딜리아가 그날 얼굴을 못 본 어머니에게 뽀뽀했고, 렉스와 악수한 다음 달걀 요리를 달라고 벨을 울렸다.

"내가 아까 차를 보내 달라고 전화한 바니 부인 댁에서 차를 한 잔 들었는데도 아직 배가 고파. 기분 째지는 날이었어. 진 스트릭랜드베나블스가 진창에 빠졌거든. 우리는 벤저스에서 어퍼이스트레이까지 한 번도 쉬지 않고 달려왔어. 8킬로미터는 되는 것 같은데, 그치, 브라이디?"

"5킬로미터."

"오빠는 달리느라 못 봤지……." 스크램블드에그를 입 안 가득 우물거리는 사이사이에 코딜리아가 사냥담을 풀어놓았다. "……다들 진이 진창에서 기어 나올 때 그 계집애 꼴을 봤어야 하는데."

"서배스천은 어디 있니?"

"망신의 나락에 있어요." 명랑한 아이 목소리로 나온 그 말들이 딸랑거리는 종소리처럼 울려 퍼졌지만 코딜리아는 말을 계속했다. "그 끔찍한 쥐잡이꾼 코트에 몰빈 단장의 승마 교실에서 주는 것 같은 궁상맞은 쪼그만 넥타이 차림으로 나와서는. 난 사냥터에서 오빠인지도 전혀 못 알아봤는데, 부디 아무도 알아보지 못했으면 좋겠어요. 오빠 안 돌아왔어요? 길을 잃었나 본데."

윌콕스가 다기를 치우러 오자 레이디 마치멘이 물었다. "서배스천 도련님의 소식은?"

"없습니다, 주인마님."

"잠시 차라도 들러 어느 댁에 들렀나 보다. 답지 않게 어쩐 일이람."

반 시간 뒤에 윌콕스가 칵테일 쟁반을 들여오며 말했다. "서배스천 도련님께서 방금 사우스트와이닝까지 마중 나와 달라고 전화하셨습니다."

"사우스트와이닝? 거기 누가 살지?"

"호텔에서 걸려온 전화였습니다, 주인마님."

"사우스트와이닝?" 코딜리아가 말했다. "저런, 진짜로 길을 잃었네!"

서배스천이 도착했을 때 얼굴은 벌겋고 눈은 열병에 걸린 듯 형형했다. 내가 보니 3분의 2가량 취한 모습이었다.

"우리 아들." 레이디 마치멘이 말했다. "네가 다시 이렇게 좋아 보이니 얼마나 반가운지 모르겠구나. 야외에서 보낸 하루가 좋은 효과를 낸 모양이지. 술은 식탁에 있단다. 어서 맘껏 들렴."

이상한 구석은 부인의 말투가 아니라 그 말을 꺼냈다는 사실 자체에 있었다. 여섯 달 전만 해도 이런 말은 굳이 하지 않았을 터였다.

"고맙습니다." 서배스천이 말했다. "그럴게요."

예상대로 거듭하여 멍든 데 떨어지는, 기습당했다는 분개나 경악도 없이 다만 무지근하고 욱지기나는 고통과 이와 같은 일을 다시 견뎌 낼 수 있을지 모르겠다는 회의만을 주는 타격. 이것이 그날 밤 저녁 식탁에서 서배스천 맞은편에 앉아 그의 혼탁해진 눈과 더듬거리는 몸짓을 보며, 길고 잔인한 침묵들을 불쑥 깨고 들어오는 그의 잠긴 목소리를 들으며 느낀 심정이었다. 끝내 레이디 마치멘과 줄리아와 하인들이 먼저 자리를 뜨자 브라이즈헤드가 말했다. "자러 가는 게 좋겠다, 서배스천."

"일단 포트와인 좀 마시고."

"그래, 마시고 싶으면 좀 마셔. 다만 응접실로 나오지는 마."

"오지게도 취했다." 서배스천이 무거운 고개를 꾸벅이며 말했다. "옛날 옛적같이 말이야. 옛날 옛적에 남자들은 맨날 너무 취해서 여자들에게 가지를 못했지."[242]

("그런데 알겠지만 그렇지 않았네." 샘그라스 교수가 이후에 이에 관해 나랑 뒷공론을 벌이려 시도하며 말했다. "그 모습은 옛날 옛적이랑은 전혀 딴판이었어. 어디가 다른 건지 모르겠군. 쾌활한 기분이 없었다는 거? 술 상대가 없었다는 거? 내 생각에는 아무래도 오늘 혼자 마시고 온 것 같단 말일세. 어디서 돈을 구했담?")

"서배스천은 올라갔어요." 우리가 응접실에 다다르자 브라

242) 과거에 영국의 격식 차린 저녁 식사에서는 여성들이 먼저 자리를 뜨고 남성들은 남아 술을 마시고 담배를 피우며 남자들만의 대화를 나누는 관습이 있었다. 이후에 남성들은 여성들이 머무는 응접실로 향하곤 했으나 취기가 많이 올랐을 경우 곧장 잠자리에 들기도 했다.

이즈헤드가 말했다.

"그러니? 이제 읽을까?"

줄리아와 렉스는 베지크 카드 게임을 했고, 페키니즈에게 희롱당한 거북이는 등딱지 속으로 쏙 들어갔으며, 레이디 마치멘은 『어느 무명 인사의 일기』를 낭독하다가 꽤 이른 시간에 자러 갈 시간임을 선포했다.

"조금만 더 게임하다 자면 안 될까요, 엄마? 딱 세 판만요?"

"그러렴, 우리 딸. 잠자리에 들기 전에 방에 들러서 엄마 보고 가렴. 안 자고 있을 테니까."

샘그라스 교수와 나에게는 줄리아와 렉스가 둘만 남고 싶어 하는 것이 빤했으므로 우리도 일어났다. 그러나 브라이즈헤드에게는 빤하지 않았으므로 그는 눌러앉아 그날 아직 읽지 못한 《타임》을 읽기 시작했다. 이윽고 저택 내의 우리 방 쪽으로 가며 샘그라스 교수가 말했다. "그 모습은 옛날 옛적이랑은 전혀 딴판이었어."

다음 날 아침 내가 서배스천에게 말했다. "솔직히 말해 봐, 내가 계속 여기에 머무르기를 원해?"

"아니, 찰스, 원하는 것 같지 않아."

"내가 도움이 안 돼?"

"안 돼."

그길로 나는 서배스천의 어머니에게 떠날 핑계를 대러 갔다.

"꼭 물어봐야 하는 게 있다, 찰스. 어제 서배스천에게 돈을 줬니?"

"네."

"그 아이가 그 돈을 어디에 쓰리라는 걸 알면서도?"

"네."

"이해가 안 가는구나." 부인이 말했다. "어쩜 사람이 이렇게 천연덕스레 악랄할 수가 있는지 정말 이해가 안 가."

부인이 말을 멈췄지만 무슨 답변을 기대했다고는 생각지 않는다. 내가 그 지겹고 끝없는 논쟁을 다시 맨 처음부터 시작하려 들지 않는 한 뭐라 할 말이 없었기에.

"찰스를 꾸짖지는 않을 거야." 그녀가 말했다. "내가 누군가를 꾸짖을 자격이 없다는 건 하느님께서 아시니까. 내 자식들의 과오는 내 과오야. 그래도 이해가 안 가는구나. 네가 그토록 많은 점에서 그렇게 다정했으면서 그다음에는 어찌 그리 무심하게 잔인한 행동을 할 수 있는지 이해가 안 가. 어쩌다 우리 모두가 널 그리 많이 좋아했는지도 이해가 안 간다. 사실은 내내 우리가 싫었니? 어쩌다 우리가 반감을 샀는지도 이해가 안 가."

나는 동요하지 않았다. 내 안의 어떤 구석도 부인의 비탄에 손톱만큼도 움찔하지 않았다. 그것은 내가 종종 그려 본 퇴학당하는 상상과 같았다. 나는 부인에게서 이런 말이 나오리라는 예상마저 했다. "이미 자네의 불행한 부친에게 통고서를 보냈네." 그러나 차를 타고 떠나며 필시 내가 마지막으로 보는 것일 저택의 모습을 눈에 담으려 뒤를 돌아본 순간 나 자신의 일부를 등지고 떠나고 있다는, 이후에 어디를 가든 그 부재를 느끼고 가망 없이 찾아 헤매리라는 직감이 들었다.

마치 유령들이 물질계의 보물 없이는 명부로 가는 노잣돈을 댈 수 없어 보물을 묻어 둔 장소에 출몰하여 서성인다고들 하듯이.

“다시는 돌아가지 않겠다.” 내가 속으로 말했다.

문이, 옥스퍼드에서 추구하고 찾아냈던 담장의 낮은 문이 닫혔다. 이제는 열어 봐도 마법의 정원은 발견하지 못하리라.

나는 해저의 햇빛이 들지 않는 산호 궁전들과 너울거리는 해초 숲에서의 오랜 포로 생활을 마감하고 해수면으로, 평범한 한낮의 햇살과 신선한 바다 공기로 올라왔다.

나는 등지고 떠났다. 무엇을? 청춘을? 청년기를? 로맨스를? 이것들의 마술 도구, ‘젊은 마술사 세트’를. 제자리에 놓인 흑단 마술 지팡이 옆으로 현혹하는 당구공들, 두 겹으로 접히는 페니 동전, 잡아당겨 속이 빈 양초로 둔갑시킬 수 있는 깃털 꽃송이들이 담긴 그 조촐한 상자를.

“나는 환상을 등지고 떠났다.” 내가 속으로 말했다. “이제부터는 삼차원의 세계에서 살아가리라, 내 오감에 의지해.”

그 이래로 나는 그런 세계는 없다는 것을 알게 되었지만, 그때 차가 방향을 틀어 저택이 보이지 않게 되었을 무렵에는 그런 세계가 찾을 필요도 없이 저 길 끝에 다다르면 온통 주변에 펼쳐져 있으리라 생각했다.

그리하여 나는 파리로, 그곳에서 사귄 친구들과 형성한 습관으로 돌아갔다. 브라이즈헤드 소식은 더 이상 듣지 못하리라 생각했지만 인생에 그렇게 칼 같은 이별은 별로 없었다. 그로부터 삼 주가 채 되지 않아 나는 코딜리아의 프랑스풍 수도원 필체로 쓰인 편지를 한 통 받았다.

"사랑하는 찰스." 코딜리아가 썼다. "오빠가 갔을 때 정말 너무 우울했어. 와서 작별 인사라도 했어야지!

오빠의 망신에 관해서는 다 들었고, 나도 망신의 나락에 빠졌다고 말하려고 편지를 쓰는 거야. 윌콕스의 열쇠를 슬쩍해서 서배스천한테 위스키를 가져다줬다가 잡혔어. 오빠가 그렇게 해 달라는 눈치였거든. 그리고 지독한 소동이 있었어.(아직 진행 중.)

샘그라스 교수는 떠났고(아싸!) 내 생각에 교수도 약간 망신의 나락에 빠진 것 같은데 이유는 몰라.

모트램 씨는 줄리아한테 정말 인기가 좋고(안 돼!) 서배스천을 독일 의사에게 데려갈 거래.(안 돼! 안 돼!)

줄리아의 거북이는 사라졌어. 우리는 거북이들이 그러듯 스스로 땅속으로 들어가지 않았나 하는데, 그렇게 생돈이 날아갔지.(모트램 씨의 표현임.)

나는 정말 잘 지내고 있어.

사랑을 담아서

코딜리아."

어느 오후 방으로 돌아가 나를 기다리던 렉스를 발견한 것은 이 편지를 받고 일주일쯤 뒤였으리라.

때는 4시경이었는데 연중 그 시기에는 작업실에서 햇살이 일찍 스러지기 시작한 까닭이다. 수위가 집에서 손님이 기다리고 있다고 말해 줬을 때 그녀의 표정으로 미루어 보아 위층에 뭔가 인상적인 존재가 있다는 것을 알 수 있었다. 수위는 나이나 매력의 특이점을 여실히 표현해 내는 재능을 지녔던 것이다. 그것은 일급 중대성을 지닌 인물을 뜻하는 표정이었으며, 아닌 게 아니라 내가 발견한 렉스는 커다란 여행 코트 차림으로 강이 내려다보이는 창문을 가득 메우고 있었으므로 그 표정을 정당화하는 듯싶었다.

"아이고, 아이고야." 내가 말했다.

"오늘 아침에 왔다. 사람들이 네가 주로 점심 드는 곳을 얘기해 줬는데 거기서 안 보이더군. 걔 데리고 있어?"

나는 누구인지 물을 필요가 없었다. "그래서 형까지 따돌리고 갔다 이거야?"

"간밤에 여기 도착했고 오늘 취리히로 갈 예정이었어. 걔가 피곤하다기에 저녁 먹고 로티 호텔에 잠시 놔두고 나는 트래블러스 클럽에 들러서 한 게임 했지."

나는 렉스가 마치 다른 데 가서 그 이야기를 다시 말하려고 리허설이라도 하듯 나에게조차 변명하고 있다는 것을 눈치챘다. "걔가 피곤하다기에" 부분은 좋았다. 렉스가 반쯤 취한 남자애가 자기 카드 게임을 방해하도록 놔둔다는 것은 좀처럼 상상이 가지 않았다.

"그래서 돌아갔더니 걔가 사라졌다?"

"아니, 전혀. 그랬으면 싶다. 멀쩡히 나를 기다리며 앉아 있더라고. 내가 클럽에서 쭉 운이 좋아서 판돈을 싹 쓸었거든. 내가 잠든 틈에 서배스천이 그걸 전부 슬쩍한 거야. 나한테 남긴 거라고는 취리히로 가는 일등석 차표 두 장을 거울 틀에 끼워 둔 게 다더군. 내가 거의 300파운드는 땄는데, 우라질 자식!"

"그러면 이제 사실상 어디든지 있을 수 있겠네."

"어디든지. 만에 하나라도 개를 숨겨 주고 있는 건 아니겠지?"

"아니야. 그 가족하고는 이제 연 끊겼어."

"내 연은 이제 시작되는 것 같다." 렉스가 말했다. "야, 내가 말할 게 산더미인 데다 트래블러스 클럽의 어떤 놈한테 오늘 오후 설욕전을 하게 해 주겠다고 약속했거든. 나랑 저녁 안 먹을래?"

"먹지, 뭐. 어디서?"

"난 주로 시로[243]로 가는데."

"왜 파이야드[244]에 안 가고?"

"들어 본 적 없는데. 알겠지만 내가 낼 거야."

"형이 내는 거 알아. 주문은 내가 하게 해 줘."

"뭐, 그래라. 거기가 어디라고?" 내가 그에게 적어 주었다. "현지인이 가는 유의 장소인 거냐?"

"그래 뭐, 그렇게 부를 수도 있겠네."

"오호, 색다른 경험이 되겠는데. 뭔가 맛난 거 시켜."

"그럴 생각이야."

---

243) 파리의 도누 호텔에 위치한 고급 레스토랑 체인점.

244) 20세기 초에 매우 평판이 높았던 파리의 고급 레스토랑.

나는 렉스보다 이십 분 일찍 도착했다. 그와 하루 저녁을 보내야만 한다면 적어도 내 방식대로여야 했다. 나는 그 저녁 식사를 생생히 기억한다. 프랑스 수영 수프, 화이트 와인 소스로 상당히 간소하게 조리된 가자미살, 새끼오리 편육,[245] 레몬 수플레. 마지막 순간에 식사가 렉스에게는 전반적으로 너무 단출하지 않나 걱정돼 블리니 빵에 올린 캐비어를 추가했다. 그리고 와인에 관해서는 당시 한창 마시기 좋았던 1906년산 몽라셰를, 오리 요리에 곁들여서는 1904년산 클로 드 베즈를 렉스가 고르도록 놔뒀다.

당시 프랑스에서 살아가는 것은 수월했다. 당시 환율로는 용돈이 오래갔으므로 나는 검소하게 살지 않았다. 그래도 이런 저녁을 드는 일은 매우 드물었으니 그에게 호의를 품고 기다리던 차에 렉스가 드디어 도착해 모자와 외투를 다시 찾을 수 있으리라 기대하지 않는다는 느낌으로 내주었다. 그는 깡패들이나 술판을 벌이는 학생들이라도 보이리라 기대하는 듯 의심의 눈초리로 어두침침한 작은 식당을 휘휘 둘러보았다. 그러나 그에 눈에 비친 것은 상원 의원 넷이서 턱수염 아래에 냅킨을 꽂고 완벽한 침묵 속에서 식사를 드는 광경뿐이었다. 나중에 그가 돈벌이주의 친구들에게 떠벌리는 것이 상상이 갔다. "……재밌는 친구를 제가 아는데, 파리에 사는 미술학도입니다. 무슨 웃기는 쪼그만 식당에 데려갔는데, 눈길도 주

---

245) 저민 새끼 오리 고기 위에 특별히 설계된 압착기로 추출된 오리 피와 골수로 만든 소스를 뿌려 제공되는 요리.

지 않고 지나칠 만한 곳인데요, 제가 먹어 본 중에 제일 괜찮은 수준에 드는 음식을 내놓데요. 거기 상원 의원들도 네다섯 있었는데, 그게 잘 찾아왔다는 걸 보여 주는 증표지 않습니까. 전혀 싸지도 않았어요."

"서배스천의 낌새라도 있어?" 렉스가 물었다.

"있을 리가 없지, 돈이 궁해지지 않는 이상." 내가 말했다.

"그렇게 떠나 버리다니 천치 같으니라고. 내가 개를 잘 다뤄 내면 다른 쪽에서 나한테 조금은 좋게 작용하지 않을까 내심 기대하고 있었단 말이야."

렉스가 자기 연애사에 관해 말하고 싶어 하는 것이 빤했다. 내가 생각하기에 그 이야기는 미뤄 둘 수 있었다. 아량과 만끽의 시간까지, 코냑까지. 집중력이 둔해지고 정신이 반쯤 팔려 들을 수 있을 때까지 그 이야기는 미뤄 둘 수 있었다. 지금 급사장이 불판 위에서 블리니 빵을 뒤집고 뒤쪽에서 보다 직급이 낮은 급사 둘이서 압착기를 준비하는 이 예민한 순간에 우리는 내 이야기를 하리라.

"형은 브라이즈헤드에 오래 머물렀어? 내가 떠난 뒤로 내 이름이 언급된 적은 있고?"

"언급된 적이 있느냐고? 내가 듣다 듣다 토가 나올 지경이었다, 이 사람아. 후작 부인께서 너한테 자기 말마따나 '양심의 가책'을 느끼셨단다. 내 추측에 어머님이 널 마지막으로 봤을 때 비난 수위가 엔간히 높았던 모양이지."

"'천연덕스레 악랄'하고 '무심하게 잔인'하다 하시데."

"그건 심하군."

"'사람을 비둘기파이[246]라고 부르며 잡아먹어 버리지 않는 이상 뭐라고 부르든 상관은 없다.'"

"엉?"

"말이 그렇다고."

"아." 생크림과 뜨거운 버터가 섞이고 넘쳐흘러 녹회색의 캐비어 구슬을 무리로부터 알알이 떨어뜨리며 흰빛과 금빛으로 감쌌다.

"내 거에는 다진 양파를 좀 올려야겠다." 렉스가 말했다. "뭘 좀 아는 놈이 그게 맛을 끌어내 준다고 하더라고."

"일단 올리지 말고 먹어 봐." 내가 말했다. "또 나에 관한 소식 좀 더 말해 줘."

"그러지 뭐. 그린에이커였나, 이름이 그 뭐시기였는데, 그 거만한 교수 있잖아, 그놈은 작살이 났어. 원래는 모두한테 잘 받아들여졌지. 네가 떠나고 나서 하루이틀 동안은 총애의 대상이었으니. 그 치가 우리 여주인을 꾀어서 너를 쫓아냈다고 해도 놀랍지 않을 정도야. 그 작자의 행태를 우리가 계속 꾹꾹 눌러 삼키고 있었는데, 끝내는 줄리아가 더 이상 참지 못하고 다 털어놔 버렸지."

"줄리아가 그랬다고?"

"그게, 그 인간이 우리 사이에 오지랖을 떨기 시작했거든. 줄리아가 그치가 사기꾼이라는 걸 알아챘고, 서배스천이 취

246) 서양권에서 파이는 한입에 먹기 좋은 음식이므로, 얻기 쉬운 존재를 일컫는다. 특히 비둘기파이는 추수 감사절 등에 먹는 전통적인 대중식이었다.

한 어느 오후에(그놈은 거의 늘상 취해 있더라.) 순유 여행의 뒷얘기를 전부 토해 내게 했어. 그게 샘그라스 교수의 끝이었지, 뭐. 그 소동이 있고 나서 후작 부인이 너한테 조금 거칠지 않았나 생각하기 시작한 거야."

"코딜리아가 일으킨 소동은 어떻게 됐고?"

"다 필요 없고 그게 압권이었지. 고것 참 당돌하데. 일주일 동안 바로 우리 코앞에서 서배스천한테 위스키를 갖다 바치고 있었던 거야. 우리는 그놈이 어디서 술을 구하는 건가 감이 안 잡혔거든. 그 한 방으로 후작 부인이 끝내 무너졌지."

기름진 블리니 빵 다음에 먹으니 수프가 맛있었다, 뜨끈하고 묽고 쌉싸래하고 보글보글한 게.

"하나 말해 줄게, 찰스. 마치멘 어머님이 아직 아무에게도 털어놓지 않은 거야. 어머님이 심각하게 아프셔. 당장이라도 거꾸러질 수 있다는 거야. 조지 앤스트루더가 가을에 어머님을 진찰하고는 끽해야 이 년이라고 했다나."

"형은 대체 어떻게 아는데?"

"그냥 내가 주워듣는 거야. 어머님네 가족이 지금 돌아가는 꼴을 보아하니 내 생각엔 일 년도 못 채울걸. 내가 빈에 어머님 상태에 딱 맞는 남자를 알아. 앤스트루더를 비롯해서 모두가 가망이 없다고 했을 때 그 사람이 소니아 뱀프셔를 자리에서 일으켰다니까. 하지만 마치멘 어머님은 자기 병환에 전혀 손을 쓰지 않으려고 해. 이렇게 자기 몸을 돌보지 않는 게 아무래도 어머님의 정신 나간 종교와 뭔가 관련이 있지 싶어."

가자미살은 참으로 간소하고 야단스럽지 않았기에 렉스는

그 요리에 주목하지 못했다. 우리는 압착기 소리를 음악 삼아 식사를 들었다. 뼈들이 으깨지며 으드득, 피와 골수가 새어 나오며 쪼르륵, 얇게 저민 가슴살에 숟가락으로 양념을 바르며 착착. 곧이어 잠시 정적이 흐르는 십오 분 동안 나는 클로 드 베즈의 첫 잔을 마셨고 렉스는 첫 담배를 피웠다. 그가 뒤로 기대 식탁 너머로 연기구름을 후 불더니 평했다. "야, 여기 음식 썩 나쁘지 않은데. 누군가가 여기를 사들여서 사업이라도 벌여야겠다."

이내 그가 다시 마치멘가에 대한 이야기를 시작했다.

"하나 더 말해 줄게. 그 집안은 조심하지 않으면 금방 재정적으로 직격탄을 맞을 거야."

"그쪽은 엄청난 부자인 줄 알았는데."

"뭐, 그냥 자기 돈을 가만히 잠재워 두는 부류치고는 부자지. 그런 부류가 전부 지금은 1914년 당시보다 가난해졌는데, 플라이트가는 그걸 깨닫지 못하는 듯해. 집안 재정을 관리하는 그 변호사들은 일가에서 돈을 달라는 대로 다 주고 잡음 없는 현 상황이 편하다고 생각하는 모양이지. 그 집안이 사는 꼬락서니를 봐. 브라이즈헤드 저택이랑 마치멘 저택이 둘 다 풀가동되고 있지, 사냥개 떼도 있지, 지대는 안 올리지, 아무도 안 자르지, 수십 명씩 있는 늙은 하인들은 손가락도 까딱하지 않으면서 다른 하인들 시중을 받지, 그 와중에 딴살림을 차린 아버님까지 있지, 그것도 차려도 절대 소박하게는 안 차렸지. 그 집안이 얼마나 초과 인출했는지 알아?"

"내가 알 리가."

“아주 그냥 런던에서만 10만 파운드 가까이 추가로 빼냈어. 다른 데에서는 얼마나 차월했을지 모르지. 문제는 그게 자기 돈을 안 굴리는 사람들한테는 상당히 큰돈이잖아. 작년 11월에는 9만 8000파운드를 초과 인출했고. 그냥 내가 주워듣는 거야.”

그가 주워듣는 것은 그런 유의 이야기들, 중병과 부채였구나 하고 나는 생각했다.

나는 부르고뉴를 마시며 흐뭇했다. 그것은 이 세상이 렉스가 아는 것보다는 오래되고 나은 곳이었음을, 인류가 유구한 수난을 통해 렉스와는 다른 지혜를 습득했음을 일깨워 주는 징표 같았다. 우연히 나는 전쟁 중의 첫 가을에 세인트 제임스 거리에서 내 전담 와인상과 점심을 들며 똑같은 와인을 다시금 만났다. 그사이 흐른 세월만큼 와인은 유해지고 바랬어도, 아직도 전성기의 순수하고 진정한 어조로 예전과 같은 희망의 언어를 말해 주었다.

“그 일가족이 비렁뱅이가 될 거란 소리는 아니야. 아버님이 일 년에 대충 3만 파운드는 언제나 족히 벌 테지만 곧 대대적인 개혁이 닥칠 텐데, 상류층이 겁을 집어먹으면 첫 번째로 드는 생각이 주로 딸자식들을 치워 버리자는 거거든. 개혁이 닥치기 전에 소소한 사안이지만 부부 재산 계약[247]이라도 정리

247) 영국에서 법적으로 여성이 재산을 소유할 수 없던 중세 시대부터 20세기 초반까지 체결되던 계약이다. 신부 부모가 지참금으로 넘겨주는 재산은 법적으로 재산 수탁자가 소유하며, 신랑 신부가 수탁자 주식의 수혜자가 되었다. 이로써 손자까지 재산이 상속되며, 신부는 결혼 생활 동안은 물론 미망

해 놓고 싶은 마음이야."

코냑까지는 아직 갈 길이 멀었지만 어느새 우리는 렉스에 관한 화제에 올라타 있었다. 이십 분 후였다면 나는 렉스가 무슨 말을 하든 마음의 준비가 되어 있었을 테다. 나는 될 수 있는 한 그로부터 마음을 닫고 앞에 놓인 음식에만 신경을 모았지만 문장들이 내 행복을 깨부수고 들어오며 렉스가 거주하는 냉혹하고 물욕적인 세상으로 나를 소환했다. 그는 여자를 원했다. 결혼 시장에서 최고의 신붓감을 원했고, 자기가 제시한 가격에 그 여자를 사길 원했다. 그의 장광설은 이런 말이나 진배없었다.

"……마치멘 어머님은 나를 좋아하지 않아. 뭐, 좋아해 달라는 건 아냐. 내가 결혼하고 싶은 건 어머님이 아니니까. 어머님은 이렇게 터놓고 말할 깜냥이 안 돼. '너는 신사가 아니다. 영국 식민지에서 온 투기꾼이다.' 다만 우리가 사는 공기가 다르다네. 아무래도 상관은 없는데, 줄리아는 우연찮게도 내 공기에 반한 거지……. 그러고는 어머님이 종교를 걸고넘어지는 거야. 난 어머님의 교파에 아무런 반감도 없어. 우리 캐나다에서는 가톨릭교도라고 해서 딱히 신경 쓰지는 않으니까. 근데 그거랑은 다르지. 유럽에는 잘나신 상류층 가톨릭교도가 일부 있단 말이야. 좋다, 이거야. 줄리아는 가고 싶으면 언제든 성당에 갈 수 있어. 내가 굳이 뜯어말리진 않을 거야. 가톨릭교가 사실상 그녀한테는 눈곱만큼도 상관없지만 그래

인이 될 경우에도 경제적 지원을 받게 되었다.

도 나는 개인적으로 여자가 종교를 가지는 편이 좋거든. 게다가 줄리아가 우리 아이들을 가톨릭교도로 키울 수도 있는 거잖아. 내가 그쪽에서 원하는 온갖 '서약'을 다 해 주겠다 이거야……. 그러자 내 과거를 들먹이는 거지. '자네에 관해서 우리가 너무 아는 게 없네.' 그렇기는커녕 어머님은 너무 많이 알아. 내가 일이 년간 누군가랑 관계가 있었다는 얘기는 너도 알겠지."

나도 알았다. 렉스를 한 번이라도 만났다면 누구나 브렌다 챔피언과 그의 정사를 알았으며, 그에게 하고많은 주식 투기꾼과 구별되는 점들이 생긴 것도 다 이 정사 덕택이었다는 사실도 알았다. 왕세자와 골프 치기, 브래츠 클럽의 회원 자격, 하원 의사당에서의 흡연실 교우조차 예외가 아니었다. 그도 그럴 것이 렉스가 처음 흡연실에 발을 들였을 때 그와 같은 당 소속의 고위급들이 "저기 보오, 집세 규제에 관해 참으로 훌륭한 연설을 한 그리들리 북부의 유망한 청년 의원이구먼." 하고 말하지는 않았기 때문이다. 그들은 이렇게 말했다. "브렌다 챔피언의 최근 이거로군." 따라서 그 정사는 남자끼리의 교제에서 상당히 좋은 작용을 해 주었다. 여자들은 주로 그가 스스로 홀릴 수 있었으니.

"뭐, 다 지난 일이야. 너무도 고상하신 마치멘 어머님은 그 화제를 언급하지도 못했지. 고작 내게 '악평'이 있다고 말한 게 다였어. 나 참, 사윗감한테 뭘 바라는 거야, 브라이즈헤드처럼 얼간이 수도승 같은 남자라도 바라나? 줄리아도 내 옛일은 다 안다고. 그녀만 상관없으면 다른 사람들이 신경 쓸 일은 아니잖아."

오리 요리 후에 흐릿하게 차이브 향이 서린 물냉이와 치커리 샐러드가 나왔다. 나는 샐러드만 생각하려고 애썼다. 잠시간은 수플레만 생각하는 데 성공했다. 그리고 코냑이 나오고 이런 속 이야기에 적절한 시간이 되었다. "……줄리아는 갓 스물이 되는 참이야. 그녀가 성년이 될 때까지 기다리고 싶지는 않아. 그렇더라도 얼렁뚱땅 해치우면서 결혼하고 싶지도 않단 말이지…… 옹색한 건 싫어. …… 그녀가 번듯한 집안에서 빼돌려지는 게 아니라는 걸 확실히 해 둬야만 해. 아무래도 후작 부인은 협조를 안 하려 드니 내가 나가서 아버님을 만나서 맞대면하려고. 아버님은 어머님을 화나게 할 것 같으면 무엇에든 동의할 법하다는 생각이 들거든. 아버님이 지금은 몬테카를로에 있어. 서배스천을 취리히에 데려다 놓은 후에 거기로 갈 계획이었지. 그러니까 그 자식을 잃어버린 게 이렇게 울화통이 치미는 거라고."

코냑은 렉스의 입맛에는 맞지 않았다. 투명하고 엷은 색의 그 액체는 더께나 나폴레옹 시대의 꼬부랑글씨라고는 없는 병에 담겨 나왔다. 코냑은 렉스보다 고작 한두 살 더 많았고 최근에 병입된 것이었다. 급사들이 보통 크기의 매우 가는 튤립 모양 술잔에 코냑을 따라 주었다.

"브랜디는 내가 좀 아는 분야인데 이건 질 나쁜 색이야. 게다가 이런 골무 같은 잔으로는 맛이 안 느껴지잖아." 렉스가 말했다.

그러자 급사들이 렉스의 머리만 한 풍선 같은 잔을 가져다

주었다. 렉스는 급사들에게 알코올램프 위에서 잔을 데우도록 시켰다. 그리고 그 훌륭한 증류주를 빙글 돌리고 그 향연에 얼굴을 파묻더니 집에서는 소다수나 넣어 마시는 유의 저급 술이라고 선언했다.

그리하여 급사들이 수치스러워하며 뒤편에서 렉스 같은 사람들을 위해 쟁여 둔 거대하고 곰팡내 나는 병을 실어 왔다.

"이게 물건이네." 렉스가 당밀 같은 혼합물을 기울여 술잔 옆면에 다갈색 띠를 두르며 말했다. "식당에서는 항상 이런 걸 꿍쳐 두는데, 난리를 안 떨면 꺼내 오질 않는다, 이거야. 좀 들어 봐."

"나는 이걸로도 꽤 좋은걸."

"아서라, 이 술의 진가를 모르면 마시는 게 범죄지."

그가 시가에 불을 붙여 물고 세상과 평화를 이룬 채 기대앉았다. 나 또한 그와는 다른 세상에서 평화로웠다. 우리는 둘 다 행복했다. 렉스가 줄리아 이야기를 했고 그의 음성은 멀리 떨어진 탓에 뭉개져서 고요한 밤중에 몇 킬로미터 밖에서 개가 짖듯이 귓가에 울렸다.

5월 초에 약혼이 발표되었다. 나는《콘티넨털 데일리 메일》에서 공고를 접하고는 렉스가 "아버님을 맞대면"했겠거니 추측했다. 그러나 일은 예상대로 풀리지 않았다. 그들에 관한 다음 소식이 들려온 것은 6월 중순이었는데, 당시 나는 그 둘이 사보이 예배당에서 매우 조용하게 결혼했다는 기사를 읽었다. 왕족은 아무도 참석하지 않았고, 총리도, 줄리아의 가족도 아무도 없었다. 꼭 "옹색한" 정사같이 느껴졌으나 내가 그 비화를 전부 들은 것은 수년이 흘러서였다.

2

이제 서배스천의 인생극장에서 지금까지는 간헐적이고 다소 불가사의한 배역을 맡은 줄리아에 관해 말할 시간이다. 바로 이런 느낌으로 당시에 그녀는 나에게, 나는 그녀에게 비쳤다. 각자 추구한 목표로 서로에게 가까이 끌어당겨졌음에도 우리는 타인으로 남아 있었다. 훗날 그녀는 당시에 나를 어느 정도 염두에 두었다고 말했다. 마치 특정 책을 찾으려 서고를 죽 훑던 중 가끔은 다른 책에 관심이 사로잡힐 때가 있어 그것을 꺼내 속표지를 흘긋 쳐다보며 “나중에 시간 나면 이것도 읽어야겠다.”라고 말한 다음 제자리에 돌려놓고 탐색을 계속하듯이. 내 쪽에서는 관심이 더욱 깊었는데, 오누이 사이에 항상 존재했던 신체적 유사성이 다른 자세에서, 다른 조명에서 거듭 눈에 띄는 족족 나를 새로이 꿰찔렀던 까닭이다. 또 서배스천은 가파른 이울 속에서 하루하루 희미해지고 허물어지는 듯했으므로 줄리아가 더더욱 또렷하고 확고하게 도드라졌던 까닭도 있었다.

그 시절 줄리아는 말라서 가슴은 납작하고 다리는 길쭉했다. 그래서 팔다리와 목만 있고 몸통이 없어 거미 같은 느낌이었다. 이 정도까지 시류에 자신을 맞추었음에도 당대의 커트 머리와 모자에 당대의 멍한 응시와 헤벌린 입을 하고 광대뼈 높이 루주를 광대처럼 두드린들 그녀는 정형에 끼워 맞춰질 수 없었다.

내가 그녀를 처음 만났을 때, 그녀가 역 구내에서 나를 마중하여 땅거미 사이로 집까지 차를 태워 준 1923년의 그 한여름에 그녀는 갓 열여덟이었고 런던 사교계에 막 데뷔한 차였다.

혹자는 그때가 전쟁 이래 가장 눈부신 사교 철이었다고, 일들이 다시 제 궤도를 찾아가던 때였다고 했다. 줄리아는 그 중심에 있었다. 당시에는 '역사적'이라고 불릴 만한 런던 저택들이 대여섯 채가량 남아 있었다. 세인트제임스의 마치멘 저택도 그중 하나였으며, 줄리아를 위해 열린 무도회는 당대의 천박한 복식에도 불구하고 어느 입에서 들어도 장려한 장관을 이뤘다. 서배스천도 참석하러 내려가며 건성으로 자기와 같이 가겠냐고 제의했다. 이에 나는 거절했고 거절한 것을 후회하게 됐는데, 그것이 그 저택에서 열린 그러한 유의 마지막 무도회, 즉 일련의 장려한 무도회 중 마지막이었던 까닭이다.

내가 무슨 수로 알았겠는가? 그 나날들에는 모든 것을 할 시간이 있어 보였다. 세상은 느긋이 탐구하라고 활짝 열려 있었기에. 나는 그해 여름에 옥스퍼드로 너무도 충만해 있었기에 내가 생각하기에 런던은 미뤄 둘 수 있었다.

다른 대저택들은 줄리아의 일가친척이나 소꿉친구들 소유였다. 그 밖에도 메이페어와 벨그라비아의 가곽에는 으리으리한 저택들이 수없이 있어 이 집 저 집에서 밤이면 밤마다 불이 밝혀지고 와글거렸다. 외국인들은 폐허가 된 자국 땅으로부터의 우편에 답장하며 고향에 쓰기를 진창과 철조망 틈바구니에서 영원히 상실되었다고 믿었던 세계가 이곳에서 엿보이는 듯하다고 했다. 그 알키오네 새[248]와 같이 평화롭던 몇 주간 줄리아는 나무 사이로 비치는 햇살의 파편같이, 거울에 잔상으로 남은 촛불의 파편같이 쏜살같고 빛났으므로, 나이 지긋한 노신사와 노부인들은 각자의 추억을 품고 외어앉아 그녀가 곧 알키오네 파랑새라고 여겼다. "'브라이디' 마치멘의 장녀일세." 그들이 말했다. "아비가 오늘 밤 딸을 못 보다니 애석하구먼."

그날 밤과 그다음 날 밤과 그다음 날 밤에 줄리아는 언제나 소규모 친구 무리에 섞여, 발길 닿는 곳마다 물총새가 물살을 가로질러 불쑥 튀어 올라 강둑에 있던 마음에 깊이 아로새기듯 찰나의 기쁨을 가져다주었다.

그 여름밤 황혼 사이로 차를 태워 준 것은 바로 이 소녀도 여성도 아닌 존재였다. 사랑에 이지러지지 않은, 자신의 아름다움의 힘에 어리둥절한, 삶의 서늘한 모서리에서 머뭇거리

---

248) 그리스 신화 속 동지 무렵에 바다에 둥지를 틀고 풍랑을 잠재운다는 새로서 주로 파란 물총새로 알려져 있다.

는 존재. 부지불식간에 무장된 자신을 불현듯 알아차린 존재. 두 손 안에서 마법의 반지를 굴리는 동화 속 여주인공. 그녀가 반지를 손끝으로 쓰다듬고 주문을 속삭이기만 하면 발밑으로 땅이 열리고 티탄족 심복이 솟아오르리라. 그 아첨하는 괴수는 그녀가 요청하는 것은 무엇이든 가져다주겠지만 아마 달갑지 않은 형상으로 가져다줄 터였다.

그날 밤 줄리아는 내게 전혀 관심이 없었다. 이에 지니는 소환되지 않은 채 우리 아래에서 우르릉거렸다. 그녀는 작은 세계에서, 작은 세계 속에서, 중국에서 공들여 깎은 상아 공들과 같은 동심구들이 이룬 체계의 심장부 속에서 단절돼 살았다. 마음을 어지럽히는 것은 한 가지 소소한 문제뿐이었다. 추상적인 용어들과 상징들로 이루어진 그 문제는, 그녀가 여기기에는 소소했다. 그녀는 냉철한 태도로 현실과는 몇 리그[249]나 떨어진 채 누구와 결혼해야 할지 고민하고 있었다. 이런 식으로 전략가들은 지도 위 압정 몇 개와 색깔 분필선 몇 줄 위에서 고뇌하며, 압정과 분필선의 변동을 가지고, 겨우 몇센티미터를 가지고 심사숙고하는데, 이 상징들은 작전 회의실을 벗어나 면밀한 장교들의 시야를 벗어나면 과거, 현재, 미래를 파멸 또는 생명으로 휩쓸 수 있다. 소녀와 여성 어느 쪽의 생명도 결여된 그녀는 당시 스스로의 상징이었고, 승리와 패배는 압정과 분필선의 변동이었다. 그러나 그녀는 병법과 관련해

---

249) 고대 로마 때부터 사용되던 거리 단위. 나라마다 정의되는 거리가 다르나 현재 영미권에서는 1리그를 약 5킬로미터로 규정하고 있다.

서는 전혀 몰랐다.

'외국에 살았으면 얼마나 좋아, 거기선 이런 것들이 부모랑 변호사들 사이에서 다 정해질 텐데.' 줄리아는 생각했다.

빨리 화려하게 시집가는 것이 그녀의 친구들 모두의 인생 목표였다. 줄리아가 결혼식 너머를 바라보았다면 결혼을 독립생활의 시발점으로, 즉 공훈을 세우는 장이자 인생에 대한 진정한 탐구에 나서는 계기가 되는 소규모 접전으로 보고자 함이었다.

줄리아는 모든 또래 소녀들보다 월등히 눈부셨지만 그녀가 거주하는 세상 속의 그 작은 세상에는 자신이 감수해야 할 중대한 장애 요인이 약간 있다는 것을 알았다. 늙은이들이 앉아 점수를 계상하던 벽에 붙인 소파에는 줄리아에게 불리한 요인들이 있었다. 아버지의 스캔들이 있었다. 줄리아의 눈부심에 묻은 그 경미하고 유전된 오점은 그녀의 삶의 방식 속 무언가(또래 아가씨 대다수보다 절제력이 떨어지는 성질인 방자함과 외고집)로 인해 짙어지는 듯했다. 그것만 없었으면 누가 알까?

벽에 늘어선 숙녀들에게는 중요성 면에서 다른 모든 것을 압도한 단 하나의 주제가 있었다. 젊은 왕자들[250]이 누구와 결혼할 것인가? 왕자들이 줄리아보다 순수한 혈통이나 우아한 풍모를 기대할 수는 없었다. 하지만 이 옅은 그림자가 씌워진 탓에 그녀는 최상의 영예를 누리기에는 부적당했다. 게다가

---

250) 조지 5세와 메리 왕비의 결혼하지 않은 자제들인 에드워드 왕자, 헨리 왕자, 조지 왕자를 지칭한다.

그녀의 종교 문제도 있었다.

국혼만큼 줄리아의 야망에서 동떨어진 것도 없을 터였다. 줄리아는 자신이 무엇을 원하는지 알았고, 또는 안다고 생각했고, 국혼은 원하는 바가 아니었다. 그러나 어느 쪽으로 방향을 틀든 자신과 지당한 목표 사이에 종교가 장벽으로 솟아오르는 것만 같았다.

그녀가 보기에 종교는 자신에게 무용지물이었다. 가톨릭교도로 길러진 마당에 지금 신앙을 버리자니 지옥에 갈 터였고, 반면에 그녀와 면식 있는 신교도 소녀들은 행복한 무지의 상태에서 교육되었으니 장남과 결혼하고, 자기가 속한 세상과 평화롭게 살며, 그녀보다 앞서 천국에 당도할 수 있었다. 줄리아에게는 장남이 있을 리 없었고, 차남들은 필요하긴 하나 입에 많이 올리지는 않아야 할 난처한 존재들이었다. 차남들은 무명의 특권일랑 하나도 누리지 못했다. 차남들의 명백한 의무는 음지에 있다가 혹여나 어떤 재앙이 생길 경우 장남의 자리로 올라가는 것이었고, 대체하는 것이 그들의 직분이었기에 승계에 전적으로 알맞도록 스스로를 관리해 두는 편이 바람직했기 때문이다. 어쩌면 가톨릭교도는 아들이 서너 명 있는 집안에서 막내아들이라면 반대 없이 받을 수 있었으리라. 물론 가톨릭교도 신랑감들도 있기야 했지만 이들이 줄리아가 스스로 만든 작은 세상 속으로 들어오는 법은 드물었다. 들어온 사람들이라고는 외가 쪽 일가친척뿐이었는데, 줄리아에게는 음침하고 괴짜같이 보였다. 부유한 귀족 가톨릭 집안 열댓 가구 중에서 당시에는 어느 집에도 나이가 찬 상속자가 없었다. 외국인들은(외가 쪽에는 수가 꽤 되었다.) 돈에 관해 까다로웠고, 자기들 나름대로 별났고, 무엇보다도 외국인과 결혼한 영국 여자에게는 낙오자라는 확실한 낙인이 찍혔다. 그럼 누가 남았을까?

이것이 런던에서 몇 주간 개가를 올린 뒤 줄리아의 고민거리였다. 극복 불가한 문제까지는 아님을 줄리아는 알았다. 그녀가 생각하기로 자기 세상 바깥에는 울타리 안쪽으로 끌어들이기에 적격인 사람들이 필시 얼마간 있을 터였다. 그러나 수치스러운 점은 찾는 쪽이 자신이어야 한다는 것이었다. 잔혹하고 아슬아슬한 간택의 사치가, 난로 앞 양탄자에서의 권태로운 밀고 당기기의 유흥이 자신에게는 없었던 것이다. 페넬로페[251]가 아닌 그녀로서는 숲으로 사냥을 나가야만 했다.

줄리아는 이 정도면 괜찮겠다 싶은 남성상에 관해 황당무계한 상상을 좀 해 보았다. 그 남자는 썩 봐 줄 만하면서 너무 남성적이지는 않은 미남의 영국 외교관으로, 현재는 외국에 체류 중이며 브라이즈헤드보다 작은 저택을 런던에 더 가까운 곳에 두었다. 나이는 좀 들어 서른둘이나 셋 정도에다가 최근에 비극적인 사고로 홀아비가 되었다. 줄리아는 과거의 애수에 약간 젖어 있는 남자가 더 괜찮으리라고 생각했던 것이다. 그는 앞날이 창창했지만 외로움에 갇혀 무기력해져 있었다. 절조 없는 외국 꽃뱀들의 손아귀에 놀아날 위험에 처해

---

251) 『오디세이아』의 등장인물로, 남편 오디세우스가 트로이 전쟁에 참전하기 위해 집을 비운 동안 108명의 구혼자를 뿌리치고 남편에 대한 충절을 지켰다.

있는지도 몰랐다. 그는 파리 대사관까지 자신을 데려갈 젊은 혈기가 새로이 주입되기를 원했다. 개인적으로는 온건한 불가지론자를 표명하면서도 종교 예식에는 호감이 있고 자식들을 가톨릭교도로 양육하는 데에 전적으로 찬동했다. 그러면서도 식솔은 아들 둘에 딸 하나로 신중히 제한하고, 낳기 수월하도록 십이 년에 걸쳐 간격을 두는 편이 좋다고 믿었으며, 보통 가톨릭교도 남편과 달리 매해 임신하기를 요구하지 않았다. 그는 봉급을 제외하고도 일 년에 1만 2000파운드를 벌고 가까운 친척은 없었다. 그런 남자라면 괜찮겠다고 줄리아는 생각했으며, 나를 기차역에서 만났을 때 그런 남자를 물색하고 있었다. 나는 그녀의 남자가 아니었다. 줄리아는 거기까지 말해 주고는 한마디 말도 없이 내 입술에서 담배를 빼 갔다.

이 모든 줄리아에 관한 것을 나는 조금조금 알아 갔다. 사랑하는 여인이 보냈던 과거의(현재 관점에서 보면 준비 단계의) 삶에 관해 알게 되면서 마치 자신이 그에 속해서 그 삶이 먼 길을 돌아 자기에게 오도록 안내했다고 으레 생각하듯이.

줄리아는 브라이즈헤드 저택에 서배스천과 나를 남겨 두고 카프페라에 있는 외숙모 레이디 로스커먼의 별장에 머무르러 떠났다. 가는 내내 그녀는 고민거리를 곰곰이 고찰했다. 그녀는 상상 속 홀아비 외교관에게 이름까지 붙여 주었다. 그를 '유스터스'라고 불렀고, 그 순간부터 그 남자는 그녀 자신에게 놀림거리이자 비밀스럽고 공유할 수 없는 작은 농담거리가 되었다. 따라서 드디어 그런 남자가 그녀를 우연히 마주치고(비록 외교관이 아니라 근위 기병 연대의 애수에 젖은 소령이었지만) 그녀를 사랑하게 되어 그녀가 고른 딱 그 선물들을 주었을 때 줄리아는 그 남자를 이전보다도 시무룩하고 애수에 젖은 채 떠나가게 했다. 그즈음에 렉스 모트램을 만났던 것이다.

렉스의 나이가 크게 유리하게 작용한 것은 줄리아의 친구들 사이에 일종의 노인 성애적 우월 의식이 있던 까닭이다. 어린 남자들은 서툴고 여드름이나 난 존재로 치부되었다. 그들 사이에서는 리츠 호텔에 들어가서 왼쪽에 있는 테이블에서(이는 좌우간 당대에는 소수의 숙녀들에게만, 줄리아의 소규모 친구 무리에게만 허락된 행동이었으며, 무도회장 벽에 기대 신나게 잡담하며 점수를 매기는 노인들에게는 곁눈질감이 되는 행동이었다.) 자기 어머니가 소녀였을 때 주의를 받은 뻿뻿하고 쭈글쭈글한 방탕아 노친네와 단둘이 점심을 먹는 모습이 혈기 왕성한 젊은이 무리에 섞여 무도회장 한가운데에 있는 모습보다 훨씬 더 시크하다고 생각되었다. 렉스는 실상 뻿뻿하지도 쭈글쭈글하지도 않았다. 그보다 연배가 높은 사람들은 그를 주제넘고 어린 난봉꾼이라고 생각했어도, 줄리아는 여부없는 그 시크함을 알아챘으며('맥스'와 'F. E.'와 영국 왕세자, 스포팅 클럽에서의 큰판 노름, 두 병째 따는 매그넘[252] 와인과 네 대째 무는 시가, 아무 거리낌 없이 운전기사를 몇 시간이고 기다리게 놔두는 데서 보이는 멋) 그녀의 친구들이 이를 부러워할 터였다. 렉스의 사회적 지위는 독특하여 수수께끼의, 심지어 범죄의 기운마저

252) 1.5리터들이의 커다란 와인 병.

서렸고, 렉스가 무장하고 돌아다닌다는 소문도 돌았다. 줄리아와 친구들은 자기네들끼리 '폰트 거리'[253]라고 부르는 것이라면 질색팔색을 했다. 이에 그들은 발화자를 매도하고자 느끼한 대사들을 주워 담았으며, 자기네들끼리(당혹스럽게도 뭇사람 앞에서도 자주) 대사들을 인용하며 희희낙락 떠들어 댔다. 가문의 문장이 새겨진 반지를 끼고 극장에서 초콜릿을 주는 것은 '폰트 거리'였다. 또한 무도회장에서 "당신을 채어 가도 괜찮겠습니까?"라고 묻는 것은 '폰트 거리'였다. 렉스라면 뭐가 됐든 절대 '폰트 거리'가 아니었다. 그는 하류 세계로부터 스스로가 상아로 된 동심구 여러 개의 심장부였던 브렌다 챔피언의 세계로 곧장 발을 디딘 사람이었다. 어쩌면 줄리아는 브렌다 챔피언에게서 자신과 친구들이 십이 년 후에 되어 있을 모습을 시사받았으리라. 그러지 않고서는 설명하기 어려운 적의가 이 소녀와 그 여자 사이에 있었기 때문이다. 확실히 렉스가 브렌다 챔피언의 소유라는 사실로 인해 줄리아는 더 구미가 당겼다.

렉스와 브렌다 챔피언이 머물던 곳은 카프페라의 이웃 별장이었는데, 그해에는 신문사의 큰손 하나가 눌러앉았으며 정치가들도 들락거리던 곳이었다. 둘은 원래대로라면 레이디 로스커먼의 삶의 영역에는 들어오지 않았겠으나 너무도 가까이 살았던 탓에 두 집이 어울리게 되었고, 그 즉시 렉스가 조

253) 영국 런던의 매우 값비싼 주거지이자 세계에서 가장 부유한 지구에 속하는 벨그라비아에 있는 거리로, 여러 문학 작품에서 영국 상류층의 기벽을 상징하는 단어로 쓰인다.

심스레 구애를 시작했다.

그해 여름 내내 렉스는 안절부절못했다. 챔피언 부인은 막다른 골목임이 밝혀졌다. 모든 것이 처음에는 몹시 흥미진진했지만 이제 연분은 닳기 시작했다. 그가 보아하니 챔피언 부인은 영국인이라면 흔한 듯싶었던 방식대로, 작은 세계 속의 작은 세계 속에서 살았다. 하지만 렉스는 더 넓은 지평을 요구했다. 그는 자신이 쟁취한 것을 다져 놓고 싶었다. 검은 깃발을 내리고 육지에 올라 벽난로 위에 월도(月刀)를 걸어 두고 전리품에 관해 생각하고 싶었다. 결혼해야 할 때였다. 이에 그 또한 여성 '유스터스'를 탐색 중이었으나 지금 살던 대로 살자니 여자와의 접촉이 거의 전무했다. 줄리아에 관해서는 알고 있었다. 그녀는 누구에게 들어도 최고의 데뷔탕트, 알맞은 전리품이었다.

챔피언 부인이 선글라스 너머로 서슬 퍼런 감시의 눈총을 쏘고 있었으니 렉스는 카프페라에서 후일 넓힐 수 있는 친교를 세우는 것 외에 어떻게 해 볼 여지가 없었다. 그가 줄리아와 온전히 단둘이 있게 되는 일은 없었으나 그는 그들이 무얼 하든 대부분 줄리아도 껴 있도록 손을 썼다. 그녀에게 슈만드페르 카드 게임을 가르쳐 줬으며, 몬테카를로나 니스로 차를 타고 갈 때는 언제나 자기 차로 가도록 주선했고, 기를 써서 레이디 로스커먼이 레이디 마치멘에게 편지를 써 주도록, 챔피언 부인이 두 사람이 계획했던 것보다 빨리 그의 거처를 앙티브로 옮겨 주도록 만들었다.

이후 줄리아는 잘츠부르크로 가서 어머니와 합류했다.

"패니 올케가 전해 주길 네가 모트램 씨와 굉장히 친해졌다고 하더구나. 엄마가 장담컨대 그 남자는 썩 괜찮은 인물이 아닐 거야."

"괜찮은 인물은 아닌 듯해요." 줄리아가 말했다. "근데 제가 괜찮은 인물을 좋아하는지 모르겠어요."

새로이 부를 얻은 남자들 중 대다수 사이에서는 처음 1만 파운드를 어떻게 벌었는지에 대한 비책이 돈다. 그들이 갑이 되기 전, 모든 남자가 회유해야 할 대상이었을 때 지탱해 주는 힘은 희망뿐이었으며 세상에서 매혹시켜 빼낼 수 있는 것을 제외하고는 무엇도 얻으리라고 기대할 수 없었을 때, 바로 그때 보인 자질들이, 물론 대성공을 거뒀다는 전제하에, 여자들과의 교제를 성공적으로 만든다. 렉스는 런던의 상대적인 자유 속에서 줄리아에게 설설 기었다. 생활을 그녀 위주로 설계해서 그녀를 만날 법한 장소에 가고, 그녀에게 자기 이야기를 잘 전해 줄 수 있는 사람들의 환심을 샀다. 레이디 마치멘과 가까워지기 위해 다수의 자선 위원회에 들었으며, 브라이즈헤드에게는 의회에서 한자리 얻어 주겠다며 도움의 손길을 내밀었고(그러나 그 자리에서 퇴짜 맞았다.), 이것이 줄리아의 환심을 사는 방법이 아님을 알기 전까지는 가톨릭교에 열렬한 관심마저 내비쳤다. 그녀가 가고 싶어 하는 곳 어디든 이스파노 자가용으로 모셔다 주려고 항상 대기 중이었고, 줄리아는 물론 친구들 무리까지 프로 권투 시합의 맨 앞자리에 데려갔으며 끝나고는 그들을 권투 선수들에게 소개해 주기도 했다. 그러는 내내 그는 단 한 번도 그녀에게 구애하지 않았다. 그는 호감형의 남자에서 출발해 그녀에게 필수 불가결한 존재가 되었다. 뭇사람 앞에서 그를 자랑스러워하는 자신의 모습에 그녀는 약간 민망했지만 크리스마스와 부활절 사이 즈음에 렉스는 필수 불가결한 존재가 되어 있었다. 그러다 전혀 예상치 못하게 그녀는 불현듯 사랑에 빠진 자신을 보았다.

혼란스럽고 불청객 같은 이 계시는 5월의 어느 저녁에 찾아왔는데, 때는 렉스가 의회에 용무가 있다고 했던 날 줄리아가 우연히 차를 몰고 찰스 거리를 내려가다가 자기가 알기로 브렌다 챔피언의 집인 곳에서 렉스가 나오는 장면을 본 순간이었다. 줄리아는 너무도 상처받고 화가 나서 저녁 식사 동안 면치레하기조차 어려울 정도였다. 될 수 있는 대로 얼른 집에 돌아간 그녀는 십 분간 사무치게 울었다. 그러자 배가 고파져 저녁 식사 때 좀 더 먹고 올걸 싶었고, 빵과 우유를 좀 시켰고 잠자리에 누우며 이렇게 일렀다. "아침에 모트램 씨가 전화하면 몇 시에 전화하든 내가 방해받고 싶지 않아 한다고 하세요."

다음 날 줄리아는 평소대로 침실에서 아침을 먹고, 신문을 읽고, 친구들에게 전화했다. 끝끝내 그녀가 물었다. "혹시 모트램 씨가 전화했어요?"

"아, 그럼요, 아가씨, 네 번이나 하셨습니다. 다시 전화하시면 연결해 드릴까요?"

"그래요. 아니. 출타 중이라고 하세요."

줄리아가 아래층으로 내려가니 현관 탁자 위에 그녀에게 남겨진 메시지가 있었다. 모트램 님께서 줄리아 아가씨를 1시 30분에 리츠 호텔에서 만나고자 하십니다. "오늘 점심은 집에서 들 거예요." 그녀가 말했다.

그날 오후에 그녀는 어머니와 쇼핑하러 갔다. 둘이서 친척 아주머니와 다과를 든 다음 6시에 돌아왔다.

"모트램 님께서 기다리고 계십니다, 아가씨. 제가 서재로 모셔 두었습니다."

"아, 엄마, 그 사람 신경 안 쓸래요. 집에 돌아가라고 말해 주세요."

"그게 무슨 태도니, 줄리아. 그 사람이 네 친구들 중에서 꼭 마음이 가지는 않는다고 엄마가 종종 말했다만 그래도 내가 꽤 그 사람한테 익숙해져서 거의 좋아진 것도 같다. 정말 이런 식으로 사람들을 들었다 놨다 하면 못써, 모트램 씨 같은 사람들은 특히나."

"아, 엄마, 제가 기어코 만나러 가야 돼요? 가면 추태가 벌어질 텐데."

"그쯤 해라, 줄리아. 그 불쌍한 사람을 쥐락펴락하다니."

그래서 줄리아는 서재로 들어갔고 한 시간 뒤에 약혼한 채 등장했다.

"아, 엄마, 제가 들어가면 이 사달이 날 거라고 경고드렸잖아요."

"그런 경고는 전혀 안 했다. 추태가 벌어질 거라고만 했지. 나는 이런 종류의 추태일 거라고는 상상도 못 했다."

"그래도 이 사람을 좋아하시잖아요, 엄마. 그렇게 말씀하셨잖아요."

"그 사람이 여러 면에서 매우 친절하기야 했지. 엄마는 그 사람이 네 남편감으로는 전적으로 부적합하다고 본다. 모두가 그렇게 볼 거고."

"모두 망해 버리라고 해요."

"우리가 그 사람에 관해 아무것도 모르잖니. 흑인 피가 섞였을 수도 있어, 실제로 수상쩍을 만큼 피부가 검잖니. 아가, 전부 불가한 일이란다. 네가 어떻게 그렇게 경솔할 수 있었는지 이 엄마는 모르겠다."

"아니, 약혼을 안 하면 이 사람이 그 끔찍한 늙은 여자랑 붙어먹는다고 제가 화낼 권리가 어디 있어요? 엄마는 타락한 여자들을 구제한답시고 난리잖아요. 그럼 나는 약간 바꿔서 타락한 남자를 구제할래요. 렉스를 대죄에서 구원할래요."

"애먼 얘기 끌어들이지 마라, 줄리아."

"아니, 브렌다 챔피언과 자는 게 대죄가 아니에요?"

"외설적인 얘기도 말고."

"렉스가 그 여자를 다신 안 보겠다고 약속했어요. 이쪽에서 사랑을 고백하지 않으면 다신 보지 말라고 요구할 수가 없잖아요?"

"챔피언 부인의 정조는 천만다행으로 내가 신경 쓸 바가 아니란다. 신경 쓸 바는 네 행복이지. 네가 꼭 알아야겠다면 나는 모트램 씨를 친절하고 유용한 친구로 생각하지만 요만큼도 신용하지는 않을 테고, 그 아래로 정말 불쾌한 자식들이 나오리라고 장담한단다. 애들이란 아비를 똑 닮는 법이니. 틀림없이 며칠만 지나면 넌 이 모든 걸 후회할 거다. 그동안 아무것도 진행되지 않을 거야. 아무한테도 발설하거나 의심할 여지를 주지 마라. 둘이서 점심 먹는 건 그만두렴. 집 안에서는 당연히 만나도 되지만 공공장소에서는 금물이다. 그 사람을 나한테 보내서 엄마랑 이 문제에 관해 짧은 면담을 좀 하게 하는 편이 좋겠구나."

이렇게 줄리아의 일 년간의 비밀 약혼이 시작되었다. 스트레스가 큰 시기였던 것은 그날 오후 렉스가 그녀를 처음으로 사랑한 까닭이다. 그것은 이전에 한두 번쯤 감상적이고 머뭇거리는 소년들과 일어난 것과는 딴판으로 그녀 안에서도 비슷한 무언가의 한구석을 드러내기까지 하는 격정이 담겨 있었다. 둘 사이의 격정에 겁을 먹은 그녀는 어느 날 종지부를 찍고자 결심하고 고해실에서 돌아왔다.

"그러지 않으면 오빠를 그만 만나야 할 거야." 줄리아가 말했다.

렉스는 단숨에 비굴해졌다. 꼭 날이면 날마다 커다란 자가용에서 추위에 떨며 그녀를 기다리곤 했던 겨울에 그랬듯이.

"우리가 곧장 결혼할 수 있다면." 그녀가 말했다.

육 주간 그들은 팔 하나 거리를 유지하며 만나고 헤어질 때만 키스했고, 만나는 동안에는 거리를 두고 앉았고, 둘이서 무얼 하고 어디서 살 것인지에 관해서라든가 렉스가 정무 장관이 될 기회들에 관해 말했다. 줄리아는 만족하여, 사랑에 깊이 빠져 미래를 살았다. 그러다 이 약혼 기간이 끝나기 직전에 줄리아는 렉스가 자기한테는 주말에 선거구에 다녀온다고 말해 놓고 서닝데일에서 증권 중개인과 지냈다는 사실을, 또 챔피언 부인도 그곳에 있었다는 사실을 알게 되었다.

줄리아가 이 소식을 들은 저녁 렉스가 평소처럼 마치멘 저택에 들르자 둘은 두 달 전의 추태를 재현했다.

"뭘 기대하는 거야?" 그가 말했다. "그렇게 조금밖에 안 주면서 무슨 권리로 이렇게 많이 요구하느냐고?"

줄리아는 팜 스트리트 성당으로 고민거리를 안고 가서 고해실은 아니나 그러한 면담 용도로 마련된 어둡고 작은 담화실에서 뭉뚱그려 털어놓았다.

"신부님, 아무리 그래도 그 사람을 훨씬 나쁜 죄로부터 보호하기 위해서 저 자신이 작은 죄악을 저지르는 게 잘못된 일일 수는 없겠죠?"

그러나 점잖고 나이 든 예수회 수사는 완고했다. 줄리아는 수사의 말을 거의 흘려들었다. 수사는 그녀가 원하는 것을 거부하고 있었다, 그녀의 머릿속에 들어오는 것은 그것이 전부였다.

수사가 말을 마치면서 이렇게 말했다. "이제 고해 성사를 보셔야죠."

"아뇨, 됐어요." 줄리아가 마치 가게에서 뭔가 추천해 주는 것을 거절하듯이 말했다. "오늘은 그러고 싶은 기분이 아니에요." 그리고 성이 나서 집으로 걸어왔다.

그 순간부터 줄리아는 자기 종교에 마음의 문을 닫았다.

그리고 레이디 마치멘은 이를 보고는 서배스천에 대한 새로운 비탄과 남편에 대한 해묵은 비탄과 자기 몸의 치명적인 병환에 이 비애를 얹었으며, 이 모든 상심거리를 안고 매일 성당에 갔다. 부인의 심장이 통탄의 대검들로 관통되어 석고상과 그림에 필적하는 살아 있는 심장이 된 것만 같았다.[254] 부인이 어떤 위안을 가지고 집으로 돌아갔는지는 하느님만이 아시리라.

그렇게 한 해가 더디게 흘렀고 비밀 약혼은 줄리아의 극친한 벗들에서 그들의 극친한 벗들에게 퍼지다가 끝내 갯가에 닿아 부서지는 파문과 같이 언론에 약혼의 단서가 보도되었다. 또 향단이 역할의 레이디 로스커먼도 약혼에 관해 단단히 질문 공세를 받았으니 무언가 조치가 취해져야 했다. 그런 뒤 줄리아가 크리스마스 영성체를 거부했고, 레이디 마치멘은 처음에는 나에게, 다음에는 샘그라스 교수에게, 다음에는 코딜리아에게 배신당했다는 것을 알게 된 후 1925년 새해의 잿빛 나날들에 행동을 결심했다. 부인은 약혼에 관한 언급을 일절 금했다. 또한 줄리아와 렉스가 만나는 것조차 금했다. 마치멘 저택을 여섯 달 동안 폐쇄하고 외국 친척들 집을 방문 순례하는 데 줄리아를 데려갈 계획을 세웠다. 부인의 고상함과 공존하는 뿌리 깊은 격세 유전적 냉정함이 여실히 발휘되어 부인은 이 사달에 처해서조차 서배스천을 렉스의 책임하에 보르서스 박사에게 보내는 것이 비합리적이라고 생각하지 않았다. 이에 그쪽 방면으로 부인을 설득하는 데 실패한 렉스는 몬테카를로로 감으로써 부인의 참패를 완성시켰다. 마치멘 경

254) 성모칠고(聖母七苦), 즉 성모 마리아가 예수 때문에 겪는 일곱 가지 고통은 그림이나 조각 등 여러 예술 작품에서 성모 마리아의 심장을 관통하는 일곱 개의 대검으로 표현된다.

은 렉스의 성품에서 보다 세밀한 구석들은 개의치 않았다. 그런 구석들은 딸이 신경 쓸 바라고 믿었기에. 그의 눈에 렉스는 정치 기사를 읽으면서 이미 이름이 익은 거칠고 건장하고 번창하는 친구로 보였다. 렉스는 손은 크지만 분별 있게 도박을 했으며, 합리적으로 괜찮은 교우 관계를 유지하는 듯했으며, 장래가 있었고, 레이디 마치멘이 싫어하는 사람이었다. 그래서 마치멘 경은 전반적으로 줄리아가 배우자감을 이토록 잘 골랐다는 데에 안도했으며, 조속한 결혼을 허락해 주었다.

렉스는 열성적으로 결혼 준비에 매진했다. 그가 사 준 반지는 줄리아가 예상한 대로 카르티에의 진열장에서 고른 것이 아니라 해튼 가든[255]의 뒷방에서 작은 가방들 속의 금고로부터 원석을 꺼내 필기용 테이블 위에 진열해 준 어떤 남자로부터 산 것이었다. 그다음 다른 뒷방에서 다른 남자가 메모지 위에 몽당연필로 원석을 세팅할 디자인을 그렸고, 그렇게 해서 나온 결과물이 그녀의 모든 친구에게 경탄을 자아냈다.

"어떻게 이런 것들을 다 알아, 렉스?" 줄리아가 물었다.

그녀는 매일같이 렉스가 아는 것들과 렉스가 모르는 것들에 놀랐다. 당시에는 양쪽 모두 그의 매력을 더할 뿐이었다.

런던 허트포드 거리에 있는 렉스의 자택은 둘이서 살기에 넉넉했으며, 가장 비싼 회사의 작업으로 최근에 구색이 갖춰지고 꾸며진 집이었다. 줄리아는 아직 시골 저택은 원하지 않는다고 했다. 그들이 내려가고 싶으면 언제든 세간이 구비된

---

255) 런던의 보석 매매의 중심가.

집들을 취하면 될 노릇이었다.

부부 재산 계약에 관해 문제가 있었으나 줄리아는 스스로 관심을 두기를 거부했다. 변호사들은 절망했다. 렉스는 어떤 자본도 묶어 두기를 완강히 거부했다. "내가 수탁자 주식을 가지고 뭘 하겠어?" 렉스가 말했다.

"그러게, 자기."

"나는 돈이 나를 위해 굴러가도록 만들어." 렉스가 말했다. "내가 15, 20퍼센트를 예상하면 그대로 받는다고. 자본을 3.5퍼센트에 묶어 두는 건 순 낭비야."

"확실히 그런 것 같아, 자기."

"그 친구들은 마치 내가 자기한테 강도짓이라도 하려 한다는 듯이 말해. 강도짓을 하는 건 그 작자들인데. 내가 자기한테 만들어 줄 수 있는 소득의 3분의 2는 빼앗고 싶어 한다고."

"그게 중요해, 렉스? 우리한텐 어차피 산더미같이 있잖아?"

렉스는 줄리아의 지참금을 모두 자기 손아귀에 쥐기를, 그 돈이 자기를 위해 굴러가게 만들기를 희망했다. 변호사들은 그 돈을 묶어 두기를 고집했으나 요청한 만큼의 금액을 렉스에게서 빼낼 수 없었다. 끝내 마지못해 렉스는 생명 보험에 들기로 동의했는데, 그나마도 이것이 정당한 자기 이익의 일부를 타인의 주머니에 넣어 주는 장치일 뿐이라며 변호사들에게 일장 연설을 한 후였다. 그마저도 렉스는 어느 보험사에 끈이 좀 있었기에 계약을 자신에게 약간이나마 덜 고통스러운 방향으로 낙착시켰고, 이로써 변호사 자신들이 받을 예정이던 보험 설계 수당을 스스로 챙겼다.

마침내 렉스의 종교 문제가 등장했다. 그는 언젠가 마드리드에서 열린 국혼에 참석한 적이 있었으며, 스스로도 그런 종류의 무언가를 올리길 원했다.

"그거 하나는 자기네 종교에서 할 수 있잖아." 렉스가 말했다. "번드레하게 만드는 거. 추기경들에 맞먹는 건 못 봤을걸. 영국에는 추기경이 몇 명이나 있지?"

"한 명뿐이야, 자기."

"한 명뿐이라고? 외국에서 다른 추기경들을 좀 구해 올 수 있을까?"

그제야 혼종혼인은 매우 수수한 예식이라는 것이 그에게 설명되었다.

"'혼종'이라니 무슨 뜻이야? 내가 깜둥이 같은 것도 아닌데."

"그게 아니라 자기, 가톨릭교도와 신교도 사이를 말하는 거야."

"아, 그거? 뭐, 고작 그거라면 금방 혼종이 아니게 될 거야. 내가 가톨릭교도가 되지, 뭐. 그러려면 뭘 해야 하나?"

레이디 마치멘은 이런 새로운 국면이 펼쳐짐에 따라 경악하고 당혹했다. 관용의 마음으로 렉스의 신실함을 상정해야 한다고 스스로에게 되뇌어 봤자 소용이 없었다. 그것이 또 다른 구애와 또 다른 개종의 기억을 불러일으켰던 까닭이다.

부인이 말했다. "렉스 자네, 나는 자네 스스로가 가톨릭 신앙에 관해 얼마나 큰 책임을 지고 있는가를 잘 아는지 궁금할 때가 있네. 진정으로 믿지 않으면서 이런 절차를 밟는 것은 매우 못된 짓일 게야."

렉스는 부인을 다루는 데는 선수였다.

"제가 정말 독실한 사람이라거나 대단한 신학자인 체하지는 않겠습니다. 하지만 한 지붕 아래 두 개의 종교를 둔다는 게 나쁜 계획이라는 건 압니다. 남자는 종교가 필요합니다. 가톨릭교가 줄리아에게 충분히 좋다면 저에게도 충분히 좋은 겁니다." 그가 말했다.

"잘 알겠네." 부인이 말했다. "자네가 교리 지도를 받도록 주선해 두겠네."

"저, 레이디 마치멘, 제겐 시간이 없습니다. 교리 지도는 제게 시간 낭비일 겁니다. 그냥 서류를 주시면 제가 빈칸에 서명해 넣겠습니다."

"교리 지도는 보통 몇 달이 걸리는 일이네. 평생이 걸리는 경우도 많고."

"뭐, 제가 워낙 빨리 배우잖습니까. 한번 믿어 보세요."

그래서 렉스는 팜 스트리트 성당의 모브레이 신부에게 보내졌는데, 외고집의 예비 신자들마저 이겨 내기로 명성이 자자한 신부였다. 세 번째 면담을 마치고 신부가 레이디 마치멘과 다과를 들러 왔다.

"그래, 제 예비 사위는 어떻게 보시나요?"

"제가 이제껏 만난 중에 가장 어려운 개종자입니다."

"이럴 수가, 그 친구가 정말 쉽게 해내리라 생각했는데요."

"바로 그겁니다. 제가 그 발치를 좇아갈 수가 없어요. 그 사람에게는 최소한의 지적 호기심이라든가 타고난 신앙심이 없는 듯합니다.

첫째 날에 저는 그가 지금까지 어떤 유의 종교 생활을 해 왔는지 알아보고자 그에게 기도란 뭘 의미하느냐고 물었더랬죠. 그가 말하더군요. '제게는 의미랄 게 없습니다. 신부님께서 제게 말씀해 주셔야죠.' 그래 제 나름대로 몇 단어로 말해 줬더니 그가 말하더군요. '그렇군요. 기도는 이만하면 됐어요. 다음은 뭐죠?' 제가 『교리 문답』을 가져가라고 쥐여 줬습니다. 또 어제 만났을 때는 주님의 본성은 하나 이상 있는지 물었습니다. 그랬더니 말하더군요. '신부님께서 말씀하시는 만큼 있겠지요.'

그래서 제가 다시 물었습니다. '교황이 하늘을 올려다보고 먹구름을 보고 '비가 오겠군.' 하고 말하면 반드시 비가 올까요?' '아, 그럼요, 신부님.' '그런데 비가 안 왔다면?' 그가 잠시 생각하더니 말했습니다. '아마도 뭔가 정신적으로는 비가 오는데, 다만 우리에게 죄가 너무 많아 보이지 않는 걸 겁니다.'

레이디 마치멘, 그 사람은 선교사들이 겪은 어떤 이교도의 수준에도 비할 바가 아닙니다."

"줄리아." 신부가 떠나고 나서 레이디 마치멘이 말했다. "렉스가 순전히 우리에게 맞추려는 생각으로 이러는 게 아닌 거 확실하니?"

"그런 생각은 떠오르지도 않을걸요." 줄리아가 말했다.

"정말 개종에 대해 진심이니?"

"그 사람은 가톨릭교도가 되려고 완전히 작심했어요, 엄마." 그리고 스스로에게 말했다. "유구한 세월 동안 가톨릭교에 상당히 기이한 개종자들이 필시 몇 명은 있었을 거야. 클로비스[256]의 전 군대가 꼭 가톨릭교도의 마음이었다고는 생각하지 않아. 거기에 한 명 더 얹는다고 해될 건 없겠지."

다음 주에 그 예수회 수도사가 재차 다과를 들러 왔다. 때는 부활절 휴가였기에 코딜리아도 자리했다.

"레이디 마치멘." 수사가 말했다. "이 일에는 보다 젊은 사제를 고르셨어야 합니다. 렉스가 가톨릭교도가 되는 것보다 제가 죽는 게 훨씬 빠르겠습니다."

"어머나, 정말 순조롭게 진행되는 줄만 알았더니요."

"순조롭게 진행되고 있죠, 어떤 의미로는. 그는 남달리 순순했고, 제가 말해 준 걸 전부 받아들였다고 했고, 하나하나를 다 기억했고, 질문을 일절 하지 않았어요. 저는 그런 그가 만족스럽지 않았습니다. 현실감이 전혀 없어 보이는 친구였지만 꾸준한 가톨릭교도의 영향하에 들어갈 예정이라는 걸 알았기에 받아들일 마음이 있었죠. 이따금 운을 걸어 봐야 할 때가 있는 법입니다, 예를 들면 반쯤 저능아에게요. 그들이 실제로 얼마나 이해했는지 알 길이 없어요. 그래도 감시해 줄 누군가가 있다는 걸 아는 한 걸어 보는 거죠."

"렉스가 이 말을 들었다면 얼마나 신날까!" 코딜리아가 말했다.

"그런데 어제 제가 뒤통수를 제대로 맞았습니다. 현대 교육

---

256) 클로비스 1세(446?~511). 모든 프랑크 부족을 하나로 통합하고 프랑크 민족의 첫 번째 왕이 된 인물. 톨비악 전투에서 승전한 후에 아내의 종교인 가톨릭교로 개종했다고 알려진다.

의 애로 사항은 사람들이 얼마나 무지한지 절대 알 수 없게 만든다는 겁니다. 쉰이 넘은 사람 상대로는 무엇이 교육되고 무엇이 누락되었는지에 관해 꽤 확신할 수가 있어요. 그런데 이 젊은 친구들은 그토록 지적이고 아는 것 많은 겉껍질을 해 가지고는 그 껍질이 갑자기 깨지면 존재하는 줄도 몰랐던 혼란의 심연이 들여다보이게 되는 겁니다. 어제를 예로 들어 보죠. 그 친구가 참 잘하고 있는 듯 보였어요. 『교리 문답』의 긴 토막들을 외우고, 다음으로 주기도문, 다음으로 성모송을 암기했어요. 그런 뒤 제가 평소처럼 마음을 괴롭히는 것이 있는지 물어봤더니 그가 저를 교활하게 쓱 쳐다보고는 말하더군요. '보세요, 신부님. 신부님께서 저를 솔직하게 대하신다는 생각이 안 듭니다. 저는 신부님의 교파에 들어가고 싶고 신부님의 교파에 들어갈 거지만 뒤에 너무 꽁꽁 싸매고 계신다 이 말입니다.' 제가 무슨 뜻인지 물었더니 이렇게 말하더군요. '제가 가톨릭교도 한 명과 길게 대화를 나누면서(정말 독실하고 교육을 잘 받은 사람입니다.) 알게 된 점이 한두 가지 있습니다. 예를 들어 동쪽이 천국이 있는 방향이므로 잘 때는 발을 동쪽으로 두어야 밤중에 죽으면 거기로 걸어갈 수 있다는 거요. 뭐, 저는 줄리아가 원하는 어느 쪽으로든 발을 두고 잘 거지만 천국으로 걸어간다는 얘기를 다 큰 남자가 믿으리라고 기대하십니까? 게다가 자기 말 한 필을 추기경으로 만든 교황 얘기는 또 어떻고요? 게다가 신부님께서 교회 현관에 두시는 상자는 또 어떻고요? 누군가의 이름을 1파운드짜리 지폐에 써서 그 상자에 넣으면 그 사람이 지옥으로 보내진다면서요. 이 모든 것에 합당한 이유가 없으리라고 말하는 건 아닙니다.' 그가 말했습니다. '하지만 신부님께서 먼저 말씀해 주셔야지 제가 스스로 찾아내도록 하면 안 되는 거잖아요.'"

"그 불쌍한 사람이 대체 무슨 뜻으로 그랬을까요?" 레이디 마치멘이 말했다.

"그가 가톨릭교에 들어가기엔 아직 갈 길이 멀다는 게 보이시죠." 모브레이 신부가 말했다.

"그런데 대체 누구랑 그런 얘기를 한 걸까요? 그 모든 걸 꿈이라도 꿨을까? 코딜리아, 왜 그러니?"

"이런 머저리가 있나! 아이고, 엄마, 무슨 이런 배꼽 빠지는 머저리가 있어요!"

"코딜리아, 너였구나."

"아, 엄마, 오빠가 그걸 다 믿을 줄 누가 알았겠어요? 내가 그 밖에도 많이 말해 줬어요. 바티칸의 성스러운 원숭이들이라든가 온갖 것들을요."

"얘야, 내 일을 정말 상당히 늘려 줬구나." 모브레이 신부가 말했다.

"불쌍한 렉스." 레이디 마치멘이 말했다. "신부님, 그렇지만요, 이게 오히려 그를 사랑스럽게 만들어 주는 것 같아요. 좀 모자란 아이를 대하듯 하셔야 해요, 모브레이 신부님."

그렇게 교리 지도가 이어졌고, 모브레이 신부는 끝끝내 결혼식 일주일 전에 렉스를 받아들이기로 승낙했다.

"저쪽에서 절 받아들이게 돼서 득의양양할 거라고 생각하시겠죠." 렉스가 툴툴댔다. "제가 자기네한테 이쪽저쪽으로 꽤 도움이 될 수도 있는데, 오히려 그 사람들은 카지노 카드 게임에서 카드를 나눠 주는 딜러들같이 행세한단 말입니다. 게다가……." 렉스가 덧붙였다. "코딜리아가 뒤죽박죽 헷갈리게 해서 뭐가 『교리 문답』에 있는 얘기고 뭐가 지어낸 얘긴지도 모르겠어요."

결혼식 삼 주 전 상황은 이랬다. 청첩장이 돌려졌고, 축하 선물들이 밀려들었으며, 신부 들러리들은 드레스에 감격했다. 그때 줄리아의 말마따나 "브라이디의 폭탄선언"이 떨어졌다.

특유의 가차 없는 태도로 브라이즈헤드가 경고도 없이, 직전까지 행복한 가족 모임이었던 자리에 폭발물 한 아름을 던져 넣었다. 마치멘 저택의 서재가 결혼 선물을 보관하는 용도로 쓰이고 있었다. 레이디 마치멘, 줄리아, 코딜리아, 렉스는 포장을 풀고 선물 목록을 기재하느라 정신이 없었다. 브라이즈헤드가 들어와서 그들을 잠시 바라보았다.

"베티 이모에게서 금 간 꽃병들이 왔네." 코딜리아가 말했다. "오래된 거야. 내가 벅본 저택의 계단에서 본 기억이 나."

"이게 다 뭐야?" 브라이즈헤드가 말했다.

"펜들가드웨이트 부부와 따님으로부터, 이른 아침 찻잔 세트. 구즈 가게, 30실링짜리. 쩨쩨하기도 하지."

"그거 다 다시 싸는 게 좋을 거야."

"오빠, 무슨 말이야?"

"결혼이 물 건너갔다는 말."

"오빠."

"달리 아무도 관심 없어 보이기에 내가 장래의 매제에 관해

뒷조사를 좀 해 봐야겠다고 생각했지." 브라이즈헤드가 말했다. "오늘 밤 결정적인 답변을 얻었어. 렉스는 1915년 몬트리올에서 아직도 그곳에 거주 중인 세라 에반젤린 커틀러 양과 결혼했어."

"렉스 자네, 이게 사실인가?"

렉스는 손에 든 비취 용을 노려보며 서 있었다. 그다음 그것을 전용 흑단 거치대에 조심조심 올려놓고는 모두에게 솔직하고 순수하게 웃어 보였다.

"그럼 사실이죠." 그가 말했다. "그게 어쨌는데요? 뭘 그리 흥분들을 하고 그러십니까? 그 여자는 저한테 아무것도 아니에요. 저한테 뭐라도 됐던 적이 없어요. 어차피 그땐 제가 꼬맹이일 뿐이었는데요, 뭐. 누구라도 할 법한 실수예요. 옛날 1919년에 이혼했습니다. 브라이디가 이 자리에서 말해 주기 전까지는 그 여자가 어디 사는지도 몰랐어요. 뭘 난리들을 치고 그러세요?"

"나한테 말해 줬어야지." 줄리아가 말했다.

"물어본 적이 없었잖아. 진심으로, 몇 년간 그 여자 생각을 해 본 적이 없다고."

그의 정직함이 너무도 숨김없었기에 그들은 앉아서 이 문제에 관해 침착하게 이야기할 수밖에 없었다.

"모르겠어, 이 지지리도 불쌍한 바보 천치야?" 줄리아가 말했다. "가톨릭교도는 살아 있는 아내가 달리 있으면 결혼할 수 없다는 거?"

"그러니까 아내가 없다고. 방금 내가 육 년 전에 이혼했다고 말하지 않았던가."

"그러니까 가톨릭교도는 이혼할 수 없다고."

"나는 가톨릭교도가 아닐 때 이혼했어. 어딘가에 이혼 서류도 있을 텐데."

"아니, 모브레이 신부님께서 결혼에 관해 설명해 주지 않으셨어?"

"신부님께서는 자기랑 이혼하면 안 된다고만 말씀하셨어. 뭐, 나야 이혼하고 싶지도 않고. 신부님 말씀을 전부 기억할 수는 없어. 신성한 원숭이들, 전대사(全大赦),[257] 사말(四末).[258] 신부님 말씀을 내가 전부 기억하면 다른 걸 할 시간이 없을걸. 그나저나 자기의 이탈리아 친척 언니 프란체스카는 어떻고? 그분도 두 번 결혼했잖아."

"언니는 결혼 무효 선언을 받았어."

"그럼 됐네, 나도 결혼 무효 선언을 받을게. 얼마나 드는데? 누구한테 받으면 되는데? 모브레이 신부님이 하나 가지고 계실까? 옳은 방식대로 해 나가고 싶을 뿐이야. 아무도 말해 주지 않았다고."

오랜 시간이 걸려서야 렉스에게 이 결혼에는 중대한 장애가 있다고 납득시킬 수 있었다. 논의는 저녁 시간까지 이어졌고, 하인들이 있는 자리에서는 휴면 중이었다가 그들끼리만

---

257) 로마 가톨릭교에서 교황이나 주교가 일정한 규례에 따라 산 사람과 죽은 사람의 죄를 모두 사하여 주는 것을 말한다.

258) 가톨릭교에서 죽음, 심판, 천당, 지옥이라는 사람이 면치 못할 네 가지의 종말을 말한다.

남겨지자마자 재개되어 자정을 훌쩍 넘길 때까지 이어졌다. 논의는 위로, 아래로, 빙글빙글 갈매기처럼 휘돌고 덮쳤고, 이제는 난바다로 나와 시야에서 벗어나 구름에 엉기고 무관계한 말과 되풀이되는 말의 틈바구니에 섞였다가, 이제는 딱 생선 내장이 둥둥 떠 있는 그 자리에 내려앉았다.

"제가 뭘 하길 원하세요? 제가 누굴 만나야 할까요?" 렉스가 계속해서 물었다. "이 문제를 고칠 수 있는 사람이 없지는 않겠죠."

"뭘 하고 말고가 없어요, 형." 브라이즈헤드가 말했다. "단지 이 결혼은 성사될 수 없다는 뜻입니다. 모두의 입장에서 보건대 이토록 급작스럽게 이리 되다니 유감입니다. 스스로 말씀을 해 주셨어야죠."

"봐요." 렉스가 말했다. "처남이 말하는 게 맞을 수도 있어요. 엄밀하게 법적으로는 내가 가톨릭교 성당에서 결혼하면 안 되는지도 몰라요. 하지만 성당이 예약됐고, 그곳 누구도 어떤 질문도 하지 않고, 추기경도 관련해서 아무것도 모르고, 모브레이 신부님도 관련해서 아무것도 모르잖아요. 우리 말고는 아무도 눈곱만큼도 모르잖아요. 그런데 왜 긁어 부스럼을 만듭니까? 아무 일도 일어나지 않은 양 그냥 입 다물고 잘 지나가도록 놔두자고요. 누가 그걸로 손해라도 봅니까? 나야 지옥에 떨어지는 걸 감수해야 할 수도 있겠죠. 까짓것, 감수하죠, 뭐. 그 밖에 대체 누구와 무슨 상관이 있단 말이에요?"

"왜 아니겠어요?" 줄리아가 말했다. "그 신부님들이 모든 걸 안다고는 믿지 않아요. 그런 행동들로 지옥에 간다고 믿지도 않고요. 무슨 행동을 한들 지옥에 떨어진다고 믿는지조차 모르겠네요. 좌우간 우리가 알아서 할 문제예요. 우리가 지금 모두의 영혼까지 걸라고 부탁하는 게 아니라고요. 그냥 발 빼세요."

"줄리아, 진짜 싫어." 코딜리아가 이렇게 말하고 응접실을 떠났다.

"우리 모두 지쳤다." 레이디 마치멘이 말했다. "말할 게 있으면 아침에 논의하는 게 어떨까 싶구나."

"아니, 논의할 게 없잖아요." 브라이즈헤드가 말했다. "우리가 이 사건 일체를 가장 덜 수치스럽게 덮을 방법이 무엇인가에 대해서가 아니라면요. 어머니랑 내가 방법을 결정할 겁니다. 《타임》과 《모닝 포스트》에 공지를 내고, 선물들은 돌려보내져야 할 거예요. 신부 들러리 드레스와 관련해서는 뭐가 통례인지 잘 모르겠군요."

"잠깐만요." 렉스가 말했다. "잠깐만요. 우리가 가톨릭교 성당에서 결혼하는 걸 막을 수는 있겠죠. 까짓것, 그러시든가요. 우린 신교도 교회에서 결혼할 겁니다."

"그것도 내가 막을 수 있네." 레이디 마치멘이 말했다.

"하지만 엄마, 막으실 거라 생각되지는 않아요." 줄리아가 말했다. "있죠, 전 지금 한동안 렉스의 정부로 살아 왔고, 결혼을 하든 안 하든 쭉 그럴 거예요."

"렉스, 이게 사실인가?"

"아뇨, 넨장맞을, 사실이 아닙니다." 렉스가 말했다. "그런 거면 좋게요."

"내가 보기에 확실히 우리가 아침에 이 모든 걸 다시 논의해야겠네." 레이디 마치멘이 혼절할 듯 말했다. "지금은 내가 더는 버틸 수가 없어."

그리고 부인은 아들의 부축을 받아 계단을 올라갔다.

"대체 뭐 때문에 어머니에게 그런 말을 하게 된 거야?" 수년 후에 줄리아가 그 추태에 대해 말해 주었을 때 내가 물었다.

"바로 그걸 렉스도 알고 싶어 하더라. 아마 스스로 그게 사실이라고 생각했기 때문이지 싶어. 글자 그대로는 아니고. 근데 여기서 떠올려야 할 건 난 고작 스물이었다는 거고, 얘기를 듣기만 해서 '생식의 진실'을 정말 아는 사람은 없잖아. 그래도 당연히, 글자 그대로의 의미로 사실이었다는 말은 아니었어. 나는 달리 표현할 방도를 몰랐던 거야. 렉스와의 사이가 너무 깊었기에 '예정되었던 결혼은 이제 성사되지 않을 거야.' 하고 말하고 그대로 놔둘 순 없었다는 말이었지. 나는 떳떳한 본처가 되길 원했어. 이후로도 줄곧 원해 왔네, 생각해 보니까."

"그러고 나서?"

"그러고 나서 얘기를 하고 또 했지. 불쌍한 엄마. 그리고 신부님들이 끼어들고 친척 아주머니들이 끼어들었어. 갖가지 제안들이 등장했지. 렉스가 캐나다에 가야 한다는 둥, 모브레이 신부님이 로마에 가서 결혼 무효 선언을 받을 수 있는 일말의 근거라도 있는지 알아봐야 한다는 둥, 내가 일 년간 외국에 가 있어야 한다는 둥. 그 와중에 렉스가 아빠에게 전보를 쳤어. '줄리아와 저는 신교도 예식에 따라 결혼식을 진행하기를 선호합니다. 아버님께서는 반대하십니까?' 이에 아빠가 '흔쾌히 승낙함.'이라고 답하셨고, 이로써 엄마가 우리를 반대하는 법적 근거에 관해서는 문제가 매듭지어졌지. 그런 뒤에도 개인적 애원이 상당히 들어왔어. 내가 신부님들에 수녀님들에 친척 아주머니들과 대화하라고 보내졌거든. 렉스는 그저 조용히, 또는 그만하면 조용히, 계획을 진행해 나갔고.

아, 찰스, 결혼식이 어찌나 궁상맞던지! 사보이 예배당은 당시엔 이혼한 남녀가 재혼하는 장소였어. 렉스의 의도와는 완전히 달리 누추하고 협소한 곳이었지. 나는 그냥 어느 날 아침에 등기소로 슬쩍 가서 증인으로 청소부 두엇만 데리고 일을 해치워 버리고 싶었지만 렉스가 기어코 신부 들러리들과 오렌지 꽃과 결혼 행진곡이 아니면 안 된다고 해서. 그건 그야말로 처참했어.

불쌍한 엄마는 순교자인 양 굴었고 이 모든 일에도 불구하고 자기 레이스를 쓰라고 고집을 부리셨어. 뭐, 다소 그럴 수밖에 없으셨지, 드레스 자체가 엄마 레이스를 중심으로 디자인됐으니까. 내 친구들도 물론 왔고, 렉스가 자기 친구들이라고 부른 수상쩍은 한패도 왔어. 나머지 참석자들은 정말 기이한 구색이었지. 당연히 외가 쪽 친척은 아무도 안 왔고, 친가 쪽에서 한두 명 정도. 거드름 피우는 인간들은 모두 불참했고 (알지, 앵커리지가와 캐즘가에 반브루가 인간들.) 그래서 나는 생각했지. '그것만큼은 천만다행이다. 이러나저러나 그 작자들은 언제나 나를 깔보니까.' 하지만 렉스는 성이 났지, 보아하니 그가 원했던 건 딱 그런 사람들이었으니까.

한때는 신부 파티 따위는 일절 없었으면 싶었어. 엄마가 마처스는 사용할 수 없다고 못 박아서 렉스는 아빠한테 전보를 친 다음 가족 사무 변호사를 앞장세운 출장 뷔페 군단을 이끌고 저택에 들이닥치고 싶어 했지. 결국에는 선물을 보기 위해 결혼식 전날 밤에 집에서 파티를 열기로 결정됐어. 듣자 하니 모브레이 신부님에 따르면 그건 괜찮았으니까. 뭐, 자기 선물을 보러 간다는데 누가 반대할 수 있겠어. 그래서 그건 꽤 성공적이었지만 다음 날 렉스가 사보이 예배당에서 결혼식 하객을 위해 연 피로연은 정말 궁상맞았지.

소작인들 사이에 매우 거북한 분위기가 감돌았어. 참다못해 브라이디가 내려가서 거기서 저녁 식사와 캠프파이어 잔치를 대접했는데, 그쪽에서 선물한 은제 수프 합에 대한 보답으로 오리라고는 생각한 것은 전혀 아니었지.

불쌍한 코딜리아가 가장 힘들어했어. 내 신부 들러리가 되는 걸 너무나 기대하기도 했고(내가 사교계에 데뷔하기 훨씬 전부터 얘기하곤 한 주제였거든.) 물론 정말 독실한 아이이기도 했잖아. 처음에는 나랑 얘기를 안 하려고 했어. 그러다가 결혼식 날 아침에(나는 전날 밤에 패니 로스커먼 외숙모 댁으로 옮겨 갔어. 그 편이 더 알맞겠다고 생각됐거든.) 내가 일어나기도 전에 그 애가 팜 스트리트 성당에서부터 한달음에 방으로 뛰어 들어와서 눈물을 줄줄 흘리면서 결혼하지 말라고 애걸복걸하다가 나를 꼭 끌어안고는 자기가 산 소중한 조그만 브로치를 주면서 언니가 언제나 행복하라고 기도했다지 뭐야. 언제나 행복하라고 말이야, 찰스!

오빠도 알겠지만 끔찍하게도 평판이 나쁜 결혼식이었어. 모두가 엄마 편을 들었지, 다들 언제나 그랬듯이. 그렇다고 엄마가 어떤 이득이라도 본 건 아니지만. 사는 내내 엄마는 자기가 사랑한 사람들 빼고 모든 이의 동정을 다 받았어. 모두들 하나같이 내가 엄마한테 가증스럽게 행동했다고 했지. 하기는 불쌍한 렉스도 결혼한 상대가 알고 봤더니 왕따였던 거고. 자기가 원한 모든 것의 정반대로 말이야.

그러니까 오빠도 알겠지만 상황이 결코 잘 풀리는 것 같지 않았어. 우리한테는 처음부터 재수가 옴 붙었던 거야. 그래도 나는 아직도 렉스한테 미쳐 있었어.

생각하면 우습다, 그치?

모브레이 신부님은 대번에 렉스에 관해 진실을 알아차렸는데, 나는 그걸 보기까지 결혼 생활 일 년이 걸린 거 있지. 렉스는 그냥 온전히 거기 있지를 않았어. 절대 온전한 하나의 인간이 아니었어. 그 사람은 한 인간의 부자연스럽게 발달된 작은 조각이었어. 병 속의 무언가, 실험실에서 살아 있게끔 보관되는 장기였어. 나는 그 사람이 무슨 원시적 야만인이었다고 생각했는데, 사실은 이 섬뜩한 시대만이 만들어 낼 수 있었던 완전히 현대적이고 최첨단인 어떤 존재였던 거야. 전체인 체하는 남자의 작은 조각.

뭐, 이제는 다 끝났지만."

대서양의 폭풍우 속에서 줄리아가 이 이야기를 내게 해 준 것은 십 년이 지나서였다.

3

나는 1926년 봄에 총파업[259]에 임해 런던으로 돌아갔다.

그것이 파리의 화두였다. 프랑스인들은 예전 동지들이 쩔쩔매는 것에 언제나 그러듯 영바람이 나서 영국 해협을 건너온 우리의 보다 모호한 관념들을 자신들만의 정확한 용어로 고쳐 표현하며 혁명과 내전을 예언했다. 저녁마다 신문 가판대는 수사나운 말들을 진열했으며, 카페에 가면 지인들이 반쯤 우롱하며 "하하, 이 친구야, 고향보다는 여기 있는 게 편하지?" 등의 인사로 반긴 나머지 나를 비롯하여 같은 처지에 놓

259) 1926년 5월 3일에서 13일까지 이루어진 노동자 동맹 파업. 영국노동조합회의가 조직하였으며, 갱도에서의 열악한 노동 조건과 임금 인하에 반발하는 광부들의 집회에 모든 산업 노동자들이 동참함으로써 이루어졌다. 중산층 및 상류층 자원봉사자들이 일부의 필수 서비스나마 운행되도록 힘썼으며, 22만 6000명이 치안 유지를 위해 임시 순경으로 입대하였다.

인 친구 몇몇은 조국이 위험에 처했으며 우리 의무가 그곳에 있다고 진심으로 믿게 되었다. 그리하여 우리는 벨기에 출신 미래파 예술가에게 가세했는데, 그는 장 드 브리삭 라 모트라는, 내가 추측하기에 가명으로 살며 하층민들에 대적하여 벌인 전투라면 어디서든 무장할 권리를 주장하던 자였다.

우리는 기개 넘치는 남자 무리로 함께 바다를 건너며 도버에서 우리 눈앞에 역사가 펼쳐지리라고 예상했다. 예의 그 역사는 유럽 각지에서 최근에 너무도 자주, 너무도 편차 없이 반복된 나머지 나도 여하튼 마음속에 '혁명'에 관해 뚜렷하고 복합적인 심상을 품게 되었다. 우체국에 꽂힌 붉은 깃발, 전복된 트램, 술 취한 부사관들, 열린 감옥과 풀려나 길거리를 활보하는 범죄자 패거리들, 수도에서 출발하였으나 도착하지 않은 열차. 이는 신문에서 읽고, 영화에서 보고, 카페 테이블에서 듣기를 이제 육칠 년간 반복하고 반복한지라 플랑드르의 진창[260]과 메소포타미아의 파리[261]와 같이 간접적으로 겪은 자기 경험의 일부가 되어 버렸다.

이내 우리가 상륙하여 만난 광경은 세관 창고들, 정시에 도착하는 임항 열차, 빅토리아의 승강장에 줄지어 서서 일등석 객차들로 모여드는 짐꾼들, 대기 중인 택시의 긴 줄이라는 오

---

260) 1차 세계 대전 당시 프랑스 플랑드르에서 싸우던 군인들은 사방이 오물과 진창이었기에 서서 잠을 자야 했으며, 불결한 환경 탓에 전사자의 시체도 빠르게 부패하여 고역을 겪었다.
261) 1차 세계 대전 당시 중동 지역의 메소포타미아에 주둔하던 군인들은 물고 병을 옮기는 해충들 때문에 고역을 겪었다.

랜 일상이었다.

"우리 갈라져서 무슨 일이 일어나는지 살펴보자. 저녁에 만나서 의견을 나누자고." 우리가 말했다. 그러나 우리는 이미 마음속으로 아무것도 일어나고 있지 않다는 것을 알았다. 적어도 우리의 존재를 필요로 하는 일은 아무것도.

"아들아." 아버지가 계단에서 우연히 나를 만나자 말했다. "이렇게 금방 다시 보다니 너무도 반갑구나."(나는 열다섯 달 동안 외국에 있었다.) "거참, 매우 불편할 때 왔구나. 이틀 후에 그 파업을 또 한다니(웬 허튼 짓거리들이람.) 네가 언제 빠져나갈 수 있을지 모르겠구나."

나는 내가 포기하고 온 저녁을, 센강의 강둑을 따라 밝혀지는 불빛들과 그곳에서 함께했을 벗들을(나는 당시 오퇴유에서 독신용 아파트를 나눠 쓰는 해방된 미국 여자 둘과 교제하던 터였으므로.) 떠올렸고 오지 말걸 하고 생각했다.

우리는 그날 밤 카페 로얄[262)]에서 만찬을 들었다. 그곳에서는 좀 더 전쟁 분위기가 났는데, 카페가 '병역'을 위해 내려온 학부생들로 만원이었던 까닭이다. 케임브리지에서 온 한 무리는 그날 오후 운수일반노동조합 본부로 성명을 보내고자 서명을 했으며, 그 테이블에 등대고 앉은 다른 무리는 임시 순경으로 입대한 터였다. 이따금 이쪽저쪽 무리가 어깨 너머로 도발적으로 소리치곤 했지만 등을 맞댄 상황에서는 심각한 충돌로 이어지기가 어려운지라 사건은 서로에게 라거 맥주

---

262) 런던의 레스토랑으로, 부유한 유명 인사들의 모임 장소로 유명했다.

큰 잔을 돌림으로써 일단락됐다.

"자네도 호르티가 행군해 올 때 부다페스트에 있었어야 해."[263] 장이 말했다. "그게 바로 정치였지."

그날 밤 리젠트 파크에서 갓 영국에 도착한 「블랙 버드」[264] 단원들을 위해 파티가 열릴 예정이었다. 우리 일행 하나가 초대를 받았기에 다 같이 그쪽으로 향했다.

브릭탑[265]과 블로메 거리의 발 네그르[266]를 드나들던 우리에게는 딱히 놀랄 만한 구석이 없는 광경이었다. 그러나 내가 문 안쪽으로 채 들어가기도 전에 여부없는 목소리가, 이제는 먼 옛날인 듯했던 시절로부터의 메아리가 들려왔다.

"아니, 저 사람들은 휘둥그레 구경해도 되는 동물원의 동물들이 아니야, 멀캐스터. 저 사람들은 예술가들, 어마, 정말 위대한 예술가들로, 숭배할 대상이야." 목소리가 말했다.

앤서니 블랑쉬와 보이 멀캐스터가 와인이 놓인 테이블에 있었다.

---

263) 1919년에 벨라 쿤(Béla Kun)이 지휘하는 헝가리의 사회주의자들과 공산주의자들은 헝가리를 장악하고 '헝가리 소비에트 공화국'이라고 명명했다. 그러나 1920년에 미클로시 호르티(Miklós Horthy) 장군이 이끈 반혁명 세력이 수도 부다페스트를 점령함으로써 정부는 전복되고, 호르티 장군은 섭정 및 국가 원수가 되었다.

264) 아프리카계 미국인 단원들이 상연한 매우 성공적인 레뷔(춤과 노래, 시사 풍자 등을 엮어 구성한 가벼운 촌극)였다. 유명 카바레 가수이자 댄서인 플로렌스 밀스(Florence Mills)가 주연을 맡았다.

265) 파리의 피갈 거리에 있던 나이트클럽.

266) 파리 몽파르나스에 있던 무도회장. 프랑스 및 영국 식민지령과 미국에서 온 아프리카계 사람들의 유명한 모임 장소였다.

"여기 내가 아는 얼굴이 있어 천만다행이다." 내가 합류하자 멀캐스터가 말했다. "어떤 여자애가 여기로 데려왔는데. 어딜 갔는지 안 보이네."

"그 여자애가 자기를 바람맞힌 거야. 그리고 왜인지 알아? 네가 말도 안 되게 이런 자리에 안 어울리니까, 멀캐스터. 절대 네 수준의 파티가 아니야. 너는 여기 있으면 안 돼. 떠나야 해. 이를테면 올드 헌드레드스라든가 벨그라브 스퀘어의 어느 애처로운 무도회장 같은 곳으로."

"방금 거기서 온 참이야." 멀캐스터가 말했다. "올드 헌드레드스를 가기엔 너무 이르고. 잠깐 눌러앉아 있지, 뭐. 분위기가 더 띄워질 수도 있고."

"재수 없는 새끼." 앤서니가 말했다. "너는 나랑 얘기 좀 하자, 찰스."

우리는 와인 병과 잔을 들고 다른 방 귀퉁이에 자리를 잡았다. 우리 발치에서 「블랙 버드」 오케스트라 단원 다섯이서 발뒤꿈치에 쪼그려 앉아 주사위를 던졌다.

"저 사람, 저 약간 창백한 사람이, 자기야, 며칠 전 아침에 아널드 프릭하이머 부인의 대갈통을 글쎄, 우유병으로 후려쳤다니까." 앤서니가 말했다.

거의 즉시, 필연적으로 우리는 서배스천 이야기를 시작했다.

"자기야, 걔는 어찌나 술꾼인지. 작년에 걔가 너한테 버림받고 나랑 살러 마르세유에 왔는데, 정말 나는 두 손 두 발 다 들었어. 독수공방하듯이 하루 온종일 그저 홀짝, 홀짝, 홀짝. 게다가 어찌나 교활한지. 내 사소한 물건들이 허구한 날 없어졌다니까, 자기야, 꽤 마음에 드는 것들이었는데. 언제는 레슬리 앤드 로버츠 양복점에서 그날 아침에 도착한 정장 두 벌이 없어졌어. 당연히 그게 서배스천일 줄은 몰랐지. 내 작은 아파트를 들락거리는, 뭐랄까, 다소 변태적인 자기들이 좀 있었거든. 변태적인 자기들에 대한 내 취향을 누가 너보다 잘 알겠니? 뭐, 결국에는 자기야, 우리가 서배스천이 그 물건들을 저-저-전당 잡힌 전당포를 찾아냈더니만 이제는 또 걔한테 전당표가 없지 뭐야. 전당표를 사고파는 암시장도 식당에 있었다나 봐.

그 청교도적인 탐탁잖아 하는 네 눈빛은 마치 내가 그 애를 꼬드겼다고 생각하기라도 하는 눈치네, 찰스 자기야. 서배스천의 덜 사랑스러운 특질 하나가 바로 언제나 자신이 꼬-꼬-꼬드김을 당했다는 인상을 풍긴다는 점이지. 꼭 서커스에 쓰이는 조랑말처럼. 하지만 장담하건대 나는 모든 걸 했어. 걔한테 말하고 또 말했지. '왜 술이야? 중독되고 싶으면 훨씬 더 맛있는 것들이 저렇게 많은데.' 나는 그 애를 가히 최고의 의사에게 데려갔어. 뭐, 자기도 나만큼 잘 아는 이름이겠지만 나다 알로포브랑 장 룩스모어랑 우리가 아는 모든 의사가 그 애에게 몇 년간 붙어 있었어. 걔는 만날 레지나 바에 있었고. 그러다가 우리가 거기랑 문제가 생긴 게 서배스천이 주인장한테 공수표를 날렸던 거야.(가-가-가짜 돈 말이야, 자기야.) 그래서 매우 위협적인 남자들이 떼거지로 아파트에 찾아왔고(폭력배 말이야, 자기야.) 서배스천이 그때 횡설수설해서 일이 온통 지지리도 재미없게 꼬였지."

보이 멀캐스터가 우리 쪽으로 거닐어 오더니 자리를 권하지도 않았는데 내 옆자리에 앉았다.

"저기 안에 술이 다 떨어져 가네." 그가 우리 와인 병이 비도록 자기 잔에 술을 따르며 말했다. "이곳에 내가 일면식이라도 있는 인간이 하나도 없어. 죄다 까만 놈들뿐이라."

앤서니가 그를 무시하고 말을 이었다. "그다음에 우리는 마르세유를 떠나서 탕헤르로 갔는데, 거기서 글쎄, 서배스천이 새 친구랑 어울리게 됐지, 뭐야. 그 남자를 어떻게 설명해야 좋을까? 「경고하는 그림자」[267]에 나오는 하인같이 생겼고 프랑스 외인부대[268]에 있던 엄청난 돌대가리인 독일 남자야. 엄지발가락을 총으로 날려 버려서 제대했다나. 그 상처가 다 아물지도 않았어. 카스바[269] 안의 어떤 매음굴에 호객해 주면서 굶어 죽어 가는 그를 서배스천이 발견하고는 우리와 함께 지내자고 데려왔어. 너무 소름끼치는 일이었지. 그래서 나는 돌아왔어, 자기야, 좋은 우리 영국으로. 좋은 우리 영국으로." 그가 반복하며 과장된 손짓으로 우리 발치에서 도박하던 흑인들을 껴안는 사이 멀캐스터는 그 앞에서 멍하니 쳐다보았고, 잠옷 차림의 파티 여주인이 이내 우리와 초대면했다.

---

267) 1922년 상영된 독일의 표현주의파 무성 영화. 당대 독일 영화계에서 유명한 주제였던 그림자, 반사된 상, 도펠갱어를 다룬다. 독일 배우 프리츠 라스프(Fritz Rasp)가 연기한 하인은 땅딸막하고 얼굴이 크며 턱이 튀어나온 인물이다.

268) 프랑스 시민권자 및 외국 시민권자 모두를 받았던 프랑스 군부대. 부대원들은 새 이름을 받고 과거의 비행 및 범죄는 잊혔기에, 인생을 다시 시작한다는 의미에서 전과자들에게 구미가 당기는 곳이었다.

269) '요새'라는 뜻이며, 이슬람 도시의 방어를 위해 시 외곽에 짓는 성.

"당신네들을 본 기억이 없네." 여주인이 말했다. "초대한 기억도 없고. 이 백인 쓰레기들은 다 누구야, 그나저나? 내가 애먼 집에 발을 디딘 것만 같네."

"범국가적 비상사태라서요." 멀캐스터가 말했다. "뭐든 일어날 수 있죠."

"파티는 잘되고 있나?" 여주인이 초조하게 물었다. "플로렌스 밀스가 노래를 불러 줄까? 우리는 만난 적 있지." 그녀가 앤서니에게 덧붙였다.

"자주 만났죠, 자기야. 그런데 오늘 밤에는 날 안 불렀던데."

"어머나, 아무래도 내가 자기를 안 좋아하나 봐. 난 모든 사람을 좋아한다고 생각했는데."

"너희들 생각에 화재 신고를 하면 재미질 것 같아?" 여주인이 자리를 뜨자 멀캐스터가 물었다.

"어, 보이, 빠져나가서 전화해 버려."

"분위기를 띄울 수도 있잖아."

"바로 그거지."

그리하여 멀캐스터는 전화기를 찾아 자리를 떴다.

"서배스천이랑 그 절름발이 친구는 프랑스령 모로코로 간 것 같아." 앤서니가 계속했다. "내가 떠나올 무렵에는 걔네가 탕헤르 경찰이랑 말썽이 좀 있었거든. 내가 런던에 돌아온 이래로 후작 부인이 가히 파리같이 성가시게 굴면서 나더러 그 둘과 연락하게 만들려고 애쓰고 있어. 그 불쌍한 부인이 어찌나 인고의 세월을 보내는지! 인생이 그나마 공평하다는 증거지, 뭐."

이내 밀스 양이 노래하기 시작했고 크랩스 도박을 하는 노름꾼들을 빼고는 모두가 옆방으로 몰려들었다.

"저게 내가 말한 여자애야." 멀캐스터가 말했다. "저쪽에 저 흑인 놈이랑 같이 있는. 저게 날 데려온 여자야."

"이제 너 따위는 잊어버린 것 같은데."

"그래. 오지 말걸 그랬어. 어디 다른 데 가자."

우리가 떠날 무렵에 소방차 두 대가 달려왔고 헬멧을 쓴 여러 형상이 위층의 인파에 합류했다.

"블랑쉬 저놈, 괜찮은 놈은 아냐. 내가 옛날에 저 자식을 머큐리에 집어넣었거든." 멀캐스터가 말했다.

우리는 여러 나이트클럽을 돌았다. 이 년 새에 멀캐스터는 그러한 장소에서 알려지고 호감을 산다는 그만의 소박한 야망을 이룬 듯했다. 마지막 순례 장소에서 그와 나는 거대한 애국심의 불길로 타올랐다.

"너랑 나는 전쟁에서 싸우기에는 너무 어렸지. 다른 녀석들은 싸웠고, 수백 명이 죽었어. 우리는 싸우지 못했지. 우리가 보여 주자고. 먼저 간 놈들한테 우리도 싸울 수 있다는 걸 보여 주자고." 그가 말했다.

"그게 내가 여기 온 이유야." 내가 말했다. "조국이 나를 필요로 할 때 단결하러 바다를 건너온 거라고."

"호주 군인들처럼."

"가엾이 전사한 호주 군인들처럼."[270)]

---

270) 1914년 8월에 영국이 독일에 전쟁을 선포하기도 전에 호주를 위시한 대영 제국의 자치령 국가들이 영국에 대한 지지를 표명하며 파병할 준비를 시작했다. 전쟁이 끝날 무렵 호주 파병군의 사상자 수는 최소 6만 명에 달했다.

"어디 가입했어?"

"아직은 아무 데도. 때가 무르익지 않았어."

"딱 한 군데는 들어야 돼. 빌 메도스가 벌인 일인데, 방위대야. 다 좋은 녀석들이고. 기지는 브랫 클럽."

"가입할게."

"브랫 클럽 기억나?"

"아니. 거기도 가입할게."

"그래야지. 전부 먼저 간 녀석들같이 좋은 놈들이야."

그래서 나는 빌 메도스가 벌인 일에 가입했는데, 일인즉슨 런던의 극빈 지구에서 식품 배급 차량을 수비하는 특별 기동대였다. 먼저 방위대 적에 오르고 충성의 선서를 하니 철모와 곤봉을 수여받았다. 그다음 브랫 클럽에 입후보되었고, 다른 신입 회원 몇 명과 더불어 임시로 특별히 소집된 위원회 모임에서 회원으로 선출되었다. 일주일간 우리는 지령을 받고 브랫 클럽에서 대기하다가 하루 세 번 화물 트럭을 타고 우유 운반차 호송대를 선도했다. 우리는 야유를 받았으며 오물을 맞는 경우마저 있었지만 딱 한 번은 작전에 투입된 적이 있다.

그날 우리가 오찬 후에 둘러앉아 있는데 빌 메도스가 통화를 마치고 기세 등등하여 돌아왔다.

"가자." 그가 말했다. "커머셜 거리에서 그야말로 대규모 교전이 일어났어."

우리는 엄청난 속도로 트럭을 몰았고 도착해서 본 광경은 가로등주 사이로 팽팽히 당겨진 강삭, 전복된 트럭에 경찰관 하나가 홀로 인도 위에서 청년 대여섯 명에게 발길질을 당하는 모습이었다. 이 소동의 중심부의 양옆으로 약간 떨어진 곳에는 대치 중인 양쪽 패거리가 몰려 있었다. 우리가 땅으로 발을 디디니 근처에서는 또 다른 경찰관이 멍하니 인도에 앉아 양손으로 머리를 감싼 채 손가락 사이로 피를 흘리고 있었다. 걱정해 주는 사람 두셋이 경찰관 주변에서 지켜보았다. 강삭 너머로는 적대적인 젊은 부두 노동자 무리가 서 있었다. 우리는 기운차게 돌진하여 맞고 있던 경찰관과 교대했고, 막 적군의 주력 부대로 덤벼드는 동시에 설득을 시도하고자 다른 길로 끼어든 지역 성직자와 마을 의회 의원 무리와 충돌하였다. 그들이 우리의 유일한 피해자였는데, 그들이 쓰러지자마자 "도망쳐, 짭새들이다." 하는 외침이 들리고 트럭 한 대에 가득할 병력의 경찰이 우리 뒤편에 다가와 섰기 때문이다.

구경꾼들은 갈라지고 사라졌다. 우리는 중재자들을 일으켜 세우고(심각하게 다친 것은 그중 한 명뿐이었다.) 골목길 몇 군데를 순찰하며 말썽거리를 찾아다녔지만 찾지 못하여 끝끝내 브랫 클럽으로 돌아왔다. 다음 날 총파업이 중지되었고, 탄전을 제외한 전국 방방곡곡이 정상화됐다. 마치 흉포한 작태로 오래도록 자자했던 괴수가 한 시간가량 모습을 드러냈다가 위험의 낌새를 맡고 슬그머니 굴로 꽁무니를 뺀 것만 같았다. 파리를 떠나올 가치는 없었다.

다른 부대에 가담한 장은 캠던 타운에서 나이 지긋한 과부가 양치식물 화분을 머리에 떨어뜨리는 바람에 일주일간 병원 신세를 졌다.

이렇게 내가 빌 메도스 기동대에 귀속된 덕에 줄리아는 내가 영국에 왔다는 것을 알게 되었다. 그녀가 전화해서 어머니가 나를 보고 싶어 안달이라고 했다.

"엄마는 지독히 병약한 모습일 거야." 줄리아가 말했다.

나는 평화가 찾아온 첫날 아침에 마치멘 저택으로 향했다. 내가 도착했을 때 에이드리언 포손 경이 떠나며 현관에서 나를 스쳤다. 그는 얼굴에 반다나 손수건을 대고 모자와 단장을 더듬더듬 짚었다. 눈물바람이었다.

나는 서재로 안내되었고 일 분도 채 지나지 않아 줄리아가 찾아왔다. 그녀가 낯설게도 점잖고 엄숙한 모습으로 악수했다. 서재의 그늘 속에서 그녀는 유령 같았다.

"와 주다니 정말 고마워. 엄마가 줄곧 오빠를 찾았는데, 어쨌든 지금 오빠를 볼 수 있을지 모르겠어. 방금 에이드리언 포손에게 '작별 인사'를 한 참이라 피곤하시거든."

"작별 인사?"

"응. 죽어 가고 계셔. 일이 주 남았을지도 모르고, 어느 순간에라도 돌아가실지 몰라. 너무 쇠약하셔. 일단 가서 간호사에게 물어볼게."

죽음의 적막이 이미 저택에 퍼져 있는 듯했다. 마치멘 저택의 서재에는 언제든 누가 앉아 있는 법이 없었다. 서재는 가문의 두 저택을 통틀어 단 하나의 못난 방이었다. 참나무로 만든 빅토리아 시대의 서가들에는 의회 의사록들과 한 번도 펼쳐지지 않은 한물간 백과사전들이 꽂혀 있었다. 텅 빈 마호가니 탁자는 위원회 회의를 위해 놓인 듯했다. 그 장소는 공적이면서도 발길이 닿지 않은 분위기를 동시에 풍겼다. 바깥으로는 앞마당, 철책, 조용한 막다른 길이 펼쳐졌다.

이내 줄리아가 돌아왔다.

"안 되겠어, 안됐지만 엄마는 못 뵙겠어. 잠드셨어. 그 상태로 몇 시간이고 누워 계실 수도 있거든. 대신 내가 엄마가 뭘 원하셨는지 말해 줄게. 어디 다른 데로 가자. 이 방 너무 싫어."

우리는 현관을 가로질러 오찬 참석자들이 회합하던 작은 응접실로 가서 난롯가의 양쪽에 앉았다. 줄리아는 벽면의 진홍색과 황금색을 반사하며 자신의 온기를 약간 잃는 듯했다.

"일단 내가 알기로 엄마는 오빠랑 마지막으로 만났을 때 그렇게 끔찍하게 대해서 얼마나 미안한지 말하고 싶어 하셨어. 그 얘기를 자주 하셨거든. 이제는 오빠에 대해 잘못 판단했다는 걸 아셔. 나는 오빠가 이해했고 즉시 그 일을 마음에서 털어 버렸으리라고 전적으로 확신하지만 그건 엄마가 스스로를 절대 용서할 수 없는 유의 일이야. 엄마가 거의 저지르지 않는 유의 일이기도 하고."

"어머니께 내가 완벽하게 이해했다고 전해 드려."

"또 하나는, 물론 오빠도 짐작했겠지만 서배스천이야. 오빠를 보고 싶어 하셔. 그게 가능할지 모르겠어. 가능할까?"

"듣자 하니 서배스천의 상태가 매우 안 좋다던데."

"그건 우리도 들었어. 우리 수중에 있는 마지막 주소로 전보를 보냈는데, 답장이 없었어. 서배스천이 엄마를 만날 시간이 아직 있을지도 몰라. 오빠가 영국에 있다는 소식을 듣자마자 난 오빠가 유일한 희망이라고 생각했어. 서배스천을 어떻게 좀 데려와 줄래? 지독하게 무리한 요구지만 서배스천도 상황을 안다면 이렇게 해 주기를 바랄 거라고 생각해."

"해 볼게."

"우리가 부탁할 수 있는 사람이 달리 없어. 렉스는 너무 바빠서."

"응. 형이 가스 공장을 조직하느라고 해 온 일들에 대해서는 전부 들었어."

"아, 맞아." 줄리아가 특유의 냉담함을 슬쩍 담아 말했다. "렉스가 파업을 틈타 크게 한 건 했지."

그런 뒤 우리는 몇 분간 브랫 클럽의 기동대에 관해 이야기했다. 브라이즈헤드는 대의명분의 정당성에 만족하지 못했기에 어떤 공역도 거부했으며, 코딜리아는 런던에 있었는데 어머니 곁을 밤새 지켰던지라 지금은 잠자리에 들었다고 줄리아가 말해 주었다. 내 쪽에서는 건축 회화를 시작했으며 즐기고 있던 터라고 말해 주었다. 이런 이야기는 다 부질없었다. 서로 말해야 할 것은 처음 이 분 만에 다 말했던 것이다. 그리하여 나는 티타임까지 머물다가 자리를 떴다.

에어 프랑스는 카사블랑카까지 한 종류의 항공편을 운행했다. 카사블랑카에서 페스[271]행 버스를 타고 새벽에 출발하여 신시가에 도착하자 저녁이었다. 나는 호텔에서 영국 영사에

271) 모로코에서 가장 오래된 이슬람 도시에 속한다. 이 도시는 크게 세 구획으로, 즉 성벽으로 둘러싸인 구시가(메디나)와 신시가(유대인 지구인 멜라), 프랑스 식민주의자들이 세운 또 다른 신시가(빌 누벨)로 나뉜다.

게 전화를 걸었고 그날 저녁에 구시가 성벽들에 인접한 영사의 고풍스러운 저택에서 함께 만찬을 들었다. 영사는 친절하고 진중한 남자였다.

"드디어 플라이트가 청년을 돌보러 누군가가 와 주어서 기쁘군요." 그가 말했다. "여기서 우리 쪽에서는 그 젊은이가 좀 두통거리 같은 존재였거든요. 여기는 송금받아 사는 남자가 있을 곳이 아닙니다. 프랑스 사람들은 그 젊은이를 전혀 이해하지 못해요. 그들 생각에는 직업에 종사하지 않는 자는 전부 첩자라는 거지요. 그 친구가 무슨 대감마님처럼 살았다는 건 아닙니다. 여기 생활이 그리 호락호락하지가 않아요. 그런 생각을 안 할 수도 있겠지만 이 집에서 50킬로미터도 떨어지지 않은 곳에서 전쟁이 벌어지고 있어요. 지난주에는 우리가 아브드 엘 크림[272]의 군대에 자원한답시고 달랑 자전거만 타고 온 멍청한 청년들도 몇 명 맞았다니까요.

또 무어인[273]들도 까다로운 족속들이죠. 그 사람들은 술을 용인하지 않고 우리의 젊은 친구는, 아시다시피 하루의 대부분을 마시느라 보냅니다. 그 친구가 뭐 좋다고 여기로 오고 싶어 한 걸까요? 라바트나 탕헤르라면 관광객에게 맞춰 주는 데니까 그 친구를 위한 곳이 널렸는데 말이죠. 아시겠지만 그 친

---

272) Abd el-Krim(1882?~1963). 1920년대에 모로코의 동북부 지역 리프에 대한 프랑스 및 스페인의 식민 지배에 저항해 독립 운동을 선구했다.

273) 북아프리카에 살던 이슬람교도로, 북아프리카 출신 사람을 일컫는 말로도 사용된다. 북아프리카의 주된 종교는 이슬람교로, 술 등 중독적인 약물의 섭취를 금한다.

구가 토박이 마을에 집을 잡았어요. 제가 막으려고 했는데, 문화예술부의 프랑스 직원에게 기어이 집을 얻어 냅디다. 그 친구한테 해로운 구석이 있다는 건 아닙니다만 영 불안해 보이더군요. 그 친구한테 기식하는 지독한 놈이 하나 붙었는데, 외인부대에서 나온 독일인입니다. 누구에게 들어도 뼛속까지 못돼 먹은 놈이죠. 기필코 문제가 생길 거예요.

알아 주세요, 저는 플라이트가 좋습니다. 그 친구를 많이는 못 봐요. 여기에 목욕하러 들르곤 하더니 어느새 집에만 콕 틀어박히게 됐어요. 언제나 더할 나위 없이 매력적인 친구라 제 아내도 그 친구한테 푹 빠졌더랬죠. 그 친구한테 필요한 건 직업입니다."

나는 내 용건을 설명했다.

"아마 지금쯤이면 집에 있을 거예요. 구시가에선 저녁에 갈 곳이 아무 데도 없다는 걸 하늘이 알죠. 괜찮으시면 길 안내역으로 문지기를 붙여 드리겠습니다."

그리하여 나는 저녁 식사 후에 손에 전등을 들고 앞장서는 영사관 문지기와 출발했다. 모로코는 내게 새롭고 낯선 나라였다. 그날 차를 타고 수 킬로미터를 반드러운 전략상의 도로를 따라 달리며, 포도밭과 병력 주둔지와 새로 지어진 흰 부락과 넓고 탁 트인 논밭에서 벌써 껑충 자란 만물 작물들과 프랑스의 주산물을 선전하는 광고판들(뒤보네, 미슐랭, 루브르 백화점)을 스치는 동안 이 모두가 매우 교외적이고 최신식이라고 생각했다. 하지만 이제 별 아래 이 성벽 도시에서, 길은 먼지 앉은 완만한 층계이고, 벽은 양옆으로 창문 없이 솟아올라 머리 위에서 닫혔다가 다시 별을 향해 열리고, 매끈한 포석 사이에 더께가 두껍게 내려앉는 한편 형상들은 백의를 걸치고 폭신한 슬리퍼나 딱딱한 맨발바닥을 디디며 조용히 지나치고, 공기에는 정향과 훈향과 나무 훈연이 물씬한 이곳에서, 이제 나는 무엇이 서배스천을 이곳으로 끌어당겨 그토록 오래 붙잡아 두었는가를 알았다.

영사관 문지기가 거만하게 성큼성큼 앞서 걸어가며 등불을 갸우뚱거리고 긴 지팡이를 통탕거렸다. 이따금씩 열린 문간으로 금빛 등광 속에서 화로에 둘러앉은 말없는 군상이 드러났다.

"엄청 더러운 사람들." 문지기가 어깨 너머로, 깔보며 말했다. "교육 없다. 프랑스 사람들이 더럽게 놔둔다. 영국 사람들 같지 않다. 우리 쪽 사람들은 언제나 참 영국 사람들 같은데." 그가 말했다.

그는 수단[274] 경찰 출신으로, 자기 문화의 이 태곳적 중심부를 바라보기를 뉴질랜드 사람이 로마를 바라보듯 했기 때문이다.[275]

---

274) 수단의 일부가 1914년부터 1956년까지 영국과 이집트의 공동 식민 통치를 받으며 앵글로·이집트 수단으로 존재하였으며, 다른 일부는 1880년경부터 1960년까지 프랑스의 식민 통치를 받으며 프랑스령 수단으로 존재하였다. 현재는 영국 및 이집트령이었던 곳은 수단 공화국으로, 프랑스령이었던 곳은 말리 공화국으로 독립하였다.

275) 뉴질랜드는 1769년 영국의 제임스 쿡(James Cook) 선장에 의해 발견된 이후 1840년 마오리족 추장들이 영국과 와이탕이 조약을 맺음으로써 영국의 식민 지배를 받게 되었다.

끝내 우리는 장식 못이 박힌 수많은 문의 끝에 도달했고, 문지기가 지팡이로 문을 쾅쾅 두드렸다.

"영국 귀족 집." 문지기가 말했다.

등불과 검은 얼굴이 쇠창살에 나타났다. 영사관 문지기가 위압적으로 말했다. 그러자 빗장이 풀렸고 우리는 중앙에 우물이 위치하고 덩굴이 머리 위로 자라도록 손질된 작은 뜰로 들어섰다.

"나는 여기서 기다린다." 문지기가 말했다. "나리는 이 토박이와 간다."

나는 집에 들어섰고, 계단 한 단을 내려가니 거실이었다. 그리고 전축과 석유난로, 그 사이의 한 청년을 보았다. 나중에 주위를 둘러보고 나는 보다 마뜩한 다른 물건들을 발견했다. 바닥에 깔린 양탄자들, 벽면의 수놓인 비단, 조각되고 칠해진 천장 들보들, 쇠줄에 매달린 채 구멍을 뚫어 나타낸 장식 무늬의 은은한 음영을 방 안에 드리우던 묵직한 등불. 그러나 처음 들어왔을 때에는 이 세 가지가, 전축은 그 소음으로(어느 재즈 밴드의 프랑스어로 된 레코드판이 틀어져 있었다.), 석유난로는 그 냄새로, 한 청년은 그 늑대 같은 외양으로 내 감각을 자극했다. 그 남자는 바구니 의자에 늘어져서는 붕대 감은 발을 상자 위에 쭉 뻗은 채였다. 차림새는 일종의 중부 유럽식을 모방한 얇은 트위드에 목깃을 풀어헤친 테니스 셔츠였으며, 다치지 않은 발에는 갈색 캔버스 신을 신고 있었다. 그의 옆에는 나무 상다리에 거치된 놋쇠 쟁반이, 그 위로는 맥주 두 병에다가 더러운 접시와 담배꽁초로 가득한 잔 받침이 놓여 있었다.

손에는 맥주 한 잔을 들었고 아랫입술에는 담배 한 개비가 놓여 말할 때에도 그대로 들러붙어 있었다. 장발의 금발 머리는 가르마 없이 빗어 넘겼고 얼굴은 명백히 젊은 티가 나는 남자치고는 부자연스럽게 주름져 있었다. 앞니 하나가 없던 탓에 치찰음이 이따금은 혀짤배기소리로, 이따금은 민망한 휘파람 소리로 나와서 그는 피식대며 이를 가렸다. 남은 이는 담배로 착색되었으며 듬성드뭇했다.

어느 모로 봐도 이자가 영사가 묘사한 "뼛속까지 못돼 먹은 놈"이자 앤서니의 영화 속 하인이었다.

"저는 서배스천 플라이트를 찾고 있습니다. 여기가 그의 집이 맞죠?" 나는 댄스 음악을 뚫고 들리게끔 목청껏 말했으나 가만히 영어로 줄줄 답하는 그의 모습에서 이런 소음이 이제는 일상이었다는 것이 엿보였다.

"맏아요. 근데 여기 없어. 나 말곤 아무도 없어요."

"중요한 용무가 있어서 그를 만나려고 영국에서 왔습니다. 어디로 가면 만날 수 있을지 말씀해 주시겠습니까?"

레코드판이 끝까지 돌았다. 독일인은 판을 뒤집고 전축을 감은 다음 음악이 다시 나오게 해 놓고서야 대답했다.

"서배스천은 아파요. 수도사들이 치료소로 데려갔어. 수도사들이 개를 만나게 해 줄 투도 있고, 안 해 줄 투도 있고. 나도 어타피 조만간 발에 붕대 갈러 거기 가야 돼. 내가 그때 되는지 물어볼게요. 탕태가 좀 나아지면 만나게 해 줄 거예요, 아마."

의자가 하나 더 있어 나는 거기에 앉았다. 내가 머물 작정이라는 것을 보고 독일인이 맥주를 좀 권했다.

"당신 터배스천의 형 아니에요?" 그가 말했다. "친척인가? 걔 여동탱이랑 결혼한 그 타람인가?"

"그냥 친구입니다. 대학 동기였어요."

"나도 대학에 친구가 있었지. 우린 역사학을 공부했어요. 그 친구가 나보다 똑똑했어, 몸은 좀 약한 놈이었어도(내가 화나면 걔를 들어 올려서 흔들곤 했지.) 덩말 똑똑했어. 그러다 어느 날 우린 말했지. '뭐야, 이게? 독일에는 일이 없잖아. 독일은 글러 먹었어.' 그래서 우리가 교수들한테 작별 인사를 했더니 교수들이 그러더군. '맞아, 독일은 글러 먹었네. 여기 지금 학생이 할 일은 아무것도 없어.' 그래서 우리는 떠나서 걷고 걸어서 드디어 여기에 도착했어. 그런 뒤 우리는 이랬어. '지금 독일에는 군대가 없지만 우리는 병타가 돼야 해.' 그래서 외인부대에 입대했지. 내 친구는 아틀라스 산맥에서 작전을 수행하다가 작년에 이질로 죽었거든. 걔가 죽었을 때 내가 이랬지. '뭐야, 이게?' 그래서 내 발을 쐈어. 그러고 일 년이 됐는데 이제는 고름이 그득하네."

"예." 내가 말했다. "정말 흥미로운 이야기입니다. 그러나 지금 당장 제 관심사는 서배스천과 관련한 겁니다. 혹시 서배스천에 관해서 말씀해 주실는지요."

"걔는 정말 좋은 놈이에요, 서배스천 그 친구. 나한테 썩 괜찮아. 탕헤르는 구린 동네였지. 걔가 날 이리로 데려왔어. 좋은 집, 좋은 음식, 좋은 하인. 내 생각에 여기 모든 게 나한테 썩 괜찮아. 썩 맘에 들어."

"서배스천의 어머니가 몹시 편찮으십니다." 내가 말했다.

"그래서 소식을 전해 주러 온 겁니다."

"엄마 부자야?"

"네."

"그럼 왜 얘한테 돈을 더 안 주지? 그럼 우리가 카사블랑카 같은 데서 좋은 아파트에 살 수 있을 텐데. 엄마랑 잘 알아요? 엄마가 얘한테 돈을 더 주게 만들 수 있어?"

"서배스천한테 무슨 일이 있는 겁니까?"

"몰라요. 아마 너무 많이 마시는 게 문젠가 싶은데. 수도사들이 걔를 돌봐 줄 거야. 거기는 걔한테 썩 괜찮지. 수도사들은 좋은 놈들이고. 거긴 엄청 싸기도 하고."

그가 박수를 짝짝 쳐서 맥주를 더 시켰다.

"봤디? 날 돌봐 줄 좋은 몸동. 썩 괜찮다고."

나는 병원 이름을 얻어 내자 떠났다.

"터배스천한테 내가 아직 여기 있고 괜찮다고 말해 줘요. 아무래도 걔가 날 걱정하고 있을 것 같네."

내가 다음 날 아침 향한 병원은 구시가와 두 신시가 사이에 있는 방갈로들의 집합체였다. 병원은 프란체스코회 수도사들이 운영했다. 나는 병든 무어인들의 인파를 뚫고 진료실로 향했다. 의사는 평신도였으며, 깔끔히 면도했고, 풀을 먹인 흰색 의사 가운 차림이었다. 우리는 프랑스어로 대화했고, 의사는 서배스천이 생명이 위태롭지는 않으나 여행하기에는 상당히 부적합하다고 말해 주었다. 서배스천은 독감에 걸렸더랬고, 한쪽 폐가 약간 감염되었다. 그는 매우 연약했다. 저항력이 없었다. 무얼 기대할 수 있었겠는가? 알코올 중독자였는데. 의사의 냉철하고 거의 잔인할 정도의 어조에는 과학자가 스스로를 비본질적인 사항들에만 국한시킴으로써, 자기 일을 불모의 지경까지 가지치기함으로써 이따금씩 가지는 흥취마저 얹혀 있었다. 하지만 의사가 내 안내 역으로 붙여 준 수염이 덥수룩한 맨발의 수도사는 병동의 허드렛일을 담당하던, 과학적 허세가 없는 남자로서 다른 이야기를 들려주었다.

"정말 참을성이 강해요. 전혀 젊은 사람 같지가 않아요. 그냥 자리에 누워서 불평하는 법이 없어요, 불평할 거리가 이렇게 많은데도요. 우리 치료소에 설비가 없거든요. 정부에서 군인들한테 돌리고 남는 것들만 주니까요. 게다가 어찌나 친절한지. 나을 기미가 없는 발 상처랑 2기 매독에 걸려서 여기 치료하러 오는 어느 불쌍한 독일 청년이 있는데요. 플라이트 경이 탕헤르에서 굶어 죽어 가던 그 친구를 발견해서 거둬들이고 살 곳을 줬답니다. 진정한 사마리아인이죠."

'이 불쌍하고 빙충맞은 수도사야.' 나는 생각했다. '이 불쌍한 멍청이야.' 하느님, 저를 용서하소서!

서배스천은 유럽인 전용 부속 건물에 있었는데, 낮은 칸막이로 나뉜 구획들 안에 침대가 놓여 사생활의 기분이나마 갖춘 곳이었다. 그는 누비이불 위에 양손을 올리고 누워 장식품이라고는 종교를 주제로 한 다색 석판화 한 점뿐이던 벽을 뚫어져라 보고 있었다.

"친구분 오셨습니다." 수도사가 말했다.

그가 천천히 돌아보았다.

"뭐야, 커트 말하는 줄 알았네. 네가 여기에는 어쩐 일이야, 찰스?"

그는 여느 때 없이 앙상했다. 다른 사람들은 살찌고 벌겋게 만들었던 술이 서배스천만큼은 시들게 하는 듯했다. 수도사가 자리를 떴고, 나는 침상 곁에 앉아 그의 병에 관해 얘기를 나눴다.

"내가 하루 이틀간 제정신이 아니었어." 그가 말했다. "자꾸만 내가 다시 옥스퍼드에 있다고 생각되지 뭐야. 내 집에는 가 봤어? 맘에 들었어? 커트는 아직 거기 있고? 커트도 맘에 들었는지는 물어보지 않을게. 아무도 걜 좋아하지 않더라고. 웃기지, 걔 없이는 해 나갈 수가 없었으니."

그다음 나는 그의 어머니 소식을 전해 주었다. 얼마간 그는 아무 말도 하지 않고 성모칠고를 그린 다색 석판화를 바라보며 누워 있었다. 그런 뒤 말했다.

"불쌍한 엄마. 엄만 그야말로 팜 파탈이었어, 그렇지 않아? 스치기만 해도 죽였으니."

나는 서배스천이 여행할 수 없다고 줄리아에게 전보를 쳤고, 일주일간 페스에 머물며 서배스천이 움직일 수 있을 만큼 회복될 때까지 매일같이 병원을 들락거렸다. 내가 이튿날 방문했을 때 나타난, 그의 기력이 돌아오고 있다는 첫 번째 신호는 브랜디를 요청하는 것이었다. 다음 날 그는 어떻게든 좀 구해 내서 침대보 아래에 숨겨 두었다.

의사가 말했다. "친구분이 또 마시고 있습니다. 여기서는 술이 금지인데요. 제가 어쩌겠습니까? 여기가 감화원도 아니고. 제가 병동을 감시할 수는 없습니다. 전 여기 환자를 치료하려고 있지, 악습에서 보호하거나 자제력을 가르치려고 있는 게 아니란 말입니다. 당장은 코냑이 해가 되지는 않을 겁니다. 하지만 몸을 더 약하게 해서 또 앓아누울 거고, 그러다가 어느 날 어딘가 조금만 병이 나도 저세상으로 훽 가 버리는 수가 있어요. 여기는 주정뱅이 보호소가 아닙니다. 이번 주 말에는 나가 주세요."

평수사가 말했다. "친구분께서 오늘은 훨씬 더 행복하시네요, 꼭 다른 사람처럼."

'이 불쌍하고 빙충맞은 수도사야.' 나는 생각했다. '이 불쌍한 멍청이야.' 그러나 그가 덧붙였다. "왜인지 아세요? 침대 속에 코냑 한 병을 끼고 있거든요. 제가 찾은 것만 두 번째예요. 한 병을 가져가자마자 또 한 병을 구한다니까요. 얼마나 못됐는지. 바로 부랑아들이 구해다 주는 거예요. 그래도 그렇게 슬프게 지내다가 다시 행복한 모습을 보니까 좋긴 하네요."

마지막 날 오후에 내가 말했다. "서배스천, 이제 어머니께서 돌아가셨으니……."(소식이 그날 아침 우리에게 도착하였으므로.) "영국으로 돌아갈 생각 있어?"

"그렇게 되면 멋지겠지, 여러 면에서." 그가 말했다. "그런데 커트가 그걸 좋아할 것 같아?"

"제발 좀, 커트랑 여생을 함께할 작정은 아니잖아, 그치?" 내가 말했다.

"몰라. 걔는 나랑 여생을 함께할 작정인 것 같던데. '내 탱각에 그건 걔한테 썩 괜찮을 거야, 아마.'" 서배스천이 커트의 말투를 따라 한 다음 덧붙인 말은, 내가 좀 더 귀담아 들었더라면 내게 결여되었던 실마리를 주었을 터였다. 하지만 당시에 나는 알아채지 못하고 듣고 기억만 해 두었다. "있잖아, 찰스." 그가 말했다. "사는 내내 돌봐 주는 사람들만 있다가 스스로 돌볼 사람이 생긴다는 건 상당히 기분 좋은 변화더라. 다만 물론 그 대상이 내 돌봄이 필요할 만큼 상당히 구제 불능이어야겠지만."

나는 떠나기 전에 서배스천의 돈 문제를 바로잡아 줄 수 있었다. 그는 여태껏 곤경에 처하면 변호사들에게 전보를 쳐서 그때그때 돈을 받는 식으로 살았다. 나는 은행 지점장을 만나 서배스천을 위해 일을 처리해 두었는데, 다음번에 런던에서 송금해 오면 분기별로 서배스천의 수당을 맡아 두고, 비상시에 인출할 예치금은 남기고 주마다 용돈을 내주라는 것이었다. 이 예치금은 서배스천 본인에게만, 그리고 지점장이 돈을 인출할 적절한 사유가 있다고 납득할 때에만 수여될 예정이었다. 서배스천은 이 모든 사항에 선뜻 동의했다.

"안 그러면 커트가 내가 취했을 때 예치금 전액을 인출하는 수표에 서명하도록 만든 다음 달아나서 온갖 말썽을 일으킬 거야." 그가 말했다.

나는 서배스천을 병원에서 집까지 데려다주었다. 그는 침대에 있을 때보다 바구니 의자 안에서 더 수척해 보였다. 병자 둘, 서배스천과 커트는 전축을 사이에 두고 서로 반대편에 앉아 있었다.

"슬슬 네가 돌아올 때였어." 커트가 말했다. "나한테는 네가 필요해."

"필요해, 커트?"

"그런 것 같아. 아플 때 혼자 있는 게 썩 좋진 않잖아. 저 녀석은 게을러 터졌어, 내가 필요할 때는 맨날 슬쩍 빠져나간다고. 언제는 저 녀석이 밤새도록 나가 있어서 내가 일어났을 때 커피를 만들어 줄 사람도 없었다니까. 고름 그득한 발이 있으면 좋지가 않아. 가끔 푹 잘 수가 없어. 아무래도 이다음에는 나도 슬쩍 빠져나가서 날 돌봐 줄 수 있는 곳으로 갈까 봐." 그가 박수를 짝짝 쳤지만 하인은 오지 않았다. "봤지?" 그가 말했다.

"뭐가 필요한데?"

"담배. 내 침대 아래 가방에 좀 있어."

서배스천이 의자에서 힘겹게 일어나기 시작했다.

"내가 가져다줄게." 내가 말했다. "저분 침대가 어디야?"

"아냐, 내가 할 일이야." 서배스천이 말했다.

"맏아." 커트가 말했다. "그건 서배스천이 할 일 같네."

그리하여 나는 골목 끝의 고립된 작은 집에 서배스천을 친구와 놔두고 떠났다. 서배스천을 위해 내가 해 줄 수 있는 것이 더는 없었다.

나는 파리로 곧장 돌아갈 작정이었으나 서배스천의 수당 문제는 내가 런던에 가서 브라이즈헤드를 대면해야 한다는 뜻이었다. 나는 탕헤르에서 피 앤드 오[276] 배편을 타고 해로로 여행하여 6월 초순에 고향에 도착했다.

276) 19세기 초부터 운영된 영국의 해운 및 물류 회사.

“네 생각에 그 독일인과 내 동생의 관계에 조금이라도 패덕한 구석이 있어?” 브라이즈헤드가 물었다.

“아니. 없다고 확신해. 그저 지낼 곳 없는 두 사람이 뭉친 경우야.”

“그 사람이 범죄자라고?”

“‘범죄자 유형’이랬지. 그 사람은 영창에 있다가 불명예스럽게 석방됐어.”

“그리고 의사 말로는 서배스천이 술 때문에 죽어 간다고?”

“몸을 약하게 만든다고 했지. 섬망증이나 간경변증도 없는데, 뭐.”

“정신 이상은 아니고?”

“절대 아니야. 우연히 마음에 드는 친구랑 우연히 지낼 마음이 드는 장소를 찾았을 뿐이라니까.”

“그러면 서배스천이 네가 제안하는 대로 수당을 받는 게 마땅하겠군. 사안이 더없이 분명해.”

어떤 면에서 브라이즈헤드는 다루기 쉬운 남자였다. 그는 세상만사에 대해 일종의 맹랑한 확신을 가진 터라 결정들이 신속하고도 수월하게 내려졌다.

“이 집을 그려 보겠어?” 그가 뜬금없이 물었다. “정면 그림, 대정원을 맞댄 후면 그림, 계단 그림, 큰 응접실 그림 이렇게? 작은 유화 네 점으로. 아버지께서 브라이즈헤드에 보관하게 기록용으로 해 두고 싶어 하시는 일이야. 나는 달리 화가들을 몰라. 줄리아 말로는 네가 건축 미술 전문이라던데.”

“응.” 내가 말했다. “정말 그리고 싶어.”

"저택을 헐 예정인 건 알아? 아버지가 파실 거거든. 사람들이 여기에 아파트 건물을 세운다네. 이름도 그대로 이을 거라는군. 우리가 막을 권리는 없지, 뭐."

"이렇게 슬픈 일이."

"뭐, 나도 당연히 유감이야. 그런데 네가 볼 때 이 집이 건축학적으로 좋다고 생각해?"

"내가 아는 한 가장 아름다운 저택에 꼽혀."

"난 모르겠어. 항상 이 집이 상당히 추하다고 생각했거든. 어쩌면 네 그림들로 내가 이 집을 달리 보게 될지도 모르겠다."

이것이 내가 받은 첫 의뢰였다. 시간에 쫓겨 작업해야만 했던 것은 도급업자들이 철거 작업을 시작하려 마지막 서명만을 기다리는 상황이었던 까닭이다. 그럼에도 아니, 어쩌면 그런 덕분에(절대 흡족하여 그대로 두지 못하고 캔버스에 너무 오래도록 머무는 것이 내 악벽이기에.) 그 네 점은 특히나 마음에 드는 작품이며, 다름 아닌 이 그림들이 자타 공인의 성공을 거둠으로써 나는 그 이래로 경력을 일군 분야에서 자리매김하게 되었다.

나는 긴 응접실부터 작업에 착수했는데, 인부들이 응접실이 건설된 당시부터 그 자리에 있던 가구를 옮기지 못해 안달이었던 탓이다. 응접실은 길고 정교하며 대칭적인 애덤 양식[277]의 방으로, 그린 파크 쪽으로 열리는 내닫이창이 두 개 붙어

---

277) 로버트 애덤(Robert Adam)과 제임스 애덤(James Adam)은 신고전주의풍 디자인을 남긴 영국의 형제 건축가이다. 애덤 형제의 건축 양식에는 고대 로마 및 이탈리아의 영향이 짙게 드러났다.

있었다. 그곳에서 그리기 시작한 오후에 서쪽에서 새어 들어온 햇살은 바깥의 어린 나무들로 싱그러운 초록이었다.

나는 연필로 원근법을 정리해 두고 세부 사항을 신중히 배치했다. 마치 물가에 선 잠수부같이 채색을 미뤄 두었다가 일단 착수하자 붕붕 뜨고 고무된 자신을 발견했다. 나는 평소에 느리고 찬찬한 화가였으나 그날 오후와 이튿날 온종일 그리고 그다음 날에도 손을 빠르게 놀렸다. 무엇도 그르칠 수 없었다. 세부 묘사를 하나하나 마칠 때마다 잠시 멈추었다. 긴장되고 다음 묘사로 들어가기가 무섭고 마치 도박꾼처럼 행운이 등을 돌리고 큰돈을 잃을까 두려워서. 하나하나, 차츰차츰 그림이 실재로 나타났다. 어려운 점은 전혀 없었다. 복잡다단하고 다채로운 빛과 색채가 하나의 완전체가 되었고, 딱 맞는 색이 팔레트 위 내가 원하는 곳에 있었으며, 붓놀림 하나하나는 붓끝을 떼자마자 항상 그 자리에 있던 것만 같았다.

머지않아 마지막 오후에 나는 등 뒤에서 말을 걸어오는 목소리를 들었다. "나 여기서 구경해도 돼?"

나는 고개를 돌려 코딜리아를 보았다.

"응, 말만 안 하면." 내가 말했다. 그리고 다시 그녀는 까맣게 잊고 작업에 심취하여 어느덧 햇빛이 스러져 붓을 내려놓았다.

"그런 일을 할 수 있다니 보람차겠다."

나는 그녀가 거기 있다는 것을 잊고 있었다.

"보람차지."

태양이 저물고 방이 흑백으로 바래 가도 나는 아직도 그림을 떠날 수 없었다. 그래서 그림을 이젤에서 들어 창문 쪽으로 가져가 대어 본 다음 되돌려 놓고 한 곳의 음영을 옮게 했다. 그러자 머리와 눈과 허리와 팔에 갑자기 피로가 몰려와 그날 저녁은 그쯤 해 두기로 하고 코딜리아에게 돌아앉았다.

코딜리아는 이제 열다섯이었으며 최근 열여덟 달 동안 키가 커져 거의 최대 신장까지 자랐다. 그녀에게는 줄리아의 완전한 콰트로첸토풍 어여쁨을 닮을 조짐은 없었다. 대신 기다란 코와 높은 광대뼈에 벌써 브라이즈헤드의 흔적이 있었다. 그녀는 어머니를 애도하느라 검은 상복 차림이었다.

"피곤하다." 내가 말했다.

"피곤하겠다. 다 그린 거야?"

"그런 셈이지. 내일 다시 손봐야겠지만."

"저녁때가 훨씬 지난 거 알아? 지금은 여기 요리해 줄 사람이 아무도 없어. 내가 오늘 막 올라온 참이라 철거가 얼마나 많이 진행됐는지 모르고 있었어. 오빠가 날 저녁 식사에 데리고 나가고 싶지는 않지?"

우리는 정원 쪽 문으로 나가서 대정원으로 들어가 땅거미 속에서 리츠 그릴[278]로 걸어갔다.

"서배스천 봤댔지? 지금도 집에 안 오겠대?"

나는 그때껏 그녀가 그렇게까지 이해하고 있는 줄 몰랐다. 내가 그렇다고 말했다.

"있지, 난 누구보다도 서배스천을 사랑해." 코딜리아가 말

278) 1906년에 개업한 런던의 일류 호텔.

했다. "마처스 일은 참 안됐어, 그치? 오빠도 알지, 사람들이 여기에 아파트 건물을 세울 예정이라는 거랑 렉스가 맨 위층에 자기 말마따나 '펜트하우스'에 들어가고 싶어 했다는 거. 형부답지 않아? 불쌍한 줄리아. 그건 언니한텐 너무 버거웠어. 형부는 전혀 이해하지 못했지. 언니가 옛날 집과 계속 유대가 있는 편을 좋아하리라 생각했던 거야. 이런저런 일 전부 정말 빠르게 끝나 버렸네, 그치? 듣자 하니 아빠가 오래도록 극심한 빚에 허덕이고 있었대. 마처스를 파는 것으로 아빠는 빚을 탕감하고 일 년에 얼마나 되는지 모를 지방 재산세[279]를 절약했지. 그래도 그걸 허물다니 부끄러운 일 같아. 줄리아는 다른 사람이 거기 살게 하느니 차라리 허문다지만."

"너는 어떻게 될 것 같아?"

"어떻게라, 글쎄? 여러 가지 제안이 있어. 패니 로스커먼 외숙모는 나더러 와서 같이 살라셔. 한편 형부랑 언니는 브라이즈헤드 저택의 반을 매입해서 거기서 산다는 얘기를 하고. 아빠는 돌아오지 않으신대. 우리는 혹시나 돌아오실까 했더니만 그러지 않으신대.

브라이즈헤드의 예배당은 닫아 버렸어, 브라이디랑 주교님이. 엄마의 장례 미사가 거기서 치러진 마지막 미사였어. 엄마가 묻힌 후에 신부님이 들어오셨고(나는 혼자서 거기 있었어. 신부님이 나를 보신 것 같지는 않아.) 성석을 꺼내서는 가방

279) 영국에서는 1601년 통과된 빈민구제법령에 따라 지역의 빈민 또는 병자를 구호하기 위해 상속 부동산 소유자에게 세금이 부과되었다.

안에 넣으셨어. 그다음에는 탈지면 뭉치에 성유를 부어 태우고 그 재를 바깥에 버리셨지. 성수반을 비우고 성소 안의 등불을 불어 끄셨고, 성궤를 텅 비운 채 열어 두신 모양이 마치 이제부터는 언제나 성 금요일이라는 듯했어.[280] 찰스는 이게 무슨 뜻인지 하나도 모르겠지, 가엾은 불가지론자. 내가 머무르는 동안 신부님이 떠나셨는데, 그러자 갑자기 그곳엔 더 이상 어떤 예배당도 없고, 기묘하게 장식된 방만 남았어. 무슨 느낌이었는지 말로 할 수 없다. 오빠는 암야 예절[281]에 가 본 적도 없지?"

"한 번도."

"음, 가 봤으면 유대인들이 자기들 신전에 관해 어떻게 느꼈는지 알 텐데. Quomodo sedet sola civitas...(아, 그렇듯 붐비던 도성이 이렇게 쓸쓸해지다니…….)[282] 아름다운 성가야. 오빠도 그냥 들으러 한 번은 가 봐야 돼."

"아직도 날 개종하려고 하는 거야, 코딜리아?"

"아, 아니야. 그것도 다 끝났어. 아빠가 가톨릭교도가 되었을 때 뭐라고 말했는지 알아? 엄마가 언젠가 말해 줬거든. 아

---

280) 가톨릭에서는 예수가 십자가에 못 박혀 사망한 성 금요일부터 부활절까지의 일주일을 성주간(聖週間)이라고 부른다. 이 일주일 동안 제단에서 선교자의 유해를 모신 성석을 꺼내고, 성궤에서 성체를 꺼내어 텅 빈 채 열어 두고, 부활 철야제까지 미사를 거행하지 않음으로써 예수의 부재를 느낀다.
281) 성주간 중 세족 목요일, 성 금요일, 성 토요일의 전날 저녁 또는 이른 아침에 시간을 정해 사흘간 공통적으로 거행하는 기도. 열다섯 개의 기도문 및 찬송가를 암송하며 열다섯 개의 촛불을 하나씩 꺼 가는 형식으로 진행된다.
282) 구약 성경 「애가」의 첫 구절.

빠가 엄마한테 이렇게 말했대. '당신은 내 가족을 선대의 신앙으로 회귀시켰소.' 하여튼 젠체해. 가톨릭교는 사람들을 각기 다른 방향으로 데려간다니까. 아무튼 가족들이 썩 집에 붙어 있지는 않았지? 아빠도 떠났고 서배스천도 떠났고 줄리아도 떠났으니. 하지만 하느님께서는 가족들이 오래도록 떠나 있도록 두시진 않을 거야. 서배스천이 처음으로 술에 취했던 날 저녁에 엄마가 읽어 주신 이야기를 오빠가 기억할는지 모르겠네. 그 안 좋았던 저녁에 말이야. '브라운 신부님'이 이런 식의 말을 했어. '내가 그에게(도둑 말이야.) 걸어 둔 눈에 띄지 않는 갈고리와 눈에 보이지 않는 끈은 참 길어서 그가 땅끝까지 헤매도록 놔두면서도 실만 잡아당기면 언제든 데려올 수 있다네.'"

우리는 그녀의 어머니 얘기를 거의 입에 올리지 않았다. 우리가 이야기를 나누는 내내 코딜리아는 게걸스레 먹었다. 한번은 코딜리아가 말했다.

"오빠, 《타임》에 실린 에이드리언 포손 경의 시 봤어? 그거 웃기더라, 포손 경은 누구보다도 엄마를 잘 알았는데(평생 엄마를 사랑했잖아.) 그런데도 그 시가 엄마랑 조금이라도 관련된 듯 보이지 않는다니까.

나는 우리 중 누구보다도 엄마랑 잘 지냈지만 한순간이라도 엄마를 진정으로 사랑했다고는 생각하지 않아. 적어도 엄마가 원했거나 받아 마땅했던 유의 사랑은 아니었어. 나는 선천적으로 애정이 넘치는 사람인데 엄마를 사랑하지 않았다니 이상하지."

"난 너희 어머니를 진정으로 알지 못했어." 내가 말했다.

"오빠는 엄마를 좋아하지 않았지. 나는 가끔 사람들이 하느님을 싫어하고 싶을 때 엄마를 싫어했다는 생각이 들어."

"그게 무슨 말이야, 코딜리아?"

"음, 봐, 엄마는 성녀 같지만 성녀는 아니었잖아. 아무도 성녀를 진짜로 싫어할 수는 없잖아? 하느님을 진짜로 싫어할 수도 없고. 하느님이랑 성자 성녀를 싫어하고 싶을 때는 그들과 비슷한 무언가를 찾아서 그게 하느님인 양 여기고 그걸 싫어하는 거야. 아마 오빠는 이게 다 개소리라고 생각할 것 같지만."

"언젠가 예전에 거의 똑같은 얘기를 들었어, 매우 다른 사람한테서."

"아니, 난 꽤 진지해. 내가 이거에 관해 많이 생각해 봤어. 이게 가엾은 엄마를 설명해 주는 것 같아서."

그런 뒤 이 별난 꼬마는 새로이 식욕을 느끼며 만찬에 코를 박았다. "누군가가 레스토랑에 저녁 먹으러 나만 데려와 준 적은 이번이 처음이야." 그녀가 말했다.

이윽고 말했다. "줄리아가 마처스가 팔아넘겨진다는 소식을 들었을 때 이렇게 말하더라. '불쌍한 코딜리아. 결국에는 거기서 사교계 데뷔 무도회를 못 하게 됐네.' 그게 우리가 얘기하던 거거든, 내가 언니의 신부 들러리가 된다는 얘기처럼. 그것도 이루어지진 않았지. 언니가 데뷔 무도회를 열 때 내가 한 시간 동안만 허락을 받고 내려와서 패니 외숙모랑 구석에 앉아 있었는데, 외숙모가 말하더라. '육 년만 있으면 너도 이

걸 전부 가질 거란다.' ……난 소명을 받으면 좋겠어."

"그게 무슨 뜻인지 모르겠는데."

"소명을 받는다는 건 수녀가 될 수 있다는 뜻이야. 소명을 받지 못하면 아무리 수녀가 되고 싶어 해도 소용없어. 그리고 반대로 소명을 받으면 아무리 싫어해도 소명으로부터 벗어날 수 없지. 브라이디는 자기가 소명을 받았다고 생각하지만 받지 못했어. 나는 서배스천이 받았고 싫어했다고 생각하곤 했거든. 근데 이제는 모르겠어. 모든 게 갑자기 너무 많이 바뀌었네."

그러나 나에게는 이 수녀원 잡담을 들어 줄 인내심이 없었다. 나는 그날 오후 내 손에서 붓이 살아 움직인다고 느꼈다. 나는 으리으리하고 맛깔나는 창작이라는 밥상에 숟가락을 얹었을 따름이었다. 나는 그날 밤 르네상스의 남자, 브라우닝[283]의 르네상스의 남자였다. 제노바 벨벳[284]을 두르고 로마의 길거리를 걷고 갈릴레오의 망원경을 통해 별을 본 나는, 더께 앉은 두꺼운 책을 들고 시샘 어린 퀭한 눈빛으로 난해하고 골치 아프게 따지는 연설을 하는 수사들을 쫓아 버렸다.

"너는 사랑에 빠질 거야." 내가 말했다.

---

283) 로버트 브라우닝(Robert Browning, 1812~1889). 영국 시인으로, 『파라켈수스』, 『나의 전처 공작 부인』 등의 작품에서 르네상스의 남자를 묘사했다. 당시 르네상스의 남자는 예술 및 과학을 위시한 다양한 분야에 박식한, 고등 교육을 받은 남성을 지칭했다.

284) 16세기에 이탈리아 제노바에서 생산된 벨벳 천은 품질이 좋기로 유명했다.

"아이고, 설마. 오빠, 있지, 저 엄청 맛있는 머랭 과자 하나 더 먹어도 괜찮을까?"

3부
실만 잡아당기면 언제든

1

내 주제는 기억, 전시의 어느 잿빛 아침에 내 주위로 날아오른 그 날개 달린 군체(群體)이다.

이 기억들은 내 삶이며(왜냐하면 우리는 과거를 제외하고는 아무것도 확실히 소유하지 못하므로.) 언제나 나와 함께했다. 산마르코 광장의 비둘기들같이 기억들은 어디에나 있어, 내 발치에서 홀로, 쌍으로, 감미로운 울음소리를 지닌 소규모 회중으로 까딱거리며, 활갯짓하며, 끔벅이며, 부드러운 목 깃털을 구르릉거리며 내가 똑바로 서 있으면 어깨 위에 내려앉기도 했다. 그러다 갑자기 오포(午砲)가 울리면 일순 날개가 퍼덕이고 홱홱대며, 보도는 텅 비고 위쪽 창공은 온통 새들의 산란함으로 캄캄해졌다. 전시의 그날 아침이 이와 같았다.

코딜리아와 보낸 그 저녁 이후 십 년 남짓의 무감각한 세월 동안 나는 외적으로는 변화무쌍하고 사건 사고 많은 행로를 따랐지만 그동안 단 한 번도, 이따금 그림을 그릴 때를 제외하고는(그마저도 사이사이의 휴지기가 길어지고 길어졌다.) 서배스천과 교제할 당시만큼 활기로 차오르지 않았다. 나는 스스로가 잃어 가는 건 청춘이지 삶이 아니라고 여겼다. 내가 잘할 수 있었던 일, 날마다 더 잘했던 일, 하기 좋았던 일을 하고자 선택했기에 직업이 나를 지탱해 주었다. 게다가 우연히도 이쪽 일은 당시 달리 아무도 하려 들지 않는 분야였다. 나는 건축 화가가 되었다.

위대한 건축가들의 작품 이상으로, 수 세기와 함께 조용히 나이 들며 각 시대의 백미를 붙잡고 지키는 동안 세월에 의해 예술가의 자만심과 블레셋인[285]의 천박함에 재갈이 물리고 무딘 인부의 서투름이 수선된 건물들을 나는 사랑했다. 그러한 건물들이 영국에는 풍부하였으니, 그것들이 위용을 떨친 마지막 십 년 동안 영국인들은 그제야 처음으로 이전에는 당연시되던 것을 의식하고, 절멸의 순간에 자신들의 성취에 거수경례를 하는 듯했다. 그런 연유로 나는 공로에 넘치는 호황을 누렸다. 그도 그럴 것이 내 작품은 늘어 가는 기술적 기교와 주제에 대한 열의, 통속 관념으로부터 독립적이라는 점을 제외하면 추어줄 것이 없었기 때문이다.

당대의 경기 침체로 많은 화가들에게 의뢰가 끊겼으나 내 성공은 증대되었는데, 사실상 내 성공 자체가 하락세의 징후

---

285) 구약 성경에서 이스라엘인과 대립했던 고대 부족으로, 이스라엘인은 블레셋인이 할례도 하지 않고 미개하며 예술을 모른다고 비난한다.

였기 때문이다. 오아시스가 말라붙자 사람들은 신기루에서 목을 축이고자 했다. 첫 전시회를 연 후 나는 나라 방방곡곡에 불려 다니며 곧 버려지거나 가치가 떨어질 저택들의 초상을 그렸다. 참으로 나의 도착은 많은 경우 경매인보다 고작 몇 걸음 앞선, 파멸의 전조인 듯했다.

나는 화려한 2절판 도서를 세 권 발표했다. 『라이더의 시골 저택』, 『라이더의 영국 저택』, 『라이더의 마을 및 시골 건축』으로, 각각 권당 5기니에 1000부씩 팔렸다. 후원자들과 마찰이 없었기 때문에 내가 만족시키지 못하는 경우도 드물었다. 우리는 모두 같은 것을 원했던 것이다. 그러나 세월이 흘러갈수록 나는 마치멘 저택의 응접실에서 맛보았고 그 이래로 한두 번쯤 다시 경험한 무언가가 상실되었음을 애도하기 시작했다. 열중과 몰두와 손으로만 해낸 것이 아니라는 믿음, 한마디로 영감 말이다.

이 바래 가는 빛을 찾아 나는 신고전주의 시대의 순유 여행식으로, 내 직업의 장비를 가득 짊어지고 이 년간 낯선 양식 사이에서 환기하려고 외국으로 떠났다. 유럽으로 가지는 않았다. 유럽의 보물들은 안전하게, 너무도 안전하게 전문가의 손길에 감싸여 숭배로 보호해진 차였다. 유럽은 미뤄 둘 수 있었다. 유럽을 갈 때가 오리라고 나는 생각했다. 곁에서 이젤을 펼치고 물감을 날라 줄 사람이 필요해질 나날이, 좋은 호텔에서 한 시간 거리 이상 멀리 나가지 못할 나날이, 하루 종일 간지러운 산들바람과 따스한 햇살이 필요해질 나날이 쏜살같이 와 버릴 터였다. 그런 나날이 오면 내 노쇠한 눈을 독일과 이탈리아로 돌리리라. 기력이 있는 지금은 인간이 감투를 벗어 던지고 밀림이 예전의 아성으로 기어 돌아오는 황무지로 향할 터였다.

따라서 느리지만 쉽지 않은 단계들을 거치며 나는 멕시코와 중앙아메리카를 편력하며 내게 필요한 모든 것이 있던 세상을 여행했으며, 대정원과 홀로부터의 전환은 나를 되살리고 스스로를 가다듬도록 했을 테다. 뼈대만 남은 궁전들과 수풀에 감싸인 수도원들, 돔 안에 흡혈박쥐들이 마른 콩깍지같이 매달리고 호화로운 성가대석에서는 개미들만이 굴을 파느라 쉴 새 없이 빨빨거리던 버려진 성당들 사이에서, 길이 하나도 이어지지 않던 도시들과 말라리아에 걸린 단일 혈족의 원주민 가족이 비를 피하던 능묘들 사이에서 나는 영감을 찾아 헤맸다. 그곳에서 고된 노동과 병마, 때로는 무언가의 위험 속에서 나는 『라이더의 라틴 아메리카』를 위한 밑그림을 그렸다. 나는 몇 주마다 쉬러 돌아와 다시 한 번 교역 또는 관광 구역에 있게 되었고, 몸을 추스르면 작업실을 마련하고 스케치를 옮기고 완성된 캔버스들을 쫓기듯이 꾸려서 내 뉴욕 에이전트에게 발송하고 나면 다시 소규모 수행단을 데리고 황무지로 향했다.

나는 굳이 영국과 연락을 유지하려 애쓰지 않았다. 여정에 관해서는 현지의 충고를 따랐고 정해진 경로가 없었으므로 상당수의 편지가 영영 내게 도달하지 못했으며, 도착한 나머지마저 쌓이고 쌓여 앉은자리에서 읽을 수 있을 양이 아니게 되었다. 나는 편지 뭉치를 가방에 쑤셔 넣고 기분이 내키면 읽곤 했는데, 상황적으로 매우 어울리지 않은 나머지(모기장 아래 방풍 랜턴 불빛 곁의 흔들리는 해먹에서. 또는 카누 중앙부에서 강을 떠내려가며 뱃고물의 소년들은 빈둥빈둥 이물이 겨우 강둑에 닿지 않게 하고, 짙은 물살이 검푸른 색채로 우리와 보조를 맞추고, 커다란 나무들이 우리 위로 치솟고 원숭이들이 하늘 높이 숲의 천장에 붙은 꽃들 사이의 햇빛 속에서 끽끽대던 중에. 또는 대접이 융숭한 목장의 베란다에서 얼음과 주사위가 딸그락거리고 얼룩 고양이가 손질된 잔디에서 목줄을 가지고 놀던 중에.) 편지들이 너무 동떨어져 무의미한 목소리로 들렸다. 따라서 편지들 속 사안은 마치 미국 철도 열차에 동승한 여행객들이 분방하게 털어놓는 자신들에 관한 정보와 같이 뇌리를 깨끗이 통과해 빠져나가며 얼룩 한 점 남기지 않았다.

그러나 고립과 낯선 세상에서의 긴 체류에도 불구하고 나는 변하지 않아서 아직도 전체인 척하는 스스로의 작은 일부분인 채였다. 나는 그 이 년간의 경험을 열대용 장비와 더불어 처분하고 여정을 시작했던 뉴욕으로 돌아갔다. 괜찮은 소득이 있었으며(유화 열한 점과 소묘 쉰 점 남짓.) 마침내 이것들을 런던에 전시하자 예술 비평가들은, 개중 상당수가 내 성공이 자초한 대로 거들먹거리는 논조를 보이던 종전과 달리 내 작품의 새롭고 보다 풍부한 분위기를 칭송했다. 개중 가장 존경받는 비평가가 썼다. 라이더 작가는 새로운 문화라는 피하 주사를 맞고 파닥거리는 어린 송어처럼 일어나 장래의 잠재력 중 유력한 일면을 내보인다. …… 특유의 기품과 박식이라는 노골적으로 인습적인 배터리를 야만성의 소용돌이에 맞춤으로써 라이더 작가는 드디어 자신을 찾아냈다.

고마운 말들이지만 아아, 전연 맞지 않는 말이다. 나를 만나러 뉴욕으로 건너와 에이전트의 사무실에 진열된 우리의 별거의 결실을 본 아내는 이런 말로써 사정을 더 잘 간추렸다. "물론 이 작품들이 더할 나위 없이 훌륭하고 사실 굳이 따지자면 사악한 쪽으로 아름답다는 건 알겠지만 어쩐지 딱 당신이다 싶지는 않네요."

유럽에서 아내가 가끔 미국인으로 오해받은 것은 말쑥하고 산드러진 느낌의 옷매무새와, 별나게 청결한 특질이 있는 예쁘장함 때문이었다. 그러나 미국에서 아내는 영국인의 온유함과 과묵함을 걸쳤다. 아내는 나보다 하루 이틀 먼저 도착했고, 내가 탄 배가 정박했을 때 부두에 나와 있었다.

"오랜만이네요." 우리가 만나자 아내가 다정하게 말했다.

아내는 탐험에 끼지 않았다. 우리 여행단에게는 나라가 적합치 못하거니와 고향에 아들이 있다며 이유를 댔던 것이다. 이제는 딸까지 있다고 아내가 귀띔했으며, 그제야 내가 떠나기 전에 아내가 뒤에 남는 추가적인 이유로 이런 이야기도 나왔다는 것이 기억났다. 아내의 편지들에도 그 관련으로 무슨 언급이 있었다.

"당신 아무래도 내 편지를 안 읽은 것 같네요." 그날 밤 저녁 파티와 카바레에서의 몇 시간이 흐르고 끝끝내 밤늦게 호텔 침실에 둘이서만 있게 되자 아내가 말했다.

"몇 통은 분실됐어요. 당신 편지에서 과수원에 핀 수선화가 환상적이었고, 보모는 보배였고, 섭정 시대[286]의 사주식 침대를 발견했다는 말은 뚜렷이 기억나는데, 솔직히 당신의 새로 태어난 아이의 이름이 캐럴라인이라는 말은 들은 기억이 없어요. 왜 그런 이름을 붙였어요?"

"찰스에서 따온 거죠, 당연히.[287]"

"아!"

"베르타 반 홀트를 대모로 삼았어요. 좋은 선물이나마 무난히 사 주겠지 싶어서. 그녀가 뭘 줬을 것 같아요?"

"베르타 반 홀트는 소문이 자자한 구두쇠인데. 뭔데요?"

"15실링짜리 도서 상품권요. 이제 존존한테 친구가 생겼으니……."

"누구?"

"당신 아들요, 여보. 아들마저 잊어버린 건 아니겠죠?"

"제발 좀." 내가 말했다. "왜 애를 그렇게 불러요?"

"그 애가 스스로 만들어 낸 이름인걸요. 귀엽지 않아요? 이제 존존한테 친구가 생겼으니 내 생각에 우리 당분간은 더 낳지 않는 게 좋겠어요, 그렇죠?"

"당신이 원하는 대로 해요."

"존존이 당신 얘기를 정말 많이 해요. 아빠가 무사히 돌아오시기를 매일 밤 기도한다고요."

---

286) 조지 3세가 정신 이상 증세와 시력 장애로 친정이 불가해지자 황태자(후에 조지 4세)가 섭정에 임했던 1811년에서 1820년까지의 기간.

287) 찰스(Charles)의 라틴어 어원 형태인 카롤루스(Carolus)의 여성형은 카롤리나(Carolina)로 영어의 캐럴라인(Caroline)이다.

아내는 편안해 보이려고 노력하며, 옷을 벗으며 이런 식으로 이야기했다. 그러고는 화장대에 앉아 머리칼 사이로 빗을 쓸어내리더니 맨 등을 내 쪽으로 돌린 채 거울 속의 자신을 바라보며 말했다. "얼굴도 잠잘 준비를 해 둘까요?"

그것은 익숙한 표현, 내가 좋아하지 않는 표현이었다. 이 말은 화장을 지우고 기름을 뒤집어쓰고 머리카락을 헤어네트로 감쌀까요 하는 뜻이었다.

"아니요." 내가 말했다. "당장은 말고."

그러자 아내는 바라지는 바를 알았다. 아내는 그것에 대해서마저 깔끔하고 청결한 방식이 있었지만 그 환영의 미소에는 안도와 승리가 모두 섞여 있었다. 이윽고 우리는 떨어져 일이 미터가량 떨어진 트윈 베드에 각자 누워 담배를 피우고 있었다. 나는 시계를 확인했다. 4시였지만 둘 중 누구도 잠들 기미가 없었던 것은 그 도시의 공기에 주민들이 활력이라고 착각하는 노이로제가 떠다니는 까닭이다.

"당신이 조금이라도 바뀐 것 같지가 않아요, 찰스."

"네, 유감스럽게도 안 바뀌었네요."

"바뀌고 싶어요?"

"그게 살아 있다는 유일한 증거니까요."

"하지만 당신이 바뀌어서 더 이상 나를 사랑하지 않게 될 수도 있잖아요."

"그럴 위험도 있죠."

"찰스, 나를 사랑하지 않게 된 건 아니죠?"

"방금 본인 입으로 내가 안 바뀌었다고 했잖아요."

"그게, 당신이 바뀌었다고 생각되기 시작해서요. 나는 안 바뀌었어요."

"네." 내가 말했다. "네, 내 눈에도 보이네요."

"오늘 나를 만난다고 해서 조금이라도 걱정했어요?"

"전혀요."

"그간에 내가 다른 누군가랑 사랑에 빠지지 않았을지 궁금하지 않았어요?"

"네. 그랬나요?"

"안 그랬다는 거 알잖아요. 당신은 그랬어요?"

"아니. 난 사랑에 빠지지 않았어요."

아내는 이 대답에 만족한 듯 보였다. 아내는 육 년 전 나의 첫 전시회가 열렸을 때 나와 결혼한 이래로 우리의 이익을 증진하는 데 상당한 공헌을 했다. 사람들은 아내가 나를 "만들었다"고 했지만 정작 아내는 내게 적합한 환경을 제공해 준 데 대해서만 공로를 인정했다. 아내에게는 내 재능 및 "예술가적 기질", 또 막후에서 한 일은 정말로 한 일이 아니라는 원칙에 대한 확고한 신념이 있었기 때문이다.

이내 아내가 말했다. "집에 돌아가는 거 기대되죠?"(내 아버지가 결혼 선물로 집 한 채 값을 주어 나는 영국에서 아내 고향 쪽에 구(舊) 사제관을 매입했다.) "당신을 위한 깜짝 선물이 있어요."

"그래요?"

"그 낡은 헛간을 당신이 쓸 작업실로 개조했거든요. 아이들 때문이라든지 머물다 가는 손님들을 맞을 때라든지 당신이 방해받지 않도록요. 엠덴[288]에게 일을 맡겼고요. 다들 굉장한 성공작이라고 생각해요. 관련해서 《전원생활》에 기사도 났다니까요. 당신 보라고 한 부 사 왔어요."

아내가 그 기사를 보여 주었다. "……건축 양속의 훌륭한 본보기……. 조셉 엠덴 경이 전통적인 소재를 현대적 요구에 맞추어 솜씨 좋게 개조하여……." 사진도 몇 점 있었다. 이제 참나무 널빤지가 흙바닥을 덮고 있었으며, 석제 중간 문설주가 세워진 높다란 내닫이창 하나가 북쪽 벽에 박혀 있고, 이전에는 그늘에 가려 있던 거대한 목제 골조의 천장은 들보 사이사이로 흰 석고가 깨끗이 발라져 적나라하고 채광 좋게 도드라졌다. 마을 회관 같은 모양새였다. 나는 지금은 사라졌을 그 장소의 냄새를 떠올렸다.

"난 그 헛간이 꽤 좋았는데." 내가 말했다.

"그래도 거기서 작업할 수 있게 됐잖아요?"

"물어뜯는 날벌레 구름 속에 쪼그려 앉아 그려 나가는 동안 이젤 위 종이를 눋게 하는 태양 아래서 작업하다 왔는데, 그리려면 아무렴 버스 위에서라도 그리죠. 교구 목사님께서 휘스트 카드 게임 용도로 여길 빌리고 싶어 하실 것 같네요." 내가 말했다.

"당신을 기다리는 작업이 얼마나 많다고요. 레이디 앵커리지에게 당신이 돌아오자마자 앵커리지 저택을 그리게 하겠다

---

288) 월터 로렌스 엠덴(Walter Lawrence Emden, 1847~1913). 유명한 극장 및 뮤직홀 건축가이다.

고 약속했단 말이에요. 알죠, 그 집도 허는 거. 아래층엔 상가를 들이고 위로는 투룸 아파트를 짓는다나. 혹시나 그런 건 아니죠, 찰스. 지금껏 하다 온 이 모든 이국적인 작업 탓에 그런 작업 쪽으로는 실력이 무뎌지리란 생각이 든다든가 하는 건?"

"왜 무뎌지지?"

"그게, 극과 극이잖아요. 기분 상해 하지 말아요."

"꼭 또 다른 밀림이 에워싸는 것만 같아."

"당신 마음 정확히 알아요, 여보. 조지 왕조 협회[289]에서 보전한답시고 그렇게 설레발을 쳤어도 우리가 할 수 있는 게 없었잖아요. …… 보이에 관한 내 편지 받았어요?"

"그랬나? 뭐라고 썼는데요?"

('보이' 멀캐스터가 아내의 오빠였다.)

"오빠의 약혼에 관해서요. 다 지난 일이니 지금은 상관없지만 어머니와 아버지가 지독히도 속상해하셨어요. 약혼녀가 끔찍한 여자였으니. 결국에는 부모님께서 그 여자한테 돈을 쥐여 줘야 했고요."

"아니, 보이 소식은 하나도 못 들었어요."

"오빠랑 존존은 이제 어마어마한 친구가 됐어요. 둘이 같이 있는 걸 보니까 기분이 정말 좋은 거 있죠. 오빠가 고향에 올 때마다 맨 먼저 하는 일이 구 사제관으로 곧장 차를 모는 거예요. 오빠는 집으로 성큼성큼 걸어 들어와서는 다른 사람은 신

289) 조지 왕조 협회는 허구의 단체이나 1937년 설립되어 현존하는 조지 왕조 단체는 조지 왕조 시대의 유물, 건물, 풍경을 보전하려 노력하고 있다.

경도 쓰지 않고 막 고함쳐요. '내 친구 존존 어디 있니?' 그러면 존존이 아래층으로 굴러 내려오고 그대로 곧장 둘이서 풀숲으로 떠나서 몇 시간이고 논다니까요. 당신이 그 둘이 서로에게 말하는 걸 들으면 같은 나이라고 생각하게 될걸요. 오빠 눈에 씐 콩깍지를 벗긴 것도 사실 존존이었어요. 정말로 애가 무섭도록 날카롭다니까요. 걔가 어머니랑 내가 말하는 걸 들었는지 다음에 보이가 왔을 때 이렇게 말하더라고요. '보이 외삼촌은 무서운 여자랑 결혼해서 존존을 떠나면 안 돼.' 그런데 바로 그날이 오빠가 소송까지 안 가고 그 여자랑 합의해서 2000파운드를 주기로 한 날이었거든요. 존존은 보이를 정말 엄청나게 존경하고 하나부터 열까지 따라 해요. 서로에게 정말 잘됐죠."

나는 방을 가로질러 다시 한번 헛되이 라디에이터의 온도를 낮춰 보았다. 얼음물을 좀 마시고 창문을 열었지만 살을 에는 밤공기와 더불어 라디오를 튼 옆방에서 음악 소리가 들어왔다. 나는 창문을 닫고 아내 쪽으로 돌아섰다.

그제야 아내는 더욱 어리마리하여 다시금 말을 시작했다. "정원도 많이 자랐어요. …… 당신이 심은 회양목 울타리가 작년에 12센티미터나 자랐는걸요. …… 내가 런던에서 사람을 좀 불러서 테니스 코트를 수리해 뒀어요. …… 지금은 일류 요리사가 와 있고……."

우리 아래의 도시가 깨어나기 시작할 무렵에는 둘 다 잠들었으나 오래도록 자지는 못했다. 전화벨이 울리고 남자 같기도 하고 여자 같기도 한 쾌활함이 실린 목소리가 말했던 탓이었다. "사보이 칼튼 호텔 모닝콜 서비스입니다. 현재 시각 8시 십오 분 전입니다."

"모닝콜 부탁하지 않았는데요."

"뭐라고 말씀하셨죠?"

"뭐, 됐습니다."

"감사합니다."

내가 면도하는 동안 욕조에서 아내가 말했다. "꼭 예전 같아요. 나 이제 걱정 안 해요, 찰스."

"잘됐네요."

"이 년으로 뭔가 달라졌을까 봐 정말 끔찍하게 두려웠거든요. 이제는 정확히 우리가 멈춘 데서부터 다시 시작할 수 있다는 걸 알겠어요."

"언제?" 내가 물었다. "뭘요? 우리가 언제 뭘 멈췄는데요?"

"언제긴 당연히 당신이 떠났을 때죠."

"뭔가 다른 걸 생각하는 거 아니죠, 그보다 조금 전의 일이라든가?"

"아니, 찰스, 그건 다 옛일이잖아요. 그건 아무것도 아니었어요. 뭐였던 적도 없어요. 다 끝나고 잊힌 일이에요."

"그냥 알고 싶어서 그래요." 내가 말했다. "우리는 내가 외국으로 떠난 날의 상태로 돌아왔다, 그렇단 거죠?"

그리하여 우리는 그날을 이 년 전에 우리가 멈춘 데서부터, 눈물바람의 아내부터 시작했다.

아내의 온유함과 영국적인 과묵함, 정말 하얗고 고른 작은 이, 깔끔한 분홍빛 손톱, 여학생같이 순진한 장난과 여학생 같은 옷차림, 큰돈을 들여 제작됐건만 멀찌가니 떨어져서 보면 대량 생산된 느낌을 주는 현대적인 장신구, 냉큼 나오는 보상해 주는 듯한 미소, 남편에 대한 존대와 남편의 이익에 대한 열의, 집에 있는 유모에게 날마다 전보를 치게 만드는 모성은, 한마디로 아내 특유의 매력은, 미국인들 사이에서 아내를 인기인으로 만들었기에 출항 날 우리의 선실은 일주일 동안 아내가 사귄 친구들이 보낸 셀로판지로 싼 소포들(꽃, 과일, 사탕, 책, 아이들 장난감)로 넘쳐 났다. 남승무원들은 양로원의 자매님들처럼 이런 전리품의 개수와 값어치로 모시는 승객들의 중요도를 판단하곤 했으므로 우리는 흠앙을 받으며 항해에 나섰다.

아내가 승선해서 맨 처음 떠올린 것은 승객 목록이었다.

"친구가 이렇게 많다니." 아내가 말했다. "멋진 여행이 될 거예요. 우리 오늘 저녁에 칵테일파티 열어요."

친구들 쪽이 계선주에서 밧줄을 풀기가 무섭게 아내는 전화 삼매경이었다.

"줄리아. 나 실리아야, 실리아 라이더. 승선해 있다는 걸 알고 어찌나 반갑던지. 뭐 하고 지냈어? 오늘 저녁에 와서 칵테일 들면서 다 말해 줘."

"줄리아 누구요?"

"모트램요. 몇 년간 만나지 못했네요."

나도 만나지 못했다. 사실상 내 결혼식 이래로 만나지 못했고, 내 전시회의 특별 초대전 당시 브라이즈헤드가 빌려준 마치멘 저택 유화 네 점이 함께 걸려 많은 관심을 받은 이래로 어느 때고 말 한마디 건네지도 못했다. 이 그림들이 플라이트가와 나의 마지막 접점이었으니 일이 년간 그토록 가까웠던 우리의 삶은 제각기 갈렸다. 서배스천은 내가 알기로 아직도 외국에 있었으며, 렉스와 줄리아는 가끔 들려오는 소문에 따르면 함께 불행했다. 렉스는 예상되었던 만큼 과히 승승장구하지는 못하여 내각의 가외에만 머무르는, 저명하나 어딘가 미심쩍은 인물인 채였다. 그는 최상위 부유층 틈에서 살면서 연설로 보면 혁명적 정책 쪽으로 기울며 공산주의자 및 파시스트에게 집적대는 모양새였다. 나는 모트램 내외의 이름을 오가는 말 속에서 들었고, 사람을 기다리며 조급하게 신문지를 넘기던 차에 《타틀러》에 빼꼼히 나온 부부의 얼굴을 이따금씩 보기도 하였다. 하지만 그들과 나는 제각기 갈려 영국에서, 그리고 영국에서만 가능한 대로 각자 별개의 세상들에, 개인 관계라는 회전하는 소행성들에 편입되었다. 이런 변천사에 관하여 물리학에는, 나야 대충밖에 모르지만, 에너지 분자들이 각자 별개의 자기장 체계 안에서 서로 뭉치고 다시 뭉치는 현상에서 찾을 수 있는 완벽한 은유가 있으리라. 이런 것들에 관해 확신을 가지고 말할 수 있는 남자라면 손을 내밀어 거뜬히 잡을 수 있는 은유가. 그러나 내 경우에는 아니므로 다만 말할 수 있는 것은 영국은 친밀한 친구들의 이런 소규모 집단이 넘쳐 나는 곳이기 때문에 줄리아와 나의 이번 경우와 같이, 둘이서 런던의 같은 거리에서 살며 때로는 몇 킬로미터 너머 시골 지평을 바라보기도 하면서 서로에 대한 호감을, 서로의 부침에 대한 미약한 호기심을, 심지어 우리가 갈라지게 되었다는 애석함을, 또 둘 중 누구라도 수화기를 들기만 하면 상대방의 머리말에서 대화하며 이를테면 아침 오렌지 주스와 햇살과 함께 들어오는 알현식[290]의 친목을 즐기게 되리라는 이해를 간직함에도 각자가 속한 세상의 구심력과 두 세상 사이의 차가운 성간(星間) 공간 탓에 그리하는 것을 삼가게 되는 수도 있었다는 점이다.

셀로판지와 실크 리본의 난장판 속에서 소파 등받이에 걸터앉은 아내는 계속해서 통화하며 승객 목록을 명랑하게 헤집어 나갔다. "네, 당연히 데려오셔야죠, 다정한 분이라고 들었어요. …… 네, 드디어 오지에서 찰스가 돌아와 있답니다. 멋지지 않나요. …… 목록에서 성함을 보고 어찌나 반갑던지요! 덕분에 여행길이 즐거워졌어요. …… 어머, 우리도 사보이 칼튼 호텔에 있었는데, 어떻게 못 보고 지나쳤을까요?" 가끔 그녀가 내 쪽으로 몸을 돌리고 말했다. "당신이 아직 정말 거기 있는지 확인하려고요. 미처 적응이 안 돼서."

배가 증기를 뿜으며 천천히 강을 따라 내려갈 무렵 나는 계단을 올라 나가서 승객들이 육지가 미끄러져 가는 모습을 구경하려 서 있는 커다란 유리 창틀 중 하나로 갔다. "친구가 이렇게 많다니." 아내가 말했더랬다. 내게는 다들 낯선 군중으로만 보였다. 고별의 감정이 막 가라앉으려던 참이었다. 따라서

---

290) 영국 왕 또는 여왕이 아침부터 이른 오후 시간에 남자 고관들만 방에 들이며 친목을 다지던 접견회로, 1672년부터 1939년까지 시행되었다.

배웅 나온 사람들과 마지막 순간까지 마시고 있던 몇몇은 아직도 왁자지껄했으며, 다른 이들은 갑판 접의자를 어디다 놓을지 궁리하였고, 악단은 있는 듯 없는 듯 연주했다. 모두가 개미 떼처럼 부산스러웠다.

나는 선내의 몇몇 홀 쪽으로 몸을 틀었는데, 열차 객차용으로 설계된 후에 터무니없이 확대되기라도 한 양 화려한 구석 없이 크기만 컸다. 나는 종잇장처럼 얇은 아시리아[291]의 동물들이 문짝 위에서 깡충대는 거대한 청동 문을 통과했다. 흡묵지 색깔의 융단도 디뎠다. 벽면의 채색된 벽널들도 흡묵지 같았으며(밋밋하고 칙칙한 색채로 그려진 유치원 수준의 작품이었다.) 벽널 사이사이에 깔린 것은 목수의 도구일랑 닿은 적이 없는 길고 긴 테라코타색 목재로, 모퉁이에서 구부러뜨리고 이음새 없이 판자에 판자를 결합하여 증기를 쏘이고 압착하고 윤을 낸 재목이었다. 흡묵지 융단 위에 여기저기 흩어져 있는 것은 위생 시설 기술자가 설계하기라도 한 듯한 탁자들과 충전재가 채워진 정육면체 소파로, 앉을 수 있도록 정육면체 구멍이 뚫리고 역시 흡묵지로 겉천을 씌운 듯 보였다. 홀의 빛은 수십 개의 벽감에서 번져 나오며 그림자 하나 드리우지 않고 고른 백열을 내뿜었다. 공간 전체가 백 개의 환풍기로 웅웅거리고 발아래 육중한 엔진들의 용틀임으로 덜덜거렸다.

'이곳으로 내가 왔다.' 나는 생각했다. '밀림에서 돌아와, 폐

---

291) 기원전 5000년경 메소포타미아 북부 지역에 번성했던 고대 국가로, 전투나 맹수 사냥 등을 주제로 한 석조 조각품이나 부조 작품을 많이 남겼다.

허에서 돌아와. 이곳으로, 부가 더는 찬란하지 않고 권세가 위엄 있지 않은 장소로. 아, 그렇듯 붐비던 도성이 이렇게 쓸쓸해지다니.'(코딜리아가 언젠가 마치멘 저택의 응접실에서 내게 인용해 준 그 대단한 애가를 일 년 전쯤에 과테말라에서 혼혈 성가대의 합창으로 들었기에.)

남승무원이 내 쪽으로 다가왔다.

"무엇을 가져다 드릴까요, 손님?"

"위스키랑 소다수, 얼음 빼고요."

"죄송하지만 손님, 소다수에는 전부 얼음이 들어 있습니다."

"물에도 얼음이 들어 있나요?"

"예, 그렇습니다, 손님."

"뭐, 어쩔 수 없죠."

승무원이 만연한 웅웅거림 속에서 소리 없이 곤혹해하며 잰걸음으로 사라졌다.

"찰스."

나는 뒤를 돌아보았다. 줄리아가 흡묵지로 된 정육면체 속에, 손을 무릎께에 포개고 내가 눈치채지 못하고 지나쳤을 정도로 가만히 앉아 있었다.

"오빠가 여기 있다고 들었어. 실리아가 나한테 전화해서. 반갑다."

"뭐 하고 있어?"

줄리아가 약간은 웅변하는 손짓으로 무릎에 놓였던 빈손을 펼쳤다. "기다리고 있어. 하녀가 짐을 풀고 있거든. 근데 우리가 영국을 떠날 때부터 쭉 고까워하고 있어. 이제는 내 선실에 대해 툴툴대고 있고. 이유를 알 수가 없네. 나한텐 엄마 무릎처럼 안락한데."

돌아온 승무원이 위스키와 함께 들고 온 주전자 두 개에는, 하나에는 얼음물이 다른 하나에는 끓는 물이 담겨 있었다. 나는 그 둘을 적당한 온도로 섞었다. 승무원이 지그시 바라보다가 말했다. "그렇게 드신다는 걸 기억해 두겠습니다, 손님."

승객 대다수는 입맛이 까다로웠고, 그는 승객들의 자긍심을 강화시키려 고용된 입장이었다. 줄리아가 핫 초콜릿 한 잔을 주문했다. 나는 그녀 옆에 있는 정육면체에 앉았다.

"이제는 오빠를 통 못 보네." 줄리아가 말했다. "내가 좋아하는 사람은 통 못 보는 것 같아. 이유를 모르겠어."

하지만 줄리아의 그 말은 마치 몇 년이 아니라 몇 주간의 일이었다는 듯한 투였다. 또한 마치 우리가 헤어지기 전에는 끈끈한 친구이기라도 했다는 듯한 투였다. 그것은 그러한 만남에서 흔히 겪는 상황과는, 즉 세월이 어느새 자기만의 방어진을 쌓고 취약점을 위장하고 왕래가 잦은 길 몇 개를 빼고는 온통 지뢰밭을 만들어 놓아 대개의 경우 양자가 얼키설키 뒤엉킨 철조망 저편에서 서로에게 신호를 보낼 수밖에 없는 경우와는 정반대였다. 이곳에서 줄리아와 나는, 과거에는 친구였던 적이 없는 우리 둘은 오래도록 끊어지지 않은 친밀한 사이로서 만났다.

"미국에서 뭐 하고 있었어?"

줄리아가 핫 초콜릿에서 천천히 올려다보더니 눈부시고 진중한 눈을 내 눈과 맞추고는 말했다. "몰라? 언제 말해 줄게. 못난이처럼 살았거든. 누구랑 사랑에 빠졌다고 생각했는데, 일이 그쪽으로 풀리지는 않았어." 그러자 내 마음은 십 년을 거슬러 올라가 브라이즈헤드에서의 저녁으로, 그 사랑스럽고 거미 같은 열아홉 살 소녀가 마치 육아실에서 한 시간 동안 데려와져서는 어른들이 관심을 가져 주지 않아서 심통이 난 아이처럼 이렇게 말한 때로 돌아갔다. "오빠도 알겠지만 나도 골칫거리고." 그리고 나는 당시에, 지금 생각해 보면 스스로도 머리에 피도 안 마른 어린애였으면서 '하여간 여자애들이란 본인 연애사를 가지고 어찌나 거드름을 빼는지.'라고 생각했더랬다.

하지만 이제는 달랐다. 줄리아의 말투에는 겸손함과 친근한 허심탄회함 말고는 무엇도 없었다.

나는 그녀의 솔직한 속내에 응하고 뭐라도 수용의 징표를 줄 수 있기를 바랐으나 나의 밋밋하고 다사다난한 지난 몇 년 속에는 나눌 수 있는 것이 전혀 없었다. 그리하여 대신에 밀림에서 보낸 시간과 만난 웃기는 사람들, 찾아간 멸망한 장소들에 관하여 말하기 시작했으나 이런 옛정의 분위기 속에서 그런 객설은 더듬거리다 느닷없이 바닥나 버렸다.

"그 그림들 정말 보고 싶네." 줄리아가 말했다.

"그러잖아도 실리아가 자기 칵테일파티를 위해 몇 점 풀어서 선실에 빙 둘러 붙이자고 하더라. 그럴 순 없었지."

"그건 아니지……. 실리아는 예전처럼 예뻐? 나는 예전부터 걔가 내 또래 여자애 중에서 제일 요염하게 생겼다고 생각했거든."

"변하지 않았어."

"오빠는 변했네. 정말 호리호리하고 엄숙해졌어. 전혀 서배스천이 집에 데려왔던 예쁘장한 남자애 같지가 않아. 단단해지기도 했고."

"그러는 넌 부드러워졌네."

"응, 그런 것 같아……. 또 참을성도 많아졌고."

줄리아는 아직 서른 전이었지만 풍성한 유망함이 모두 십분 충족된 채 어여쁨의 정점을 향하고 있었다. 시류에 따른 그 거미 같은 외양은 사라졌다. 또 내가 콰트로첸토풍이라고 생각하던 머리는 몸통 위에 약간 어색하게 놓였던 예전과 달리 이제는 그녀의 일부로 녹아들었으며 피렌체풍이 전혀 아니었기에 그녀 본인을 제외하고는 그림이나 예술 또는 무엇과도 조금도 연결고리가 없었다. 따라서 그녀의 정수이자 오직 그녀 안에서만, 그녀의 지휘하에서만, 내가 곧 그녀에게 품게 될 사랑 안에서만 알 수 있었던 그녀의 아름다움을 항목화하고 해부해 봤자 소용이 없을 터였다.

시간은 또 다른 변화도 가져왔다. 그녀에게 그 능청스럽고 자기만족적인 「모나리자」의 미소가 없었다. 세월은 "리라와 플루트의 음색"[292] 이상의 것이었고 그녀를 슬프게 만들었다. 줄리아는 이렇게 말하는 듯했다. "나를 봐. 나는 내 몫을 다 했

---

292) 영국의 예술 평론가 월터 페이터(Walter Pater)의 저서 『르네상스』 중 「모나리자」에 관한 평론에 등장하는 구절이다. 그는 작품 속 여성을 뱀파이어같이 몇 번을 죽었다 살아나며 만물에 초탈한 존재로 묘사하며 "이 모든 일은 그녀에게 다만 리라와 플루트의 음색으로 다가왔고, 인상의 변화를 빚어내고 눈꺼풀과 손을 물들인 섬세함 속에서만 존재한다."라고 썼다.

어. 나는 아름다워. 무언가 평범함을 꽤 넘어선 거잖아, 나의 이 아름다움은. 나는 환희를 주고자 만들어졌어. 그런데 정작 나는 그걸로 뭘 얻지? 내 보상은 어디 있지?"

그것이 그녀 안에서 십 년 전과 달라진 점이었다. 그것이 과연 그녀의 보상이었다. 폐부를 곧장 찌르듯 말하고 별안간 침묵하는 이 잊히지 않는, 매혹적인 슬픔이. 이것이 그녀의 아름다움의 화룡점정이었다.

"더 슬퍼지기도 했어." 내가 말했다.

"아, 맞아, 많이 슬퍼졌지."

두 시간 후 내가 선실로 돌아갔을 때 아내는 의욕이 넘쳤다.

"내가 하나부터 열까지 다 해야 했어요. 어때 보여요?"

우리는 추가 요금을 지불하지 않고도 커다란 스위트룸을 제공받았는데, 이 방은 너무 커서 사실 그 해운 회사 간부들 빼고는 거의 예약하지 않았으므로 항해 시에 대개는, 수석사무장이 인정한 대로 그가 예우하고 싶은 승객들에게 제공되었다.(아내는 그런 자잘한 혜택들을 얻어 내는 데 능숙했는데, 일단 본인의 시크함과 내 유명세로 넘어가기 쉬운 사람을 넘어뜨린 다음, 우위를 확실히 점하고 나면 재빨리 교태 섞인 사근사근한 태도로 전환하는 식이었다.) 아내의 감사의 표시로 수석 사무장도 우리 파티에 초대받았고 그쪽에서도 감사의 표시로 틀은 얼음이고 속은 캐비어로 채워진 실물 크기의 백조 모형을 자기가 오기 전에 보내 두었다. 이 한기가 드는 호화로운 작품이 현재 방을 점령하고 한가운데의 탁자에 선 채 서서히 녹으면서 부리에서 은제 받침대로 물방울을 똑똑 떨어뜨렸다. 아침 배달 편으로 도착한 꽃들이 벽판을 될 수 있는 대로 가려 주었다.(이 방은 위층의 기괴망측한 홀의 축소판이었기에.)

"당신 당장 옷 갈아입어야죠. 이제껏 어디 있었던 거예요?"

"줄리아 모트램이랑 대화하느라고요."

"걜 알아요? 아, 그렇지, 당신이 그 알코올 중독 오빠랑 친구였죠. 아주 걔는 귀티가 좔좔 흐르죠!"

"줄리아도 당신 외모를 대단히 칭찬하던걸요."

"걔는 보이의 여자 친구였어요."

"설마요?"

"오빠가 늘 그리 말하던걸요."

"당신 혹시 손님들이 이 캐비어를 어떻게 먹을지 생각해 봤어요?" 내가 물었다.

"생각해 봤죠. 도통 녹일 방도가 없네요. 그래도 이런 것도 다 있거니와(아내가 반드러운 한입거리들이 담긴 쟁반 몇 개를 보였다.) 아무튼 사람들은 파티에서 먹는 방법을 찾아내기 마련이잖아요. 옛날에 우리가 종이칼로 포티드 슈림프[293] 먹었던 거 기억나요?"

"우리가 그랬어요?"

"여보, 그날 밤이 당신이 결혼 얘기를 꺼낸 날이었잖아요."

"내가 기억하기로는 당신이 꺼냈죠."

---

293) 갈색 새우를 육두구와 후추로 간하고 버터에 버무려 통에 재운 다음 차가운 상태로 빵과 곁들여 먹는 요리.

"하여튼 우리가 약혼한 날 밤이었죠. 그런데 당신 파티 준비가 어때 보이는지는 아직 얘기하지 않았어요."

그 파티 준비란 백조와 꽃들을 제외하고도 방 한구석에 즉석에서 만든 바 뒤에 벌써부터 옴짝달싹할 수 없이 갇힌 남승무원과 손에 쟁반을 들고 비교적 신체의 자유를 누리는 다른 남승무원으로 구성되었다.

"영화배우의 꿈이네요." 내가 말했다.

"영화배우, 내가 말하고 싶은 게 바로 그거예요." 아내가 말했다.

아내는 내 옷 방까지 따라와서는 내가 옷을 갈아입는 동안 조잘거렸다. 아내는 내가 건축에 이토록 관심이 많으니 나의 진정한 적직은 영화 무대 배경 설계라는 생각이 불현듯 들어 파티에 할리우드 큰손을 두 명 초대했으며 그들에게 나를 잘 보이고자 했다.

우리는 응접실로 돌아갔다.

"여보, 당신 아무래도 내 새가 마음에 안 드는 것 같네요. 사무장 앞에서는 새 가지고 너무 그러지 마요. 이런 걸 보낼 생각을 다 하다니 다정하잖아요. 게다가 당신도 베네치아의 16세기 연회에 관한 묘사 중에서 이 새에 관해 읽었더라면 그때가 살 만한 나날이었다는 말이 나왔을걸요."

"16세기 베네치아에선 이 새가 약간 다른 모양이었을 것 같은데요."[294]

---

294) 백조 파이와 공작 파이는 16세기와 17세기에 특히 유행한 연회 음식이

"여기 우리 산타클로스가 오셨네요. 저희가 마침 보내 주신 백조를 보면서 황홀해하던 참이었어요."

수석 사무장이 응접실로 들어와서 힘차게 악수했다.

"상냥하신 레이디 실리아." 그가 말했다. "내일 제일 따뜻한 옷을 챙겨 입고 냉동 창고로의 원정에 저와 동행하시겠다면 제가 그런 물건들이 가득한 노아의 방주를 통째로 보여 드릴 수 있습니다. 잠시만 있으면 토스트가 도착할 겁니다. 따끈하게들 해 놓느라고요."

"토스트!" 아내가 마치 이것이 탐식의 꿈을 넘어서는 무언가인 양 말했다. "들었어요, 찰스? 토스트래요."

곧 손님들이 도착하기 시작했다. 지체할 이유가 없었다. "실리아." 그들이 말했다. "선실이 어쩜 이리 넓고 백조는 어쩜 이리 아름다울까요!" 이윽고 선내에서 가장 큰 축에 들었음에도 우리의 선실은 금방 고통스러울 정도로 붐비게 되었다. 사람들은 이제 백조 주위에 생긴 작은 얼음물 웅덩이에 담뱃불을 담가 끄기 시작했다.

사무장은 선원들의 취미대로 폭풍우를 예고함으로써 돌풍을 일으켰다. "어쩜 그리 지독한 짓을 하실 수가 있어요?" 이런 아내의 물음에는 선실과 캐비어뿐 아니라 풍랑조차도 그의 지휘하에 놓였다는, 어깨를 으쓱하게 만드는 내포가 깔려 있었다. "그래도 폭풍우가 이 정도로 큰 배에는 영향을 주지

다. 백조나 공작의 깃털을 벗기고 형태가 틀어지지 않게 심을 박고 속을 채워 파이 반죽 위에서 구운 다음 다시 깃털을 붙여 장식한 요리였다.

않죠?"

"배를 좀 붙잡아 둘 수는 있습니다."

"그래도 뱃멀미를 하게 만들지는 않겠죠?"

"부인의 속이 튼튼한가에 달렸지요. 저는 뭐 꼬마였을 때부터 쭉 폭풍우를 만나면 백이면 백 뱃멀미를 했지만요."

"난 믿지 않아요. 이 사람 괜히 사디스트같이 구는 거예요. 이리 오세요, 제가 보여 드리고 싶은 게 있어요."

그것은 그녀의 아이들이 담긴 가장 최근 사진이었다. "찰스는 아직 캐럴라인을 보지도 못했어요. 그이가 두근두근할 것 같지 않아요?"

그곳에 내 친구들은 없었지만 참석자 중 3분의 1가량은 아는 얼굴이었으므로 나는 충분히 예의 바르게 잡담했다. 어떤 노부인이 나에게 말했다. "그래, 당신이 찰스로군요. 실리아가 당신에 관해 어찌나 많이 얘기하던지 당신을 머리끝부터 발끝까지 아는 기분이 드네요."

'머리끝부터 발끝까지라.' 내가 생각했다. '머리끝부터 발끝까지는 생각보다 멉니다, 부인. 나 자신의 눈조차 나를 인도한답시고 헛수고하는 그 어두운 구석구석까지 정말로 볼 수 있으십니까? 말씀해 주세요, 친애하는 스타이브센트 오글랜더 부인.(아내가 당신을 부르는 이름이 이랬다는 제 생각이 맞는다면.) 지금 이 순간, 이곳에서, 다가오는 내 전시회에 관하여 부인께 말하는 동안 내내 머릿속으로는 줄리아가 언제 올지만 생각하는 것은 왜일까요? 왜 나는 부인에게는 이런 식으로 말할 수 있지만 줄리아에게는 그러지 못할까요? 왜 나는 벌써 인류로부터 줄리아를 따로 떼어 놓고 더불어 나 자신도 떼어 놨을까요? 부인이 그토록 서슴없이 들먹이는 내 영혼의 그 비밀스러운 구석구석에서는 무슨 일이 벌어지는 걸까요? 무슨 꿍꿍이일까요, 스타이브센트 오글랜더 부인?'

그래도 줄리아는 오지 않았고, 너무 커서 아무도 빌리지 않았던 그 비좁은 방에서 스무 명의 소음은 군중의 소음이었다.

그러다 나는 기이한 것을 보았다. 저쪽에 아무와도 일면식이 없는 듯한 붉은 머리의 땅딸막한 남자가, 아내가 초대한 손님들의 일반적인 유형과는 상당히 다른 헙수룩한 친구가 있었다. 그 남자는 캐비어 옆에서 토끼처럼 빠르게 먹어 치우느라 이십 분간 서 있던 참이었다. 이제 그는 손수건으로 입가를 닦더니, 명백히 충동적으로 몸을 수그려 백조의 부리를 토닥여서 끄트머리에서 불룩해지고 있었으며 곧 떨어졌을 물방울을 닦아 냈다. 그런 뒤 시선을 받고 있지 않았는지 보려고 주위를 슬며시 둘러보다가 나와 눈이 딱 마주치자 민망하여 헛웃음을 쳤다.

"아까부터 이렇게 해 보고 싶었수다." 그가 말했다. "그쪽 양반은 일 분에 몇 방울 떨어지는지 모르실 거요. 나는 아오, 세어 봤거든."

"전혀 모르겠습니다."

"맞혀 보시오. 틀리면 6펜스, 맞히면 반 달러. 해 볼 만하잖소."

"세 방울요." 내가 말했다.

"와따, 날카롭기도 하셔라. 이 양반 자기도 세고 있었군, 이거." 그러나 그는 이 내기 돈을 주려는 의향은 전혀 보이지 않았다. 대신에 그가 말했다. "그럼 어디 이것도 맞혀 보쇼. 나는 영국에서 나고 자란 인간인데, 대서양에 떠 있는 건 이번이 처음이오."

"아마 전에는 비행기로 가셨다거나?"

"아니, 그 위로 지나가지도 않았소."

"그러면 세계를 한 바퀴 돌아 태평양을 건너셨나 보군요."

"정말 날카롭고 헛다리를 안 짚는 양반일세. 이걸로 왈가왈부하면서 내가 꽤 짭짤하게 땄는데."

"어디어디를 거쳐서 오셨어요?" 내가 사근사근하게 굴고자 물었다.

"아, 그럼 얘기가 길어질 거요. 그럼 나는 꽁무니를 빼야겠소. 이만 실례."

"찰스." 아내가 말했다. "이쪽은 인터애스트럴 영화사의 크램 씨예요."

"그래, 당신이 찰스 라이더 씨이시군." 크램 씨가 말했다.

"네."

"이런, 이런, 이런." 그가 말을 멈췄다. 나는 기다렸다. "여기 사무장이 말하기를 우리가 짓궂은 날씨로 향하고 있답니다. 그 관련으로 좀 아시오?"

"사무장보다는 훨씬 적게요."

"실례하오, 라이더 씨, 무슨 말씀이신지 잘."

"사무장보다는 훨씬 적게 안다는 소리입니다."

"그러시오? 이런, 이런, 이런. 우리의 대화가 정말 즐거웠소. 앞으로 나눌 많은 대화의 시작이길 바라오."

어느 영국 여자가 말했다. "어머나, 저 백조! 전 미국에서 육주를 보내고 완전히 얼음 공포증이 생겼어요. 말해 봐요, 이 년 만에 실리아를 다시 만난 느낌이 어땠는지? 나 같으면 음란한 의미로 다시 신혼 느낌일 텐데. 근데 실리아가 사실상 오렌지꽃을 머리에서 뗀 적이 없기는 하죠?"[295]

다른 여자가 말했다. "우리가 작별 인사를 하면서도 반 시간 후에 다시 만나리라는 걸 알고 며칠 동안 반 시간마다 계속 만나게 된다니 천국 같지 않아요?"

우리 손님들이 자리를 뜨기 시작했고, 저마다 떠나면서 아내가 가까운 미래에 나를 데리고 가겠다고 약속한 무언가에 관해 언질을 주었다. 우리 모두가 서로 많이 보게 되리라는 것, 물리학자들이 분명히 설명할 수 있는 분자 체계의 일종을 우리가 형성했다는 것이 그날 저녁의 주제였다. 끝끝내 백조도 밀려서 퇴장하자 내가 아내에게 말했다. "줄리아는 안 왔네요."

"네, 전화가 왔더랬어요. 수화기 너머가 워낙 시끄러워서 뭐라는 건지 통 안 들렸어요. 드레스가 어쨌다나 뭐라나. 사실 꽤 다행이죠, 고양이 한 마리 들어올 자리도 없었으니까. 멋진 파티였죠, 그렇죠? 당신은 많이 싫었어요? 당신 멋지게 처신했고 정말 돋보였어요. 그 머리칼이 붉은 당신 친구는 누구였어요?"

---

295) 영국에서 오렌지는 꽃이 피는 동시에 과실이 열리기 때문에 순결, 정조, 다산의 상징으로서 결혼식 때 신부 머리 장식으로 많이 사용된다.

"내 친구 아닌데요."

"그것 참 이상하네요! 할리우드에서 일하는 것에 관해서 크랩 씨한테 뭔가 말했어요?"

"당연히 안 했죠."

"아이고, 찰스, 당신이 걱정이에요. 이렇게 돋보이면서 예술의 순교자처럼 서 있기만 해서는 충분치가 않다고요. 우리 저녁 들러 가요. 우리 자리가 선장님이 계신 테이블이에요. 선장님이 오늘 밤 내려와서 만찬을 드실 것 같지는 않지만 어지간히 시간을 지키는 편이 예의 바르잖아요."

우리가 테이블에 도착했을 무렵에는 나머지 참석자가 이미 착석한 터였다. 선장의 빈자리 양쪽으로 줄리아와 스타이브센트 오글랜더 부인이 앉았다. 그들 옆으로는 각각 영국 외교관 곁에 외교관 부인, 스타이브센트 오글랜더 상원 의원이 자리했으며, 또 어느 미국인 성직자가 두 쌍의 빈자리 사이에 끼어 완전히 고립된 채 앉아 있었다. 그 성직자는 추후에(내가 느끼기로는 구태여) 성공회 주교라고 자기소개를 했다. 남편과 아내가 동석하는 자리였다. 아내는 신속한 결단의 순간에 봉착했고, 남승무원이 우리를 다른 쪽으로 안내하려고 했음에도 본인은 상원 의원과 이웃하고 나는 주교와 이웃하도록 앉았다. 줄리아가 우리 둘에게 동정한다는, 울적한 작은 신호를 보냈다.

"저는 파티를 놓쳐서 너무 우울해요." 줄리아가 말했다. "못돼 먹은 하녀가 제 드레스를 몽땅 가지고 자취도 없이 사라졌지 뭐예요. 반 시간 전에야 모습을 드러냈어요. 글쎄, 탁구를 치고 있었다나.”

“저는 의원님께 당신이 뭘 놓쳤는지 말해 주고 있었어요.” 스타이브센트 오글랜더 부인이 말했다. “실리아는 어딜 가도 저명한 인사란 인사는 다 안다는 걸 알게 될걸요.”

“제 오른편에는 저명한 부부가 참석하실 예정입니다. 삼시 세끼를 선실에서만 드시는데 선장님께서 자리하실 거라고 사전 통지를 받았을 때만 등장하는 분들이시죠.” 주교가 말했다.

우리는 처참한 사교 집단이었다. 아내의 활발한 사교성조차 기가 꺾였다. 때때로 아내가 나누는 대화의 파편들이 내 귀에 들어왔다.

“……괴상한 분위기의 작달막한 빨간 머리 남자였어요. 팔레노 선장 그 자체였다니까요.”

“그런데 레이디 실리아, 말씀을 제가 이해하기로는 그 사람과는 일면식이 없으신 듯합니다만.”

“제 말은 팔레노 선장 같았다는 거죠.”

“이제 이해가 가기 시작하네요. 그 사람이 부인의 파티에 참석하고자 그 팔레노라는 부인의 친구분 행세를 했다는 거군요.”

“아뇨, 아뇨. 팔레노 선장은 그저 웃기는 인물이에요.”

“그 남자에 관해 그다지 웃기는 점은 없었던 것 같은데요. 부인의 그 친구분께서 코미디언이시라든가?”

“아뇨, 아뇨. 팔레노 선장은 영국 신문에 실리는 가상의 등장인물이에요. 있잖아요, 의원님 나라의 ‘뽀빠이’처럼요.”

상원 의원이 나이프와 포크를 내려놓았다. “개괄하자면 부인의 파티에 타인을 사칭하는 자가 왔는데 부인께서는 그 사람이 만화 속 허구의 등장인물과 왠지 닮아서 받아 주셨다는 거군요."

"네, 대충 그랬던 것 같네요."

상원 의원이 자기 아내를 쳐다보는 눈길이 이렇게 말하는 듯했다. "저명한 인사라, 참 나!"

나는 테이블 건너편에서 줄리아가 외교관을 위해 자기 가족의 헝가리 및 이탈리아 친척들의 사돈 관계를 추적하려 애쓰는 것을 들었다. 다이아몬드들이 머리칼과 손가락에서 반짝거렸어도 두 손은 작은 빵 덩이들을 초조하게 굴렸으며, 별이 총총한 머리는 체념으로 축 처졌다.

주교가 자신이 지금 바르셀로나로 출장 가는 이유인 친선사절단 임무에 관해 말해 주었다. "정말, 정말 가치 있는 숙청작업이 수행되었습니다, 라이더 씨. 이제는 더 넓은 토대에 재건할 시기가 온 겁니다. 저는 소위 말하는 무정부주의자들과 소위 말하는 공산주의자들을 화합시키는 것을 목표로 정했고, 저와 사절단은 그 목표를 심중에 품고 해당 주제에 관하여 얻을 수 있는 모든 문서를 소화했습니다. 끝내 우리는, 라이더 씨, 만장일치로 결론을 내렸습니다. 두 이념 간에는 근본적인 차이가 없습니다. 그건 순전히 개성의 문제예요, 라이더 씨. 그리고 개성이 갈래갈래 찢어 놓은 것은 개성으로 한데 모일 수 있습니다. ……"

다른 쪽에서는 이런 말이 들렸다. "그런데 민감한 질문이기는 합니다만 혹시 남편분께서 원정하시면서 어느 기관에서 자금을 조달받으셨는지 여쭤봐도 될는지요?"

외교관의 아내가 사이를 갈라놓은 만을 가로질러 용감하게 주교의 주의를 끌었다.

"그러면 바르셀로나에 도착하시면 무슨 언어로 말씀하실 건가요?"

"이성과 형제애의 언어지요, 부인." 그리고 나를 돌아보며 말했다. "다가오는 세기에 언어의 형태는 말이 아닌 생각입니다. 그렇게 생각하지 않으십니까, 라이더 씨?"

"맞습니다." 내가 말했다. "맞아요."

"말이란 뭘까요?" 주교가 말했다.

"과연 뭘까요?"

"한낱 관습적인 상징들입니다, 라이더 씨. 그리고 이제는 관습적인 상징들에 전적으로 회의적인 시대라는 거지요."

내 머릿속은 빙글빙글 돌았다. 아내가 연 파티의 앵무새 새장 같은 열기와 오후의 밑바닥을 모를 감정들 다음에, 뉴욕에서 아내에게 그녀 좋을 대로 휘둘린 다음에, 밀림의 푹푹 찌는 녹음 속에서 보낸 몇 달간의 고독 다음에 만나자니 이 상황이 너무도 버거웠다. 내 심정은 마치 황야의 리어 왕, 미친 남자에게 쫓겨 궁지에 몰린 몰피 공작 부인[296]과 같았다. 나는 하늘과 바다의 폭풍우를 소환했고,[297] 마치 요술같이 그 부름이

---

296) 존 웹스터의 『몰피 공작 부인』에서 젊은 과부 몰피 공작 부인은 가족들에게 재혼을 반대당하고, 미친 남자에게 조롱당하다가 끝내 살해당한다.

297) 『리어 왕』 3막 2장에서 리어 왕이 믿었던 두 딸에게 배신당하고 황야에서 부르짖는 장면에 나오는 구절이다. "바람아 불어라, 뺨 터지게! 사납게 불

즉시 회답되었다.

아까부터 얼마간 처음에는 단지 신경이 과민한 탓인지 아닌지 확실치 않았으나 나는 주기적이며 끈덕지게 거세지는 요동을 느끼던 참이었다. 이 거대한 식당이 깊은 잠에 빠진 남자의 가슴팍처럼 들썩이고 몸서리치는 것을. 이제 아내가 내 쪽으로 몸을 틀어 "내가 약간 취한 건지 바다가 거칠어지는 건지 모르겠어요."라고 말했는데 그 말을 하는 도중에도 우리는 의자에 앉은 채 몸이 모로 젖혀지는 것을 느꼈다. 벽 쪽으로 수저들이 떨어지면서 쨍강대고 짤랑댔으며, 우리 테이블에서도 와인 잔이 모두 뒤엎어져 굴러떨어지면서 우리는 각자 접시와 포크를 부여잡고 외교관 아내의 순수한 공포와 줄리아의 안도 사이 어딘가의 얼굴을 하고 서로를 마주 보았다.

우리의 둘러막히고 단열 처리된 세상에서는 들리지 않던, 보이지 않던, 느껴지지 않던 돌풍이 한 시간 동안 우리 위로 기어오르다가 이제 방향을 홱 틀어 뱃머리에 전력으로 떨어진 것이었다.

굉음 다음 침묵이 이어졌고, 그런 뒤 높고 초조한 웃음이 바글댔다. 남승무원들이 깨진 와인 웅덩이들에 냅킨을 올렸다. 우리는 대화를 재개하고자 했으나, 그 땅딸막한 빨간 머리 남자가 백조 부리에서 물방울이 부풀고 떨어지는 것을 주시했듯이 모두가 다음에 휘몰아칠 강풍을 기다렸다. 역시나 강풍

어라!/ 하늘과 바다의 폭풍우야, 첨탑들이 잠기고/ 풍향계가 다 빠질 때까지 내뿜어라!" 셰익스피어, 최종철 옮김, 『리어 왕』(민음사, 2005).

이 찾아왔고, 먼젓번보다도 거셌다.

"이쯤에서 여러분 모두에게 좋은 밤 보내시라는 인사를 해야겠네요." 외교관 아내가 일어서며 말했다.

남편이 그녀를 선실로 바래다주었다. 식당은 빠르게 비워지고 있었다. 곧 줄리아, 아내, 나만이 테이블에 남았고, 텔레파시가 통한 것처럼 줄리아가 말했다. "『리어 왕』 같네."

"그럼 우리 각자가 그 셋이 되어 버리기는 하지만."

"무슨 말이에요?" 아내가 물었다.

"리어 왕, 켄트 백작, 바보."[298]

"아이고, 그 고통스러운 팔레노 대화가 또 시작되는 느낌이네요. 설명하려 하지 말아요."

"설명할 수 있을지도 모르겠는걸요." 내가 말했다.

또다시 상승, 또다시 자유낙하. 승무원들이 동분서주하며 재빨리 정돈하여 이것저것을 닫고 위태로운 장식품들은 척척 밀어 넣었다.

"자, 우린 저녁 식사도 마쳤고 영국인다운 침착성의 훌륭한 본보기를 세웠네요." 아내가 말했다. "나가서 무슨 일인지 보자고요."

대합실로 나가다 한번은 우리 셋이 전부 기둥 하나에 매달려야 했다. 겨우겨우 셋이서 도착하니 대합실은 텅 비어 있다시피 했다. 악대가 연주하였으나 아무도 춤추지 않았고, 탁자

298) 『리어 왕』의 황야 장면에 등장하는 세 인물이다. 믿었던 딸들에게 배신당하여 미쳐 가는 리어 왕과 죽는 순간까지도 남몰래 리어 왕을 보필하는 켄트 백작, 겉으로는 멍청하지만 엄청나게 기민한 구석이 있는 바보이다.

는 톰볼라 빙고 게임용으로 차려져 있었지만 아무도 빙고 카드를 사지 않았으며, 갑판 아래서 통하는 온갖 은어로 숫자를 부르는 것을 장기로 삼은 고급 선원은("키스도 아직인 이팔청춘, 세상에 눈뜨는 스물하나, 에구, 삭신 예순여섯.") 동료들과 한가로이 잡담 중이었다. 여기저기서 소설을 읽는 스무 명 남짓, 브리지 카드 게임을 하는 몇 그룹, 흡연실에서 브랜디를 마시는 몇 명이 있었지만 지난 두 시간 동안 우리가 만난 손님들은 모두 종적을 감췄다.

우리 셋은 잠시 텅 빈 무도장 언저리에 앉아 있었다. 아내의 머릿속은 어떻게 하면 무례해 보이지 않으면서 우리가 식당의 다른 테이블로 옮겨 갈 수 있을지에 대한 구상으로 가득했다. "레스토랑에 가서 정확히 똑같이 나오는 저녁 식사에 웃돈을 내는 건 미친 짓이에요. 어차피 영화계 사람들만 가는 데기도 하고요. 우리가 바가지를 써야 할 이유가 없잖아요." 아내가 말했다.

이내 아내가 말했다. "어쨌든 슬슬 두통까지 오고 피곤하네요. 잠자리에 누워야겠어요."

줄리아도 아내와 떠났다. 나는 배를 슬슬 산책하다가 바람이 울부짖고 포말이 어둠 속에서 뛰어올라 유리창에 흰색과 갈색으로 부서지던 차폐 갑판으로 올라섰다. 야외 갑판에 승객들이 접근하지 못하도록 승무원들이 배치되어 있었다. 그리하여 나도 아래층으로 내려갔다.

내 옷 방에서 깨질 만한 물건은 전부 치워진 상태였고 선실로 통하는 문은 활짝 열어젖혀져 있었으며 아내가 안쪽에서 구슬피 나를 불렀다.

"나 너무 힘들어요. 이 정도 크기의 배가 이렇게 요동칠 줄 몰랐어." 아내가 말했고, 두 눈에 가득한 대경실색과 원통함은 마치 임신 기간의 끝에 산후 조리원이 얼마나 사치스럽든 간에, 의사에게 얼마나 돈을 주든 간에 산통은 불가피하다는 사실을 끝내 깨닫는 여자의 눈빛과도 같았다. 또 실제로 배의 부침이 분만의 고통과 같이 규칙적으로 찾아오기도 했다.

나는 옆방에서 잤다. 아니, 잤다기보다는 거기 누워 꿈결과 맨정신을 헤맸다는 편이 맞으리라. 좁은 침상 안 딱딱한 매트리스 위였다면 잘 수 있었을지도 모르나 이곳 침대는 넓고 출렁였다. 찾을 수 있는 쿠션은 죄다 끌어모아 몸을 단단히 껴넣으려고 했으나 나는 밤새도록 배가 돌고 비틀릴 때마다 뒤척였고(이제 선체가 뒷질은 물론 옆질마저 하고 있었다.) 삐걱대고 쿵쾅대는 소리에 머리까지 울렸다.

동 트기 한 시간 전에 한번은 아내가 문간에 유령처럼 나타나 문설주를 양쪽으로 부여잡고 버티고 서서 말했다. "안 자고 있어요? 뭐라도 해 볼 수 없어요? 의사한테 뭐라도 구해 볼 수 없어요?"

나는 숙직 남승무원에게 벨을 울렸고, 그가 상비해 둔 물약으로 아내는 약간이나마 편안해졌다.

그리고 밤새 꿈결과 맨정신 사이를 오가며 나는 줄리아를 생각했다. 잠깐씩의 꿈들 속에서 그녀는 백 가지의 기상천외하고 소름끼치고 외설적인 형태로 둔갑했으나 맨정신의 생각 속에서는 저녁 식탁에서 본 그대로 슬프고 별빛이 총총한 머리로 되돌아왔다.

첫새벽이 밝고 한두 시간가량 잠잔 뒤 나는 맑은 정신으로 설레는 기대감에 차서 일어났다.

남승무원이 바람이 약간 약해졌다고 말해 주기는 했으나 아직도 바람이 세차게 불고 매우 사나운 너울도 있었다. “또 사나운 너울만큼 승객들의 유쾌한 기분을 해치는 것도 없습니다. 오늘 아침에는 조식이 그다지 많이 요청되지 않았어요.” 그가 말했다.

아내 방을 들여다보니 그녀가 자고 있었기에 나는 우리 사이의 문을 닫았다. 그리고 연어 케저리[299]와 차가운 브래드넘 햄[300]을 먹은 뒤 이발사에게 전화를 걸어 와서 면도해 달라고 요청했다.

“응접실에 부인께 온 선물이 수두룩합니다.” 남승무원이 말했다. “당분간 그대로 둘까요?”

나는 보러 갔다. 배 위의 상점들로부터 셀로판지로 싼 소포들이 이차로 배달되었는데, 일부는 비서로부터 우리의 출발을 제때 상기받지 못한 뉴욕 친구들로부터 무선 전신으로 주문된 것이었으며, 일부는 칵테일파티를 떠나면서 우리의 손님들이 보낸 것이었다. 그날은 꽃병을 둘 만한 날이 아니었다. 나는 남승무원에게 선물들을 바닥에 내버려 두라고 말해 놓

---

299) 카레를 약간 넣고 생선살과 볶은 밥에 완숙 달걀과 파슬리를 올린 요리.
300) 영국 윌트셔 지방에서 유래한 일종의 절인 햄.

고는 불현듯 생각이 번뜩여 크램 씨의 장미에서 카드만 빼낸 다음 내 사랑을 담아 줄리아에게 보냈다.

줄리아가 전화했을 때 나는 면도를 받는 중이었다.

"이게 무슨 개탄스러운 짓거리야, 찰스! 오빠답지 않게!"

"별로야?"

"이런 날에 나더러 장미 가지고 뭘 하라고?"

"냄새 맡아 봐."

잠시 말이 멈췄고 포장지가 뜯기느라 부스럭거렸다. "냄새가 전혀, 하나도 안 나는데."

"아침으로 뭐 먹었어?"

"머스캣 포도랑 칸탈루프 멜론."[301]

"언제 볼까?"

"점심 전에. 그 전까지는 마사지 받느라 바빠서."

"마사지?"

"그래, 이상하지 않아? 사냥하다가 어깨를 다쳤을 때 딱 한 번 빼곤 받아 본 적이 없는데. 배를 탄다는 게 대체 뭐기에 인간들이 죄다 영화배우처럼 굴게 되는 걸까?"

"나는 안 그러는데."

"그럼 여기 매우 쪽팔리는 장미들은 뭔데?"

이발사의 일솜씨는 비범하게 능수능란했다. 실상 민첩했는데, 발레 공연의 검객같이 때로는 한쪽 발끝으로, 때로는 다른

---

301) 꽃향과 사향이 난다고 표현되는 달콤한 머스캣 포도와 속살이 주황색인 칸탈루프 멜론은 당대의 영국인들에게도 매우 이국적인 과일이었다.

쪽 발끝으로 서서는 칼날에서 비누 거품을 탁 튕겨 내고, 선체가 바로 설 때 다시 내 턱으로 덤벼들었던 까닭이다. 이 상황에서 나라면 안전 면도날이라도 얼굴에 갖다 댈 엄두조차 못 냈을 테다.

전화벨이 다시 울렸다.

아내였다.

"좀 어때요, 찰스?"

"피곤해요."

"나 보러 안 올 거예요?"

"아까 갔는데요. 다시 갈게요."

나는 아내에게 응접실에 있던 꽃을 갖다줬다. 그 꽃들로 아내가 선실 안에 용케도 만들어 놓은 산부인과 병동 분위기가 완성되었다. 여승무원이 산파의 분위기를 풍기며 풀 먹인 리넨과 평정심의 지주로서 침대 옆에 서 있었다. 아내가 베개 위의 고개를 돌려 파리하게 웃음 지었다. 그런 뒤 맨팔을 뻗어 손끝으로 가장 큰 꽃다발의 셀로판지와 비단 리본을 어루만졌다. "사람들이 어찌나 다정한지." 그 가냘프게 말하는 품이 마치 이 질풍노도가 자신만의 개인적 불행이었으며 그에 대해 세상이 자애롭게도 동정해 주고 있다는 투였다.

"그럼 당신은 일어나지 않는 걸로 알게요."

"그래요, 클락 부인이 정말 잘해 주고 있어요." 아내는 언제나 하인들의 이름을 빨리 외웠다. "신경 쓰지 말아요. 가끔 들러서 무슨 일이 일어나는지나 말해 줘요."

"자, 자, 부인." 여승무원이 말했다. "우리 오늘은 무리를 덜

할수록 좋아요."

아내는 뱃멀미에 관해서조차 신성하고 여성다운 의식을 만들어 내는 듯했다.

내가 알기로 줄리아의 선실은 우리 아래층 어딘가였다. 나는 주갑판 위 승강기 옆에서 그녀를 기다렸다. 그녀가 오자 우리는 일단 산책 갑판을 한 바퀴 돌았다. 나는 난간을 붙들고, 줄리아는 내 다른 쪽 팔을 붙잡았다. 힘겨운 여정이었다. 빗물이 주룩주룩 흐르는 유리창 사이로 우리는 회색 하늘과 검은 심연의 일그러진 세상을 보았다. 배가 심하게 기울자 나는 그녀를 훽 잡아채 다른 쪽 손으로 난간을 붙들 수 있도록 했다. 바람의 울부짖음은 잠잠해졌지만 온 선체가 압력으로 삐걱거렸다. 우리가 한 바퀴를 돌자 줄리아가 말했다. "안 되겠어. 어차피 그 마사지사가 먼지 나게 두드려 패 준 덕분에 기운도 없는데. 어디 앉자."

대합실의 거대한 청동 문이 걸쇠에서 떨어져 나와 배가 요동침에 따라 제멋대로 홱홱 여닫히고 있었다. 규칙적으로, 또 보이기로는 불가항력적으로 한쪽 문짝이, 그다음에는 다른 쪽 문짝이 열렸다가 닫혔다. 양쪽 문짝이 반원을 다 그릴 때마다 잠시 멈췄다가는 서서히 움직이기 시작해 홱 부닥치며 쾅 소리를 되울렸다. 자칫 헛디뎌서 그 홱 부닥칠 때의 타격에 끼지만 않으면 문을 지나는 데에 실질적인 위험은 없었다. 서두르지 않고 걸어 들어갈 시간은 충분했으나 그 통제를 벗어난 금속덩이의 천근만근이 앞뒤로 활개를 치는 광경에는 어딘가 험악한 구석이 있어 소심한 남자라면 움찔하거나 나 살려라 뛰어 지나가게 만들 법했다. 나는 내 팔을 몹시 꼭 붙잡은 줄리아의 손을 느끼고, 옆에서 걸어가며 그녀가 전혀 겁먹지 않았다는 사실을 알고 내심 흐뭇했다.

"브라보." 근처에 앉아 있던 남자가 말했다. "고백하자면 나는 다른 길로 돌아왔어요. 저 문의 모습이 어째 맘에 들지 않아서. 아침나절 내내 저 문을 고치려고들 하던데요."

그날은 주변에 사람이 소수밖에 없었고, 그 소수는 서로서로 찬탄하는 동지애로 결속된 듯했다. 그들은 팔걸이의자에 다소 무뚝뚝하게 앉아 간혹 뭐라도 마시며 뱃멀미를 안 한다는 사실에 대해 축하를 교환하는 것밖에 하지 않았다.

"제가 처음 본 숙녀분이십니다." 그 남자가 말했다.

"제가 운이 참 좋죠."

"우리가 운이 참 좋죠." 그가 말하며 취한 동작은 고개를 숙이는 것으로 시작해 자기 무릎으로 거꾸러지며 끝났는데, 우리 사이의 흡묵지 바닥이 가파르게 기운 탓이었다. 방금의 요동으로 우리는 그 남자로부터 밀려 나가며 서로 뒤엉기면서도 아직은 발을 디딘 채 우리의 율동이 이끌어 간 대로 재빨리 저쪽 건너편에 동떨어져 앉았다. 구명 밧줄로 된 거미줄이 대합실에 두루 쳐져 있던지라 우리는 링 안의 권투 선수들 같았다.

남승무원이 다가왔다. "드시던 걸로 드릴까요, 손님? 위스키랑 미온수였죠. 그리고 숙녀분께는요? 제가 샴페인 약간을 추천해 드려도 괜찮을까요?"

"있죠, 여기서 끔찍한 건 샴페인이 굉장히 좋겠다는 거예요."

줄리아가 말했다. "이 얼마나 기쁜 인생이야. 장미에, 반 시간 동안 여성 권투 선수에, 이제는 샴페인이라니!"

"그 장미 얘기 좀 그만하면 좋겠는데. 애초에 내가 생각해낸 게 아니었다고. 누가 실리아한테 보낸 거였어."

"아, 그러면 얘기가 다르지. 오빠는 완전히 발 뺄 수 있겠네. 근데 그러면 내 마사지가 더 저급해진다는 소린데."

"나는 침대에서 면도받았는걸, 뭐."

"장미를 받은 건 기뻐." 줄리아가 말했다. "솔직히 받은 직후엔 충격이었지만. 그것 때문에 우리가 하루의 첫 단추부터 잘못 꿰는 건 아닌가 하는 생각이 들었거든."

나는 무슨 말인지 알아챘고 그 순간 마치 메마른 십 년간의 더께와 모래를 일부 털어 낸 듯한 느낌이었다. 그때나 언제나, 줄리아가 나에게 반 토막 난 문장, 단어 하나, 당대의 은어가 담긴 상투적인 문구, 눈짓이나 입 모양이나 손짓의 알아차릴 듯 말 듯한 동작 할 것 없이 어떤 방식으로 말하든, 줄리아의 생각이 얼마나 형언할 수 없든, 현재 화두에서 얼마나 빠르게 멀리 튕겨 나가든, 자주 나오던 버릇대로 해수면에서 심해로 곧장 얼마나 깊이 잠기든 나는 알아챘다. 내가 아직 사랑의 가장 끄트머리에 서 있던 그날조차도 나는 무슨 말인지 알아챘다.

둘이서 와인을 마시고 있으려니 곧이어 우리의 새 친구가 구명 밧줄을 타고 이쪽으로 휘청거리며 내려왔다.

"내가 껴도 될까요? 약간의 거친 날씨만큼 사람들을 뭉치게 하는 것도 없죠. 지금 내가 열 번째 건너는 건데, 이런 폭풍은 본 적이 없어요. 아무래도 숙녀분께서는 항해 경험이 많으신가 봅니다."

"아니에요. 사실을 말씀드리면 뉴욕으로 갈 때랑 당연히 영국 해협을 건널 때 빼고는 항해해 본 적이 없어요. 저는 천만다행으로 뱃멀미는 안 하지만 피곤하긴 하네요. 처음에는 마사지를 받아서 그런가 보다 했는데, 생각해 보니 아무래도 배 때문이지 싶어요."

"제 아내는 지금 난리도 아니에요. 항해 경험이 많은데도요. 사람 일은 모르는 법이죠?"

그 남자가 오찬에 우리와 동석했고, 나는 그가 있어도 개의치 않았다. 그는 명백히 줄리아를 마음에 들어 했으며, 우리가 남편과 아내라고 생각했던 것이다. 이런 오해와 줄리아에 대한 관심으로 어쩐지 줄리아와 내가 더 끈끈히 묶이는 듯했다.

"어젯밤에 선장님 테이블에 두 분께서 높으신 분들 틈에 계신 걸 봤어요." 그가 말했다.

"엄청 지루하고 높으신 분들이죠."

"제 생각에 높으신 분들은 다 그래요. 이런 폭풍우를 만났을 때에야 사람들의 본바탕을 알게 되는 법이죠."

"뱃멀미 안 하는 사람들을 상당히 편애하시네요?"

"뭐, 편애라고 말씀하시니 그런 건지 잘 모르겠네요. 제 말은 뱃멀미를 안 하는 게 친목에 일조한다는 겁니다."

"그렇죠."

"우리를 일례로 들어 봅시다. 이런 상황이 아니었으면 우리는 만나지도 못했을 거예요. 제가 한창때에는 바다에서 정말

로맨틱한 만남도 몇 번 가졌지요. 부인께서 허락해 주신다면 제가 지금보다 어릴 때 리옹만에서 겪은 작은 모험담을 풀어 놓고 싶네요."

우리는 둘 다 지쳤다. 수면 부족과 쉴 새 없는 소음에 더해 운신할 때마다 긴장한 탓에 지쳐 버렸다. 우리는 그날 오후를 각자의 선실에서 보냈다. 내가 잠을 청했다가 깨어나니 바다는 여전히 사나웠고, 칠흑 같은 먹구름이 배 위로 휘몰아쳤으며, 유리창에는 아직도 빗물이 주룩주룩 흐르고 있었다. 하지만 나는 잠자는 사이 폭풍우에 익숙해져 폭풍의 리듬을 내 리듬으로 만들고 폭풍의 일부가 되었기에 내가 강인하고 자신만만히 일어나 줄리아를 봤을 때 그녀 역시 진작 일어나 있었고 같은 기분이었다.

"어떻게 생각해?" 그녀가 말했다. "그 남자가 오늘밤에 뱃멀미 안 하는 모든 사람을 위해 흡연실에서 조촐한 '친목 파티'를 연다는데. 나한테 남편분도 데려오라고 했어."

"우리 가는 거야?"

"당연하지…… 내가 우리의 친구가 바르셀로나로 가는 길에 만난 여자 같은 기분이 들어야 하는 건지 모르겠네. 그런 기분이 조금도 안 들어, 찰스."

'친목 파티'에는 열여덟 명이 있었다. 뱃멀미에 대한 면역력을 빼면 우리는 공통점이 전혀 없었다. 우리는 샴페인을 마셨고 이내 주최자가 말했다. "사실은 말이죠, 저한테 룰렛 휠이 있어요. 문제는 아내 때문에 제 선실로 다 같이 갈 수는 없는데, 공공장소에서 그걸 돌리는 것도 금지되었다는 거죠."

그리하여 내 응접실로 모임 자리를 옮겨 적은 돈을 걸고 밤 늦게까지 도박을 했는데, 그즈음에 줄리아는 자리를 떴고 주최자는 줄리아와 내가 같은 숙소에 머물지 않는다는 데에 놀라기에는 와인을 너무 마신 터였다. 그 남자만 빼고 모두가 자리를 뜨자 그는 앉은자리에서 잠에 곯아떨어졌고, 나는 그를 그대로 놔뒀다. 그것이 내가 그를 마지막으로 본 모습이었는데, 나중에(남승무원이 룰렛 등등을 그 남자의 선실로 돌려주고 와서 말해 주었다.) 그가 복도에서 넘어지는 바람에 허벅지 뼈가 부러져 선내 병원으로 실려 갔던 까닭이다.

다음 날 온종일 줄리아와 나는 방해받지 않고 함께했다. 바다의 너울 탓에 각자 의자에 꼭 끼여 앉아서 거의 움직이지 않고 이야기를 나누며. 오찬 후에 마지막 남은 비위 좋은 승객들마저 쉬러 가고 우리 둘만 남겨지자 마치 그곳이 우리를 위해 비워진 듯, 마치 타이타닉호 규모의 눈치가 모두를 까치발로 내보내고 둘을 서로에게 내버려 둔 듯했다.

대합실의 청동 문은 수리되었지만 이미 남승무원 둘이 지독하게 부상당한 뒤였다. 승무원들이 다양한 도구들을 시험하며 밧줄로도 동여매 보고 되지 않자 나중에는 강삭으로도 동여매 봤지만 문짝을 묶어 둘 수 있는 것은 아무것도 없었다. 끝내는 문짝이 한껏 열렸을 때 그 짧은 순간의 정지를 틈타 문짝을 부여잡고 아래쪽에 목제 쐐기를 밀어 넣었는데, 이번에는 단단히 버텨 주었다.

저녁 식사 전에 줄리아가 몸단장하러 자기 선실에 가고(그날 밤 아무도 차려입지 않았다.) 나는 요청받지는 않았어도 서지되지도 않아 당연히 따라가서 닫힌 문 안쪽에서 그녀를 품에 안고 처음으로 키스했을 때 그날 오후의 분위기로부터 변한 점은 없었다. 나중에 길고 외롭고 혼곤한 밤 내내 배의 부침과 더불어 침대에서 뒤척일 때 나는 이를 마음속에서 곰곰이 생각하며, 지난 죽은 십 년간의 구애를 떠올렸다. 출정 전에 어떤 식으로 넥타이를 매며, 단춧구멍에 치자꽃을 꽂으며, 저녁을 계획하고 이런저런 때에, 이런저런 기회에 출발선을 밟고 좋든 싫든 공세를 개시하리라 생각하곤 했는지를. '이 전투 국면은 꽤 오래도록 지속되었어.' 나는 생각하곤 했다. '결단을 내려야 해.' 하지만 줄리아와는 어떤 국면도, 출발선도, 전술도 없었다.

그러나 그날 밤 줄리아가 침실로 향하고 나도 선실 문까지 따라갔을 때 그녀가 나를 막았다.

"아니, 찰스, 아직은 아냐. 어쩌면 영원히. 모르겠어. 내가 사랑을 원하는지 모르겠어."

그러자 무언가가, 그 죽은 십 년으로부터 살아남은 어떤 환영이(누구나 얼마간 패배하지 않고는 아주 조금이라도 죽을 수 없는 법이므로.) 내 입에서 이런 말이 나오게 했다. "사랑? 난 사랑을 구하는 게 아냐."

"아니, 구하고 있어, 찰스." 그녀가 말하고는 손을 뻗어 내 뺨을 어루만졌다. 그런 뒤 선실 문을 닫았다.

그리하여 나는 뒤로 비틀대며 길고 은은하게 밝혀진 텅 빈 복도에서 처음에는 한쪽 벽면에, 그다음에는 반대쪽 벽면에 기댔다. 폭풍우가 고리 모양을 띠기 때문인 듯했다. 온종일 우리는 고요한 폭풍의 눈을 가로질러 항해하고 있었다. 그러나 이제 다시 한번 폭풍이 한껏 맹위를 떨치는 가운데로 들어섰다. 그리고 그날 밤은 지난밤보다 거칠 터였다.

열 시간의 대화. 우리에게 무슨 할 이야기가 있었는가? 단순 사실이 대부분으로, 너무도 오래 요원했으나 이제는 하나로 짜이는 우리 두 사람의 인생 기록이었다. 폭풍우에 휘둘린 그날 밤 내내 나는 줄리아가 한 말을 곱씹었다. 그녀는 더는 지난밤의 번갈아 나오는 몽마(夢魔)[302]와 별이 총총한 환영이 아니었다. 그녀의 과거에서 양도 가능한 것은 전부 내 수중에 내주었던 까닭이다. 줄리아는, 내가 이미 되풀이해 말했듯, 구애와 결혼에 관해 말해 주었다. 또한 낡은 육아실 도서의 책장을 다정하게 넘기듯이 어린 시절에 관해서도 말해 주었다. 이에 나는 그녀와 잔디밭 위에서 접의자에 앉은 호킨스 보모 할머니와 유모차에서 잠든 코딜리아를 곁에 두고 길고 따사로운 나날들을 살았으며, 돔 아래 종야등이 바작바작 타들어 가고 불잉걸이 불경그레받이에서 사그라들 무렵 아기 침대 주변의 종교화들이 바래 가는 고요한 밤들을 쇠었다. 렉스와의 생활과 자신을 뉴욕으로 향하게 만든 내밀하고 패덕하며 처참한 탈선에 관해서도 말해 주었다. 그녀 역시 나름대로의 죽은 몇 년을 지냈다. 아이를 가질지를 놓고 렉스와 치른 유구한

302) 밤중에 잠자는 남자를 덮쳐 꿈에서 성교를 맺어 정력을 앗아 간다고 알려진 여자 악령.

악전고투에 관해서도 말해 주었다. 처음에 줄리아는 아이 하나를 원했으나 일 년 뒤에 그게 가능하려면 수술이 필요하다는 사실을 알았다. 그 무렵 렉스와 줄리아는 사랑이 바닥난 터였으나 그럼에도 렉스는 기어코 자기 아이를 가지고자 했고, 끝내 줄리아가 승낙하여 낳자 사산이었다.

"렉스는 한 번도 내게 고의로 박정하게 대한 적이 없었어." 줄리아가 말했다. "단지 그 사람은 진짜 인간이 아닌 것뿐이야. 그 사람은 단지 한 인간의 고도로 발달된 몇 가지 기능일 뿐이고, 나머지 부분은 그냥 존재하지 않아. 우리가 신혼여행에서 런던으로 돌아온 지 두 달 만에 그가 아직도 브렌다 챔피언과 연락하는 사이였다는 걸 알고 내가 왜 그렇게 상처받았는지 그 사람은 이해하지 못하더라."

"나는 실리아가 외도한다는 걸 알았을 때 반가웠어." 내가 말했다. "이젠 아내를 싫어해도 괜찮다는 느낌이 들어서."

"걔가 그랬어? 오빠는 걔를 싫어하고? 반갑네. 나도 걔 별로 안 좋아하는데. 근데 걔랑 왜 결혼했어?"

"육체적 끌림. 야망. 그 사람이 화가에게 이상적인 아내라는 데 모두가 동의하잖아. 서배스천을 그리는 외로움."

"오빠를 사랑했지?"

"그럼 사랑했지. 서배스천은 전조였어."

줄리아는 알아들었다.

배가 삐걱거리다가 몸서리쳤고, 떠올랐다가는 떨어졌다. 아내가 옆방에서 나를 불렀다. "찰스, 거기 있어요?"

"네."

"너무 오래도록 잠들어 있었어요. 지금 몇 시예요?"

"3시 30분요."

"별로 잠잠해지진 않았죠?"

"심해졌어요."

"그래도 나는 상태가 좀 낫네요. 내가 벨을 울리면 저들이 차나 뭐라도 가져다줄까요?"

나는 숙직 남승무원에게서 차와 비스킷을 좀 얻어다 줬다.

"재미있는 저녁 보냈어요?"

"다들 뱃멀미를 하네요."

"불쌍한 찰스. 이번에도 정말 멋진 여행이 될 예정이었는데. 내일이면 좀 나아질 수도 있겠죠."

나는 불을 끄고 사잇문을 닫았다.

긴긴 밤의 뒤틀림과 삐걱댐과 들썩임 사이로 꿈결을 넘나들며, 등을 단단히 댄 채 굴러떨어지지 않도록 팔다리를 쭉 뻗고 눈은 암흑을 향해 뜬 채 나는 누워서 줄리아를 생각했다.

"……우리는 엄마가 돌아가시고 나서 아빠가 영국에 돌아오실지도 모른다고, 아니면 재혼하실지도 모른다고 생각했는데, 딱 지내던 그대로 지내셔. 렉스랑 내가 이젠 종종 뵈러 가. 난 아빠가 좋아졌거든. …… 서배스천은 완전히 종적을 감췄어. …… 코딜리아는 스페인의 야전 병원에 있지. …… 브라이디는 자기만의 괴이한 생활을 하고 있어. 엄마가 돌아가신 후 브라이디가 브라이즈헤드 저택을 닫고 싶어 했는데, 아빠가 웬걸, 닫지 않으려 하셨어. 그래서 지금은 렉스랑 내가 거기 살고 브라이디는 돔 안쪽 방 두 개를 쓰는데, 호킨스 보모 할머니 옆방으로 옛 육아실에 속한 데야. 오빠는 체호프 작품의 등장인물 같다니까.[303] 가끔은 서재에서 나오거나 계단을 지나는 오빠랑 마주치기도 하고(오빠가 언제 집에 있는지 난 절대 모르겠어.) 간혹가다가 정말 예상치도 못하게 오빠가 유령처럼 저녁을 들러 별안간 들어오기도 해.

……아, 렉스의 지인들! 순 정치와 돈. 돈을 위해서가 아니면 아무것도 하지 못하는 인물들이야. 그 사람들은 호숫가를 산책해도 백조가 몇 마리나 보이는지 꼭 내기를 해야 성이 찬다니까. …… 2시까지 앉아서 렉스의 여자 지인들을 상대하고, 잡담을 들어 주고, 백개먼 게임판 위에서 끝없이 조잘거리고 있자면 남자들은 카드 게임을 하고 시가를 펴 대는 거야. 그놈의 시가 연기. 아침에 일어나면 내 머리카락에서 냄새가 나. 저녁에 차려입으면 내 옷에도 배어 있다니까. 지금도 시가 냄새 나? 나를 주물러 준 그 여자도 내 피부에서 그 냄새를 맡았을까?

……초반에는 렉스 친구들 집에서 부부 동반으로 하룻밤 머물곤 했어. 이젠 렉스가 그러자고 하지 않아. 렉스는 내가 본인이 원한 유의 인물이 아니었다는 걸 깨닫고는 나를 창피해했고, 속아 넘어간 자신을 창피해했어. 나는 자기가 흥정한 물건이 전혀 아니었던 거지. 그에겐 내 쓸모가 보이지 않았는데, 내가 쓸모없다고 단정 짓고 안일해지기 시작할 때마다 기

303) 체호프풍 인물이라고 하면 일반적으로 자기 성찰적이고, 말수가 적고, 낙담한 인간상을 말한다.

습당하는 거야. 자기가 존경하는 어떤 남자가, 심지어는 어떤 여자가 나를 마음에 들어 하면 불현듯 렉스의 눈에 우리는 이해하고 자신은 이해하지 못하는 것들의 드넓은 세계가 있다는 게 보이는 거지. …… 내가 떠나왔을 때 그 사람은 속상해했어. 날 다시 맞으면 기뻐할걸. 나는 이 마지막 만남이 찾아오기 전까지는 그 사람한테 충실했어. 좋은 가정 교육만 한 게 없지. 작년에 곧 아이가 생기겠다고 생각할 때 내가 아이를 가톨릭교도로 기르겠다고 마음먹었던 거 있지? 그 전까지는 종교에 관해 생각해 보지 않았거든. 그 이래로도 생각해 본 적 없고. 그런데 당시에는, 출산을 앞두고 있던 때는 이런 생각이 들더라. '이것 하나는 딸아이한테 줄 수 있겠다. 나한텐 그다지 도움이 된 것 같지 않아도 내 아이한테는 줘야겠다.' 본인은 잃어버린 무언가를 주고 싶어 하다니 이상하긴 했지. 그러다가 결국에는 그것마저도 주지 못했어. 그 애한테 생명조차 주지 못했으니까. 나는 아이를 보지도 못했어. 너무 아파서 무슨 일이 일어나는지도 몰랐고, 그 이후로 긴긴 시간 동안, 지금까지 딸아이 얘기를 하고 싶지 않았어. 아이가 딸이어서 렉스는 사산됐다고 크게 개의치도 않았지.

렉스랑 결혼해서 내가 벌을 좀 받은 거야. 보이지, 내가 그쪽 것을 마음속에서 미처 다 몰아낼 수 없는 거. 죽음, 심판, 천국, 지옥, 호킨스 보모 할머니, 교리 문답. 그런 건 상당히 초창기에 주어지면 한 인간의 일부가 되어 버려. 그런데도 내가 내 딸한테 그걸 주고 싶어 했단 말이지. …… 이제 아마도 방금 한 일로 나는 벌을 받겠지. 어쩌면 그 때문에 오빠랑 내가 이렇게 여기 같이 있는지도 몰라…… 계획의 일부로서.”

줄리아가 그 말(“계획의 일부로서.”)을 한 것을 거의 마지막으로 우리는 아래로 내려갔고 나는 선실 문가까지 그녀를 바래다주었다.

다음 날 바람이 다시금 약해졌고, 다시금 우리는 너울에 뒹굴고 있었다. 대화의 주제는 이제 뱃멀미보다는 골절이 많았다. 사람들이 밤중에 나동그라졌고, 화장실 바닥에서 끔찍한 사고도 많이 일어났던 탓이다.

그날, 전날 너무 많이 이야기하기도 했고 우리가 할 이야기는 많은 말이 필요치 않기도 해서 우리는 거의 대화하지 않았다. 우리는 책을 읽었고, 줄리아는 마음에 드는 게임을 한 가지 발견했다. 둘이서 긴 침묵들 끝에 대화했을 때는 서로의 생각이 나란히 보조를 맞추고 있었다는 사실을 발견했다.

한번은 내가 말했다. “너는 자기 슬픔을 호위하고 있어.”

“그게 내가 얻은 전부야. 오빠가 어제 말했잖아. 내가 치를 대가라고.”

“삶이 발행한 차용 증서. 요청 시 지급한다는 약속 어음이랬지.”

비는 한낮에 멈췄다. 저녁이 되자 구름이 갈라졌고, 뱃고물에 있던 태양이 우리가 앉아 있던 대합실로 별안간 난입하여 온갖 등불을 무색게 만들었다.

“저녁노을.” 줄리아가 말했다. “우리 하루의 끝이네.”

그녀가 일어섰고, 배의 요동과 부침이 덜해지지 않은 듯했음에도 나를 단정(短艇) 갑판으로 이끌었다. 그녀는 내 팔에 팔짱을 끼고 내 손에 손을 겹쳐 그레이트 코트 주머니에 넣었다. 마르고 텅 빈 갑판을 배의 항속으로 인한 바람만이 훑었다. 굴뚝에서 날아오는 검댕을 피해 멈칫거리며 고되게 앞으로 나아가는 동안 우리는 한 덩이로 번갈아 밀치락달치락하다가 확 들엉겼다가 거의 떨어졌다가 팔과 손가락을 깍지 낀 채 나는 난간을 붙잡고 줄리아는 내게 매달렸다가 또 한 덩이로 떠밀렸다가 서로 떨어졌다. 그러다 종전보다 깊은 낙폭에 내 몸이 줄리아 앞으로 달려들어 그녀를 난간 쪽으로 꽉 누르고 양쪽으로 그녀를 죄수처럼 가둔 양팔로 그녀에게 엉기지 않도록 버텼다. 그리하여 배가 낙하한 끝에 마치 다시 올라갈 힘을 모으기라도 하는 양 잠시 멈춘 동안 우리는 그렇게 공공연히, 뺨과 뺨을 맞대고, 그녀의 머리카락이 내 눈앞에서 흩날리는 채 껴안고 서 있었다. 내리뒹구는 해수의 검은 수평선이 이제는 금빛으로 번쩍이며 우리 위에 멈칫 섰다가는 아래로 엄습할 때까지도 나는 줄리아의 암갈색 머리카락 사이로 너른 금빛 하늘을 바라보았고, 그녀는 내 가슴팍으로 내던져져 난간을 부여잡은 내 양손으로 버텨지며 얼굴을 아직도 내 얼굴에 맞댄 채 있었다.

바로 그 순간, 그녀의 입술이 내 귓가에 닿고 그녀의 숨결은 짠바람 속에서 따스했을 때 내가 아무 말도 하지 않았음에도 줄리아가 말했다. "좋아, 지금." 그리고 선체가 바로 서고 잠시나마 보다 잔잔한 물결로 뛰어드는 참에 줄리아가 나를 아래층으로 이끌었다.

그때는 사치스러운 쾌락이 있을 시기는 아니었다. 그런 것들은 그 나름의 제철에, 제비와 라임꽃들과 더불어 올 터였다. 지금 이 거친 너울 위에서는 준수되어야 할 요식만 있었지 그 이상은 없었다. 마치 그녀의 좁은 음부의 양도 증서가 발행되고 날인된 것만 같았다. 나는 느긋이 즐기고 개발해 나갈 소유지의 소유권자로서 처음 입장하는 것이었다.

우리는 그날 밤 선내 위쪽의 레스토랑에서 만찬을 들었고, 내다보았던 내민창 너머에서 얼굴을 내밀고 하늘을 스치는 별들은 마치 한때 내 기억 속에서, 내 눈에 비친 옥스퍼드의 종탑과 박공지붕 위를 스치던 별들과 같았다. 남승무원들은 내일 밤에는 악대가 다시 연주할 테고 자리가 만석이리라고 장담했다. 우리가 좋은 자리를 원한다면 지금 예약하는 편이 좋다고 그들은 말했다.

"맙소사." 줄리아가 말했다. "날이 개면 어디에 숨을 수 있단 말이야, 우리 풍운의 고아[304]들이?"

나는 그날 밤 그녀를 떠날 수 없었으나 다음 날 아침 일찍 복도를 따라 되돌아올 무렵 걸음이 어려움 없이 옮겨진다는 사실을 깨달았다. 배는 매끄러운 수면 위로 쉬이 나아갔고, 나는 우리의 고독이 깨졌다는 것을 알았다.

아내가 자기 선실에서 신명 나서 나를 불렀다. "찰스, 찰스, 나 상태가 정말 좋아요. 내가 아침으로 뭐 먹고 있게요?"

---

304) 「풍운의 고아」는 D. W. 그리피스 감독의 1921년 무성 영화이다.

내가 보러 갔다. 아내는 소고기 스테이크를 먹고 있었다.

"미용사에게 방문 예약도 해 뒀어요. 글쎄, 그쪽에서 갑자기 너무 바빠져서 오늘 오후 4시까지는 나를 못 받는다는 거 있죠? 그래서 저녁 전까지는 못 나가겠지만 그래도 오늘 아침에는 정말 많은 분이 우리를 보러 들러 주실 거고, 마일스랑 자넷한테도 우리 응접실에서 함께 점심을 들자고 초대해 뒀어요. 지난 이틀간 당신한테 쓸모없는 아내였던 것 같아 유감이네요. 그동안 어쩌고 있었어요?"

"어느 즐거운 저녁에 다 같이 옆방 응접실에서 2시까지 룰렛을 돌리다가 주최자가 그만 기절해 버렸어요." 내가 말했다.

"어머나. 웬 처신사나운 짓이래요. 당신은 잘 처신하고 있었어요, 찰스? 세이렌[305]에게 홀리지는 않았고요?"

"주위에 여자가 딱히 없었어요. 거의 줄리아랑 시간을 보냈는걸요."

"아, 잘됐네요. 예전부터 당신이랑 줄리아가 어울리도록 하고 싶었는데. 줄리아는 내 친구들 중에서 필시 당신이 좋아할 듯싶었던 축에 들거든요. 당신이 그 애한테는 하늘이 준 선물이었을 거예요. 최근에 걔가 좀 우울한 시기를 보냈거든요. 걔가 얘기했을 것 같지는 않지만 사실은……." 아내가 이어서 줄리아의 뉴욕 여행에 관해 일반에 알려진 버전의 이야기를 들려주었다. "오늘 아침에 걔도 칵테일파티에 불러야겠어요." 아

305) 그리스 신화에 등장하는 바다 요정으로, 매혹적인 노랫소리로 뱃사공을 꾀어 배를 난파시킨다는 전설이 있다.

내는 이렇게 끝마쳤다.

줄리아는 다른 손님들과 함께 도착했고, 이제는 그저 그녀 가까이 있는 것만으로도 가히 행복했다.

"나 대신 남편을 챙겨 주고 있었다는 얘기를 들었어." 아내가 말했다.

"응, 우리가 꽤 허물없어졌지. 네 남편이랑 나랑 우리가 이름을 모르는 어떤 남성까지."

"크램 씨, 팔은 어쩌다 그렇게 되셨어요?"

"욕실 바닥이 문제였어요." 크램 씨가 말하고는 어떻게 넘어지게 됐는지 장황설을 늘어놓았다.

그날 밤 선장이 자기 테이블에서 만찬을 들었고 동그라미도 완성되었는데, 주교 오른편 좌석에 예의 그 저명한 부부가, 사해 형제를 향한 주교의 계획에 깊은 관심을 표한 일본인 부부가 착석했던 까닭이다. 선장은 폭풍우 속 줄리아의 참을성에 대해 잔뜩 농을 던지며 그녀를 뱃사람으로 고용하겠다고 제안하기도 했다. 다년간 항해하며 그는 어떤 경우에도 들어맞는 농담을 체득했던 것이다. 미용실에서 갓 나온 아내는 사흘간의 고생일랑 표도 나지 않았고, 많은 사람들의 눈에 줄리아의 미모를 뺨치는 듯했는데, 이제 줄리아에게서는 슬픔이 가시고 그 빈자리에 말할 수 없는, 나에게 말고는 말할 수 없는 만족과 평온이 들어섰다. 인파에 갈라진 그녀와 나는 전날 밤 서로의 품에 누웠을 때처럼 외따로이 하나로 꼭 감싸인 채 앉아 있었다.

그날 밤 선내는 파티 분위기였다. 그러면 새벽에 일어나서 짐을 싸야 한다는 이야기가 되었지만 모두가 이 하룻밤만큼은 폭풍우로 허락되지 않았던 사치를 즐기리라고 마음을 단단히 먹었다. 고독할 새는 없었다. 배의 모든 구석이 북새통이었다. 댄스곡과 드높고 들뜬 담소, 유리잔 쟁반을 들고 여기저기 뛰어다니는 남승무원들, 톰볼라 빙고 게임을 담당한 고급 선원의 목소리("애꾸눈 켈리는 눈이…… 하나. 다리는, 십일 자. 그리고 여기서 가방 섞습니다."), 종이 모자를 쓴 스타이브센트 오글랜더 부인, 크램 씨와 팔 깁스, 종이 리본을 점잖게 던지며 거위처럼 쉭쉭거리던 일본인 부부.

나는 그날 저녁 내내 줄리아와 단둘이 이야기하지 못했다.

다음 날 다른 모두가 배에 오르는 관공리를 구경하고 데번의 푸른 해안선을 바라보러 항구 방향으로 몰렸을 때 우리는 배 우현에서 잠시 만났다.

"계획이 어떻게 돼?"

"런던에 좀 있으려고." 줄리아가 말했다.

"실리아는 집으로 곧장 가. 아이들이 보고 싶다네."

"오빠도?"

"아니."

"그럼 런던에서."

"찰스, 그 작달막한 빨간 머리 남자요, 팔레노요. 봤어요? 사복 경찰 둘이 그 사람을 끌고 갔어요."

"못 봤어요. 배 그쪽에 사람들이 너무 몰려 있어서."

"내가 열차를 봐 뒀고 전보도 보내 놨어요. 저녁 즈음에는 집에 도착할 거예요. 아이들은 잠들어 있을 텐데. 어쩌면 존존을 딱 한 번만 깨워 볼 수도 있겠죠."

"당신은 내려가요." 내가 말했다. "나는 런던에 좀 있어야겠어요."

"어머, 그렇지만 찰스, 가야죠. 캐럴라인도 못 봤잖아요."

"일이 주 사이에 애가 많이 달라질까요?"

"여보, 애는 매일이 달라요."

"그렇다면 애를 당장 볼 필요가 없잖아요? 미안하지만 여보, 그림을 풀어서 배송 상태가 어떤지 꼭 확인해야겠어요. 지체 없이 전시회 준비에 착수해야겠어요."

"꼭 그래야겠어요?" 아내가 말했지만 나는 내 직업의 비의(秘儀)에 호소하는 순간 그녀의 고집은 끝났다는 것을 알았다. "정말 실망이네요. 게다가 앤드루랑 신시아가 아파트에서 나와 있을지도 모르겠는걸요. 그 둘이서 이번 달 말까지 세 들어 놨다고요."

"나야 호텔에 가면 되죠."

"하지만 너무 암울하네요. 당신이 고향에서의 첫 밤을 혼자 보낸다니까 견딜 수가 없어요. 내가 같이 있다가 내일 내려가야겠어요."

"아이들을 실망시키면 안 되죠."

"안 되죠." 아내의 아이들, 나의 예술, 우리 직업의 두 비의.

"주말에는 올 거예요?"

"갈 수 있으면요."

"영국 여권을 소지하신 분들은 흡연실로 와 주시기 바랍니다." 남승무원이 말했다.

"내가 우리 테이블에 앉았던 그 다정한 외교관더러 내리실 때 우리도 같이 먼저 하선시켜 달라고 얘기해 뒀어요." 아내가 말했다.

2

금요일에 특별 초대전을 열자는 것은 아내의 생각이었다.

“우리 이번에는 평론가들을 사로잡는 거예요.” 아내가 말했다. “평론가들이 당신을 진지하게 눈여겨보기 시작할 때가 됐고, 그쪽에서도 그걸 알아요. 이번이 그 사람들의 호기예요. 당신이 월요일에 열면 그 사람들은 대부분 지방에서 숨 가쁘게 올라온 참일 테고, 저녁 전에 몇 단락이나 갈겨쓰겠죠. 물론 내가 걱정하는 건 주간지 쪽뿐이지만요. 우리가 그 사람들한테 주말 동안 생각할 시간을 주면 도시에서의 ‘전원풍 일요일’ 기분이 들게 만들 수 있을 거예요. 그러면 평론가들은 넉넉한 오찬을 든 다음 자리 잡고 앉아서 소맷동을 접어 올리고는 훌륭하고 여유로운 장편 에세이를 써 내고, 그걸 나중에 괜찮은 소책자에도 재출판할 거라고요. 이번에는 이보다 덜한 건 용납 불가예요.”

아내는 준비하는 한 달간 구 사제관에서 몇 번이고 올라왔다 내려갔다 하며 초대 손님 목록을 검토하고 그림 거는 것을 도왔다.

특별 초대전 당일 아침에 내가 줄리아에게 전화를 걸어 말했다. "벌써 그림들에 신물이 나서 다시 보고 싶지도 않은데, 그래도 내 초대전에 얼굴은 비쳐야겠지."

"내가 갔으면 싫어?"

"차라리 안 왔으면 싶은데."

"실리아가 보낸 카드엔 '다 데리고 와요.'라고 초록색 잉크로 온통 휘갈겨 있던걸. 우린 언제 만날까?"

"기차에서. 내 짐 좀 실어다 주면 좋고."

"짐 싸는 거 금방 끝날 것 같으면 오빠도 태워서 화랑에서 내려 줄게. 그 옆집에서 12시에 옷 가봉 잡아 뒀거든."

내가 화랑에 도착했을 때 아내는 창문 너머로 길가를 바라보며 서 있었다. 아내 뒤로는 낯모르는 그림 애호가 대여섯이 카탈로그를 손에 들고 캔버스에서 캔버스로 이동 중이었다. 그들은 목판화를 한 점 사고 화랑의 후원자 목록에 올라 있던 사람들이었다.

"아직 아무도 안 왔어요." 아내가 말했다. "내가 10시부터 여기 있었는데 엄청 지루했어요. 당신 타고 온 차는 누구 차였어요?"

"줄리아 차요."

"줄리아 차요? 왜 데리고 들어오지 않았어요? 아주 묘한 일이 있었는데, 우리를 정말 잘 아는 듯한 작달막한 웃기는 남자랑 브라이즈헤드 얘기를 막 하던 참이었어요. 자기가 샘그라스 교수라고 불렀다던데요. 듣자 하니 《데일리 비스트》의 코퍼 경[306] 밑에서 일하는 중년 조수들 중 하나라더라고요. 내가 단평을 몇 개 보여 주려고 했더니만 나보다도 당신에 관해서 더 잘 아는 느낌이었어요. 몇 년 전에 브라이즈헤드 저택에서 나를 만났다나요. 줄리아도 들어오면 좋았을걸. 그러면 우리가 그 사람에 관해서 줄리아한테 물어볼 수 있었을 텐데요."

"나 그 사람 또렷이 기억나요. 그 작자는 사기꾼이에요."

"네, 얼굴에 대문짝만하게 쓰여 있던걸요. 그 사람이 자기 말마따나 '브라이즈헤드 패거리'에 관해 다 쏟아 놓던 참이었어요. 듣자 하니 렉스 모트램이 그 집을 온통 하극상 난리굿으로 만들어 놨다더라고요. 당신도 알았어요? 테레사 마치멘이 뭐라고 생각했을까요?"

"나 오늘 밤 거기 갈 거예요."

"오늘 밤은 안 돼요, 찰스. 오늘 밤 갈 순 없어요. 집에서 기다리고 있다고요. 당신 약속했잖아요, 전시회 준비가 끝나는 대로 집에 오겠다고. 존존이랑 보모가 '어서 오세요.'라고 쓴 현수막까지 준비했다고요. 게다가 당신 캐럴라인은 보지도 못해 놓고선."

"미안해요, 이미 결정된 일이에요."

"게다가 아빠도 참 이상하다 생각하실 거예요. 또 보이도 일요일에 집에 올 거라고요. 게다가 새 작업실도 못 봤잖아요.

---

306) 에벌린 워의 언론계를 소재로 한 소설 『특종』의 등장인물이다.

오늘 밤에 갈 수는 없어요. 그 집에서 나도 초대했어요?"

"물론이죠, 그런데 당신은 못 가리라는 걸 알았죠."

"지금은 못 가죠. 당신이 좀 더 일찍 알려 줬으면 갈 수 있었을 수도 있겠지만요. 나도 집에 모인 '브라이즈헤드 패거리'를 정말 보고 싶은데. 당신도 참 징글징글하다고 생각되지만 가족 분란을 일으킬 때는 아니네요. 클라렌스 공작[307] 내외께서 오찬 전에 들른다고 약속하셨으니까 당장이라도 여기 오실 수 있어요."

그러나 우리를 중단시킨 것은 왕족이 아니라 화랑 지배인이 방금 우리 쪽으로 안내한 어느 일간지의 여성 기자였다. 그 기자는 그림을 보러 온 것이 아니라 내 여정 속 위험들에 어린 '인생담'을 얻으러 왔다. 나는 그 여자를 아내에게 맡겨 두었고, 다음 날 그 일간지에서 이런 기사를 읽었다. "찰스 '대저택' 라이더, 지도 밖으로 행진하다. 밀림의 뱀과 흡혈박쥐는 고급 주택가 메이페어에 대면 별것도 아니라고 사교계 명사 찰스 라이더 화가는 단언한다. 걸출한 저택들을 뒤로하고 적도 아프리카의 폐허를 찾아 떠난 그는……."

전시실이 채워지기 시작했고 나는 곧 예의를 차리느라 정신이 없어졌다. 아내는 동에 번쩍 서에 번쩍 하며 사람들을 맞아들이고, 이 사람 저 사람을 소개하며 솜씨 좋게 군중을 모임으로 변모시켰다. 내게는 아내가 친구들을 차례로 『라이더의 라틴 아메리카』 작품집용으로 모집 중이던 구독 신청자 명단

307) 영국의 왕자들 중 장남을 제외한 이들에게 주어지던 칭호.

쪽으로 안내해 가는 모습이 보였으며, 이렇게 말하는 것도 들렸다. "아뇨, 전 전혀 놀라지 않았어요. 그래도 설마 제가 놀랄 거라고 생각하신 건 아니죠? 아시다시피 찰스가 하나만을 위해 살잖아요, 아름다움요. 제 생각에는 찰스가 영국에서 편하게 만들어진 아름다움만 만나다 보니 지루해졌던 거예요. 자신이 가서 직접 아름다움을 창조해야만 했던 거죠. 정복할 새로운 세상을 원했던 거고요. 뭐니 뭐니 해도 찰스가 시골 저택 쪽을 총망라한 선구자 아니겠어요? 제 말은, 그이가 그쪽을 완전히 접은 건 아니라고요. 분명히 그이는 친구들을 위해서라면 언제든지 한두 점 더 해 줄 거예요."

사진사가 우리를 모으더니 면전에 대고 플래시를 터뜨리고는 다시 흩어지도록 했다.

이내 약간의 숨죽임과 뒷걸음질에 이어 왕족 일행이 입장했다. 아내가 무릎을 굽히고 인사하는 모양이 보이고 이렇게 말하는 것이 들렸다. "저하, 발걸음해 주시다니 영광입니다." 그런 뒤 나는 중앙의 공간으로 이끌렸고 클라렌스 공작이 말했다. "저쪽 나라가 꽤나 덥나 봅니다."

"정말 더웠습니다, 저하."

"선생께서 더위의 느낌을 표현하신 방식이 몹시도 솜씨가 좋군요. 걸치고 있는 그레이트 코트가 꽤 답답하게 느껴질 지경입니다."

"하하."

왕족 일행이 떠나자 아내가 말했다. "이걸 어째, 우리 점심 식사에 늦었어요. 마고가 당신 전시회 축하연을 연다고 했는데." 이윽고 택시 안에서는 이렇게 말했다. "방금 나 뭔가 떠올랐어요. 당신 클라렌스 공작 부인께 편지를 써서 『라틴 아메리카』를 바쳐도 되느냐고 허락을 구해 보면 어때요?"

"내가 왜요?"

"그러면 좋아하실걸요."

"그 책을 누군가에게 바친다는 생각은 안 해 봤는데요."

"또 그런다. 당신은 매번 그래요, 찰스. 남을 기쁘게 할 기회를 왜 놓치느냐고요?"

오찬에는 열댓 명이 있었고, 주최한 여주인과 아내에게는 그 사람들이 나를 축하하러 거기 모였다고 말하는 편이 기꺼웠어도 그중 반절은 전시회가 있는지조차 몰랐으며 초대받은 데다 딱히 다른 볼일도 없고 해서 왔다는 것이 내 눈에는 선했다. 오찬 내내 사람들이 쉴 새 없이 심슨 공작 부인[308]에 관해서만 말했음에도 그들 모두는, 아니, 거의 모두는 우리와 동행하여 화랑으로 돌아왔다.

오찬 후 시간대가 가장 붐볐다. 테이트 갤러리와 국가예술수집기금에서 대표들이 도착하여, 모두 동료들을 데리고 곧 돌아오겠다고 약속하였고, 자리를 비우는 사이에 진지하게 고려해 보겠다며 그림 몇 점을 점찍어 두었다. 과거에 자존심을 긁는 칭찬 몇 구절로 나를 일축해 버린 가장 영향력 있는 비평가는, 드리운 모자챙과 모직 목도리 사이로 나를 응시하

308) 월리스 심슨(Wallis Simpson, 1896~1986). 에드워드 8세는 두 번 이혼한 그녀와 결혼하고자 즉위한 지 두 달 만에 왕위를 포기했다.

더니 내 팔을 부여잡고 말했다. "역시 선생께 있을 줄 알았소. 내가 그 안에서 봤거든. 나오기를 기다리고 있었어."

나는 상류계와 비상류계의 입술들에서 하나같이 찬사의 파편을 들었다. "저더러 맞혀 보라고 하셨더라면 라이더라는 이름은 죽었다 깨어나도 떠오르지 않았을 거예요. 이토록 정력적이고 이토록 열정적인 그림들이라니." 나는 엿들었다.

그들은 다들 무언가 새로운 것을 찾은 양 생각했다. 내가 외국으로 떠나기 직전에, 여기 똑같은 화랑에서 열린 지난번의 전시회에서는 이렇지 않았다. 당시에는 여부없는 권태의 기미가 있었다. 당시에는 대화의 주제가 나라기보다는 저택들과 그 소유주들의 일화들이었다. 내 뇌리에 떠오르기로, 방금 내 정력과 열정을 찬양한 바로 저 여자가 지난번에는 나와 꽤 가까이 서서 심혈을 기울여 작업한 유화 앞에서 "너무 쉽다." 하고 말했더랬다.

나는 또한 다른 이유로도 그 전시회를 기억했다. 그때는 내가 아내의 외도를 알아낸 주간이었다. 지금과 같이 당시에도 아내는 지칠 줄 모르는 여주인이었으며, 그녀의 이런 말이 들려왔더랬다. "요즘에 전 뭐가 됐든 사랑스러운 걸 보면(건물이든 한 폭의 풍경이든) 속으로 생각한답니다. '저건 찰스가 만든 거다.' 저는 모든 걸 찰스의 눈을 통해 봐요. 제게는 찰스가 영국 그 자체랍니다."

아내의 그런 말이 들려왔더랬다. 그것은 아내가 버릇처럼 내뱉던 유의 말이었다. 우리 결혼 생활 내내, 거듭 또 거듭 나는 아내의 말들에 창자가 뒤틀리는 것을 느꼈다. 그러나 그날 여기 화랑 안에서 나는 아내의 말에 동요하지 않았고, 불현듯 아내가 더는 내게 상처를 줄 수 없다는 사실을 깨달았다. 나는 자유인이었다. 아내는 그 잠시간의 은밀한 탈선으로 내게 노예 해방 증서를 건넸다. 이에 나는 오쟁이를 짐으로써 숲의 제왕으로 등극했던 것이다.

하루가 마무리되자 아내가 말했다. "여보, 나 가야 해요. 굉장한 성공이었죠? 집에 있는 애들한테 뭔가 둘러댈 거리를 생각해 보겠지만 꼭 이런 식으로 되지 않았더라면 좋았겠네요."

'그러니까 아내도 아는군.' 나는 생각했다. '날카로운 사람이야. 오찬 이후로 코를 박고 있다가 낌새를 맡은 거야.'

아내가 자리를 벗어나도록 둔 다음 나 자신도 그러고자 할 무렵(전시실이 거의 비었다.) 회전문 쪽에서 수년간 듣지 못한 목소리가, 잊을 수 없는 독습한 말더듬증이, 항의하는 날카로운 억양이 귀에 들어왔다.

"아뇨. 초대장은 가져오지 않았어요. 초대장을 받았는지도 모르고요. 전 여기에 사교 목적으로 온 게 아니에요. 레이디 실리아와 어떻게 일면식이라도 터 보려는 생각이 없다고요. 《타틀러》에 내 사진이 박히기도 원하지 않아요, 나를 전시하러 온 게 아니란 말이에요. 전 그림을 보러 왔다고요. 직원분께선 아무래도 이곳에 그림이 있는지 모르시는 모양이군요. 제가 어쩌다 그 예술가에게(이 단어의 뜻을 당신이 알는지 모르겠지만) 개인적인 호감이 있을 뿐이에요."

"앙투안." 내가 말했다. "들어와."

"자기, 여기 내가 무-무-무단으로 입장하려 한다고 생각하는 메-메-메두사가 있지 뭐야. 내가 어제 막 런던에 도착했는데, 오찬에서 정말 우연히 자기가 전시회를 연다는 소식을 들어서 그래, 당연히 내가 경의를 표하러 성지로 한걸음에 달려왔다고. 나 변했니? 나 알아보겠어? 그림들 어디 있니? 내가 너한테 감상 좀 말하게 해 줘."

앤서니 블랑쉬는 내가 마지막으로 본 모습과 변함이 없었다. 사실 내가 처음 본 모습과도 변함이 없었다. 그가 전시실을 가볍게 가로질러 가장 눈에 띄는 유화(밀림 풍경화)로 가더니 멈춰 서서 영악한 테리어 강아지같이 고개를 삐딱하니 기울이더니 물었다. "찰스 자기야, 이 호화찬란한 녹수는 어디서 찾은 거니? 트-트-트렌트 파크 저택이나 트-트-트링 파크 맨션의 온실 구석이니? 어느 화려한 고리대금업자가 너의 기쁨을 위해 이 관엽 식물들을 길렀을까?"

그런 뒤 그는 두 전시실을 돌아보았다. 한두 번 깊은 한숨을 내쉬었지만 그 밖에는 침묵을 지켰다. 마지막에 다다르자 그가 다시금 그 전보다도 깊은 한숨을 내쉬더니 말했다. "아니, 자기, 사람들이 네가 행복하게 사랑에 빠져 있다고 말해 주던데. 그거면 된 거, 아니, 적어도 얼추 된 거 아니니?"

"그렇게나 별로야?"

앤서니가 목소리를 낮춰 후벼 파듯 속삭였다. "자기, 우리 이 선량하고 단순한 사람들 앞에서 너의 자그마한 속임수를 폭로하지는 말자."(그가 마지막 남은 군중을 작당모의하는 듯한 눈빛으로 흘끗거렸다.) "우리 저 사람들의 순진한 기쁨을 망치지는 말자고. 우리 둘은, 너랑 나는 이게 다 끄-끄-끔찍한 조-

조-졸작이라는 걸 알잖아. 우리 감식가들의 비위를 상하게 하기 전에 나가자. 내가 여기서 꽤 가까운 퇴폐적인 작은 바를 알거든. 우리 거기 가서 너의 다른 노-노-노획품들 얘기를 해 보자고."

나를 소생시키려면 과거로부터의 이 목소리가 필요했다. 그 붐볐던 하루 종일 들린 무분별한 찬사의 지껄임은 긴 도로 위에 연속해서 나타나는 광고판과 같은 효과를 내, 포플러 나무 사이에 매 킬로미터마다 꽂혀 무슨 새 호텔에 묵으라고 명령함으로써 운전자가 도로 주행의 끝에 뻣뻣하고 텁텁하게 목적지에 다다르면 처음에는 지겹다가, 화까지 나다가, 결국에는 자신의 피로에서 떼려야 뗄 수 없는 일부가 된 그 상호가 걸린 마당으로 차를 돌리는 게 불가피하다시피 되듯 만들어 놨던 탓이다.

앤서니가 화랑으로부터 나를 이끌어 샛길을 내려가 남세스러운 신문 가게와 남세스러운 약국 사이에 "블루 그로토 클럽. 회원 전용"이라는 문구가 쓰인 문으로 안내했다.

"찰스 자기 서식지는 딱히 아니지만 내 서식지라는 건 장담해. 하기는 자기가 온종일 자기 서식지에만 있기도 했잖아."

그가 나를 아래층으로, 고양이 냄새로부터 진과 담배꽁초 냄새와 라디오 소리로 이끌었다.

"'지붕 위의 소'[309]에서 어떤 지저분한 노인네한테 이곳 주

---

309) 파리의 캬바레 술집 겸 식당. 장 콕토가 대본을 쓴 무용극의 이름을 딴 이 술집은 재즈 음악의 명소였다.

소를 받았어. 그 할아버지한테는 엄청 고맙지. 내가 너무 오랫동안 영국을 나가 있었더니 이런 작은 술집들이 너무 빨리 변해 버려서 정말 마음 아프더라고. 나도 여기 얼굴을 비친 건 어제 저녁이 처음이었는데, 벌써부터 완전히 집처럼 느껴지는 거 있지. 좋은 저녁, 시릴."

"여, 토니, 다녀왔어?" 카운터 뒤의 청년이 말했다.

"우리 음료 가지고 구석에 가서 앉을 거야. 자기가 알아야 할 점은 여기서는 자기가, 말하자면 브-브-브랫 클럽에 있는 나만큼이나 이채롭고, 이렇게 말해도 될까, 비정상적이라는 거야."

내부는 코발트색으로 칠해졌고, 바닥에는 코발트색 리놀륨이 깔려 있었다. 은박지와 금박지로 된 물고기들이 천장과 벽면에 여기저기 되는대로 붙어 있었다. 청년 대여섯이 술을 마시며 슬롯머신을 가지고 놀았는데, 보다 나이가 지긋하고 말쑥하며 폭음한 듯 보이는 남자가 책임자인 듯했다. 또 과일 껌 뽑기 기계 주위에서 낄낄거리는 웃음도 좀 들렸다. 그러다 청년 무리에서 한 명이 우리에게 다가오더니 말했다. "토니 친구도 룸바 출 거야?"

"아니, 톰, 안 출 거야. 그리고 내가 술을 사 주지도 않을 거야. 적어도 아직은. 저거 진짜 발칙한 꼬맹이야. 쪼그만 게 순전히 꽃뱀이라니까, 자기."

"그렇구나." 내가 그 소굴에서 손톱만큼도 느껴지지 않던 여유를 겉꾸미며 말했다. "못 본 사이에 뭐 하고 지냈어?"

"자기, 네가 뭐 하고 지냈는지를 얘기하려고 우리가 여기 있는 거잖아. 내가 너를 지켜보고 있었어, 자기. 이 충직한 늙은 몸이 너를 예의 주시하고 있었다고." 그가 말하자 바와 바텐더, 파란색 고리버들 가구, 도박 기계, 축음기, 유포 깔개 위에서 춤추는 청년 두엇, 슬롯머신 주위에서 낄낄거리는 청년들, 우리 맞은편 구석에서 들이켜는 혈관은 자줏빛이고 차림새는 빳빳한 노인, 추접스럽고 수상쩍은 작은 술집 전체가 희미해지는 듯했고, 나는 다시 옥스퍼드에서 러스킨 고딕 양식의 창문을 통해 크라이스트처치의 잔디밭을 내다보고 있었다.
"내가 네 첫 전시회에 갔거든." 앤서니가 말했다. "내 눈에 그건…… 매력적이었어. 마치멘 저택의 실내 장식을 담은 그림이 있었는데, 매우 영국적이고 매우 올바르지만 꽤나 맛깔스러웠지. '찰스가 뭔가를 해냈구나.' 나는 말했지. '장래성을 전부 내보이진 않았지만, 기량을 전부 발휘하진 않았지만 그래도 뭔가를 해냈구나.'

그때조차 자기, 나는 약간 신기하다고 생각했어. 네 그림에 무언가 약간 귀족적인 구석이 있는 듯해서 말이야. 내가 영국인이 아니란 걸 기억해야 해. 그래서인지 나는 곱게 자란 축에 끼고자 하는 이 강렬한 열의가 이해가 안 가. 영국의 상류층 동경이 내게는 영국의 정조 관념보다 더 소름 끼치거든. 그래도 난 이렇게 말했지. '찰스가 뭔가 맛깔스러운 걸 해냈구나. 다음에는 뭘 해낼까?'

다음으로 내가 본 건 너의 매우 야무진 제본이었어. '마을 및 시골 건축'이라는 제목이었나? 두께가 꽤 되데, 자기야, 그리고 내가 뭘 찾았게? 또다시 매력이었어. '꼭 내 취향은 아니네.' 나는 생각했어. '이건 너무 영국적이다.' 알다시피 내가 애호하는 쪽은 다소 짜릿한 것들이라 삼나무의 녹음이라든가, 오이 샌드위치라든가, 은제 크림 단지라든가, 테니스 할 때 영국 여자들이 입는 뭐시기를 입은 영국 여자라든가는 좀 아니지. 그것도 아니고, 제인 오스틴도 아니고, 미-밋퍼드 야-양[310]도 아니지. 솔직히 말해서 당시에 난 찰스 자기가 가망이 없다고 생각했어. '나는 타락하고 늙은 튀-튀-튀기이고 찰스는(네 예술을 말하는 거야, 자기.) 꽃무늬 모슬린 천을 입은 장로의 영애구나.' 내가 말했지.

그러다가 오늘 오찬에서 내가 얼마나 들떴을지 상상해 봐. 사람들이 죄다 네 얘기만 하고 앉았더라고. 파티 여주인이 우리 어머니 친구였는데, 스타이브센트 오글랜더 부인이라는 사람 있어. 네 친구기도 하지, 자기야. 어쩌나 촌티가 좔좔 흐르던지! 네가 교제하리라고 상상했던 쪽의 인간은 전혀 아니었지. 그래도 그 사람들은 전부 네 전시회에 다녀왔는데, 그들의 화제는 너였어. 네가 어떻게 다 뿌리치고, 글쎄, 열대로 가서 고갱,[311] 랭보[312]가 됐는지 말이야. 내 늙은 심장이 얼마나

---

310) 메리 러셀 밋퍼드(Mary Russell Mitford, 1787~1855). 영국의 소설가로, 버크셔에 있는 고향 마을에서의 생활을 기록한 『우리 동네』로 가장 잘 알려져 있다.

311) 폴 고갱(Paul Gauguin, 1848~1903). 프랑스의 화가로, 마르티니크섬, 타히티섬, 마르키즈 제도에서 지내면서 원주민의 삶에 영감을 받아 화려하고 원시적인 색채의 작품을 다수 창작하였다.

312) 아르튀르 랭보(Arthur Rimbaud, 1854~1891). 프랑스의 상징주의 시인으로, 세계 구석구석을 다니며 창작 활동을 하였다.

널뛰었을지 상상이 가지.

'불쌍한 실리아.' 그 사람들이 말하더라. '그 여자가 찰스한테 어떻게 했는데.' '지금의 찰스는 다 실리아 덕분인데. 너무 안됐어.' '하물며 줄리아랑이라니.' 이러더라. '줄리아는 미국에서 그렇게 처신사나워 놓고.' '딱 렉스에게 돌아가는 길에.'

'그런데 그림들은요, 그림들에 관해 얘기해 주세요.' 내가 말했지.

'아, 그림들요.' 그 사람들이 말했지. '몹시 기이해요.' '그가 평소에 하던 거랑 전혀 달라요.' '매우 강제적이죠.' '완전히 야만적이에요.' '나는 철저히 불온하다고 칭하겠어요.' 스타이브센트 오글랜더 부인이 말했어.

자기, 내가 도저히 의자에 엉덩이를 붙이고 있을 수가 없었어. 그 집을 뛰쳐나와서 택시에 뛰어들어 '찰스의 불온한 그림들로 가 주세요.' 하고 싶었다니까. 그래서 뭐, 가기는 했는데, 오찬 뒤의 화랑은 먹으라고 만들어져야 할 법한 유의 빵떡모자를 쓴 웃기지도 않는 여자들로 만원이라서 나는 잠시 숨을 돌렸지. 여기에서 시릴과 톰과 이쪽 야살스러운 남자애들이랑 숨을 돌렸다고. 그러다가 5시 정각이라는 한물간 시간에 한껏 들떠서는 돌아갔단 말이야, 자기. 그래서 내가 뭘 봤게? 내가 본 건 어머나, 너무도 개구지고 너무도 성공적인 장난질이었어. 가짜 수염을 붙이고 차려입는 걸 그렇게 좋아하던 시절의 귀여운 서배스천이 떠올랐다니까. 그건 이번에도 매력이었어, 자기. 어흥이 행세를 하는 소박하고 뽀얀 영국식 매력."

“사실 형 말이 맞아.” 내가 말했다.

“자기야, 당연히 내 말이 맞지. 여러 해 전에(다행스럽게도 너나 내게서 흔적이 보이는 만큼보다 여러 해 전에) 내가 너한테 경고했을 때도 내 말이 맞았어. 내가 매력에 대해 경고해 주려고 너를 저녁 식사에 데리고 나갔잖니. 내가 플라이트가에 관해서는 딱 부러지게 구구절절이 경고해 줬더랬지. 매력은 강력한 영국식 마름병이야. 이 축축한 섬 바깥에는 존재하지 않는 풍토병이라고. 뭐든 스치기만 하면 얼룩점을 남기고 죽여. 사랑을 죽이고 예술을 죽이지. 정말 유감이지만 찰스 자기, 너도 죽였어.”

톰이라고 불린 청년이 우리에게 재차 다가왔다. “앙탈 그만 부리고, 토니. 한잔 사 줘.” 나는 열차를 떠올리고 앤서니를 그와 남겨 두었다.

식당차 옆 승강장에 서 있자니 나와 줄리아의 짐이 짐꾼 옆에서 활보하는 떫은 얼굴의 줄리아의 하녀와 함께 스쳐 지나가는 모습이 보였다. 승무원들이 객차 문을 닫기 시작할 무렵 줄리아가 서두르지 않고 도착해 내 앞의 자기 자리에 앉았다. 나는 두 명분의 테이블을 예약해 두었다. 이 기차 편은 매우 편리한 시간대로, 저녁 식사 전에 반 시간, 후에 반 시간의 여유가 있었다. 하차한 다음에는 레이디 마치멘 시절에 통례였던 대로 지선으로 환승하는 대신 환승역에서 마중을 받았다. 우리가 패딩턴에서 빠져나갈 무렵은 밤이었기에 동네의 노을빛이 처음에는 교외의 산발적인 불빛에, 다음으로는 평야의 땅거미에 길을 내주었다.

“너를 본 지 며칠은 된 것 같아.” 내가 말했다.

“여섯 시간이 됐지. 게다가 어제는 내내 같이 있었고. 오빠 기진맥진해 보인다.”

“악몽 같은 하루였어. 인파에, 비평가에, 클라렌스 공작 내외에, 마고에서의 오찬 연회에, 마무리로 게이 바에서 내 그림에 대한 삼십 분간의 타당한 독설까지……. 실리아가 우리 사이를 아는 것 같아.”

“뭐, 걔가 언젠가는 알아야 했던 일이지.”

“모두 아는 것 같던데. 내 게이 친구가 런던에 도착하고 스물네 시간도 채 되지 않아서 그 소식을 들었다고.”

“모두 망해 버리라고 해.”

“렉스 쪽은 어때?”

“렉스는 뭣도 아니야.” 줄리아가 말했다. “그냥 존재하지 않는 사람이야.”

우리가 땅거미 속으로 박차를 가해 가자 테이블의 나이프와 포크 들이 찰그랑거렸다. 유리잔에 담긴 진과 베르무트의 작은 원형도 객차의 덜컹거림에 맞추어 타원형으로 늘어지다가 다시 줄어드는가 싶더니 잔 끄트머리를 스치고 다시 뒤로 접히며 부서지는 법이 없었다. 나는 그날 하루를 등지고 떠나고 있었다. 줄리아가 모자를 잡아당겨 벗어서는 머리 위 선반으로 톡 던져 놓고 한밤처럼 어두운 머리칼을 털며 홀가분한 한숨을 폭 내쉬었다. 베개, 스러지는 난롯불, 별빛과 헐벗은 나무의 속삭임을 향해 열린 침실 창문에 걸맞을 한숨을.

"네가 다시 오니까 반갑다, 찰스. 꼭 옛날 같다."

'꼭 옛날 같다고?' 내가 생각했다.

40대 초반의 렉스는 육중하고 불그레하게 변해 있었다. 또 캐나다 억양은 잊어버리고 대신 그의 모든 친구에게 공통적이었던 목쉰 소리의 시끄러운 어조가 배어 있었다. 그 어조는 마치 자기네 목소리가 군중 위로 들리게끔 영구히 옥죄인 듯했으며, 마치 청춘이 자기네를 저버리는 이 마당에는 말할 기회를 기다릴 시간도 없고, 들을 시간도 없고, 대답할 시간도 없다는 듯했다. 하지만 웃을 시간은 있었다. 걸걸한 억지웃음, 그것은 호의의 본위 화폐였다.

태피스트리 홀에는 이런 친구들이 대여섯가량 있었다. 정치가들, 머리가 듬성듬성하고 고혈압인 40대 초반의 '젊은 보수당원'들, 벌써 주변 친구들의 깔끔한 말씨를 터득하였으며 입술 위에서 시가를 부스러뜨리고 자작할 때 손을 떠는 탄광 출신 사회주의자, 나머지보다 나이가 많고, 다들 그를 대하는 태도에서 짐작 가능하듯 돈이 많은 금융업자, 홀로 말없이 그 자리의 홍일점을 음침하게 홀린 듯 쳐다보는 상사병에 걸린 칼럼니스트, 다들 '그리젤'이라고 부른 여자로, 모두들 마음속으로는 약간씩 두려워하던 영악한 한량.

그리젤을 포함한 모두는 줄리아도 두려워했다. 줄리아가 그들을 맞이하며 환영하려 자리에 있지 못했던 것을 사과하였는데, 그 정중함에 그들의 입이 잠시 다물렸다. 그런 뒤 그녀는 이쪽으로 와서 나와 불가에 앉았고, 대화의 폭풍이 다시금 일어나 우리 귓가에서 소용돌이쳤다.

"당연히 폐하께선 내일이라도 결혼해서 심슨 부인을 왕비로 만들어 줄 수 있지요."

"영국에게 10월에 기회가 있었소. 왜 그때 우리가 이탈리아 해군 함대를 마레 노스트럼[313] 해저로 격침해 버리지 않은 거요?[314] 왜 우리가 스페지아[315]를 폭격해 불바다로 만들어 버리지 않은 거요? 왜 우리가 판텔레리아[316]에 상륙하지 않은 거냐고?"

"프랑코[317]는 순 독일 스파이요. 독일 놈들이 프랑스를 폭격할 공군 기지를 준비하라고 그놈을 투입하려고 한 거야. 뭐, 어쨌든 그건 허풍이었다는 게 드러났지만."

"튜더 왕조[318] 이래로 가장 강력한 군주제가 형성될 걸세. 민중이 프랑코 쪽이잖아."

---

313) 이탈리아의 무솔리니는 이탈리아가 고대 로마를 계승했다고 주장하며 고대 로마의 관습을 따라 지중해를 '우리의 바다(Mare Nostrum)'라고 칭하며 지중해 일대의 영토를 전부 점령할 계획을 세웠다.

314) 아비시니아 위기를 암시한다. 이탈리아는 1935년 10월 아비시니아(지금의 에티오피아)를 침공하고, 국제 연맹을 탈퇴했다. 영국은 이탈리아 함대가 아비시니아로 가는 주요 길목인 수에즈 운하를 막지 않았고, 결국 이탈리아가 1936년에 아비시니아를 완전히 점령했다.

315) 이탈리아 북부의 항구 도시로, 이탈리아 해군의 함대 기지로 사용된다.

316) 이탈리아 남부의 섬으로, 1943년 연합군에 의해 점령되기까지 이탈리아의 전략적 요충지로 기능했다.

317) 프란시스코 프랑코(Francisco Franco, 1892~1975). 스페인의 군 장교 출신 독재자. 그는 1936년 2월에 총선거로 성립된 인민 전선 내각에 반대하여 반정부군을 지휘함으로써 스페인 내전(1936~1939)을 일으켰다. 인민 전선 내각도 소련과 멕시코의 지원을 받았지만, 반정부군이 독일과 이탈리아의 강력한 지원을 받은 끝에 결국 승리했다.

318) 1485년부터 1603년까지 절대주의 왕권을 누린 영국 왕조.

"언론도 프랑코 쪽이고."

"나도 프랑코 쪽이오."

"이런 마당에 결혼 못 한 노처녀 몇 명 빼고 누가 이혼 따위에 신경을 쓴다는 겁니까?"

"왕이 꼰대들한테 본때를 보여 주면 그 새끼들은 그것처럼 사라질 거요, 뭐냐, 그……."

"왜 우리가 수에즈 운하를 닫아 버리지 않았소? 왜 우리가 로마를 폭격해 버리지 않은 거요?"

"그럴 필요까진 없었을 겁니다. 확고한 통첩 하나면……."

"확고한 연설 하나면."

"본때 한 번이면."

"어쨌든 프랑코가 곧 다시 모로코로 몸을 뺀답니다. 내가 오늘 만났는데 바르셀로나에서 막 온 친구 말이……."

"……포트 벨베데레[319]에서 막 온 친구 말이……."

"……베네치아 궁전[320]에서 막 온 친구 말이……."

"우리가 원하는 건 오직 본때를 보이는 거요."

"볼드윈[321]에게 본때를."

"히틀러에게 본때를."

"꼰대들에게 본때를."

---

319) 영국 윈저 대공원에 있는 에드워드 8세의 저택이었다.

320) 베니토 무솔리니가 집무실로 사용하던 장소.

321) 스탠리 볼드윈(Stanley Baldwin, 1867~1947). 영국 총리를 세 번 역임한 보수당 의원. 에드워드 8세에게 심슨 부인과의 결혼 포기를 종용하였으나 결국은 실패했다.

"……그래서 살아생전 내 조국을, 클라이브[322]와 넬슨[323]의 땅을 볼 수 있기를……."

"……호킨스[324]와 드레이크[325]의 내 조국을……."

"……파머스턴[326]의 내 조국을……."

"실례지만 그것 좀 그만해 주시겠어요?" 눈물을 글썽이며 그녀의 손목을 비틀려고 하던 칼럼니스트에게 그리젤이 말했다. "그다지 즐겁지 않거든요."

"어느 쪽이 더 끔찍한지 모르겠어." 내가 말했다. "실리아의 예술과 패션인지 렉스의 정치와 돈인지."

"그 둘은 왜 신경 쓰고 그래?"

"아, 자기, 사랑하면 내가 세상을 싫어하게 되는 건 왜일까? 사실 반대의 효과를 내야 하는 거잖아. 마치 전 인류가, 하느님까지도 우리 뒤에서 음모를 꾸미는 듯한 느낌이야."

"꾸미고 있지, 꾸미고 있고말고."

---

322) 로버트 클라이브(Robert Clive, 1725~1774). 영국 군인이자 동인도회사의 직원. 식민지 전쟁에서 영국이 패권을 거머쥐도록 했다.

323) 호레이쇼 넬슨(Horatio Nelson, 1758~1805). 영국 제독으로, 나폴레옹 전쟁(1796~1815)에서 혁혁한 성과를 거두었다.

324) 존 호킨스(John Hawkins, 1532~1595). 엘리자베스 1세 시대의 영국 제독이자 노예 무역에 처음으로 종사한 영국인.

325) 프랜시스 드레이크(Francis Drake, 1540~1596). 엘리자베스 1세 시대의 영국 제독 및 해적, 정치가, 노예 무역 종사자.

326) 파머스턴 경(Lord Palmerston)이라고 널리 알려진 헨리 존 템플(Henry John Temple, 1784~1865). 영국의 토리당 의원으로, 재무 장관, 외무 장관, 내무 장관, 총리를 역임했다.

“하지만 그들에도 불구하고 우리는 행복을 쥐었잖아. 지금 여기서 우리는 그 행복을 손에 넣었으니까. 그들이 우리를 해칠 순 없는 거겠지?”

“오늘 밤만큼은, 지금만큼은.”

“앞으로 얼마나 많은 밤만큼?”

3

"기억나?" 라임 향이 나는 고요한 저녁에 줄리아가 말했다. "폭풍우 기억나?"

"쾅쾅 닫히던 청동 문."

"셀로판지에 싸인 장미."

"'친목' 파티를 열고는 다시는 보이지 않던 남자."

"우리의 마지막 저녁에 딱 오늘처럼 태양이 고개를 내밀었던 거 기억나?"

그날 오후에는 먹구름이 낮게 깔리고 여름철 스콜이 내렸다. 날이 너무 흐려 나는 이따금 작업을 멈추고 줄리아가 모델을 서다 빠진 가벼운 가수 상태로부터 그녀를 깨우다가(그녀는 정말 자주 모델을 섰는데, 내가 줄리아를 그리는 데 절대 질리지 않아 그녀 안에서 거듭거듭 새로운 부귀와 고상함을 발견했기 때문이다.) 끝내 우리는 일찍 욕실로 들어갔다. 그리하여 저녁 식사를 위해 차려입고 내려오다가 하룻낮의 마지막 반 시간 동안 탈바꿈한 세상을 보았다. 태양이 모습을 드러냈고, 바람이 부드러운 산들바람으로 가라앉아, 라임꽃을 살살 간질여 실어 나른 그 향기는 아까 내린 비로 싱그러웠으며 회양목의 달착지근한 숨결과 말라 가는 돌 냄새에 섞여 들었다. 오벨리스크의 그림자가 테라스에 걸쳐 있었다.

나는 주랑 쉼터에서 야외용 방석을 두 개 날라 와 분수대 테두리에 놓았다. 줄리아가 그 위에 앉아 꽉 끼는 작은 금빛 튜닉에 흰색 덧옷 차림으로 한쪽 손을 물에 담그고 한가히 돌려 보는 에메랄드 반지에 해 질 녘 붉은 노을이 담겼다. 조각된 동물들이 풀빛 이끼와 반드러운 돌과 농밀한 그림자의 뭉게구름 속에서 그녀의 암갈색 머리 위로 솟아올랐으며, 그 주변의 물살은 번쩍이고 부글대고 조각조각 불티로 부서졌다.

"……이렇게 추억거리가 많다니." 줄리아가 말했다. "그때 이래로 우리가 만나지 못한 날이 며칠이나 되지? 백 일은 될까?"

"그렇게까지는 아니야."

"크리스마스 두 번에다가." 예의범절 속으로의 그 암울한 연례 소풍들. 내 가족의 고향이자 사촌 형 재스퍼의 고향인 보턴으로 내가 얼마나 울적한 어릴 적 기억을 안고 그 리기다소나무 복도와 빗물 새는 벽을 다시 찾았던가! 아버지와 내가 큰아버지의 험버 자동차 좌석에 나란히 앉아 세쿼이아 가로수길로 들어서며 대로의 끝에서 우리가 만날 것은 큰아버지와 큰어머니, 필립과 고모, 사촌 형 재스퍼, 근래 몇 년 새에 들어

온 형수님과 조카들 그리고 그들 옆에 이미 도착해 있을지 모르는, 어느 때라도 도착할지 모르는 내 아내와 아이들이리라는 생각에 얼마나 툴툴댔던가. 이 연례 희생은 우리를 한데 묶었다. 여기 호랑가시나무와 겨우살이와 밑동이 잘린 전나무, 의례적으로 수행된 응접실 게임들, 브랜디 버터 소스[327]와 카를로비바리 자두 사탕,[328] 음유 시인용 리기다소나무 난간뜰[329]에 올라선 마을 성가대, 금색 노끈과 잔가지 무늬의 포장지 사이에서 실리아와 나는, 지난 한 해 동안 무슨 추잡한 소문이 떠돌았든 간에 남편과 아내로 받아들여졌다. "우리가 어떤 대가를 치르더라도 아이들을 위해서 이대로 해 나가야 해요." 아내가 말했다.

"맞아, 크리스마스 두 번에다가…… 내가 너를 따라 카프리로 가기 전 면치레로 짬을 둔 삼 일까지."

"우리의 첫 여름이었지."

"내가 나폴리에서 빈둥대다가 널 따라간 거, 둘이 짜고서 언덕길에서 만났는데 계획이 완전히 실패했던 거 기억나?"

"내가 별장으로 돌아가서 이랬지. '아빠, 호텔에 누가 도착했게요?' 그러니까 아빠가 말씀하셨지. '찰스 라이더겠구나.' 그래서 내가 '하필 왜 그 이름이에요?' 하니까 아빠가 이러시

---

327) 버터, 설탕, 브랜디를 넣고 만든 걸쭉한 소스.

328) 속을 채우고 설탕으로 코팅한 자두.

329) 12~15세기경 중세 유럽의 봉건 귀족들은 음유 시인들이 손님들의 시선이 닿지 않는 곳에서 연주할 수 있도록 저택 벽면 위쪽에 발코니를 설치하는 경우가 많았다.

지 뭐야. '카라가 파리에서 돌아와서 너랑 찰스가 찰싹 달라붙어 있더라는 소식을 전해 주더구나. 걔는 내 아이들만 고집하는 편벽이 있는 것 같아. 어쨌든 여기로 데려와라. 방은 있는 것 같으니.'"

"네가 황달에 걸려서 나에게 얼굴을 보여 주지 않으려 한 적도 있었지."

"그리고 내가 독감에 걸렸을 때 오빠가 걸음하길 꺼렸고 말이야."

"렉스의 선거구를 방문한 수많은 날들에다가."

"게다가 오빠가 런던에서 도망쳐 나온 대관식 주일[330]에다가. 오빠가 장인어른 댁에 친선 사절로 간 날이랑. 오빠가 옥스퍼드에 가서 그림을 그렸는데 사람들이 맘에 들어 하지 않았던 때랑. 아, 그러네, 백 일은 채우겠네."

"이 년이 조금 넘을 동안 허투루 흘러간 시간이 백 일이라…… 냉담하거나 불신하거나 실망한 적은 하루도 없었고 말이야."

"전혀 없었지."

우리는 묵묵해졌다. 새들만이 라임나무 사이에서 무수한 작고 명랑한 울음소리로 재잘댔다. 분수만이 조각된 바위들 사이에서 조잘댔다.

줄리아가 내 웃옷 주머니에서 손수건을 빼내어 손을 닦았

---

330) 에드워드 8세가 왕위를 포기한 후 1937년 5월 12일 조지 6세가 왕위에 오른 주간.

다. 그런 뒤 담뱃불을 붙였다. 나는 추억의 주술을 깨기가 두려웠지만 이번만은 우리의 생각이 보조를 맞추지 않았는데, 이윽고 줄리아가 입을 열더니 슬프게 말했기 때문이다. "얼마나 더 갈까? 앞으로 백 일 동안?"

"앞으로 평생 동안."

"오빠랑 결혼하고 싶어."

"언젠가는. 왜 지금이야?"

"전쟁." 그녀가 말했다. "올해, 내년, 이내 일어날 거야. 난 하루 이틀이라도 오빠와 진정한 평화를 맛보고 싶어."

"이게 평화 아니야?"

태양이 이제 골짜기 너머의 숲 지대 선까지 내려앉았다. 반대편 비탈에는 이미 온통 어스름이 깔렸지만 우리 아래 호수들은 불타올랐다. 노을빛이 죽음에 가까워질수록 세력과 광휘를 더해 가 목초지에 긴 그림자를 드리우고, 저택의 호화로운 석재 부지에 힘껏 쏟아지며, 유리창에 불을 붙이고, 처마 돌림띠와 주랑과 돔에서 달아오르고, 땅과 돌과 잎으로부터 색채와 향기의 재고품을 전부 늘어놓아 내 옆에 있는 여성의 머리와 금빛 어깨를 휘광으로 감쌌다.

"이게 평화가 아니면 네가 말하는 '평화'란 무슨 의미야?"

"훨씬 큰 의미야." 하고 오한이 드는, 사무적인 말투로 그녀가 말을 이었다. "결혼이란 충동이 등 떠밀 때 해치울 수 있는 일이 아니야. 이혼이 있어야 해, 그것도 두 건. 계획을 세워야 되는 거지."

"계획, 이혼, 전쟁이라…… 이런 저녁에 말이지."

"가끔 난 과거와 미래가 양쪽에서 너무 세게 죄어 와 현재가 들어설 자리란 아예 없다는 느낌이 들어." 줄리아가 말했다.

그때 윌콕스가 계단을 내려와 노을빛으로 들어서서 우리에게 저녁이 준비되었다고 알려 주었다.

덧창이 올라가고, 커튼이 드리워지고, 촛불이 켜진 곳은 채색된 거실이었다.

"엥, 세 명분이 차려졌네요."

"브라이즈헤드 도련님께서 반 시간 전에 도착하셨습니다, 아가씨. 도련님께서 두 분께 조금 늦을 테니 저녁 식사를 기다리지 말아 달라고 메시지를 남기셨습니다."

"브라이디가 저번에 여기 왔을 때부터 몇 달은 흐른 것 같네." 줄리아가 말했다. "런던에서 뭘 하고 다니는 거람?"

그것은 종종 우리 사이에서 추측의 소재였다. 이 소재가 수많은 공상을 낳은 것은 브라이디는 수수께끼이자 지하 세계에서 온 생물체, 즉 빛을 피하는, 주둥이가 딱딱하고 굴을 파며 동면하는 동물이었던 까닭이다. 그는 성인으로서의 삶을 살아가는 내내 활동이랄 것이 전혀 없었다. 그가 군대와 국회와 수도원에 들어간다는 이야기는 전부 없던 일이 되었던 것이다. 그가 했다고 확실하게 알려진 일은 고작(그마저도 뉴스가 뜸한 시즌에 「귀족의 독특한 취미」라는 신문 기사의 소재가 되었기에 알려졌다.) 성냥갑 수집이었다. 그는 성냥갑을 널판자 위에 고정해 놓고 카드 색인을 붙여 웨스트민스터의 작은 집에서 해마다 더 많은 공간을 차지하게 만들고 있었다. 그가 처음에는 신문으로 야기된 추명에 수줍어했어도 나중에는 크게 반겼는데, 기사를 계기로 세계 방방곡곡의 다른 수집가들과 연락이 닿아 이제는 서신 왕래도 하고 겹치는 수집품도 교환했기 때문이다. 이것 말고는 딱히 흥미를 가졌다고 알려진 일이 없었다. 그는 여전히 마치멘의 공동 사냥개 책임자로서 집에 있을 때는 충실하게 관행대로 일주일에 두 번 사냥단과 사냥을 나갔으나 더 나은 지대가 있는 이웃집 사냥단과는 절대 함께 사냥하지 않았다. 그는 스포츠에 진정한 열의가 없었기에 그해 사냥철에 채 열댓 번도 나가지 않았고, 기껏해야 친구를 좀 보고, 친척 아주머니들을 찾아뵙고, 천주교 공동체 안에서 열리는 공개 저녁 연회에 나갔다. 브라이즈헤드에서는 불가피한 지역 의무를 모두 수행하며 특유의 눈치 없음과 초연함이라는 엷은 안개를 두르고 토론회과 바자회와 위원회 회의실에 나타났다.

"지난주에 원즈워스에서 어떤 여성이 가시철사로 교살된 채 발견되었대." 내가 옛 공상을 되살리며 말했다.

"브라이디가 한 짓일 거야. 오빠는 사악하니까."

우리가 식탁에 앉은 지 십오 분 남짓 되자 브라이즈헤드가 합석했다. 식당으로 묵직하게 들어온 그는 브라이즈헤드 저택에 보관해 두고 거기 있을 때 항상 입던 암녹색 벨벳 스모킹 슈트 차림이었다. 서른여덟인 그는 살집이 붙고 머리가 벗겨져 마흔다섯으로도 보일 수 있을 정도였다.

"이런." 브라이즈헤드가 말했다. "이런, 너희 둘뿐이구나. 렉스도 여기 있을까 했더니만."

나는 종종 브라이즈헤드가 나와 나의 지속적인 체류에 관해 뭐라고 생각했는지 궁금했다. 그가 궁금증 없이 나를 식구의 일원으로 받아들이는 듯했던 것이다. 지난 이 년간 그는 두 차례에 걸쳐 우정의 행위로 보이는 행동을 해서 나를 놀랬다. 그해 크리스마스에는 몰타 기사단[331]의 단복을 입은 자기 사진을 보내왔고, 그런 직후 내게 정찬 클럽에 동행해 달라고 요청했다. 두 행위 모두 구실이 있었다. 자기 흉상 사진을 어째야 할지 모를 정도로 많이 인쇄해 버렸다거나 자기 클럽이 자랑스러웠다는 이유였다. 그 클럽이란 각자의 직종에서 상당히 저명한 남성들이 한 달에 한 번 만나 예식적인 우스갯짓을 하며 저녁을 보내는 뜻밖의 단체였다. 각자 별명이 있었고(브라이디는 '귀족 형제'라고 불렸다.) 별명을 상징하는 특별히 디자인된 보석을 기사 훈장같이 달았다. 조끼에는 클럽 단추를 달았고 손님들을 소개할 때는 공들여 예식을 거쳤다. 저녁 식사 후에는 어떤 논설문이 낭독되고 익살맞은 연설이 이루어졌다. 그곳에는 출중한 손님들을 데려오려는 일종의 경쟁이 있었던 것이 눈에 선했는데, 브라이디는 친구가 별로 없었으므로, 또 나는 웬만큼 잘 알려져 있었으므로 내가 초대되었던 것이다. 그 흥겨운 저녁에조차 내 접대자가 사교하는 것을 거북해하는 미세한 자기파를 내뿜어 자기 주위에 뭐랄까, 두루 어색한 분위기의 웅덩이를 만들고 그 속에 통나무같이 평온하게 둥둥 떠 있는 것이 느껴졌다.

331) 11세기에 결성된 가톨릭 교단의 기사단.

그가 내 맞은편에 앉아 앞에 놓인 접시 위로 숱이 듬성듬성한 분홍빛 머리를 숙였다.

"그래서, 브라이디. 별일 없었어?"

"사실대로 말하자면 별일이 있긴 해. 하지만 그건 좀 미뤄두자." 브라이디가 말했다.

"지금 말해 줘."

브라이즈헤드가 내가 "하인들 앞에서는 말고."라는 의미로 받아들인 우거지상을 짓고는 말했다. "그림은 어떻게 돼 가, 찰스?"

"어떤 그림?"

"지금 작업하는 그림 아무거나."

"줄리아를 스케치하기 시작했는데, 오늘 하루 종일 햇빛이 오락가락하더라고."

"줄리아? 얘는 진작 그린 줄 알았는데. 건축과는 다른 소재라 훨씬 더 어려울 수 있겠군."

브라이즈헤드와의 담화에 비일비재한 긴 휴지 동안 그의 마음은 미동 없이 멈춘 듯했다. 그는 언제나 자신이 중단한 바로 그 지점에서 시작하여 상대편을 그 지점으로 회귀시켰다. 이제 일 분도 넘게 있다가 그가 말했다. "세상은 다양한 소재들로 가득하지."

"정말 그래, 형."

"내가 화가였다면……." 그가 말했다. "나는 매번 완전히 다른 소재를 고를 거야. 활동이 많이 담긴 소재들. 예를 들어……." 또다시 휴지. 과연 무엇이 다가올는지? 플라잉 스코

츠맨?[332] 경기병대의 돌격?[333] 헨리 리개터?[334] 그러다 놀랍게도 그가 이렇게 말했다. "……맥베스 같은." 활동 그림의 화가로서 브라이디의 발상에는 뭔가 더없이 터무니없는 구석이 있었다. 그는 주로 터무니없기는 했어도 특유의 요원함과 나이를 초탈하는 면으로 어떻게든 일정한 품위를 유지해 냈다. 그는 반은 아직도 어린애에 반은 벌써 산전수전 다 겪은 노인네로서, 그의 안에는 자기 나이다운 삶일랑 자취도 없어 보였다. 그에게는 일종의 중후한 강직함과 불침투성, 세상에 대한 무관심이 있어 존중이 절로 우러나왔다. 우리가 종종 그를 비웃기는 했어도 그는 결코 온전히 가소롭지 않았다. 때로는 가공할 만하기까지 했으니.

우리가 중유럽의 소식을 좀 말하는데 이 황량한 화제를 돌연 가로지르며 브라이디가 물었다. "엄마 보석들은 어디 있지?"

"이게 엄마 거였어." 줄리아가 말했다. "이것도. 엄마 소장품은 코딜리아랑 내가 다 물려받았어. 가보는 은행으로 갔고."

"그 보석들을 본 지가 정말 오래됐네. 그것들 전부를 본 적이 있는지도 모르겠군. 뭐뭐 있어? 누가 말해 주던데 그중에 꽤 유명한 루비 같은 것도 있지 않나?"

---

332) 1923년 제작된 영국 최초의 증기 기관차.

333) 크림 전쟁의 발라클라바 전투(1854년 10월 25일)에서 러시아군과 전투 중이던 영국군은 군 수뇌부의 의사소통 실패로 후방 임무에 적합하도록 경무장한 기마 부대를 대포와 총이 발사되는 최전선에 원군으로 보냈다.

334) 7월 초 옥스퍼드셔에서 닷새간 열리는 연례 조정 행사.

"맞아, 루비 목걸이. 엄마가 종종 차셨는데, 오빤 기억 안 나? 그리고 진주도 있고. 엄마는 항상 진주류는 꺼내 두셨지. 하지만 대부분은 매해 은행에 보관됐어. 내가 기억하기로 무슨 흉물스러운 다이아몬드 난로망 몇 개랑 지금은 아무도 찰 수 없는 빅토리아 시대의 다이아몬드 목장식도 하나 있어. 보석이 한 무더기지. 왜?"

"언젠가 다 한번 보고 싶어서."

"혹시 아빠가 보석들을 전당 잡히시려는 건 아니지? 다시 빚더미에 오르신 거 아니지?"

"아냐, 아냐, 그런 건 아니고."

브라이디는 느리게 많이 먹는 대식가였다. 줄리아와 나는 촛대 사이로 그를 지켜보았다. 이내 그가 말했다. "내가 렉스 매부였더라면."(그의 마음은 "내가 웨스트민스터 사원의 대주교였더라면" "내가 대서부 철도 사장이었더라면" "내가 여배우였더라면" 같은 추정들로 가득 찬 듯했는데, 마치 자신이 이들 중 하나가 되지 못한 건 순전히 운명의 장난이었으며, 어느 날 아침에라도 일어나 보면 상황이 시정되어 있으리라는 투였다.) "내가 렉스 매부였더라면 내 선거구 안에서 살고 싶을 텐데."

"렉스 말이 거기 살지 않아서 근무일이 일주일에 나흘은 줄어든대."

"매부가 여기 없는 게 안타깝군. 내가 좀 발표해야 할 것이 있는데."

"브라이디, 그만 꿍쳐 둬. 딱 털어놔 봐."

브라이디가 "하인들 앞에서는 말고."라는 의미인 듯한 우거지상을 했다.

나중에 포트와인이 식탁에 오르고 우리 셋만 남았을 때 줄리아가 말했다. "그 발표를 듣기 전에는 일어서지 않을 거야."

"음." 브라이디가 의자에 들어앉고 자기 유리잔을 빤히 쳐다보며 말했다. "신문에 활자로 찍힌 걸 보려면 월요일까지만 기다리면 될 거야. 나 약혼했다. 너희가 기뻐해 주길 바라."

"오빠. 어쩜…… 어쩜 이런 큰 소식이! 누구랑?"

"아, 네가 아는 사람은 아냐."

"예뻐?"

"너라면 그 사람을 딱 예쁘다고 말하지는 않을 것 같다. '곱살스럽다'가 그 사람과 관련해서 나한테 떠오르는 단어일까. 몸집이 큰 여자야."

"뚱뚱하다고?"

"아니, 몸집이 크다고. 머스프랫 부인이라고 불리고, 세례명은 베릴이야. 그 사람이랑은 오래 알고 지냈는데, 작년까지만 해도 남편이 있었어. 지금은 과부가 됐고. 왜 웃어?"

"미안해. 하나도 안 웃겨. 그냥 너무 예상치 못한 일이라. 그분은…… 그분은 오빠랑 비슷한 또래야?"

"얼추 비슷한 것 같아. 아이가 셋인데, 장남은 막 앰플포스 수도원에 간 참이야. 형편은 전혀 넉넉하지 않고."

"그런데 오빠, 그분은 어디서 만났어?"

"돌아가신 남편 머스프랫 제독께서 성냥갑을 모으셨거든." 브라이디가 지극히 진지하게 말했다.

줄리아가 웃음을 누르려고 부들부들 떨다가 평정을 되찾고 물었다. "오빠, 성냥갑 때문에 결혼하는 건 아니지?"

"아니, 아니야. 소장품 일체는 펠머스 시립 도서관에 남겨 졌어. 나는 그 사람에게 큰 애정을 느껴. 온갖 풍파가 닥쳤어도 그 사람은 참 발랄한 여자고, 연기도 정말 좋아해. 가톨릭 연기자 조합에도 연고가 있어."

"아빠도 아셔?"

"오늘 아침에 아빠한테 결혼을 허락한다는 편지를 받았어. 얼마 전부터 나한테 결혼하라고 성화셨거든."

일순 우리가 호기심과 놀라움이 주가 되게 하고 있었다는 사실이 줄리아와 나에게 동시에 퍼뜩 떠올랐다. 따라서 이제 우리는 놀리는 투를 거의 빼고 보다 정중한 어조로 그에게 축하 인사를 건넸다.

"고맙다." 그가 말했다. "고마워. 난 참 행운아인 것 같아."

"그나저나 우리한테는 언제 보여 줄 거야? 정말로 형이 내려오면서 데려왔음 좋았잖아."

브라이즈헤드가 아무 말 없이 홀짝이며 응시했다.

"브라이디." 줄리아가 말했다. "이 엉큼하고 새치름한 늙은 짐승 같으니라고, 왜 여기 안 데려왔어?"

"아, 데려올 수는 없지, 너도 알잖아."

"왜 데려올 수 없어? 난 만나고 싶어 안달이 나는데. 지금 전화 걸어서 초대하자. 이런 시기에 자기만 똑 떨어뜨려 놓다니 우릴 정말 이상한 인간들이라고 생각할 거야."

"그 사람한텐 아이들이 있어." 브라이즈헤드가 말했다. "게다가 너 이상한 인간 맞잖아?"

"무슨 말이야?"

브라이즈헤드가 고개를 들어 여동생을 진지하게 쳐다보고는 이미 나갔던 말과 딱히 다를 바가 없다는 투로 방금과 같이 담담한 어조로 말을 이었다. "여기에 그 사람을 초대할 수는 없었어, 상황이 이러니. 그러면 적절치 않을 거야. 어차피 난 여기 하숙인일 뿐이기도 하고. 여기는 굳이 누구 것이냐고 따지자면 당장은 렉스의 집이니까. 여기에서 돌아가는 일은 매부가 알아서 할 문제지. 다만 내가 베릴을 여기 데려올 순 없었어."

"정말 무슨 말인지 모르겠네." 줄리아가 다소 날카롭게 말했다. 나는 그녀를 쳐다보았다. 은근히 놀리는 기색은 싹 가셔 있었다. 줄리아는 경계 태세였고, 거의 겁먹은 듯 보이기까지 했다. "당연히 렉스랑 나는 그분을 대환영하지."

"아, 그럼, 그건 잘 알지. 곤란한 건 사실 저쪽이야." 브라이디가 포트와인을 다 마시고는 잔을 더 채우고 디캔터를 내 쪽으로 밀었다. "네가 이해해 줘야 할 점은 베릴이 엄격한 가톨릭교의 원리 원칙에다 중산층의 편견으로 똘똘 뭉친 여성이라는 거야. 도저히 여기에 데려올 수는 없었어. 네가 렉스나 찰스, 아님 둘 다와 죄악 속에 살고자 선택하든 말든 나와는 관계없는 문제지만(나는 네 삼자 동거의 세부 사항을 캐묻는 걸 줄곧 피해 왔지.) 어떤 경우에도 베릴은 네 손님이 되겠다고 승낙지 않을 거야."

줄리아가 일어섰다. "뭐, 이 잘나 빠진 등신 같으니……." 그녀가 말하다 멈추고는 문 쪽으로 몸을 돌렸다.

처음에 나는 줄리아가 웃음을 못 이기는 줄만 알았다. 그러다가 그녀에게 문을 열어 줄 때 눈물바람의 그녀를 보고 경악했다. 나는 멈칫했다. 그녀는 나를 쳐다보지도 않고 쓱 지나쳐 나갔다.

"편의에 의한 결혼이라는 인상을 줬을지도 모르겠군." 브라이즈헤드가 차분하게 말을 이었다. "내가 베릴을 두둔할 수는 없어. 의심할 여지 없이 내 지위의 안정성이 그 사람한테 얼마간 영향을 미치니까. 실제로 그 사람이 그렇게 말하기도 했고. 하지만 나로 말하자면, 강조하건대, 그녀에게 열렬히 끌리고 있어."

"형, 줄리아한테 그렇게 심한 말을 하는 게 어디 있어!"

"걔한테 거슬릴 구석은 없었어. 나는 그 애가 잘 아는 사실을 적시했을 뿐이야."

줄리아는 서재에 없었다. 방에도 올라가 보았지만 거기에도 없었다. 나는 혹시 줄리아가 올까 싶어 뭐가 잔뜩 얹혀 있는 화장대 옆에 멈춰 섰다. 그때 열린 창문 사이로, 불빛이 테라스를 가로질러 땅거미 속으로, 저택 안에서 언제나 위안과 활력의 원천으로서 우리를 끌어당기는 듯한 분수로 흘러 나가는 가운데 나는 석재에 스치는 흰 치마를 언뜻 보았다. 밤이 가까웠다. 나는 가장 어두컴컴한 은신처에서, 분수대를 둘러싼 다듬어진 회양목 울타리의 벽감 속 나무 벤치에서 그녀를 발견했다. 나는 그녀를 꼭 껴안았고 그녀가 얼굴을 내 가슴에 파묻었다.

"여기 나와 있으면 춥지 않아?"

줄리아가 대답 없이, 다만 내 품으로 더 파고들며 흐느낌에 몸을 떨었다.

"우리 자기, 뭐 때문에 그래? 뭐가 서러워서 그래? 저 늙어빠진 멍청이가 무슨 말을 하든 왜 마음을 쓰고 그래?"

"서럽지 않아. 마음 쓰지 않아. 그냥 놀라서 그래. 나 비웃지 마."

우리가 사랑한 이 년 동안, 평생처럼 느껴진 그 시간 동안 이토록 동요한 줄리아를 보거나 도와줄 수 없는 나 자신이 이토록 무력하게 느껴진 적은 처음이었다.

"그 자식은 어떻게 그런 말을 할 수 있어?" 내가 말했다. "저 냉혈한 늙은 협잡꾼 같으니라고……." 그러나 나는 그녀의 공감을 얻지 못하고 있었다.

"아냐." 그녀가 말했다. "그게 아냐. 브라이디 말이 맞아. 그 둘은 다 알고 있어, 브라이디랑 과부는. 활자로 읽은 거야. 성당 문가에서 1페니에 사서. 거기서 1페니만 내면 뭐든 활자로 읽을 수 있고, 돈 내는 것도 아무도 안 봐. 저쪽 끝에서 빗자루를 들고 고해실 주위를 덜걱거리며 서성이는 노파랑 성모칠고에 촛불을 밝히는 아가씨 말고는. 헌금함에 1페니를 넣든지 안 넣든지 좋을 대로 하고, 소책자[335]를 집어 들어. 그러면 딱 활자로 읽게 돼.

게다가 그 모든 걸 한마디로, 일평생을 축약해 주는 짧고 단

---

335) 영국의 성당 문가에 놓여 있는 교리를 설명하는 소책자로, 생존한 배우자와 이혼하는 것은 성립하지 않으며, 따라서 이혼한 사람과 결혼하는 것은 '중혼죄'라는 가톨릭교의 결혼관도 적혀 있다.

호하고 치명적인 한마디로 알게 되지.

'죄악 속에 산다'라는 건 내가 미국에 갔을 때 했던 것처럼 그저 잘못하는 게 아니야. 잘못하고, 잘못이라는 걸 알고, 그만두고, 잊어버리는 거. 그들 말은 그런 게 아니야. 브라이디의 1페니어치는 그런 게 아니야. 브라이디는 활자 그대로의 뜻을 말하는 거야.

죄악 속에 산다라는 건, 언제나 똑같이 죄악과 함께, 조심스레 보살펴지고 세상으로부터 보호되는 모자란 아이처럼 산다는 것. '가엾은 줄리아.' 사람들은 말하지. '쟤는 나갈 수 없어. 자기 죄악을 감당해야 하거든. 죄악이 계속 살아 있다니 안됐어.'라고들 하지. '하지만 죄악이 너무 강력해. 저런 아이들은 항상 저렇거든. 줄리아는 자기의 작고 미친 죄악에 너무 물러.'"

'한 시간 전에 석양 아래에서 줄리아는 앉아서 물에 담근 반지를 돌려 보며 행복의 남은 일수를 세고 있었다. 그런데 이제 첫 별들과 낮의 마지막 회색빛 속삭임 아래에서 이토록 온통 불가해한 설움이 휘몰아치다니! 채색된 거실에서 우리에게 무슨 일이 일어난 것일까? 촛불에 어떤 그림자가 드리운 것일까? 거친 두 문장과 진부한 말마디 하나인데.' 내가 생각했다. 줄리아는 제정신이 아니었다. 그녀의 목소리는 이제는 내 가슴팍에 묻혀 먹먹하다가 저제는 또렷하고 비통하여 개개의 단어들과 깨진 문장들로 내게 다가왔다.

"과거와 미래. 지난 세월에 나는 좋은 아내가 되고자 노력했고, 담배 연기가 자욱한 가운데 카운터가 백개먼 게임판에 딸각거렸고, 남자 테이블에서 '깍두기'였던 사람이 술잔을 채웠고. 지난 세월에 그의 아이를 낳고자 노력했고, 이미 죽어 나온 무언가로 갈래갈래 찢겼고. 그를 제쳐 두고, 그를 잊고, 오빠를 찾고, 지난 이 년을 오빠와 보냈고, 그 모든 미래를 오빠와 함께할 테고, 그 모든 미래를 오빠와 함께하거나 함께하지 못할 테고, 전쟁이 다가오고, 세계는 끝장나고…… 죄악.

이 단어를 안 건 옛날 옛적. 호킨스 보모 할머니가 난롯가에서 바느질하고 종야등이 성심 앞에서 타오를 적. 코딜리아와 내가 일요일 오찬 전에 엄마 방에서 『교리 문답』을 볼 적. 엄마는 내 죄악을 품고 성당에 가서 예배당에서 내 죄악과 검은 레이스 면사포 아래 고개 숙이고. 런던에서 등불이 밝혀지기 전에 내 죄악을 품고 빠져나오고. 우유 배달부의 조랑말들이 인도에 앞발을 디딘 텅 빈 거리 사이로 내 죄악을 짊어지고 가고. 엄마는 자신의 치명적인 병환보다도 더 잔혹하게 스스로를 갉아먹는 내 죄악으로 죽고.

엄마가 내 죄악으로 죽고. 예수가 손과 발이 못 박힌 채 내 죄악으로 죽고. 야간 육아실의 침대 위에 매달리고. 팜 스트리트 성당의 어둡고 작은 서재에 빛나는 유포를 걸치고 매해 매달리고. 늙은 청소부만이 먼지를 털고 촛대 하나만이 타오르는 어두운 성당에 매달리고. 정오에 군중과 군인들 사이에서 드높이 매달리고. 신 포도주를 적신 해면과 죄수의 상냥한 말들 말고는 아무 위안도 없이. 영원히 매달리고. 서늘한 성묘(聖墓)와 석판에 펼쳐진 수의는 결코 없이, 어두운 안치소 안의 향유와 향료도 결코 없이. 언제까지나 정오의 햇볕은 내리

꾀고 통으로 짠 속옷을 차지하려 주사위가 딸각거리고.

돌아갈 길은 없고. 입구에는 빗장이 질렸고. 모든 성인들과 천사들이 벽을 따라 배치됐고. 버려지고, 폐기되고, 썩어 가고. 낭창에 걸리고 갈퀴를 든 노인이 해 질 녘에 절룩절룩 기어 나와 쓰레기를 뒤지며 뭔가 가방에 챙길 만한 것, 뭔가 팔 만한 것을 찾다가 욕지기에 고개를 돌리고.

이름 없이 죽었고, 내가 미처 보기도 전에 싸여서 치워진 내 딸아이처럼."

눈물을 흘리는 사이사이에 줄리아는 스스로를 타일러 침묵했다. 나는 아무것도 할 수 없었다. 나는 낯선 바다에서 표류하고 있었으므로. 줄리아가 입은 튜닉의 금사에 닿은 내 손은 차고 뻣뻣했고, 눈은 메말랐다. 어둠 속에서 그녀가 내 품을 파고들던 그때 나는 기차역에서 오는 길에 그녀에게 담뱃불을 대신 붙여 준 몇 년 전만큼이나 그녀로부터 심적으로 멀리 떨어져 있었다. 구 사제관과 밀림에서의 메마르고 공허한 세월 속 그녀가 안중에 없을 때만큼이나 멀리 떨어져 있었다.

눈물은 말에서 솟구쳤다. 따라서 이제 그녀가 침묵하자 흐느낌도 멎었다. 그녀가 내게서 몸을 떼고 똑바로 앉아 내 손수건을 가져간 다음 몸을 떨고는 땅을 딛고 섰다.

"정말." 줄리아가 상당히 평소 같은 목소리로 말했다. "브라이디가 폭탄선언에서는 일인자네, 그치?"

나는 집 안과 방 안까지 줄리아를 따라갔다. 그녀가 자기 경대 앞에 앉았다. "방금 히스테리 발작에서 진정된 참이라는 걸 감안하면 상태가 썩 나쁘진 않은데." 그녀가 말했다. 그녀의 눈은 부자연스레 크고 형형해 보였고, 창백한 빰은 소녀 시절에 루즈를 두드려 바르곤 한 두 군데만 상기되어 있었다. "히스테리 부리는 여자들은 대부분 감기에 심하게 걸린 것처럼 보이잖아. 오빠 내려가기 전에 셔츠 갈아입는 편이 낫겠다. 눈물이랑 립스틱 범벅이야."

"우리 내려갈 거야?"

"그래야지. 불쌍한 브라이디를 약혼 발표한 날 밤에 혼자 둘 순 없잖아."

내가 돌아갔을 때 줄리아가 말했다. "못 볼 꼴 보여서 미안해, 찰스. 나도 뭐였는지 모르겠어."

브라이즈헤드는 서재에서 파이프를 물고 평온하게 탐정 소설을 읽고 있었다.

"밤 산책은 즐거웠어? 너희가 나가는 줄 알았으면 나도 따라갔을 텐데."

"좀 추웠어."

"렉스가 여기에서 나가는 걸 곤란해하지 않았으면 좋겠는데. 알겠지만 바턴 거리에 있는 집은 우리 둘이랑 아이들 셋이 살기에는 너무 비좁아. 게다가 베릴이 전원을 좋아하기도 하고. 보내 주신 편지에서 아빠가 사유지 전체를 즉시 양도하면 어떻겠냐고 제안하셨거든."

내가 줄리아의 손님으로서 브라이즈헤드를 처음 방문했을 때 렉스가 맞아 주던 모습이 떠올랐다. "정말 만족스럽게 낙착됐어." 그가 말했더랬다. "내게 안성맞춤이라니까. 장인어른이 저택을 관리하시고, 브라이디가 소작인들이랑 얽힌 영지 관련 일들은 다 도맡고, 나는 집세도 안 내고 저택을 맘대로 쓰지. 내가 부담할 돈은 식비와 집 안에서 일하는 하인들 임금이 고작이야. 이보다 더 수지맞는 장사도 없지 않겠어?"

"렉스는 가게 되면 애석해할 것 같은데." 내가 말했다.

"아냐, 그 사람은 어디선가 또 괜찮은 매물을 찾아낼 거야." 줄리아가 말했다. "두고 봐."

"베릴이 정말 애착을 가지는 자기 가구도 좀 있어. 그것들이 여기에 썩 잘 어울릴지는 모르겠는데. 있잖아, 참나무 찬장이랑 손궤 걸상이랑 뭐, 그런 것들. 엄마가 전에 쓰시던 방에 놓으면 어떨까 하고 생각했지."

"그래, 거기가 딱 좋겠네."

그리하여 오누이는 잠자리에 들 시간까지 앉아서 집 안 배치에 관해 이야기를 나누었다. '한 시간 전에 회양목 울타리의 어두컴컴한 은신처에서 줄리아는 자기 하느님의 죽음에 심장이 터지도록 울었는데, 이제는 베릴의 아이들 방으로 예전의 흡연실을 쓸지 교습실을 쓸지 논의하고 있다.' 내가 생각했다. 내 마음은 오리무중의 바다에 있었다.

"줄리아." 나중에 브라이즈헤드가 위층으로 올라가자 내가 말했다. "혹시 홀먼 헌트의 「깨어난 양심」[336]이라는 그림 본 적 있어?"

"아니."

---

336) 원제는 「깨어나는 양심」으로, 한 여성이 피아노를 치는 남성의 무릎에 앉아서 노래를 부르다가 불현듯 이 행동의 도덕성이 의심된다는 듯 일어서서 창문 밖의 햇살 비치는 정원을 바라보는 장면을 묘사한 그림이다.

나는 며칠 전에 서재에서 『라파엘 전파 운동』[337]을 본 일이 있었다. 나는 그 책을 다시 찾아서 줄리아에게 러스킨의 평을 읽어 주었다. 줄리아가 참 행복하게 웃었다.

"오빠 말이 딱 맞아. 내가 느낀 게 바로 그거였어."

"하지만 자기, 엄청나게 쏟아진 그 눈물이 브라이디가 뱉은 고작 몇 마디 때문이라고는 생각되지 않아. 예전부터 그런 생각을 하고 있었던 거지."

"그런 생각 거의 안 했어, 이제나 저제나. 최근에는 마지막 나팔[338]이 너무 가까워서 더 생각났으려나."

"물론 이건 심리학자들이 설명할 문제이긴 하지. 어린 시절의 사전 조건 형성, 육아실에서 네가 배운 헛소리로 인한 죄책감. 너도 마음 한구석에서는 그게 다 개소리라는 걸 알지?"

"개소리라면 얼마나 좋을까!"

"서배스천이 언젠가 나한테 거의 똑같은 말을 했는데."

"서배스천은 성당으로 돌아갔잖아. 물론 나처럼 확실히 발 뺀 적도 없었지. 난 너무 멀리 왔어. 이제 돌아가는 길은 없어. 그건 나도 알아, 그게 다 개소리라고 생각하느냐는 오빠 말이 그 뜻이라면. 내가 하고자 바랄 수 있는 일은 다만 인간적인

337) 이 책에서 러스킨은 「깨어나는 양심」에 대해 비평하며 그림 속의 모든 사물이 여성에게 자신의 행동을 자각하도록 뚜렷한 자기주장을 하고, 감상자에게 당대의 도덕적인 악을 깨우쳐 교화시키는 힘이 그 어떤 작품보다 강력하다고 칭찬하였다.

338) 최후의 심판의 날에 망자를 불러 하느님 앞에 서게 하는 나팔 소리를 말한다.

질서 일체가 끝나 버리기 전에 인간적인 방식으로 내 인생에서 일종의 질서를 잡는 거야. 그러니까 오빠랑 결혼하고 싶어. 아이도 한 명 낳으면 좋겠어. 그거 하나는 내가 할 수 있으니까. …… 우리 다시 나가자. 지금쯤이면 달이 떴을 거야."

보름달이 두둥실 떠 있었다. 우리는 저택 주변을 산책했다. 줄리아가 라임나무 아래에서 잠시 멈춰 서서 큰 가지에서 뻗은 작년에 자라난 긴 잔가지를 한가히 딱 꺾어서 걸음을 옮기며 아이들이 하듯 잔잎을 뜯어내 회초리를 만들었다. 하지만 그 안달하는 손놀림은 아이의 것이 아니어서, 이파리를 신경질적으로 잡아 뜯어 손가락 사이에서 으스러뜨렸다. 그다음에는 손톱으로 긁어 나무껍질을 벗겨 내기 시작했다.

다시 한번 우리는 분수대 옆에 섰다.

"희극의 배경 같다." 내가 말했다. "장면: 어느 귀족의 소유지에 있는 바로크 양식의 분수. 1막 해넘이. 2막 땅거미. 3막 달빛. 딱히 이유는 없는데 등장인물들이 계속 분수대로 모이는 거지."

"희극이라고?"

"시극. 비극. 익살극. 뭐라도 좋아. 지금은 화해 장면이야."

"싸움이 있었어?"

"2막에서 소원함과 오해가 있었지."

"좀, 그 빌어먹을 거리 두는 말투 하지 마. 왜 모든 걸 제삼자의 시선으로 봐야 하는데? 왜 이게 연극이어야만 해? 왜 내 양심은 라파엘 전파의 그림이어야만 하고?"

"내가 그런 구석이 있어."

"그런 구석 싫다."

줄리아의 분노는 그날 저녁 휙휙 전환되던 매번의 기분 변화만큼이나 예상치 못한 것이었다. 갑자기 그녀가 손에 든 회초리로 내 얼굴을 갈겨 사납고도 따가운 작은 일격을 있는 힘껏 가했다.

"이제 내가 얼마나 싫어하는지 알겠어?"

줄리아가 또 때렸다.

"그래." 내가 말했다. "계속해."

그러자 줄리아는 이미 손을 올렸음에도 멈칫하여 반쯤 껍질을 벗긴 나뭇가지를 분수 속으로 던졌고, 나뭇가지가 달빛 아래서 희고 검게 떠올랐다.

"아팠어?"

"응."

"그랬어? …… 내가 그랬어?"

일순에 그녀의 격노가 사그라지고 그녀의 눈물이 새로이 흘러넘쳐 내 뺨에 묻었다. 내가 그녀를 팔 하나 거리에 붙들었고 그녀가 고개를 수그려 어깨를 쥔 내 손을 고양이같이 얼굴로 어루만졌으나 고양이와 다르게 그곳에 눈물방울을 남겼다.

"부뚜막 위 고양이." 내가 말했다.

"짐승!"

줄리아가 내 손을 깨물었지만 내가 손을 빼지 않아 이가 닿자 깨물기를 키스로, 키스를 핥기로 바꾸었다.

"달빛 아래 고양이."

이것이 내가 알던 기분이었다. 우리는 저택 쪽으로 몸을 돌렸다. 불이 밝혀진 현관에 다다르자 그녀가 "불쌍한 오빠 얼굴." 하고 말하며 손가락으로 부어오른 자국을 쓰다듬었다. "내일 표가 날까?"

"그러겠지."

"찰스, 나 미쳐 가는 걸까? 오늘 밤 무슨 일이 일어난 거지? 나 너무 피곤해."

줄리아가 하품했고, 발작적인 하품에 사로잡혔다. 그녀가 화장대에 앉아 고개를 수그리고 머리카락을 얼굴에 드리운 채 속수무책으로 하품해 대다가 올려다보자 나는 그녀의 어깨 너머 거울에서 퇴역 군인처럼 피곤에 얼이 빠진 얼굴을, 그 옆으로는 선홍색으로 두 줄이 그어진 내 얼굴을 보았다.

"너무 피곤해." 그녀가 재차 말하며 금색 튜닉을 벗어서 바닥에 아무렇게나 떨어뜨렸다. "쓸데없이 피곤하고 미쳤어."

나는 그녀를 재웠다. 푸르스름한 눈꺼풀이 눈동자 위로 덮였다. 창백한 입술이 베개 위에서 웅얼댔지만, 내게 잘 자라고 한 건지 기도문을 왼 건지(설움과 잠결 사이 땅거미가 내린 세상 속에서 지금 그녀에게 찾아온 육아실 속 동요, 즉 순례자의 길 위 짐말들의 시절부터 갖가지 언어 변화를 거쳐 수 세기 동안 잠자리에서 속삭여짐으로써 호킨스 보모에게까지 내려온 어떤 고대의 경건한 시가를 왼 건지) 똑똑지는 않았다.

다음 날 밤 렉스와 정계 동료들이 우리와 합류했다.

"그치들은 안 싸울 거요."

"못 싸울 거요. 돈이 없잖아. 석유도 없고."

"텅스텐철석이 없어요. 남자도 없고."

"배짱도 없지."

"겁먹은 겁니다."

"프랑스를 무서워해요. 체코도 무서워하고. 슬로바키아도 무서워하고. 우리 영국도 무서워하고."

"다 허풍이오."

"당연히 다 허풍이죠. 텅스텐은 어디서 나는데요? 망가니즈는 어디서 나고요?"

"크롬은 어디서 나고?"

"내가 말해 줄 게 있는데……."

"집중하시오, 좋은 얘기 시작합니다. 렉스가 뭘 말해 준답니다."

"……친구 한 놈이 요전번에 슈바르츠발트[339]에서 자동차를 몰다가 막 돌아와서 나랑 골프 한 판 치면서 말해 준 겁니다. 글쎄 이 친구가 차를 몰다가 간선으로 꺾어 들어갔답니다. 거기에 그만 군인 호송대가 있지 않았겠습니까? 멈출 수가 없어서 곧장 돌진해 탱크를 모로 갖다 박았답니다. 이제 죽었구나 싶었는데……. 잠깐만요, 여기가 기막힌 부분입니다."

"여기가 기막힌 부분이랍니다."

"차가 탱크를 깨끗이 관통해서 칠 하나 벗겨지지 않았답니

339) 독일 남부의 울창한 삼림 지대. 나무들이 워낙 빽빽하게 들어서 햇빛이 비치지 않을 정도라고 하여 '검은 숲'이라는 뜻의 이름이 붙었다.

다. 어떻게 그랬을까요? 글쎄, 캔버스 천으로 된 거였답니다. 대나무 틀에 그림을 칠한 캔버스 천요."

"철강이 없군."

"장비가 없군. 노동력도 없어. 반쯤 굶어 죽고 있어. 잉여 물자가 없어. 애들은 구루병에 걸렸고."

"여자들은 불임이오."

"남자들은 무능하고."

"의사도 없어."

"의사는 유대인이었잖소."

"이제는 폐결핵에 걸렸지."

"이제는 매독에 걸렸지."

"괴링[340]이 내 친구한테 말하길……."

"괴벨스[341]가 내 친구한테 말하길……."

"리벤트로프[342]가 나한테 말하길 군대에서 히틀러에게 계속 권력을 쥐여 주는 건 그치가 공것을 얻어 낼 수 있는 동안만이랍니다. 누구라도 그에게 반기를 드는 순간 히틀러는 끝입니다. 군대에서 총살해 버릴 거예요."

"자유당이 교수형에 처할 거요."

340) 헤르만 빌헬름 괴링(Hermann Wilhelm Göring, 1893~1946). 독일 나치당의 당수였다.

341) 파울 요제프 괴벨스(Paul Joseph Goebbels, 1897~1945). 나치 독일의 공보 장관이었다.

342) 요아힘 폰 리벤트로프(Joachim von Ribbentrop, 1893~1946). 나치 독일의 외무 장관이었다.

"공산당이 사지를 갈기갈기 찢을걸요."

"히틀러 본인이 팩 자살해 버릴 걸세."

"체임벌린[343]만 아니었으면 당장이라도 자살할 겁니다."

"핼리팩스[344]만 아니었으면."

"새뮤얼 호어 경[345]만 아니었으면."

"그리고 1922년 위원회[346]만 아니었으면."

"평화서약연합[347]만 아니었으면."

"영국 외무부만 아니었으면."

"뉴욕 은행들[348]만 아니었으면."

"필요한 건 좋은 강경 노선뿐이오."

"렉스의 노선."

---

343) 네빌 체임벌린(Neville Chamberlain, 1869~1940). 1937년부터 1940년까지 영국 총리를 역임한 보수당 의원. 그는 1938년에 체코슬로바키아의 수데텐을 독일에게 내주는 뮌헨 조약을 체결함으로써 나치 독일에 유화책을 사용했다.

344) 핼리펙스 경(Lord Halifax, 1881~1959). 1938년에서 1940년까지 영국 외무 장관을 역임했고, 나치 독일에 유화책을 사용했다.

345) Sir Samuel Hoare(1880~1959). 1937년에서 1939년까지 영국 내무 장관을 역임한 보수당 의원. 히틀러를 견제하고자 프랑스 총리와 1935년 무솔리니 이탈리아에 아비시니아의 영토 3분의 2를 제공한다는 호어·라발 협정의 체결을 꾀하였지만 정보가 새어 나가 실패했다.

346) 영국 보수당 평의원회의 별칭이다. 1939년까지 보수당에서는 네빌 체임벌린 총리가 나치 독일에 유화책을 쓰는 입장을 상당히 지지했다.

347) 1934년 영국 성 바오로 성당의 딕 셰퍼드(Dick Sheppard) 신부가 설립한 평화주의 단체로, 나치 독일이 유럽 본토의 통제권을 가져야 한다고 주장하는 등 독일에 회유 정책을 써서 전쟁을 막으려다 큰 논란을 불러일으켰다.

348) 미국의 대형 은행들은 2차 세계 대전 당시 나치당에 자금을 지급했다.

"또 나의 노선."

"우리 유럽 쪽에 좋은 강경 노선을 줍시다. 유럽이 렉스의 연설을 기다리고 있어요."

"내 연설도."

"내 연설도. 세계의 자유를 사랑하는 사람들을 결집시킵시다. 독일이 일어날 거고, 오스트리아가 일어날 겁니다. 체코와 슬로바키아도 일어나게 돼 있어요."[349]

"렉스의 연설과 내 연설에."

"카드 게임 삼세판 어떻소? 위스키는 어때요? 커다란 시가 피우고 싶으신 분? 여보, 둘이서 나갈 거야?"

"응, 렉스." 줄리아가 말했다. "찰스랑 나는 달빛 속으로 가려고."

우리는 등 뒤의 창문을 닫았고 목소리가 그쳤다. 달빛이 테라스 위에 흰서리처럼 내려앉았고 분수의 음악이 우리 귓속으로 기어들었다. 테라스의 석제 난간은 트로이의 성벽이었을지도, 고요한 정원은 그날 밤 크레시다[350]가 누운 그리스군 막사가 쳐진 야영장이었을지도 모를 일이다.

"며칠, 몇 달은 남았을까."

---

349) 나치 독일은 1차 세계 대전 이후 체결된 베르사유 조약을 무시하고 오스트리아를 병합했으며, 1938년부터 1939년까지 체코슬로바키아를 점령했다. 이어 전쟁을 피하고자 하는 영국 및 프랑스와 1938년에 뮌헨 협정을 체결함으로써 체코슬로바키아의 수데텐을 손에 넣었다.

350) 트로이 전쟁 당시 트로이의 트로일로스 왕자와 사랑하는 사이였지만 그리스군의 포로로 넘어가자 그리스 전사 디오메데스와 사랑에 빠지는 여성으로, 여성의 갈대 같은 마음을 상징한다.

"낭비할 시간이 없어."

"월출과 월몰 사이에는 일평생이. 이후에는 암흑이."

4

"보자, 애들 양육권은 당연히 실리아가 가질 거고."

"당연하지."

"그럼 구 사제관은 어쩔까? 네가 줄리아랑 우리 집 대문가에 떡하니 자리 잡고 싶지는 않을 것 같은데. 애들이 구 사제관을 자기네 집으로 생각하거든. 로빈은 삼촌이 돌아가시기 전까지 자기 집이 없어. 찰스 네가 거기 작업실을 사용한 적이 없기도 하잖아? 로빈이 요전번에 구 사제관이 참 좋은 놀이방이 될 것 같다고 말하더라고, 배드민턴을 칠 만큼 넓다나."

"로빈이 구 사제관을 가지면 되겠네."

"그럼 돈 문제로 넘어와서 실리아랑 로빈은 당연히 자기들 몫으로는 하나도 받고 싶어 하지 않지만 아이들 교육비라는 문제가 있어."

"그건 괜찮을 거야. 변호사들더러 처리해 두라고 할게."

"뭐, 이쯤 하면 다 됐나." 멀캐스터가 말했다. "있잖아, 내가 여태껏 살면서 이혼을 몇 번 봤는데, 얽힌 사람 모두에게 이렇게 행복하게 풀리는 사례는 본 적이 없어. 십중팔구는 처음엔 참 친하게 굴다가도 자잘한 것까지 파고 들어가면 악감정이 튀어나오기 마련이란 말이지. 사실 말이야, 지난 이 년간 네가 실리아한테 좀 거칠게 대한다는 생각이 든 적이 있다는 말을 굳이 삼키지는 않겠어. 자기 여동생 일이 되면 객관적이 되기 어렵지만 나는 동생이 진심으로 매력적인 여자애라고, 어떤 녀석이든 기쁘게 함께할 만한 여자라고 예전부터 생각했거든. 게다가 예술적이기까지 하니 딱 네 취향이지. 그래도 네가 여자 보는 눈이 있다는 건 인정해야겠다. 나도 줄리아를 쭉 마음에 두고 있었다고나 할까. 뭐, 어쨌든 일이 이렇게 진행되고 보니 모두가 만족하는 것 같군. 로빈이 일 년 남짓 실리아한테 미쳐 있었거든. 너도 걔 알아?"

"어렴풋이는. 얼간이에 여드름투성이 꼬마로 내 기억에 남아 있어."

"에이, 나라면 그런 말은 안 하겠다. 물론 꽤 어리기는 한데, 중요한 점은 존존이랑 캐럴라인이 그 친구를 정말 좋아한다는 거지. 너네 애들 참 기특하더라, 찰스. 줄리아한테 안부 전해 줘. 옛정을 생각해서 잘 지내길 빈다고 말이야."

"그래, 이혼을 하는구나." 아버지가 말했다. "그간 세월에 너희 둘이 함께 행복해 놓고선 좀 불필요한 절차가 아니냐?"

"아시겠지만 저희가 딱히 행복하지는 않았어요."

"행복하지 않았니? 행복하지 않았다고? 작년 크리스마스에 내가 너희 둘을 보며 참 행복해 보인다고 생각하면서 그 연유를 궁금해하던 게 또렷이 기억나는데. 알겠지만 정말 번거로울 거다, 다시 시작한다는 건. 네가 몇 살이지, 서른넷? 서른넷은 뭔가를 시작할 나이가 아냐. 정착해야 할 나이다. 뭔가 계획은 세워 뒀니?"

"네. 이혼이 정리되자마자 재혼할 생각이에요."

"뭐라, 정말 말도 안 되는 짓거리란 말밖에 안 나오는구나. 결혼을 안 했더라면 좋았겠다고 생각해서 빠져나오려는 남자는 이해할 수 있지만(개인적으로는 그런 유의 감정을 전혀 느껴보진 못했어도) 아내 하나를 없애는 즉시 다른 아내를 취한다니 이성의 범주를 넘어서는구나. 실리아는 언제나 나한테 더할 나위 없이 예의 발랐어. 내가 어떤 면에서는 며늘아기가 썩 마음에 들었다. 며늘아기랑 행복할 수가 없으면 도대체 왜 다른 누군가와는 행복하리란 기대를 하는 거냐? 아비 말 듣고, 아들아, 이혼이니 뭐니 다 그만둬라."

"왜 여기에 나랑 줄리아를 끌어들여?" 렉스가 물었다. "실리아가 재혼하고 싶으면 별수 있나. 그러라고 해. 그건 너랑 실리아 문제야. 근데 난 줄리아랑 나름대로 꽤 행복했다는 생각이 든다. 너 내가 까다롭게 군다고 말할 순 없어. 이런 상황에서 남자라면 많이들 핏대를 세웠을 테니까. 나는 처세에 능한 남자이고 싶어. 달리 신경 써야 할 내 일도 있고. 하지만 이혼이란 건 완전히 다른 문제야. 이혼이 누구에게 조금이라도 쓸모가 있는 경우를 본 적이 없다고."

"그건 형이랑 줄리아 문제야."

"아니, 줄리아는 마음을 딱 정했어. 내가 바란 건 네가 줄리아를 구슬려 줄 수 없겠느냐는 거야. 난 그동안 될 수 있는 한 너희 사이에 끼어들지 않도록 노력했어. 혹시 내가 너무 얼쩡거렸으면 말해, 상관없으니까. 그런데 당장은 브라이디가 나한테 저택을 비워 달라느니 어쩌느니 한꺼번에 너무 많은 일이 벌어지고 있어. 그것 때문에 정신이 사나운데, 내가 신경 쓸 데가 워낙 많단 말이지."

렉스의 공적 생활은 갱년기에 접어들고 있었다. 그에게 상황이 계획했던 만큼 매끄럽게 풀리지는 않았다. 나는 재무에 관해서는 전혀 몰랐지만 그의 금융 거래가 정통 보수당원 쪽에서는 좋지 않게 비친다는 소문은 들었다. 싹싹함과 결기라는 그의 좋은 자질들조차 불리하게 비쳤는데, 브라이즈헤드 저택에서 그가 연 파티들이 입방아에 오른 탓이었다. 신문에는 항상 그에 관해 너무 많이 실렸다. 그는 신문 왕들과 그 주위에서 슬픈 눈으로 웃는 기식자들과 어울리는 남자였던 것이다. 또 연설에서는 플리트 거리[351]에서 "기삿거리가 될" 만한 발언을 했고, 이는 당수들에게 좋은 인상을 주지 못했다. 이 상황에서 오직 전쟁만이 렉스의 운수를 바로잡고 그를 권력의 중심으로 데려갈 수 있었다. 이혼한다고 그에게 큰 손해는 없을 터였다. 그보다는 큰 판돈이 돌고 있는 상황이라 그가 노름판에서 눈을 뗄 겨를이 없다는 편이 맞았다.

351) 영국의 주요 신문사, 잡지사, 출판사 등이 집중되어 있는 거리.

"줄리아가 꼭 이혼을 해야겠다면 해야지 어쩌겠어." 그가 말했다. "그런데 골라도 꼭 이런 시기를 고르냐. 줄리아한테 조금만 기다리라고 말 좀 해 줘, 우리 동생 착하지."

"브라이디의 과부 아내가 이러더라. '그러니까 줄리아 아기씨는 이혼남이랑 이혼하고 다른 이혼남이랑 재혼하는 거네요. 좀 복잡하게 들리기는 하지만 우리 아기씨(그 여자가 날 '우리 아기씨'라고 스무 번은 불렀어.), 내가 본 바로는 대개 가톨릭교도 가족엔 배교자가 한 명 있기 마련인데, 가장 좋은 사람인 경우가 많더라고요.'"

줄리아는 브라이즈헤드의 약혼을 축하하며 레이디 로스커먼이 주최한 오찬 파티에서 막 돌아온 참이었다.

"그분은 어땠어?"

"위풍당당하고 풍만해, 당연히 평범하고. 목소리는 걸걸하고, 입은 크고, 눈은 작고, 머리는 염색했고. 내가 하나 말해 줄게, 그 여잔 브라이디한테 나이를 속였어. 마흔다섯은 족히 돼. 상속자를 낳아 줄 것처럼은 안 보여. 브라이디는 그 여자한테서 눈을 떼지 못하더라. 오찬 내내 정말 역겨운 표정으로 눈에서 꿀이 떨어질 듯이 보더라고."

"친절했어?"

"아이고, 어, 생색내는 듯한 태도로. 있지, 그 여자가 뭐랄까 해군 집단에서 골목대장 행세하는 데 익숙해져 있었던 것 같아, 참모들이 주변에서 알짱거리고 이득 좀 보려는 젊은 장교들이 살랑거리는 데서. 뭐, 확실히 패니 외숙모 댁에서는 그 골목대장 행세를 많이 할 수는 없었으니까 내가 집안의 골칫덩어리로서 그 자리에 있어서 그 여자 마음이 좀 편해진 거지. 아닌 게 아니라 그 여자가 나한테만 집중하면서, 가게들이랑 물건들에 관해 나한테 조언을 구하면서 약간 톡 쏘는 말투로 나를 런던에서 자주 봤으면 좋겠다고 하는 거 있지. 내 생각에 브라이디의 거리낌은 그 여자가 나랑 같은 지붕 아래에서 자는 것까지 뻗치는 게 고작인가 봐. 보아하니 모자 가게나 미용실에서나 리츠 호텔에서 점심을 먹으면서는 내가 그 여자한테 심각한 위해를 가할 수 없나 보지. 그나저나 그 거리낌도 브라이디 쪽에만 있어. 그 과부는 미친 듯이 억세."

"그분이 형을 쥐고 흔들어?"

"아직은, 그렇게까지는 아니야. 오빠는 애욕에 인사불성 상태라서, 불쌍한 짐승, 자기가 어디 있는지 잘 몰라. 그 여자는 그냥 자식들을 위해 좋은 집을 원하고 무엇도 자기 앞을 가로막게 두지 않을 맘씨 좋은 여자야. 지금 당장은 조금이라도 도움이 될까 싶어 종교 관련으로 생난리를 치고 있어. 내가 장담하는데 그 여잔 자리가 잡히고 나면 좀 내려놓을걸."

두 건의 이혼은 우리 친구들 사이에서 입방아에 많이 올랐다. 불안이 만연했던 그 여름에조차 여전히 구석구석에서는 사삿일이 첫째로 이목을 끌었다. 내 아내는 이 사안이 자신에게는 축하할 일인 동시에 내게는 책망할 일이며, 자신은 훌륭하게 처신했고, 누군들 참았을 정도보다 더 오래 참았다는 것을 이해시키는 데 성공했다. 로빈은 일곱 살이 어렸으며 나이에 비해 약간 미성숙했지만, 그래도 불쌍한 실리아에게 완전히 헌신적이었으며, 실리아가 얼마나 큰일을 견뎠는데 이 정도는 정말 받아 마땅했다고 사람들은 사적인 구석에서 쑥덕거렸다. 줄리아와 나에 관해서는, 그것은 늘 있는 이야기였다.

"노골적으로 말하면……." 사촌 형 재스퍼가 마치 일평생 그 무엇이라도 다르게 말해 본 적이 있다는 투로 말했다. "네가 왜 굳이 재혼하려 드는지 모르겠다."

여름이 지나갔다. 정신 착란인 군중은 뮌헨에서 돌아오는 네빌 체임벌린에게 환호했다. 렉스는 하원에서 과격한 연설을 함으로써 그의 운명은 이래저래 봉해졌다. 봉해져 해군 명령 시에 가끔 행해지듯 후일 해상에서 개봉되게 되었다.[352] 줄리아의 가족 변호사들이 '마치멘 후작'이라고 칠해진 검은 주석 통들을 방 하나는 채울 만큼 들고 와서는 줄리아의 느릿느릿한 이혼 절차를 시작하였다. 반면 한 집 건너 보다 일손 빠른 내 전담 법무 팀은 몇 주 앞서 사무를 진행 중이었다. 렉스와 줄리아는 정식으로 갈라설 필요가 있었고, 당분간은 브라이즈헤드 저택이 아직 줄리아의 집이었기에 줄리아는 저택에 남았고 렉스는 짐 가방과 종자를 런던에 있는 부부 자택으로 치웠다. 내 아파트에 남은 나와 줄리아에게 불리한 증거가 수집되었다. 브라이즈헤드의 결혼식 날짜도 잡혔는데, 크리스마스 휴가 초반으로 하여 그의 장래 의붓자식들도 참석할 수

352) 해군 함대 지휘관에게 내려지며 해당 선박이 공해로 나아가기 전까지 열어서는 안 되는 명령이다. 2차 세계 대전 직전까지도 유화 노선은 대중의 지지를 받았지만 이후 전쟁이 발발하면서 강경 노선이 힘을 얻게 된다.

있도록 했다.

11월의 어느 오후에 줄리아와 나는 응접실의 창문가에 서서 바람이 라임나무 잎사귀를 벗겨 내고, 누런 이파리들을 쓸어 내리고, 테라스와 잔디밭 위와 주위와 사이로 쓸어올리며, 물웅덩이를 지나 젖은 잔디 위로 쫓아 가며 벽면과 유리창에 덕지덕지 붙이고, 끝내는 석조물에 기댄 척척한 낙엽더미로 쌓아 두는 모양을 바라보았다.

"봄에는 이런 광경을 볼 수 없겠지, 어쩌면 다시는." 줄리아가 말했다.

"전에 한번은 난 다시는 돌아오지 않으리라 생각하면서 떠났더랬어." 내가 말했다.

"어쩌면 수년 뒤에 이곳의 잔해로, 우리의 잔해로서 돌아올지도……."

우리 등 뒤의 어두워 오는 방에서 문이 열리고 닫혔다. 윌콕스가 난로 불빛을 지나 어스름 속의 긴 창문가로 다가왔다.

"전화 메시지가 도착했습니다, 마님. 코딜리아 아가씨로부터입니다."

"코딜리아 아가씨라니! 어디서 걸었어요?"

"런던에서였습니다, 마님."

"윌콕스, 이렇게 반가울 데가! 집에 온다고 그래요?"

"막 역으로 출발하시는 참이었습니다. 저녁 후에는 도착하실 겁니다."

"십이 년 동안 코딜리아를 보지 못했네." 내가 말했다. 둘이 같이 만찬을 들고 코딜리아가 수녀가 된다는 말을 했던 저녁,

내가 마치멘 저택의 응접실을 그린 저녁 이래로 보지 못했다.

"매혹적인 꼬마였어."

"걔는 별난 인생을 살았어. 처음에는 수녀원에 갔다가 그게 맞지 않으니까 스페인 내전[353]에 갔지. 나도 그 이래로 걔를 본 적이 없네. 야전 병원을 따라간 다른 여자애들은 내전이 끝나니까 돌아왔는데, 코딜리아는 계속 남아서 실향민들을 집으로 돌려보내고, 포로수용소에서 일을 거들었어. 별난 애야. 꽤 밋밋하게 자란 거 있지."

"코딜리아가 우리 사이 알아?"

"응, 나한테 다정한 편지도 써 보냈는걸."

코딜리아가 "꽤 밋밋하게" 자란 것을 생각하니, 혈청 주사와 이 구제 분말에 쏟아부은 그 모든 불타오르는 사랑을 생각하니 마음이 아렸다. 코딜리아가 도착하여 여행길에 피로하고 다소 추레한 채, 사근사근하게 구는 데에는 일절 관심이 없는 사람의 태도로 움직였을 때 나는 그녀가 못난 여자라고 생각했다. 또 어떻게 똑같은 재료가 다르게 투여된다고 브라이즈헤드, 서배스천, 줄리아, 코딜리아가 나오게 됐는지 묘하다는 생각이 들었다. 코딜리아는 여부없이 그들의 여동생이었으나 줄리아나 서배스천의 우아함은 한 치도 없고, 브라이즈헤드의 중후함도 없었다. 그녀는 빠릿빠릿하고 사무적인 듯싶고, 포로수용소와 응급 치료소의 분위기에 푹 젖은 듯싶고,

---

353) 1936년부터 1939년까지 진행된 전쟁으로, 공화주의 정부와 민족주의 세력이 충돌하는 과정에서 양측 모두 해외 원조를 많이 받았다.

역겨운 수난에 익숙해진 나머지 즐거움의 보다 섬세한 색채들을 잃어버린 듯싶었다. 그녀는 자기 나이 스물여섯보다 더 들어 보였다. 혹독한 생활이 그녀를 거칠게 만든 탓이었다. 외국어로 지속적으로 말하다 보니 발화의 뉘앙스도 무뎌졌다. 그녀는 불가에서 다리를 약간 벌리고 앉았으며, 이윽고 "집에 오니까 참 좋다." 하고 말하자 내 귀에는 자기 둥우리로 돌아가는 짐승의 꿍꿍거림으로 들렸다.

이것이 줄리아의 흰 피부에 비단에 보석이 달린 머리칼과 내가 기억하는 어릴 적 코딜리아의 모습과 대조되어 극명해진, 첫 반 시간 동안 코딜리아의 인상이었다.

"스페인에서 내 임무가 끝났어." 코딜리아가 말했다. "거기 당국이 정말 공손했고, 내가 한 모든 일에 감사를 표하고 훈장도 준 다음에 날 홱 내보내지 뭐야. 곧 여기에도 비슷한 유의 일거리가 엄청 많아질 것만 같더라."

그런 뒤 그녀가 말했다. "보모 할머니를 보기엔 너무 늦은 시간일까?"

"아니, 보모 할머니는 온종일 라디오 옆에 앉아 계셔."

우리는 세 명이 다 같이 예전 육아실로 올라갔다. 줄리아와 나는 언제나 하루의 일부를 그곳에서 보냈다. 호킨스 보모 할머니와 내 아버지라는 두 인물은 변화를 튕겨 내는 듯하여 둘 중 누구도 내가 처음 본 모습에서 한 시간이라도 나이를 먹은 듯 보이지 않았다. 이제는 라디오가 호킨스 보모의 작은 보물 모음(묵주, 적색과 금색의 표지를 보호하려 깔끔한 다갈색 크라프트지로 싼 데브렛 귀족 족보, 사진들, 휴가 기념품들)에 추가되어 탁자 위에 놓였다. 줄리아와 내가 결혼할 것이라고 털어놓았을 때 보모 할머니가 말했다. "그래, 얘들아, 다 잘 풀리면 좋겠구나." 줄리아의 행동의 적절성에 문제를 제기하는 것은 할머니의 종교에 속하는 일이 아니었던 까닭에.

브라이즈헤드는 결코 할머니가 편애하는 아이가 아니었기에 그가 약혼한다는 소식을 할머니는 이렇게 맞았다. "마음 정하는 데 참말로 오래 걸리기도 했다." 그리고 데브렛 족보를 쭉 훑어보아도 머스프랫 부인의 친인척에 관한 정보가 전혀 나오지 않자 이렇게 말했다. "모르긴 몰라도 그 여자가 옳다구나 꿰찼구먼."

우리가 찾아가니 보모 할머니는, 저녁에는 늘 그러듯이 찻주전자와 뜨고 있던 털실 깔개와 함께 난롯가에 있었다.

"너희가 올라올 줄 알았다." 할머니가 말했다. "윌콕스 씨가 사람을 보내 너희가 올라올 거라고 말해 주더구나."

"할머니 드리려고 레이스 면사포를 좀 가져왔어요."

"아이고머니나, 아가, 곱기도 하다. 가엾은 우리 주인마님께서 미사 때 쓰시던 면사포랑 똑같구나. 글쎄, 왜 그걸 꺼먼색으로들 만들었는지 나는 통 이해가 안 가더라고, 면사포는 원체가 흰색인데. 이거야 참 반가운 선물이구나, 정말로."

"라디오 좀 꺼도 돼요, 할머니?"

"그럼, 되다마다. 너희들을 봐서 기뻐 가지고는 켜져 있는 줄도 몰랐구나. 근데 머리에 무슨 짓을 한 거냐?"

"엉망인 거 저도 알아요. 이제 돌아왔으니 싹 다듬어야죠. 내 사랑 할머니."

우리가 그곳에 앉아 담소를 나누는 사이 코딜리아의 다정한 눈망울이 우리 모두에게 닿는 것이 보이자 나는 코딜리아에게도 나름의 아름다움이 있음을 깨닫기 시작했다.

"지난달에 서배스천을 봤어요."

"갠 정말 오래도록 나가 있는구나! 잘 지내디?"

"그다지요. 그래서 제가 간 거거든요. 스페인에서 튀니스까지 꽤 가까운 거 아시죠. 거기서 수도승들이랑 지내더라고요."

"그 사람들이 걔를 잘 돌봐 주면 좋으련만. 그쪽에서 걔를 그야말로 버거운 족속으로 생각하지 싶구나. 걔가 크리스마스에는 번번이 편지를 보내오는데, 역시 걔가 집에 있는 것만은 못하지. 너희가 왜 맨날 다 외국으로 떠나야 하는지 나는 통 이해가 안 갔어. 꼭 주인어른처럼 말이다. 뮌헨과 전쟁을 벌인다는 이야기가 돌았을 때 내가 혼잣말로 그랬단다. '코딜리아랑 서배스천이랑 주인어른께서 모두 외국에 있는데. 이것 참 곤란들 하겠구먼.'"

"오빠도 저랑 같이 집에 왔으면 싶었는데, 오빠의 뜻이 강해서요. 있죠, 오빠는 이제 수염도 길렀어요. 또 얼마나 독실하다고요."

"그 말은 내 두 눈으로 본다고 해도 안 믿을 거다. 걔가 항상 약간 이도교였잖느냐. 브라이즈헤드가 교회 쪽 인물이었지, 서배스천은 아냐. 게다가 수염이라니, 생각해 봐라. 그렇게 희멀끔한 피부를 가져 놓고는. 걔는 하루 온종일 물 근처에도 안 갔어도 노상 깨끗해 보였는데, 브라이즈헤드는 북북 문질러도 뭘 어쩔 도리가 없었지 뭐냐."

"좀 소름 끼쳐." 줄리아가 언젠가 말했다. "오빠가 이토록 완전히 서배스천을 잊은 걸 생각하면."

"서배스천은 전조였어."

"그거 폭풍우 속에서 했던 말이지. 그 후로 생각해 봤어, 어쩌면 나도 전조일 뿐은 아닌가 하고."

'어쩌면.' 그녀의 말들이 아직 한 줄기의 담배 연기처럼 우리 사이의 허공에 걸려 있을 때 나는 이런 생각이 들었다. 연기처럼 자취도 없이 흩어져 사라질 생각이. '어쩌면 우리네 사랑은 모두가 다만 전조와 상징일지 모른다. 다른 이들이 우리보다 앞서 밟아 간 지친 길을 죽 따라 문설주와 포석 위에 휘갈겨 쓰인 나그네의 언어일지 모른다. 어쩌면 너와 나는 예표(豫表)이며 이따금 둘 사이에 떨어지는 이 슬픔은, 우리가 탐구하다가 서로가 상대의 안으로 너머로 비집고 나아갈 때, 항상 우리보다 한두 걸음 앞서 길모퉁이를 도는 그림자가 간혹 가다 언뜻 보일 때 느끼는 낙담에서 솟아나는 것일지 모른다.'

나는 서배스천을 잊지 않았다. 그는 줄리아 안에서 날마다 나와 함께했다. 아니, 그보다는 그 옛날 아르카디아의 나날에 내가 서배스천 안에서 안 존재가 줄리아였다.

"여자한테 별로 위안이 되는 말은 아니네." 내가 부연하려 하자 줄리아가 말했다. "갑자기 내게서 다른 누군가가 보이게 된다든가 하지 않을지 어떻게 알아? 차 버리기 딱 좋은 구실이잖아."

나는 서배스천을 잊지 않았다. 저택의 벽돌 하나하나에 그에 대한 기억이 서려 있었고, 코딜리아의 입에서 불과 한 달 전에 만난 사람으로서 이야기되는 것을 듣자 나의 잃어버린 친구가 머릿속을 채웠다. 우리가 육아실을 떠나자 내가 말했다. "서배스천 얘기 하나부터 열까지 듣고 싶어."

"내일. 얘기가 길어."

그리고 다음 날 바람이 휘몰아치는 정원 사이로 걸어가며 코딜리아가 말해 주었다.

"서배스천이 죽어 간다는 소식을 들었어." 그녀가 말했다. "막 북아프리카에서 돌아온 신문 기자가 부르고스에서 나한테 말해 주더라고. 플라이트라는 빈털터리가, 사람들 말로는 영국 귀족이었다는 사람인데, 굶어 죽어 가는 걸 수도승들이 발견하고 카르타고 근처의 어느 수도원에 받아들였대. 여하간 내 귀에 들린 소식은 그랬어. 나야 그게 정말로 진짜일 리는 없다는 걸 알았지. 우리가 아무리 서배스천한테 해 준 게 없대도 오빠는 적어도 돈은 송금받았으니까. 그래도 나는 한걸음에 달려갔어.

모든 게 꽤 수월했어. 처음에 영사관에 갔더니 거기 사람들이 오빠에 관해 다 알고 있더라고. 무슨 선교 신부단 본부의 양호실에 있었어. 영사님이 말해 준 이야기로는 서배스천이 어느 날 알제에서 오는 버스를 타고 튀니스에 불쑥 나타나서는 선교단의 평수사로 고용해 달라고 지원했다는 거야. 신부님들은 오빠를 한 번 쳐다보자마자 거절했어. 그러니까 마시기 시작한 거지. 오빠는 아랍인 지구 변두리의 협소한 호텔에서 살았어. 나도 나중에 호텔을 보러 갔거든. 거기는 위층에 방이 몇 개 있는 술집이었는데, 그리스인이 운영했고, 끓는 기름이랑 마늘이랑 상한 와인이랑 퀴퀴한 옷 냄새가 나고 그리스 잡상인들이 와서 체커 게임을 하고 라디오를 듣는 곳이었어. 오빠는 거기 한 달간 머물면서 그리스산 압생트를 마시고 간간이 밖을 쏘다니다가, 어딜 갔는지는 그 사람들도 모르지만 돌아와서 또 마셨던 거야. 사람들은 혹여나 오빠가 곤란에 처할까 봐 가끔 뒤따라갔는데, 고작 성당에 가거나 차를 타고 읍내 밖의 수도원으로 향하는 정도였지. 거기 사람들은 오빠를 사랑했어. 보이지, 서배스천은 어딜 가든, 어떤 상황에 처하든 아직도 사랑을 받는 거. 절대 사라지지 않을 오빠만의 특성이지. 찰스도 호텔 주인장이랑 일가족이 뺨 위로 눈물을 주룩주룩 흘리면서 서배스천에 관해 말하는 걸 들었어야 돼. 그 사람들은 분명히 오빠를 이모저모로 뜯어먹었지만 오빠를 돌봐 주고 음식을 먹이려고 노력도 했어. 오빠에 관해 그 사람들이 놀란 점이 바로 그거였어, 오빠가 먹질 않는다는 거. 거기에서 오빠는 그 모든 돈을 가졌는데도 너무 말랐으니까. 서로 매우 이상한 프랑스어로 말하고 있으려니까 그 집 단골 몇 명이 들어왔어. 역시나 다들 똑같은 이야기를 해 줬지. 정말 좋은 남자였고, 그렇게 기운 없는 모습을 보는 게 너무 안타까웠다고. 사람을 그렇게 내버려 두는 게 어디 있냐며 가족들을 정말 나쁘게 생각하더라고. 자기네 사람들에겐 있을 수 없는 일이라고들 했는데, 나도 그들 말이 맞는 것 같아.

어쨌든 그건 좀 뒤의 일이야. 영사관에 들른 후에 나는 곧장 수도원으로 가서 수도원장을 만났어. 중앙아프리카에서 오십 년을 보낸 엄숙한 네덜란드 할아버지였지. 그 사람도 자기가 본 오빠 이야기를 해 줬어. 어떻게 서배스천이, 영사가 말한 그대로 수염을 기르고 여행 가방을 들고 불쑥 나타나서 평수사로 받아 달라고 청했는지를. '그 형제는 정말 진지했습니다.' 수도원장이 말하더라."(코딜리아가 수도원장의 목구멍소리를 따라 했고, 나는 코딜리아가 교습실에 있을 적에 사람 흉내에 재주가 있었다는 것이 기억났다.) "'그의 진심에 조금이라도 미심쩍은 점이 있다고는 생각지 말아 주십시오. 그는 정말 제정신이고 정말 진지합니다.' 서배스천은 오지로, 발길이 닿을 수 있는 한 멀리, 가장 단순한 사람들 사이로, 식인종에게 가고 싶어 했어. 수도원장이 말했지. '우리 선교 임무에 식인종은 없습니다.' 그러니까 오빠가 뭐, 소인족이라도 괜찮겠다고, 아니면 어디 강가에 있는 원시 부락이라든가, 아니면 문둥이들, 문둥이들이 무엇보다도 제일 괜찮겠다고 말했대. 그러니까 수도원장이 말했지. '우리 임무에 문둥병 환자들은 많지만 다들 의사와 간호사와 함께 우리 취락 안에서 삽니다. 다 질서가 잘 잡혀 있지요.' 그러자 오빠가 다시 생각하더니 아무래도 문둥이들은 자기가 원하던 게 아니었다고, 강가에 무슨 작은 성당이 있지 않았느냐고(서배스천은 언제나 강을 원했던 거 있지.) 그곳을 신부님이 출타 중일 때 자신이 돌보면 되지 않겠느냐고 하더래. 그래서 수도원장이 말했지. '그래요, 그런 교회들이 있기야 합니다. 이제 형제께서 누구신지 말씀해 보세요.' '아, 전 아무것도 아니에요.' 오빠가 그러더래. '우리가 괴짜를 좀 보기야 합니다.'" 코딜리아가 또다시 무심코 흉내에 돌입했다. “‘그 형제는 괴짜긴 했어도 정말 진지했죠.’ 수도원장이 오빠한테 수련 기간이랑 연수에 관해 얘기해 주고 이렇게 말했대. ‘형제께서는 젊은 사람이 아닙니다. 제 눈에는 튼튼해 보이지도 않고요.’ 그러니까 오빠가 말했대. ‘아뇨, 저는 연수받고 싶지 않아요. 저는 연수가 필요한 일들은 하고 싶지 않거든요.’ 그러니까 수도원장이 ‘형제여, 선교사는 바로 당신에게 필요하겠군요.’ 하니까 오빠가 ‘네, 필요하고말고요.’ 하더래. 그래서 수도원장이 오빠를 돌려보냈지.

다음 날 오빠가 다시 왔어. 마시고 있었던 거야. 오빠가 수련 수사가 되고 연수를 받기로 마음을 굳혔다고 하더래. ‘자.’ 수도원장이 말했어. ‘오지에서는 사람에게 불가능한 일이 몇 가지 있습니다. 그중 하나가 음주이지요. 최악까지는 아니지만 그래도 꽤 치명적인 행위입니다. 그래서 그 형제를 돌려보냈어요.’ 그러자 오빠가 일주일에 두세 번씩 매번 술에 취해 찾아와서 결국에는 수도원장이 문지기더러 오빠를 들이지 말라는 명을 내렸어. 내가 그랬지. ‘이를 어째, 오빠가 수도원장님께 상당히 폐를 끼친 것 같네요.’ 하지만 물론 폐라는 건 그런 곳에 있는 사람들은 이해하지 못하는 것이지. 수도원장이 그저 이러더라. ‘기도 말고는 그 형제를 도우려 제가 할 수 있는 게 아무것도 없다고 생각했지요.’ 수도원장은 정말 성스러운 노인이었고 다른 사람들 안에서도 그걸 알아보는 사람이었어.”

“성스러움을?”

“응, 맞아, 찰스. 그게 바로 오빠가 서배스천에 관해 이해해야 할 점이야.

그래서 끝끝내 어느 날 거기 사람들이 서배스천이 정문 밖에 정신을 잃고 쓰러져 있는 걸 발견했어. 오빠가 걸어 나와서는(평소에는 차를 잡아탔는데) 고꾸라져서 밤새도록 거기 누워 있었던 거야. 처음에는 다들 오빠가 단순히 또 취했겠거니 생각했대. 그러다가 오빠의 상태가 매우 안 좋다는 걸 알아채고는 양호실로 들였고, 거기서 오빠가 여태껏 쭉 신세진 거지.

오빠가 고비를 넘길 때까지 내가 보름간 같이 있었어. 오빠는 몰골이 끔찍하고, 나이는 가늠이 안 되고, 머리가 좀 벗겨지고 수염이 삐죽삐죽 자랐어도 예전의 그 다정한 태도는 여전하더라고. 거기 사람들이 오빠에게 1인실을 줬어. 침대 하나에 십자가상에 흰 벽이 있는, 거의 수도자 독실밖에 안 되는 공간이었지. 처음에는 오빠가 말을 많이 할 수 없었고 나를 봐도 전혀 놀라지 않더라고. 이후엔 깜짝 놀라더니 말을 많이 안 하려 들다가 내가 떠나기 직전이 되어서야 자기한테 벌어지던 일들을 전부 말해 줬어. 주로 커트, 오빠의 독일인 친구에 관해서였지. 뭐, 찰스도 그 사람을 만났으니 그쪽 관련으론 다 알겠네. 소름 끼치는 인간 같은데, 그래도 자기가 돌봐 줄 사람이 있는 한 서배스천은 행복했어. 오빠가 커트랑 같이 사는 동안에 한때는 거의 술 마시는 걸 그만둔 적도 있었대. 커트는 아팠고 좀체 낫지 않는 상처가 있었어. 오빠가 그걸 다 보살펴 준 거야. 그러다가 둘이 그리스로 갔는데 커트가 나아진 거지. 오빠도 알겠지만 독일인들이 고대 국가에 도착하면 체면이란 걸 깨닫는 듯한 경우가 가끔 있잖아. 그게 커트에게 일어난 모양이야. 서배스천 말로는 그 사람이 아테네에서 꽤 인간이 됐대. 그러다가 그 사람이 감옥에 들어간 거지. 왜인지는 정확히 알아 낼 수 없었어. 듣자 하니 딱히 그 사람 잘못은 아니었다는데, 어느 관리랑 웬 싸움이 붙었다나. 일단 갇히고 나니까 독일 당국에서 그 사람을 알아챘어. 그 무렵은 독일 당국이 세계 방방곡곡에서 자국민을 몽땅 모아서 나치당원으로 만들려고 하던 시기였으니까. 커트는 그리스를 떠나고 싶어 하지 않았지만 그리스는 그 사람을 원하지 않아서 결국에는 감옥에서 다른 건달 무리에 섞여 독일 함선으로 곧장 호송돼서 고국으로 보내졌지.

서배스천이 그 사람을 뒤쫓았는데, 일 년 동안 흔적도 찾을 수가 없더래. 그러다 드디어 어느 시골 마을에서 나치 돌격대원 제복을 입은 그 사람을 찾아냈지. 처음에는 오빠랑 일절 얽히고 싶어 하지 않더래. 조국이 재탄생했고 자신은 조국에 속했고 민족의 삶에서 자아실현을 한다며 관공리 은어를 줄줄 읊지를 않나. 하지만 그건 고작 한 꺼풀 껍데기였어. 서배스천과의 육 년이 히틀러와의 일 년보다 그 사람한테 더 많은 걸 가르쳐 줬던 거야. 결국에는 다 때려 치웠고, 독일을 싫어한다고 인정했고, 빠져나오고 싶어 했어. 서배스천의 등골을 빨아먹으며, 지중해에서 해수욕하고, 카페에 죽치고 앉아 있고, 누군가가 구두를 광내 주는 편안한 생활의 부르심이 당최 어느 정도였는지 난 감이 안 잡혀. 오빠 말로는 그게 다는 아니었대. 커트가 아테네에서 어른이 되기 시작한 참이었다나. 오빠 말이 맞을 수도 있겠지. 어쨌든 그 사람은 탈출을 시도해 보기로 작심했어. 근데 잘 안됐지. 그 사람은 뭘 하든 간에 꼭 말썽을 일으켰다고 오빠가 그러더라고. 당국에서 커트를 잡아서 수용소에 집어넣었어. 오빠는 그 사람 근처에 가거나 소식 한마디라도 들을 수가 없었지. 어느 수용소에 들어갔는지조차 알아 낼 수 없었으니까. 그렇게 오빠는 거의 일 년 동안 독일을 헤매면서 다시 술을 마시다가 어느 날 거나하게 취해서 어울린 상대가 커트가 있던 수용소에서 막 나온 남자여서 커트가 수감된 첫 주에 막사에서 목을 맸다는 얘기를 들은 거야.

그래서 그걸로 서배스천한테 유럽은 끝이었지. 오빠는 다시 행복했던 모로코로 돌아가서 이곳저곳 전전하며 해안을 점점 표류해 내려오다가 어느 날 정신이 나자(이제는 오빠가 거의 상시로 음주 발작을 하더라고) 야만인들에게로 도망치자는 발상을 하게 된 거지. 그래서 거기 있었던 거야.

오빠더러 집에 오라는 말을 꺼내진 않았어. 오지 않으리라는 걸 알기도 했고, 그걸 가타부타 논하기에는 아직 오빠가 너무 허약하기도 해서. 내가 떠날 때 오빠는 꽤 행복해 보였어. 당연히 결코 오빠가 오지로 가거나 수도회에 들어가거나 하지는 못하겠지만 수도원장 신부님께서 오빠를 돌봐 주실 거래. 그쪽 사람들이 오빠한테 문지기 조수 같은 걸 시킬 생각을 하더라고. 수도원에는 별난 군식구가 몇 명 있기 마련이잖아. 속세에도 수도원 규칙에도 잘 적응하지 못하는 사람들. 나 자신도 그런 부류가 아닐까 해. 그래도 나는 우연히 술은 안 마시니까 여기저기 더 쓸모 있지."

우리는 산책로 모퉁이에 다다라 제일 끄트머리의 가장 작은 호수의 기슭에 있는 석조 다리에 올라섰다. 발밑으로는 불어난 물살이 급류가 되어 아래쪽의 물줄기로 떨어졌으며, 다리 너머로는 산책로가 다시 저택 쪽으로 이어졌다. 우리는 난간에 잠시 멈춰 서서 캄캄한 물속을 내려다보았다.

"옛날에 내 가정 교사 하나가 이 다리에서 뛰어내려서 익사했어."

"응, 알아."

"오빠가 어떻게 알아?"

"너에 관해서 내가 처음 들은 이야기였거든. 내가 너를 만나기도 전에."

"그런 일도 다 있네……."

"줄리아한테도 서배스천에 대한 이 얘기 해 줬어?"

"개요는. 오빠한테 말해 준 것만큼은 아니고. 언니는 서배스천을 결코 사랑하지 않았잖아, 우리가 사랑하는 만큼은."

"사랑하는." 그 단어가 나를 꾸짖었다. 코딜리아의 '사랑하다'라는 동사에는 과거 시제가 없었다.

"가엾은 서배스천!" 내가 말했다. "너무 안됐어. 어떻게 마무리될까?"

"어떻게 마무리될지 내가 정확히 말해 줄 수 있을걸, 찰스. 내가 서배스천 같은 사람들을 봐 왔는데, 나는 그들이 하느님께 매우 가깝고 소중한 존재들이라고 생각해. 서배스천은 수도사 집단에 반은 속하고 반은 벗어난 채 빗자루와 열쇠뭉치를 들고 어정거리는 낯익은 친구로 살아갈 거야. 나이 지긋한 신부님들에게는 지극히 편애를 받을 테고, 수련 수사들에게는 농담거리쯤 되겠지. 모두가 오빠의 음주 습관을 알 거야. 오빠는 달마다 이삼 일쯤은 사라질 테고, 그럼 그 사람들이 전부 끄덕이고 웃음 짓고 각기 다른 억양으로 이렇게 말하겠지. '서배스천 그 친구 또 들이부었구먼.' 그러면 오빠는 머리가 헝클어진 채 창피한 얼굴로 돌아와서 예배당에서 하루 이틀 정도는 더 독실하게 행동하겠지. 어쩌면 정원 여기저기에 작은 은닉처들을 찾아내서 한 병 숨겨 두고 이따금씩 몰래 꿀꺽할 거야. 수도원에서는 영어권 방문객이 올 때마다 오빠를 안내역으로 내보낼 거고, 오빠가 더없이 매력적으로 행동한 나머지 방문객들은 떠나기 전에 오빠에 관해 물을 테고 본국에선 높으신 분들과 친인척 관계라고 귀띔받을지도 모르지. 오빠가 충분히 오래 살면 온갖 외딴곳의 선교사들이 대대손손 오빠를 두고 왜인지는 모르겠지만 자기들 학창 시절 희망[354]의 일부였던 기묘한 할아버지로 생각하고, 미사 때 기억할 거야. 오빠에게는 예배 시 사소한 기벽이, 자기 나름의 진지한 개인적 의식이 생겨날 거야. 또 뜬금없을 때 예배당에서 보이고 오리라고 예상될 때에는 안 보이겠지. 그러다 어느 날 아침 오빠의 평소와 같은 음주 발작 다음에 정문에서 죽어 가는 오빠를 사람들이 둘러업고 올 테고, 눈꺼풀이 떨리는 정도로 의식이 붙어 있다는 게 보일 때 오빠에게 종부 성사를 내릴 거야. 한평생 살면서 그 정도면 그리 나쁘지 않지, 뭐."

나는 꽃피는 밤나무 아래에서 곰돌이 인형을 안은 청춘을

354) 하느님의 의인화된 세 은총인 믿음, 희망, 사랑 중 하나이다.

떠올렸다. "흔히 예지했음 직한 내용은 아니네." 내가 말했다. "서배스천이 고통스러워하지는 않겠지?"

"아, 물론 고통스러워할 거라 생각해. 서배스천처럼 불구가 된다는 게 어느 정도로 고통스러울지 보통 사람이 알 리가 없지. 존엄도 없고 의지의 힘도 없다는 게. 누구도 고통 없이는 성스럽지 않은 법이잖아. 서배스천한테는 그런 형태로 나타난 거지……. 지난 몇 년간 나는 너무 많은 고통을 봤어. 그리고 금방 모두에게 아주 많은 고통이 닥쳐올 거야. 지금은 사랑의 봄[355]이야……." 그리고 나의 무종교 정신에 눈높이를 맞추며 이렇게 덧붙였다. "서배스천은 정말 아름다운 곳에 있거든, 바닷가야. 하얀 수도원 회랑, 종탑, 줄줄이 자라난 초록 식물, 또 해가 기울면 식물들에 물을 주는 수도승까지."

나는 웃었다. "내가 이해하지 않으리란 걸 알았구나?"

"오빠와 줄리아가……." 코딜리아가 말했다. 그리고 우리가 저택 쪽으로 발걸음을 옮길 때 말했다. "어젯밤에 날 보고 '불쌍한 코딜리아, 그렇게 애교 있던 여자애가, 밋밋하고 독실한 노처녀로 자라 선행만 하러 다니는구나.' 하고 생각했지? '엇나간' 여자라고 생각했지?"

발뺌할 계제가 아니었다. "응." 내가 말했다. "그렇게 생각했어. 지금은 그렇게까지는 생각하지 않지만."

---

355) 『베로나의 두 신사』 중 1막 3장에 등장하는 구절이다. "아, 이런 식의 사랑의 봄은 변덕스럽게 찬란한/ 4월 날씨와 정말로 닮았어./ 태양이 아름다움을 방금 자랑하다가도,/ 잠시 후 한 점의 구름이 그것을 빼앗아 버리는 4월 날씨와." 셰익스피어, 오경심 옮김, 『베로나의 두 신사』(동인, 2016).

“희한하지.” 그녀가 말했다. “오빠와 줄리아를 보고 내가 떠올린 단어도 바로 그거거든. 우리가 다 함께 육아실에 올라가 보모 할머니랑 있었을 때. ‘엇나간 열애’라고 생각했어.”

코딜리아가 어머니로부터 물려받은, 가만가만하고 극미한 조롱이 담긴 어조로 말했으나 그날 저녁 그 말들이 내게 비수로 내리꽂혔다.

줄리아는 우리가 브라이즈헤드 저택에서 둘이서만 만찬을 들 때 자주 입은 수놓인 중국식 원피스를 입었다. 무게감과 빳빳한 주름이 줄리아의 정자세를 강조해 주는 의복이었다. 목깃의 단순한 금빛 원으로부터 목이 우아하게 솟아오르고, 손은 무릎의 용들 사이에 가만히 놓여 있었다. 이런 모습의 그녀를 나는 수없는 밤 동안 바라보며 흐뭇해했으며, 그날 밤에도 난롯불과 전등갓 사이에 앉은 그녀를 바라보며 그녀의 아름다움에 대한 사랑으로 눈길을 떼지 못하는 가운데 불현듯 이런 생각이 들었다. ‘이런 모습의 그녀를 언제 또 보았더라? 왜 다른 순간의 장면이 떠오르는 걸까?’ 그러자 이것이 그녀가 여객선에서 폭풍우가 몰려오기 전 앉아 있던 모습이라는 것이 떠올랐다. 바로 이것이 당시 그녀의 모습이었고 나는 그녀가 영구히 잃었다고 생각했던 무언가를 되찾았다는 사실을 깨달았다. 나를 그녀에게로 이끈 그 매혹적인 슬픔, “아무렴 내가 이런 걸 위해 만들어진 건 아니겠지?”라고 묻는 듯했던 그 엇나간 눈빛.

그날 밤 나는 어둠 속에서 잠에서 깬 채 누워 코딜리아와의 대화를 머릿속에서 곱씹어 보았다. 내가 어떻게 “내가 이해하지 않으리란 걸 알았구나."라고 말했는지. 내 느낌으로는 내가 얼마나 자주 멈칫했는지. 마치 힘껏 달려 나가다가 갑자기 장애물 앞에 버티고 서서, 박차가 가해져도 뒤로 뻗대며 장애물에 코를 박고 들여다보기조차 꺼리는 말처럼.

그리고 내게 떠오른 또 다른 심상은 북극의 오두막에 모피 사냥꾼이 모피와 석유등과 통나무 장작불 옆에 홀로 앉아 있는 장면이었다. 안쪽에서는 모든 것이 보송하고 정연하고 따스하고, 바깥쪽에서는 겨울의 마지막 눈보라가 포효하고 문 앞에 눈이 쌓이고. 더없이 고요하게 문짝의 목재가 육중한 무게에 짓눌려 가고, 빗장걸이에서 빗장이 팽팽해지며, 시시각각 바깥의 어둠 속에서 새하얀 눈 더미가 문을 봉해 가고. 그러다 꽤 금방 바람이 잠잠해지고 태양이 얼음 비탈 위에 고개를 내밀면 눈 뭉치에서 시작된 해빙이 저 높은 곳부터 움직이고 미끄러지며 굴러 내려 무게를 더할 터였으며, 끝내 산비탈이 통째로 쓰러지듯이 되어 불이 밝혀진 작은 오두막은 눈사태와 뒤섞여 협곡으로 굴러가며 벌어지고 쪼개지고 사라질 터였다.

5

내 이혼 소송은, 그보다는 아내의 이혼 소송은 브라이즈헤드의 결혼식과 엇비슷한 시기에 공판이 있을 예정이었다. 줄리아의 소송은 다음 회기 전에는 심리되지 않을 터였다. 그동안에 우편배달부 게임[356](내 소유물을 구 사제관에서 내 아파트로, 아내의 소유물을 내 아파트에서 구 사제관으로, 줄리아의 소유물을 렉스의 집과 브라이즈헤드 저택에서 내 아파트로, 렉스의 소유물을 브라이즈헤드 저택에서 그의 집으로, 머스프랫 부인의 소유물을 팰머스의 본가에서 브라이즈헤드 저택으로 옮기는 일)이 한창이어서 우리 모두가 각기 어느 정도는 집 잃은 신세가 된 차였다. 바로 그때 불쑥 휴지가 선포되고 마치멘 경이, 딱 장남의 눈치

356) 각 마을의 우체국을 대표하여 의자에 앉은 참가자들이 눈가리개를 한 술래에게 잡히지 않고 좌석을 바꿔 우편을 배달하는 게임.

없는 면의 원조 격인 극적으로 시의 부적절한 때를 고르는 취향으로, 국제 정세 때문에 영국에 돌아와 옛 집에서 여생을 보내고자 한다는 의사를 밝혀 왔다.

이런 상황 변화로 조금이라도 이득을 볼 법한 유일한 가족 구성원은 코딜리아였는데, 이 아수라장 속에서 슬프게도 버려져 있던 까닭이다. 브라이즈헤드가 그렇잖아도 코딜리아에게 편한 만큼 언제까지고 자신의 집을 그녀의 집처럼 여겨 달라고 정식으로 요청까지 했으나 새언니가 결혼식 직후에 연말연시 동안 자식들을 저택에 두고 그녀의 자매 중 한 명과 그 친구에게 애 보기를 맡길 작정이라는 사실을 알게 되자 코딜리아도 거처를 옮기기로 결정하고 런던에서 홀로 세간을 꾸리겠다는 얘기를 하던 참이었다. 이렇게 되니 코딜리아는 신데렐라 같은 처지에서 저택 여주인으로 격상되었으며, 반면에 바로 그 순간까지도 며칠만 있으면 저택을 완전히 장악하리라고 예상했던 그녀의 오빠와 새언니는 길거리에 나앉게 되었다. 따라서 정서(淨書)되어 서명될 채비를 마쳤던 저택 양도 증서는 둘둘 말리고 묶여 링컨스 인 법학원[357]의 검은 주석 통 중 하나로 치워졌다. 머스프랫 부인에게는 분통 터질 일이었다. 부인은 야망에 찬 여자는 아니었기에 브라이즈헤드 저택보다 훨씬 덜 웅장한 집으로도 진심으로 족했을 테지만 그래도 크리스마스 즈음해서 자식들에게 어느 정도 살

357) 영국 잉글랜드와 웨일스의 변호사들이 속한 네 개의 법학원 중 하나이다. 법학원은 변호사 협회이다.

곳을 찾아 주고 싶기는 했기 때문이다. 팰머스의 집은 살림살이를 들어내고 팔려고 내놓은 터였다. 게다가 부인이 그 집을 떠나면서 새로운 주택에 관해 이유 있는 허풍도 좀 떨어 두었으므로 가족이 그곳으로 돌아갈 수는 없는 노릇이었다. 부인은 부득이 서둘러서 자기 가구를 레이디 마치멘의 방에서 사용되지 않는 마차 보관소로 옮기고 토키에 세간이 구비된 별장을 잡는 수밖에 없었다. 부인은 앞서 말했듯 야망이 들끓는 여자는 아니었어도 기대치가 이토록 부풀어 버린 마당에 이리 갑작스레 이리 아래로 끌어내려진다는 것은 얼떨떨한 일이었다. 마을에서 신혼부부 입장을 위해 장식을 준비하던 작업반은 행사용 깃발에서 'B'의 실을 뜯어내고 'M'을 꿰매 넣고, 백작 보관의 특색을 지우고 보관 그림 위에 은공과 딸기 잎[358]을 스텐실로 찍어 내기 시작하면서 마치멘 경의 귀환을 준비했다.

마치멘 경의 의사에 관한 소식은 맨 처음 사무 변호사에게, 그다음 코딜리아에게, 그다음 줄리아와 나에게 신속한 일련의 모순되는 전보들을 통해 도착했다. 마치멘 경은 결혼식에 때맞춰 도착할 터였다. 아니, 파리를 경유하는 브라이즈헤드 경과 레이디 브라이즈헤드를 만난 다음 결혼식 후에 도착할 터였다. 아니, 부부를 로마에서 볼 터였다. 마치멘 경은 전

358) 영국에서는 보석 관의 디자인으로 귀족의 계급을 표현한다. 백작인 브라이즈헤드의 보관은 자잘한 여덟 장의 딸기 잎과 여덟 개의 은공으로 장식되는 반면 후작인 마치멘 경의 보관은 보다 큰 네 장의 딸기 잎과 네 개의 은공으로 장식된다.

혀 여행할 만한 상태가 아니었다. 아니, 마치멘 경은 막 출발할 참이었다. 아니, 브라이즈헤드 저택에서는 겨울에 불행한 기억들이 있어서 충분히 봄철이 되고 난방 기구가 정비되기 전까지는 오지 않을 터였다. 마치멘 경은 홀로 올 터였다. 아니, 이탈리아의 식구를 데리고 올 터였다. 마치멘 경은 귀환이 알려지지 않기를, 완벽한 칩거의 삶을 영위하기를 바랐다. 아니, 무도회를 열 계획이었다. 끝내 1월의 어느 날이 선택되었고 이날이 정확한 날짜로 판명되었다.

플렌더가 마치멘 경보다 며칠 먼저 왔는데, 여기에 난점이 있었다. 플렌더는 브라이즈헤드의 기존 식구가 아니었다. 그는 의용 기병대에서 마치멘 경의 종복이었으며, 마치멘 경이 전쟁에서 돌아오지 않기로 결정되었을 때 주인어른의 짐을 내보내는 괴로운 때에 윌콕스를 한 번 만났을 뿐이었다. 당시 플렌더는 종자였으며, 공식적으로는 현재도 그랬으나 지난 수년 사이에 일종의 부감독으로 스위스인 몸종 한 명을 데려와 옷시중을 들도록 하고, 필요할 경우 저택에서 품위가 덜한 임무들에 일손을 돕도록 하였으므로 실질적으로는 요동치며 유동적인 그 가구의 집사가 되어 있었다. 이에 그는 때로 통화를 하며 스스로를 '비서'라고 칭하기까지 하였다. 플렌더와 윌콕스 사이에는 일 에이커의 살얼음판이 펼쳐져 있었다.

다행스럽게도 그 둘은 서로에게 호감을 가지게 되었고, 코딜리아와 일련의 삼자 토론을 거친 끝에 사안이 해결되었다. 플렌더와 윌콕스는 동등한 우선권을 지니는 근위 기병대의

'블루스' 연대와 근위 연대[359]처럼 궁정의 공동 궁내관이 되어 플렌더는 주인어른의 사실(私室) 관리를 주력 직분으로 맡았으며 윌콕스는 공동으로 사용되는 방들을 감독 권역으로 두었다. 상급 하인은 검은 코트를 받고 집사로 승격되었으며, 별 특징 없는 스위스인 몸종은 도착하면 평복을 받고 온전한 종자 지위를 가질 터였다. 새로운 위계에 맞추어 임금이 전반적으로 인상되고, 모두가 만족했다.

한 달 전에 돌아오지 않으리라 생각하며 브라이즈헤드 저택을 떠난 줄리아와 나는 마치멘 경을 맞이하려고 다시 저택으로 들어갔다. 마침내 그날이 오자 코딜리아가 역으로 마중나갔고 우리는 집에서 맞으려고 남았다. 황량하고 돌풍이 부는 날이었다. 농가들과 산장들은 장식되었다. 그날 밤 모닥불을 피우고 마을의 은관 취주악단이 테라스에서 연주한다는 계획은 좌절되었어도 이십오 년간 휘날린 적이 없던 가기(家旗)는 페디먼트 위로 올려져 납빛 하늘과 대비되어 뚜렷이 펄럭였다. 중앙 유럽에서 어떤 난폭한 목소리들이 마이크에 대고 소리치든, 군수 공장에서 어떤 선반기(旋盤機)가 돌아가든 이 인근에서는 마치멘 경의 귀환이 가장 중요한 사안이었다.

마치멘 경은 3시 정각에 도착할 예정이었다. 줄리아와 내가 응접실에서 기다리던 차에 역장에게 통지해 달라고 주선해

---

359) 영국의 왕을 지키는 근위 기병대는 파란 군복으로 유명한 '블루스 앤드 로열스' 연대와 붉은 군복으로 유명한 '근위 연대'로 나뉜다. 블루스 연대는 국가적 위기 상황에 최전선에서 싸우는 임무를, 근위 연대는 각종 행사 시 왕을 호송하는 임무를 맡는다.

둔 윌콕스가 "열차 신호가 들어왔습니다." 하고 알려 주고 일 분 뒤에는 이렇게 말했다. "열차가 들어왔습니다. 주인어른께서 오고 계십니다." 이에 우리는 정면 주랑 현관으로 나가 상급 신하들과 함께 그곳에서 대기했다. 곧이어 롤스로이스가 주택 진입로 모퉁이에서 나타났고, 약간의 거리를 두고 밴 두 대가 뒤따랐다. 롤스로이스가 다가와 정차했다. 먼저 코딜리아가 다음으로는 카라가 내렸다. 잠시 정적이 흐르는 사이 깔개가 운전기사에게, 지팡이가 하인에게 건네졌다. 그제야 다리 하나가 조심스레 앞쪽으로 뻗어졌다. 플렌더는 이때쯤에는 차 문에 있었고, 다른 하인(스위스인 종자)은 밴에서 나타났다. 둘이 함께 마치멘 경을 들어 올려 그가 발을 딛고 서도록 했다. 마치멘 경이 지팡이를 더듬어 찾더니 움켜쥐고 잠시간 그대로 서서 정문으로 이어지는 낮은 계단 몇 개를 오를 기력을 모았다.

줄리아가 놀라서 작은 날숨을 쉬며 내 손을 찾았다. 우리가 아홉 달 전에 몬테카를로에서 마치멘 경을 보았을 때는 꼿꼿하고 위풍당당한 모습으로, 베네치아에서 내가 처음 본 모습과 그다지 다르지 않았다. 이제 그는 쇠약한 노인이었다. 플렌더는 우리에게 최근 그의 주인이 편찮다고만 말했더랬다. 우리를 이런 상태에 대비시키지는 않았던 것이다.

마치멘 경은 구부러지고 쪼그라들어 걸친 그레이트 코트에 짓눌린 채 서 있었다. 또 목깃에서는 하얀 머플러가 칠칠치 못하게 펄럭였고, 납작모자는 이마까지 푹 눌러쓰인 한편 얼굴은 창백하고 주름졌으며, 코는 추위에 발갰다. 눈에 차오른 물기는 감정이 벅차올라서가 아니라 동풍 때문에 난 것이었으며, 숨소리는 색색거렸다. 카라가 머플러 끝을 잘 밀어 넣고 그에게 무언가를 속삭였다. 그러자 마치멘 경이 장갑(회색 양모로 된 남학생용 장갑) 낀 손을 들어 올려 문간에 있던 무리에게 작고 지친 손짓으로 인사했다. 그런 뒤 매우 느릿느릿 시선을 자기 앞의 땅바닥에 두고 저택으로 걸음을 옮겼다.

하인들이 코트와 모자와 머플러와 속에 입은 일종의 가죽 조끼를 가져갔다. 이렇게 벗겨진 그는 어느 때보다 더 피폐하면서도 보다 우아해 보였다. 그는 극도의 피로에서 오는 추레함을 발산했다. 카라가 넥타이를 바로 해 주었고, 그는 반다나 손수건으로 눈가를 훔친 다음 지팡이를 붙잡고 발을 끌며 현관 난롯가로 향했다.

맨틀피스 옆에는 조그만 문장(紋章) 의자가 있었는데, 벽에 붙게 놓인 가구 세트 중의 하나로, 작고 불편하며 좌석도 납작하여, 등받이의 정교한 문장 그림을 보이기 위한 구색 맞춤일 뿐인 의자였다. 거기에는 추측건대 아무도, 지친 하인조차도 의자가 제작된 이래 앉은 적이 없었다. 그러나 그 자리에 마치멘 경이 앉아 눈가를 닦았다.

"추위 때문이야." 그가 말했다. "영국에선 얼마나 추운지 잊고 있었어. 내가 완전히 뻗어 버렸군."

"뭐라도 가져다드릴까요, 주인어른?"

"아니야, 고맙네. 카라, 그 망할 알약은 어디 있어?"

"알렉스, 의사가 하루에 세 번 이상은 안 된다고 했잖아요."

"의사 놈이 뭘 알아. 내가 완전히 뻗어 버린 느낌이라고."

카라가 가방에서 파란색 병을 꺼냈고 마치멘 경이 한 알을 삼켰다. 안에 든 것이 뭐였든 간에 그를 되살리는 듯했다. 그는 여전히 앉아서 앞쪽으로 긴 다리를 쭉 뻗고 지팡이는 다리 사이에 끼우고 턱은 지팡이의 상아 손잡이에 걸친 채였지만 그래도 우리 모두에게 알은체하고 인사하며 지령을 내리기 시작했다.

"유감스럽게도 오늘 상태가 영 아니네. 여행으로 혼이 쏙 빠졌어. 도버에서 하룻밤 쉬고 올 것을. 윌콕스, 내 방으로 어딜 준비해 두었는가?"

"옛날에 쓰시던 방입니다, 주인어른."

"거긴 못 써, 내가 다시 건강해지기 전까지는. 계단이 너무 많아. 1층에 있어야만 해. 플렌더, 아래층에 내가 쓸 침대를 마련해 주게."

플렌더와 윌콕스가 불안한 눈길을 주고받았다.

"잘 알겠습니다, 주인어른. 침대를 어느 방에 둘까요?"

마치멘 경은 잠시간 생각했다. "중국식 응접실에. 그리고 윌콕스, '여왕의 침대'를 두게나."

"중국식 응접실에 '여왕의 침대'를 두라는 말씀이시지요?"

"그래, 그래. 다음 몇 주 동안 내가 거기서 좀 지낼 수도 있겠네."

중국식 응접실은 나로서는 사용되는 것을 본 적이 없는 방이었다. 사실 평소에는 저택이 일반에 개방되는 날에 관광객들이 진을 치는 곳인, 문 주변으로 줄이 쳐진 작은 구역보다 더 안으로 들어갈 수 없었다. 그 방은 치펀데일식의 조각과 자기와 칠기와 그림이 그려진 족자들의 눈부신, 거주하기에는 부적합한 박물관이었다. 여왕의 침대 또한 전시품으로, 산 피에트로 대성당의 천개(天蓋)와 같은 어마어마한 벨벳 천막이었다. 나는 궁금했다. 마치멘 경이 이탈리아의 햇살을 떠나기 전에 스스로 이런 식의 유해 일반 공개를 계획했던 것일까? 길고 갈급증 나는 여행길에 지나가는 소나기 속에서 이를 생각했던 것일까? 바로 그 순간에 되살아난 어린 시절의 기억이, 육아실에서의 꿈("내가 어른이 되면 중국식 응접실에 있는 여왕의 침대에서 자야지.")이, 어른이 지니는 위용의 극치가 퍼뜩 떠올랐던 것일까?

확실히 이보다 집 안을 휘저어 놓을 수 있는 일은 거의 없었다. 의례 행사의 날로 예견되었던 하루가 격렬한 신체 활동의 날이 되었다. 하녀들이 불을 때고 침대 커버를 벗기고 리넨을 펼치기 시작한 한편 평소에는 절대 볼 수 없는 앞치마 차림의 하인들이 가구를 옮겼고, 사유지 내 목수들이 소집되어 침대를 해체했다. 조각난 침대가 오후 중에 간간이 중앙 계단을 내려왔다. 로코코 양식의 벨벳으로 싸인 커튼 코니스[360]의 커다란 부품들, 지지대를 형성하는 꼬이고 금박이 입혀진 벨벳 기둥들, 보이지 않도록 제작되어 휘장 아래에서 숨은 구조적 기능들을 수행하던 매끄럽게 다듬어지지 않은 나무 들보들, 금세공이 박힌 타조 알에서 솟아 나와 천개 꼭대기에 올려지는 염색된 깃털 장식들, 마지막으로 한 장당 네 명의 하인이 달라

360) 커튼 위쪽의 설치 부분을 가려 주는 일종의 장식용 칸막이.

붙어 용을 쓰던 매트리스들. 마치멘 경은 자기 변덕이 초래한 결과에서 위안을 얻는 듯했다. 그는 불가에 앉아 난리법석을 지켜보았고, 우리는 반원형으로 서서(카라, 코딜리아, 줄리아, 나) 그에게 말을 걸었다.

그의 뺨에는 혈색이, 눈에는 빛이 돌아왔다. "브라이즈헤드랑 며느리가 로마에서 나랑 식사를 들었다." 그가 말했다. "여기 모두가 가족 구성원이니까……." 그러는 그의 눈이 얄궂게도 카라에게서 내게로 움직였다. "내가 기탄없이 털어놓아도 되겠지. 내 눈엔 며느리가 개탄스러웠다. 전 남편이야 선원 생활을 하던 남자였으니 추측건대 취향이 덜 까다로웠겠거니 내가 이해를 하지만 어쩌다 내 아들이, 서른여덟이라는 무르익은 나이에, 상황이 크게 바뀌지 않은 이상 영국 여성 가운데서 매우 자유로이 선택할 수 있는 위치에서 하필이면 (아무래도 며느리를 이렇게 불러야겠지.) 베릴에게 정착하게 됐는지……." 마치멘 경은 웅변적으로 문장을 미완성으로 남겨 두었다.

마치멘 경이 자리를 옮길 의향을 전혀 내비치지 않았으므로 이내 우리도 의자를(조그만 문장 의자들을, 왜냐하면 현관의 다른 의자는 전부 육중했기에.) 끌어와 주위에 둘러앉았다.

"아무래도 내가 여름이 오기 전에는 사실상 다시 건강해지지 않을 것 같구나." 그가 말했다. "너희 넷이 나를 즐겁게 해 주기 바란다."

그 순간에는 상당히 침울한 분위기를 밝히려 우리가 할 수 있는 것이 거의 없는 듯했다. 실상 마치멘 경 본인이 우리 중에서 가장 명랑했다. “말해 다오.” 그가 말했다. “브라이즈헤드가 구애할 때 전후 사정이 어땠는지.”

우리가 아는 대로 말했다.

“성냥갑.” 그가 말했다. “성냥갑이라. 내 생각에 며느리가 가임기를 지난 것 같구나.”

현관의 불가에 둘러앉은 우리에게 다과가 나왔다.

“이탈리아에서는…….” 그가 말했다. “전쟁이 터지리라고는 아무도 믿지 않아. 그 사람들은 다 ‘조정될’ 거라고들 생각한단다. 아무래도 줄리아, 이제는 네가 정계 소식에 접근할 기회가 없겠지? 여기 카라는 다행히도 혼인 관계에 의해 영국 국민이란다. 이런 계보는 카라가 관례상 언급하지 않지만 그래도 영국 족보가 소중해질 수도 있겠지. 법적으로 카라는 힉스 부인이란다, 그렇지 않아요, 당신? 우리가 힉스에 관해선 잘 몰라도 만약 전쟁이 닥치면 그에게 고마워하게 될 거야. 그리고 자네는…….” 그가 화살을 내게 돌리며 말했다. “자네는 의심할 여지 없이 공인 전쟁 화가[361]가 될 텐가?”

“아닙니다. 사실을 말씀드리자면 특수 예비군의 장교직을 따내려고 지금 교섭 중입니다.”

“아, 그래도 자네는 전쟁 화가가 돼야지. 지난 전쟁 때 내 기병대에도 전쟁 화가가 몇 주 동안 함께했지. 우리가 전선에 올라가니 빠졌지만.”

---

361) 영국 정부에서는 1차 세계 대전과 2차 세계 대전, 이후 전쟁 시에 전쟁터의 모습을 기록하고 체제 선전용으로 그림을 사용하기 위해 공인 전쟁 화가를 지정했다.

이런 강퍅함은 새로운 것이었다. 나는 전부터 마치멘 경의 도회풍 아래에서 악의의 뼈대를 느끼고 있었지만 이제 그 뼈대가 꺼진 거죽 탓에 부각된 본인의 뼈들처럼 불거졌다.

어두워지고 나서야 침대 정돈이 끝났다. 다 함께 상황을 보러 갔고, 마치멘 경은 사이에 자리한 방들을 지나며 이제 상당히 힘차게 발걸음을 옮겼다.

"수고들 했네. 정말 몹시 좋아 보이는군그래. 윌콕스, 내 기억에 은제 대야와 물병이 있었던 듯한데(그것들이 우리가 아마 '추기경의 옷 방'이라 부르던 방에 놓여 있었더랬지.) 그걸 우리 여기 콘솔 위에 놓음세. 자, 그러면 플렌더와 개스턴을 나한테 보내 주면 짐 푸는 건 내일 해도 되니까 간단하게 세면도구 가방이랑 밤에 필요한 것들만 풀지. 플렌더가 알 거야. 모두들 나를 플렌더와 개스턴과 놔둔다면 나는 좀 잠자리에 들겠다. 우리 이따가 만나자고. 너희가 여기서 만찬을 들고 나를 계속 즐겁게 해 주렴."

우리가 떠나려 몸을 돌렸다. 내가 문가에 가 닿았을 때 마치멘 경이 나를 다시 불렀다.

"정말 좋아 보이지, 그렇잖은가?"

"정말 그렇습니다."

"자네가 그림을 좀 그려 보겠나, 응, 제목은 임종 침상이라고 달아서?"

"맞아." 카라가 말했다. "그이는 죽으려고 집에 온 거야."

"그래도 처음 도착하셨을 때는 회복할 거라고 그렇게 확신에 차서 말씀하셨잖아요."

"그건 그이가 너무 아파서 그런 거야. 그이가 제정신일 때는 자기가 죽어 간다는 걸 알고 받아들여. 상태가 왔다 갔다 해. 어떤 날은, 가끔은 연속해서 며칠 동안은 강건하고 활발해서 죽을 준비가 되었다가도 상태가 나빠지면 두려워하지. 그이 상태가 더더욱 나빠지면 어떻게 될는지 모르겠어. 조만간 그런 때가 올 거야. 로마의 의사들은 그이가 일 년도 안 남았다고 했어. 지금 런던에서 오는 사람이, 내일쯤 오지 싶은데 우리한테 더 많은 걸 말해 줄 테고."

"뭐가 문제인데요?"

"심장. 심장 관련된 무슨 긴 단어. 그 긴 단어 때문에 죽어가는 거야."

그날 저녁 마치멘 경은 원기가 왕성했다. 그 방에는 호가스적인 면이 있어[362] 괴기한 시누아즈리[363] 맨틀피스 옆에 만찬용 테이블이 우리 넷을 위해 놓이고, 늙은 신사는 베개 더미에 기대어 샴페인을 홀짝이며 자신의 귀향 기념으로 준비된 일련의 요리들을 맛보고 칭찬할 뿐 먹지는 못하고 있었다. 윌콕스는 이날을 위해 나로서는 일찍이 사용되는 것을 본 일이 없는 금 식기를 꺼냈다. 금 식기에 금박 입힌 거울에 칠기와 거대한 침대의 휘장과 줄리아의 귤빛 코트가 그 장면에 동화극

362) 윌리엄 호가스의 「결혼 직후」에서는 맨틀피스 옆에 놓인 만찬 테이블에 신부와 신랑이 앉고, 신랑은 의자 등받이에 기대 앉아 음식을 먹지 못하는 모습이 묘사된다.

363) 17~18세기 유럽의 미술, 가구, 건축에 나타난 중국풍 양식.

같은, 알라딘의 동굴 같은 분위기를 주었다.

겨우 마지막에, 우리가 떠날 시간이 되어서야 마치멘 경의 원기가 꺾였다.

"난 안 잘 거다." 그가 말했다. "누가 나랑 앉아 있을 테냐? 카라, 카리시마,[364] 당신은 지쳤지요. 코딜리아, 네가 이 겟세마네[365]에서 한 시간 동안만 깨어 있겠느냐?"

다음 날 아침 내가 코딜리아에게 간밤이 어찌 지나갔는지 물었다.

"거의 곧장 잠에 드셨어. 내가 2시에 불도 피울 겸 살펴보러 들어갔는데, 불이 환한데도 또 주무시고 계시더라고. 틀림없이 아빠가 중간에 일어나서 켜신 걸 거야. 굳이 침대에서 나와 가면서까지 말이야. 어쩌면 아빠가 어둠을 무서워하시는 게 아닌가 해."

병원 경험이 있는 코딜리아가 아버지의 간호를 맡는 것은 당연했다. 그날 의사들이 오자 모두들 본능적으로 코딜리아에게 지시를 내렸다.

"상태가 더 나빠지기 전까지는 나랑 종자 둘이서 아빠를 돌볼 수 있어. 우리 꼭 필요하기 전까진 집 안에 간호사를 들이

---

364) 이탈리아어로 'cara'는 소중하다는 뜻이며, 최상급 표현 'carissima'는 가장 소중하다는 뜻이다.

365) 예루살렘의 동쪽에 있는 동산으로, 예수가 유다의 배반으로 붙잡히기 전 자신의 운명을 예감하고 고뇌하던 장소이다. 겟세마네에서 예수는 제자들에게 "지금 내 마음이 괴로워 죽을 지경이니 너희는 여기 남아서 나와 같이 깨어 있어라.(마태오의 복음서 26:38)" 하고 말하며 제자들에게 한 시간만 같이 깨어 있을 것을 청하나, 피곤한 제자들은 모두 잠들어 버린다.

고 싶지 않잖아." 그녀가 말했다.

현 단계에서 의사들로서는 편안하게 해 주고 발작이 도지면 특정 약물을 투여하라는 것 말고는 권고할 사항이 없었다.

"얼마나 버티실까요?"

"레이디 코딜리아, 의사들이 살날이 일주일 남았다고 했는데도 노령에 정정하게 걸어 다니는 분들도 계십니다. 제가 의술을 하면서 한 가지를 배웠습니다. 예언하지 말라는 거요."

이 두 의사는 먼 길을 와서 코딜리아에게 이 말을 건넸다. 그 자리에 온 인근의 의사도 똑같은 조언을 전문 용어로 받았다.

그날 밤 마치멘 경은 새 며느리라는 화제로 회귀했다. 이 화제는 그의 머릿속에서 오래도록 떠났던 적이 없어 하루 온종일 갖가지 교묘한 암시로 표출될 길을 찾았다. 이제는 그가 베개 더미에 기대 누워 며느리에 관해 장광설을 내뱉었다.

"내 여태껏 가족의 효심에 크게 감복한 적은 없다." 그가 말했다. "하지만 솔직히 그…… 베릴이 이 집에서 한때 내 어머니의 공간이었던 곳을 차지할 거라 생각하면 간담이 서늘하구나. 왜 그 무지막지한 짝이 여기 아이도 낳지 않고 눌러앉아 이 집이 사방팔방에서 무너져 나가야 하느냔 말이다? 내가 베릴에게 반감을 가졌다는 걸 너희한텐 숨기지 않으려고 한다.

어쩌면 우리가 로마에서 만난 게 좋은 일이 아니었을 수도 있겠지. 어디든 다른 곳에서 만났으면 더 호감이 생길 수도 있었을 게다. 그런데 가만, 장소를 생각해 보자니 내가 과연 어디에서 그 애를 불쾌감 없이 만날 수 있었을까? 우린 라니에리[366]에서 식사를 했단다. 거긴 내가 수년간 자주 찾던 조용하니 자그만 식당이야. 틀림없이 너희도 알 거다. 베릴이 식당을 다 채우는 느낌이더구나. 내가 당연히 초대한 쪽이었지만 베릴이 내 아들에게 음식을 먹으라고 채근하는 걸 들었다면 너희는 내가 초대받은 쪽이라고 생각했을 거다. 브라이즈헤드는 언제나 식탐이 많은 아이였지. 따라서 그 아이에게 가장 득이 되는 쪽을 염두에 두는 아내라면 남편을 절제시키고자 해야 마땅해. 그래도 그건 사소한 일에 지나지 않지.

그 애는 틀림없이 내가 비정상적인 삶을 영위하는 남자라고 들었던 거야. 며느리가 나를 대하는 본새가 무뢰한 같았다고밖에 표현할 길이 없구나. 행실 나쁜 늙은이, 그게 며느리가 생각하는 나였어. 아무래도 그 애가 행실 나쁜 늙은 제독들을 만나 봐서 비위를 어떻게 맞춰 주면 되는지 알았던 것 같아……. 난 감히 그 애의 대화를 재현하려는 시도도 못 하겠구나. 예시 한 가지만 들겠다.

부부끼리 그날 아침에 바티칸에 교황을 알현하러 다녀왔더구나. 결혼 축복[367]을 받으러. 나는 배려해서 따라가지 않았지. 모 전 남편과, 모 전임 교황과 그런 유의 행사를 예전에도 치렀으리라고 생각했으니까. 며느리는 도리어 쾌활해서는, 좀 전에 말한 이번 행사에서 함께 행진한 신혼부부 무리는 대부

366) 로마 중심가의 식당. 로마에서 가장 오래되고 훌륭한 식당으로 꼽힌다.
367) 바티칸에서는 결혼한 지 두 달이 되지 않은 가톨릭 신도들의 결혼을 교황이 직접 축복해 준다. 축복받는 대상이 왕족이나 작위가 높은 귀족, 국가 원수 등의 중요 인물일 경우에는 개인 면담으로 진행되기도 한다.

분이 갖가지 귀족 작위가 있는 이탈리아인이었고, 개중에는 웨딩드레스 차림의 평민 출신 여자들도 섞였는데, 어찌나 서로가 서로를 뜯어보고 새신랑들이 신부들을 건너다보면서 자기 색시랑 다른 남자의 색시를 비교해 댔는지를 주절주절 늘어놓더구나. 그러더니 이리 말했지. '이번에 당연히 저희는 개인 면담으로 축복받았지만요. 아버님, 근데도 신부의 선두가 저였다는 느낌이 들던 거 있죠.'

이 말이 정말 상스럽게 내뱉어졌다. 아직까지도 며느리가 무슨 말을 한 건지 가늠이 잘 안되는구나. 신부의 선두라는 내 아들 이름을 가지고 농을 친 건지, 아니면 혹시 내 아들의 틀림없는 동정을 언급하려던 건지?[368] 나는 후자라는 생각이 드는구나. 어쨌든 그런 요지의 희담을 하면서 우리는 그날 저녁을 보냈단다.

이곳은 딱히 며느리에게 꼭 맞는 활동 영역은 아닐 것 같구나, 그렇지 않니? 이 집을 누구한테 남기면 좋을꼬? 한사 상속[369]이 내 대에서 끝났잖느냐. 서배스천은, 아아, 논외고. 누가 가지고 싶으냐? Quis(누가)? 당신이 가지고 싶어요, 카라? 아니지, 당신은 당연히 아니겠지. 코딜리아? 아무래도 줄리아와 찰스에게 남겨야겠다."

---

368) 분리해서 보면 '처녀의 선두(maiden head)'라고 해석되는 단어 'maidenhead'는 동정, 처녀막이라는 뜻이다.

369) 부동산이 해당 가문의 소유로 남아 있도록 보장하기 위해 몇 세대 동안 상속의 범위를 제한하는 제도. 적법한 직계 아들만 상속 대상에 들어가며, 장자가 상속받는 것이 보통이다.

"말도 안 돼요, 아빠, 이 집은 브라이디 거잖아요."

"그리고…… 베릴 거고? 조만간 날을 잡아서 그레그슨에게 내려오라고 해서 일 처리를 싹 해야겠다. 유언장을 최근 것으로 수정할 때도 됐지, 유언장이 불합리와 시대착오로 그득하니 말이다. …… 줄리아를 여기 정착시킨다는 생각이 상당히 마음에 드는구나. 오늘 저녁 정말 아름답구나, 내 딸. 언제나 정말 아름답지. 훨씬, 훨씬 더 적임자야."

이 직후에 마치멘 경이 사무 변호사를 부르러 런던으로 사람을 보냈지만 변호사가 도착한 날 발작에 시달리고 있었기에 그를 만나려 들지 않았다. "시간은 많아." 그가 숨을 쉬려 고통스레 헐떡이는 사이사이에 말했다. "이다음 날에, 내가 더 튼튼할 때." 그러나 상속자 선택이 계속해서 그의 머릿속에서 맴돌았으므로 그는 줄리아와 내가 결혼해서 집을 소유하게 될 날에 대해 자주 언급했다.

"정말로 아버님께서 우리한테 저택을 남기려 하신다고 생각해?" 내가 줄리아에게 물었다.

"응, 그러시는 것 같은데."

"하지만 브라이디한테는 못할 짓이잖아."

"못할 짓인가? 브라이디가 이 집을 그렇게 아끼는 것 같지는 않은데. 나는 아껴, 알겠지만. 오빠랑 새언니는 어딘가 어느 작은 집에서 훨씬 더 만족스럽게 살걸."

"그럼 너는 받아들인다는 거네?"

"당연하지. 당신 뜻대로 남기는 건 아빠 맘이잖아. 나는 여기서 오빠랑 정말 행복할 수 있을 것 같은데."

이로써 전망이 열렸다. 내가 처음 서배스천과 본 모습처럼 대로 모퉁이에서 얻은 전망이. 외진 골짜기, 하나 아래 다른 하나가 굴러떨어지는 듯한 호수들, 전경의 고가(古家), 버려지고 잊힌 나머지 세상만사라는 전망이. 평화와 사랑과 아름다움이라는 자기만의 세상이. 낯선 야영지 속 한 군인의 꿈이. 어쩌면 광야에서 단식한 낮과 자칼에 시달린 밤 뒤에 펼쳐진 높은 성전 꼭대기와도 같은 전망이.[370] 내가 이따금 그런 상상에 사로잡혔다고 해서 스스로를 꾸짖어야만 하는가?

병환 속의 몇 주가 굼뜨게 흘러갔고 저택의 생활도 병자의 비실비실한 기력에 보조를 맞추었다. 어떤 날들에는 마치멘 경이 옷을 차려입기도 했고, 창문가에 서 있거나 종자의 팔에 기대어 1층 방들을 돌아다니며 불가에서 불가로 움직이기도 했고, 방문객들이 오가고(이웃들과 사유지에서 온 사람들, 런던에서 온 사업자들) 새 책 꾸러미들이 열리고 토론되며, 피아노가 중국식 응접실로 옮겨지기도 했다. 2월 말에 한번은, 햇살이 눈부시던 예상치 못한 딱 하루에는 마치멘 경이 차를 호출하고 현관까지 걸음을 옮기더니 털 코트를 걸치고 현관문에 당도했다. 그러다 불현듯 주택 진입로에서 흥미를 잃어 "지금은 말고. 다음에. 언제 여름에 가세." 하고 말한 다음 종자의 팔

370) 예수가 사십 일 밤낮을 광야에서 단식하고 자칼의 울음소리를 들을 때 악마가 다가와 예수를 성전 꼭대기에 세우고 "당신이 하느님의 아들이거든 뛰어내려 보시오." 하고 시험하나, 예수가 넘어가지 않자 이번에는 높은 산 꼭대기에서 세상의 모든 나라와 화려한 모습을 보여 주며 "당신이 내 앞에 절하면 이 모든 것을 당신에게 주겠소." 하고 유혹한다. (마태오의 복음서 4:1~11)

을 다시 잡고는 재차 의자로 인도되었다. 한번은 방을 바꾸겠다는 기분이 들어 채색된 거실로 옮기라는 세세한 지령들을 내렸다. 말로는 시누아즈리가 휴식에 방해된다는 것이었는데(마치멘 경은 밤에도 불을 환하게 켜 두었다.) 역시 마음이 사라져 모든 명령을 철회하고 방에 틀어박혔다.

다른 날들에 마치멘 경은 저택이 고요한 가운데 침대 위 베개 더미에 받쳐져 높이 앉아 힘겹게 숨을 몰아쉬었다. 그때마저도 그는 우리를 주위에 두고 싶어 했다. 밤낮없이 그는 홀로 있는 것을 견디지 못했다. 말을 할 수 없을 때는 눈으로 우리를 좇았고, 누군가가 방을 떠나기라도 하면 고통스러운 표정을 지었기에 한번 곁에 자리 잡으면 몇 시간이고 한쪽 팔을 그의 팔에 끼우고 베개에 기대앉는 일이 많았던 카라가 말하곤 했다. "괜찮아요, 알렉스. 당신 딸은 금방 돌아올 거예요."

브라이즈헤드 내외가 신혼여행에서 돌아와 며칠을 머물렀다. 그때는 상태가 좋지 않은 시기에 속했으므로 마치멘 경은 그 둘을 가까이하기를 거부했다. 이것이 베릴의 첫 방문이었으며, 거의 자기 집이 될 뻔했고 이제 곧 다시 될 듯싶었던 저택에 전혀 호기심을 보이지 않았더라면 오히려 부자연스러웠으리라. 베릴은 충분히 자연스러웠으며, 머무는 며칠간 집 안을 꽤 샅샅이 살폈다. 마치멘 경의 병환으로 인해 집이 묘하게 어수선한 가운데 상당한 개선의 여지가 보였을 것임에 틀림없다. 이에 베릴은 한두 번인가 자신이 방문한 갖가지 총독 관저에서 비슷한 규모의 저택들이 관리되던 방식을 언급했다. 낮에는 브라이즈헤드가 그녀를 소작인 방문에 데려갔고, 저녁에는 그녀가 내게는 그림에 관해, 코딜리아에게는 병원에 관해, 줄리아에게는 옷에 관해 발랄한 확신을 담아 말했다. 배반의 그림자는, 부부의 정당한 기대가 얼마나 위태로웠는가에 관한 정보는 오로지 한쪽만의 것이었다. 나는 그들과 동석하며 속이 불편했으나 브라이즈헤드에게는 이런 불편함이 새롭지 않았다. 그가 운신하곤 했던, 사람을 꺼리는 작은 권역 안에서 내 죄책감은 발견되지 않고 지나갔다.

끝끝내 마치멘 경이 둘을 더는 보고 싶어 하지 않는다는 사실이 명백해졌다. 브라이즈헤드만이 홀로 잠시간 작별 인사를 하러 들여보내졌다. 그런 뒤 둘은 떠났다.

"여기서 우리가 할 수 있는 게 없고 베릴한테도 매우 비참한 상황이야. 우린 병세가 악화되면 돌아올게." 브라이즈헤드가 말했다.

병세 악화는 더 길어지고 더 빈번해졌다. 끝내 간호사가 고용되었다. "이런 방은 본 적이 없어요." 간호사가 말했다. "어떤 곳과도 딴판이에요. 어떤 종류의 편의 시설조차 없다니요." 간호사는 수돗물이 나오고, 자신만의 옷 방과 "짬짬이 쉴" 수 있는 "상식적인" 간이침대(자신에게 익숙한 것들)가 있는 위층으로 환자를 옮기려 시도했지만 마치멘 경은 꿈쩍도 하지 않았다. 곧 마치멘 경이 밤낮을 분간하지 못하게 되자 두 번째 간호사가 배치되었다. 런던에서 전문의들도 다시 찾아왔다. 의사들이 새롭고 다소 대담한 치료법을 권고했으나 그의 신체는 모든 약물에 지친 듯 반응이 없었다. 이내 병세 호전이란 없어졌고, 다만 그가 쇠약해지는 속도에서 잠깐씩의 오르내

림만이 있을 뿐이었다.

브라이즈헤드가 호출되었다. 당시는 부활절 휴가여서 베릴은 아이들을 돌보느라 바빴다. 그가 혼자 찾아와서 말없이 앉아 자신을 바라보는 아버지 곁에 몇 분간 마찬가지로 말없이 서 있다가 방을 나와서는 서재에 있던 우리와 합류하여 말했다. "아버지가 신부님을 보셔야겠어."

그 화제가 나온 것이 처음은 아니었다. 마치멘 경이 갓 도착했을 초기에 교구 신부가(예배당이 폐쇄된 뒤로 멜스테드에 새로운 성당과 사제관이 생겼다.) 인사치레차 들르러 왔다. 코딜리아가 사과와 변명을 늘어놓으며 신부를 물리쳤지만 신부가 돌아가자 이렇게 말했다. "아직 아니야. 아빠가 아직 신부님을 원하지 않으셔."

줄리아, 카라, 내가 때마침 자리해 있었다. 우리는 각자 할 말이 있어 말을 시작했다가는 그만두기로 생각을 고쳐먹었다. 넷이 있을 때는 절대 언급되지 않았으나 나와 둘만 남자 줄리아가 말했다. "찰스, 앞으로 성당 문제로 난리가 날 게 눈에 선해."

"성당 사람들은 아버님이 평화롭게 가시도록 놔두지도 않는 거야?"

"그 사람들은 '평화'라는 걸 매우 다른 뜻으로 생각해."

"그건 유린이나 다름없을 거야. 아버님은 사시는 동안 당신이 종교를 어떻게 생각하는지 누구보다도 명백히 내보이셨어. 그 사람들은 아버님 마음이 오락가락하고 저항할 힘이 없는 지금에 와서 아버님이 임종을 맞아 회개하는 신자라고 주장하겠지. 나 지금까지는 그쪽 교단에 어느 정도 존중하는 마음이 있었어. 근데 그런 짓거리를 한다면 멍청한 인간들이 천주교에 관해 말하는 게 전부 정말로 사실이라고 믿어 버릴 거야. 천주교는 다 미신에 눈가림이라고." 줄리아는 아무 말도 하지 않았다. "그렇지 않아?" 그래도 줄리아는 아무 말도 하지 않았다. "그렇지 않으냐고?"

"모르겠어, 찰스. 정말 모르겠어."

그런 뒤 우리 누구도 얘기를 꺼내지 않았음에도 나는 이 문제가 항상 존재하며 마치멘 경의 병환이 진행되는 몇 주 내내 자라난다고 느꼈다. 코딜리아가 아침 일찍 미사에 참석하러 차를 타고 떠날 때 나는 이 문제를 보았다. 카라가 코딜리아와 동행하기 시작할 때도 이 문제를 보았다. 사람 손만 한, 우리 사이에서 폭풍우로 부풀어 오를 터인 이 조그마한 먹구름을.

그러다 이제 브라이즈헤드가 특유의 모질고 가차 없는 태도로 우리 앞에 이 문제를 말뚝 박아 버린 것이었다.

"아니, 오빠, 아빠가 신부님을 보실 거라고 생각해?" 코딜리아가 물었다.

"아버지가 보시도록 내가 살필 거야." 브라이즈헤드가 말했다. "내가 내일 매카이 신부님을 아버지께 모시고 갈게."

그래도 먹구름은 뭉친 채 흩어지지 않았고, 우리 누구도 입을 열지 않았다. 카라와 코딜리아는 병실로 돌아갔고, 브라이즈헤드는 책을 찾더니 발견하고는 우리를 떠났다.

"줄리아." 내가 말했다. "우리 이 어릿광대짓을 어떻게 막을 수 있을까?"

줄리아는 얼마간 대답이 없었다. 그런 뒤 말했다. "왜 막아야 해?"

"나만큼 잘 알잖아. 이건 너무…… 너무 꼴사나운 일이야."

"내가 뭐라고 꼴사나운 일들에 반대하겠어?" 줄리아가 슬프게 물었다. "여하간 그런다고 무슨 해가 되겠어? 의사에게 물어보자."

우리는 의사에게 물어보았고, 이런 답을 들었다. "말씀드리기가 어렵군요. 물론 환자분을 놀래기는 할 겁니다. 반면에 환자에게 놀랍도록 진정 효과를 낸 경우들도 봤어요. 그래서 전 종부 성사가 긍정적인 자극제로 작용한다고까지 생각하게 됐습니다. 주로 보호자분들께는 확실히 큰 위안을 주는 일이지요. 정말로 전 브라이즈헤드 경께서 결정할 문제라고 생각합니다. 알아 두셔야 할 점은 꼭 당장 심사를 불안하게 할 필요는 없다는 겁니다. 마치멘 경께서 오늘 매우 허약하세요. 내일이면 다시 꽤 강건해지실 수도 있습니다. 이럴 경우 조금 기다리는 게 통례이지 않을까요?"

"뭐, 그다지 도움되는 말은 없었네." 의사를 떠나며 내가 줄리아에게 말했다.

"도움이라고? 우리 아버지가 종부 성사를 받지 말아야 한다는 데에 오빠가 왜 그렇게 마음을 쓰는지 난 정말 도무지 모르겠다."

"온통 다 잡술이고 위선이니까."

"그래? 어쨌거나 거의 2000년 동안 지속되고 있잖아. 오빠가 왜 지금 갑자기 이 문제에 발끈해야 하는지 모르겠어." 줄리아의 목소리가 커졌다. 최근 몇 달간 그녀는 쉬이 화를 냈다. "그럼 빌어먹을 《타임》에라도 기고하든가. 봉기해서 하이드 파크에서 연설이라도 하든가. '교황 짓거리 반대' 시위라도 일으키든가 아무렇게나 하고 나한테 난리 좀 치지 마. 아버지가 교구 신부님을 보든지 말든지 오빠나 나랑 대체 무슨 상관인데?"

나는 달빛 속 분수대에서 줄리아를 사로잡았던 것과 같은 이런 사나운 심기를 알았으며, 어렴풋이나마 그 근원을 짐작했다. 말로는 누그러뜨릴 수 없다는 사실도 알았다. 어차피 뭐라고 말할 수도 없었는데, 그녀의 질문에 대한 대답이 아직 형성되지 않은 탓이었다. 다만 지금은 하나보다 많은 영혼의 운명이 쟁점이 되고 있었다는, 높은 산비탈에서 눈이 미끄러지기 시작하고 있었다는 느낌이 들 뿐이었다.

다음 날 아침 브라이즈헤드와 나는 막 당번을 마친 숙직 간호사와 함께 아침 식사를 들었다.

"오늘은 훨씬 밝으세요." 간호사가 말했다. "거의 세 시간 동안 정말 푹 주무셨거든요. 개스턴 씨가 면도하러 왔을 때는 말씀도 꽤 하셨답니다."

"좋군요." 브라이즈헤드가 말했다. "코딜리아는 미사에 갔어. 매카이 신부님을 차로 모셔 와 아침을 드시게 할 거야."

나는 매카이 신부를 여러 번 만났다. 그는 아일랜드계 글래스고 출신[371]의 다부지고 상냥한 중년으로, 걸핏하면 이런 질문들을 던졌다. "라이더 씨께서는 지금 관점에서, 화가 티치아노가 화가 라파엘로보다 진정으로 예술적이었다고 평하시겠

371) 아일랜드에서 영국 스코틀랜드의 글래스고로 이민한 혈통을 말한다.

습니까?" 그리고 더욱 당황스럽게도 내 대답을 기억하고는 말했다. "제가 지난번에 기쁘게도 라이더 씨를 만나 뵈었을 때 말씀해 주신 점으로 회귀하자면 이제 이렇게 말해도 옳은 것일까요, 즉 화가 티치아노는……." 그런 뒤 주로 이런 감상을 좀 붙여 끝맺곤 했다. "아, 라이더 씨께서 가진 재능과, 재능에 파고들 시간을 가진다는 건 한 인간으로서 크나큰 자산입니다." 코딜리아는 매카이 신부를 흉내 낼 수 있었다.

오늘 아침 신부가 아침을 든든히 먹고 신문의 기사 제목들을 훑더니 전문가다운 사무적인 태도로 말했다. "자, 이제 브라이즈헤드 경, 저 가엾은 영혼이 저를 볼 준비가 되었다고 생각하시나요?"

브라이즈헤드가 앞장서 신부를 안내했다. 이에 코딜리아도 뒤따랐기에 나는 아침 식기류 사이에 홀로 남았다. 일 분도 채 되지 않아 문 밖에서 세 명 모두의 목소리가 들려왔다.

"……그저 죄송하네요."

"……가엾은 영혼. 이걸 아세요, 낯선 얼굴이 보이니 그런 겁니다. 염려 마시고, 이건 딱 그거였어요. 예기치 못하게 생판 남이 들이닥친 상황 말입니다. 그 심정은 제가 잘 압니다."

"……신부님, 죄송해요…… 이렇게 먼 걸음을 하시게 해 놓고……."

"그런 생각은 하지도 마세요, 레이디 코딜리아. 웬걸, 고르발[372]에서는 저에게 빈 병을 던지기도 했는걸요. …… 아버님

372) 글래스고의 슬럼가.

께 시간을 좀 드리세요. 이보다 심했는데도 아름다운 죽음을 맞이한 사례도 보았는걸요. 아버님을 위해 기도하세요. …… 제가 다시 오겠습니다. …… 또 이제 실례가 되지 않는다면 잠깐 호킨스 부인께도 들르고 싶습니다만. 예, 정말요, 가는 길은 잘 압니다."

그리고 코딜리아와 브라이즈헤드가 방으로 들어왔다.

"신부님 방문이 성공하지 않았나 보네."

"성공하지 않았어. 코딜리아, 매카이 신부님께서 보모 할머니 뵙고 내려오시면 집까지 좀 태워다 드릴래? 난 베릴한테 전화해서 내가 언제 집에 돌아가야 하는지 물어볼게."

"오빠, 이건 끔찍했어. 우리 어떻게 해야 해?"

"우린 현 상황에서 할 수 있는 걸 다 했어." 브라이즈헤드가 방을 떠났다.

코딜리아의 표정이 심각했다. 그녀는 접시에서 베이컨 한 조각을 집어서는 겨자에 푹 찍어 입에 넣었다. "브라이디 바보." 그녀가 말했다. "내가 안 될 줄 알았어."

"어떻게 된 거야?"

"알고 싶어? 우리가 아빠 방에 줄지어서 들어갔어. 카라가 아빠한테 소리 내어 신문을 읽어 주고 있었고. 브라이디가 말했지. '매카이 신부님께서 아버지를 뵙게 제가 모셔 왔어요.' 아빠가 말했어. '매카이 신부님, 유감스럽지만 뭔가 오해가 있어서 이곳에 발걸음을 하시게 된 것 같습니다. 저는 죽음에 임한 자도 아니고, 이십오 년간 당신네 교회에서 실천하는 신자도 아니었습니다. 브라이즈헤드, 매카이 신부님이 나가시는 길 바래다 드려라.' 그길로 우리는 모두 뒤돌아 걸어 나왔고, 카라가 다시 신문을 읽기 시작하는 소리가 들려왔고, 그게 다였어, 찰스."

내가 이 소식을 안고 줄리아에게 가니 그녀는 신문지들과 편지 봉투들이 어지러이 흩어진 가운데 침상용 탁자를 두고 누워 있었다. "우가우가 주술은 물 건너갔어." 내가 말했다. "주술사도 떠났고."

"가엾은 아빠."

"형이 아주 엿 먹었지, 뭐."

나는 의기양양했다. 내가 옳았고, 다른 모두가 틀렸고, 진실이 승리했다. 분수대에서의 그날 저녁 이래로 쭉 줄리아와 내 주위에서 감지되던 흉조는 방지되었고, 어쩌면 영구히 떨쳐내졌다. 게다가 또 한 가지(지금은 고백할 수 있다.) 드러내지 않은, 드러낼 수 없는, 추잡한 작은 승리를 나는 은밀히 축하하고 있었다. 나는 그날 아침의 일로 브라이즈헤드가 마땅히 저택을 상속받을 위치로부터 상당히 더 멀어졌다고 추측했던 것이다.

그 점에서 내 직감은 맞았다. 런던의 사무 변호사들을 부르러 사람이 보내졌고, 하루 이틀 사이에 변호사가 오자 마치멘 경이 유언장을 새로 작성했다는 소식이 집 안에 쫙 퍼졌다. 그러나 종교 논쟁이 불식되었다는 내 생각은 틀렸다. 브라이즈헤드가 머문 마지막 밤에 저녁 식사 후 논쟁이 다시 불붙었다.

"…… 아버지 말씀은 이거였어. '저는 죽음에 임한 자도 아니고, 이십오 년간 교회에서 실천하는 신자도 아니었습니다.'"

"그냥 '교회'가 아니라 '당신네 교회'였어."

"뭐가 달라."

"완전히 다른 말이지."

"브라이디, 아버님 뜻은 불 보듯 빤하잖아."

"난 아버지 뜻은 말씀하신 그대로인 것 같은데. 성례를 꼬박꼬박 받는 데 익숙지 않으셨다는 말이고, 그 순간 죽어 가고 있지도 않았으니까 자기 방식을 바꿀 의향이 없으셨다는 거지, 아직은."

"그건 그냥 말꼬리 잡기야."

"왜 사람이 정확히 설명하려 하는데 항상 말꼬리 잡기라고들 생각할까? 아버지의 뜻은 말 그대로 그날 신부님을 보고 싶지 않았지만 '죽음에 임한 자'일 때 보기를 원한다는 거였어."

"누가 나한테 설명 좀 해 줬으면 좋겠어." 내가 말했다. "이 성례라는 행위의 취지가 정말 뭔지. 말인즉슨 아버님이 홀로 돌아가시면 지옥에 가고 신부님이 기름을 발라 주면……."

"아냐, 그건 기름이 아니고 치유하는 성유야." 코딜리아가 말했다.

"그건 더 이상하다. 뭐, 여하간 신부님이 뭔가를 하시면, 아버님은 그럼 천국에 가신다는 거네. 다들 이렇게 믿는 거지?"

그때 카라가 끼어들었다. "이 말을 해 준 사람이 내 간호사였나 누구였나 그랬는데, 몸이 차가워지기 전에 신부님이 병석에 도착하면 괜찮다고 하더라고. 그런 거지, 아냐?"

다른 모두가 그녀에게 달려들었다.

"아뇨, 아주머니, 그건 아니에요."

"당연히 아니죠."

"다 잘못 알고 계시는데요."

"그게, 내 기억으론 알퐁스 드 그레네가 임종했을 때 마담 드 그레네가 문 밖에 신부님을 숨겨 두고(그분이 신부님 보는 걸 못 견뎌 했거든.) 몸이 차가워지기 전에 신부님을 들였대. 마담이 직접 말해 준 거야. 그다음엔 망자를 위해 정식 장례 미사를 드렸는데, 나도 거기에 참석했어."

"장례 미사를 드린다고 꼭 천국에 가는 건 아니에요."

"마담 드 그레네는 그렇게 생각하던데."

"그건 잘못 생각하신 거예요."

"여기 가톨릭교도들 중에서 이 신부님이 도대체 무슨 소용이 될 수 있는지 아는 사람 있어?" 내가 물었다. "단지 천주교식 장례로 아버님을 기릴 수 있도록 일을 처리해 두고 싶은 거야? 아니면 아버님을 지옥 불구덩이에서 꺼내고 싶은 거야? 누가 말해 줬으면 해."

브라이즈헤드가 내게 꽤 상세히 말해 주었고, 그가 말을 끝마치자 카라가 순수한 놀라움을 담아 이렇게 말함으로써 가톨릭교도 전선의 통합을 약간 흩트렸다. "나 그런 얘기 처음 들어."

"그럼 정리를 해 보자." 내가 말했다. "아버님께서 의지의 행위를 하셔야 하고 통회하고 회개하기를 바라셔야만 한다는 거지. 맞아? 하지만 아버님께서 진정으로 의지의 행위를 하셨는지는 하느님만이 아시고, 신부님은 알 수 없는 거지. 또 그 자리에 신부님이 없어서 아버님께서 홀로 의지의 행위를 하시는 경우에도 신부님이 있을 때만큼 효력이 있다는 거지. 그리고 사람이 너무 병약해서 외적인 의지의 신호를 전혀 보이지 못할 때에도 의지는 작용 중일 가능성이 상당히 있는 거고. 맞아? 마치 죽은 듯이 누워 있으면서도 내내 의지를 품고 있어서 회개하고 있을 수도 있고, 하느님께서는 그걸 이해하신다는 거네. 맞아?"

"어느 정도는." 브라이즈헤드가 말했다.

"아니, 그럼 도대체 신부님이 왜 필요한데?" 내가 말했다.

잠시간의 침묵 속에서 줄리아가 한숨을 내쉬었고 브라이즈헤드는 이 명제들을 추가로 세분화하기 시작하려는 듯 숨을 돌렸다. 정적 속에서 카라가 말했다. "내가 이해한 건 다만 내가 신부님을 들이도록 각별히 힘써야겠다는 거네."

"천재세요." 코딜리아가 말했다. "그게 최선의 방책인 것 같아요."

그리고 우리는 논쟁이 미적지근하게 끊겼다고 생각하면서도 각자 다른 이유로 언쟁을 중단했다.

나중에 줄리아가 말했다. "찰스, 그 종교 논쟁 좀 꺼내지 말았으면 좋겠어."

"내가 꺼낸 거 아냐."

"오빠는 다른 누구도 설득하지 못하거니와 실상 자신조차도 설득하지 못하잖아."

"난 단지 다들 무얼 믿는지 알고 싶을 뿐이야. 모든 게 논리에 기반을 뒀다고들 하니까."

"오빠가 브라이디가 말을 끝내게 두었다면 모든 걸 상당히 논리적으로 말해 줬을 거야."

"그 자리에 신자 넷이 있었어." 내가 말했다. "카라는 일단 이쪽으론 눈곱만큼도 몰랐고, 그걸 믿었을 수도 믿지 않았을 수도 있어. 너는 약간은 알면서 토씨 하나도 믿지 않았지. 코딜리아는 너만큼 알면서도 광적으로 믿었고. 오직 불쌍한 브라이디만이 다 알고 믿는 사람이었는데, 설명하는 데 있어서는 꽤 서투르게 내보였다는 생각이 들었어. 그런데 다들 이렇게 말하고 다니잖아. '적어도 가톨릭교도들은 스스로 뭘 믿는지는 알아.' 우리가 오늘 밤 그들의 대표적인 단면도를 봤어……."

"아, 찰스, 핏대 좀 세우지 마. 신념이 흔들리는 쪽은 오빠라는 생각마저 들겠어."

몇 주가 지나도 마치멘 경은 명줄을 이어 나갔다. 6월에 내 이혼이 확정되었고 내 전 부인은 재혼했다. 줄리아는 9월에 자유인이 될 터였다. 나는 줄리아가 우리의 결혼이 가까워질수록 결혼 관련으로 점점 애석한 듯 말하는 것을 눈치챘다. 전쟁도 가까워지고 있었으나(우리 둘 누구도 그 사실을 의심치 않았다.) 줄리아의 섬약하고 요원하고 가끔은 절박해 보이는 갈망은 어떤 외적인 불확실성에서 유래하지 않았다. 또한 그 갈망은 철창에 내부딪치는 우리 속 동물처럼 나를 향한 사랑에 존재하는 제약들에 스스로를 내던지는 듯했을 때 증오에 잠깐씩 가 닿으면서 갑작스레 어두워지기도 했다.

나는 육군성에 소환되어 면담을 했고, 긴급 상황 시 복무 명단에 이름이 올랐다. 코딜리아 또한 다른 명단에 올라 있었다. 명단이 학교에서 그랬듯이 다시 한번 우리 삶의 일부가 되어 갔던 것이다. 다가오는 '긴급 상황'에 대비하여 모든 것이 준비되고 있었다. 그 어두컴컴한 사무실 안에서 아무도 '전쟁'이라는 단어를 입에 올리지 않았다. 그 단어는 금기였기에. 우리는 만일 '긴급 상황'이 발생하면 소환될 예정이었다. 인간의 의지에서 비롯된 행위인 적대 상황이 발생할 경우가 아니라, 노여움이나 응징만큼이나 명쾌하고 단순한 상황도 아니라, 긴급 상황 시에. 물속에서 드러나는 무언가가, 보이지 않는 얼굴과 심해에서부터 끌어 올려 후려치는 꼬리를 가진 괴수가 나올 때에.

마치멘 경은 자기 방 밖에서 일어나는 사건들에는 별달리 관심을 가지지 않았다. 우리가 매일 신문을 가져다 읽어 주려고 시도했지만 그는 베개에 파묻힌 고개를 돌려 눈으로 주변의 복잡다단한 무늬들을 좇을 뿐이었다. "계속 읽을까요?" "지겹지 않으면 계속 읽어 다오." 하지만 그는 듣고 있지 않았다. 간혹 낯익은 이름이 나오면 그가 속삭이곤 했다. "어윈…… 그 친구를 내 알았지. 뒤떨어지는 친구였는데." 간혹 애먼 평도 좀 했다. "체코 사람이 마부 일은 잘한단 말이야. 그 밖엔 쓸모가 없어도." 그러나 그의 마음은 세상사와 동떨어져 있었다. 그 마음은 그곳에서, 바로 그 자리에서 본인 쪽으로만 쏠려 있었다. 마치멘 경은 살아남기 위한 자신만의 고독한 분투 말고 다른 전쟁에 돌릴 여력이 없었다.

이제는 매일 우리 쪽에 오던 의사에게 내가 말했다. "아버님께서 살고자 하는 의지가 강하시네요?"

"그렇게 말씀하시렵니까? 저는 죽음에 대한 공포가 크다고 말하겠습니다."

"두 가지가 다른가요?"

"아이고, 그럼요. 아시다시피 공포에서는 어떤 기력도 끌어내지 못합니다. 공포로 지쳐 가고 계신 거예요."

죽음의 언저리에서 그는 어쩌면 죽음과 비슷하기에 어둠과 고독을 두려워했다. 그는 우리가 방에 있는 것을 좋아했고 금박 입힌 조각상들 사이에서 밤새도록 불빛이 타올랐다. 우리가 말을 많이 하기를 원하지는 않았고, 대신 자신이 말했는데, 너무 조용조용해서 우리가 종종 놓치기도 했다. 내 생각에 그가 말을 한 것은 본인의 목소리가 그가 아직 살아 있다고 확신시켜 줬던 터라 신용할 수 있는 유일한 목소리였기 때문이다. 따라서 그가 한 말은 우리를 위함도, 다른 어떤 귀를 위함도 아니라 자신의 귀를 위함이었다.

"오늘은 낫다. 오늘은 나아. 이제는 보이는구나, 불가 구석에서 중국 자기 인형이 금종을 들고 있고 그 발치에는 뒤틀린 분재가 꽃핀 게. 어제는 그만 헛갈려서 저기 작은 탑을 사람이라고 착각했는데 말이다. 곧 있으면 가교와 황새 세 마리[373]도 보이고 길이 저 언덕 너머 어디로 이어지는지도 알 게야.

내일도 나아질 게다. 우리 가족이 장수하고 결혼은 늦게 하잖느냐. 일흔셋이면 대단한 나이도 아니지. 아버지의 고모님

---

373) 황새는 생명, 부활, 탄생, 일부일처제를 상징한다.

인 줄리아 고모할머님은 여든여덟까지 사셨고, 여기서 나고 돌아가시고 결혼은 안 하셨는데, 트라팔가 전투[374] 때 봉화산 위에 켜진 승전의 횃불도 보셨고, 이 집을 항상 '뉴 하우스'라고 부르셨지. 글 못 읽는 사람들이 옛일까지 기억하던 시절엔 육아실에서도 밭에서도 이 집을 그렇게 불렀어. 마을 성당 근처에 옛집이 섰던 터가 보일 게다. 그 택지를 '캐슬 힐'이라고들 부르는데, 홀릭 그 사람 땅인데 대지가 들쭉날쭉하고 반은 너무 깊어서 쟁기질하기도 어려운 고랑 안이 온통 황무지에, 쐐기풀에, 찔레 덤불이야. 그런 땅에서 선조들이 옛집을 토대까지 들이파서 석재를 옮겨 새 집을 지었어. 줄리아 할머님이 태어나셨을 땐 벌써 한 세기는 된 집을. 그러니까 캐슬 힐의 황무지 고랑 안쪽 찔레 덤불과 쐐기풀 사이, 옛 성당의 묘지들과 어떤 사제도 노래하지 않는 기창(祈唱) 예배당[375] 사이 그 토대가 우리 가문의 뿌리였지.

줄리아 할머님은 묘지들, 책상다리로 앉은 기사와 더블릿[376]을 입은 백작, 로마 원로원 의원 같은 후작, 석회석, 설화 석고, 이탈리아 대리석을 아셨지. 흑단 지팡이로 문장이 그려진 방패를 두드리고, 우리 로저 경 머리에 쓴 투구를 텅 울리셨단

374) 나폴레옹 전쟁 중에 1805년 10월 21일 영국 해군이 프랑스·스페인 연합 해군에 승리한 전투.

375) 설립자의 영혼 또는 설립자가 지정한 영혼을 기리는 미사를 지내기 위해 사제들에게 기부된 장소.

376) 14~17세기에 남성이 많이 착용하던 재킷으로, 솜이 채워지고 어깨 날개가 있으며 허리까지 꼭 맞다가 아래로 갈수록 넓어진다.

다. 우린 그때 기사들이었고, 아쟁쿠르 전투[377] 이후로는 남작들이었고, 조지 왕조 때 보다 큰 영예들이 찾아왔지. 큰 영예들은 마지막에 찾아왔고 맨 먼저 사라질 게다. 반면 남작 지위는 계속되지.[378] 너희 모두가 죽으면 줄리아의 아들이 선조들이 호시절 이전에 지닌 칭호로 불릴 게야. 양털 깎기와 너른 옥수수밭의 시절, 성장과 건축의 시절, 그러니까 습지가 배수되고 황무지는 쟁기질되던 때, 1세가 집을 지으면 2세가 돔을 올리고 3세가 부속 건물을 확장하고 강에 댐을 짓던 때 이전에. 줄리아 할머님은 분수대가 지어지는 것도 보셨다. 분수는 여기 오기 전부터 낡았던 건데, 나폴리의 태양에 200년간 닳다가 넬슨 제독 시절에 군함으로 날라졌어. 곧 분수는 물이 말랐다가 빗물로 채워지고 분수대 안에 낙엽들을 둥둥 띄우겠지. 그리고 호수들 너머로 갈대들이 갈라졌다 합쳐졌다 하겠지. 오늘은 낫다.

오늘은 나아. 내가 얼마나 조심조심 살았는데. 찬바람 맞지 않고, 제철 음식 적당히 먹고, 질 좋은 클라레를 마시고, 내 침대에서 잤어. 나는 오래 살 거야. 상부에서 우리 부대를 말에서 내리게 하더니 전열에 보냈을 때 내가 쉰이었어. 나이 든 사람은 진지에 남으라고 지령이 내렸는데도 월터 베나블스라고 우리 부대 사령관이, 날 제일 가까이 알던 동료가 그랬

---

377) 백 년 전쟁 중 1415년 10월 25일 프랑스의 작은 마을 아쟁쿠르에서 영국군이 프랑스군에 대승을 거둔 전투.

378) 후작 작위 등 전쟁에서 승리하여 얻은 기사 작위는 세습할 수 없으나 남작은 영국 귀족 작위 중 최하위에 속하며 세습된다.

단 말이야. '자네는 부대에서 제일 어린 친구들만큼이나 정정하네, 알렉스.' 내가 그랬다고. 지금도 그래, 이 숨만 잘 쉬어지면.

공기가 없어. 벨벳 휘장 아래 바람 한 점 일지 않잖아. 여름이 오면." 마치멘 경이 창문 밖에 쏟아지는 무거운 오후 햇살 속 여문 옥수수와 부푸는 과일과 배가 불룩한 꿀벌들이 느릿느릿 제 벌집을 찾아가는 것을 의식하지 못하고 말했다. "여름이 오면 침대를 떠나 탁 트인 공기에 앉아 더 쉽게 숨 쉴 수 있을 게다.

여기 온갖 작은 금제 남자들이, 제 나라의 신사들이 숨을 쉬지 않고 그토록 오래 살 수 있으리라고 누가 생각했겠느냐? 두꺼비들이 석탄 속에서, 깊은 광산 아래에서 문제없이 살듯이. 하느님 맙소사, 왜 구덩이를 파서들 나를 넣은 게냐? 인간이 자기 방에서 숨 막혀 죽어서야 쓰나? 플렌더, 개스턴, 창문을 열어라."

"창문은 전부 활짝 열려 있습니다, 주인어른."

침대 옆에는 긴 튜브와 마스크, 스스로 조절할 수 있는 작은 조절 꼭지가 달린 산소통이 놓여 있었다. 마치멘 경이 종종 말했다. "텅 비었어. 간호사, 봐요, 아무것도 나오지 않잖아."

"아니에요, 마치멘 경. 아주 꽉 채워져 있어요. 여기 유리 계기판에 있는 거품이 가득 찼다는 표시예요. 압력도 최고고요. 들어 보세요, 쉭쉭거리는 소리가 들리지 않으세요? 천천히 숨을 내쉬어 보세요, 마치멘 경. 좀 부드럽게 내쉬면 효과를 느끼실 거예요."

"공기처럼 자유롭게라, 그 작자들이 말하는 게 그거야, '공기처럼 자유롭게.' 그래 이제는 철통에 든 공기를 가져다주는구먼."

한번은 그가 이렇게 말했다. "코딜리아, 예배당은 어떻게 됐지?"

"폐쇄되었어요, 아빠. 엄마가 돌아가셨을 때요."

"그건 그 사람 거였지, 내가 줬어. 우리가 예전부터 가족 중에서 건설하는 쪽이었지. 내가 그 사람한테 지어 줬어, 별관 그늘에. 옛 담벼락 뒤쪽의 옛 석재로 재건축했지. 그게 새 집에서 마지막에 찾아왔고, 맨 먼저 사라지는구나. 전쟁이 터지기 전까지는 거기 사제도 있었단다. 그 신부님 기억하니?"

"제가 너무 어릴 때여서요."

"그런 뒤 난 떠났지, 그 사람을 예배당에서 기도하도록 놔두고. 그건 그 사람 거였어. 그 사람을 위한 장소였어. 나는 다시는 돌아와서 그 사람의 기도를 방해하지 않았다. 사람들은 우리가 자유를 위해 싸운다고 했지. 한데 나는 나만의 승리를 쥐었어. 그건 죄였을까?"

"죄였다고 생각해요, 아빠."

"야훼에게 복수심에 울부짖는 죄[379]인 거냐? 그것 때문에 저들이 날 이 동굴에 가두고, 공기가 든 검은 튜브와 벽에 늘어서서 숨을 안 쉬고도 사는 작은 황인들과 뒀다고 생각하느

379) 하느님에게 정당한 앙갚음을 해 달라고 스스로 호소한다고 믿어지는 네 가지 죄인 살인, 남색, 노예제, 노동 착취를 말한다.

냐? 그렇게 생각하느냐, 아가? 그래도 바람이 곧 불어올 게다, 어쩌면 내일이라도. 그러면 우리는 다시 숨을 쉴 게야. 모두에게는 역풍이 내게는 순풍일 게다. 내일은 나아질 게다."

이렇게 7월 중순까지 마치멘 경은 누워 죽어 가며, 살기 위한 분투 속에서 제풀에 지쳐 갔다. 그때 목전에 변화가 있으리라고 예상할 이유란 전혀 없었기에 코딜리아는 다가오는 '긴급 상황'과 관련해 자신의 여성 조직을 살피러 런던에 갔다. 그날 마치멘 경의 상태가 급작스레 악화되었다. 그는 말없이 정말 꼼짝 않고 누워 힘겹게 숨을 몰아쉬었다. 오직 그의 뜬 눈만이 이따금 방 안을 휘저으며 의식은 붙어 있다는 신호를 주었다.

"이제 다하신 걸까요?" 줄리아가 물었다.

"뭐라 말씀드리기가 어렵습니다." 의사가 대답했다. "정말 돌아가실 때는 아마 이런 상태겠지요. 하지만 이번 발작에서 회복하실 수도 있습니다. 가장 중요한 건 충격을 주지 않는 겁니다. 아주 사소한 충격이라도 치명적일 수 있어요."

"전 매카이 신부님을 모셔올게요." 줄리아가 말했다.

나는 놀라지 않았다. 여름 내내 그녀의 마음속에서 봐 온 것이었으므로. 줄리아가 떠나자 내가 의사에게 말했다. "우리가 이 허튼짓을 막아야 합니다."

의사가 말했다. "제가 관여하는 건 신체적 문제뿐입니다. 환자들이 사는 게 나은지 죽는 게 나은지에 관해서나 임종 후에 무엇을 겪는가에 관해서 왈가왈부하는 건 제 몫이 아니에요. 저는 그저 숨이 붙어 있도록 노력할 뿐입니다."

"하지만 방금 사소한 충격에도 돌아가실 수 있다고 말씀하셨잖아요. 저토록 죽음을 두려워하는 사람에게 신부를 눈앞에 대령하는 것보다 나쁜 일이 어디 있겠습니까, 그것도 자기가 기력이 있을 때는 쫓아냈던 신부를요?"

"제 소견으로는 그러면 돌아가실 겁니다."

"그러면 면회를 금하실 거죠?"

"저에게는 무얼 금할 권한이 전혀 없습니다. 제 소견을 말씀드릴 수 있을 따름입니다."

"아주머니, 어떻게 생각하세요?"

"그이가 불행해지는 건 원치 않아. 지금 남은 건 바라는 것뿐이야. 그이가 신부님을 눈치채지 못하고 가기를. 그래도 난 역시 그 자리에 신부님이 계셨으면 해."

"아주머니께서 신부님을 들이지 말라고 줄리아를 설득해 주시겠어요, 숨이 다할 때까지만이라도? 그 후에는 신부님이 들어가도 해가 없을 거예요."

"내가 줄리아한테 알렉스를 행복하게 놔두라고 부탁할게, 하고말고."

반 시간 후에 줄리아가 매카이 신부를 데리고 돌아왔다. 우리 모두는 서재에서 만났다.

"내가 브라이디와 코딜리아에게 전보를 쳤어." 내가 말했다. "그 둘이 도착할 때까지는 아무것도 진행되면 안 된다는 점에 너도 동의하기 바라."

"그 둘이 여기 있었으면." 줄리아가 말했다.

"너 혼자서 책임을 떠멜 수는 없어." 내가 말했다. "다른 모두가 네 의견에 반대해. 그랜트 선생님, 방금 제게 하신 말씀

줄리아에게 해 주세요."

"제가 드린 말씀은 신부를 보는 충격에 환자분께서 가히 돌아가실 수 있단 거였습니다. 그것만 아니면 이 발작을 넘기실 수도 있어요. 의료인으로서 환자에게 충격을 줄 만한 어떠한 행위라도 가해지는 데에 저는 반대할 수밖에 없습니다."

"아주머니?"

"줄리아, 얘야, 네가 좋은 뜻으로 이런다는 건 알지만 알잖니, 알렉스는 종교적인 사람이 아니었단다. 언제나 종교를 비웃었어. 우리 가책을 떨쳐 내자고 지금 알렉스가 약해진 틈을 타 그이를 이용해서는 안 되는 거야. 그이가 의식이 없을 때 매카이 신부님께서 들어오시면, 그럼 그이도 제대로 묻힐 수 있단다. 그렇죠, 신부님?"

"전 환자 상태가 어떤지 보고 오겠습니다." 의사가 이렇게 말하고 우리를 떠났다.

"매카이 신부님." 내가 말했다. "지난번에 오셨을 때 마치멘 경이 어떻게 대했는지 기억하시죠. 그런데 지금이라고 태도가 달라지는 일이 가능하다고 생각하시나요?"

"전능하신 하느님의 은총으로 가능하지요."

"아무래도 그이가 잠들어 있을 때 슬쩍 들어가서 그 위로 사면 선언을 내리시면 되지 않을까요. 그이는 절대 모를 거예요." 카라가 말했다.

"제가 수많은 남성과 여성의 임종을 지켜 왔습니다만 마지막 순간에 제가 그 자리에 있는 걸 싫어한 분은 단 한 명도 없었습니다." 신부가 말했다.

"하지만 그들은 다 가톨릭 신자들이었잖아요. 마치멘 경은 명목상으로만 그랬지 신자였던 적이 없고요. 적어도 수년간은요. 아주머니 말마따나 종교를 비웃는 분이셨어요."

"예수께서는 의인을 부르러 오신 것이 아니라 죄인을 부르러 오셨습니다."

의사가 돌아왔다. "변화는 없습니다." 그가 말했다.

"그러니까 선생님." 신부가 말했다. "제가 누구에겐들 어떻게 충격이 되겠습니까?" 그가 밋밋하고 순진하고 사무적인 얼굴을 먼저 의사에게, 다음으로는 우리 모두에게 돌렸다. "제가 뭘 하려고 하는지 아십니까? 정말 작은 예식입니다, 허례허식도 전혀 없는. 예복을 입지도 않는다고요. 그냥 이대로 가는 겁니다. 마치멘 경이 이제 제 얼굴도 아시잖습니까. 놀랄 일은 아무것도 없어요. 저는 다만 마치멘 경에게 죄를 후회하느냐고 물으려고 합니다. 인정한다는 작은 신호를 보여 주길 바라고요. 좌우간 저를 거부하지 않으셨으면 합니다. 그런 뒤 하느님의 사면을 내려 주려 합니다. 그다음에 꼭 필수적인 절차는 아니어도 성유를 발라 주고자 하고요. 아무것도 아닙니다. 여기 조그만 상자에서 기름을 좀 묻혀서 손가락을 좀 스치는 거예요. 보세요, 해될 만한 건 전혀 없습니다."

"아, 줄리아." 카라가 말했다. "우리가 뭐라고 하겠니? 내가 그이한테 가서 말해 볼게."

카라가 중국식 응접실로 갔고, 우리는 침묵 속에서 기다렸다. 줄리아와 나 사이에는 불의 벽이 있었다. 이내 카라가 돌아왔다.

"그이가 들은 것 같지는 않아." 카라가 말했다. "내가 어떻게 말을 꺼내야 할지 알겠다는 생각이 들었어. 이렇게 말했지. '알렉스, 멜스테드에서 오셨던 신부님 기억나죠. 그때 신부님이 당신을 보러 왔을 때 정말 못되게 굴었잖아요. 신부님 마음에 상처를 참 많이 줬잖아요. 지금 다시 오셨어요. 그냥 날 위해서 신부님을 만나고 응어리 좀 풀어 드려요.' 하지만 그이는 대답이 없었어. 만일 그 사람이 의식이 없다면 신부님을 뵌다고 불행해질 수는 없겠죠, 선생님?"

그때까지 꼼짝 않고 말없이 서 있던 줄리아가 갑자기 움직였다.

"조언 감사합니다, 선생님." 줄리아가 말했다. "일어나는 일에 관해서는 제가 모두 책임지겠습니다. 매카이 신부님, 지금 와서 아버지를 봐 주시겠어요." 그리고 내 쪽은 쳐다보지도 않은 채 신부님을 문가로 안내했다.

우리 모두가 뒤따랐다. 마치멘 경은 내가 그날 아침 본 그대로 누워 있었으나 이제 눈은 감긴 채였으며, 손은 손바닥을 위로 하고 이부자리 위에 놓여 있었다. 간호사가 손가락으로 한 손의 맥을 짚었다. "들어오세요." 간호사가 밝게 말했다. "지금은 충격받지 않으실 거예요."

"그 말씀은……?"

"아뇨, 아뇨, 그래도 뭔가 눈치채실 단계는 지났어요."

간호사가 산소 호흡기를 얼굴에 갖다 댔고 빠져나가는 기체의 쉭쉭거림이 침상 주위의 유일한 소리였다.

신부가 마치멘 경에게 몸을 수그리고 축성했다. 줄리아와 카라가 침대 발밑에 무릎을 꿇었다. 의사, 간호사, 나는 그들 뒤에 섰다.

"자." 신부가 말했다. "분명히 평생 저지른 모든 죄를 후회하시지요? 하실 수 있으면 신호를 보내 주세요. 후회하시지요?" 그러나 신호는 없었다. "죄를 떠올려 보시고 하느님께 후회한다고 말씀하세요. 제가 사면 선언을 해 드릴 겁니다. 제가 선언하는 동안 하느님 마음을 상하게 한 일을 후회한다고 말씀드리세요." 신부가 라틴어로 말하기 시작했다. 내가 알아들은 단어들은 "ego te absolvo in nomine Patris...(나도 성부의 이름으로 죄를 사하나이다…….)"였고 신부가 성호를 긋는 것을 보았다. 그때 나 또한 무릎을 꿇고 기도했다. '오, 하느님, 하느님이란 게 있다면 아버님의 죄를 용서해 주세요, 죄라는 게 있다면.' 그때 병석에 누운 남자가 눈을 뜨고 날숨을, 내가 죽음의 순간에 닥쳐 사람들이 내쉰다고 상상했던 유의 날숨을 내쉬었지만 눈은 움직였기에 우리는 아직 그 안에 생명이 있다는 것을 알았다.

나는 불현듯 신호에 대한 갈망을 느꼈다. 겉치레일 뿐이라도, 내 앞에서 무릎을 꿇고 내가 알기로 신호를 보여 달라고 기도하고 있는, 내가 사랑하는 여성을 위해서일 뿐이라도. 너무도 작은 것을 부탁하고 있는 듯싶었다. 제공된 바에 대해 다만 알은체라도, 좌중 속에서 한 번의 고갯짓이라도. 나는 더 간단히 기도했다. "하느님, 아버님의 죄를 용서해 주세요." 그리고 이렇게. "제발 하느님, 아버님이 하느님의 용서를 받아들이게 해 주세요."

이 얼마나 작은 것을 부탁하는지.

신부가 주머니에서 작은 은제 상자를 꺼내더니 다시금 라틴어로 말하며 죽어 가는 남자에게 기름 묻은 솜뭉치를 갖다 댔다. 이어 그가 할 일을 끝냈고, 상자를 치우고 마지막으로 축성했다. 그때 갑자기 마치멘 경이 손을 이마께로 가져갔다. 나는 성유가 닿은 것이 느껴져 닦아 내려는 것이라고 생각했다. '아이고, 하느님.' 내가 기도했다. '그러지 않으시게 해 주세요.' 그러나 걱정할 필요가 없었다. 그 손이 천천히 가슴팍으로 내려오더니 그다음에는 어깨로 옮겨 가고 그렇게 마치멘 경이 성호를 그었다. 그때 나는 내가 부탁한 신호는 작은 것이, 알은체하는 스리슬쩍 고갯짓이 아니었음을 깨달았다. 그리하여 성전 휘장이 위에서 아래까지 두 폭으로 찢어지는 한 구절이 나의 어린 시절로부터 되살아났다.[380]

끝이었다. 우리는 일어섰다. 간호사가 다시 산소통으로 돌아갔고, 의사가 환자에게 몸을 굽혔다. 줄리아가 내게 속삭였다. "매카이 신부님 좀 바래다드릴래? 나 여기 조금만 있게."

문을 나서자 매카이 신부는 다시금 내가 알던 단순하고 상냥한 남자가 되었다. "그것참, 아름다운 광경이었습니다. 제가 그런 식으로 풀리는 경우를 보고 또 보았어요. 악마는 마지막 순간까지 저항하지만 그때 하느님의 은총이 너무 버거워지는

380) 예수가 십자가에 못 박혀 사망할 때의 표현이다. "바로 그때에 성전 휘장이 위에서 아래까지 두 폭으로 찢어지고 땅이 흔들리며 바위가 갈라지고 무덤이 열리면서 잠들었던 많은 옛 성인들이 다시 살아났다.(마태오의 복음서 27:51~52)"

거죠. 라이더 씨께서는 가톨릭교도가 아니신 것 같은데, 적어도 숙녀분들이 종교로 위안을 얻는 모습은 반가우시겠죠."

우리가 운전기사를 기다리는 동안 매카이 신부가 이 예배에 대해 사례금을 받아 마땅하다는 점이 내 뇌리를 퍼뜩 스쳤다. 그래서 내가 주뼛대며 물었다. "아이고, 신경 쓰지 마십시오, 라이더 씨. 도와드릴 수 있어 제가 기쁘지요." 그가 말했다. "그래도 제 교구와 같은 곳에서는 챙겨 주시면 모두 도움이 됩니다." 나는 지갑에 3파운드가 있는 것을 보고 건네주었다. "아이고, 정말 차고 넘치는 액수입니다. 하느님의 가호가 있으시기를, 라이더 씨. 제가 다시 들르겠지만 저 가엾은 영혼은 이승에 미련이 있는 것 같지 않습니다."

중국식 응접실에 남아 있던 줄리아 앞에서 그날 저녁 5시 정각에 그녀의 아버지가 세상을 떴고, 그로써 이 논쟁에서 신부와 의사 모두가 옳았음을 증명하였다.

이렇게 나는 줄리아와 나 사이에 오간 마지막 말인 깨진 문장들에, 마지막 기억들에 다다른다.

아버지가 세상을 뜨자 줄리아는 주검 앞에 몇 분간 머물렀다. 간호사가 옆방으로 와서 부음을 전했고 나는 열린 문 사이로 침대 발치에 무릎 꿇은 줄리아를, 또 그 옆에 앉은 카라를 흘깃 보았다. 이내 두 여자가 함께 나왔고, 줄리아가 내게 말했다. "지금은 말고. 지금 카라 아주머니를 방으로 모셔다 드리는 길이니까. 나중에."

줄리아가 아직 위층에 있을 때 브라이즈헤드와 코딜리아가 런던에서 도착했다. 끝내 이루어진 둘만의 만남은 마치 어린 연인들이 만나듯 남몰래 성사되었다.

줄리아가 말했다. "여기 그림자 안에서, 계단 구석에서, 작별을 고할 시간이야."

"그 말 하는 데 오래도 걸렸네."

"알고 있었어?"

"오늘 아침부터. 오늘 아침 전부터. 올해 줄곧."

"나는 오늘까진 몰랐어. 아, 내 사랑, 오빠가 이해할 수만 있다면. 그럼 내가 이별을 견딜 수, 아니 그나마 더 견딜 수 있을 텐데. 가슴이 찢어질 수 있다고 믿었다면 가슴이 찢어진다고 말할 거야. 찰스랑 결혼할 수 없어. 다시는 오빠랑 함께할 수 없어."

"알아."

"어떻게 알아?"

"이제 어떻게 할 거야?"

"그냥 살아가는 거지, 홀로. 어떻게 할지 내가 무슨 수로 알겠어? 오빠는 나를 다 알잖아. 내가 애도하는 삶을 살 만한 사람이 아니란 걸 알잖아. 난 언제나 나쁜 애였어. 어쩌면 또 나쁜 애가 돼서 또 벌을 받을지도 모르지. 그런데 내가 나쁜 애가 될수록 하느님이 더 필요해져. 하느님의 자비로부터 스스로를 끊어 낼 수가 없어. 근데 그렇게 하면 끊어 낸단 뜻이 될 거야, 하느님 없이 오빠랑 삶을 시작하면. 사람은 한 걸음 앞이 보이기만 바랄 수 있잖아.[381] 근데 오늘 내가 용서받지 못할 짓이

381) 존 헨리 뉴먼 추기경이 1833년 작사한 찬송가인「내 갈 길 멀고 밤은 깊

한 가지 있다는 걸 보았어. 교습실 내의 사건들과 같이 너무 못돼서 도저히 처벌할 수 없고 학부모만 처리할 수 있는 짓. 내가 저지르기 직전이었지만 저지를 만큼 나쁜 애는 못 되는 나쁜 짓. 바로 하느님에게 필적하는 선을 세우는 것. 왜 나는 이걸 이해하도록 허락되고 찰스는 안 되는 걸까? 혹시 엄마, 보모 할머니, 코딜리아, 서배스천이, 어쩌면 브라이디랑 머스프랫 부인까지도 기도에 내 이름을 넣어 주기 때문인지도 몰라. 아니면 혹시 나랑 하느님 사이의 은밀한 거래인지도 몰라. 내가 너무도 간절히 원하는 이 한 가지를 포기하면 내가 얼마나 나쁜 애든 마지막에는 하느님이 나에 대해 전적으로 체념하지는 않으리라는 거래.

이제 우리는 둘 다 혼자가 될 테고, 무슨 수를 써도 난 오빠를 이해시키지 못할 거야."

"네 마음을 편하게 해 주고 싶지 않아." 내가 말했다. "네 가슴이 찢어지면 좋겠어. 그러나 이해는 가."

눈사태가 내리굴렀고, 뒤편의 산비탈이 휩쓸려 맨살이 드러났다. 하얀 비탈들에서 마지막 땅울림이 가셨다. 고요한 골짜기에 새로운 언덕이 반짝이며 가만히 놓였다.

은데」 속 한 구절이다. "내 갈 길 멀고 밤은 깊은데 빛 되신 주/ 저 본향 집을 향해 가는 길 비추소서/ 내 가는 길 다 알지 못하나/ 한 걸음씩 늘 인도하소서"라는 1절 가사로써 미래가 불확실하고 코앞의 일밖에 보이지 않아도 하느님의 인도를 따라간다는 믿음을 노래하였다.

에필로그
다시 찾은 브라이즈헤드

"우리가 지금껏 주둔한 곳 중에서 최악이군." 연대장이 말했다. "설비도 없지, 편의 시설도 없지, 여단은 우리 머리 위에 떡하니 앉아 있지. 플라이트세인트메리에 한 스무 명은 들어갈 펍이 있는데, 거긴 당연히 장교용 구역은 아닐 거네. 또 진영 안에 나피[382] 매점도 하나 있지. 본관은 주 1회 멜스테드카버리까지 수송 차량도 운영하고자 한다. 마치멘은 15킬로미터는 떨어져 있고 막상 가도 쥐뿔도 없잖아. 따라서 중대장들의 첫째 고려 사항은 중대원들을 위해 오락거리를 준비하는 일이 될 것이다. 군의관, 저 호수들이 수영하기에 적절한지 검사해 주길 바라네."

382) NAAFI. 영국 육해공군후생기관의 약칭으로, 사병들에게 매점, 술집, 카페 등의 편의 시설을 제공한다.

"알겠습니다, 연대장님."

"여단에서는 우리 연대가 저택을 청소하기를 바란다. 사령부 근처를 어슬렁거리는 꼴이 눈에 띄는 저 면도를 덜 한 농땡이꾼들을 몇 명 쓰면 우리 수고를 덜 수도 있겠다는 생각도 들기야 했지만 그래도…… 라이더, 자네가 쉰 명으로 작업반을 꾸려서 10시 45분에 저택의 숙소 담당관에게 보고하도록. 숙소 담당관이 우리가 지낼 곳을 안내해 줄 걸세."

"알겠습니다, 연대장님."

"우리 전임자들은 그다지 진취적이지는 않았던 것 같군. 이 계곡은 유격 훈련장과 박격포 연습장으로 꽤 써먹을 수 있겠는데 말이야. 화기 훈련관, 오늘 아침 정찰 돌아서 여단이 도착하기 전에 뭐라도 배치해 놓도록."

"알겠습니다, 연대장님."

"난 부관과 함께 훈련장을 정찰하고 오겠다. 혹시 이 지역에 밝은 사람 있나?"

나는 아무 말도 하지 않았다.

"그럼 이상이네. 각자 위치로."

"나름대로 훌륭한 고택일세." 숙소 담당관이 말했다. "너무 거칠게 쓰게 돼서 아까울 정도로."

숙소 담당관은 몇 킬로미터 밖에서 재임용되어 온 나이 든 퇴임 중령이었다. 나는 숙소 담당관과 현관문 앞 공터에서 만나 그곳에 중대의 반을 정렬시켜 지시를 기다리도록 두었다. "들어오게. 금방 안내해 주겠네. 집이 참 대단한 토끼 굴인데, 우리가 징발한 건 1층과 침실 대여섯 곳이 전부일세. 위층은 전부 아직도 사적 재산이고, 대부분 가구가 꽉꽉 들어차 있네. 그런 것들은 보지도 못했을 걸세, 값을 매길 수 없는 것들도 있어.

꼭대기 층에는 관리인과 늙은 하인들 두엇이 지내고(전혀 방해받는 일은 없을 걸세.) 또 대공습[383]으로 집을 잃어 레이디 줄리아가 거처를 마련해 준 로마 가톨릭교 신부도 있다네. 신경과민인 노인이지만 문제는 없을 거야. 그 신부가 예배당을 열었어. 군용 구역에 있다네. 뜻밖에 많이들 이용하더군.

이곳 소유자는 레이디 줄리아 플라이트라네. 스스로를 이제 그렇게 부르더라고. 예전엔 뭐시기 장관인 모트램과 결혼했더랬지. 지금은 어디 여성 봉사단 소속으로 외국에 있어서 내가 대신 이것저것 살펴주려 하고 있네. 후작 어르신께서 전부 딸에게만 남기다니 기이한 일이지. 아들들은 딱하게 됐어 그래.

자, 여기가 지난번 부대가 서기관을 두던 곳일세. 어차피 방이야 많으니까. 보다시피 내가 벽면과 난로를 다 판자로 막아 놨네. 이 아래는 다 귀중하고 오래된 작품들이야. 얼씨구, 여기 누가 고약한 짓을 해 놓은 것 같군. 하여간 군인들은 다 때려 부수는 거지 떼라니까! 이걸 우리가 발견했으니 망정이지, 하마터면 지금 부대에 청구될 뻔했네.

여기는 태피스트리로 가득했던 또 다른 널찍한 방일세. 개인적으로는 여기를 작전 회의용으로 쓰기를 추천하네."

---

383) 1940년과 1941년에 독일이 영국에 대공습을 자행했다.

"저는 여기에 청소만 하러 온 겁니다, 숙소 담당관님. 여단에서 사람이 와서 방을 배정할 겁니다."

"아, 그런가. 이거 만만한 일을 맡으셨구먼. 지난번 부대는 상당히 점잖은 인물들이었네. 그래도 벽난로에 그런 짓을 해 놓진 말았어야지. 어떻게 저렇게 했을까? 꽤 단단해 보이는데. 이거 수리될 수 있을지 모르겠네만?

내 생각엔 여단장이 여기를 집무실로 택할 것 같네. 저번 여단장이 그랬거든. 옮길 수 없게 벽면에 그려진 그림들이 참 많은 방이네. 보다시피 내가 할 수 있는 한 씌워는 놨네만 군인들은 뭐든지 뚫어 버린다니까, 여단장이 저 구석에 해 놓은 것처럼. 바깥에 주랑 아래 그림이 그려진 방이 또 있었네만, 현대 작품인데, 개인적 의견으로는 저택에서 가장 아름다운 그림이었네. 거기가 통신 장교 집무실로 사용되었는데 그 작자들이 완전히 난장판을 만들어 놨어. 상당히 아깝지.

여기 흉물스러운 방은 군용 식당으로 사용하던 델세. 그래서 내가 씌워 놓질 않았어. 정말로 손상이 간다 해도 크게 신경 쓰일 덴 아니라서. 난 항상 여길 보면 고급 매음굴 같은 게 떠오르네, 메종 자포네즈[384] 있잖은가…… 그리고 여긴 대기실로 쓰이던 곳이고……."

우리가 목소리가 울리는 방들을 도는 데는 그리 오래 걸리지 않았다. 다 돌자 우리는 바깥의 테라스로 나갔다.

"저것들은 사병들 변소와 세탁장이네. 왜 부대에서 하필이

---

384) 당시에 있던, 일본식으로 화려하게 장식된 매음굴.

면 저기에 저런 걸 세웠는지 알 수가 없어. 내가 직무를 인계받기 전에 되어 버린 거라. 여기 전부가 저택 정면에서 보면 가로막혀 있던 부분이네. 우리가 나무 사이로 길을 내서 중앙 진입로로 이어지게 했어. 보기야 흉하지만 매우 실용적이지. 오가는 수송 차량이 워낙 많으니. 그놈의 차가 여길 박살 내기도 하지 뭔가. 여기 어느 조심성 없는 놈이 회양목 울타리를 정통으로 들이받아서 저기 난간까지 전부 밀어 버린 것 좀 보게나. 그것도 이게 3톤짜리 화물 트럭으로 한 거야. 최소한 처칠 전차로 밀었다고 생각했을 걸세.

저 분수는 우리 여주인께는 좀 여린 구석이네. 접대회가 있는 밤이면 젊은 장교들이 저기 들어가 허튼짓을 하곤 해서 분수대가 좀 훼손돼서 안 좋아 보이기에 내가 철조망을 두르고 물을 잠가 뒀네. 지금은 좀 지저분해 보이지. 운전기사마다 담배꽁초랑 남은 샌드위치를 거기 던져 버리기도 하고, 내가 주위에 철조망을 둘렀으니 가까이 가서 치우지도 못하니까. 참 현란하고 크기도 하지, 그렇잖은가? ……

자, 이제 다 봤으면 난 이만 물러나 보겠네. 좋은 하루 보내게나."

숙소 담당관의 운전기사가 마른 분수대에 담배꽁초를 던져 넣고는 경례하고 차 문을 열어 주었다. 나는 경례했고 숙소 담당관은 라임나무 사이에 새로 생긴 포장도로를 따라 차를 타고 사라졌다.

"후퍼 소대장." 중대원들이 작업에 착수한 모양을 보고 내가 말했다. "내가 반 시간 동안 자네에게 작업반 감독을 안심하고 맡겨도 괜찮겠나?"

"저는 어디에서 다과를 좀 얻어 낼 수 있을지 궁리하던 참이었습니다."

"아니, 이 사람아." 내가 말했다. "작업을 지금 막 시작했잖은가."

"대원들의 신경이 굉장히 곤두서 있습니다."

"계속 작업하도록 놔두게."

"알겠습당."

나는 황량한 1층 방들에서 시간을 오래 끌지 않았고, 대신 위층으로 올라가 낯익은 복도들을 거닐며 잠긴 문고리들을 돌려 보고 문이 열리면 가구가 천장까지 쌓인 방들로 들어가 보았다. 그러다 마침내 차 한 잔을 나르던 나이 든 하녀를 만났다. "어머나." 하녀가 말했다. "라이더 씨 아니세요?"

"맞아요. 언제 아는 사람이 보일지 궁금해하던 차였어요."

"호킨스 부인께서는 위층 예전에 쓰시던 방에 계세요. 제가 막 차를 올려다 드리던 참이었어요."

"제가 대신 올려다 드릴게요." 내가 말하고는 베이즈 천이 싸인 문들을 통과하여 카펫이 깔리지 않은 계단을 올라 육아실로 향했다.

호킨스 보모 할머니는 내가 입을 열기 전까지는 나를 알아보지 못했기에 나의 등장으로 얼마간의 혼란에 휩싸였다. 이윽고 내가 곁의 불가에 얼마간 앉아 있고서야 할머니는 예전과 같은 평온을 되찾았다. 내가 알아 온 긴 세월 동안 거의 변하지 않던 할머니는 그즈음 많이 늙었다. 최근 수년간의 변화가 받아들여지고 이해되기에는 할머니 인생에서 너무 늦게 찾아왔던 것이다. 게다가 할머니가 말해 준 바로는 시력도 가물가물해져서 가장 성긴 바느질감만 가늠할 수 있었다. 점잖은 대화를 하던 세월 동안 연마되었던 할머니의 말투는 이제 태생대로 수수한 시골내기의 어조로 돌아가 있었다.

"……여기는 나랑 하녀 둘이랑 가엾은 멤블링 신부님뿐이다. 그 양반이 글쎄, 폭격을 당해서 머리 가릴 지붕도 가구로 쓸 나무판자 한 쪽도 없는 신세가 되었다가 줄리아 걔가 원체 가진 상냥한 마음씨로 거둬들였는데, 그 양반 성깔머리가 아주 버려 버렸어. …… 레이디 브라이즈헤드도, 지금은 레이디 마치멘이지만 본디대로라면 이제 내가 주인마님이라고 불러야 하는데 통 자연스레 입에 붙지가 않고, 레이디 마치멘도 익숙지 않아 하셨지 뭐냐. 처음엔 줄리아랑 코딜리아가 전쟁으로 집을 떠났을 적에 레이디 마치멘이 도련님 두 분을 데리고 여기 왔다가 군인들에게 쫓겨나셨지. 그래 식구가 런던으로 갔다가 자기들 집에 머문 지 채 한 달도 안 돼서 브라이디가 꼭 불쌍한 주인어른처럼 의용 기병대를 데리고 떠났지 뭐냐. 그 후에 그 집도 폭격을 당해서 가산이 풍비박산이 나서는 레이디 마치멘이 가구를 몽땅 여기로 가져와서 마차 보관소에 두셨어. 그러다 런던 밖에 집을 또 하나 구하셨는데 그마저도 군대에 징발당해서, 지금은 내가 마지막으로 소식을 듣기로는 해변의 어느 호텔에 계신다던데, 아무래도 자기 집만 못하지 않겠냐? 그건 아닌 것 같아.

지난밤에 모트램 님 연설 들었니? 히틀러한테 정말 험악하게 굴더구나. 내 수발 들어 주는 에피라는 애한테 내가 이리 말했어. '히틀러가 듣고 있었다면, 또 그럴 것 같지는 않다만 영어를 안다면 꽤나 기가 죽었을 게야.' 모트램 님이 그렇게 장한 일을 할 거라고 누가 상상했겠느냐? 게다가 여기 머물곤 하던 그 수많은 친구들까지 말이다? 그래서 내가 윌콕스 씨한테 말했어. 멜스테드에서 버스를 타고 한 달에 두 번 꼬박꼬박 날 보러 와 주시거든, 참 상냥하기도 하시고 감사한 일이지. 그래서 내가 이랬다. '우리도 모르게 천사를 대접하고 있던 거로군요.' 왜냐면 윌콕스 씨도 모트램 님의 친구분들을 결코 좋아하지 않았거든. 나야 친구분들을 뵙진 못했어도 너희 모두에게 얘길 전해 듣곤 했지. 줄리아도 그 사람들을 좋아하지 않았는데. 그래도 그 사람들 참 장한 일을 하지 않았냐?"

드디어 내가 할머니에게 물었다. "줄리아 소식은 들으셨어요?"

"코딜리아한테서 막 지난주에 들었는데, 이제껏 쭉 그래 왔듯이 둘이 아직도 붙어 있고, 줄리아가 편지 말미에 내게 사랑을 전하더구나. 둘 다 정말 잘 있는데, 다만 어디 있는지는 밝힐 수가 없었지. 그런데 멤블링 신부님께서 행간을 읽으시고는 거기가 팔레스타인이라고 하시지 뭐냐. 거긴 브라이디의 의용 기병대가 있는 덴데, 그러니까 애들한테 다 정말 다행이지. 코딜리아가 말하길 둘이서 전쟁이 끝나고 집에 돌아오길 고대하고 있다던데, 그건 분명 우리 모두가 고대하는 바일 게야. 다만 이 늙은이가 살아남아서 그날을 보게 될지는 다른 문제지만 말이다."

나는 반 시간 동안 할머니와 머물렀고, 종종 들르겠다고 약속하며 떠났다. 현관에 도달하니 작업이 진행 중인 낌새는 없고 후퍼는 찔리는 모양이었다.

"대원들은 침대 속짚을 가지러 자리를 떠야 했습니다. 블록 중사가 말해 주기 전까지 전 그래야 하는 줄도 몰랐습니다. 대원들이 돌아오고 있는지조차 잘 모르겠습니다."

"잘 모른다? 명령을 어떻게 내렸는데?"

"그게, 제가 블록 중사에게 그럴 필요가 있다고 생각되면 대원들을 복귀시키라고 말했습니다. 그러니까 석식 전까지 시간이 남는다면 말입니다."

12시가 가까운 시간이었다. "자네 또 골탕 먹은 걸세, 후퍼 소대장. 그 속짚은 오늘 6시 전까지면 언제 가져와도 되는 거였네."

"이런 젠장할, 죄송합니다, 라이더 중대장님. 블록 중사가……."

"자리를 뜬 내 잘못이지……. 석식 후 즉각 동일한 작업반을 정렬시키고 여기로 복귀시켜서 작업이 완료될 때까지 발을 묶어 두게."

"알겠슴당. 저 말입니다, 일전에 이곳을 안다고 하지 않으셨습니까?"

"그래, 매우 잘 안다네. 내 친구들 집이라서." 그리고 스스로 그 말들을 뱉는데 내 귀에는 서배스천이 "저기가 우리 집이야."라고 말하는 대신 "우리 가족들이 사는 곳이야."라고 말했을 때처럼 기이하게 들렸다.

"말이 전혀 안 되는 것 같습니다. 이만한 집에 한 가족이 산다니. 쓸데없잖습니까?"

"뭐, 여단은 쓸데 있다고 생각하는 듯하네."

"그래도 그러려고 지어진 집은 아니잖습니까?"

"아니지." 내가 말했다. "그러려고 지어진 집은 아니지. 어쩌면 그게 건축의 한 가지 묘미일지도 모르겠네. 아들을 낳아서 애가 어떻게 클지 궁금해하듯이. 나는 모르겠네. 난 뭔가를 지어 본 적도 없고, 아들의 성장을 바라볼 권리도 박탈당했으니. 난 집도 없고, 자식도 없고, 나이는 중년에 사랑도 없는 놈이네, 후퍼 소대장." 후퍼는 내가 농을 던지는지 눈치를 살폈고, 농담이라고 판단하고 웃었다. "이제 진지로 돌아가서 연대장이 정찰에서 돌아왔으면 눈에 띄지 않게 조심하고, 우리가 아침의 허튼짓을 했다는 사실을 아무에게도 발설하지 말게."

"옙, 라이더 중대장님."

저택에는 내가 아직 찾지 않은 구석이 있어 나는 이제 그곳으로 향했다. 예배당은 오래 방치된 부작용일랑 전혀 뵈지 않았다. 아르 누보 칠은 언제나처럼 생생하고 눈부셨으며, 아르 누보 램프가 다시 한번 제단 앞에서 타올랐다. 나는 기도를, 예부터 전해져 새로이 습득된 형태의 단어들을 읊조리고는 진영 쪽으로 몸을 돌려 떠났다. 그리고 걸어 돌아가며 앞쪽에서 취사장의 나팔 소리가 들려오는 사이 생각했다.

'건축가들은 자신들의 작품이 전락하여 어떻게 쓰일지 알지 못했다. 그들은 옛 성의 석재들로 새 집을 지었다. 해해연년, 대대손손 그들은 집을 보강하고 증축했다. 해해연년 대정원에서 어마어마한 양의 목재가 무르익어 갔다. 그러다가 급작스레 서리가 닥치고 '후퍼'의 시대가 도래했다. 이에 저택은 황량해지고 작품은 전부 영락했다. 아, 그렇듯 붐비던 도성이 이렇게 쓸쓸해지다니. 헛되고 헛되다. 세상만사 헛되다.'

'그래도.' 나는 진영 쪽으로, 나팔이 잠시 멈췄다가 두 번째 집합 신호로 이어지며 "주워라, 주워라, 뜨거운 감자"[385] 구호가 들리는 곳으로 더욱 씩씩하게 발을 내디디며 생각했다. '그래도 그것은 마지막 말이 아니다. 적합한 말조차 아니다. 십 년 전으로부터 온 사어(死語)일 뿐이다.

건축가들의 어떤 의도와도 매우 동떨어진 무언가가 그들의 작품에서, 내가 배역을 맡은 인류의 끔찍한 작은 비극에서 탄생했다. 당시에 우리 누구도 생각지 않았던 무언가가. 바로 작고 붉은 불꽃, 성궤의 두드려 만든 구리 문짝 앞에 재차 점등된 개탄스러운 디자인의 두드려 만든 구리 성체불이. 옛 기사들이 자기 무덤에서 보았고, 꺼지는 것을 보았던 불꽃이. 그 불꽃이 고향에서 멀리, 심적으로는 아크레나 예루살렘[386]보다 멀리 온 다른 전사들을 위하여 다시금 타오른다. 건축가들과 비극 배우들이 아니었다면 점등되지 못했을 불꽃을, 그곳에서 나는 오늘 아침 옛 석재 사이에서 새로이 타오르는 불꽃을 보았다.'

나는 걸음을 빨리하였고 우리끼리 대기실로 쓰는 막사에

---

385) 영국 군대에서 나팔로 군인들을 소집할 때 부르는 노래 가사.

386) 1차 십자군 전쟁(1095~1099) 당시 십자군이 이스라엘의 아크레와 예루살렘에 있는 이슬람교도들을 무찌르고 두 도시에 기독교를 재건했다.

다다랐다.

"오늘 유달리 활기차 보이십니다." 부중대장이 말했다.

작품 해설

눈보라 속 성냥불

"미국인은 여섯 명도 이해하지 못할 것 같습니다."[1]

에벌린 워는 『다시 찾은 브라이즈헤드』를 집필하면서 이 작품이 영국식 저택과 학창 시절, 종교를 다루는 소설이기에 미국에서 대중적인 성공을 거두지 못하리라 예상하며 출판 에이전트에게 위와 같이 편지를 보냈다. 그러나 바로 이 작품이 미국에서 막대한 성공을 거둠으로써 에벌린 워는 대중적인 명성을 떨치게 되었다. 이 작품은 1981년에 영국의 그라나다 텔레비전에서 11부작 드라마(제러미 아이언스, 앤서니 앤드루스 출연)로도 방영되었으며, 최근까지도 인기가 식지 않

1) Mark Amory(ed.), *The Letters of Evelyn Waugh*(New Haven, Connecticut, and New York: Ticknor & Fields, 1980), 177.

아 2008년에 영화(매슈 구드, 벤 휘쇼 출연)로도 제작되었다. 드라마와 영화로 제작되면서 더욱 널리 알려진 『다시 찾은 브라이즈헤드』는 1945년 6월에 독자들에게 처음 선보여졌다가 1959년에 작가가 손을 봐 개정판이 나왔다. 작가가 저작물을 내놓은 후 개정하는 것은 드문 일이며, 개정판이 나왔다는 것 자체가 이 작품에 몰린 인기와 관심에 대한 방증일 테다.

이 작품은 유명해지면서 사회적 지위의 고하를 막론하고 남녀노소 모든 독자에게 읽혔지만, 작가가 집필 당시에 생각했던 대상 독자는 전쟁 중에 배급 식량으로 살아가며 미학적 경험에 주린 사람들이었다. 그도 그럴 것이 이 작품의 집필 당시 에벌린 워는 시간적, 물질적으로 전혀 여유롭지 못했다. 그는 2차 세계 대전에 참전하던 중에 '지금이 아니면 영영 쓸 수 없는 소설'을 떠올리고 몇 달간의 휴가를 신청해 작품을 쓰기 시작했다. 하지만 집필 도중에도 불시에 군대에 소환되어 업무를 수행해야 했으며, 휴가 신청이 받아들여졌다가 번복되기를 반복한 탓에 초조한 심정으로 작품을 써 내려갔다. 그리하여 두 달 만에 작품의 3분의 2를 완성하는 등 에벌린 워로서는 드물게 빨랐던 집필 속도로 작품을 탈고하게 된다. 게다가 그는 당시 벌써 사 년간 배급 식량으로 근근이 지내던 차였으니 배를 곯는 상태에서 상상하는 음식 묘사는 남다를 수밖에 없었을 테다. 이에 이 소설에서는 찰스가 서배스천과 들었던 만찬이라든가 렉스와 함께한 저녁 식사가 풍부하고도 세세하게 묘사된다. 이렇게 시간에 쫓겨 가며, 또 배를 곯아 가며 집필한 이 작품을 작가는 자신의 "대표작(magnum opus)"[2]이라고 칭하며 자부심을 드러냈다. 난중 일기(亂中日記)가 아니라 그야말로 난중 소설(亂中小說)인 셈이다.

에벌린 워의 난중 소설은 작가가 스스로 대표작이라고 칭한 작품답게 여러 사건이 복잡다단하게 얽혀 있으며 다양한 의미를 품고 있다. 따라서 작품이 일견 복잡해 보일 수 있으나, 이 소설을 함축적으로 드러내는 작품의 부제를 뜯어보면 작품의 큰 틀을 이해할 수 있다.

(1) 찰스 라이더 중대장의 (2) 성스럽고도 (3) 불경스러운 기억

먼저 (3)의 불경스러운 부분, 다시 말해 세속적인 부분은 작품 전반부에서 존재감이 두드러지는 미학과 젠더라는 주제를 말한다. 반면에 (2)의 성스러운 부분은 작품 후반부로 갈수록 강해지는 주제인 종교를 일컫는다. 이렇게 미학, 젠더, 종교라는 주제를 통해 작가는 1910년대의 1차 세계 대전과 1930년대에 발발한 2차 세계 대전 사이 평화의 시대였던 1920년대를 주로 묘사한다. 그런데 이 작품은 집필 당시의 작가와 동갑인 중년의 화자가 2차 세계 대전을 겪는 와중에 1920년대에 꽃피운 청춘의 나날들을 회고하는 소설이니만큼 작가의 생애와 당시 시대상의 영향을 많이 받았다. 따라서 작

2) Michael Davie(ed.), *The Diaries of Evelyn Waugh*(Boston: Little Brown, and Company, 1976), 560.

가의 생애와 시대상이라는 두 외부 요인을 아는 것이 작품 이해에 필수적이라고 할 수 있을 것이다. 여기서 1인칭 시점으로 작품을 서술하는 (1)의 찰스 라이더라는 주인공이 작가와 매우 비슷한 삶을 살아가므로 주인공과 에벌린 워의 생애에서 비슷한 부분들과 다른 부분들을 짚어 보면 작가의 생애를 보다 효과적으로 들여다볼 수 있다. 그러면 먼저 주인공의 삶을 분석하며 에벌린 워가 걸어온 삶을 되짚어 보는 것으로 시작해 작가가 1920년대에 경험한 청춘 시절과 이후 중년의 인생사가 작품에 어떤 영향을 미쳤는지 알아보자.

찰스 라이더 중대장의 성스럽고도 불경스러운 기억

1. 찰스 라이더와 에벌린 워

"나는 내가 아니다. 그대는 그나 그녀가 아니며, 그들은 그들이 아니다."

작품 초입에는 위와 같은 작가의 말이 쓰여 있다. 찰스 라이더를 에벌린 워로 보지 말고, 다른 등장인물들을 자신의 지인으로 보지 말라는 작가의 당부이지만, 이렇게까지 신신당부한다는 점이 도리어 등장인물들이 작가와 그 지인들을 쏙 빼닮았다는 반증으로 보인다. 실제로 주요 등장인물들이 작가의 지인들을 모티프로 그려지기도 했지만, 특히 주인공 찰스 라이더는 에벌린 워의 생애와 매우 닮은 삶을 살아간다.

찰스와 에벌린은 둘 다 1903년 10월생이며, 중산층 가정에서 태어났다. 약간의 차이점이라고 한다면 찰스의 아버지는 일하지 않아도 유산만으로 충분히 풍족한 생활을 영위한 반면 에벌린의 아버지는 출판사 사장으로 일했다는 것이다. 그들은 둘 다 옥스퍼드 대학교에 갔으며, 똑같이 학위를 따지 않고 중퇴한다. 또한 전쟁이 기사도적 전투의 현장일 것이라는 환상을 품어 1차 세계 대전 때 복무하지 못한 것을 아쉬워한 끝에 2차 세계 대전에 참전하지만, 1943년경부터는 전쟁의 도덕성에 의문을 품고 군대에 대한 환멸에 빠진다. 배우자로 보자면 찰스는 실리아와 이혼하고 줄리아를 만나며, 에벌린은 여자 에벌린(공교롭게도 그와 그의 아내의 이름이 같아서 부부의 지인들은 이름 앞에 여자나 남자를 붙여서 그 둘을 구분했다고 한다.)과 이혼한 뒤 로라 허버트와 재혼한다.

이렇게 매우 닮아 있는 둘의 인생에서 가장 주목해야 할 부분은 아버지와의 관계이다. 에벌린의 인생사 가운데 무엇보다도 아버지의 별세를 기점으로 그의 작품들의 분위기와 주제가 변화해 그 전까지 집필한 작품들과는 매우 다른 기조로 『다시 찾은 브라이즈헤드』가 쓰였기 때문이다. 이에 문학 비평가 찰스 롤로는 『다시 찾은 브라이즈헤드』를 집필하기 전 풍자 기법을 많이 도입한 작풍을 "초기의 에벌린 워"라고 표현하며, 이후의 작풍을 "후기의, 진지한 에벌린 워"라고 구분 짓는다.[3]

---

3) Charles Rolo, "Evelyn Waugh: The Best and the Worst," *The Atlantic Monthly vol*. 194(1954), 80.

찰스도 에벌린도 아버지와 사이가 좋지 않았지만, 찰스의 아버지는 진귀한 물품들을 수집하며 여생을 보내는 인물로만 묘사되는 반면 에벌린의 아버지는 학창 시절에 시로 문학상을 받았을 정도로 일찍부터 문학에 재능을 보였다. 이윽고 출판사 사장이 된 그는 T. S. 엘리엇이나 에즈라 파운드 대신 러디어드 키플링을 선호하고, '문학적 큐비즘'이라고 일컬어지는 당대의 모더니즘 문학을 배척하는 글을 문예 잡지에 기고했다. 에벌린은 아버지의 이러한 보수적인 문학적 취향이 마음에 들지 않아서 일부러 모더니즘 문학을 옹호하는 글을 다른 문예 잡지에 싣기도 했다. 이에 더해 아버지의 작품에서 보이는 감성주의를 배척하는 대신 냉소적으로 비꼬는 풍자 기법을 작품에 많이 도입했다. 또한 아버지의 종교인 가톨릭마저 거부했다. 그러나 『다시 찾은 브라이즈헤드』를 집필하기 여섯 달 전에 아버지가 세상을 뜨면서 그가 평생 대적하던 존재가 사라지자 에벌린은 그동안 싫어하는 척했던 모든 것을 솔직하게 긍정하기 시작한다. 이에 현대풍보다 고전풍을 선호하는 견해는 물론 풍부한 감성이라든지 종교적 색채를 작품에 아낌없이 도입했다. 따라서 『다시 찾은 브라이즈헤드』에는 고전주의, 감성주의, 종교주의가 모두 녹아들어 있다. 이 중에서도 특히 고전적인 것을 선호하는 그의 견해는 미학이라는 주제에서 뚜렷이 드러난다.

2. 불경스러운 기억

1) 미학

에벌린 워가 청춘 시절을 보낸 1920년대는 "광란의 20년대"라고 불릴 정도로 사회적 격변기였다. 자동차, 라디오, 전화기가 발달하고 대중화되면서 기술과 경제가 크게 발전했고, 여성이 투표권을 갖게 되었으며, 기존의 흑백 영화, 무성 영화에서 탈피해 색깔이 들어가고 소리가 입혀진 영화들이 탄생하는 한편 재즈 음악이 유행하고 아르 데코가 전성기를 맞았으며, 의학적으로는 페니실린을 발견하는 등 사회가 요동쳤다. 이렇게 급변하는 시대 상황을 반영해 문학계에서는 모더니즘이 성행했다. 온 사회가 전통과의 단절을 선언하고, 진보의 시대에 집중했다.

그러나 워낙에 사회가 급격하게 변화했던지라 이런 변화의 물결에 반발하는 목소리도 있었다. 에벌린 워와 동시대에 옥스퍼드에 재학했던 예술가들은 고전 양식을 부흥시키려는 쪽에 서 있었으며, 그중에서도 특히 영국의 문인 해럴드 액턴은 자신의 기숙사 방을 빅토리아 시대풍으로 꾸몄다. 그는 유리 문진과 자기 강아지 등 빅토리아 시대의 여러 가지 물품들을 수집했다. 이렇게 고전적인 잡동사니가 전시된 그의 방은 『다시 찾은 브라이즈헤드』에서 코끼리 발 휴지통, 세브르산 도자기, 확성기 등이 널려 있는 서배스천의 기숙사 방의 모티프가 되었다.

현대 양식보다 고전 양식을 선호한 당대 옥스퍼드 문인들의 견해에 찰스 라이더도 궤를 같이한다. 옥스퍼드 재학 초기에는 그도 시류에 따라 현대풍의 물건들을 기숙사 방에 전시해 두는데, 인테리어 디자인 분야에서 현대 양식을 선구한 로저 프라이의 칸막이가 대표적인 예이다. 그러나 그는 서배스천을 만나고 나서 자기 방으로 돌아왔을 때 여기저기 장식된 현대적인 물건들에 이질감을 느끼고 급기야 그 칸막이를 치워 버린다. 이후에는 서배스천의 집인 브라이즈헤드 저택에서 머물면서 취향이 바로크 양식으로 바뀐다.

찰스가 바로크 양식을 선호하게 된 데에는 특별한 의미가 있다. 바로크 양식은 서구에서 17~18세기에 유행한 양식으로, 종교 개혁 이후에 신교도 건축에서 보인 단순미와 절제미를 반대하며 로마 가톨릭교에서 장려한 매우 장식적인 풍조이다. 특히 바로크 양식의 그림들은 주로 동작이 크고 극적인 장면을 묘사하며, 뚜렷한 색채 대비를 통해 강렬한 감정을 드러냄으로써 메시지나 이야기를 전달한다. 다시 말해 그림 자체를 목적으로 삼지 않고 감정을 전달하는 수단으로 사용하는 것이다. 이렇게 바로크 양식을 좋아하게 된 심경의 변화를 반영하듯 중년이 된 찰스는 옥스퍼드 재학 초반에 기숙사 방에 두었던 서적들을 떠올리며 탐탁잖은 시선으로 평가한다. 재학 초반에 그의 방에는 클리브 벨의 『예술』이나 로저 프라이의 『시각과 디자인』같이 예술의 내용보다는 형식을 중시하며 예술을 수단이 아닌 목적으로 보는 저서가 다수 있었지만, 나중에 찰스는 그런 책들에 대해 "하잘것없었"다고 회고한다.

그러나 사실 예술 자체를 목적이 아닌 수단으로 보는 것은 신학에서 예술을 바라보는 견해이다. 신학 미학에서는 기본적으로 예술을 신의 뜻을 전달하는 수단으로 보기 때문이다. 그렇기 때문에 찰스가 바로크 양식을 좋아하게 되고, 예술의 형식보다 내용을 중시하게 된 점은 찰스가 차츰 가톨릭교로 돌아서게 된다는 암시를 준다. 그렇기에 찰스가 서배스천과 브라이즈헤드 저택에서 행복한 나날을 보내며 "이것이 나의 바로크 양식으로의 전향이었다."라고 회고한 지점이 그가 정신적으로 개종한 시기라고 보는 견해도 있다.

현대 예술보다 고전 양식을 선호하는 찰스의 눈에는 고전적인 것은 긍정적인 것, 현대적인 것은 부정적인 것으로 자주 비친다. 따라서 고전 양식을 사랑하는 서배스천과 함께한 시간은 고전의 미와 청춘의 찬란함을 예찬하는, 작품에서 감성주의가 가장 두드러지는 부분이다. 찰스와 서배스천 사이의 낭만적 관계에 관해서는 젠더라는 주제에서 보다 상세히 다루겠다.

2) 젠더

격동의 시대였던 1920년대에는 사회적으로 많은 것이 급격하게 변하면서 동성애에 관한 통념도 서서히 변화하기 시작했다. 따라서 1967년 영국에서 성범죄법이 통과되어 동성애를 금지하는 법이 개정되기 전까지 계속 불법이었기는 해도 동성애는 널리 이야기되는 주제였다. 특히 영국에서 중상류층 가정의 남자아이들은 흔히 이튼과 같은 남학교에서 3~5년간 생활한 다음 당시 남학생 기숙사와 여학생 기숙사가 분리되어 여학생을 볼 기회가 드물었던 옥스퍼드에 들어가 또다시 남학생끼리의 생활을 시작하곤 했다. 따라서 남성들은 방학 때에만 잠깐 만날 수 있는 여성들보다는 학기 중에 계속 옆에 있는 동료 남성들에게 정신적, 신체적으로 의지하게 되었다. 실제로 에벌린 워도 1922년 옥스퍼드에 입학해서 세 명의 남자 애인을 사귀었는데, 그중 빼어난 미소년이었던 휴 라이곤과 작가가 정신적으로 많이 의지했던 앨러스테어 그레이엄을 바탕으로 『다시 찾은 브라이즈헤드』 속 서배스천이라는 등장인물이 탄생했다고 알려져 있다. 이렇게 동성애를 경험한 그는 1924년에 친구 크리스토퍼 사이크스에게 자신이 옥스퍼드에 다닐 때 "지극히 동성애적인 시기"를 겪었으며 "감정적으로 또 신체적으로 제약이 없었다."[4]라고 고백했다.

그런데 당대의 동성애는 이성이 배제된 동성끼리의 공간에서 나타난 현상이므로 현대의 동성애와는 약간 성질이 다르다는 점에 주목할 필요가 있다. 몇 년간 남학교를 다니면서 교류하는 대상이 거의 남성뿐이다시피 했기 때문에 당시 남학생 사이에서 동성에게 의지하는 것은 매우 일반적인 일이었다. 이에 에벌린 워와 동시대에 옥스퍼드에 재학한 영국의 시인 존 베처먼이 "당시 옥스퍼드에서는 모두가 동성애자였다."[5]라고 말할 정도였다. 이렇게 동성애가 대세를 이루었기

---

4) Humphrey Carpenter, *The Brideshead Generation: Evelyn Waugh and His Friends*(London: Faber & Faber, 2013), 122.

5) Paula Byrne, *Mad World: Evelyn Waugh and the Secrets of Brideshead*(New

에 영국의 작가 앨런 프라이스존스에 따르면 마치 큐비즘 그림이나 무조 음악을 좋아하는 것처럼 동성애를 하는 것은 "시크했다."[6] 이런 분위기 속에서 에벌린 워도 어느 정도 유행에 따라 동성애를 경험한 모양으로, 옥스퍼드를 졸업하고 나서 그는 학창 시절에 경험한 동성애를 "지연된 사춘기"라고 표현했다. 물론 그가 학교를 떠났다고 해서 남성에 대해 전혀 관심을 가지지 않게 된 것은 아니었으나, 그는 차차 여성에게도 관심을 보이기 시작했고 훗날에는 두 여성과 결혼도 하게 되었다.

따라서 『다시 찾은 브라이즈헤드』에 등장하는 찰스와 서배스천의 관계도 그런 맥락에서 이해해야 할 것이다. 작품 초반에 둘은 함께 학내 식물원을 산책하고 만찬을 들며, 방학이 되자 서배스천의 집에서 둘이서만 머물면서 그림을 그리고 와인을 마시는 등 목가적 금녀(禁女)의 낙원인 아르카디아에 비견될 만큼 행복한 나날을 보낸다. 이러한 둘 사이에는 단순히 우정이라고 치부할 수만은 없는 감정적 유대가 보인다.

여기서 둘의 낭만적 관계가 육체적 동성애로까지 이어지느냐에 관해서는 논란이 있어 왔다. 에벌린 워의 옥스퍼드 친구인 테런스 그리니지는 옥스퍼드에서의 남성들 간의 끌림을 동성애보다는 "로맨티시즘"으로 표현한다. 그에 따르면 여학생과 남학생의 공간이 구분된 옥스퍼드에서 남성 간의 관

York: HarperCollins Publishers, 2010), 60.

6) Humphrey Carpenter, op. cit., 79.

계에는 우정보다는 조금 끈끈하지만 사랑까지는 미치지 않는 성질이 있었다.[7] 하지만 당시 동성애가 불법이었던 사회 풍조 탓에 작품에서 에둘러 묘사돼 놓치기 쉽지만, 서배스천이 처음 등장했을 때 "샤르베 넥타이(잘 보니 내 넥타이.)"를 매고 있었다는 점(집에서도 밖에서도 흐트러짐 없는 정장을 입던 당시에 서로의 넥타이가 섞일 만한 상황은 별로 없었다.), 브라이즈헤드 저택에서 서로 이웃한 방을 쓰면서 욕실을 함께 썼다는 점, 서로의 방에 노크하지 않고 들어갔다는 점 등은 둘의 육체적 관계에 대한 암시로 볼 수 있다. 이런 부분들은 이 소설을 기반으로 제작된 2008년 영화에서는 보다 적극적으로 해석되어, 찰스와 서배스천이 브라이즈헤드 저택에서 와인을 마시다 키스하는 장면이 삽입되기도 했다.

이렇게 고전 양식을 사랑하며 남성적인 존재인 서배스천과 찰스가 함께한 시간은 낙원으로 묘사되지만, "꽃무늬의 친츠 천"으로 장식된 근대적인 방을 가졌으며 여성적인 존재인 레이디 마치멘이 둘 사이에 끼어들면서 이 낭만적인 평화는 깨진다. 여기서 고전적이며 남성적인 존재끼리의 결합을 긍정적으로 보고, 근대적이며 여성적인 존재와의 결합을 부정적으로 보는 작가의 견해를 알 수 있다. 이러한 견해 탓인지 이 작품에서는 남성적인 존재와 여성적인 존재의 결합, 즉 결혼을 한 부부들이 모두 행복하지 못한 생활을 한다. 마치멘 경과 레이디 마치멘의 경우 남편은 아내를 끔찍이 증오하며 이탈

---

7) Paula Byrne, op. cit., 311.

리아에서 정부와 살고, 아내는 영국에서 아이들과 살면서 별거 중이다. 또한 줄리아와 렉스 부부도, 찰스와 실리아 부부도 각자 외도를 함으로써 정상적인 부부 관계를 유지하지 못한다. 이렇게 작품 속의 결혼 관계를 불행하게 묘사한 데에는 에벌린 워 자신의 결혼사가 깊은 영향을 끼쳤을 것이다. 특히 그는 결혼했다가 이혼을 하고 힘든 시기를 보내다가 가톨릭교로 개종했으므로 그에게 있어 결혼은 종교와 연관이 깊다.

3. 성스러운 기억

1) 종교

에벌린 워는 유년기에 영국 성공회 교도였다. 그러다가 청년이 되자 아버지에게 반대할 목적으로 가톨릭교 일체를 거부하고 살았다. 그러다 그는 1927년 4월에 에벌린 가드너를 만나 몇 달 뒤인 1928년에 결혼한다. 당시에 그는 서로 결혼해서 "어떻게 되는지 한번 보자."[8]라고 말하며 청혼했으니, 절대적으로 헌신할 각오를 하지 않은 채 결혼한 듯하다. 결혼 후 그는 동성애적 성향을 보이며 남자 친구들과 시간을 보내면서 아내로 하여금 감정적 거리를 느끼게 했고, 육체적인 면에서도 아내를 만족시키지 못했다. 이렇게 데면데면한 부부 사이는 찰스와 실리아의 부부 관계를 그리는 데 많이 반영된 것으로 보인다. 그러던 중 그의 아내는 존 헤이게이트와 불륜을

---

8) Humphrey Carpenter, op. cit., 185.

저지르고, 이를 계기로 부부는 이혼한다. 진지한 감정 없이 결혼했음에도 막상 이혼하고 나니 큰 충격을 받은 에벌린 워는 로마 가톨릭교로 개종한다. 그가 개종한 데에는 크게 두 가지 이유가 있었다. 첫 번째 이유는 에벌린 워의 친구 그레이엄 그린의 말마따나 당시에 "군건하고 강인하며 불변하는 존재"에 기대어 위안을 찾을 필요가 있었다는 것이며, 두 번째 이유는 로마 가톨릭교에서는 재혼 절차가 매우 번거롭고 어렵기에 (로마 가톨릭교에서는 이혼이 금지되기 때문에 매우 까다로운 과정을 거쳐 교황청으로부터 애초에 결혼이 없었다는 결혼 무효 선언을 받아야만 재혼할 수 있다.) 다시 결혼하는 어리석음을 범하지 않기 위해 스스로 족쇄를 차고 싶었다는 것이다.

그러나 다시는 결혼하지 않겠다고 결심했던 그는 1933년이 되자 당시 열여덟 살이던 로라 허버트를 만나고, 1936년에 결혼 무효 선언을 받은 뒤 1937년에 그녀와 결혼한다. 따라서 이혼한 후 심적 고통을 겪다가 개종을 통해 위안을 찾은 경험과 이후 재혼을 원하면서 종교와 잠시간 충돌했던 경험이 『다시 찾은 브라이즈헤드』에 많이 반영되어 있다. 이에 줄리아가 렉스나 찰스와 결혼하고자 할 때도 종교적인 요소가 얽혀 들어간다.

줄리아는 렉스와 결혼한 상태로 찰스와 불륜을 저지르고, 그로 인해 오빠 브라이즈헤드에게 그녀가 "죄악 속에" 산다는 말을 듣고 집에서 뛰쳐나가 펑펑 운다. 그런데 로마 가톨릭교의 교리를 어김으로써 줄리아가 저지른 죄악을 헤아려 보면 찰스와의 불륜 관계만이 아니라 렉스와의 결혼부터도 문제였다. 렉스는 이미 몇 년 전 결혼했다가 이혼한 전적이 있는 남자이기 때문이다. 물론 세속의 법으로 보면 렉스는 이혼한 상태이지만, 로마 가톨릭교의 법에서 보면 이혼은 불가하므로 결혼 무효 선언을 받지 않는 이상 그는 계속 결혼한 상태이다. 따라서 생존한 배우자가 이미 있는 그와 결혼함으로써 줄리아는 중혼죄를 저질렀다. 이에 더해 마찬가지로 배우자가 있는 찰스와 불륜에 빠짐으로써 간음죄까지 저지른 것이다.

여기서 줄리아에게 비친 렉스의 모습은 로라 허버트의 가족에게 비친 에벌린 워 자신의 모습을 묘사한 것으로 보이기도 한다. 아직 열여덟 살이던 줄리아를 만났을 때 서른이 되어가던 렉스와 비슷하게 당시 열여덟 살이던 가톨릭교도 로라를 만났을 때 에벌린은 그녀보다 열세 살이 많았고, 몇 년 전에 아내와 이혼한 상태였다. 따라서 로라의 가족들 눈에는 그녀보다 나이도 훨씬 많고 결혼 무효 선언도 받지 않아 가톨릭교의 기준으로 따지면 여전히 결혼한 상태인 에벌린 워가 탐탁잖아 보였을 것이다. 둘의 차이점이라면 에벌린 워는 결국 결혼 무효 선언을 받고 로라 허버트와 성공적으로 결혼하지만, 렉스는 무효 선언을 받지 않은 채 줄리아와 축복받지 못한 결혼을 한다는 점이다.

이렇게 이혼 전적이 있는 렉스와 배우자가 있는 찰스가 곁에 등장함에 따라 줄리아는 종교적 관점에서 계속 죄악 속에 사는 자신의 모습에 고뇌하게 된다. 렉스와 계속 함께한다 해도 그가 결혼 무효 선언을 받지 않아 중혼죄를 저지르는 것이고, 반면에 찰스가 이혼하고 줄리아와 결혼한다고 해도 그가 결혼 무효 선언을 받지 않는 한 중혼죄를 저지르는 것이니 줄리아는 누구를 택해도 선한 삶을 살 수 없는 처지가 되기 때문이다. 이렇게 에벌린 워는 결혼 생활과 종교가 충돌하는 탓에 본인이 경험한 괴로운 상황을 작품에 투영해 묘사하며, 그 과정에서 종교에 의지하는 등장인물들의 모습을 통해 자신이 종교에서 얻은 위안을 그려 낸다.

눈보라 속 성냥불

1차 세계 대전 이후에 찾아온 격동의 1920년대는 1929년 월가 주가 대폭락에 뒤이어 경제 대공황이 찾아오면서 순식간에 끝나 버렸다. 마치 깜깜한 밤하늘에 활짝 터졌다가 사라지는 불꽃놀이와 같았던 그 경제적 부흥기와 겹친 자신의 청춘 시절이, 2차 세계 대전에 참전해 지난날을 회상하는 중년 장교에게는 너무도 찬란해 보였을 테다. 변변한 먹을 것도 없이, 전장에서 생명을 위협받으며 하루하루를 버티는 그에게는 과거에 사랑하는 친구와 함께 행복하게 먹고 마셨던 샤르트뢰즈, 이탈리아 요리, 수많은 종류의 와인, 프랑스 코스 요리, 칵테일 등이 군침이 돌 만큼 그리웠을 테고, 이제는 공습으로 파괴된 아름다운 저택들의 고전 건축 양식들이 눈앞에 생생히 그려졌을 테다. 이미 지나 버린 것, 파괴된 아름다운 것을 돌아보는 시선에는 애수가 담기기 마련이니 에벌린 워 자신이 작가의 말에서 말했듯 옛날에 먹은 음식이나 누린 영광에 대해 "일종의 폭식"을 하게 된 것도 무리가 아니었으리라.

알코올 중독증에 시달리는 서배스천과 마찬가지로 에벌린 워도 말년에 알코올 중독과 약물 중독에 시달리다가 결국 1966년 세상을 뜨지만 그의 작품은 하나도 절판되지 않고 꾸준한 인기를 누리고 있다. 특히 『다시 찾은 브라이즈헤드』는 작가가 아버지의 반대편에 서야 한다는 평생의 강박에서 벗어나 처음으로 솔직하게 고전 양식과 낭만적인 감성을 사랑하는 마음을 담고 종교적 색채를 녹여 낸 소설이니만큼 그 의미가 남다르다. 특히 미국에서 이 작품이 처음 출판되고 몇 년 사이에 작가의 모든 작품을 합친 것보다 많이 팔렸다는[9] 것은 독자들도 그 의미를 알아봤다는 뜻일 테다.

눈이 내리는 추운 겨울날 성냥팔이 소녀가 켠 성냥불에서는 노릇노릇하게 구운 칠면조와 사랑하는 할머니의 모습이 보였다면 2차 세계 대전이라는 잔혹한 눈보라 속에서 에벌린 워가 켠 성냥불에서는 고전 양식의 미학, 청춘 시절의 우정과 사랑, 힘든 시절 의존하게 된 종교가 보인다. 한겨울에는 위안을 주었던 성냥불을 따스한 봄철이나 한여름에 켠다면 감흥 같은 것은 없을 테고 오히려 더워서 거슬리게 될지도 모른다. 그래서 작가도 평화가 찾아오자 과거의 묘사들이 "지금은 배가 불러 역겹게만 느껴진다."라고 썼을 테다. 따라서 현대를 살아가는 우리는 에벌린 워가 살아온 생애와 시대상을 들여다봄으로써 꽁꽁 언 손을 녹이려 몇 번이고 성냥을 그어야만

9) Charles Rolo, op. cit., 80.

했던 당시의 절박하고 궁핍한 상황을 생각하면서 이 작품을 마주할 때에야 비로소 깊이 이해할 수 있을 것이다. 그렇게 함으로써 이 책이 역사적 격변기에서, 또 전쟁터에서 바치는 고전적 가치에 대한 찬송가가 독자 여러분의 마음에도 가 닿기를 희망한다.

2018년 8월

백지민

참고 문헌

오은영, 「이블린 워의 『다시 찾은 브라이즈헤드』와 버지니아 울프의 『막간』 비교 연구: 문명 비판, 가부장제 그리고 젠더」, 『외국문학연구』 제26호(2007), 163~184쪽.

Amory, Mark(ed.), *The Letters of Evelyn Waugh*(New Haven, Connecticut, and New York: Ticknor & Fields, 1980).

Byrne, Paula, *Mad World: Evelyn Waugh and the Secrets of Brideshead*(New York: HarperCollins Publishers, 2010).

Carpenter, Humphrey, *The Brideshead Generation: Evelyn Waugh and His Friends*(London: Faber & Faber, 2013).

Davie, Michael(ed.), *The Diaries of Evelyn Waugh*(Boston: Little, Brown, and Company, 1976).

Davis, Robert Murray, *Brideshead Revisited: The Past Redeemed*(Boston, Massachusetts: Twayne Publishers, 1990).

Fensome, David, *Lost Domains & Worlds Regained: Evelyn Waugh's Brideshead Revisited*(electronic book, 2017).

Mulvagh, Jane, *Madresfield: One House, One Family, One Thousand Years*(London: Transworld Publishers, 2011).

Puccio, Paul M., "Evelyn Waugh, Brideshead Revisited," R. Reichardt, Mary(ed.), *Encyclopedia of Catholic Literature* Volume 2(Connecticut: Greenwood Press, 2004), 736~747.

Rolo, Charles, "Evelyn Waugh: The Best and the Worst," *The Atlantic Monthly* vol. 194(1954), 80~84.

Wolf, Gray, "The Brideshead pages,"(blog post) http://julessearchforvirtue.blogspot.kr/p/brideshead-revisited.html(2017).

Wolfe, Gregory, *Another Look at Evelyn Waugh*(The World and I Online, 2013).

작가 연보

1903년 10월 28일, 출판업자이자 문학 평론가인 아서 워의 차남이자 유명 소설가인 앨릭 워의 동생으로 출생.

1924년 랜싱 칼리지에 이어 옥스퍼드 대학교의 하트퍼드 칼리지에서 수학하나 학위를 받지는 못함. 교사 생활을 하지만 곧 해고당하고 그 후에 잠시 미술학교를 다니는 동안 피카소와 달리를 만남.

1928년 라파엘 전파(前派) 화가이자 시인인 단테이 게이브리얼 로세티의 평전 『로세티의 생애와 작품들(Rossetti: His Life and Works)』을 쓰고 첫 번째 장편소설 『쇠퇴와 타락(Decline and Fall)』을 발표하여 명성을 얻음. 에벌린 플로렌스 마거릿 위니프리드 가드너와 결혼.

1930년 스콜라 철학자인 마틴 더시의 영향을 받아 가톨릭으로 개종하고 『타락한 사람들(Vile Bodies)』을 발표. 1차 세계대전 이후 영국 상류사회의 퇴폐와 혼미, 특히 젊은이들의 방황을 풍자적으로 묘사. 가드너와 이혼. 지중해 지역에 관한 여행기 『레이블(Labels)』 출간.

1931년 하일레 셀라시에의 에티오피아 황제 즉위식에 즈음하여 아디스아바바 방문기 『오지 사람들(Remote People)』 발표.

1932년 가상의 아프리카 제국에서 벌어지는 정치 음모를 그린 장편소설 『모략(Black Mischief)』 발표. 이때부터 그의 작품은 사실적이고 보수적인 경향을 띰.

1934년 영국령 기아나까지의 여정을 그린 『92일(Ninety-Two Days)』과 영국 상류층을 신랄하게 풍자한 장편소설 『한 줌의 먼지(A Handful of Dust)』 발표.

1936년 두 번째로 아프리카를 여행한 뒤 그 경험을 바탕으로 『아비시니아 여행기(Waugh In Abyssinia)』 발표. 단편집 『러브데이 씨의 짧은 외출(Mr Loveday's Little Outing: And Other Sad Stories)』 발표. 예수회 수도사의 일생을 담은 전기 『성 에드먼드 캠피언(Saint Edmund Campion: Priest and Martyr)』으로 호손든 상 수상.

1937년 로라 허버트와 재혼.

1938년 선정적인 언론과 해외 특파원의 세계를 풍자한 장편소설 『특종(Scoop)』 발표.

1939년 멕시코 여행기 『합법적인 강도질(Robbery Under Law)』 발표.

1940년 영국 해병대에 입대하여 장교로 임관. 다카르 원정에 참여한 뒤 육군 특수부대에 지원. 1941년에는 리비아 바르디아 습격 작전에 참가했고 크레타 섬을 탈출하는 과정에서 상당한 용기를 보여 줌.

1942년 2차 세계대전 초기 유럽 전선의 가짜 전쟁 상황과 전시의 어리석은 행태를 풍자한 장편소설 『승리를 축하하다(Put Out More Flags)』 발표.

1943년 단편집 『중단된 작품(Work Suspended: And Other Stories)』 발표.

1944년 유고슬라비아에 파견되어 빨치산을 지원하는 임무 수행.

1945년 서민층 출신 주인공의 신분 상승을 향한 욕망과 종교적 죄의식으로 몰락해 가는 귀족 가문의 이야기를 그린 장편소설 『다시 찾은 브라이즈헤드(Brideshead Revisited: The Sacred and Profane Memories of Captain Charles Ryder)』 발표. 이 소설은 1981년 그라나다 텔레비전에 의해 11부작 드라마로 제작. 2차 세계대전을 통해 직접 전쟁을 경험한 뒤부터 워의 작품은 극사실주의로 기우는 한편, 종교적 주제를 깊이 있게 다룸.

1946년 그동안의 여행기를 정리한 『떠나는 것이 좋았을 때(When The Going Was Good)』 발표.

1948년 로스앤젤레스 장례업의 행태와 할리우드에 거주하는 영국인들을 풍자한 장편소설 『사랑받는 사람(The Loved One)』 발표. 이 소설은 1965년에 영화화됨.

1950년 로마제국 콘스탄티누스 1세의 모후인 헬레나가 예수가 못 박혔던 십자가를 찾는 여정을 추적한, 워의 유일한 역사소설 『헬레나(Helena)』 출판.

1952년 3부작 전쟁소설 『명예의 검(Sword of Honour)』의 첫 번째 편인 『병사들(Men at Arms)』 발표. 다카르 원정 경험을 바탕으로 한 이 소설로 제임스 테이트 블랙 기념 상 수상.

1953년 겉으로는 평등주의를 지향하나 반이상향적인 사회가 된 영국을 배경으로 하는, 감옥에서 출소한 방화범에 관한 풍자소설 『폐허 속의 사랑. 가까운 미래의 로맨스(Love Among the Ruins. A Romance of the Near Future)』 출판.

1955년 『명예의 검』 두 번째 편인 『사관과 신사(Officers and Gentlemen)』 발표. 특수부대에서 경험했던 리비아 작전과 크레타 섬 함락을 소재로 하였음.

1957년 한때 정신병에 시달렸던 작가의 경험을 가지고 쓴 『길버트 핀폴드의 시련(The Ordeal of Gilbert Pinfold)』 발표.

1959년 『로널드 녹스 주교의 생애(The Life of the Right Reverend Ronald Knox)』 발표.

1960년 영국의 겨울 날씨가 싫어 동아프리카 지역을 여행했던 경험을 『아프리카의 여행객(A Tourist In Africa)』으로 출간.

1961년 『명예의 검』 세 번째 편인 『무조건항복(Unconditional Surrender)』 발표. 유고슬라비아에서 빨치산 활동을 지원했던 경험을 소재로 함.

1964년 자서전의 일부를 발췌하여 만든 『얇은 지식(A Little Learning)』 발표.

1966년 4월 10일 영국 콤플로리에 있는 자택에서 심장마비로 사망.

세계문학전집 357
다시 찾은 브라이즈헤드

1판 1쇄 펴냄 2018년 9월 14일
1판 7쇄 펴냄 2024년 4월 29일

지은이 에벌린 워
옮긴이 백지민
발행인 박근섭, 박상준
펴낸곳 (주)민음사

출판등록 1966. 5. 19. (제 16-490호)
서울특별시 강남구 도산대로1길 62(신사동) 강남출판문화센터 5층 (우편번호 06027)
대표전화 02-515-2000 팩시밀리 02-515-2007
www.minumsa.com

ISBN 978-89-374-6357-0 04800
ISBN 978-89-374-6000-5 (세트)

* 잘못 만들어진 책은 구입처에서 교환해 드립니다.

민음사 세계문학전집

세계문학전집 목록

51·52 **내 이름은 빨강** 파묵·이난아 옮김 노벨 문학상 수상 작가

53 **오셀로** 셰익스피어·최종철 옮김 서울대 권장도서 100선

54 **조서** 르 클레지오·김윤진 옮김 노벨 문학상 수상 작가

55 **모래의 여자** 아베 코보·김난주 옮김

56·57 **부덴브로크 가의 사람들** 토마스 만·홍성광 옮김 노벨 문학상 수상 작가

58 **싯다르타** 헤세·박병덕 옮김 노벨 문학상 수상 작가

59·60 **아들과 연인** 로렌스·정상준 옮김 《뉴스위크》 선정 100대 명저

61 **설국** 가와바타 야스나리·유숙자 옮김 노벨 문학상 수상 작가 | 서울대 권장도서 100선

62 **벨킨 이야기·스페이드 여왕** 푸슈킨·최선 옮김

63·64 **넙치** 그라스·김재혁 옮김 노벨 문학상 수상 작가

65 **소망 없는 불행** 한트케·윤용호 옮김 노벨 문학상 수상 작가

66 **나르치스와 골드문트** 헤세·임홍배 옮김 노벨 문학상 수상 작가

67 **황야의 이리** 헤세·김누리 옮김 노벨 문학상 수상 작가

68 **페테르부르크 이야기** 고골·조주관 옮김

69 **밤으로의 긴 여로** 오닐·민승남 옮김 노벨 문학상 수상 작가 | 미국대학위원회 선정 SAT 추천도서

70 **체호프 단편선** 체호프·박현섭 옮김

71 **버스 정류장** 가오싱젠·오수경 옮김 노벨 문학상 수상 작가

72 **구운몽** 김만중·송성욱 옮김 서울대 권장도서 100선 | 국립중앙도서관 선정 청소년 권장도서

73 **대머리 여가수** 이오네스코·오세곤 옮김

74 **이솝 우화집** 이솝·유종호 옮김 논술 및 수능에 출제된 책(1998~2005)

75 **위대한 개츠비** 피츠제럴드·김욱동 옮김 《타임》 선정 현대 100대 영문소설

76 **푸른 꽃** 노발리스·김재혁 옮김

77 **1984** 오웰·정회성 옮김 《타임》 선정 현대 100대 영문소설 | 《뉴스위크》 선정 100대 명저

78·79 **영혼의 집** 아옌데·권미선 옮김

80 **첫사랑** 투르게네프·이항재 옮김

81 **내가 죽어 누워 있을 때** 포크너·김명주 옮김 노벨 문학상 수상 작가

82 **런던 스케치** 레싱·서숙 옮김 노벨 문학상 수상 작가

83 **팡세** 파스칼·이환 옮김

84 **질투** 로브그리예·박이문, 박희원 옮김

85·86 **채털리 부인의 연인** 로렌스·이인규 옮김

87 **그 후** 나쓰메 소세키·윤상인 옮김

88 **오만과 편견** 오스틴·윤지관, 전승희 옮김 미국대학위원회 선정 SAT 추천도서

89·90 **부활** 톨스토이·연진희 옮김 논술 및 수능에 출제된 책(1998~2005)

91 **방드르디, 태평양의 끝** 투르니에·김화영 옮김

92 **미겔 스트리트** 나이폴·이상옥 옮김 노벨 문학상 수상 작가

93 **페드로 파라모** 룰포·정창 옮김

94 **차라투스트라는 이렇게 말했다** 니체·장희창 옮김 국립중앙도서관 선정 청소년 권장도서

95·96 **적과 흑** 스탕달·이동렬 옮김 국립중앙도서관 선정 청소년 권장도서

97·98 **콜레라 시대의 사랑** 마르케스·송병선 옮김 노벨 문학상 수상 작가 | BBC 선정 꼭 읽어야 할 책

99 **맥베스** 셰익스피어·최종철 옮김 서울대 권장도서 100선 | 미국대학위원회 선정 SAT 추천도서

100 **춘향전** 작자 미상·송성욱 풀어 옮김 서울대 권장도서 100선

101 **페르디두르케** 곰브로비치·윤진 옮김

102 **포르노그라피아** 곰브로비치·임미경 옮김

103 **인간 실격** 다자이 오사무·김춘미 옮김

104 **네루다의 우편배달부** 스카르메타·우석균 옮김

105·106 이탈리아 기행 괴테 · 박찬기 외 옮김
107 나무 위의 남작 칼비노 · 이현경 옮김
108 달콤 쌉싸름한 초콜릿 에스키벨 · 권미선 옮김
109·110 제인 에어 C. 브론테 · 유종호 옮김 BBC 선정 꼭 읽어야 할 책
111 크눌프 헤세 · 이노은 옮김 노벨 문학상 수상 작가
112 시계태엽 오렌지 버지스 · 박시영 옮김 《타임》 선정 현대 100대 영문소설 | 《뉴스위크》 선정 100대 명저
113·114 파리의 노트르담 위고 · 정기수 옮김 미국대학위원회 선정 SAT 추천도서
115 새로운 인생 단테 · 박우수 옮김
116·117 로드 짐 콘래드 · 이상옥 옮김 《뉴스위크》 선정 100대 명저
118 폭풍의 언덕 E. 브론테 · 김종길 옮김 미국대학위원회 선정 SAT 추천도서
119 텔크테에서의 만남 그라스 · 안삼환 옮김 노벨 문학상 수상 작가
120 검찰관 고골 · 조주관 옮김
121 안개 우나무노 · 조민현 옮김
122 나사의 회전 제임스 · 최경도 옮김 미국대학위원회 선정 SAT 추천도서
123 피츠제럴드 단편선 1 피츠제럴드 · 김욱동 옮김
124 목화밭의 고독 속에서 콜테스 · 임수현 옮김
125 돼지꿈 황석영
126 라셀라스 존슨 · 이인규 옮김
127 리어 왕 셰익스피어 · 최종철 옮김 서울대 권장도서 100선 | 《뉴스위크》 선정 100대 명저
128·129 쿠오 바디스 시엔키에비츠 · 최성은 옮김 노벨 문학상 수상 작가
130 자기만의 방 · 3기니 울프 · 이미애 옮김
131 시르트의 바닷가 그라크 · 송진석 옮김
132 이성과 감성 오스틴 · 윤지관 옮김
133 바덴바덴에서의 여름 치프킨 · 이장욱 옮김
134 새로운 인생 파묵 · 이난아 옮김 노벨 문학상 수상 작가
135·136 무지개 로렌스 · 김정매 옮김
137 인생의 베일 서머싯 몸 · 황소연 옮김
138 보이지 않는 도시들 칼비노 · 이현경 옮김
139·140·141 연초 도매상 바스 · 이운경 옮김 《타임》 선정 현대 100대 영문소설
142·143 플로스 강의 물방앗간 엘리엇 · 한애경, 이봉지 옮김 미국대학위원회 선정 SAT 추천도서
144 연인 뒤라스 · 김인환 옮김
145·146 이름 없는 주드 하디 · 정종화 옮김
147 제49호 품목의 경매 핀천 · 김성곤 옮김 《타임》 선정 현대 100대 영문소설
148 성역 포크너 · 이진준 옮김 노벨 문학상 수상 작가 | 퓰리처상 수상 작가
149 무진기행 김승옥
150·151·152 신곡(지옥편 · 연옥편 · 천국편) 단테 · 박상진 옮김 《뉴스위크》 선정 100대 명저
153 구덩이 플라토노프 · 정보라 옮김
154·155·156 카라마조프가의 형제들 도스토옙스키 · 김연경 옮김
157 지상의 양식 지드 · 김화영 옮김 노벨 문학상 수상 작가
158 밤의 군대들 메일러 · 권택영 옮김 퓰리처상 수상 작가
159 주홍 글자 호손 · 김욱동 옮김 서울대 권장도서 100선 | 미국대학위원회 선정 SAT 추천도서
160 깊은 강 엔도 슈사쿠 · 유숙자 옮김
161 욕망이라는 이름의 전차 윌리엄스 · 김소임 옮김
162 마사 퀘스트 레싱 · 나영균 옮김 노벨 문학상 수상 작가
163·164 운명의 딸 아옌데 · 권미선 옮김

275 픽션들 보르헤스·송병선 옮김 서울대 권장도서 100선
276 신의 화살 아체베·이소영 옮김
277 빌헬름 텔·간계와 사랑 실러·홍성광 옮김
278 노인과 바다 헤밍웨이·김욱동 옮김 노벨 문학상 수상 작가 | 퓰리처상 수상작
279 무기여 잘 있어라 헤밍웨이·김욱동 옮김 미국대학위원회 선정 SAT 추천도서
280 태양은 다시 떠오른다 헤밍웨이·김욱동 옮김 《타임》 선정 현대 100대 영문 소설
281 알레프 보르헤스·송병선 옮김
282 일곱 박공의 집 호손·정소영 옮김
283 에마 오스틴·윤지관, 김영희 옮김
284·285 죄와 벌 도스토옙스키·김연경 옮김 미국대학위원회 선정 SAT 추천도서
286 시련 밀러·최영 옮김
287 모두가 나의 아들 밀러·최영 옮김
288·289 누구를 위하여 종은 울리나 헤밍웨이·김욱동 옮김 노벨 문학상 수상 작가
290 구르브 연락 없다 멘도사·정창 옮김
291·292·293 데카메론 보카치오·박상진 옮김
294 나누어진 하늘 볼프·전영애 옮김
295·296 제브데트 씨와 아들들 파묵·이난아 옮김 노벨 문학상 수상 작가
297·298 여인의 초상 제임스·최경도 옮김 미국대학위원회 선정 SAT 추천도서
299 압살롬, 압살롬! 포크너·이태동 옮김 노벨 문학상 수상 작가
300 이상 소설 전집 이상·권영민 책임 편집
301·302·303·304·305 레 미제라블 위고·정기수 옮김
306 관객모독 한트케·윤용호 옮김 노벨 문학상 수상 작가
307 더블린 사람들 조이스·이종일 옮김
308 에드거 앨런 포 단편선 앨런 포·전승희 옮김 미국대학위원회 선정 SAT 추천도서
309 보이체크·당통의 죽음 뷔히너·홍성광 옮김
310 노르웨이의 숲 무라카미 하루키·양억관 옮김
311 운명론자 자크와 그의 주인 디드로·김희영 옮김
312·313 헤밍웨이 단편선 헤밍웨이·김욱동 옮김 노벨 문학상 수상 작가
314 피라미드 골딩·안지현 옮김 노벨 문학상 수상 작가
315 닫힌 방·악마와 선한 신 사르트르·지영래 옮김
316 등대로 울프·이미애 옮김 《타임》 선정 현대 100대 영문소설 | 《뉴스위크》 선정 100대 명저
317·318 한국 희곡선 송영 외·양승국 엮음
319 여자의 일생 모파상·이동렬 옮김
320 의식 노터봄·김영중 옮김
321 육체의 악마 라디게·원윤수 옮김
322·323 감정 교육 플로베르·지영화 옮김
324 불타는 평원 룰포·정창 옮김
325 위대한 몬느 알랭푸르니에·박영근 옮김
326 라쇼몬 아쿠타가와 류노스케·서은혜 옮김
327 반바지 당나귀 보스코·정영란 옮김
328 정복자들 말로·최윤주 옮김
329·330 우리 동네 아이들 마흐푸즈·배혜경 옮김 노벨 문학상 수상 작가
331·332 개선문 레마르크·장희창 옮김
333 사바나의 개미 언덕 아체베·이소영 옮김
334 게걸음으로 그라스·장희창 옮김 노벨 문학상 수상 작가

395 월든 소로·정회성 옮김

396 모래 사나이 E. T. A. 호프만·신동화 옮김

397·398 검은 책 오르한 파묵·이난아 옮김 노벨 문학상 수상 작가

399 방랑자들 올가 토카르추크·최성은 옮김 노벨 문학상 수상 작가

400 시여, 침을 뱉어라 김수영·이영준 엮음

401·402 환락의 집 이디스 워튼·전승희 옮김

403 달려라 메로스 다자이 오사무·유숙자 옮김

404 아버지와 자식 투르게네프·연진희 옮김

405 청부 살인자의 성모 바예호·송병선 옮김

406 세피아빛 초상 아옌데·조영실 옮김

407·408·409·410 사기 열전 사마천·김원중 옮김 서울대 권장도서 100선

411 이상 시 전집 이상·권영민 책임 편집

412 어둠 속의 사건 발자크·이동렬 옮김

413 태평천하 채만식·권영민 책임 편집

414·415 노스트로모 콘래드·이미애 옮김

416·417 제르미날 졸라·강충권 옮김

418 명인 가와바타 야스나리·유숙자 옮김 노벨 문학상 수상 작가

419 핀처 마틴 골딩·백지민 옮김 노벨 문학상 수상 작가

420 사라진·샤베르 대령 발자크·선영아 옮김

421 빅 서 케루악·김재성 옮김

422 코뿔소 이오네스코·박형섭 옮김

423 블랙박스 오즈·윤성덕, 김영화 옮김

424·425 고양이 눈 애트우드·차은정 옮김

426·427 도둑 신부 애트우드·이은선 옮김

428 슈니츨러 작품선 슈니츨러·신동화 옮김

429·430 세계의 끝과 하드보일드 원더랜드 무라카미 하루키·김난주 옮김

431 멜랑콜리아 I–II 욘 포세·손화수 옮김 노벨 문학상 수상 작가

432 도적들 실러·홍성광 옮김

433 예브게니 오네긴·대위의 딸 푸시킨·최선 옮김

434·435 초대받은 여자 보부아르·강초롱 옮김

436·437 미들마치 엘리엇·이미애 옮김

438 이반 일리치의 죽음 톨스토이·김연경 옮김

439·440 캔터베리 이야기 제프리 초서·이동일, 이동춘 옮김

441·442 아소무아르 에밀 졸라·윤진 옮김

세계문학전집은 계속 간행됩니다.